Mary W. Shelley

DER
LETZTE MENSCH

Vollständige Ausgabe in einem Band

Mary W. Shelley

DER
LETZTE MENSCH

❦

*Laß nicht den Menschen im voraus erfahren,
Was ihn und seine Kinder einst bedrohen soll.*
Milton, Das verlorene Paradies.

❦

Vollständige Ausgabe in einem Band

Impressum:
© 2018 Maria Weber (Übers.)
Nach der englischen Erstausgabe bei Henry Colburn, London 1826.
Herstellung und Verlag: BoD - Books on Demand, Norderstedt.
ISBN: 978-3-75286-984-2

Vorwort der Übersetzerin.

Mary Wollstonecraft Shelley schrieb ihren apokalyptischen Roman „The Last Man" in den Jahren 1824-1826. Die Entscheidung, einen Endzeitroman zu schreiben, in dem der Hauptprotagonist - Lionel Verney - schließlich als letzter überlebender Mensch auf einer entvölkerten Erde verbleibt, ist vielleicht verständlicher, wenn man sich vor Augen führt, daß Mary Shelley zu diesem Zeitpunkt selbst einige schwere Verluste erlitten hatte. Drei ihrer vier Kinder, die sie mit ihrem Ehemann Percy Shelley, dem skandalumwitterten Enkel eines Baronets und engen Freund Lord Byrons, bekam, starben in jungen Jahren, ein weiteres Kind verlor sie in der Schwangerschaft, wobei sie beinahe verblutete. Nur wenige Wochen nach ihrer Fehlgeburt kam ihr Mann bei einem Bootsunglück ums Leben. Ein Jahr nach dem Tod ihres Mannes kehrte Mary aus Gründen finanzieller Not nach England zurück. Ein weiteres Jahr darauf starb ihr mittlerweile enger Freund Lord Byron in Griechenland.

Dieser Tragödie ging eine abenteuerliche Zeit voraus.

Mary Shelley, damals noch Mary Godwin, Tochter eines mit dem Anarchismus sympathisierende Sozialphilosophen und einer Frauenrechtlerin, und somit gewissermaßen von Haus aus literarisch und politisch vorbelastet, verliebte sich siebzehnjährig in den damals noch mit seiner ersten Frau verheirateten, wenige Jahre älteren Dichter Percy Bysshe Shelley. Von einer überstürzten Europareise, auf der die beiden Liebenden von Marys Stiefschwester begleitet wurden (die Ehefrau Percys verblieb in England,) kehrte Mary schwanger zurück. Die nachfolgende wilde Ehe der beiden war ein Skandal. Die Hochzeit erfolgte schließlich, allerdings erst zwei Jahre später, nach dem Selbstmord von Percy Shelleys erster Ehefrau.

Nachdem sie 1815 eine zu früh geborene Tochter verloren hatten, und Mary ein weiteres Kind, einen Sohn, zur Welt gebracht hatte, reiste das Paar im Jahre 1816 nach Genf. Dort stieß bald Lord Byron zu ihnen. Dieser unterhielt zum damaligen Zeitpunkt eine Affäre mit Marys Stiefschwester Claire Clairmont, aus der ein Kind hervorging.

In Lord Byrons gemietetem Anwesen, der Villa Diodati verbrachten die Freunde einen nassen, unfreundlichen Sommer. Während vieler Mußestunden entstand die Idee, daß jeder der Anwesenden eine Gruselgeschichte schreiben sollte - hierauf verfaßte Mary Shelley, mit gerade einmal neunzehn Jahren, ihr bekanntestes Werk Frankenstein, das 1818 veröffentlicht wurde.

In den wenigen ihnen vergönnten gemeinsamen Jahren bereisten Mary und Percy Shelley Europa. Zunächst reisten sie 1814, wildromantisch mit der Kutsche, auf Eseln und zu Fuß durch das kriegsgebeutelte Frankreich bis in die Schweiz, wovon Mary später rückblickend schrieb „Es war, als lebten wir einen Roman, eine gelebte Romanze." 1818 verließen die Shelleys England, um dauerhaft in Italien zu leben, einem Land, an das Mary später als „ein Paradies" zurückdachte. Dort schlossen sie sich zeitweise Lord Byron an, der bereits 1816 seine Zelte in England abgebrochen, und 1817 den Familiensitz verkauft hatte. Mary Shelley kehrte erst 1823 wieder nach England zurück.

Die in „Der letzte Mensch" vorkommenden Schauplätze hat Mary Shelley größtenteils selbst besucht, der Roman trägt außerdem starke autobiographische Züge. Der Hauptcharakter des Lionel Verney ist ihr selbst nachempfunden, der Adrians Percy Shelley. Die Figur des Lord Raymond trägt etliche Züge Lord Byrons.

Daß Mary Shelley die Figuren ihres Romans auf diese Weise semi-autobiographisch beschrieb, lag vermutlich an ihrem starken Drang, eine Biographie über ihren Mann zu verfassen, was dessen Großvater, Sir Timothy Shelley, ihr aber untersagte. Da sie auf dessen finanzielle Unterstützung angewiesen war, fügte sie sich. Um dennoch ihre Erinnerungen aufzuschreiben, mußte sie Schlupflöcher nutzen: Sie fügte Gedichtbänden ihres Mannes, die sie herausgab, autobiographische Notizen als Fußnoten bei, beriet Freunde, die Biographien über Percy

Shelley und Lord Byron verfaßten - und begann 1824 mit ihrer Arbeit an „Der letzte Mensch".

Daß ihr das Heraufbeschwören lieber und schmerzlicher Erinnerungen nicht immer leicht fiel, deutet Mary Shelley in ihrer Einleitung an: „Werden meine Leser fragen, wie ich Trost in der Erzählung von Elend und erbärmlichem Wandel finden konnte? Dies ist eines der Geheimnisse unserer Natur, die mich beherrscht und vor deren Einfluß ich nicht fliehen kann. Ich gestehe, daß mich die Entwicklung der Geschichte nicht unberührt gelassen hat; und daß ich bei einigen Teilen der Erzählung, die ich getreulich von meinen Materialien übernommen habe, niedergeschlagen, ja sogar gemartert war. Doch solcherart ist die menschliche Natur, daß die Aufregung des Geistes mir lieb war und daß die Einbildungskraft, die Malerin von Stürmen und Erdbeben, oder, noch schlimmer, der stürmischen und zerstörerischen Leidenschaften des Menschen, mein wahres Leiden und endloses Reuen milderte, indem sie diese fiktiven Leiden mit jener Scheinhaftigkeit umhüllte, die dem Schmerz die tödliche Schärfe nimmt."

„Der letzte Mensch" ist keine leichte Kost, sondern ein überaus poetisches, sprachgewaltiges Werk; zudem sind unzählige Zitate und Anspielungen auf andere Werke enthalten, die ich, wo ich sie verifizieren konnte, in Fußnoten erläutert habe. Es verwundert mich ein wenig, daß sich bisher noch kein Übersetzer daran gewagt hat, dieses Meisterwerk ungekürzt ins Deutsche zu übersetzen. Dieses Buch hat es gewiß verdient - zumal es laut Mary Shelley eines ihrer liebsten Werke war, und mittlerweile auf eine Stufe mit ihrem berühmten Erstling „Frankenstein" gestellt wird. Diesen Mißstand hoffe ich mit der hier vorliegenden ungekürzten Übersetzung, die passenderweise zum 200-jährigen Jubiläum der Erstveröffentlichung Frankensteins erscheinen wird, beseitigt zu haben.

Das Schlußwort trete ich gerne an die Autorin ab:

„Hab Geduld, oh Leser! Wer immer du bist, wo auch immer du wohnst, ob du ein geistiges Wesen oder aus einem überlebenden Paar entsprungen bist, deine Natur wird menschlich sein, deine Behausung die Erde; du wirst hier von den Taten der ausgestorbenen Rasse lesen und dich verwundert fragen, ob sie, die litten, was du berichtet findest, aus Fleisch und Blut wie du waren. Wahrhaftig, sie waren es - vergieße also Tränen. Denn gewiß, einsames Wesen, wirst du von sanfter Veranlagung sein; vergieße mitfühlende Tränen; aber währenddessen lenke deine Aufmerksamkeit auf die Geschichte und erfahre von den Taten und Leiden deiner Vorgänger."

Maria Weber, 2018.

DER LETZTE MENSCH.

Erster Band.

Einleitung.

Ich besuchte Neapel im Jahre 1818. Am 8. Dezember jenes Jahres überquerten mein Begleiter und ich den Seebusen, um die Sehenswürdigkeiten zu besuchen, die verstreut an den Ufern von Baiae liegen. Die klaren und glänzenden Wasser der stillen See bedeckten mit Seetang verflochtene Fragmente alter römischer Villen, und funkelten in den Sonnenstrahlen, als wären sie mit Diamanten bestreut; das glasklare blaue Element sah aus, als hätte Galatea es in ihrem perlmuttenen Gefährt überflogen; oder Kleopatra es für passender als den Nil befunden und als eine Straße für ihr zauberhaftes Schiff gewählt. Obgleich es Winter war, schienen die Temperaturen dem ersten Frühlingserwachen angemessener zu sein; und ihre freundliche Wärme trug dazu bei, jene Empfindungen des friedlichen Entzückens zu wecken, die jedem verweilenden Reisenden eigen sind, der sich kaum überwinden kann, die ruhigen Buchten und strahlenden Vorgebirge von Baiae zu verlassen.

Wir besuchten die sogenannten Elysischen Felder[1] und Avernus[2], und wanderten durch verschiedene zerstörte Tempel, Bäder und andere klassische Flecken, danach betraten wir die düstere Höhle der Sibylle

---

[1] Eigentlich sind die Elysischen Felder der jenseitige Aufenthaltsort sagenhafter Helden der Antike in der griechischen Mythologie. Hier ist damit eine Örtlichkeit in der Nähe von Cumae, als Teil der sogenannten Phlegräischen Felder, gemeint.
[2] Name eines vulkanischen Kraters in der Nähe von Cumae.

von Cumae³. Unsere Lazzaroni⁴ trugen flackernde Fackeln, die rot und trübe in den düsteren unterirdischen Gängen leuchteten, deren Dunkelheit sie durstig umgab und immer mehr vom Element des Lichts zu absorbieren schien. Wir passierten einen natürlichen Torbogen, der zu einem zweiten Gang führte, und erkundigten uns, ob wir diesen nicht ebenfalls besichtigen könnten. Die Führer deuteten auf den Widerschein ihrer Fackeln im Wasser, das dort den Boden bedeckte, und ließen uns unsere eigenen Schlußfolgerungen ziehen; fügten jedoch hinzu, wie schade es sei, da er zur Höhle der Sibylle führte. Unsere Neugierde und Begeisterung wurden von diesem Umstand geweckt, und wir bestanden darauf, die Passage zu versuchen. Wie bei der Verfolgung solcher Unternehmen üblich, nahmen die Schwierigkeiten bei genauerer Prüfung ab. Wir fanden auf jeder Seite des feuchten Weges genügend „trockenen Boden für die Fußsohle."⁵

Schließlich gelangten wir in eine große, trostlose dunkle Höhle, welche, wie uns die Lazzeroni versicherten, die Höhle der Sibylle sei. Wir waren äußerst enttäuscht - doch wir untersuchten sie sorgfältig, als ob ihre leeren, felsigen Wände noch immer Spuren eines himmlischen Besuchers tragen könnten. Auf einer Seite befand sich eine kleine Öffnung. „Wohin führt sie?", fragten wir, und: „Dürfen wir hier eintreten?"

„Questo poi, no⁶", sagte der grimmig aussehende Mann, der die Fackel hielt; „man kann nur eine kurze Strecke vorrücken, und niemand geht dort hinein."

„Ich will es dennoch versuchen", sagte mein Begleiter; „sie könnte zu der richtigen Höhle führen. Soll ich alleine gehen, oder willst du mich begleiten?"

Ich signalisierte meine Bereitschaft, weiter vorzudringen, aber unsere Führer protestierten gegen eine solche Maßnahme. In ihrem neapo-

---

³ Ein sehr bekanntes Orakel aus der vorchristlichen Antike. Die Höhle der Sybille existiert noch heute und kann besichtigt werden.
⁴ Eine Bezeichnung für Bettler oder Tagelöhner aus der neapolitanischen Unterschicht.
⁵ Gen. 8, 9.
⁶ Ital. „Dorthin nicht."

litanischen Dialekt, mit dem wir nicht sehr vertraut waren, erzählten sie uns, daß es dort Gespenster gäbe, daß das Dach einstürzen würde, daß es zu eng wäre, um hineinzugelangen, daß es ein tiefes Loch darin gäbe, das mit Wasser gefüllt sei, und in welchem wir ertrinken könnten. Mein Freund verkürzte den Redeschwall, indem er dem Mann die Fackel abnahm; und wir gingen alleine weiter.

Der kleine Durchgang wurde schnell enger und niedriger, und wir mußten ganz gebeugt gehen; dennoch beharrten wir darauf, den Weg weiterzuverfolgen. Endlich betraten wir einen größeren Raum, und die niedrige Decke wurde höher; aber gerade, als wir uns deswegen beglückwünschten, löschte ein Luftwirbel unsere Fackel, und wir wurden in völliger Dunkelheit zurückgelassen. Die Führer haben stets Material für die Erneuerung des Lichts bei sich, wir jedoch hatten nichts - unsere einzige Möglichkeit war, den Weg zurückzugehen, den wir gekommen waren. Wir tasteten uns durch den weiten Raum, um den Eingang zu finden, und nach einiger Zeit hatten wir den Eindruck, daß es uns gelungen wäre. Dies erwies sich jedoch als ein zweiter Gang, der offensichtlich anstieg. Er endete wie der erstere; wenngleich in diesem Raum durch ein schwaches Licht, wir konnten nicht sagen, woher es kam, ein düsteres Zwielicht herrschte. Nach und nach gewöhnten sich unsere Augen an diese Düsternis, und wir bemerkten, daß es keinen direkten Weg gab, der uns weiterführte; doch es war möglich, auf einer Seite der Höhle zu einem niedrigen Bogen an der Spitze zu klettern, der einen leichteren Weg versprach, und von dem, wie wir nun bemerkten, jenes Licht ausging. Unter beträchtlichen Schwierigkeiten erklommen wir ihn und kamen zu einem weiteren Gang, in welchem eine größere Helligkeit herrschte, und dieser führte wie der vorige zu einem weiteren Aufstieg.

Nach einer Abfolge dieser Aufstiege, die wir allein durch unsere Willenskraft überwinden konnten, erreichten wir eine geräumige Höhle mit einer gewölbten, kuppelähnlichen Decke. Eine Öffnung in der Mitte ließ Tageslicht herein, doch sie war mit Brombeersträuchern und Unterholz überwachsen, die, als ein Schleier wirkend, den Tag verdunkelten und dem Raum eine sakrale Feierlichkeit verliehen. Sie war geräumig und nahezu kreisförmig, mit einem erhöhten Sitz aus Stein, etwa so groß wie eine griechische Liege, an einem Ende. Das einzige Zeichen dafür, daß hier einmal Leben gewesen war, war das makellose schneeweiße Skelett einer Ziege, das vermutlich beim Grasen die Öffnung auf dem Hügel nicht wahrgenommen hatte und kopfüber hineingefallen war. Seit diesem Unglück waren möglicherweise ganze Zeitalter vergangen; und die Beschädigung, die oben entstanden war, wurde durch den Wuchs der Vegetation während vieler hundert Sommer ausgebessert.

Die übrige Einrichtung der Höhle bestand aus Haufen von Blättern, Rindenstücken und einer feinen weißen Substanz, die dem inneren Teil der grünen Haube ähnelte, die das Korn des unreifen Maiskorns schützt. Wir waren erschöpft von unseren Anstrengungen, diesen Punkt zu erreichen, und ließen uns auf der felsigen Bank nieder, während uns von oben das Geräusch von klirrenden Schafglocken und der Ruf eines Hirtenknaben erreichten.

Endlich rief mein Freund, der einige der verstreuten Blätter aufgenommen hatte, aus: „Dies ist die Höhle der Sibylle; das sind sibyllinische Blätter!"[7] Bei der Untersuchung stellten wir fest, daß alle Blätter und Rindenstücke mit Buchstaben beschriftet waren. Was uns noch mehr erstaunte, war, daß diese Schriften in verschiedenen Sprachen geschrieben waren, von denen mein Gefährte einige nicht erkannte, andere waren altchaldäische und ägyptische Hieroglyphen, so alt wie die Pyramiden. Noch befremdlicher war, daß einige in modernen englischen und italienischen Dialekten geschrieben waren. Wir konnten in dem schwachen Licht wenig erkennen, doch sie schienen Prophezeiungen zu enthalten, ausführliche Berichte von Ereignissen, die unlängst verstrichen waren und Namen, die jetzt gut bekannt sind. An vielen Stellen der dünnen, dürftigen Seiten standen Ausrufe des Jubels oder des Wehs, des Sieges oder der Niederlage. Dies war gewiß die Höhle der Sibylle; zwar war sie nicht ganz genau, wie Vergil sie beschreibt, aber das ganze Land war durch Erdbeben und Vulkanausbrüche so erschüttert worden, daß die Veränderung nicht wundersam war, obwohl die Spuren des Zerfalls durch die Zeit ausgelöscht wurden. Wir verdankten die Erhaltung dieser

---

[7] Für gewöhnlich schrieb die Sibylle ihre Prophezeiungen auf Blätter, die sie am Eingang ihrer Höhle für die Ratsuchenden ablegte.

Blätter wahrscheinlich dem Zufall, der die Mündung der Höhle geschlossen hatte, und der schnell wachsenden Vegetation, die ihre einzige Öffnung dem Sturm unzugänglich gemacht hatte. Wir trafen eine hastige Auswahl derjenigen Blätter, deren Schrift wenigstens einer von uns entziffern konnte; und dann, beladen mit unserem Schatz, verabschiedeten wir uns von der düsteren Höhle und gelangten nach vielen Schwierigkeiten wieder zu unseren Führern.

Während unseres Aufenthaltes in Neapel kehrten wir oft, zuweilen allein, in diese Höhle zurück, durchstreiften die sonnenbeschienene See und fügten jedesmal unserer Sammlung etwas hinzu. Von dieser Zeit an, wann immer die weltlichen Pflichten mich nicht gebieterisch abberiefen, oder meine Gemütsstimmung ein solches Studium verhinderte, befaßte ich mich damit, diese heiligen Altertümer zu entziffern. Ihre Bedeutung, wundersam und voller Ausdruck, lohnte mir oft meine Mühe, linderte meine Sorgen, und ließ meine Einbildungskraft sich zu waghalsigen Flügen durch die Unermeßlichkeit der Natur und des menschlichen Geistes emporschwingen. Für eine Weile war ich während meiner Arbeit nicht einsam; aber diese Zeit ist nun vorüber; und mit dem auserkorenen und unnachahmlichen Gefährten in meiner Mühsal ist auch ihr größter Lohn für mich verloren -

Von meinen zarten Zweigen wollte ich
Andere Früchte dir noch zeigen; doch welcher böse Stern
Neidete uns unser Glück, mein teurer Schatz?[8]

Ich lege der Öffentlichkeit meine neuesten Entdeckungen aus den dünnen sibyllinischen Seiten vor. Da sie verstreut und zusammenhanglos waren, sah ich mich genötigt, Bindeglieder hinzuzufügen und die Arbeit in eine einheitliche Form zu modellieren. Aber die Hauptsubstanz beruht auf den Wahrheiten, die in diesen poetischen Rhapsodien enthalten sind, und auf der göttlichen Intuition, die die cumäische Jungfrau[9] vom Himmel erhielt.

---

[8] Petrarca, Sonett 322.
[9] Die Prophetin des Orakels.

Ich habe mich oft über den Gegenstand ihrer Verse und über den englischen Anschein des lateinischen Dichters gewundert. Sie sind so unklar und ungeordnet, daß ich zuweilen dachte, sie verdankten ihre gegenwärtige Form mir, ihrem Entschlüsseler. Als würden wir einem anderen Künstler die gemalten Fragmente geben, die das Mosaik von Raffaels Verklärung in St. Peter bilden; er würde sie in einer Form zusammensetzen, deren Art durch seinen eigenen Geist und sein eigenes Talent bestimmt würde. Zweifellos haben die Blätter der cumäischen Sibylle in meinen Händen eine Verzerrung und Verminderung ihrer Güte und Bedeutung erlitten. Meine einzige Entschuldigung dafür, sie so umgewandelt zu haben, ist, daß sie in ihrem ursprünglichen Zustand unverständlich waren.

Meine Arbeit hat lange Stunden der Einsamkeit erhellt und mich aus einer Welt, die ihr einst gütiges Gesicht von mir abgewandt hat, herausgeführt in eine andere, die vor Einbildungskraft und Stärke glühte. Werden meine Leser fragen, wie ich Trost in der Erzählung von Elend und erbärmlichem Wandel finden konnte? Dies ist eines der Geheimnisse unserer Natur, die mich beherrscht und vor deren Einfluß ich nicht fliehen kann. Ich gestehe, daß mich die Entwicklung der Geschichte nicht unberührt gelassen hat; und daß ich bei einigen Teilen der Erzählung, die ich getreulich von meinen Materialien übernommen habe, niedergeschlagen, ja sogar gemartert war. Doch solcherart ist die menschliche Natur, daß die Aufregung des Geistes mir lieb war und daß die Einbildungskraft, die Malerin von Stürmen und Erdbeben, oder, noch schlimmer, der stürmischen und zerstörerischen Leidenschaften des Menschen, mein wahres Leiden und endloses Reuen milderte, indem sie diese fiktiven Leiden mit jener Scheinhaftigkeit umhüllte, die dem Schmerz die tödliche Schärfe nimmt.

Ich weiß nicht, ob diese Entschuldigung notwendig ist. Letztlich müssen die Vorzüge meiner Bearbeitung und Übersetzung entscheiden, ob ich meine Zeit und meine unvollkommenen Kräfte wohl angewandt habe, indem ich den zarten und brüchigen Blättern der Sibylle Form und Inhalt gab.

Der letzte Mensch.

Kapitel 1.

Ich stamme aus einer vom Meer umgebenen Gegend, einem wolkenverhangenen Land, das, wenn ich mir die Oberfläche des Globus vorstelle, mit seinem grenzenlosen Ozean und den riesigen Kontinenten, nur als ein unbedeutender Fleck im gewaltigen Ganzen erscheint; und doch übertraf es, was die seelische Stärke betrifft, Länder von größerer Ausdehnung und Bevölkerung bei weitem. So wahr ist es, daß der Mensch allein mit seinem Verstand alles Gute und Große für sich schuf, und daß die Natur selbst nur seine oberste Dienerin war. England, das weit im Norden des trüben Meeres liegt, sucht mich jetzt in meinen Träumen heim, in Gestalt eines großen und gut bemannten Schiffes, das die Winde beherrscht und stolz über die Wellen reitet. In meinen Knabenjahren war es für mich die ganze Welt. Wenn ich auf meinen heimatlichen Hügeln stand und sah, wie Ebenen und Berge sich bis zu den äußersten Grenzen meiner Sicht erstreckten, mit den Behausungen meiner Landsleute gesprenkelt und durch ihre Arbeit der Fruchtbarkeit unterworfen, war dieser Ort für mich das Zentrum der Erde, und der Rest ihrer Kugel glich einer Fabel, welche zu vergessen weder meine Vorstellungskraft noch mein Verstand Mühe gekostet hätte.

Meine Geschicke waren von Beginn an ein Exempel für die Macht, die Wandelbarkeit über den Verlauf eines Menschenlebens ausüben kann. In meinem Falle fiel es mir beinahe wie eine Erbschaft zu. Mein Vater war einer jener Männer, denen die Natur die beneidenswerten Gaben des Witzes und der Einbildungskraft verliehen hatte, und dann seine Lebensbarke dem Einfluß der Winde überließ, ohne den Verstand als Ruderer oder die Urteilskraft als Steuermann für die Reise hinzuzufügen. Seine Herkunft war unklar; aber die Umstände machten ihn bald beliebt, und sein kleiner väterlicher Besitz wurde bald in der großartigen modischen und luxuriösen Gesellschaft aufgelöst, in der er sich bewegte. Während der kurzen Jahre gedankenloser Jugend wurde er von den Beliebtesten aus gutem Hause, und nicht weniger vom jungen Souverän, der den Intrigen der Partei und den mühsamen Aufgaben königlicher Geschäfte entfloh, verehrt, die in seiner Gesellschaft nie versagende Erheiterung und Aufhellung des Gemütes fanden. Die Impulse meines Vaters, die nie unter seiner eigenen Kontrolle standen, brachten ihn fortwährend in Schwierigkeiten, aus denen ihn allein sein Einfallsreichtum befreien konnte; und der sich anhäufende Berg von Schulden der Ehre und des Handels, der jeden anderen zur Erde gebeugt haben würde, wurde von ihm mit leichtem Sinn und unbezwinglicher Heiterkeit geschultert; während seine Gesellschaft an den Tischen und Versammlungen der Reichen so notwendig war, daß man seine Verfehlungen als läßlich betrachtete, und er selbst mit berauschender Schmeichelei empfangen wurde.

Diese Art von Popularität ist, wie jede andere auch, flüchtig: und die Schwierigkeiten jeder Art, mit denen er zu kämpfen hatte, stiegen in einem fürchterlichen Verhältnis, verglichen mit seinen kleinen Mitteln, sich daraus zu befreien. Zu solchen Zeiten sprang ihm der König bei, der ihm sehr zugetan war, und stellte dann seinen Freund freundlich zur Rede. Mein Vater gelobte eifrig Besserung, aber seine gesellige Veranlagung, sein Verlangen nach dem üblichen Maß an Bewunderung und, mehr als alles andere, der Teufel des Glücksspiels, der ihn völlig beherrschte, machte seine guten Vorsätze vergänglich und seine Versprechungen vergeblich. Mit der raschen Auffassungsgabe, die seinem Gemüt eigentümlich war, nahm er wahr, daß seine Kraft im strahlenden Kreise im Schwinden begriffen war. Der König heiratete; und die hochmütige Prinzessin von Österreich, die als Königin von England bald die neuesten Moden anführte, sah mit scharfen Augen seine Mängel, und mit Verachtung die Zuneigung, die ihr königlicher Ehemann für ihn empfand. Mein Vater fühlte, daß sein Fall nahe war; aber weit davon entfernt, von dieser letzten Ruhe vor dem Sturm zu profitieren, um sich selbst zu retten, suchte er das vorweggenommene Böse zu vergessen, indem er der Gottheit des Vergnügens, dem betrügerischen und grausamen Schiedsrichter seines Schicksals, noch größere Opfer brachte.

Der König, der ein Mann von ausgezeichneten Anlagen war, sich aber leicht führen ließ, war jetzt ein williger Schüler seiner herrischen Gemahlin geworden. Er wurde veranlaßt, mit äußerster Mißbilligung und schließlich mit Widerwillen auf die Unklugheit und die Torheiten meines Vaters zu blicken. Dessen Anwesenheit konnte diese Wolken zwar zerstreuen; seine warmherzige Offenheit, sein glänzender Witz und sein vertrauliches Betragen waren unwiderstehlich: in einiger Entfernung jedoch, während immer neue Geschichten über seine Verfehlungen ins Ohr seines königlichen Freundes gegossen wurden, verlor er seinen Einfluß. Der Königin gelang es mit Geschick, diese Abwesenheiten zu verlängern und Beschuldigungen zusammenzutragen. Endlich wurde der König dazu gebracht, in ihm eine Quelle ständiger Unruhe zu sehen, und kam zu dem Schluß, daß er für das kurzlebige Vergnügen seiner Gesellschaft durch langweilige Predigten und peinvolle Erzählungen von Exzessen, deren Wahrheit er nicht widerlegen konnte, bezahlen sollte. Das Ergebnis war, daß er, um ihn zur Vernunft zu bringen, noch einen Versuch wagen, und ihn im Falle des Mißerfolges für immer abweisen wollte.

Eine solche Szene muß von äußerstem Interesse und angespannter Leidenschaft gewesen sein. Ein mächtiger König, bekannt für eine herausragende Güte, die ihn bis dahin milde gestimmt hatte, und jetzt erhaben in seinen Ermahnungen, die mit Bitten und Rügen geäußert wurden, bat seinen Freund, sich seinen wahren Interessen zu widmen und sich zu entschließen, jenen Belustigungen zu entsagen, die ihn ohnehin bald verlassen würden und seine großen Talente auf ein würdigeres Feld zu verlegen, in dem er, sein Souverän, seine Stütze, sein Halt und sein Wegbereiter sein würde. Mein Vater fühlte diese Gewogenheit; für einen Moment schwebten ihm ehrgeizige Träume vor; und er dachte, daß es gut wäre, seine gegenwärtigen Beschäftigungen gegen edlere Aufgaben zu vertauschen. Mit Aufrichtigkeit und Eifer leistete er das verlangte Versprechen: als Gelöbnis der fortwährenden Gunst erhielt er von seinem königlichen Herrn eine Geldsumme, um dringende Schulden zu begleichen und ihm zu ermöglichen, unter guter Aufsicht seine neue Laufbahn zu beginnen. In dieser Nacht, noch voller Dankbarkeit und guter Entschlüsse, ging diese Summe, und noch einmal soviel, am Spieltisch verloren. In seinem Bestreben, seine ersten Verluste wiedergutzumachen, riskierte mein Vater den doppelten Einsatz und zog damit eine Ehrenschuld auf sich, die er nicht begleichen konnte. Zu beschämt, um sich wieder an den König zu wenden, kehrte er London, seinen falschen Freuden und dem anhaftendem Elend den Rücken zu; und begrub sich mit der Armut als seiner einzigen Begleiterin in der Einsamkeit zwischen den Hügeln und Seen von Cumberland. Sein Witz, seine geistreichen Bemerkungen, der Ruf seiner persönlichen Reize, faszinierenden Manieren und gesellschaftlichen Talente wurden lange in Erinnerung behalten und weitererzählt. Wenn man fragte, wo dieser Liebling der Gesellschaft nun war, dieser Gefährte des Edlen, dieser helle Lichtstrahl, der die Versammlungen des Hofes und der Heiterkeit mit unerhörter Pracht vergoldete - hörte man, daß er ein verlorener Mann sei, der in Mißkredit geraten wäre; nicht einer dachte, daß es ihm zustände, das geleistete Vergnügen durch echte Dienstleistungen zurückgezahlt zu bekommen, oder daß seine lange Regierung als genialer Unterhalter die Auszahlung einer Pension verdiente. Der König beklagte seine Abwesenheit; er liebte es, seine Sprüche zu wiederholen, die Abenteuer, die sie miteinander erlebt hatten, zu erzählen und seine Talente zu erhöhen - hier aber endete seine Erinnerung.

Einstweilen konnte mein vergessener Vater nicht vergessen. Er trauerte um den Verlust dessen, was für ihn notwendiger war als Luft oder Nahrung - die Aufregung des Vergnügens, die Bewunderung der Edlen, das luxuriöse und geschliffene Leben der Großen. Ein nervöses Fieber war die Folge; während welchem er von der Tochter eines armen Häuslers gepflegt wurde, unter dessen Dach er wohnte. Sie war lieblich, sanft und außerdem freundlich zu ihm; auch kann es nicht verwundern, daß das frühere Idol der adligen Schönheit, selbst in einem gefallenen Stande, dem niederen Häusler-Mädchen als ein Wesen von höherer und bewunderungswürdiger Art erscheinen sollte. Die Verbindung zwischen ihnen führte zu der unglückseligen Ehe, deren Nachkomme ich war.

Trotz der Zärtlichkeit und Sanftheit meiner Mutter beklagte ihr Ehemann noch immer seinen herabgewürdigten Stand. Nicht an körperliche Arbeit gewöhnt, wußte er nicht, auf welche Weise er zur Unterstützung seiner wachsenden Familie beitragen könnte. Zuweilen dachte er daran, sich an den König zu wenden; Stolz und Scham hielten ihn für eine Weile zurück; und ehe seine Bedürfnisse so dringlich wurden, um ihn zu irgendeiner Betätigung zu zwingen, starb er. Für eine kurze Zeitspanne vor dieser Katastrophe blickte er in die Zukunft und betrachtete voller Angst die verzweifelte Lage, in der er seine Frau und seine Kinder zurücklassen würde. Seine letzte Bemühung war ein Brief an den König, voll berührender Beredsamkeit, und von gelegentlichem Aufblitzen jenes brillanten Geistes, der ein wesentlicher Teil von ihm war. Er überantwortete seine Witwe und Waisen der Freundschaft seines königlichen Gebieters und war zufrieden, daß auf diese Weise ihr Wohlstand in seinem Tode besser gesichert war als in seinem Leben. Dieser Brief wurde der Fürsorge eines Adligen anvertraut, der ohne Zweifel dies letzte Amt ausführen würde, um ihn dem König in die Hand zu legen.

Er starb verschuldet, und sein geringes Vermögen wurde sogleich von seinen Gläubigern beschlagnahmt. Meine Mutter, mittellos und mit der Bürde zweier Kinder belastet, harrte Woche für Woche und Monat für Monat in gespannter Erwartung auf eine Antwort, die nie kam. Sie hatte nie etwas anderes gekannt als die Hütte ihres Vaters; und das Herrenhaus des Gutsherrn war die vornehmste Art von Großartigkeit, die sie sich vorstellen konnte. Während mein Vater noch am Leben war, machte er sie mit dem Namen der Königsfamilie und des höfischen Kreises vertraut; aber solche Dinge, die nicht mit ihrer persönlichen Erfahrung übereinstimmten, erschienen nach dem Verlust dessen, der ihnen Inhalt und Wirklichkeit einhauchte, vage und phantastisch. Wenn sie unter den gegebenen Umständen auch genügend Mut aufgebracht hätte, sich an die von ihrem Ehemann erwähnten adligen Personen zu wenden, so hätte doch der Mißerfolg seines eigenen Ansuchens sie dazu gebracht, die Idee zu verbannen. Sie sah daher keine Flucht vor der bitteren Not:

fortwährende Fürsorge, verbunden mit der Trauer um den Verlust des bewunderungswürdigen Wesens, das sie weiterhin mit feuriger Bewunderung betrachtete, harte Arbeit und von Natur aus empfindlicher Gesundheit, erlösten sie schließlich von der traurigen Fortdauer von Mangel und Elend.

Die Lage ihrer verwaisten Kinder war besonders trostlos. Ihr Vater war Emigrant aus einem anderen Landesteil gewesen und schon lange gestorben; sie hatten keinen einzigen Verwandten, der sich ihrer angenommen hätte; sie waren Ausgestoßene, Arme, unglückliche Wesen, denen nur das dürftigste Almosen zugesprochen wurde, und die nicht einmal als Kinder von Bauern behandelt wurden, sondern als ärmer noch als jener Ärmste, der sie im Sterben der knauserigen Wohltätigkeit des Landes als ein undankbares Vermächtnis hinterlassen hatte.

Ich, der ältere der beiden, war fünf Jahre alt, als meine Mutter starb. Eine Erinnerung an die Reden meiner Eltern und die Botschaften, die meine Mutter mir in bezug auf die Freunde meines Vaters mitzuteilen versuchte, in der vagen Hoffnung, daß ich eines Tages von dem Wissen profitieren könnte, schwebten wie ein undeutlicher Traum durch meinen Verstand. Ich stellte mir vor, daß ich anders und meinen Beschützern und Gefährten überlegen war, aber ich wußte nicht, inwiefern oder weswegen. Das Gefühl der Verletzung, verbunden mit dem Namen des Königs und Adligen, hing mir an; aber ich konnte aus jenen Gefühlen keine Schlüsse ziehen, die mir als Handlungsanleitung hätten dienen können. Mein erstes wirkliches Wissen über mich war, daß ich ein schutzloses Waisenkind in den Tälern und Bergen von Cumberland war. Ich stand im Dienste eines Bauern; und mit einem Stab in der Hand und meinem Hund an meiner Seite, hütete ich eine große Schafherde im nahen Hochland. Ich kann nicht viel Gutes über ein solches Leben sagen, und seine Qualen überstiegen bei weitem seine Freuden. Es lag eine Freiheit darin, eine Gemeinschaft mit der Natur und eine sorglose Einsamkeit; aber diese, romantisch wie sie waren, stimmten nicht mit dem Tätigkeitsdrang und dem Verlangen nach menschlicher Zuneigung überein, wie sie charakteristisch für die Jugend sind. Weder die Aufsicht über meine Herde noch der Wechsel der Jahreszeiten genügten, um meinen regen Geist zu zähmen; mein Leben im Freien und die beschäftigungslose Zeit waren die Versuchungen, die mich früh zu gesetzlosen Gewohnheiten führten. Ich verband mich mit anderen, die wie ich ohne Freunde waren; ich formte sie zu einer Bande, ich war ihr Anführer und Hauptmann. Wir waren alle Hirtenjungen, und während unsere Herden über die Weiden verteilt waren, planten und verübten wir so manchen schelmischen Streich, was uns die Wut und die Rache der Bauern zuzog. Ich war der Anführer und Beschützer meiner Kameraden, und da ich ihnen vorstand, wurden ihre Missetaten gewöhnlich mir angelastet. Doch indem ich heldenmütig Bestrafung und Schmerz in ihrer Verteidigung ertrug, beanspruchte ich als Belohnung Lob und Gehorsam.

In einer solchen Schule erhielt ich einen rauhen, aber standhaften Charakter. Der Hunger nach Bewunderung und die geringe Fähigkeit zur Selbstbeherrschung, Eigenschaften, die ich von meinem Vater geerbt hatte, und welche von den Widrigkeiten genährt wurden, machten mich wagemutig und leichtsinnig. Ich war roh wie die Elemente und ungebildet wie die Tiere, die ich hütete. Ich verglich mich oft mit ihnen, und als ich feststellte, daß meine Hauptüberlegenheit in der Macht bestand, überzeugte ich mich bald, daß es nur die Macht war, in der ich den größten Potentaten der Erde unterlegen war. So ungelehrt in verfeinerter Philosophie, und von dem unruhigen Gefühl verfolgt, unter meine wahre gesellschaftliche Stellung erniedrigt zu sein, wanderte ich in den Hügeln des zivilisierten Englands umher, ein ebenso ungeschliffener Wilder wie der wolfsgesäugte Gründer des alten Roms.[10] Ich kannte nur ein Gesetz, und dies war das des Stärkeren, und meine größte Tugend bestand darin, mich niemals zu unterwerfen.

Doch man lasse mich ein wenig von diesem Urteil abweichen, das ich über mich selbst gegeben habe. Als meine Mutter starb, übergab sie, zusätzlich zu ihren anderen halbvergessenen und falsch angewandten Lektionen, ihr anderes Kind mit feierlicher Ermahnung meiner brüderlichen Vormundschaft; und diese eine Pflicht erfüllte ich nach besten Kräften, mit all dem Eifer und der Zuneigung, zu der meine Natur fähig war. Meine Schwester war drei Jahre jünger als ich; ich hatte sie als Kind

---

[10] In der römischen Sage wurden die Zwillinge Remulus und Romus, der legendäre Gründer der Stadt Rom, von einer Wölfin gesäugt.

gehütet, und als der Unterschied unserer Geschlechter uns durch verschiedene Beschäftigungen in großem Maße voneinander trennte, blieb sie doch der Gegenstand meiner sorgsamen Liebe. Als Waisen, im vollsten Sinne des Wortes, waren wir die Ärmsten unter den Armen und die Verachteten unter den Unwürdigen. Wo man mir wegen meiner Kühnheit und meines Mutes eine Art von respektvoller Abneigung entgegenbrachte, waren ihre Jugend und ihr Geschlecht ihr hinderlich und Ursache zahlloser Kasteiungen; und ihre eigene Veranlagung war nicht so konstituiert, daß sie die schädlichen Auswirkungen ihres niedrigen Standes hätte vermindern können.

Sie war ein einzigartiges Wesen und hatte, gleich mir, viele Eigenschaften unseres Vaters geerbt. Ihr Antlitz war voller Ausdruck; ihre Augen waren nicht dunkel, aber undurchdringlich tief; man vermeinte, in ihrem klugen Blick Raum um Raum zu entdecken und empfand, daß ihre Seele ein Universum des Denkens in sich barg. Sie war blaß und blond, ihr goldenes Haar kräuselte sich an ihren Schläfen und seine satte Farbe kontrastierte mit dem hellen Marmor darunter. Ihr grobes Bauernkleid, das wenig zu der Kultiviertheit, die ihr Gesicht ausdrückte, passen wollte, harmonierte dennoch auf eine seltsame Weise damit. Sie glich einer von Guidos Heiligen[11], himmlisch in ihrem Herzen und in ihrem Äußeren, und Kleidung und sogar Gestalt traten hinter dem Verstand zurück, der aus ihrem Antlitz blitzte.

Obwohl sie so liebreizend und voller edler Gefühle war, war das Wesen meiner armen Perdita (denn das war der phantasievolle Name, den meine Schwester von ihrem sterbenden Vater erhalten hatte) nicht gänzlich frei von Fehlern. Ihr Betragen war kalt und abweisend. Wäre sie von Menschen aufgezogen worden, die sie mit Zuneigung behandelt hätten, wäre sie vielleicht anders gewesen; doch ungeliebt und vernachlässigt, zahlte sie den Mangel an Güte mit Mißtrauen und Schweigen zurück. Sie unterwarf sich denen, die Autorität über sie hatten, doch ihre Brauen waren stets düster zusammengezogen; sie schien von jedem, der sich ihr näherte, Feindschaft zu erwarten, und ihre Handlungen wurden von demselben Gefühl geleitet. Sämtliche Zeit, über die sie frei verfügen

---

[11] Guido Reni, ein italienischer Barockmaler.

konnte, verbrachte sie in der Einsamkeit. Sie wanderte zu den am wenigsten besuchten Orten und erklomm gefährliche Höhen, damit sie sich an diesen entlegenen Stellen in die Einsamkeit zurückziehen konnte. Oft verbrachte sie ganze Stunden damit, auf den Pfaden im Walde auf und abzugehen; sie wob Girlanden aus Blumen und Efeu oder betrachtete den flackernden Schatten und die glänzenden Blätter; zuweilen saß sie neben einem Rinnsal, und warf, wenn ihre Gedanken zur Ruhe kamen, Blumen oder Kieselsteine ins Wasser, um zu beobachten, wie diese schwammen und jene sanken; oder sie setzte Boote aus Baumrinde oder Blättern ins Wasser, mit einer Feder als Segel, und verfolgte den Kurs ihres Gefährts zwischen den Stromschnellen und Untiefen des Baches. Indessen ersann ihre rege Phantasie tausend Möglichkeiten; sie träumte „von schreckender Gefahr zu See und Land"[12] - sie verlor sich verzückt in diesen selbstgeschaffenen Wanderungen und kehrte mit unwilligem Geist in die trübe Enge des gewöhnlichen Lebens zurück.

Die Armut war die Wolke, die ihre Vorzüge verhüllte, und alles, was in ihr gut war, erstarb aus Mangel am freundlichen Tau der Zuneigung. Sie hatte nicht den gleichen Vorteil wie ich, der ich eine Erinnerung an unsere Eltern hatte; sie klammerte sich an mich, ihren Bruder, als ihren einzigen Freund, doch ihre Verwandtschaft mit mir vergrößerte nur die Abneigung, die ihre Pflegeeltern für sie empfanden; und jeder begangener Fehler wurde von ihnen zu Verbrechen erhöht. Wäre sie in jenem Lebensumfeld aufgewachsen, das die Natur ihr durch die ererbte Zartheit ihres Geistes und ihrer Person eigentlich zugedacht hatte, wäre sie vielleicht ein Gegenstand der Anbetung gewesen, denn ihre Tugenden waren ebenso herausragend wie ihre Fehler. All das Genie, das das Blut ihres Vaters geadelt hatte, entflammte das ihrige; eine großzügige Flut floß in ihren Adern. List, Neid oder Niedertracht liefen ihrer Natur zuwider, ihr Antlitz könnte, wenn es von einem liebenswürdigen Gefühl erleuchtet wurde, einer Königin der Nationen angehört haben, ihre Augen waren strahlend, ihr Auftreten furchtlos.

---

[12] Shakespeare, Othello, 1, 3.

Obwohl wir durch unsere Lage und Gemütsanlagen fast gleichermaßen von den üblichen Formen des sozialen Umgangs abgeschnitten waren, bildeten wir einen starken Gegensatz zueinander. Ich benötigte stets die Anregung durch Gesellschaft und Beifall. Perdita war sich selbst genug. Ungeachtet meiner gesetzlosen Gewohnheiten war ich im Grunde gesellig, wohingegen sie die Abgeschiedenheit suchte. Ich verbrachte mein Leben unter greifbaren Realitäten, sie erlebte das ihre wie einen Traum. Man könnte sagen, ich würde sogar meine Feinde lieben, denn indem sie mich reizten, schenkten sie mir Zufriedenheit. Perdita mochte ihre Freunde im Grunde nicht, denn sie störten sie in ihren träumerischen Stimmungen. Alle meine Gefühle, selbst die der Freude und des Triumphes, wurden in Bitterkeit verwandelt, wenn ich sie nicht teilen konnte. Perdita nahm selbst in der Freude ihre Zuflucht zur Einsamkeit und konnte von Tag zu Tag existieren, ohne je ihre Gefühle auszudrücken, oder freundschaftliche Zuneigung in einem anderen zu suchen. Nein, sie mochte beim Anblick und der Stimme ihrer Freundin diese mit zärtlichen Worten kosen, während ihr Verhalten doch die kälteste Zurückhaltung ausdrückte. Ihre Empfindung wandelte sich zum Gedanken, und sie sprach erst, wenn sie ihre Wahrnehmung äußerer Gegenstände mit anderen vermischte, die die eigentliche Frucht ihres Geistes waren. Sie war wie ein fruchtbarer Boden, der die Lüfte und Taue des Himmels aufnahm, um sie in den schönsten Formen von Früchten und Blumen wieder ans Licht hervorzubringen; doch dann wiederum war sie oft ebenso düster und zerklüftet, wie dieser Boden, wurde aufgeharkt und neu besät.

Sie wohnte in einem Häuschen, von dem eine niedrige Grasböschung zu den Wassern des Sees von Ulswater abfiel; ein Buchenwald erstreckte sich den Hügel hinauf, und ein von der Anhöhe sanft hinabfließender, plätschernder Bach lief durch mit Pappeln beschattete Ufer in den See. Ich lebte bei einem Bauern, dessen Haus höher in den Hügeln erbaut war: dahinter erhob sich ein dunkler Fels, in dessen Spalten auf der Nordseite der Schnee den ganzen Sommer hindurch lag. Vor Morgengrauen führte ich meine Herde zu den Schafweiden und hütete sie den Tag hindurch. Es war ein mühevolles Leben; denn Regen und Kälte waren häufiger als Sonnenschein; doch ich trotzte den Elementen voller

Stolz. Mein treuer Hund bewachte die Schafe, während ich zum Treffpunkt meiner Kameraden und von dort zur Ausführung unserer Pläne schlich. Gegen Mittag trafen wir uns wieder, und wir warfen unsere Bauernkost verächtlich fort, wenn wir Holz für unser Feuer aufschichteten und es zu lodernden Flammen entfachten, die dazu bestimmt waren, das aus den nahegelegenen Vorratskammern gestohlene Wild zu kochen. Es folgten die Geschichten von haarsträubenden Verfolgungsjagden, Kämpfen mit Hunden, Hinterhalt und Flucht, während wir auf Zigeunerart unseren Kessel umringten. Die Suche nach einem verirrten Lamm oder die Mittel, mit denen wir entkamen oder bestrebt waren, der Bestrafung zu entgehen, füllten die Stunden des Nachmittags. Am Abend trottete meine Herde in ihren Pferch, und ich zu meiner Schwester.

Es geschah in der Tat selten, daß wir, um einen altmodischen Ausdruck zu gebrauchen, ungeschoren entkamen. Unsere karge Kost wurde oft gegen Schläge und Einkerkerung eingetauscht. Einmal, als ich dreizehn Jahre alt war, wurde ich für einen Monat ins Bezirksgefängnis geschickt. Als ich herauskam, war meine Moral nicht verbessert, und mein Haß auf meine Unterdrücker hatte sich verzehnfacht. Brot und Wasser zähmten mein Blut nicht, auch Einzelarrest inspirierte mich nicht mit sanften Gedanken. Ich empfand Wut, Ungeduld und Elend. Meine einzigen glücklichen Stunden waren jene, in denen ich Rachepläne ersann. Diese wurden in meiner erzwungenen Einsamkeit vervollkommnet, so daß ich während der ganzen folgenden Saison, und ich wurde Anfang September aus der Haft entlassen, nie versäumte, mir und meinen Kameraden ausgezeichnete und reichliche Kost zu bieten. Das war ein herrlicher Winter. Der scharfe Frost und der schwere Schnee zähmten die Tiere und hielten die ländlichen Herren an ihren Kaminen. Wir bekamen mehr Wild, als wir essen konnten, und mein treuer Hund bekam durch den Genuß unserer Abfälle ein glänzendes Fell.

So verstrichen die Jahre, und die Jahre fügten nur einen größeren Durst auf die Freiheit und Verachtung für alles hinzu, das nicht so wild und dreist war wie ich. Im Alter von sechzehn Jahren war ich zu einem stattlichen Mann herangewachsen; ich war groß und kräftig, war darin geübt, meine Stärke zu beweisen und an die Unbilden der Elemente gewöhnt. Meine Haut war sonnengebräunt, meine Schritte waren voll selbstbewußter Kraft. Ich fürchtete niemanden und liebte niemanden. Im nachhinein blickte ich verwundert darauf zurück, wie ich damals war, wie vollkommen wertlos ich geworden wäre, wenn ich meine gesetzlose Karriere weiter verfolgt hätte. Mein Leben war wie das eines Tieres, und mein Verstand war in Gefahr, zu dem zu verkommen, was die rohe Natur den Tieren mitteilt. Bis jetzt hatten meine wilden Gewohnheiten mich noch keine üblen Untaten ausüben lassen; vielmehr waren meine körperlichen Kräfte unter ihrem Einfluß gewachsen und aufgeblüht, und mein Geist, der derselben Disziplin unterworfen war, war von allen abhärtenden Tugenden durchdrungen. Aber jetzt stiftete mich meine Unabhängigkeit, auf die ich so stolz war, täglich dazu an, Akte der Tyrannei zu begehen, und die Freiheit wurde zur Zügellosigkeit. Ich stand am Rande der Männlichkeit; Leidenschaften, so stark wie die Bäume eines Waldes, hatten bereits in mir Wurzeln geschlagen und begannen nun, meinen Lebensweg mit ihrem schädlichen Überwuchern zu beschatten.

Ich dürstete nach Unternehmungen jenseits meiner kindlichen Heldentaten und erdachte ungetrübte Träume von zukünftigem Handeln. Ich mied meine alten Kameraden, und so verlor ich sie bald. Sie erreichten das Alter, in dem sie ins Leben entlassen wurden, um den ihnen vorherbestimmten Lebenszweck zu erfüllen; während ich, ein Ausgestoßener, ohne jemanden, der mich führte oder vorantrieb, innehielt. Die Alten begannen, auf mich zu als ein schlechtes Beispiel zu zeigen, die Jungen, mich als ein Wesen zu betrachten, das von ihnen selbst verschieden ist. Ich haßte sie und begann, als die letzte und schlimmste Erniedrigung, mich selbst zu hassen. Ich hielt an meinen wilden Gewohnheiten fest, verachtete sie jedoch zur gleichen Zeit; ich setzte meinen Krieg gegen die Gesellschaft fort und hegte dennoch den Wunsch, dazuzugehören.

Ich rief mir wieder und wieder alles ins Gedächtnis, was meine Mutter mir vom früheren Leben meines Vaters erzählt hatte, ich betrachtete die wenigen Reliquien, die ich von ihm besaß, und sie sprachen von einer größeren Kultiviertheit, als unter den Berghütten gefunden werden konnte. Doch nichts von alledem diente mir als Wegweiser zu einer anderen und angenehmeren Lebensweise. Mein Vater war mit Adligen befreundet gewesen, aber alles, was ich von einer solchen Verbindung wußte, war die letztendliche Verstoßung. Der Name des Königs, - er, an den mein sterbender Vater seine letzten Bitten gerichtet hatte, und der sie grob zurückgewiesen hatte, war nur mit der Vorstellung von Lieblosigkeit, Ungerechtigkeit und äußerster Erbitterung verbunden. Ich wurde zu etwas Größerem geboren, als ich war - und größer würde ich werden; aber Größe ging, zumindest in meiner verzerrten Wahrnehmung, nicht notwendig mit dem Guten einher, und meine wilden Gedanken wurden nicht durch moralische Betrachtungen gebremst, wenn ich von Rang und Namen träumte. So stand ich auf einem Gipfel, ein Meer des Bösen wogte zu meinen Füßen; ich wollte mich hineinstürzen und mit den Wassern über alle Hindernisse hinweg zum Gegenstand meiner Wünsche eilen - als ein merkwürdiger Einfluß auf die Strömung meines Schicksals einwirkte und ihren ungestümen Lauf zu dem änderte, was im Vergleich dazu wie die sanften Windungen eines in Wiesen gebetteten Bächleins waren.

Kapitel 2.

Ich lebte fernab von den geschäftigen Städten, und der Lärm von Kriegen oder politischen Veränderungen drang nur als ein leiser Nachhall zu unseren Berghütten. England war in meiner frühen Kindheit der Schauplatz bedeutender Kämpfe gewesen. Im Jahre 2073 hatte der letzte seiner Könige, der alte Freund meines Vaters, aufgrund der sanften Proteste seiner Untertanen abgedankt, und es wurde eine Republik ausgerufen. Dem entthronten Monarchen und seiner Familie wurden große Güter gesichert; er erhielt den Titel Earl of Windsor, und Windsor Castle[13], mit seinen ausgedehnten Domänen war ein Teil seines

---

[13] Das an der Themse unweit Londons gelegene Windsor Castle (Schloß Windsor) ist das größte durchgängig bewohnte Schloß der Welt. Die Ursprünge von Windsor Castle liegen in der Zeit Wilhelms des Eroberers - seitdem ist es der Sitz der englischen Könige. Auf seinem Gelände liegt die später erwähnte St.-Georgs-Kapelle.

ihm zugeteilten Reichtums. Er starb bald darauf und hinterließ zwei Kinder, einen Sohn und eine Tochter.

Die ehemalige Königin, eine Prinzessin des Hauses Österreich, hatte ihren Gatten lange gedrängt, sich dem Unvermeidlichen zu widersetzen. Sie war hochmütig und furchtlos; sie hegte eine Liebe zur Macht und eine bittere Verachtung für ihn, der sich so leicht eines Königreiches berauben ließ. Allein um ihrer Kinder willen war sie bereit, der Königswürde beraubt, ein Mitglied der englischen Republik zu bleiben. Als sie Witwe wurde, widmete sie sich gänzlich der Erziehung ihres Sohnes Adrian, des zweiten Earls of Windsor, um ihre ehrgeizigen Ziele zu erreichen; und er, der die Milch seiner Mutter eingesogen hatte, sollte mit dem ständigen Ziel vor Augen heranwachsen, eines Tages seine verlorene Krone wiederzuerlangen. Adrian war jetzt fünfzehn Jahre alt. Er war süchtig nach dem Studium und weit über sein Alter hinaus von Lernen und Talent durchdrungen: Man sagte, daß er bereits begonnen hätte, die Ansichten seiner Mutter zu durchkreuzen und republikanische Grundsätze zu hegen. Dem sei, wie ihm wolle, die hochmütige Gräfin vertraute niemandem die Geheimnisse ihres Familienunterrichts an. Adrian wuchs in der Abgeschiedenheit heran und wurde von den natürlichen Gefährten seines Alters und Standes ferngehalten. Einige unbekannte Umstände veranlaßten nun seine Mutter, ihn von ihrer unmittelbaren Aufsicht fortzusenden; und wir hörten, daß er Cumberland besuchen wollte. Es gingen tausend Geschichten um, welche das Verhalten der Gräfin von Windsor erklärten – keine davon war wahrscheinlich – aber jeden Tag wurde es gewisser, daß wir den edlen Sproß des früheren königlichen Hauses von England unter uns haben sollten.

In Ulswater befand sich ein großes Landgut mit einem Herrenhaus, das dieser Familie gehörte. Ein großer Park, geschmackvoll angelegt und reichlich mit Wild bestückt, schloß sich daran an. Ich hatte oft in diesen Vorräten geplündert; und der vernachlässigte Zustand des Gutes erleichterte meine Besuche. Als beschlossen wurde, daß der junge Earl of Windsor Cumberland besuchen sollte, kamen Arbeiter, um das Haus und das Grundstück für seinen Empfang vorzubereiten. Die Wohnungen wurden in ihrer ursprünglichen Pracht wiederhergestellt, und der

Park, dessen Schäden beseitigt wurden, wurde mit besonderer Sorgfalt bewacht.

Mir war diese Nachricht äußerst unangenehm. Sie weckte all meine ruhenden Erinnerungen, meine verdrängten Gefühle der Verletzung, und gab neuer Rache Auftrieb. Ich konnte meinen Beschäftigungen nicht mehr nachgehen, all meine Pläne und Ideen waren vergessen. Ich schien im Begriff zu sein, das Leben von neuem zu beginnen, und das unter keinen guten Vorzeichen. Das Tauziehen, dachte ich, sollte jetzt beginnen. Er würde triumphierend dorthin kommen, wo mein Vater gebrochen Zuflucht gesucht hatte; er würde den unglückseligen Sprößling vorfinden, der seinem königlichen Vater mit solch vergeblichem Vertrauen von elenden Armen vermacht wurde. Daß er von unserer Existenz wußte und uns aus der Nähe mit derselben Verächtlichkeit behandeln würde, die sein Vater aus der Entfernung und in Abwesenheit geübt hatte, erschien mir als die sichere Folge dessen, was zuvor geschehen war. So sollte ich denn diesen betitelten Jüngling treffen – den Sohn des Freundes meines Vaters. Er würde von Dienern abgeschirmt werden. Adlige, und die Söhne von Adligen, waren seine Begleiter. Ganz England war entzückt beim Klange seines Namens, und sein Herannahen war wie ein Gewitter bereits von fern zu vernehmen. Ich hingegen, der ich ungebildet und unbeliebt war, sollte im Urteil seiner höfischen Anhänger als lebender Beweis für die Richtigkeit jener Undankbarkeit dienen, die mich zu dem degradierten Wesen gemacht hatte, als das ich erschien.

Man könnte sagen, daß ich, während ich ganz von jenen Gedanken erfüllt war, wie unter einem Bann gestanden hatte, als ich den künftigen Wohnsitz des jungen Earls aufsuchte. Ich beobachtete den Fortschritt der Arbeiten und stand bei den Packwägen, aus denen verschiedene Londoner Luxusartikel hervorgebracht und ins Herrenhaus befördert wurden. Es war Teil des Plans der ehemaligen Königin, ihren Sohn mit fürstlicher Pracht zu umgeben. Ich sah reiche Teppiche und seidene Behänge, Goldverzierungen, reich verzierte Gegenstände aus Metall, prunkvolle Möbel und allerlei Anhängsel von hohem Rang, so daß dem Abkömmling eines Königs nichts als königliche Pracht ins Auge fallen sollte. Ich schaute auf diese, und wandte meinen Blick meiner eigenen gewöhnlichen Kleidung zu. Woher kam dieser Unterschied? Woher, wenn nicht von Undankbarkeit und Falschheit, von einer Verderbtheit des Vaters des Prinzen, einer Abwendung von jedem edlen, mitfühlenden und großzügigen Gefühl. Zweifellos war auch er, dessen Blut eine mitreißende Flut von seiner stolzen Mutter erhalten hatte - war er, der anerkannte Mittelpunkt des Reichtums und des Adels des Königreichs - gelehrt worden, den Namen meines Vaters mit Verachtung auszusprechen, und über meine gerechten Ansprüche auf Schutz zu spotten. Ich bemühte mich zu glauben, daß all dieser Prunk nichts als eine blendende Ehrlosigkeit sei, und daß er, indem er seine goldgewebte Fahne neben meiner befleckten und zerfetzten aufpflanzte, nicht seine Überlegenheit verkündete, sondern seine Erniedrigung. Und doch beneidete ich ihn. Sein Stall voll schöner Pferde, seine edlen und kostbaren Waffen, das Lob, das ihn überallhin begleitete, die Anbetung, die stets bereiten Diener, der hohe Rang und die hohe Wertschätzung - ich betrachtete sie als mir gewaltsam entwunden, und neidete sie ihm alle mit neuer und quälender Bitterkeit.

Um meinem Ärger die Krone aufzusetzen, schien Perdita, die weltabgewandte Perdita, mit der Nachricht zu neuem Leben erwacht zu sein, als sie mir erzählte, daß der Earl of Windsor bald eintreffen würde.

„Und das freut dich?", bemerkte ich mürrisch.

„In der Tat, Lionel", antwortete sie. „Ich freue mich sehr darauf, ihn zu sehen. Er ist der Abkömmling unserer Könige, der oberste Adlige des Landes: jeder bewundert und liebt ihn, und man sagt, daß sein Rang sein geringstes Verdienst ist. Er ist großzügig, tapfer und freundlich."

„Du hast eine hübsche Lektion gelernt, Perdita", sagte ich, „und wiederholst sie so wörtlich, daß du indessen vergißt, welche Beweise wir von den Tugenden des Earls haben. Seine Großzügigkeit uns gegenüber offenbart sich in der Fülle, die wir besitzen, seine Tapferkeit im Schutz, den er uns gewährt, seine Freundlichkeit darin, wie er von uns Notiz nimmt. Sein Rang ist sein geringstes Verdienst, sagst du? Nun, alle seine Tugenden sind nur von seinem Stand abgeleitet. Weil er reich ist, wird er großzügig genannt, weil er mächtig ist, tapfer, weil ihm gut gedient wird, heißt es, er sei freundlich. Laß sie ihn so nennen, laß ganz England glauben, er sei solchermaßen - doch wir kennen ihn - er ist unser Feind -

unser geiziger, hinterhältiger, anmaßender Feind. Wenn er auch nur mit einem geringen Teil der Tugenden begabt wäre, die du sein eigen nennst, würde er uns Gerechtigkeit widerfahren lassen. Sein Vater verletzte meinen Vater - sein Vater, unangreifbar auf seinem Thron, wagte es, ihn zu verachten - ihn, der erst so tief sank, nachdem er sich dazu herabgelassen hatte, mit dem undankbaren König in Verbindung zu treten. Wir, Abkömmlinge des einen und des andern müssen gleichfalls Feinde sein. Er soll merken, daß ich meine Verletzungen fühlen kann, er soll lernen, meine Rache zu fürchten!"

Ein paar Tage darauf traf er ein. Jeder Bewohner selbst der elendsten Hütte ging aus, um sich zur Bevölkerung zu gesellen, die ausströmte, um ihn zu sehen. Selbst Perdita kroch, trotz meiner kürzlichen Strafrede, nahe an die Straße heran, um dieses Idol aller Herzen zu sehen. Ich, halb wahnsinnig, nachdem ich etlichen Gruppen Landvolk in ihrem besten Sonntagsstaat, welche die Hügel hinabstiegen, begegnet war, floh zu den wolkenverhangenen Gipfeln und rief aus, indem ich auf die kahlen Felsen um mich her blickte: „Sie rufen nicht, lang lebe der Earl!" Auch als die Nacht anbrach, begleitet von Nieselregen und Kälte, wollte ich nicht nach Hause zurückkehren, denn ich wußte, daß jedes Haus voll des Lobes für Adrian sein würde. Als ich fühlte, wie meine Glieder taub und kalt wurden, diente mein Schmerz als Nahrung für meine wahnsinnige Abneigung; nein, ich triumphierte beinahe darin, weil er mir Grund und Entschuldigung für meinen Haß auf meinen sorglosen Gegner bot. Alles schrieb ich ihm zu, denn ich brachte die Vorstellung von Vater und Sohn so vollständig durcheinander, daß ich vergaß, daß dieser sich der Vernachlässigung seines Vaters über uns völlig unbewußt sein könnte, und ich rief, indem ich mit der Hand auf meinen schmerzenden Kopf schlug: „Er wird davon hören! Ich werde gerächt werden! Ich werde nicht wie ein Hund leiden! Er soll wissen, daß ich, bettelarm und freundlos wie ich bin, mich nicht zahm der Schmähung beugen werde!"

Jeder Tag und jede Stunde vermehrte und vergrößerte diese eingebildeten Fehler. Die Loblieder, die auf ihn gesungen wurden, waren gleich Natternbissen, die tief in meiner verletzlichen Brust steckten. Wenn ich ihn aus einiger Entfernung sah, auf einem schönen Pferd reitend, geriet mein Blut vor Wut in Wallung. Die Luft schien von seiner Gegenwart vergiftet zu sein, und meine Muttersprache wurde in einen widerlichen Jargon verwandelt, da jeder Satz, den ich hörte, mit seinem Namen und seiner Ehre verbunden war. Ich brannte darauf, dieses schmerzhafte Herzbrennen durch irgendeine Untat zu erleichtern, die ihm meine Abneigung beweisen sollte. Es war der Gipfel seiner Beleidigung, daß er mir solche unerträglichen Empfindungen bescheren sollte, und sich gleichzeitig nicht dazu herablassen wollte, auf irgendeine Art zu zeigen, daß er sich überhaupt meiner Existenz bewußt war.

Es wurde bald bekannt, daß Adrian große Freude an seinem Park und dem darin lebenden Wild hatte. Er ging nie zur Jagd, sondern verbrachte Stunden damit, die Herden von schönen und fast zahmen Tieren zu beobachten, mit denen der Park bestückt war, und befahl, daß auf sie mehr Sorge als zuvor angewandt werden sollte. Hier war ein Schlupfloch für meine Pläne, ihn zu beleidigen, und ich nutzte es mit allem rohen Ungestüm meiner aktiven Lebensweise. Ich schlug meinen wenigen verbliebenen Kameraden, die die entschlossensten und gesetzlosesten der Bande waren, das Unternehmen vor, Wilderei auf seiner Domäne zu betreiben, aber sie alle schraken vor der Gefahr zurück. Ich mußte die Rache also alleine wagen. Zuerst wurden meine Raubzüge nicht bemerkt, so daß ich wagemutiger wurde. Fußspuren im betauten Grase, abgebrochene Zweige und Blutspuren erregten endlich die Aufmerksamkeit der Wildhüter. Sie hielten besser Ausschau - ich wurde gefaßt und ins Gefängnis geschickt. Ich betrat die düsteren Wände in einem Anfall triumphierender Ekstase: „Jetzt fühlt er mich", rief ich, „und wird es wieder und wieder tun!" - Ich wurde aber nur für einen Tag in Haft genommen, am Abend wurde ich, wie mir gesagt wurde, auf Geheiß des Earls selbst, wieder in die Freiheit entlassen. Diese Nachricht schleuderte mich von meinem selbst errichteten Gipfel der Ehre herab. Er verachtet mich, dachte ich, aber er wird noch lernen, daß auch ich ihn verachte, und seine Bestrafungen und seine Milde gleichermaßen. In der zweiten Nacht nach meiner Entlassung wurde ich wieder von den Wildhütern gefangen genommen - wieder eingesperrt und wieder freigelassen, und in der vierten Nacht, so hartnäckig war ich, fand man mich wieder im verbotenen Park. Die Wildhüter waren wegen meiner Hartnäckigkeit wütender als ihr Herr. Sie hatten Befehl erhalten, mich, wenn ich wieder aufgegriffen werden würde, vor den Earl zu bringen, und seine Milde brachte sie dazu, ein Urteil zu erwarten, die sie für mein Verbrechen als unpassend ansahen. Einer von ihnen, der von Anfang an der Führer unter denen gewesen war, die mich ergriffen hatten, entschloß sich, zuerst seinen eigenen Groll zu befriedigen, ehe er mich den höheren Mächten übergab.

Der späte Untergang des Mondes und die äußerste Vorsicht, die ich bei diesem dritten Feldzug wahren mußte, verbrauchten so viel Zeit, daß ein gewisses Angstgefühl mich erfaßte, als ich den Übergang der dunklen Nacht in die Dämmerung wahrnahm. Ich kroch auf Händen und Knien durch den Farn und suchte mich im Schatten des Unterholzes zu verbergen, während die Vögel über mir mit unwillkommenem Gesang erwachten, und der frische Morgenwind, der zwischen den Ästen spielte, mich bei jeder Biegung den Schall von Fußtritten vermuten ließ. Mein Herz schlug rasch, als ich mich der Umzäunung näherte; meine Hand legte sich darauf, ein Sprung nur würde mich auf die andere Seite bringen, als zwei Wächter aus einem Hinterhalt auf mich losgingen. Einer schlug mich nieder und fuhr fort, mich mit der Pferdepeitsche zu schlagen. Ich sprang auf - ein Messer lag in meiner Hand; ich fuhr damit auf seinen erhobenen rechten Arm los und fügte ihm eine tiefe, klaffende Wunde in der Hand zu. Die Wut und die Schreie des verwundeten Mannes, die lauten Verwünschungen seines Kameraden, die ich mit gleicher Bitterkeit und Wut beantwortete, hallten durch das Tal. Der Morgen brach mehr und mehr an, und wollte mit seiner himmlischen Schönheit so gar nicht mit unserem brutalen und lautstarken Kampf harmonieren. Ich und mein Gegner kämpften immer noch, als der Verwundete ausrief: „Der Earl!" Ich wand mich keuchend vor Anstrengung aus dem herkulischen Griff des Wärters; dann warf ich wütende Blicke auf meine Verfolger und stellte mich mit meinem Rücken an einen Baum, entschlossen, mich bis zum letzten zu verteidigen. Meine Kleider waren zerrissen, und sie waren, wie auch meine Hände, mit dem Blut des Mannes, den ich verwundet hatte, befleckt; eine Hand hielt die toten Vögel - meine hart verdiente Beute, die andere das Messer. Meine Haare waren verfilzt, mein Gesicht war mit den gleichen Zeichen der Schuld beschmiert, die auf dem tropfenden

Werkzeug, das ich umklammerte, gegen mich sprachen, meine ganze Erscheinung war ausgezehrt und schmutzig. Mit meiner großen und muskulösen Gestalt mußte ich wie das ausgesehen haben, was ich wirklich war: der niederste Rohling, der jemals auf der Erde wandelte.

Der Name des Earls erschreckte mich und ließ all das empörte Blut, das mein Herz erhitzte, in meine Wangen schießen. Ich hatte ihn noch nie zuvor gesehen und einen hochmütigen, anmaßenden Jüngling erwartet, der, wenn er sich dazu entschlösse, mich zur Rede stellen, mit der ganzen Arroganz der Überlegenheit zu mir sprechen würde. Ich hatte meine Antwort bereits vorbereitet; ein Vorwurf, von dem ich glaubte, daß er ihn ins Herz treffen würde. Er kam währenddessen heran, und sein Aussehen blies, wie mit einem sanftem Windhauch, meinen bewölkten Zorn zur Seite: ein großer, schlanker, schöner Jüngling, mit einer Physiognomie, die das Übermaß an Sensibilität und Kultiviertheit ausdrückt, stand vor mir. Die Strahlen der Morgensonne tönten sein seidiges Haar mit einem goldenen Schimmer und verbreiteten Licht und Herrlichkeit über sein strahlendes Antlitz. „Was geht hier vor?", rief er. Die Männer hoben sogleich zu ihrer Verteidigung an; er unterbrach sie und sagte: „Zwei von euch auf einmal gegen einen bloßen Jungen - was für eine Schande!" Er kam auf mich zu: „Verney", rief er, „Lionel Verney, begegnen wir uns so zum ersten Mal? Wir wurden geboren, um miteinander befreundet zu sein. Willst du nicht, wenngleich uns das Schicksal getrennt hat, die ererbten Freundschaftsbande anerkennen, die uns, wie ich überzeugt bin, zukünftig vereinigen werden?"

Während er sprach, schienen seine ernsten Augen, die auf mich gerichtet waren, in meiner Seele zu lesen: mein Herz, mein wildes rachsüchtiges Herz, fühlte den Einfluß des süßen Wohlwollens in sich sinken, während seine wohlklingende Stimme wie die süßeste Melodie ein stummes Echo in mir weckte, welches das Lebensblut in meinem Körper bis ins Innerste anrührte. Ich wollte antworten, seine Güte anerkennen, seine angebotene Freundschaft annehmen - aber Wörter, passende Wörter, wurden dem rauhen Bergbewohner nicht gewährt. Ich wollte meine Hand ausstrecken, doch ihre Schmutzigkeit hielt mich zurück. Adrian hatte Mitleid mit meiner unsicheren Miene:

„Komm mit mir", sagte er, „ich habe dir viel zu sagen. Komm mit mir nach Hause - du weißt wer ich bin?"

„Ja", rief ich aus, „ich glaube, daß ich dich jetzt kenne und daß du mir meine Fehler verzeihst - mein Verbrechen."

Adrian lächelte sanft, und nachdem er den Wildhütern seine Befehle gegeben hatte, ging er auf mich zu; er nahm meinen Arm, und wir gingen zusammen zum Herrenhaus.

Es war nicht sein Rang - nach allem, was ich gesagt habe, wird man sicherlich nicht vermuten, daß es Adrians Rang war, der von Anfang an mein Herz unterwarf, und meine ganze Seele vor ihm niederlegte. Ich war es auch nicht allein, der seine Vollkommenheit so sehr empfand. Seine Sensibilität und Höflichkeit faszinierten jeden. Seine Lebendigkeit, Intelligenz und seine tätige Güte gewannen jeden gänzlich. Schon in diesem jungen Alter war er sehr belesen und durchdrungen vom Geist der hohen Philosophie. Dieser Geist verlieh ihm in seinem Umgang mit anderen einen unwiderstehlichen Ton, so daß er wie ein begabter Musiker wirkte, der mit unfehlbarer Geschicklichkeit die „Leier der Seele"[14] schlug und daraus göttliche Harmonie erzeugte. Körperlich schien er kaum von dieser Welt zu sein; sein schmaler Bau wurde von der Seele, die in ihm wohnte, überlagert; er war ganz Geist. „Man richte nur ein Schilfrohr"[15] gegen seine Brust, und es hätte seine Stärke erobert; aber die Macht seines Lächelns hätte einen hungrigen Löwen gezähmt oder eine Legion bewaffneter Männer dazu gebracht, ihre Waffen zu seinen Füßen zu legen.

Ich verbrachte den Tag mit ihm. Anfangs kam er nicht auf die Vergangenheit oder gar auf irgendwelche persönlichen Vorfälle zurück. Er wollte mich wahrscheinlich Fassung gewinnen lassen und mir Zeit geben, meine zerstreuten Gedanken zusammenzutragen. Er sprach von allgemeinen Gegenständen und brachte mich auf Gedanken, die ich nie zuvor gedacht hatte. Wir saßen in seiner Bibliothek und er sprach von den alten griechischen Weisen und von der Macht, die sie über den Geist des Menschen erlangt hätten, und das nur durch Weisheit und die Kraft

---

[14] Percy Bysshe Shelley, „To the Lord Chancellor".
[15] Shakespeare, Othello, 5, 2.

der Liebe. Der Raum war mit den Büsten vieler von ihnen geschmückt, und er beschrieb mir ihre Charaktere. Während er sprach, fühlte ich mich ihm unterworfen; und all mein vielgerühmter Stolz und meine Kraft wurden durch die honigsüßen Reden dieses blauäugigen Jünglings unterdrückt. Das schmucke und vergitterte Reich der Zivilisation, das ich zuvor aus meinem wilden Dschungel als unerreichbar betrachtet hatte, hatte sein Tor von ihm öffnen lassen; ich trat ein, und dabei fühlte ich, daß ich heimischen Boden betrat.

Als es Abend wurde, kam er auf die Vergangenheit zu sprechen. „Ich habe eine Geschichte zu erzählen", sagte er, „und muß, die Vergangenheit betreffend, viel erklären. Vielleicht kannst du mir helfen, es zu verkürzen. Erinnerst du dich an deinen Vater? Ich hatte nie das Glück, ihn kennen zu lernen, doch sein Name ist eine meiner frühesten Erinnerungen: er steht geschrieben in den Tafeln meines Geistes als ein Beispiel für alles, was galant, liebenswürdig und faszinierend im Menschen war. Sein Witz war ebenso berühmt wie die überfließende Güte seines Herzens, welche er in so vollem Maße seinen Freunden einschenkte, daß ach! nur wenig für ihn selbst übrig blieb."

Ermutigt durch diese Lobrede begann ich, als Antwort auf seine Nachfragen, zu berichten, was ich von meinen Eltern in Erinnerung hatte; und er erklärte jene Umstände, die eine Vernachlässigung des testamentarischen Briefes meines Vaters verursacht hatten. Als Adrians Vater, der damalige König von England, in späteren Zeiten spürte, wie seine Lage ernster wurde, beschämte ihn sein Betragen mehr und mehr, immer wieder wünschte er sich seinen früheren Freund, der sich gegen den ungestümen Zorn seiner Königin wehren könnte, als einen Vermittler zwischen ihm und dem Parlament. Seit der Zeit, in der er London in der verhängnisvollen Nacht seiner Niederlage am Spieltisch verlassen hatte, hatte der König keine Nachrichten über ihn erhalten; und als er sich nach Jahren bemühte, ihn zu entdecken, war jede Spur verwischt. Mit mehr Bedauern als je zuvor, klammerte er sich an seine Erinnerung; und überantwortete es seinem Sohn, wenn er jemals diesen geschätzten Freund treffen sollte, ihm in seinem Namen jeden Beistand zu geben, und ihm zu versichern, daß seine Zuneigung bis zuletzt Trennung und Schweigen überdauert hätte.

Eine kurze Zeit vor Adrians Besuch in Cumberland legte der Erbe des Edelmannes, dem mein Vater seinen letzten Appell an seinen königlichen Herrn anvertraut hatte, diesen Brief, mit ungebrochenem Siegel, in die Hände des jungen Earls. Man hatte festgestellt, daß er mit einer Masse alter Papiere beiseite geschoben worden war, und der Zufall brachte ihn ans Licht. Adrian las ihn mit tiefem Interesse; und fand dort den lebendigen Geist des Genies und des Witzes, über den er so oft reden gehört hatte. Er entdeckte den Namen des Ortes, wohin mein Vater sich zurückgezogen hatte, und wo er starb; er erfuhr von der Existenz seiner Waisenkinder; und während der kurzen Zeit zwischen seiner Ankunft in Ulswater und unserem Zusammentreffen im Park war er damit beschäftigt gewesen, Nachforschungen über uns anzustellen und eine Reihe von Plänen zu unserem Vorteil zu arrangieren, bevor er sich uns bemerkbar machen wollte.

Die Art, wie er von meinem Vater sprach, schmeichelte meiner Eitelkeit sehr. Der Schleier, den er zart über seine Güte warf, indem er sich auf eine pflichtbewußte Erfüllung des letzten Willens des Königs berief, beruhigte meinen Stolz. Andere, weniger zweideutige, Gefühle wurden durch seine versöhnliche Art und die großzügige Wärme seines Ausdrucks ausgelöst. Respekt, wie ich ihn zuvor selten erlebt hatte, Bewunderung und Liebe - er hatte mein versteinertes Herz mit seiner magischen Kraft berührt, und ein Strom der Zuneigung strömte unvergänglich und rein daraus hervor. Am Abend trennten wir uns, er drückte meine Hand: „Wir werden uns wiedersehen, komm morgen zu mir." Ich umklammerte diese freundliche Hand; ich versuchte zu antworten; ein eifriges „Gott segne dich!", war alles, was ich in meinem Unvermögen aussprechen konnte, ehe ich, aufgewühlt von meinen neuen Emotionen, davonstob.

Ich konnte nicht ruhen. Es trieb mich nach den Hügeln; ein Westwind umbrauste sie, und über mir glitzerten die Sterne. Ich lief weiter, sorgte mich nicht um äußerliche Gegenstände, sondern versuchte, meinen ringenden Geist durch körperliche Erschöpfung zu ermüden. „Dies", dachte ich, „ist Macht! Nicht stark in den Gliedern, nicht hart im Herzen und wagemutig sein, sondern freundlich und mitfühlend." - Ich blieb stehen, faltete meine Hände und rief mit der Inbrunst eines

Neubekehrten: „Zweifle nicht an mir, Adrian, auch ich werde weise und gut werden!", und dann, von meinen Empfindungen überwältigt, weinte ich laut.

Als dieser leidenschaftliche Ausbruch vorüber war, fühlte ich mich gelassener. Ich legte mich auf die Erde und begann, indem ich meinen Gedanken freien Lauf ließ, Schicht um Schicht die vielen Fehler meines Herzens aufzudecken und erkannte, wie viehisch, wild und wertlos ich bisher gewesen war. Ich konnte damals jedoch keine Reue empfinden, denn ich dünkte mich neu geboren; meine Seele warf die Bürde vergangener Sünde ab, um ein neues Leben in Unschuld und Liebe zu beginnen. Nichts Schroffes oder Grobes blieb übrig, das es vermocht hätte, die sanften Gefühle, welche die Erlebnisse des Tages ausgelöst hatten, zu erschüttern. Ich war wie ein Kind, das seiner Mutter die Gebete nachlispelte, und meine nachgiebige Seele wurde von einer Meisterhand neu geformt, nach der ich weder verlangte noch ihr widerstehen konnte.

Dies war der erste Beginn meiner Freundschaft mit Adrian, und ich muß dieses Tages als des glücklichsten meines Lebens gedenken. Ich begann jetzt, ein Mensch zu sein. Mir wurde das Überschreiten jener heiligen Grenze gewährt, die die intellektuelle und moralische Natur des Menschen von dem trennt, was Tiere charakterisiert. Meine besten Gefühle wurden aufgerufen, um die Großzügigkeit, die Weisheit und die Geschenke meines neuen Freundes angemessen zu erwidern. Ihm, mit seiner ganz eigenen edlen Güte, bereitete es unendliche Freude, dem längst vernachlässigten Sohn des Freundes seines Vaters, dem Abkömmling jenes begabten Wesens, von dessen Vorzügen und Talenten er von seiner Kindheit an hatte erzählen hören, die Schätze seines Verstandes und seines Vermögens zu schenken.

Nach seiner Abdankung hatte sich der verstorbene König aus der Politik zurückgezogen, doch sein häuslicher Kreis verschaffte ihm wenig Zufriedenheit. Die vormalige Königin verfügte über keine Tugenden des häuslichen Lebens, und jene des Mutes und der Verwegenheit, die sie besaß, verloren durch die Absetzung ihres Mannes ihren Wert: sie verachtete ihn, und war nicht darauf bedacht, ihre Gefühle zu verbergen. Der König hatte, in Übereinstimmung mit ihren Forderungen, seine alten Freunde verstoßen, aber unter ihrer Führung keine neuen gewonnen. In diesem Mangel an Zuneigung griff er auf seinen jungen Sohn zurück; und die frühe Entwicklung von Talent und Sensibilität machte Adrian zu einer geeigneten Person für das Vertrauen seines Vaters. Er wurde es nie müde, den oft wiederholten Berichten aus alten Zeiten zu folgen, in denen mein Vater eine herausragende Rolle gespielt hatte. Seine kühnen Bemerkungen wurden dem Jungen wiederholt, und von ihm in Erinnerung behalten, sein Witz, sein Zauber, seine Fehler wurden durch reuevolle Zuneigung geheiligt, sein Verlust wurde aufrichtig bedauert. Selbst die Abneigung der Königin gegenüber dem Liebling konnte ihn nicht der Bewunderung durch ihren Sohn berauben: es war bitter, sarkastisch, verächtlich - doch indem sie ihre Tadel gleichermaßen über seine Tugenden als seine Fehler ergoß, über seine hingebungsvolle Freundschaft und seine ungutenLeidenschaften, über seine Uneigennützigkeit und seine Verschwendungssucht, über seine einnehmenden Manieren und die Leichtigkeit, mit der er der Versuchung nachgab, erwies sich ihr Doppelschuß als zu schwer und verfehlte das Ziel. Auch verhinderte ihre zornige Abneigung nicht, daß Adrian sich meinem Vater, wie er gesagt hatte, als ein Sinnbild alles Galanten, Liebenswürdigen und Faszinierenden im Menschen vorstellte. Es war daher nicht verwunderlich, daß er, als er von der Existenz der Nachkommen dieses gefeierten Mannes hörte, den Entschluß faßte, ihnen alle Vorteile zu gewähren, die ihm sein Rang ermöglichte. Auch als er mich als einen vagabundierenden Hirten der Hügel, einen Wilderer, einen ungebildeten Wilden fand, versagte seine Freundlichkeit nicht. Er vertrat nicht nur die Ansicht, daß sein Vater sich in gewissem Grade der Vernachlässigung uns gegenüber schuldig gemacht habe, und er an jede mögliche Wiedergutmachung gebunden sei, sondern freute sich vielmehr, sagen zu können, daß unter all meiner Grobheit eine Kultiviertheit des Geistes hervorschimmerte, die mich vom bloßen viehischen Mut unterschied, und daß ich eine Ähnlichkeit des Antlitzes mit meinem Vater geerbt hatte, was bezeugte, daß nicht alle seine Tugenden und Begabungen mit ihm gestorben waren. Was auch immer mir nachkommen mochte, beschloß mein edler junger Freund, sollte nicht aus Mangel an Kultur zugrunde gehen.

Indem er diesen Gedanken bei unseren folgenden Zusammentreffen verfolgte, weckte er in mir den Wunsch, an der Verfeinerung teilzuhaben, die seinen eigenen Intellekt zierte. Einmal dieses neuen Gedankens bemächtigt, haftete mein reger Geist mit äußerster Begierde daran. Zuerst war es das große Ziel meines Ehrgeizes, mit den Verdiensten meines Vaters zu konkurrieren und mich der Freundschaft Adrians würdig zu erweisen. Aber bald erwachten die Neugier und die ernste Liebe zum Wissen, die mich Tag und Nacht zum Lesen und Studieren antrieb. Ich kannte bereits, was ich als Panorama der Natur bezeichnen möchte, den Wechsel der Jahreszeiten und die verschiedenen Erscheinungen von Himmel und Erde. Aber ich war erschrocken und verzaubert von der plötzlichen Erweiterung meiner Sicht, als der Vorhang, der vor der geistigen Welt herabhing, zurückgezogen wurde, und ich das Universum sah, nicht nur, wie es sich meinen äußeren Sinnen präsentierte, sondern wie es den Weisesten unter den Menschen erschienen war. Die Poesie und ihre Schöpfungen, die Philosophie und ihre Forschungen und Klassifikationen weckten die in mir ruhenden Gedanken und hauchten mir neue ein.

Ich fühlte mich wie der Seemann, der vom Mastkorb aus als erster die Küste Amerikas entdeckte; und wie er beeilte ich mich, meinen Gefährten von meinen Entdeckungen in unbekannten Gebieten zu erzählen. Doch ich war nicht in der Lage, in der Brust anderer den gleichen Appetit auf Wissen zu erregen, der in meiner bestand. Selbst Perdita konnte mich nicht verstehen. Ich hatte in einer Welt gelebt, die allgemein als die reale Welt bezeichnet wird, und erwachte nun in einem neuen Land, wo ich entdecke, daß es in allem, was ich sah, eine tiefere Bedeutung gab, abgesehen von dem, was meine Augen mir vermittelten. Die träumerische Perdita sah darin nur einen neuen Glanz einer alten Lektüre, und ihre eigene war unerschöpflich genug, um sie zufriedenzustellen. Sie hörte mir zu, wie sie es bei der Erzählung meiner Abenteuer getan hatte, und interessierte sich zuweilen für diese Art von Wissen, doch sie sah es nicht als einen integralen Teil ihres Wesens an, so wie ich es tat, und das ich, nachdem ich es gewonnen hatte, ebenso wenig ablegen konnte wie den Tastsinn.

Wir beide liebten Adrian gleichermaßen, wenngleich sie, die sie der Kindheit noch nicht ganz entwachsen war, das Ausmaß seiner Verdienste nicht wie ich schätzen oder die gleiche Übereinstimmung in seinen Beschäftigungen und Meinungen fühlen konnte. Ich war stets bei ihm. Da war eine Empfindsamkeit und Sanftheit in seiner Art, die unserem Gespräch einen zarten und überirdischen Ton gab. Dann war er heiter wie eine Lerche, die von ihrem himmlischen Turm herab sang und in Gedanken wie ein Adler aufstieg, unschuldig wie die sanftäugige Taube. Er konnte den Ernst Perditas zerstreuen und der quälenden Umtriebigkeit meiner Natur den Stachel nehmen. Ich blickte auf meine rastlosen Wünsche und schmerzhaften Kämpfe mit meinen Mitmenschen wie auf einen unruhigen Traum zurück und fühlte mich so verändert, als wäre ich in eine andere Daseinsform übergegangen, deren neues Empfinden das Abbild des scheinbaren Universums im Spiegel des Geistes verändert hatte. Aber dem war nicht so; ich war noch immer ebenso kräftig, empfand das starke Bedürfnis nach Zuneigung, und sehnte mich nach aktiver Betätigung. Meine männlichen Tugenden verließen mich nicht, denn die Hexe Urania verschonte Samsons Locken, während er zu ihren Füßen ruhte; doch es wurde alles gemildert und menschlicher gemacht. Adrian unterrichtete mich nicht allein in den Tatsachen der Geschichte und Philosophie. Zur gleichen Zeit, als er mich auf seine Weise lehrte, meinen leichtsinnigen und unkultivierten Geist zu unterwerfen, öffnete er meinem Auge die wahre Seite seines eigenen Herzens und ließ mich seinen bewunderungswürdigen Charakter erkennen und verstehen.

Die ehemalige Königin von England hatte sich schon in der Kindheit ihres Sohnes bemüht, ihm wagemutige und ehrgeizige Entwürfe einzupflanzen. Sie sah, daß er mit Genie und überragendem Talent ausgestattet war; diese kultivierte sie, um sie später zur Förderung ihrer eigenen Ansichten zu verwenden. Sie ermutigte sein Verlangen nach Wissen und seinen ungestümen Mut; sie tolerierte sogar seine unbezähmbare Freiheitsliebe, in der Hoffnung, daß diese, wie dies allzu oft geschieht, in eine Liebe zur Macht münden würde. Sie bemühte sich, in ihm ein Gefühl des Grolls und des Verlangens, sich an denjenigen zu rächen, die dazu beigetragen hatten, die Abdankung seines Vaters herbeizuführen, zu erwecken. Dies gelang ihr nicht. Die ihm übermittelten Berichte, so verzerrt sie auch sein mochten, einer großen und klugen Nation, die ihr Recht geltend machte, sich selbst zu regieren, erregte seine Bewunderung: Er wurde bereits in jungen Jahren durch und durch republikanisch. Dennoch verzweifelte seine Mutter nicht. Der Liebe zur Herrschaft und dem hochmütigen Standesbewußtsein fügte sie entschlossenen Ehrgeiz, Geduld und Selbstbeherrschung hinzu. Sie widmete sich dem Studium des Charakters ihres Sohnes. Durch Lob, Tadel und Ermahnung versuchte sie die passenden Akkorde zu suchen und zu treffen; und obwohl die Melodie, die ihrer Berührung folgte, ihr unharmonisch erschien, baute sie ihre Hoffnungen auf seine Talente auf und war sich sicher, daß sie ihn schließlich gewinnen würde. Die Verbannung, die er jetzt erlebte, hatte eine andere Ursache.

Die einstige Königin hatte auch eine Tochter, die jetzt zwölf Jahre alt war; seine feenhafte Schwester, wie Adrian sie zu nennen pflegte; ein liebliches, lebhaftes, kleines Ding, empfindsam und freiheraus. Mit diesen ihren Kindern wohnte die adlige Witwe ständig in Windsor; und ließ außer ihren Gefolgsleuten, Reisende aus ihrer Heimat Deutschland und einigen Gesandte, keine Besucher zu. Unter jenen, und von ihr hochgeschätzt, befand sich Prinz Zaimi, Botschafter der freien Staaten von Griechenland in England; und seine Tochter, die junge Prinzessin Evadne, die einen Großteil ihrer Zeit auf Schloß Windsor verbrachte. In der Gesellschaft dieses lebhaften und klugen griechischen Mädchens fand die Gräfin Zerstreuung von ihrem gewöhnlichen Zustand. Ihrer Ansichten in Bezug auf ihre eigenen Kinder wegen, legte sie sich in allen ihren Worten und Handlungen in Bezug auf sie Zurückhaltung auf. Aber Evadne war ein Spielzeug, das sie in keiner Weise fürchten mußte; auch boten ihre Begabungen und ihre Lebhaftigkeit der Gräfin eine Abwechslung in der ewigen Gleichförmigkeit ihres Lebens.

Evadne war achtzehn Jahre alt. Obgleich sie viel Zeit gemeinsam in Windsor verbracht hatten, hatte die Jugend Adrians jeden Verdacht auf die Natur ihres Umgangs gehemmt. Doch sein überaus glühendes und zärtliches Herz hatte bereits gelernt zu lieben, während die schöne Griechin den Jüngling noch freundlich belächelte. Es war seltsam für mich, der ich, obwohl älter als Adrian, noch nie geliebt hatte, Zeuge des ganz hingegebenen Herzens meines Freundes zu sein. Es lag weder Eifersucht, Unruhe noch Mißtrauen in seinem Gefühl; es war Hingabe und Treue. Sein Leben wurde von der Existenz seiner Geliebten vereinnahmt, und sein Herz schlug nur im Einklang mit dem Takt, der das ihre belebte. Dies war das geheime Gesetz seines Lebens - er liebte und wurde wiedergeliebt. Das Universum war für ihn eine Wohnstatt, in der er mit seiner Auserwählten lebte, und kein vorgegebener Entwurf der Gesellschaft oder eine Verkettung von Ereignissen, die ihm Glück oder Elend vermitteln könnten. Und das, obgleich das Leben mit der Ordnung des gesellschaftlichen Umgangs eine Wildnis, ein von Tigern heimgesuchter Dschungel war! Inmitten seiner Irrwege, in den Tiefen seiner wildesten Winkel, gab es einen begehbaren und blumenbekränzten Pfad, durch den sie sicher und vergnügt reisen könnten. Ihr Weg würde wie die Passage durch das Rote Meer sein, das sie trockenen Fußes durchqueren könnten, obgleich eine Mauer der Zerstörung zu beiden Seiten drohte.[16]

Ach! Weshalb obliegt es mir, die unglückselige Täuschung dieses unvergleichlichen Exemplars der Menschheit aufzuzeichnen? Was liegt nur in unserer Natur, das uns immer wieder zu Schmerz und Elend drängt? Wir sind nicht zum Vergnügen geformt; und so sehr wir auch auf den Genuß vergnüglicher Empfindungen eingestimmt sein mögen, so ist doch die Enttäuschung der nie versagende Steuermann unserer Lebensbarke, der uns unbarmherzig zu den Untiefen lenkt. Wer wäre besser als dieser begabte Jüngling dazu geeignet gewesen, zu lieben und wiedergeliebt zu werden und grenzenlose Freude aus einer untadeligen Liebe zu ernten? Hätte sein Herz nur ein paar Jahre länger geschlafen, wäre er vielleicht verschont worden; doch es erwachte in seiner Jugend; es hatte Kraft, aber kein Wissen; und es wurde ebenso abgetötet, wie eine zu früh austreibende Knospe im beißenden Frost erfriert.

Ich warf Evadne weder Heuchelei noch den Wunsch vor, ihren Verehrer zu täuschen; doch der erste Brief, den ich von ihr sah, überzeugte mich, daß sie ihn nicht liebte. Er war mit Eleganz geschrieben und, dafür, daß sie eine Ausländerin war, mit einem guten Sprachvermögen.

---

[16] Exodus, 14, 21.

Die Handschrift selbst war ausgesprochen schön, es war etwas in jenem Papier und in seinen Falten, das sogar ich, der nicht liebte und in solchen Dingen unerfahren war, als geschmackvoll erkennen konnte. Es lag viel Freundlichkeit, Dankbarkeit und Anmut in ihrem Ausdruck, aber keine Liebe. Evadne war zwei Jahre älter als Adrian - und wer liebte jemals mit achtzehn einen so viel Jüngeren? Ich verglich ihre milden Briefe mit den brennenden von Adrian. Seine Seele schien sich in die Worte zu verwandeln, die er schrieb, und sie atmeten auf dem Papier und übertrugen einen Teil des liebeserfüllten Lebens, das sein Leben war. Das bloße Schreiben genügte bereits, um ihn zu erschöpfen, und er vergoß, wegen der Überfülle von Gefühlen, die es in seinem Herzen erweckte, Tränen darüber.

Adrians Seele spiegelte sich in seinem Antlitz wider, und Verschleierung oder Täuschung standen der furchtlosen Offenheit seiner Natur entgegen. Evadne bat ihn ernstlich darum, daß die Geschichte ihrer Liebe nicht seiner Mutter offenbart werden möge; und nachdem er eine Weile mit sich gerungen hatte, gab er ihrem Wunsch nach. Ein eitles Zugeständnis, denn sein Verhalten verriet sein Geheimnis bald den scharfen Augen der früheren Königin. Mit derselben Vorsicht, die ihr ganzes Verhalten kennzeichnete, verbarg sie ihre Entdeckung, beeilte sich jedoch, ihren Sohn aus der Umgebung der schönen Griechin zu entfernen. Er wurde nach Cumberland geschickt, doch der von Evadne erdachte Plan der Korrespondenz zwischen den Liebenden wurde wirksam vor ihr verborgen. So verband die zum Zwecke der Trennung veranlaßte Abwesenheit Adrians sie in festeren Banden als je zuvor. Zu mir sprach er unaufhörlich von seiner geliebten Griechin. Ihr Heimatland, seine alte Geschichte, seine jüngeren denkwürdigen Kämpfe existierten nur, um an ihrem Ruhm und ihrer Größe teilzuhaben. Er fügte sich darein, von ihr entfernt zu sein, weil sie diese Unterwerfung von ihm verlangte; doch ohne ihre Beeinflussung hätte er seine Anhaftung vor ganz England erklärt, und sich mit unerschütterlicher Festigkeit dem Widerstand seiner Mutter entgegengestellt. Evadnes weibliche Klugheit merkte wohl, wie nutzlos jede Behauptung seiner Entschlußkraft sein würde, ehe zusätzliche Jahre seiner Macht mehr Gewicht verliehen. Vielleicht hegte sie außerdem eine gewisse Abneigung, sich vor aller Welt an jemanden zu binden, den sie nicht liebte - zumindest nicht mit jener leidenschaftlichen Begeisterung liebte, die sie, wie ihr Herz ihr versprach, eines Tages einem anderen gegenüber empfinden könnte. Er befolgte ihre Anordnungen und verbrachte ein Jahr im Exil in Cumberland.

Kapitel 3.

Voller Glück waren die Monate, Wochen und Stunden jenes Jahres. Freundschaft, Hand in Hand mit Bewunderung, Zärtlichkeit und Respekt, erbaute eine Laube der Freude in meinem Herzen, das unlängst noch roh wie eine unbetretene Wildnis in Amerika, wie der heimatlose Wind oder das öde Meer gewesen war. Unersättlicher Wissensdurst und grenzenlose Zuneigung zu Adrian vereinten sich, um mein Herz und meinen Verstand zu bewahren, und ich war durchaus glücklich. Welches Glück ist so rein und ungetrübt, wie das überschwengliche und redselige Entzücken junger Menschen? In unserem Boot auf meinem heimatlichen See, neben den Bächen und den blassen Pappeln am Ufer, im Tal und über dem Hügel - meinen Hirtenstab beiseite geworfen, da ich eine edlere Herde zu hüten hatte, als törichte Schafe: eine Herde neugeborener Ideen - las ich oder hörte Adrian zu; und seine Worte, ob sie seine Liebe oder seine Theorien für die Verbesserung des Menschen betrafen, verzauberten mich gleichermaßen. Zuweilen kehrte meine gesetzlose Stimmung zurück, meine Liebe zur Gefahr, mein Widerstand gegen die Autorität; aber das geschah in seiner Abwesenheit; unter dem milden Einfluß seiner freundlichen Augen war ich gehorsam und brav wie ein fünfjähriger Junge, der die Gebote seiner Mutter erfüllt.

Nachdem er sich etwa ein Jahr in Ulswater aufgehalten hatte, besuchte Adrian London und kam voller Pläne für uns zurück. „Du mußt das Leben beginnen", sagte er. „Du bist siebzehn, und eine längere Verzögerung würde die notwendige Ausbildung immer verdrießlicher machen." Er sah voraus, daß sein eigenes Leben mühevoll sein würde, und ich seine Anstrengungen mit ihm teilen müßte. Um mich besser tauglich zu dieser Aufgabe zu machen, müßten wir uns nun trennen. Er fand heraus, daß ich durch meinen Namen bevorzugt wurde, und hatte mir die Stelle eines Privatsekretärs des Botschafters in Wien besorgt, wo ich unter besten Bedingungen meine Laufbahn beginnen sollte. In zwei Jahren sollte ich mit einem bekannten Namen und einem guten Ruf in mein Land zurückkehren.

Und Perdita? - Perdita sollte die Schülerin, Freundin und jüngere Schwester von Evadne werden. Mit seiner üblichen Bedachtsamkeit hatte er in dieser Lage für ihre Unabhängigkeit gesorgt. Wie hätte ich die Angebote dieses großzügigen Freundes verweigern können? - Ich wollte sie nicht ablehnen; doch in meinem innersten Herzen legte ich das Gelübde ab, mein Leben, mein Wissen und meine Kraft - alles, was davon von irgendeinem Wert war, hatte er mir geschenkt - alles, all meine Fähigkeiten und Hoffnungen, ihm allein zu widmen.

Dieses Versprechen gab ich mir selbst, als ich mit geweckter feuriger Erwartung auf mein Ziel zusteuerte: Erwartung der Erfüllung all dessen, was wir uns in jungen Jahren an Macht und Vergnügen in der Reife versprechen. Mich dünkte, daß nun die Zeit gekommen sei, in welcher ich, aller kindlichen Beschäftigungen entledigt, ins Leben eintreten sollte. Selbst auf den elysischen Feldern, schreibt Vergil, eiferten die Seelen der Glücklichen danach, von den Wassern zu trinken, die sie zu dieser sterblichen Hülle wiederherstellen sollten. Die Jungen sind selten im Elysium, denn ihre Begierden, die überflügelnde Möglichkeit, lassen sie so arm wie einen mittellosen Schuldner zurück. Wir werden von den weisesten Philosophen über die Gefahren der Welt, die Täuschungen der Menschen und den Verrat unserer eigenen Herzen unterrichtet. Doch nicht weniger furchtlos legt jeder mit seiner zerbrechlichen Barke vom Hafen ab, hißt das Segel und legt sich ins Ruder, um in die zahlreichen Strömungen im Meer des Lebens zu gelangen. Wie wenige legen in den besten Jahren der Jugend mit ihren Booten an den „goldenen Stränden" an, und sammeln die bunten Muscheln, mit denen sie bestreut sind. Doch sie alle machen sich am Ende des Tages mit zerbrochenen Planken und zerrissener Leinwand zum Ufer auf, und gehen entweder leck, bevor sie es erreichen, oder finden einen wellengepeitschten Hafen, einen verlassenen Strand, worauf sie geworfen werden und unbetrauert sterben.

Ein Waffenstillstand mit der Philosophie! - Das Leben liegt vor mir, und ich stürze mich darauf, um von ihm Besitz zu ergreifen. Hoffnung, Ruhm, Liebe und untadeliger Ehrgeiz sind meine Führer, und meine Seele kennt keine Furcht. Das Vergangene, wenn es auch süß war, ist vorbei; die Gegenwart ist nur gut, weil sie in der Veränderung begriffen ist, und das Kommende gehört mir allein. Fürchte ich mich, daß mein Herz klopft? hohe Bestrebungen bewirken den Fluß meines Blutes; meine Augen scheinen in das trübe Zwielicht der Zeit einzudringen und in den Tiefen ihrer Dunkelheit die Erfüllung all meiner Seelenwünsche zu erkennen.

Nun halte inne! - Während meiner Reise möchte ich träumen und mit kräftigen Schwingen den Gipfel des höchsten Gebäudes des Lebens erreichen. Jetzt, wo ich an seinem Fundament angelangt bin, sind meine Flügel gefaltet, die mächtige Treppe liegt vor mir, und Schritt für Schritt muß ich den wundersamen Bau erklimmen -

Sprich! - Welche Tür wird geöffnet?[17]

Sieh mich in einer neuen Funktion. Ein Diplomat: einer unter den Vergnügungssüchtigen einer munteren Stadt; ein verheißungsvoller Jüngling; der Liebling des Botschafters. Alles war seltsam und großartig für den Hirten von Cumberland. Mit atemlosem Erstaunen trat ich in die heitere Gesellschaft ein, deren Akteure wie

- die Lilien waren, prächtig wie Salomon, und weder werkten, noch sponnen.[18]

Bald, viel zu bald, betrat ich den wirbelnden Strudel; vergessen waren meine Stunden des Studiums und die Gesellschaft Adrians. Leidenschaftliches Verlangen nach Zugehörigkeit und heißes Streben nach einem ersehnten Gegenstand zeichneten mich noch immer aus. Der

---

[17] Percy Bysshe Shelley, The Cyclops.
[18] Percy Bysshe Shelley, Charles the First.

Anblick von Schönheit bezauberte mich, und anziehendes Betragen in Mann oder Frau gewannen meine ganze Aufmerksamkeit. Ich hielt es für Verzückung, wenn ein Lächeln mein Herz erbeben ließ; und ich spürte, wie das Blut des Lebens durch meinen Körper brauste, wenn ich mich der Person näherte, die ich für eine Weile verehrte. Die vorbeiströmenden triebhaften Geister waren das Paradies, und am Ende der Nacht sehnte ich mich schon nach einer Erneuerung der berauschenden Täuschung. Das blendende Licht geschmückter Räume, reizende Formen in prächtigen Kleidern, die Bewegungen eines Tanzes, die wollüstigen Töne exquisiter Musik, umhüllten meine Sinne in einem nicht enden wollenden herrlichen Traum.

Und ist dies nicht auf seine Weise Glück? Ich wende mich an die Moralisten und Weisen. Ich frage, ob sie in der Ruhe ihrer gemessenen Träumereien, wenn sie tief in Meditationen versunken ihre Stunden füllen, die Ekstase eines jungen Neulings in der Schule des Vergnügens fühlen? Können die ruhigen Blicke ihrer himmelsuchenden Augen den Blitzen verschiedenartiger Leidenschaft entsprechen, die ihn blenden? Oder stürzt der Einfluß trockener Philosophie ihre Seele in ein Entzücken, das dem seinem gleicht, wenn er

In diesem Akt jugendlichen Vergnügens[19]

begriffen ist?

Doch in Wahrheit vermögen weder das einsame Nachsinnen des Einsiedlers noch die berauschten Verzückungen des Nachtschwärmers, das Herz des Menschen zu befriedigen. Durch das eine sammeln wir rastlose Mutmaßungen, durch die anderen Übersättigung. Der Geist erbebt unter dem Gewicht des Gedankens und versinkt in der herzlosen Umgebung jener, deren einziges Ziel die Belustigung ist. Es liegt keine Erfüllung in ihrer hohlen Gefälligkeit, und unter den lächelnden Wellen dieser seichten Gewässer lauern scharfe Felsen.

Solcherart empfand ich, als Enttäuschung, Ermüdung und Einsamkeit mich dazu zwangen, die verlorene Freude in meinem ausgedorrten

---

[19] Percy Bysshe Shelley, Hymn to Mercury.

Herzen zu suchen. Meine ermattenden Geister verlangten nach etwas Zuneigung, und da ich sie nicht fand, ließ ich mich fallen. So ist der Eindruck, den ich von meinem Leben in Wien habe, trotz der gedankenlosen Freude, die mich zu Beginn erwartete, ein schwermütiger. Goethe hat gesagt, daß wir in der Jugend nicht glücklich sein können, wenn wir nicht lieben. Ich liebte nicht; doch zehrte in mir der rastlose Wunsch, anderen etwas zu bedeuten. Ich wurde zum Opfer der Undankbarkeit und der kalten Koketterie - dann verzagte ich und gelangte zur Überzeugung, daß meine Unzufriedenheit mir das Recht gäbe, die Welt zu hassen. Ich zog mich in die Einsamkeit zurück; ich las wieder in meinen Büchern, und meine Sehnsucht nach der Gesellschaft Adrians wurde zu einem brennenden Durst.

Begeisterung, die in ihrem Übermaß fast die giftigen Eigenschaften von Neid annahm, versetzte diesen Gefühlen einen Stich. Zu dieser Zeit erfüllten der Name und die Heldentaten eines meiner Landsleute die Welt mit Bewunderung. Berichte dessen, was er getan hatte, und Vermutungen bezüglich seiner zukünftigen Handlungen, waren die nie versagenden Themen der Stunde. Ich ärgerte mich nicht für mich selbst, sondern empfand es, als ob das Lob, das dieses Idol erhielt, Blätter seien, die den für Adrian bestimmten Lorbeeren entrissen wurden. Doch zuvorderst muß ich etwas über diesen Liebling der Gesellschaft berichten - diesen Günstling der wunderliebenden Welt.

Lord Raymond war der einzige Überlebende einer adligen, aber verarmten Familie. Seit frühester Jugend war er über die Maßen stolz auf seinen Stammbaum gewesen, und hatte bitter seinen Mangel an Vermögen beklagt. Sein größter Wunsch war eine Erhöhung, und die Mittel, die zu diesem Zweck führten, waren zweitrangige Erwägungen. Er war hochmütig, und erzitterte doch vor jeder Demonstration von Stärke; ehrgeizig, aber zu stolz, um seinen Ehrgeiz zu zeigen; willens, Ehre zu erlangen, aber ein Liebhaber des Vergnügens. So trat er in die Gesellschaft ein. An der Schwelle wurde er von einer Beleidigung getroffen, ob es nun eine wirkliche oder eine eingebildete war; eine gewisse Ablehnung, wo er sie am wenigsten erwartete; eine gewisse Enttäuschung, die für seinen Stolz schwer zu ertragen war. Er krümmte sich unter einer Verletzung, die er nicht rächen konnte; er verließ

England und schwur, erst zurückzukehren, wenn es die Macht dessen fühlen könnte, den es jetzt verachtete.

Er wurde ein Abenteurer in den griechischen Kriegen.[20] Sein waghalsiger Mut und seine großen Begabungen brachten ihm Ruhm ein; er wurde der Lieblingsheld dieses aufsteigenden Volkes. Allein seine ausländische Geburt, denn er weigerte sich, seine Loyalität zu seinem Heimatland abzuwerfen, verhinderte ihn, die obersten Posten im Staat zu besetzen. Doch obgleich andere in Titel und Zeremoniell höher rangierten, stand Lord Raymond über ihnen. Er führte die griechischen Armeen zum Sieg, all ihre Triumphe waren auch seine eigenen. Wo er erschien, strömten ganze Stadtbevölkerungen aus, um ihn zu sehen, ihren Nationalhymnen wurden neue Liedtexte gegeben, die von Ruhm, Tapferkeit und Freigebigkeit sangen.

Ein Waffenstillstand wurde zwischen den Griechen und Türken geschlossen. Zur gleichen Zeit wurde Lord Raymond durch einen unerwarteten Zufall der Besitzer eines ungeheuren Vermögens in England, wohin er mit Ruhm gekrönt zurückkehrte, um den Ehrenlohn zu erhalten, bevor er seine Ansprüche verlor. Sein stolzes Herz rebellierte gegen die geänderte Behandlung. War er nicht noch immer derselbe, der einst verachtete Raymond? Wenn der Erwerb von Macht in der Gestalt von Reichtum diese Veränderung verursachte, sollten sie diese Macht als ein eisernes Joch fühlen. Macht war daher das Ziel all seiner Bestrebungen; die Erhöhung des Stands, auf die er stets abgezielt hatte. In offenem Ehrgeiz oder heimlicher Intrige war sein Ziel dasselbe: die oberste Stellung in seinem eigenen Land zu erreichen.

Diese Sache hatte meine Neugier erregt. Die Ereignisse, die auf seine Rückkehr nach England folgten, verschärften meine Gefühle. Abgesehen von seinen anderen Vorzügen war Lord Raymond äußerst gutaussehend, jeder bewunderte ihn, Frauen liebten ihn. Er war höflich, konnte in süßen Worten sprechen - er war ein Meister der Verführungskunst. Was konnte dieser Mann in der geschäftigen englischen Gesellschaft nicht alles erreichen! Der Veränderung gelang der Wandel;

---

[20] Dies ist ein Hinweis auf Lord Byron, der als Freiwilliger im Griechischen Unabhängigkeitskrieg (1821-1829) diente, und im Zuge dessen 1824 starb.

die ganze Geschichte hat mich allerdings nicht erreicht, denn Adrian hatte aufgehört zu schreiben, und Perdita schrieb stets nur kurze Nachrichten. Es ging das Gerücht, Adrian sei - wie das fatale Wort niederschreiben - geisteskrank; daß Lord Raymond der Liebling der einstigen Königin sei, und der von ihr bestimmte Ehemann für ihre Tochter. Mehr noch, daß dieser aufstrebende Adlige den Anspruch des Hauses Windsor auf die Krone wiederbelebe, und daß die Stirn des ehrgeizigen Raymond im Falle von Adrians unheilbarer Krankheit und der Ehe mit dessen Schwester, mit dem magischen Ring des Königtums bekränzt werden könnte.

Jene ruhmvolle Geschichte erscholl überall; jene Geschichte machte meinen weiteren Aufenthalt in Wien, fern von dem Freund meiner Jugend, unerträglich. Jetzt muß ich meinen Schwur erfüllen, jetzt mich ihm zur Seite stellen und sein Verbündeter und Unterstützer sein bis zum Tode. Leb wohl, höfisches Vergnügen, auf zur politischen Intrige, auf ins Labyrinth der Leidenschaft und Torheit! Sei gegrüßt, England! Heimisches England, empfange dein Kind! Du bist der Schauplatz all meiner Hoffnungen, die gewaltige Bühne, auf der das einzige Drama gespielt wird, das mich fesseln kann. Eine unwiderstehliche Stimme, eine allgewaltige Macht, zog mich dorthin. Nach einer Abwesenheit von zwei Jahren landete ich an seinen Ufern und wagte nicht, irgendwelche Fragen zu stellen, so sehr fürchtete ich mich vor den Antworten. Meinen ersten Besuch würde ich meiner Schwester abstatten, die ein kleines Häuschen, ein Teil von Adrians Geschenk, am Rande des Windsor Forest bewohnte. Von ihr sollte ich die Wahrheit über unseren Beschützer erfahren; ich sollte hören, warum sie sich aus dem Schutz Prinzessin Evadnes zurückgezogen hatte und über den Einfluß benachrichtigt werden, den dieser gewaltig emporragende Raymond über die Geschicke meines Freundes ausübte.

Ich war noch nie zuvor in der Nähe von Windsor gewesen; die Fruchtbarkeit und Schönheit des Landes um mich herum flößten mir jetzt Bewunderung ein, die sich vertiefte, als ich mich dem altehrwürdigen Wald näherte. Die Stümpfe majestätischer Eichen, die im Laufe der Jahrhunderte gewachsen, gediehen und verfallen waren, markierten die einstige Grenze des Waldes, während die zerbrochenen

Umzäunungen und das verfilzte Unterholz anzeigten, daß dieser Teil zugunsten der jüngeren Anpflanzungen verlassen wurde, die zu Beginn des neunzehnten Jahrhunderts angelegt worden waren und jetzt in voller Reife standen. Perditas bescheidene Behausung lag an den Rändern des ältesten Teils; vor ihr lag Bishopgate Heath, das sich, so weit das Auge reichte, nach Osten erstreckte, und im Westen von Chapel Wood und dem Hain von Virginia Water[21] begrenzt wurde. Dahinter wurde die Hütte von den ehrwürdigen Riesen des Waldes beschattet, unter denen die Hirsche grasten, und welche, größtenteils hohl und zerfallen, phantastische Gruppierungen bildeten, die mit der gewöhnlichen Schönheit der jüngeren Bäume kontrastierten. Diese, die Nachkommen einer späteren Periode, standen aufrecht und schienen bereit, furchtlos in die kommende Zeit vorzustoßen; während jene abgekämpften Gerippe sich ausgedörrt und zerschmettert aneinander klammerten, und ihre schwachen Äste im sie schüttelnden Wind seufzten - eine wettergegerbte Mannschaft.

Eine zierliche Umzäunung umgab den Garten der Hütte, welche, niedrig überdacht, der Majestät der Natur zu unterliegen, und sich inmitten der ehrwürdigen Überreste vergangener Zeit niederzukauern schien. Blumen, die Kinder des Frühlings, schmückten Garten und Fenster; inmitten der Einfachheit herrschte ein Hauch von Eleganz, der auf den anmutigen Geschmack des Bewohners hindeutete. Mit pochendem Herzen betrat ich den Garten; als ich am Eingang der Hütte stand, hörte ich ihre Stimme, die so melodisch klang wie in meiner Erinnerung, und die mir, noch ehe ich sie sah, ihr Wohlergehen versicherte.

Einen Augenblick darauf erschien Perdita; sie stand vor mir in der frischen Blüte jugendlicher Fraulichkeit, anders als das Bergbauernmädchen, das ich verlassen hatte, und doch dasselbe. Ihre Augen konnten nicht tiefsinniger sein als in der Kindheit, und ihr Antlitz nicht ausdrucksvoller; aber der Ausdruck war verändert und verfeinert; Intelligenz sprach daraus. Als sie lächelte, wurde ihr Gesicht von der sanftesten Empfindsamkeit versüßt, und ihre leise, modulierte Stimme schien von der Liebe gestimmt. Ihre Gestalt hatte äußerst weibliche

---

[21] Ein großer See im Park von Schloß Windsor.

Formen erhalten. Sie war nicht groß, doch ihr Leben in den Bergen hatte ihre Bewegungen beflügelt, so daß ihr leichter Schritt ihre Fußtritte kaum hörbar machte, als sie durch den Flur herannahte, um mir entgegenzugehen. Als wir uns getrennt hatten, hatte ich sie voller Wärme an meine Brust gezogen; wir trafen uns wieder, und neue Gefühle wurden erweckt. Als wir einander erblickten, verging die Kindheit, nun begegneten wir uns als Erwachsene in dieser wechselvollen Szene. Dies Innehalten dauerte nur einen Augenblick; die Flut von Zuneigung stürzte wieder mit voller Kraft in unsere Herzen, und wir umarmten uns mit dem zärtlichsten Gefühl.

Als dieser Ausbruch leidenschaftlichen Gefühls vorüber war, saßen wir mit ruhigen Gedanken beisammen und redeten von Vergangenheit und Gegenwart. Ich spielte auf den kühlten Ton ihrer Briefe an, aber die wenigen Minuten, die wir zusammen verbracht hatten, erklärten die Ursache dafür hinreichend. In ihr waren neue Gefühle entstanden, die sie einem Menschen, den sie nur in der Kindheit gekannt hatte, nicht schriftlich ausdrücken konnte; doch nun, da wir uns wieder sahen, wurde unsere Nähe erneuert, als ob nichts sie je unterbrochen hätte. Ich berichtete ausführlich über die Geschehnisse während meines Aufenthalts im Ausland und fragte sie dann nach den Veränderungen, die zu Hause stattgefunden hatten, nach den Ursachen für Adrians Abwesenheit und ihr zurückgezogenes Leben.

Die Tränen, die meiner Schwester in die Augen strömten, als ich unseren Freund erwähnte, und ihre geröteten Wangen schienen für die Wahrheit der Berichte zu bürgen, die mich erreicht hatten. Doch ihre Bedeutung war zu schrecklich für mich, um meine Ahnung sofort zur Wahrheit werden zu lassen. Gab es wirklich eine Unordnung im erhabenen Universum von Adrians Gedanken, brachte der Wahnsinn die gut bestellten Legionen durcheinander, und war er nicht mehr der Herr seiner eigenen Seele? Geliebter Freund, das Klima dieser unseligen Welt war schädlich für deinen sanften Geist; du gabst seine Herrschaft zugunsten falscher Menschlichkeit auf, die ihn vor der Winterzeit seiner Blätter beraubte, und sein nacktes Leben dem unheilvollen Einfluß rauher Winde preisgab. Haben diese sanften Augen, diese „Fenster zur Seele" ihre Sinnhaftigkeit verloren, oder offenbaren sie in ihrem Blick nurmehr die schreckliche Geschichte ihrer Verirrungen? Soll diese Stimme nicht mehr die „beredteste Musik sprechen"?[22] Schrecklich, überaus schrecklich! Ich bedecke meine Augen vor Entsetzen über die Veränderung, und die strömenden Tränen bezeugen mein Mitleid für diesen unvorstellbaren Untergang.

Auf meine Bitte hin führte Perdita die traurigen Umstände auf, die zu diesem Ereignis geführt hatten.

Adrian, dessen aufrichtiger und argloser Geist mit aller natürlichen Anmut begabt war, mit transzendenten Geisteskräften ausgestattet, die durch keinen Mangel beschattet waren (sofern seine furchtlose Unabhängigkeit des Denkens nicht zu einem solchen erklärt werden sollte), hatte sich, bis zur völligen Selbstaufopferung, ganz seiner Liebe zu Evadne hingegeben. Er vertraute ihr die Schätze seiner Seele an, sein Streben nach dem Guten und seine Pläne zur Verbesserung der Menschheit. Als die Männlichkeit in ihm erwachte, erlangten seine Pläne und Theorien, weit davon entfernt, durch persönliche und berechnende Motive beeinflußt zu werden, neue Stärke von der Kraft, die er in sich aufsteigen fühlte; und seine Liebe zu Evadne wurde tief verwurzelt, als er mehr und mehr zur Gewißheit gelangte, daß der Weg, den er verfolgte, voller Schwierigkeiten war, und daß er seine Belohnung nicht im Beifall oder der Dankbarkeit seiner Mitgeschöpfe, und kaum im Erfolg seiner Pläne erwarten durfte, sondern in der Billigung seines eigenen Herzens, und in ihrer Liebe und Zuneigung, die jede Mühe erleichtern und jedes Opfer entschädigen sollte.

In der Einsamkeit, und auf vielen einsame Wanderungen fernab aller Zivilisation reiften seine Ansichten für die Reform der englischen Regierung, und die Verbesserungen für das Volk heran. Es wäre besser gewesen, wenn er seine Gedanken verborgen hätte, bis er in den Besitz der Macht gekommen wäre, die für ihre praktische Ausführung sorgen würde. Doch, aufrichtig und furchtlos wie er war, plagte ihn eine Ungeduld über die Jahre, die zuvor verstreichen müßten. Er lehnte nicht nur die Pläne seiner Mutter kurzerhand ab, sondern gab seine Absicht bekannt, seinen Einfluß darauf zu verwenden, die Macht des Adels zu

---

[22] Shakespeare, Hamlet, 3, 2.

verringern, einen besseren Ausgleich von Reichtum und Privilegien zu bewirken und ein ausgeklügeltes System der Republik in England einzuführen. Zuerst behandelte seine Mutter seine Theorien als wilde Ausbrüche, die seiner Unerfahrenheit geschuldet waren. Aber sie waren so systematisch geordnet und seine Argumente so gut begründet, daß sie, obwohl sie immer noch ungläubig wirkte, begann, ihn zu fürchten. Sie versuchte, ihn umzustimmen, und als ihr dies nicht gelang, lernte sie ihn zu hassen.

Seltsamerweise war dieses Gefühl ansteckend. Seine Begeisterung für das Gute, das es nicht gab, seine Verachtung für die Unantastbarkeit der Autorität, sein Eifer und seine Unbesonnenheit standen alle im völligen Gegensatz zum üblichen Lebensalltag. die Weltlichen fürchteten ihn, die Jungen und Unerfahrenen verstanden weder die hohe Strenge seiner moralischen Ansichten, noch mochten sie ihn, da er sich so von ihnen unterschied. Evadne unterstützte ihn voller Berechnung. Sie hielt es für gut, daß er seinen Willen durchsetzte, aber sie wünschte, daß dieser Wille für die Masse verständlicher wäre. Sie hatte nichts vom Geist eines Märtyrers an sich und war nicht geneigt, die Schande und Niederlage eines gefallenen Patrioten zu teilen. Sie war sich der Reinheit seiner Motive, der Großzügigkeit seiner Veranlagung, seiner wahren und glühenden Zuneigung zu ihr bewußt, und sie empfand eine große Zuneigung für ihn. Er erwiderte diesen Geist der Güte mit liebevoller Dankbarkeit und machte sie zur Schatzkammer all seiner Hoffnungen.

Zu dieser Zeit kehrte Lord Raymond aus Griechenland zurück. Keine zwei Personen könnten gegensätzlicher sein als Adrian und er. Trotz all der Widersprüchlichkeiten seines Charakters war Raymond eindeutig ein Mann von Welt. Er neigte zur Unbeherrschtheit; da seine Leidenschaften oft die Kontrolle über ihn erlangten, konnte er sein Verhalten nicht immer zu seinen Gunsten steuern, doch er handelte stets voller Selbstsucht. Er betrachtete die Struktur der Gesellschaft als einen Teil der Maschinerie, die das Netz, auf dem sein Leben beruhte, unterstützte. Die Erde breitete sich vor ihm aus wie eine Straße, der Himmel türmte sich über ihm als Baldachin auf.

Adrian fühlte, daß er Teil eines großen Ganzen war. Er empfand nicht nur eine Verbundenheit mit den Menschen, sondern zur ganzen Natur;

die Berge und der Himmel waren seine Freunde, die Winde des Himmels und der Bewuchs der Erde seine Spielkameraden. Während er sich nur auf diesen mächtigen Spiegel konzentrierte, spürte er, wie sich sein Leben mit dem Universum der Existenz vermischte. Seine Seele war voller Zuneigung und ganz dem Schönen und Guten gewidmet. Adrian und Raymond kamen nun in Kontakt, und es entwickelte sich eine Abneigung zwischen ihnen. Adrian lehnte die engstirnigen Ansichten des Politikers ab, Raymond wiederum verachtete die wohltätigen Visionen des Philanthropen zutiefst.

Mit der Ankunft Raymonds kam der Sturm auf, der auf einen Schlag die Gärten der Freude und der lauschigen Pfade verwüstete, die Adrian sich als eine Zuflucht vor Niederlage und Schmach gesichert zu haben glaubte. Raymond, der Befreier Griechenlands, der elegante Soldat, der in seiner Miene einen Hauch von allem, was ihrer Heimat zugehörig war, trug, wurde von Evadne verehrt - er wurde von Evadne geliebt. Überwältigt von ihren neuen Empfindungen, hielt sie nicht inne, um sie zu prüfen oder ihr Verhalten durch irgendwelche anderen Gefühle zu steuern außer dem unwiderstehlichen, das plötzlich Besitz von ihrem Herzens ergriff. Sie gab seinem Einfluß nach, und die nur zu natürliche Konsequenz eines Geistes, der sanfte Gefühle nicht gewohnt ist, war, daß die Aufmerksamkeit Adrians ihr unangenehm wurde. Sie wurde launisch; ihr höfliches Verhalten ihm gegenüber wurde gegen Schroffheit und zurückweisende Kälte ausgetauscht. Wenn sie den gefühlvollen Ausdruck seines Gesichts wahrnahm, gab sie zuweilen nach und nahm für eine Weile ihre alte Freundlichkeit wieder auf. Aber diese Schwankungen erschütterten die Seele des empfindsamen Jünglings bis ins Mark; er glaubte nicht mehr, daß die Welt ihm gehörte, weil er Evadnes Liebe besaß; er fühlte in jedem Nerv, daß die schrecklichen Stürme des geistigen Universums seine zerbrechliche Seele angreifen würden, die in der Erwartung ihres Erscheinens zitterte.

Perdita, die damals bei Evadne lebte, sah die Marter, die Adrian erduldete. Sie liebte ihn als einen freundlichen älteren Bruder; einen Verwandten, der sie führte, schützte und unterrichtete, ohne die allzu häufige Tyrannei der elterlichen Autorität. Sie verehrte seine Tugenden, und sah mit gemischter Verachtung und Entrüstung, wie Evadne wegen eines andern, der sie kaum beachtete, düstere Trauer über ihn brachte. In seiner einsamen Verzweiflung besuchte Adrian oft meine Schwester und drückte in gedeckten Begriffen sein Elend aus, während Stärke und Pein den Thron seines Geistes teilten. Bald, ach! würde einer erobert sein. Wut machte keinen Teil seiner Gefühle aus. Auf wen sollte er wütend sein? Nicht auf Raymond, der von dem Elend, das er verursachte, nicht wußte; nicht auf Evadne, für sie weinte seine Seele blutige Tränen – das arme, fehlgeleitete Mädchen, das Sklavin, nicht Tyrannin war, und unter seiner eigenen Qual betrauerte er ihr zukünftiges Schicksal. Einmal fiel Perdita ein Schreiben von ihm in die Hände; es war mit Tränen befleckt – möge ein jeder es damit beflecken –

„Das Leben" – so begann es – „ist nicht das, als was Romanschreiber es beschreiben; die Schritte eines Tanzes machen und nach verschiedenen Drehungen zu einem Abschluß kommen, worauf die Tänzer sich setzen und ausruhen können. Im wahren Leben gibt es Handlungen und Veränderungen. Wir gehen voran, in Gedanken stets mit unserm Ursprung verbunden, jede Handlung folgt einer früheren Handlung. Keine Freude oder Trauer stirbt ohne Nachkommenschaft, welche, stets hervorgebracht und selbst neu hervorbringend, die Kette flicht, die unser Leben ist:

Ein Tag ruft dem andern Tage;
und so rufen und so reih'n,
Schmerz an Schmerz sich,
Pein an Pein.[23]

Wahrhafte Enttäuschung ist die Schutzgöttin des menschlichen Lebens; sie sitzt an der Schwelle der ungeborenen Zeit und ordnet die zukünftigen Ereignisse. Einst hüpfte mein Herz leicht in meiner Brust; die ganze Schönheit der Welt war doppelt schön, bestrahlt von dem aus meiner eigenen Seele gegossenen Sonnenlicht. O warum verbindet sich die Liebe in unserem sterblichen Traum stets mit dem Untergang? So

---

[23] Pedro Calderon de la Barca, Der standhafte Prinz.

daß, wenn wir unser Herz zu einem Lager für dies sanft anmutende Geschöpf machen, stets sein Gefährte mit ihm eintritt und erbarmungslos in Schutt und Asche legt, was ein Zuhause und eine Zuflucht hätte sein können."

Nach und nach wurde seine Gesundheit durch sein Elend erschüttert, und dann gab auch sein Intellekt der Marter nach. Sein Benehmen wurde wild; er war zuweilen rasend, zuweilen in stumme Melancholie vertieft. Plötzlich verließ Evadne London und reiste nach Paris; er folgte ihr und holte sie ein, als das Schiff im Begriff war abzusegeln; niemand wußte, was zwischen ihnen vorfiel, doch Perdita hatte ihn seitdem nicht mehr gesehen; er lebte in Abgeschiedenheit, niemand wußte, wo, in der Begleitung von Personen, die seine Mutter für diesen Zweck ausgewählt hatte.

Kapitel 4.

Am nächsten Tag sprach Lord Raymond auf dem Weg nach Windsor Castle bei Perditas Hütte vor. Die roten Wangen und die funkelnden Augen meiner Schwester verrieten mir ihr Geheimnis. Er war vollkommen selbstbeherrscht; er sprach uns beide mit Höflichkeit an, schien sofort unsere Gefühle zu verstehen und mit uns übereinzustimmen. Ich musterte den Ausdruck seines Gesichts, das sich veränderte, während er sprach, aber in jeder Veränderung schön war. Der übliche Ausdruck seiner Augen war weich, obwohl sie zuweilen vor Wildheit blitzten; seine Hautfarbe war hell; und aus jedem seiner Gesichtszüge sprach vorherrschend Eigenwille; sein Lächeln war angenehm, obgleich er zu häufig verächtlich seine Lippen kräuselte - Lippen, die für weibliche Augen das Höchste an Schönheit und Liebe waren. Seine für gewöhnlich sanfte Stimme erschreckte einen oft durch einen hohen, mißtönenden Klang, welcher zeigte, daß sein üblicher tiefer Ton eher das Werk der Übung als der Natur war. So voller Widersprüche, unbeugsam, doch hochmütig, sanft und doch wild, zärtlich und wiederum nachlässig, fand er durch eine seltsame Kunst einen leichten Zugang zur Bewunderung und Zuneigung der Frauen; sie erst liebkosend und dann tyrannisierend, je nach seiner Stimmung, aber in jeder Veränderung ein Despot.

Bei jener Gelegenheit wollte Raymond augenscheinlich liebenswürdig erscheinen. Witz, Heiterkeit und tiefsinnige Betrachtungen vermischten sich in seiner Rede, und verwandelten jeden Satz, den er äußerte, in einen Lichtblitz. Er überwand bald meine heimliche Abneigung; ich bemühte mich, ihn und Perdita zu beobachten und mich an alles zu erinnern, was ich zu seinem Nachteil gehört hatte. Doch alles erschien so aufrichtig, und alles war so faszinierend, daß ich bald nur noch an das Vergnügen dachte, das seine Gesellschaft mir bereitete. Um mich mit der Bühne der englischen Politik und Gesellschaft, von der ich bald ein Teil werden sollte, vertraut zu machen, erzählte er eine Reihe von Anekdoten und skizzierte viele Charaktere; seine Worte flossen reich und vielfältig dahin und erfüllten alle meine Sinne mit Vergnügen. Wäre ihm kein Fehler unterlaufen, hätte er vollkommen triumphiert. Er kam auf Adrian zu sprechen und sprach von ihm mit jener Herabsetzung, die die weltlichen Weisen immer dem Enthusiasmus zuschreiben. Er nahm die aufziehende Wolke wahr und versuchte sie zu zerstreuen; aber die Stärke meiner Gefühle erlaubte mir nicht, so leicht über diesen Gegenstand hinwegzugehen; so sagte ich mit Nachdruck: „Gestatten Sie mir zu bemerken, daß ich dem Earl of Windsor treu ergeben bin; er ist mein bester Freund und Wohltäter. Ich verehre seine Güte, ich stimme seinen Meinungen zu und beklage bitter seine gegenwärtige und, wie ich vertraue, vorübergehende Krankheit. Diese Krankheit macht es mir wegen ihrer Eigentümlichkeit über die Maßen schmerzlich, von ihm anders sprechen zu hören, als in Worten der Achtung und Zuneigung."

Raymond antwortete, aber in seiner Antwort lag nichts Versöhnliches. Ich sah, daß er in seinem Herzen diejenigen verachtete, die aus anderen als weltlichen Motiven handelten. „Jeder Mann", sagte er, „träumt von etwas, von Liebe, Ehre und Vergnügen. Sie träumen von Freundschaft und opfern sich für einen Wahnsinnigen auf, nun, wenn das Ihre Berufung ist, dann haben Sie zweifellos das Recht, ihr Folge zu leisten."

Eine Erinnerung schien ihn zu peinigen, und der Schmerz, der für einen Moment sein Gesicht erschütterte, gebot meiner Empörung Einhalt. „Glücklich sind die Träumer", fuhr er fort, „so sie nicht erweckt werden! Könnte ich nur träumen! Doch der „helle und grelle Tag"[24] ist die Wirklichkeit, in der ich lebe; ihr blendender Schein kehrt die Szene für mich um. Selbst der Geist der Freundschaft ist von mir gegangen, und ebenso die Liebe." Er brach ab; ich konnte nicht erraten, ob die Verachtung, die seine Lippe kräuselte, gegen die Leidenschaft oder gegen sich selbst gerichtet war, weil er ihr Sklave war.

Dieser Bericht kann als ein Beispiel meiner Unterredungen mit Lord Raymond genommen werden. Ich wurde vertraut mit ihm, und jeder Tag bot mir Gelegenheit, mehr und mehr seine starken und vielseitigen Begabungen zu bewundern, die zusammen mit seiner Beredsamkeit, die elegant und gewitzt war, und seinem jetzt riesigen Reichtum, dafür sorgten, daß er gefürchtet, geliebt und verhaßter als jeder andere Mann in England wurde.

Meine Abstammung, die Interesse weckte, wenn nicht gar Respekt erheischte, meine frühere Verbindung mit Adrian, die Gunst des Botschafters, dessen Sekretär ich gewesen war, und jetzt meine Vertrautheit mit Lord Raymond, ermöglichten mir leichten Zugang zu den eleganten und politischen Kreisen Englands. In meiner Unwissenheit erschienen wir dort das erste Mal am Vorabend eines Aufstands; jede Partei war aufgebracht, erbittert und unnachgiebig. Das Parlament war in drei Fraktionen unterteilt, Aristokraten, Demokraten und Royalisten. Nach Adrians erklärter Vorliebe für die republikanische Regierungsform war die letztere Partei fast führerlos, doch als Lord Raymond als ihr Führer hervortrat, belebte sie sich wieder mit doppelter Kraft. Einige waren Royalisten aus Prinzip, und es gab viele Gemäßigte, welche die launische Tyrannei der Volkspartei und den unbeugsamen Despotismus der Aristokraten gleichermaßen fürchteten. Mehr als ein Drittel der Mitglieder reihte sich unter Raymond ein, und ihre Zahl nahm ständig zu. Die Aristokraten bauten ihre Hoffnungen auf ihren überwiegenden Reichtum und Einfluß; die Reformer auf die Macht der

---

[24] Percy Bysshe Shelley, The Cenci, 2, 1.

Nation selbst. Die Debatten waren aufgebracht, und noch aufgebrachter waren die Reden der einzelnen Politiker, als sie sich versammelten, um ihre Maßnahmen zu organisieren. Schmähreden wurden verbreitet, Widerstand sogar mit dem Tod bedroht, Versammlungen der Bevölkerung störten die stille Ordnung des Landes, wo außer im Krieg sollte dies alles enden? Gerade als die zerstörerischen Flammen bereit waren auszubrechen, sah ich sie einlenken, beschwichtigt durch die Abwesenheit des Militärs, durch die Abneigung, die alle gegenüber jeder Gewalt empfanden, außer in der Sprache, und durch die herzliche Höflichkeit und sogar Freundschaft der feindlichen Führer, wenn sie sich in privater Gesellschaft trafen. Ich sah mich aus tausend Gründen dazu veranlaßt, dem Verlauf der Ereignisse minutiös zu folgen und jede Wendung mit großer Neugierde zu beobachten.

Ich konnte nicht umhin zu bemerken, daß Perdita Raymond liebte; mich dünkte auch, daß er die schöne Tochter Verneys mit Bewunderung und Zärtlichkeit betrachtete. Doch ich wußte, daß er seine Ehe mit der mutmaßlichen Erbin der Grafschaft Windsor vorantrieb, kühn die Vorteile erwartend, die ihm daraus erwachsen würden. Die Freunde der einstigen Königin waren alle auch seine Freunde; keine Woche verging, in der er nicht in Windsor Beratungen mit ihr abhielt.

Ich hatte die Schwester von Adrian nie gesehen. Ich hatte gehört, daß sie reizend, liebenswert und faszinierend sei. Warum sollte ich sie sehen? Es gibt Zeiten, in denen wir ein unbestimmtes Gefühl der bevorstehenden Veränderung zum Guten oder Schlechten haben, die aus einem Ereignis entstehen wird; und, sei es nun zum Guten oder Schlechten, fürchten wir die Veränderung und versuchen das Ereignis zu verhindern. Aus diesem Grund vermied ich diese hochgeborene Jungfrau. Für mich war sie alles und nichts; ihr Name, der von einem anderen erwähnt wurde, ließ mich zusammenfahren und zittern; die endlosen Gespräche über ihre Verbindung mit Lord Raymond empfand ich als eine wahre Qual. Mich dünkte, daß ich, wo Adrian sich aus dem aktiven Leben zurückgezogen hatte, und diese schöne Idris wahrscheinlich ein Opfer der ehrgeizigen Pläne ihrer Mutter wurde, vortreten sollte, um sie vor übermäßigem Einfluß zu bewahren, vor Unglück zu beschützen und ihr Entscheidungsfreiheit zu sichern, das Recht eines jeden Menschen.

Doch wie sollte ich dies bewerkstelligen? Sie selbst würde meine Einmischung ablehnen. Darum mußte ich ihr gegenüber gleichgültig oder verächtlich sein, und sie besser, am allerbesten vermeiden, und mich nicht vor ihr und der höhnischen Welt der Möglichkeit aussetzen, das verrückte Spiel eines närrischen, törichten Ikarus zu spielen.

Eines Tages, einige Monate nach meiner Rückkehr nach England, verließ ich London, um meine Schwester zu besuchen. Ihre Gesellschaft war mein wichtigster Trost und meine Freude; und meine Stimmung hob sich immer in der Erwartung, sie zu sehen. Ihre Unterhaltung war voller kluger Bemerkungen und Einsichten; in ihrer angenehmen Laube, die mit schönen Blumen verziert und mit prunkvollen Statuen, antiken Vasen und Kopien der feinsten Bilder von Raffael, Correggio und Claude, die sie selbst gemalt hatte, geschmückt war, fühlte ich mich wie in einem märchenhaften Schlupfwinkel, der unberührt von und unzugänglich für die lauten Streitigkeiten von Politikern und die frivole Beschäftigung mit der Mode war. Bei dieser Gelegenheit war meine Schwester nicht allein; doch ich konnte nicht umhin, ihre Gefährtin zu erkennen: es war Idris, der bis jetzt unsichtbare Gegenstand meiner närrischen Schwärmerei.

In welchen passenden Begriffen der Bewunderung und des Entzückens, in welch gewählten Ausdrücken und sanftem Fluß der Sprache, kann ich die Schönste, Weiseste, Beste beschreiben? Wie mit der ärmlichen Auswahl von Worten den Glorienschein, die tausend anmutigen Reize, die sie umgaben, vermitteln? Das erste, was einen beim Anblick dieses bezaubernden Antlitzes beeindruckte, war seine vollkommene Tugendhaftigkeit und Offenheit. Offenheit sprach aus ihrem Gesicht, Schlichtheit aus ihren Augen, himmlische Güte aus ihrem Lächeln. Ihre große, schlanke Gestalt war anmutig wie eine Pappel in der Brise, und ihr göttlicher Gang war wie der eines geflügelten Engels, der soeben von der Höhe des Himmels herabgestiegen war. Die perlengleiche Makellosigkeit ihres Antlitzes war mit einer zarten Röte bedeckt, ihre Stimme ähnelte dem leisen, gedämpften Tenor einer Flöte. Am einfachsten ist es vielleicht, dies im Gegensatz zu beschreiben. Ich habe die Vollkommenheit meiner Schwester ausführlich beschrieben; und doch war sie Idris völlig unähnlich. Perdita war, selbst wo sie liebte, zurückhaltend und schüchtern; Idris war offen und vertraulich. Die eine schreckte in die Einsamkeit zurück, um sich dort vor Enttäuschung und Verletzung zu verschanzen; die andere ging frei heraus und glaubte, daß ihr niemand etwas antun würde. Wordsworth hat eine geliebte Frau mit zwei schönen Gegenständen in der Natur verglichen; doch seine Zeilen schienen mir stets eher ein Gegensatz als eine Ähnlichkeit zu sein:

> *Ein Veilchen bei dem moos'gen Stein*
> *Vom Auge kaum geseh'n,*
> *Schön wie ein Sternlein, das allein*
> *Am Himmelsdom darf steh'n.*[25]

Solch ein Veilchen war die süße Perdita, die sich davor fürchtete, sich der Luft auszusetzen, die vor der Betrachtung zurückschrak, aber von ihren Vorzügen verraten wurde; und denen, die sie auf ihrem einsamen Pfad aufsuchten, mit tausendfacher Anmut die Mühe vergolt. Idris war wie der Stern, in einzigartiger Pracht in der trüben Dämmerung des milden Abends strahlend; bereit, die Welt zu erleuchten und zu erfreuen, jeden Makel verhütend durch ihre unendliche Entfernung von allem, was nicht wie sie dem Himmel gleich war.

Ich fand diese Vision von Schönheit vor Perditas Hütte, in ernsthafte Unterhaltung mit ihrer Bewohnerin vertieft. Als meine Schwester mich sah, erhob sie sich, nahm meine Hand und sagte: „Er ist hier, gerade auf unseren Wunsch; dies ist Lionel, mein Bruder."

Idris erhob sich ebenfalls, wandte mir ihre himmlisch blauen Augen zu, und sagte anmutig: „Sie brauchen kaum vorgestellt zu werden; ich habe ein von meinem Vater hoch geschätztes Bild, das Ihren Namen sofort erklärt. Sie werden diese Verbindung anerkennen, Verney, und ich fühle, daß ich Ihnen als Freund meines Bruders vertrauen darf."

Dann, mit einer in den Lidern zitternden Träne und bebender Stimme, fuhr sie fort: „Liebe Freunde, haltet es nicht für merkwürdig, daß

---

[25] William Wordsworth, She dwelt among th' untrodden ways.

ich jetzt, wo ich euch zum ersten Mal besuche, eure Hilfe erbitte und euch meine Wünsche und Ängste anvertraue. Allein zu euch wage ich zu sprechen, ich habe euch von unparteiischen Zuschauern loben hören, ihr seid die Freunde meines Bruders, deshalb müßt ihr auch die meinen sein. Was kann ich sagen? Wenn ihr euch weigert, mir zu helfen, bin ich in der Tat verloren!" Sie richtete die Augen gen Himmel, während die Verwunderung ihr Publikum verstummen ließ; dann rief sie, wie von ihren Gefühlen übermannt: „Mein Bruder! Geliebter, unglückseliger Adrian! Was sagst du zu deinen üblen Geschicken? Zweifellos habt ihr beide die gegenwärtige Geschichte gehört; glaubt die Verleumdung womöglich; doch er ist nicht von Sinnen! Selbst wenn ein Engel vom Fuße des Thrones Gottes dies behaupten würde, so würde ich es doch niemals, niemals glauben. Er wird betrogen, verraten, eingekerkert - rettet ihn! Verney, Sie müssen es tun, suchen Sie ihn, in welchem Teil der Insel auch immer er verborgen wird, finden Sie ihn, retten Sie ihn vor seinen Verfolgern, stellen Sie ihn für sich selbst wieder her, für mich - auf der ganzen Erde kann ich niemanden lieben als nur ihn allein!"

Ihr ernsthafter Appell, so süß und leidenschaftlich ausgedrückt, erfüllte mich mit Verwunderung und Mitgefühl; und, als sie mit aufgeregter Stimme und Blick hinzufügte, „Sind Sie bereit, dieses Unternehmen zu wagen?", schwur ich voller Tatkraft und Aufrichtigkeit, mich der Wiederherstellung und dem Wohlergehen Adrians in Leben und Tod zu widmen. Dann besprachen wir den Plan, den ich verfolgen sollte, und die wahrscheinlichsten Mittel, um seinen Aufenthaltsort zu entdecken. Während wir uns ernsthaft unterhielten, kam Lord Raymond unangekündigt herein. Ich sah Perdita zittern und erbleichen, und die Wangen Idris' hoch erröten. Er hätte erstaunt über unsere Versammlung gewesen sein müssen, sogar bestürzt; doch er war weder das eine noch das andere; er grüßte meine Gefährtinnen und sprach mich mit einem herzlichen Gruß an. Idris verstummte für einen Augenblick, und sagte dann mit äußerster Liebenswürdigkeit: „Lord Raymond, ich vertraue auf Ihre Güte und Ehre."

Er lächelte hochmütig, neigte sein Haupt und fragte eindringlich: „Vertrauen Sie mir wirklich, Lady Idris?"

Sie bemühte sich, seine Gedanken zu lesen, und antwortete dann mit Würde: „Wie es Ihnen beliebt. Es ist gewiß am besten, sich nicht durch irgendeine Verschleierung zu kompromittieren."

„Verzeihen Sie mir", antwortete er, „falls ich Sie beleidigt habe. Ob Sie mir vertrauen oder nicht, Sie können sich stets darauf verlassen, daß ich mein Äußerstes tun werde, um Ihre Wünsche zu erfüllen, worin auch immer diese bestehen mögen."

Idris lächelte dankbar und erhob sich, um zu gehen. Lord Raymond bat um die Erlaubnis, sie nach Windsor Castle zu begleiten, welches sie ihm bewilligte, und sie verließen die Hütte gemeinsam. Meine Schwester und ich blieben zurück - wahrhaft wie zwei Narren, die glaubten, sie hätten einen goldenen Schatz erhalten, bis das Tageslicht ihn als Blei erwies - zwei dumme, glücklose Fliegen, die in Sonnenstrahlen gespielt hatten und in einem Spinnennetz gefangen wurden. Ich lehnte mich gegen den Fensterflügel, beobachtete diese beiden herrlichen Wesen, bis sie in den Waldlichtungen verschwanden; und wandte mich dann um. Perdita hatte sich nicht bewegt; ihre Augen waren auf den Boden gerichtet, ihre Wangen blaß, ihre Lippen weiß. Regungslos und steif, jeder Zug in ihrem Antlitz von Kummer gezeichnet, saß sie da. Erschrocken ergriff ich ihre Hand, doch sie zog sie zitternd zurück und bemühte sich um Fassung. Ich bat sie, mit mir zu sprechen: „Nicht jetzt", antwortete sie, „und sprich auch jetzt nicht mit mir, mein lieber Lionel; du kannst nichts sagen, denn du weißt nichts. Ich werde dich morgen sehen." Sie erhob sich und ging aus dem Zimmer; sie hielt jedoch an der Tür inne, lehnte sich dagegen, als hätten ihre schwermütigen Gedanken ihr die Kraft genommen, sich aufrecht zu halten, und sagte: „Lord Raymond wird wahrscheinlich zurückkehren. Wirst du ihm sagen, daß er mich heute entschuldigen muß? denn es geht mir nicht gut, ich werde ihn morgen sehen, wenn er es wünscht, und dich ebenfalls. Du solltest besser mit ihm nach London zurückkehren, dort kannst du die vereinbarten Erkundigungen über den Earl of Windsor einholen und mich morgen wieder besuchen, bevor du weiterreist - bis dahin, leb wohl!"

Sie sprach stockend und schloß mit einem schweren Seufzer. Ich gewährte ihr die Bitte, und sie verließ mich. Ich fühlte mich, als wäre ich aus der Ordnung der systematischen Welt ins Chaos gestürzt, ins Finstere, Widersprüchliche, Unverständliche. Daß Raymond Idris heiraten sollte, war unerträglicher denn je; doch war meine Leidenschaft, obwohl sie von Geburt an stark war, zu wild und ungeübt, als daß ich das Elend, das ich in Perdita wahrgenommen hatte, sofort gespürt hätte. Was sollte ich tun? Sie hatte sich mir nicht anvertraut; ich konnte von Raymond keine Erklärung verlangen, ohne die Gefahr einzugehen, ihr vielleicht am meisten gehütetes Geheimnis zu verraten. Ich würde die Wahrheit am nächsten Tag von ihr erhalten - in der Zwischenzeit - Aber während ich damit beschäftigt war, mir immer mehr Gedanken zu machen, kehrte Lord Raymond zurück. Er fragte nach meiner Schwester, und ich übermittelte ihre Nachricht. Nachdem er einen Augenblick darüber nachgedacht hatte, fragte er mich, ob ich nach London zurückkehren würde und ob ich ihn begleiten wolle. Ich stimmte zu. Er war gedankenverloren und blieb während eines beträchtlichen Teils unserer Fahrt still; endlich sagte er: „Ich muß mich bei Ihnen für meine Abwesenheit entschuldigen, die Wahrheit ist, Rylands Antrag kommt heute Abend an die Reihe und ich denke über meine Antwort nach."

Ryland war der Führer der Volkspartei, ein dickköpfiger und auf seine Weise fähiger Mann. Er hatte die Erlaubnis erhalten, einen Gesetzentwurf einzubringen, der darauf abzielte, den Versuch, den gegenwärtigen Stand der englischen Regierung und die geltenden Gesetze der Republik zu ändern, zum Verrat zu erklären. Dieser Angriff richtete sich gegen Raymond und seine Pläne zur Wiederherstellung der Monarchie.

Raymond fragte mich, ob ich ihn an diesem Abend ins Parlament begleiten würde. Ich erinnerte mich an meine Suche nach Informationen über Adrian; und in dem Wissen, daß meine Zeit voll besetzt sein würde, entschuldigte ich mich. „Nun", sagte mein Begleiter, „ich kann Sie von Ihrem gegenwärtigen Hinderungsgrund befreien. Sie haben vor, Erkundigungen bezüglich des Earls von Windsor einzuziehen. Ich kann sie ihnen sofort beantworten, er ist auf dem Gut des Herzogs von Athol in Dunkeld. Beim ersten Auftreten seiner Erkrankung reiste er von einem Ort zum andern, bis er, als er in diese romantische Abgeschiedenheit kam, sich weigerte, sie zu verlassen, und wir Vereinbarungen mit dem Herzog trafen, damit er dort bleiben konnte."

Ich war von dem achtlosen Ton verletzt, mit dem er mir diese Nachricht überbrachte, und antwortete kalt: „Ich bin Ihnen für Ihre Auskunft verpflichtet, und werde davon Gebrauch machen."

„Tun Sie das, Verney", sagte er, „und wenn Sie an Ihrem Vorhaben festhalten, werde ich es Ihnen erleichtern. Aber bitte bezeugen Sie zuerst das Ergebnis des Disputs dieser Nacht, und den Triumph, den ich im Begriff bin zu erreichen, wenn ich es so nennen darf, während ich fürchte, daß der Sieg für mich in Wahrheit eine Niederlage ist. Was kann ich tun? Meine größten Hoffnungen scheinen ihrer Erfüllung nahe zu sein. Die vormalige Königin gibt mir Idris, Adrian ist völlig unfähig, den Titel eines Earls anzutreten, und dieser Titel in meinen Händen wird zum Königreich. Bei Gott, der kümmerliche Titel eines Earls of Windsor wird denjenigen, der die Rechte erwirbt - die dem, der sie besitzt, auf ewig zustehen müssen -, nicht mehr zufrieden stellen. Die Gräfin wird niemals vergessen, daß sie eine Königin war, und sie verachtet es, ihren Kindern ein vermindertes Erbe zu hinterlassen; ihre Macht und meine Klugheit werden den Thron wieder errichten, und diese Stirn wird von einem königlichen Diadem geschmückt werden. - Ich kann dies bewirken - ich kann Idris heiraten." -

Er verstummte jählings, sein Antlitz verdunkelte sich und sein Ausdruck veränderte sich immer wieder unter dem Einfluß in ihm kämpfender Leidenschaft. Ich fragte: „Liebt Lady Idris Sie?"

„Was für eine Frage", antwortete er lachend. „Sie wird mich natürlich ebenso lieben, wie ich sie, wenn wir verheiratet sind."

„Sie fangen es verkehrt an", sagte ich spöttisch, „die Ehe wird gewöhnlich als Grab und nicht als Wiege der Liebe betrachtet. Also werden Sie sie lieben, aber Sie tun es noch nicht?"

„Belehren Sie mich nicht, Lionel, seien Sie versichert, daß ich meine Pflicht ihr gegenüber erfüllen werde. Liebe! Ich muß mein Herz dagegen stählen, sie von ihrem Verteidigungsturm vertreiben, mich verbarrikadieren: die Quelle der Liebe muß aufhören zu sprudeln, ihre Wasser ausgetrocknet werden, und alle leidenschaftlichen Gedanken, die damit einhergehen, sterben - das heißt die Liebe, die mich regieren würde, nicht jene, die ich regiere. Idris ist ein sanftes, hübsches, süßes kleines Mädchen, es ist unmöglich, keine Zuneigung für sie zu empfinden, und meine Zuneigung für sie ist eine sehr aufrichtige, nur sprechen Sie nicht von Liebe - Liebe, die Tyrannin und die Tyrannenbezwingerin, Liebe, bis jetzt mein Eroberin, jetzt mein Sklavin, das hungrige Feuer, das unzähmbare Tier, die giftspeiende Schlange - nein - nein - ich will nichts mit dieser Liebe zu tun haben. Sagen Sie mir, Lionel, stimmen Sie darin zu, daß ich diese junge Frau heiraten sollte?"

Er richtete seine scharfen Augen auf mich, und mein unkontrollierbares Herz schwoll in meiner Brust. Ich antwortete mit ruhiger Stimme - aber wie weit von der Ruhe entfernt war der Gedanke, der aus meinen ruhigen Worten sprach - „Niemals! Ich kann niemals zustimmen, daß Lady Idris mit jemandem vereint sein sollte, der sie nicht liebt."

„Weil Sie sie selbst lieben."

„Euer Lordschaft hätten diese Neckerei unterlassen können: ich liebe sie nicht, wage nicht, sie zu lieben."

„Zumindest", fuhr er hochmütig fort, „liebt sie Sie nicht. Ich würde keine regierende Herrscherin heiraten, wenn ich nicht sicher wäre, daß ihr Herz frei ist. Aber, O Lionel! ein Königreich ist ein mächtiges Wort, und sanftklingend sind die Begriffe, die das Königtum beschreiben. Waren nicht die mächtigsten Männer alter Zeiten Könige? Alexander war ein König, Salomo, der weiseste aller Menschen, war ein König, Napoleon war ein König, Caesar starb in seinem Versuch, einer zu werden, und Cromwell, der Puritaner und Königsmörder, strebte nach der Königswürde. Der Vater Adrians gab das schon zerbrochene Zepter Englands auf, ich aber werde die gefallene Pflanze aufrichten, ihre zerstückelten Glieder wieder verbinden und sie über alle Blumen des Feldes erheben. Wundern Sie sich nicht, daß ich Adrians Schlupfwinkel freiwillig verriet. Glauben Sie nicht, daß ich bösartig oder töricht genug wäre, meine beabsichtigte Oberhoheit auf einen Betrug zu gründen, und noch dazu einen, der so leicht als die Wahrheit oder Unwahrheit erkannt werden könnte, wie der Wahnsinn des Earls. Ich bin gerade von einem Besuch bei ihm zurückgekommen. Ehe ich bezüglich meiner Ehe mit Idris eine Entscheidung fällen wollte, entschloß ich mich, ihn noch einmal zu besuchen und über die Wahrscheinlichkeit seiner Genesung zu urteilen. Er ist unwiederbringlich wahnsinnig."

Ich rang nach Luft -

„Ich werde Ihnen", fuhr Raymond fort, „die traurigen Einzelheiten ersparen. Sie sollen ihn sehen und selbst zu einem Urteil kommen, obwohl ich fürchte, daß dieser für ihn nutzlose Besuch unerträglich schmerzhaft für Sie sein wird. Es lastet seit jeher auf mir. Gut und sanft wie er selbst in der Zerrüttung seines Verstands ist, verehre ich ihn nicht wie Sie, sondern würde alle meine Hoffnungen auf eine Krone und meine rechte Hand dazu hingeben, um ihn wieder ganz bei sich zu finden."

Seine Stimme drückte das tiefste Mitgefühl aus: „Sie höchst unerklärliches Wesen", rief ich, „wohin werden Ihre Taten Sie führen, in diesem ganzen Labyrinth von Absichten, in denen Sie verloren scheinen?"

„Wohin? Zu einer Krone, einer goldenen, mit Edelsteinen besetzten Krone, wie ich hoffe, und doch wage ich nicht, darauf zu vertrauen, und obgleich ich von einer Krone träume und auf eine hoffe, flüstert mir immer wieder ein geschäftiger Teufel zu, daß das, wonach ich strebe, nichts als eine Narrenkappe sei, und daß ich, wenn ich weise wäre, sie sein lassen und an ihrer Statt nehmen sollte, was alle Kronen des Ostens und Präsidenten des Westens wert sind."

„Und was ist das?"

„Wenn ich mich entschieden habe, sollen Sie es erfahren; zurzeit wage ich nicht davon zu sprechen, nicht einmal daran zu denken."

Wieder schwieg er, und nach einer Weile wandte er sich mir lachend zu. Wenn nicht Spott seine Freude inspirierte, wenn es echte Fröhlichkeit war, die seine Gesichtszüge mit einem freudigen Ausdruck überzog, wurde seine Schönheit überragend, göttlich. „Verney", sagte er, „mein erster Akt, wenn ich König von England werde, wird sein, sich mit den Griechen zu vereinigen, Konstantinopel einzunehmen und ganz Asien zu unterwerfen. Ich beabsichtige, ein Krieger, ein Eroberer zu sein; Napoleons Name soll hinter meinem verblassen; und die Schwärmer sollen, anstatt sein felsiges Grab zu besuchen und die Verdienste der

Gefallenen zu würdigen, meine Majestät verehren und meine berühmten Errungenschaften preisen."

Ich hörte Raymond mit großem Interesse zu. Wie hätte ich anders als ganz Ohr für einen sein können, der die ganze Erde in seiner ergreifenden Phantasie zu regieren schien und der nur versagte, wenn er versuchte, sich selbst zu beherrschen. Denn von seinem Wort und seinem Willen würde mein eigenes Glück abhängen – das Schicksal all jener, die mir lieb und teuer waren. Ich bemühte mich, die verborgene Bedeutung seiner Worte zu entziffern. Perditas Name wurde nicht erwähnt; dennoch konnte ich nicht bezweifeln, daß die Liebe zu ihr das Zaudern verursachte, das er gezeigt hatte. Und wer war mehr der Liebe wert als meine edle Schwester? Wer verdiente die Hand dieses sich selbst einsetzenden Königs mehr als sie, deren Blick der einer Königin der Nationen war? Wer liebte ihn, wie er sie liebte; obgleich ihre Leidenschaft von Enttäuschung gehemmt wurde, und seine in hartem Kampf mit seinem Ehrgeiz lag.

Am Abend gingen wir gemeinsam ins Parlament. Raymond war, obgleich er wußte, daß seine Pläne und Aussichten während der erwarteten Debatte diskutiert und entschieden werden sollten, heiter und unbeschwert. Ein Summen wie von aus zehntausend Bienenstöcken schwärmenden Bienen betäubte uns, als wir den Kaffeeraum betraten. Die Politiker versammelten sich mit besorgten Mienen und lauten oder gesenkten Stimmen. Die Adelspartei, die reichsten und einflußreichsten Männer in England, schien weniger aufgeregt als die anderen, denn die Frage sollte ohne ihre Einmischung erörtert werden. In der Nähe des Kamins standen Ryland und seine Anhänger. Ryland war ein Mann von zweifelhafter Geburt und von immensem Reichtum, geerbt von seinem Vater, der ein Fabrikant gewesen war. Er hatte als junger Mann die Abdankung des Königs und die Verschmelzung des Unter- und des Oberhauses miterlebt; er hatte mit diesen vom Volk ausgehenden Übergriffen sympathisiert, und es war das Geschäft seines Lebens gewesen, sie zu vereinen und zu vergrößern. Seitdem hatte sich der Einfluß der Grundbesitzer verstärkt; und zuerst machte es Ryland nichts aus, die Werke Lord Raymonds zu beobachten, der viele Anhänger seines Gegners ausschaltete. Aber die Sache ging nun zu weit. Der ärmere Adel begrüßte die Rückkehr des Königtums als ein Ereignis, das ihnen ihre nunmehr verlorene Macht und Rechte wiederherstellen sollte. Der halb erloschene Geist des Königtums erwachte in den Köpfen der Menschen; und sie, als willige Sklaven und selbstgeschaffene Untertanen, waren bereit, ihren Hals dem Joch zu beugen. Einige aufrechte und männliche Geister blieben noch als Säulen des Staates aufrecht stehen, aber das Wort Republik war dem gewöhnlichen Ohr schal geworden, und viele - das Ereignis würde beweisen, ob es eine Mehrheit war - sehnten sich nach dem Flitter und der Pracht des Königtums. Ryland wurde zum Widerstand aufgerüttelt. Er behauptete, daß seine stillschweigende Duldung allein die Vergrößerung dieser Partei ermöglicht hatte; doch die Zeit für Nachsicht war vorüber, und mit einer Bewegung seines Armes würde er die Spinnweben hinwegfegen, die seine Landsleute blendeten.

Als Raymond den Kaffeeraum betrat, wurde seine Anwesenheit von seinen Freunden mit einem einstimmigen Ruf begrüßt. Sie versammelten sich um ihn, zählten ihre Mitglieder und schilderten ausführlich die Gründe, warum sie jetzt eine Hinzufügung dieser und jener Mitglieder erhalten sollten, die sich noch nicht erklärt hatten. Einige unbedeutende Geschäfte des Parlaments wurden durchgegangen, die Führer nahmen ihre Plätze in der Kammer ein; das Geschrei der Stimmen fuhr fort, bis Ryland aufstand, um zu sprechen, und dann war die geringste geflüsterte Bemerkung hörbar. Alle Augen waren auf ihn gerichtet, wie er dastand - schwerfällig in der Gestalt, klangvoll in der Stimme und mit einer Art, die, wenngleich nicht elegant, beeindruckend war. Ich wandte mich von seinem markanten, steinernen Gesicht zu Raymond, dessen Gesicht, von einem Lächeln verhüllt, seine Sorge nicht verraten wollte; dennoch zitterten seine Lippen ein wenig, und seine Hand umklammerte die Bank, auf der er saß, mit einem so festen Griff, daß er die Muskeln verkrampfen ließ.

Ryland begann damit, den gegenwärtigen Zustand des britischen Imperiums zu loben. Er rief ihnen die früheren Jahre in Erinnerung; die elenden Auseinandersetzungen, die zur Zeit unserer Väter beinahe zum Bürgerkrieg geführt hätte, die Abdankung des verstorbenen Königs, und die Gründung der Republik. Er beschrieb diese Republik; legte dar, daß sie jeder Person im Staat die Möglichkeit bot, Bedeutung zu erlangen, und sogar vorübergehende Souveränität. Er verglich den royalistischen und den republikanischen Geist, zeigte auf, daß der eine dazu neigte, den Verstand der Menschen zu versklaven, während alle Einrichtungen des anderen dazu dienten, auch die gemeinsten unter uns zu etwas Großem und Gutem zu erheben. Er legte dar, daß durch die Freiheit, die sie genossen, England mächtig und seine Bewohner tapfer und weise geworden seien. Während er sprach, schwoll jedes Herz vor Stolz, und jede Wange glühte vor Freude bei dem Gedanken, daß jeder dort Engländer war, und daß jeder etwas zu dem glücklichen Zustand der Dinge beigetragen hatte, an welchen jetzt gedacht wurde. Rylands Inbrunst verstärkte sich - seine Augen leuchteten auf - seine Stimme nahm einen leidenschaftlichen Ton an. Es gebe einen Mann, fuhr er fort, der all das ändern wollte und uns zu unseren Tagen der Machtlosigkeit und der Auseinandersetzungen zurückbringen wollte - ein Mann, der es wagen würde, sich die Ehre anzumaßen, die allen zukam, die England als ihren Geburtsort beanspruchten, und seinen Namen und seinen Titel über den Namen und den Titel seines Landes setze. Ich sah an dieser Stelle, wie Raymond erblaßte; seine Augen wandten sich vom Redner ab, er blickte zu Boden; die Zuhörer wandten sich von einem zum anderen; aber in der Zwischenzeit füllte die Stimme des Redners ihre Ohren - der Donner seiner Denunziationen beeinflußte ihre Sinne. Die Kühnheit seiner Sprache gab ihm Gewicht; jeder wußte, daß er die Wahrheit sprach - eine bekannte, aber nicht anerkannte Wahrheit. Er riß der Wirklichkeit die Maske herunter, mit der sie verkleidet gewesen war, und die Absichten Raymonds, die bisher sich heimlich verdeckend herumgeschlichen waren, wurden jetzt wie ein gejagter Hirsch in die Enge getrieben - wie jeder wahrnahm, der die unkontrollierbaren Veränderungen seiner Miene bemerkte. Ryland schloß damit, daß jeder Versuch, die königliche Macht wiederherzustellen, für Verrat erklärt werden sollte, und derjenige für einen Verräter, der versuchen sollte, die gegenwärtige Form der Regierung zu ändern. Jubel und laute Zurufe folgten dem Abschluß seiner Rede.

Nachdem er sich wieder unter Kontrolle hatte, erhob sich Lord Raymond, - sein Gesichtsausdruck war mild, seine Stimme sanft und melodisch, sein Betragen ruhig, seine Eleganz und Sanftheit erschien nach der laut tosenden Stimme seines Gegners wie ein leiser Flötenhauch. Er erhebe sich, sagte er, um zugunsten des Antrages des Herrn Abgeordneten zu sprechen, mit nur einem kleinen Zusatz. Er sei bereit, in alte Zeiten zurückzukehren und an die Kämpfe unserer Väter und die Abdankung des Monarchen zu erinnern. Voller Edelmut und Größe, sagte er, habe der berühmte und letzte Herrscher Englands sich selbst dem scheinbaren Wohl seines Landes geopfert und sich einer Macht entledigt, die nur durch das Blut seiner Untertanen aufrechterhalten werden konnte - jene Untertanen, die nicht mehr solche genannt werden, diese, seine Freunde und Gleichgestellten, hätten ihm und seiner Familie aus Dankbarkeit stets gewisse Gefälligkeiten und Auszeichnungen erwiesen. Ihnen sei ein großes Gut zugeteilt worden, und sie hätten den ersten Rang unter Großbritanniens Adligen eingenommen. Doch könne man annehmen, daß sie ihr altes Erbe nicht vergessen hätten; und es sei schmerzvoll, daß ihr rechtmäßiger Erbe auf gleiche Weise leiden sollte wie jeder andere Bewerber auf den Thron, wenn er versuchte, das wiederzugewinnen, was durch altes Recht und Erbschaft ihm gehörte. Er habe nicht gesagt, daß er solch einen Versuch bevorzugen sollte; aber er sagte, daß ein solcher Versuch läßlich wäre; und daß, wenn der Bewerber nicht so weit gehe, den Krieg zu erklären, und ein Feldzeichen im Königreich zu errichten, seine Schuld mit einem nachsichtigen Auge betrachtet werden sollte. In seinem Änderungsantrag schlug er vor, daß in dem Gesetz eine Ausnahme zugunsten jeder Person gemacht werden sollte, die die Hoheitsgewalt im Namen des Earls of Windsor geltend machte.

Raymond kam auch nicht zum Ende, ohne den Glanz eines Königreiches im Gegensatz zum wirtschaftlichen Geist des Republikanismus in lebhaften und leuchtenden Farben zu zeichnen. Er behauptete, daß jeder einzelne unter der englischen Monarchie damals wie heute in der Lage sei, einen hohen Rang und eine hohe Macht zu erlangen - mit einer einzigen Ausnahme, jener der Funktion des Obersten Richters; ein höherer und edlerer Rang, als ein Tauschhandel treibender, furchtsamer Staatenbund anbieten konnte. Und worauf, bis auf diese eine Ausnahme, wirkte es sich aus? Die Natur des Reichtums und des Einflusses beschränkte die Liste der Kandidaten zwangsläufig auf einige der Reichsten; und es stände sehr zu befürchten, daß der durch diesen dreijährigen Kampf erzeugte Unmut und Streit einen ungerechten Ausgang haben würde. Ich kann den Fluß der Sprache und die anmutigen Wendungen des Ausdrucks, die Klugheit und die leichte Raschheit, die seiner Rede Kraft und Einfluß verliehen, nicht wiedergeben. Seine Redeweise, anfangs zaghaft, wurde fest - sein wandelbares Gesicht begann übermenschlich zu strahlen; seine Stimme, vielfältig wie Musik, war bezaubernd.

Es wäre überflüssig, die Debatte aufzuzeichnen, die auf diese Ansprache folgte. Es wurden Parteireden gehalten, die die Frage in ihren Worten so sehr verzerrten, daß ihre einfache Bedeutung in einem gewobenen Wortwind verschleiert wurde. Der Antrag war verloren; Ryland zog sich in Wut und Verzweiflung zurück; und Raymond tat es ihm jubelnd und heiter nach, um von seinem zukünftigen Königreich zu träumen.

Kapitel 4.

Existiert ein solches Gefühl wie die Liebe auf den ersten Blick? Und falls dem so wäre, worin unterscheidet sich ihre Natur von der Liebe, die sich auf lange Beobachtung und langsames Wachstum gründet? Vielleicht sind ihre Auswirkungen nicht so dauerhaft; doch sie sind, solange sie andauern, heftig und intensiv. Wir wandeln freudlos durch die unwegsamsten Irrgärten des Lebens, bis wir diesen Schlüssel in Händen halten, der uns durch dieses Labyrinth ins Paradies führt. Unsere trübe Natur schlummert wie eine unbeleuchtete Fackel in formloser Leere, bis das Feuer sie erreicht; diese Essenz des Lebens, dieses Licht des Mondes und die Herrlichkeit der Sonne. Was spielt es für eine Rolle, ob dies Feuer aus Feuerstein und Stahl geschlagen, vorsichtig in eine Flamme genährt und langsam dem dunklen Docht mitgeteilt wird, oder ob die strahlende Kraft von Licht und Wärme rasch von einer verwandten Seele ausgeht, und zugleich das Leuchtfeuer und die Hoffnung entzündet. In der tiefsten Quelle meines Herzens wurden die Takte gerührt; um mich herum, über und unter mir, umfing mich die anhaftende Erinnerung wie ein Umhang. In keinem einzigen Augenblick der zukünftigen Zeit empfand ich wie damals. Der Geist von Idris schwebte in der Luft, die ich atmete; ihre Augen waren immer und ewig auf die meinen gerichtet; ihr Lächeln, an das ich mich erinnerte, blendete mich und ließ mich als einen Blinden zurück, nicht in die Finsternis, nicht in Dunkelheit und Leere - sondern in ein nie gekanntes, strahlendes Licht eingehend, das zu neu, zu gleißend für meine menschlichen Sinne war. Jedem Blatt, jedem kleinen Teil des Universums, (wie auf der Hyazinthe ein Ai[26] eingraviert ist) war der Talisman meiner Existenz aufgeprägt - SIE LEBT! SIE EXISTIERT! - Ich hatte noch nicht die Zeit gefunden, mein Gefühl zu untersuchen, mich selbst zur Vernunft zu rufen und in der unbezwinglichen Leidenschaft zu führen; alles war ein Gedanke, ein Gefühl, ein Wissen - es war mein Leben!

Doch die Würfel waren gefallen - Raymond würde Idris heiraten. Die fröhlichen Hochzeitsglocken läuteten in meinen Ohren; ich hörte die Gratulationen des Volks, das dem Brautpaar folgte; den ehrgeizigen Adligen mit raschem Adlerflug sich vom untersten Rang zum Königtum erheben - und zur Liebe von Idris. Doch halt, dies nicht! Sie liebte ihn nicht; sie hatte mich ihren Freund genannt; mich hatte sie angelächelt; mir hatte sie die größte Hoffnung ihres Herzens, das Wohlergehen Adrians, anvertraut. Diese Erinnerung erwärmte mein erstarrendes Blut, und wieder strömte die Flut des Lebens und der Liebe ungestüm heran, und verebbte wieder, als sich meine geschäftigen Gedanken veränderten. Die Debatte endete um drei Uhr morgens. Meine Seele war in Aufruhr; ich überquerte die Straßen mit hastigem Eifer. Wahrlich, ich war in dieser Nacht verrückt - die Liebe - welche ich von Geburt an als eine Riesin bezeichnet habe, rang mit der Verzweiflung! Mein Herz, das

---

[26] Die auffallende Schönheit des Hyakinthos, eines Göttergeliebten aus der griechischen Sage, erregte die Aufmerksamkeit von Zephyros, dem Gott des Westwindes, und auch Apollon fand Gefallen an dem Jüngling. Ein verhängnisvoller Unfall beim Diskuswerfen - Apoll traf Hyakinthos aus Versehen mit dem Diskus und tötete ihn dadurch - beendete die Liebe frühzeitig. Aus dem Blut, das dabei vergossen wurde, ließ der trauernde Apollon eine Blume entstehen, deren Blütenblätter jeweils den Klageruf („AI") bildeten.

Schlachtfeld, wurde von der eisernen Ferse der einen verwundet, von den Tränen der anderen getränkt. Der mir verhaßte Tag dämmerte heran; ich zog mich in mein Quartier zurück - ich warf mich auf eine Liege - ich schlief - war es Schlaf? -, denn meine Gedanken waren noch wach - Liebe und Verzweiflung kämpften noch immer, und ich krümmte mich unter unerträglichen Schmerzen.

Ich erwachte halb betäubt; ich fühlte eine schwere Last auf mir, wußte aber nicht woher; ich trat gewissermaßen in den Beratungssaal meines Geistes ein und befragte die verschiedenen Minister, die darin versammelt waren. Nur zu bald erinnerte ich mich an alles, nur zu bald zitterten meine Glieder unter der Marter, nur zu bald erkannte ich, daß ich ein Sklave war!

Plötzlich betrat Lord Raymond unangekündigt meine Unterkunft. Er kam fröhlich herein und sang das Tiroler Freiheitslied, bedachte mich mit einem gnädigen Nicken und warf sich auf ein Sofa gegenüber der Kopie einer Büste des Apollo von Belvedere. Nach einer oder zwei trivialen Bemerkungen, auf die ich mürrisch antwortete, rief er plötzlich, indem er die Büste betrachtete, aus:

„Ich werde nach diesem Sieger benannt! Kein übler Gedanke; der Kopf soll auf meinen neu geprägten Münzen prangen und ein Wahrzeichen für alle pflichtbewußten Untertanen meines zukünftigen Erfolges sein."

Er sagte das auf seine heitere, aber wohlwollende Art, und lächelte nicht verächtlich, sondern in spielerischem Spott über sich selbst. Dann verdüsterte sich sein Antlitz jäh, und er rief in diesem schrillen Ton, der ihm eigen ist: „Ich habe gestern Abend eine gute Schlacht geschlagen; eine größere Eroberung sah mich Griechenland nie erzielen. Jetzt bin ich der erste Mann in diesem Staat, Teil jeder Ballade, und Gegenstand der gemurmelten Andachten alter Weiber. Was sind Ihre Gedanken dazu? Sie, der Sie sich vorstellen, daß Sie die menschliche Seele lesen können, wie Ihr heimatlicher See jeden Felsspalt und jede Vertiefung der ihn umgebenden Hügel widerspiegelt - sagen Sie, was Sie von mir denken: Königsanwärter, Engel oder Teufel, was davon bin ich?"

Dieser ironische Ton erhitzte mein berstendes, überkochendes Herz über die Maßen; ich war von seiner Unverschämtheit überwältigt und antwortete mit Bitterkeit: „Es gibt einen Geist, der weder Engel noch Teufel ist, und auf ewig zum Limbus[27] verdammt ist." Ich sah seine Wangen erblassen und seine Lippen zittern. Sein Zorn diente jedoch nur dazu, meinen zu entflammen, und ich antwortete mit einem entschlossenen Blick in seine Augen, die mich anfunkelten. Plötzlich wurden sie abgewandt, niedergeschlagen, eine Träne, dachte ich, benetzte die dunklen Wimpern. Ich wurde erweicht und fügte mit unwillkürlichen Mitleid hinzu: „Nicht, daß Sie ein solcher wären, mein lieber Lord."

Ich hielt inne, selbst von der Bewegung getroffen, die er zeigte.

„Ja", sagte er endlich, erhob sich und biß sich auf die Lippen, als er sich bemühte, seine Leidenschaft zu zügeln; „Sie kennen mich nicht, Verney; weder Sie, noch unser Publikum von letzter Nacht, noch ganz England, wissen etwas von mir. Ich stehe hier als ein, wie es scheint, auserwählter König, diese Hand ist im Begriff, ein Zepter zu ergreifen, diese Stirn fühlt in jedem Nerv die sie bald drückende Krone. Ich wirke, als verfügte ich über Stärke, Macht und Sieg, und stände so fest wie ein Kuppelpfeiler, und ich bin - ein Schilfrohr! Ich habe Ehrgeiz, und erreiche damit mein Ziel, meine nächtlichen Träume werden verwirklicht, meine wachenden Hoffnungen erfüllt, ein Königreich erwartet mich, meine Feinde werden gestürzt. Doch hier", und er schlug sich auf die Brust, „hier sitzt der Aufrührer, das ist der Stolperstein, dieses beherrschende Herz, das ich seines heißen Blutes berauben will; doch solange noch ein flatterndes Pulsieren bestehen bleibt, bin ich sein Sklave."

Er sprach mit gebrochener Stimme, dann senkte er den Kopf und weinte, während er sein Gesicht mit seinen Händen bedeckte. Meine eigene Enttäuschung schmerzte mich noch immer; doch diese Szene versetzte mir einen außerordentlichen Schrecken, auch konnte ich seinen leidenschaftlichen Ausbruch nicht unterbrechen. Dieser ließ nach einer Weile nach, und er lag, nachdem er sich auf das Sofa geworfen

---

[27] Der Limbus bezeichnet in der katholischen Theologie Orte am Rande der Hölle, in welchen sich Seelen aufhalten, die ohne eigenes Verschulden vom Himmel ausgeschlossen sind, z. B. wurden lange Zeit ungetauft gestorbene Kinder dazu gezählt.

hatte, stumm und bis auf sein Mienenspiel, das auf einen starken inneren Konflikt hindeutete, regungslos. Endlich erhob er sich und sagte in seinem üblichen Tonfall: „Die Zeit drängt, Verney, ich muß fort. Lassen Sie mich meinen größten Auftrag hier nicht vergessen. Wollen Sie mich morgen nach Windsor begleiten? Sie werden durch meine Gesellschaft nicht entehrt sein, und da dies wahrscheinlich der letzte Dienst ist, den Sie mir leisten können, werden Sie meine Bitte erfüllen?"

Er streckte seine Hand mit einer beinahe schüchternen Geste aus. Rasch dachte ich - Ja, ich will die letzte Szene des Dramas erleben. Nebenbei wurde ich von seiner Miene erobert, und ein liebevolles Gefühl ihm gegenüber erfüllte wieder mein Herz - Ich bat ihn, über mich zu verfügen.

„Gut, das werde ich", sagte er fröhlich, „das ist jetzt mein Stichwort; seien Sie morgen um sieben bei mir; seien Sie diskret und treu; und Sie sollen bald mein Vertrauter bei Hofe sein."

So sprach er, eilte davon, sprang auf sein Pferd und sagte, mit einer Geste, als ob er erwartete, daß ich seine Hand küßte, ein weiteres Mal lachend Adieu. Mir selbst überlassen, bemühte ich mich unter quälender Anspannung, das Motiv seiner Bitte zu erahnen und die Ereignisse des kommenden Tages vorauszusehen. Die Stunden vergingen unbemerkt; mein Kopf schmerzte vom Nachdenken, und die Nerven schienen überlastet zu sein. Ich griff an meine brennende Stirn, als könnte meine fiebrige Hand ihren Schmerz heilen.

Ich erschien pünktlich zur verabredeten Stunde des folgenden Tages und fand Lord Raymond vor, der bereits auf mich wartete. Wir stiegen in seinen Wagen und fuhren nach Windsor. Ich hatte mich gewappnet und war entschlossen, meine innere Unruhe durch kein äußeres Zeichen zu offenbaren.

„Was für einen Fehler Ryland begangen hat", sagte Raymond, „als er dachte, mich vergangenen Abend zu überwältigen. Er sprach gut, sehr gut; eine solche Ansprache wäre besser an mich allein gerichtet gewesen, als an die Dummköpfe und Schurken, die dort versammelt waren. Wäre ich allein gewesen, hätte ich vielleicht auf ihn gehört, doch als er versuchte, mich in meinem eigenen Territorium mit meinen eigenen

Waffen zu schlagen, forderte er mich heraus, und das Ergebnis war ganz so, wie zu erwarten stand."

Ich lächelte ungläubig und antwortete: „Ich hege dieselben Ansichten wie Ryland und werde, wenn Sie möchten, alle seine Argumente wiederholen; wir werden sehen, inwieweit Sie von ihnen veranlaßt werden, sich vom Thron ab und dem Patriotismus zuzuwenden."

„Die Wiederholung würde nutzlos sein", sagte Raymond, „da ich mich gut an sie erinnere, und es vielen anderen selbst vorgeschlagen habe, die es erfolglos versuchten."

Er erklärte sich nicht weiter, und ich machte ebenfalls keine Bemerkung zu seiner Antwort. Unser Schweigen dauerte einige Meilen an, bis die Landschaft uns mit offenen Feldern, schattigen Wäldern und Parks angenehme Gegenstände präsentierte. Nach einigen Bemerkungen über die Landschaft sagte Raymond: „Philosophen haben den Menschen einen Mikrokosmos der Natur genannt und finden eine Reflexion im inneren Bewußtsein für all diese Gegenstände, die um uns herum sichtbar sind. Diese Theorie war oft eine Quelle der Belustigung für mich; und ich habe so manche Mußestunde damit verbracht, derlei Ähnlichkeiten zu suchen. Sagt nicht Lord Bacon, daß „der Wechsel von einem Mißklang zur Harmonie, der in der Musik große Schönheit verursacht, eine Übereinstimmung mit den Gefühlen hat, die nach einigen Abneigungen wieder zum Besseren gestimmt werden"?[28] Welch Ozean ist die Flut der Leidenschaft, deren Quellen in unserer eigenen Natur liegen! Unsere Tugenden sind die Treibsande, die sich bei ruhigem und niedrigem Wasser zeigen, aber wenn die Wellen sie ansteigen lassen und die Winde sie auftürmen, sieht sich der arme Teufel, der seine Hoffnung in ihre Beständigkeit gelegt hatte, in ihnen versinken. Die Moden der Welt, Drangsale, Erziehung und Streben, sind Winde, die unseren Willen wie Wolken alle in eine Richtung treiben; aber wenn ein Gewitter in Form von Liebe, Haß oder Ehrgeiz aufkommt, wird das Gewölk zurückgeweht und zermalmt die gegnerische Luft im Triumph."

---

[28] Francis Bacon, Sylva Sylvarum: or a Natural History, Century 2, part 113.

„Und doch", antwortete ich, „stellt sich die Natur unseren Augen immer als Erduldende dar, während es im Menschen ein aktives Prinzip gibt, das fähig ist, das Geschick zu beeinflussen und wenigstens gegen den Sturm anzukämpfen, ehe dieser ihn auf irgendeine Weise überwindet."

„Es liegt mehr Trügerisches als Wahrheit in Ihrer Unterscheidung", sagte mein Begleiter. „Haben wir uns selbst geformt, unsere Veranlagungen und unsere Kräfte gewählt? Ich empfinde mich einesteils als Saiteninstrument mit Akkorden und Anschlägen - doch ich habe keine Macht, die Saiten zu spannen oder meine Gedanken in eine höhere oder tiefere Tonlage zu stimmen."

„Andere Männer", bemerkte ich, „mögen bessere Musiker sein."

„Ich spreche nicht von anderen, sondern von mir selbst", erwiderte Raymond, „und ich kann ein ebenso schönes Beispiel geben, als jeder andere. Ich kann mein Herz nicht auf einen bestimmten Ton stimmen oder willkürliche Änderungen nach meinem Gutdünken ausführen. Wir werden geboren; wir wählen weder unsere Eltern noch unseren Stand; wir werden von anderen erzogen oder von den Umständen der Welt; und diese Kultivierung, die sich mit unserer angeborenen Veranlagung vermischt, ist der Boden, auf dem unsere Wünsche, Leidenschaften und Beweggründe wachsen."

„Es liegt viel Wahres in dem, was Sie sagen", sagte ich, „und dennoch handelt kein Mensch jemals nach dieser Theorie. Wer sagt denn, wenn er eine Wahl trifft: So wähle ich, weil ich dazu getrieben werde? Fühlt er nicht im Gegenteil eine Willensfreiheit in sich, welche, obwohl Sie sie trügerisch nennen mögen, ihn zu seinen Entscheidungen drängt?"

„Eben jene", antwortete Raymond, „ist ein weiteres Glied der unzerreißbaren Kette. Würde ich nun eine Tat begehen, die meine Hoffnungen vernichtet, das Königsgewand von meinen sterblichen Gliedern reißt und sie in eine gewöhnliche Tracht kleidet; würde dies, glauben Sie, ein Akt des freien Willens meinerseits sein?"

Während wir so sprachen, bemerkte ich, daß wir nicht die gewöhnliche Straße nach Windsor, sondern über Engleheld Green in Richtung Bishopgate Heath fuhren. Mir begann zu dämmern, daß nicht Idris das Ziel unserer Reise war, sondern daß ich Zeuge der Szene sein sollte, die das Schicksal Raymonds - und Perditas - entscheiden sollte. Raymond war offensichtlich während seiner Reise schwankend gewesen, und Unentschlossenheit zeigte sich in jeder Geste, als wir Perditas Hütte betraten. Ich beobachtete ihn aufmerksam und war entschlossen, daß ich, sollte dieses Zögern anhalten, Perdita helfen würde, sich zu fassen, und sie zu lehren, seine wankelmütige Liebe zu verachten, die zwischen dem Besitz einer Krone und ihr schwankte, deren Vortrefflichkeit und Gefühl den Wert eines Königreiches um ein Vielfaches übertraf.

Wir fanden sie in ihrer blumengeschmückten Laube; sie las den Zeitungsbericht über die Debatte im Parlament, der sie offenbar bis zur Hoffnungslosigkeit bedrückte. Dieses niedergeschlagene Gefühl spiegelte sich in ihren matten Augen und ihrer kraftlosen Haltung; eine Wolke beschattete ihre Schönheit, und häufige Seufzer waren Zeichen ihrer Bedrängnis. Dieser Anblick übte eine unmittelbare Wirkung auf Raymond aus; seine Augen strahlten voll Zärtlichkeit, und Reue machte sein Betragen zu einem ernsten und aufrichtigen. Er setzte sich neben sie und sagte, indem er das Papier von ihrer Hand nahm: „Kein Wort mehr soll meine süße Perdita von dieser Behauptung von Wahnsinnigen und Dummköpfen lesen. Ich darf Ihnen nicht gestatten, das Ausmaß meiner Verblendung zu erfahren, damit Sie mich nicht verachten; obgleich, glauben Sie mir, der Wunsch, nicht besiegt, sondern als Eroberer vor Ihnen zu erscheinen, mich während meines Wortgefechts inspirierte."

Perdita sah ihn erstaunt an; ihr ausdrucksvolles Antlitz leuchtete für einen Augenblick voller Zärtlichkeit; ihn nur zu sehen war Glück. Aber ein bitterer Gedanke überschattete bald ihre Freude; sie wandte ihre Augen zu Boden und bemühte sich, die Tränen zurückzudrängen, die sie zu überwältigen drohten. Raymond fuhr fort: „Ich will nicht mit Ihnen spielen, liebes Mädchen, oder als etwas anderes erscheinen als ich bin, schwach und unwürdig, und eher dazu tauglich, Ihre Verachtung zu erregen als Ihre Liebe. Und doch lieben Sie mich, ich fühle und weiß, daß Sie es tun, und daraus ziehe ich meine teuersten Hoffnungen. Wenn Stolz Sie leiten würde, oder auch Vernunft, könnten Sie mich wohl zurückweisen. Tun Sie es, wenn Ihr hohes Herz sich meiner Niedrigkeit nicht beugen will. Wenden Sie sich von mir ab, wenn Sie möchten - wenn

Sie es können. Wenn nicht Ihre ganze Seele Sie dazu auffordert, mir zu vergeben - wenn nicht Ihr ganzes Herz seine Tür weit öffnet, um mich in sein Innerstes einzulassen, so vergessen Sie mich, sprechen Sie nie wieder mit mir. Ich bin, obgleich ich gegen Sie sündigte, fast über die Vergebung hinaus, dennoch stolz, denn es darf keine Zurückhaltung in ihrer Vergebung geben - keinen Hinderungsgrund für das Geschenk Ihrer Zuneigung."

Perdita blickte verwirrt und doch erfreut zu Boden. Meine Anwesenheit hatte sie in Verlegenheit gebracht; so daß sie nicht wagte, sich umzuwenden, um dem Auge ihres Geliebten zu begegnen, oder ihrer Stimme zu vertrauen, um ihn ihrer Zuneigung zu versichern; während ein Erröten ihre Wange bedeckte und ihre traurige Miene gegen eine andere ausgetauscht wurde, die von tief empfundener Freude zeugte. Raymond legte einen Arm um sie und fuhr fort: „Ich leugne nicht, daß ich zwischen Ihnen und der höchsten Hoffnung, die sterbliche Männer haben können, schwankte, aber dies tue ich nicht mehr. Nehmen Sie mich an - formen Sie mich nach Ihrem Willen, besitzen Sie mein Herz und meine Seele für alle Ewigkeit. Wenn Sie sich weigern, zu meinem Glück beizutragen, werde ich heute Abend England verlassen und es nie wieder betreten."

„Lionel, Sie hören zu. Seien Sie mein Zeuge: überreden Sie Ihre Schwester, die Verletzung zu vergeben, die ich ihr angetan habe; überreden Sie sie, die Meine zu sein."

„Es bedarf keiner Überredung", sagte die errötende Perdita, „außer Ihren eigenen Liebesversprechen und meinem bereitwilligen Herzen, das mir zuflüstert, daß sie wahr sind."

An jenem Abend gingen wir alle drei zusammen im Walde spazieren, und mit der von der Glückseligkeit inspirierten Schwatzhaftigkeit schilderten sie mir die Geschichte ihrer Liebe. Es war angenehm zu sehen, wie sich der hochmütige Raymond und die zurückhaltende Perdita durch glückliche Liebe in plappernde, verspielte Kinder verwandelten, die ihre sie bezeichnende Beherrschtheit in der Fülle der gegenseitigen Zufriedenheit ablegten. Vor ein, zwei Nächten wandte Lord Raymond, mit besorgter Stirn und einem von Gedanken bedrängten Herzen, alle seine Kräfte auf, um die Gesetzgeber Englands zum

Schweigen zu bringen oder zu überzeugen, daß ein Zepter für seine Hand nicht zu schwer sei, während Visionen von Herrschaft, Krieg und Triumph vor ihm schwebten. Jetzt, ausgelassen wie ein lebhafter Junge, der unter dem beifälligen Auge seiner Mutter herumtobte, waren die Hoffnungen seines Ehrgeizes zu einem Ende gekommen, als er die kleine zarte Hand Perditas an seine Lippen drückte; während sie strahlend vor Entzücken auf das stille Becken blickte, sich nicht selbst bewundernd, sondern entzückt das Spiegelbild der Gestalten von sich und ihrem Geliebten betrachtend, das sie zum ersten Mal in liebevoller Verbindung zeigte.

Ich entfernte mich ein wenig von ihnen. Wo die Verzückung gegenseitiger Zuneigung ihnen gehörte, genoß ich die der wiederhergestellten Hoffnung. Ich blickte auf die königlichen Türme von Windsor. Hoch ist die Mauer und stark die Barriere, die mich von meinem Stern der Schönheit trennt. Aber nicht unüberwindlich. Sie wird nicht die Seine sein. Verweile noch ein paar Jahre in deinem heimatlichen Garten, süße Blume, bis ich durch Mühsal und Zeit das Recht erwerbe, dich zu pflücken. Verzweifle nicht, noch laß mich verzweifeln! Was ist nun zu tun? Zuerst muß ich Adrian suchen und ihn ihr wiederherstellen. Geduld, Sanftmut und unermüdliche Zuneigung sollen ihn wieder zu sich bringen, wenn es wahr ist, wie Raymond sagt, daß er von Sinnen ist. Kraft und Mut werden ihn retten, wenn er zu Unrecht festgehalten wird.

Nachdem die Liebenden sich mir wieder angeschlossen hatten, aßen wir zusammen in der Laube. Wahrlich, es war ein märchenhaftes Mahl, denn die Luft atmete den Wohlgeruch von Früchten und Wein, die keiner von uns aß oder trank - selbst die Schönheit der Nacht blieb unbemerkt; ihr Glück konnte nicht durch äußere Gegenstände erhöht werden, und ich war in Träumerei versunken. Gegen Mitternacht verabschiedeten sich Raymond und ich von meiner Schwester, um in die Stadt zurückzukehren. Er war ganz Heiterkeit. Liedverse entkamen seinen Lippen, jeder Gedanke seines Geistes, jeder Gegenstand über uns leuchtete unter dem Sonnenschein seiner Fröhlichkeit. Er beschuldigte mich der Melancholie, der Mißgunst und des Neides.

„Ganz und gar nicht", sagte ich, „obwohl ich gestehe, daß meine Gedanken nicht so angenehm beschäftigt sind wie die Ihren. Sie haben versprochen, meinen Besuch bei Adrian zu erleichtern; ich bitte Sie nun, Ihr Versprechen einzulösen. Ich kann hier nicht verweilen; ich sehne mich danach, die Krankheit meines ersten und besten Freundes zu lindern - vielleicht zu heilen. Ich will sofort nach Dunkeld aufbrechen."

„Sie Nachtvogel", antwortete Raymond, „was für einen Schatten werfen Sie nur über meine ungetrübten Gedanken, indem Sie mich zwingen, dieser trübsinnigen Ruine zu gedenken, die in geistiger Zerrüttung steht, irreparabler als ein Fragment einer behauenen Säule in einem von Unkraut überwucherten Feld. Sie träumen davon, daß Sie ihn wiederherstellen können? Daedalus hat niemals ein so unentwirrbares Labyrinth um Minotaurus[29] erbaut, wie der Wahnsinn um Adrians gefangenen Verstand. Weder Sie noch irgendein anderer Theseus kann das Labyrinth entwirren, zu dem vielleicht eine lieblose Ariadne den Schlüssel hat."

„Sie beziehen sich auf Evadne Zaimi; doch sie weilt nicht in England."

„Und würde sie es", sagte Raymond, „so würde ich nicht empfehlen, daß sie ihn besucht. Es ist besser, im völligen Delirium zu verfallen, als ein bewußtes Opfer unerwiderter Liebe zu sein. Die lange Dauer seiner Krankheit hat wahrscheinlich alle Erinnerungen an sie aus seinem Gedächtnis getilgt, und es wäre besser, wenn sie nicht wieder erneuert würden. Sie werden ihn bei Dunkeld finden; sanft und fügsam wandert er die Hügel hinauf und durch den Wald, oder sitzt lauschend neben dem Wasserfall. Sie mögen ihn sehen - mit Wildblumen in seinem Haar - seine Augen gänzlich bedeutungsleer - seine Stimme gebrochen - seine Person zu einem Schatten vergangen. Er pflückt Blumen und Unkraut, webt sich Kränze daraus oder läßt welke Blätter und Rindenstücke auf

---

[29] Daedalus ist ein Baumeister aus der griechischen Mythologie. Einst erhielt er vom kretischen König Minos den Auftrag, ein Labyrinth zu bauen, um das gefährliche Untier Minotaurus, das halb Mensch, halb Stier war, wegzusperren. Dieses Labyrinth war so geschickt gebaut, dass selbst Daedalus kaum den Weg ins Freie fand, nachdem er es fertiggestellt hatte. Schließlich wagte sich Theseus ins Labyrinth, um das Ungeheuer zu töten, und fand anschließend mithilfe eines mitgeführten Fadens wieder heraus.

dem Strom segeln, erfreut sich an ihrer Fahrt oder beweint ihren Schiffbruch. Die bloße Erinnerung belastet mich. Bei Gott! Die ersten Tränen, die ich seit meiner Kindheit vergossen habe, schossen mir in die Augen, als ich ihn sah."

Es hätte dieses letzten Berichtes nicht bedurft, um mich anzutreiben, ihn zu besuchen. Ich überlegte nur, ob ich versuchen sollte, Idris wiederzusehen, ehe ich abreise. Diese Frage wurde am folgenden Tage entschieden. Früh am Morgen kam Raymond zu mir; es war die Nachricht eingetroffen, daß Adrian gefährlich erkrankt war, und es schien wenig wahrscheinlich, daß seine abnehmende Kraft die Erkrankung überwinden sollte. „Morgen", sagte Raymond, „reisen seine Mutter und seine Schwester nach Schottland, um ihn noch einmal zu sehen."

„Und ich reise heute ab", rief ich; „noch in dieser Stunde werde ich einen Segelballon dingen, ich werde in höchstens achtundvierzig Stunden dort sein, vielleicht in weniger, wenn der Wind günstig weht. Leben Sie wohl, Raymond, freuen Sie sich, den besseren Teil des Lebens gewählt zu haben. Dieser Wandel des Geschicks belebt mich. Ich fürchtete Wahnsinn, nicht Krankheit - ich ahne, daß Adrian nicht sterben wird; vielleicht ist diese Krankheit eine Krise, und er wird sich erholen."

Jeder Umstand begünstigte meine Reise. Der Ballon erhob sich etwa eine halbe Meile weit in die Höhe, und eilte bei günstigem Wind durch die Lüfte, seine gefiederten Wagen spalteten die widerstandslose Atmosphäre. Trotz des melancholischen Gegenstandes meiner Reise wurde mein Geist durch die Wiederbelebung der Hoffnung, durch die schnelle Bewegung des luftigen Gefährts und durch den lauschigen Aufenthalt an der sonnigen Luft belebt. Der Pilot bewegte kaum das gefiederte Ruder, und der schlanke Mechanismus der Flügel, weit entfaltet, ließ ein murmelndes Geräusch ertönen, das den Sinn beruhigte. Ebene und Hügel, Strom und Kornfeld, waren unten zu sehen, während wir ungehindert schnell und sicher davoneilten, wie ein wilder Schwan in seinem Flug. Die Maschine gehorchte der geringsten Bewegung des Steuerruders; und der Wind wehte stetig, es gab kein Hindernis für unseren Kurs. Solcherart war die Macht des Menschen über die Elemente; eine Macht, die lange gesucht und kürzlich gewonnen wurde;

doch in der Vergangenheit von dem Dichterfürsten vorhergesagt, dessen Verse ich oft zitierte, sehr zum Erstaunen meines Piloten, da ich ihm erzählte, wie viele hundert Jahre zuvor sie geschrieben worden waren:

Oh! menschlicher Verstand, was magst du für Gedanken weben,
Daß ein schwerer Mann wie ein leichter Vogel sollt' schweben,
Welch seltsamen Künste forschst du aus: wer könnte ahnen,
Daß Menschen durch den off'nen Himmel einst einen Weg sich bahnen?[30]

Ich ging in Perth von Bord; und obwohl ich durch die ständige Aussetzung der Luft über viele Stunden erschöpft war, wollte ich mich nicht ausruhen, sondern nur meine Beförderungsart ändern. Ich fuhr auf dem Landweg nach Dunkeld weiter. Die Sonne ging gerade auf, als ich die ersten Hügel erreichte. Nach der Revolution der Zeitalter war Birnam Hill wieder mit einem jungen Wald bedeckt, während die älteren Kiefern, die zu Beginn des neunzehnten Jahrhunderts vom damaligen Herzog von Athol gepflanzt worden waren, der Szene Feierlichkeit und Schönheit verliehen. Die aufgehende Sonne färbte zuerst die Spitzen der Kiefern; und meine Seele, durch meine Kindheit in den Bergen tief empfänglich für die Reize der Natur, wurde jetzt am Vorabend des Wiedersehens mit meinem geliebten und vielleicht sterbenden Freund, auf eigenartige Weise durch den Anblick jener fernen Strahlen beeinflußt. Gewiß waren sie ein Zeichen, und als solche betrachtete ich sie, gute Vorzeichen für Adrian, von dessen Leben mein Glück abhing.

Der arme Kerl! Er lag ausgestreckt auf seinem Krankenbett, seine Wangen glühten im Fieber, seine Augen waren halb geschlossen, sein Atem ging unregelmäßig und beschwert. Und doch war es weniger schmerzvoll, ihn in diesem Zustand zu sehen, als ihn geisteskrank und sich wie ein Tier benehmend vorzufinden. Ich richtete mich an seinem Bett ein, und verließ es Tag und Nacht nicht. Es war eine bittere Aufgabe, zu sehen, wie sein Geist zwischen Tod und Leben schwankte, seine warme Wange zu sehen und zu wissen, daß das Feuer, das dort zu

---

[30] Thomas Heywood, Tale of Daedalus.

heftig brannte, den lebensnotwendigen Brennstoff verzehrte; seine stöhnende Stimme zu hören, die vielleicht nie wieder Worte der Liebe und Weisheit äußern würde; die schwachen Bewegungen seiner Glieder zu sehen, die bald in ihr Leichentuch eingehüllt sein könnten. Dieser Zustand hielt drei Tage und Nächte an, und ich wurde durch die Angst und die Beobachtung des Kranken hager und erschöpft. Endlich öffneten sich schwach seine Lider, doch sein Blick verriet das zurückkehrende Leben; er war blaß und kraftlos geworden, aber die Erstarrung seiner Züge wurde durch die bevorstehende Genesung gemildert. Er erkannte mich. Was für eine freudige Qual war es, als sein Gesicht sich erhellte, als er mich erkannte - als er meine Hand drückte, die jetzt fiebriger war als seine eigene, und als er meinen Namen aussprach! Keine Spur von seinem vergangenen Wahnsinn war übriggeblieben, um meiner Freude Kummer beizumengen.

Am selben Abend kamen seine Mutter und seine Schwester an. Die Gräfin von Windsor war von Natur aus temperamentvoll; doch sie hatte den starken Gefühlen ihres Herzens sehr selten in ihrem Leben erlaubt, sich auf ihren Zügen zu zeigen. Die studierte Unbeweglichkeit ihres Antlitzes, ihre ruhige, gleichmütige Art und ihre sanfte, aber unmelodische Stimme waren eine Maske, die ihre feurigen Leidenschaften und die Ungeduld ihrer Veranlagung verbargen. Sie ähnelte keinem ihrer Kinder auch nur im geringsten; ihr schwarzes und funkelndes Auge, aus dem der Stolz leuchtete, war völlig verschieden von dem blauen Glanz und dem aufrichtigen, gütigen Ausdruck von Adrians oder Idris' Blick. Es lag etwas Großartiges und Majestätisches in ihren Bewegungen, aber nichts Anziehendes, nichts Liebenswertes. Hochgewachsen, schlank und gerade, ihr Gesicht noch immer gutaussehend, ihr rabenschwarzes Haar kaum grau gefärbt, ihre Stirn gewölbt und schön geformt, wären die Augenbrauen nicht etwas zu dünn gewesen - war es unmöglich, nicht von ihr beeindruckt zu sein, sie beinahe zu fürchten. Idris schien das einzige Wesen zu sein, das, trotz der äußersten Milde ihres Charakters, ihrer Mutter widerstehen konnte. Jene strahlte eine Furchtlosigkeit und Offenheit aus, die sagte, daß sie die Freiheit eines anderen nicht beschneiden wollte, aber ihre eigene für heilig und unantastbar hielt.

Die Gräfin warf einen ungnädigen Blick auf meine erschöpfte Erscheinung, obgleich sie sich später kalt für meine Aufmerksamkeit bedankte. Nicht so Idris. Ihr erster Blick galt ihrem Bruder, sie nahm seine Hand, küßte seine Augenlider und beugte sich mit einem Ausdruck von Zärtlichkeit und Liebe über ihn. Ihre Augen glitzerten von Tränen, als sie sich bei mir bedankte, und die Anmut ihres Ausdrucks wurde durch die Inbrunst verstärkt, nicht vermindert, was ihre Zunge beinahe zum Stolpern brachte, während sie sprach. Ihre Mutter, ganz Auge und Ohr, unterbrach uns bald, und ich sah, daß sie mich in aller Stille entlassen wollte, als jemanden, dessen Dienstleistungen ihrem Sohn keinerlei Nutzen mehr brächten, jetzt, wo seine Verwandten angekommen waren. Ich war beunruhigt und mißgelaunt, entschlossen, meinen Posten nicht aufzugeben, wußte jedoch nicht, auf welche Weise ich ihn behaupten sollte, als Adrian nach mir rief, meine Hand umklammerte, und mich bat, ihn nicht zu verlassen. Seine Mutter, die zuvor offenbar unaufmerksam gewesen war, verstand nun sogleich, was gemeint war, und als sie sah, daß wir sie überstimmt hatten, ließ sie uns unseren Willen.

Die folgenden Tage waren für mich voller Schmerz, so daß ich es zuweilen bedauerte, der hochmütigen Dame, die alle meine Bewegungen beobachtete und meinen Herzenswunsch, meinen Freund zu pflegen, zu einer qualvollen Arbeit machte, nicht sofort nachgegeben zu haben. Niemals war eine Frau so völlig kontrolliert gewesen wie die Gräfin von Windsor. Ihr Wille hatte ihren Appetit unterdrückt, sogar ihre natürlichen Bedürfnisse; sie schlief wenig und aß kaum; ihr Körper wurde von ihr offenbar als eine bloße Maschine betrachtet, deren Gesundheit für die Durchführung ihrer Pläne notwendig war, deren Wohlgefühl aber keinen notwendigen Teil ihrer Funktion ausmachte. Es liegt etwas Furchtbares darin, wenn jemand solcherart den triebhaften Teil seiner Natur überwinden kann, und dies nicht der Vollendung seiner Tugend dient; zumindest empfand ich ein wenig Furcht, wenn ich bemerkte, daß die Gräfin wachte, während andere schliefen, und fastete, während ich, von Natur aus maßvoll, oder zumindest durch das an mir zehrende Fieber zurückhaltender geworden, gezwungen war, mich mit Essen zu versorgen. Sie beschloß, meine Möglichkeiten,

Einfluß auf ihre Kinder zu gewinnen, wo nicht zu verhindern, doch zumindest zu beschneiden, und bekämpfte meine Pläne auf eine kalte, ruhige, hartnäckige Entschlossenheit, die nicht menschlich zu sein schien. Der Krieg zwischen uns wurde endlich stillschweigend anerkannt. Wir kämpften viele Schlachten, in denen kein Wort gesprochen, kaum ein Blick gewechselt wurde, aber doch jeder entschlossen war, sich dem anderen nicht zu ergeben. Die Gräfin hatte dabei einen Vorteil durch ihre bessere Position, wodurch ich besiegt war, obwohl ich nicht nachgeben wollte.

Ich wurde äußerst niedergeschlagen. Mein Gesicht war von schlechter Gesundheit und Verdruß gezeichnet. Adrian und Idris sahen dies; sie schrieben es meiner langen Krankenwache und der Sorge zu. Sie drängten mich, mir Ruhe zu vergönnen und auf meine Gesundheit achten, während ich ihnen aufrichtig versicherte, daß meine beste Medizin ihre guten Wünsche seien; diese und die gesicherte Wiederherstellung meines Freundes, die jetzt täglich offenkundiger wurde. Die blasse Rosenfarbe erblühte auf seiner Wange wieder zu einem kräftigeren Rot, seine Stirn und Lippen verloren die aschgraue Blässe des drohenden Todes; solcherart war der liebliche Lohn meiner unablässigen Aufmerksamkeit - und der mächtige Himmel fügte als überfließende Belohnung hinzu, daß sie mir auch den Dank und das Lächeln von Idris einbrachte.

Nach einigen Wochen verließen wir Dunkeld. Idris und ihre Mutter kehrten umgehend nach Windsor zurück, während Adrian und ich in langsamen Etappen und mit häufigen Unterbrechungen, die durch seine anhaltende Schwäche veranlaßt wurden, folgten. Die verschiedenen Grafschaften des fruchtbaren Englands, die wir durchquerten, übten eine berauschende Wirkung auf meinen Gefährten aus, der durch seine Krankheit so lange von den Genüssen des Wetters und der Landschaft abgehalten worden war. Wir fuhren durch belebte Städte und bebaute Flächen. Die Landwirte holten ihre reichlichen Ernten ein, und die Frauen und Kinder, die leichte, bäuerliche Arbeiten verrichteten, bildeten Gruppen von glücklichen, gesunden Menschen, deren Anblick uns von Herzen erfreute. Eines Abends, als wir unser Gasthaus verließen, schlenderten wir eine schattige Gasse hinunter, dann einen grasbewachsenen Hang hinauf, bis wir zu einer Anhöhe kamen, die einen weiten Blick auf Hügel und Tal, sich schlängelnde Flüsse, dunkle Wälder und leuchtende Dörfer bot. Die Sonne ging unter; und die Wolken, die wie frisch geschorene Schafe durch die weiten Himmelsfelder strichen, nahmen die goldene Farbe ihrer schrägfallenden Strahlen an; das ferne Hochland leuchtete auf, und das geschäftige Summen des Abends drang, durch die Entfernung sich zu einem Ton vermischend, an unser Ohr. Adrian, der in sich die Frische wiederkehrender Gesundheit fühlte, faltete voller Freude die Hände, und rief mit viel Gefühl aus:

„O glückliche Erde, und glückliche Erdenbewohner! Einen stattlichen Palast hat Gott für dich erbaut, oh Mensch, und du bist deiner Wohnstatt würdig! Sieh den grünen Teppich, der zu unseren Füßen ausgebreitet ist, und das azurblaue Blätterdach darüber; die Felder, die alles Mögliche erzeugen und nähren, und das Blau des Himmels, der alle Dinge enthält und umschließt. Jetzt, in dieser Abendstunde, in der Zeit der Ruhe und der Erfrischung, atmen, dünkt mich, alle Herzen einen Hymnus der Liebe und des Dankes, und wir verleihen, wie die Priester der Alten auf den Bergspitzen, ihrem Gefühle Ausdruck.

Gewiß baute eine wohlwollende Kraft dies majestätische Gebilde, das wir bewohnen, und formte die Gesetze, durch die es besteht. Wenn bloße Existenz, und nicht Glück, der Zweck unseres Daseins wäre, was bräuchte es den reichen Überfluß, den wir genießen? Warum sollte unsere Wohnstatt so lieblich sein, warum die Natur so angenehme Empfindungen vermitteln? Die Erhaltung unserer triebhaften Körper bereitet uns Freude, und unsere Nahrung, die Früchte des Feldes, ist mit wunderbaren Farben überhaucht, mit köstlichen Wohlgerüchen angereichert, und schmackhaft für unsere Gaumen. Warum sollte dies so sein, wenn ER nicht gut wäre? Wir brauchen Häuser, um uns vor den Jahreszeiten zu schützen, und siehe die Werkstoffe, mit denen wir versorgt werden, den Wuchs der Bäume mit ihrer Zierde von Blättern; während Gesteinsbrocken, die sich über den Ebenen türmen, die Aussicht mit ihrer angenehmen Unregelmäßigkeit verändern.

Auch sind nicht die äußeren Gegenstände allein die Behältnisse des guten Geistes. Sieh in die Seele des Menschen, wo die Weisheit thront, wo die Phantasie, die Malerin mit ihrem Pinsel, sitzt, die mit lieblichen

Farben, schöner noch als die des Sonnenuntergangs, das vertraute Leben in glühenden Tönungen malt. Welch edle Gabe, dem Geber würdig, ist die Einbildungskraft! Sie nimmt der Wirklichkeit ihren bleiernen Hauch, sie umhüllt alle Gedanken und Empfindungen mit einem strahlenden Schleier und lockt uns aus den kalten Ozeanen des Lebens in ihre Gärten, in die Lauben und Lichtungen der Glückseligkeit. Und ist nicht die Liebe ein Geschenk Gottes? Die Liebe und ihr Kind, die Hoffnung, die der Armut Reichtum verleihen kann, den Schwachen Kraft und den Leidenden Glück.

Mein Los war nicht glücklich. Ich habe lange in Kummer geschwelgt, bin in den düsteren Irrgarten des Wahnsinns eingetreten, und nurmehr halb lebendig aufgetaucht. Doch ich danke Gott, daß ich überlebt habe! Ich danke Gott, daß ich seinen Thron, den Himmel, und die Erde, seinen Fußschemel[31] gesehen habe. Ich bin froh, daß ich die Veränderungen seines Tages gesehen habe, die Sonne, die Quelle des Lichts, und den sanften Mond; daß ich das Licht Blumen am Himmel, und die blumigen Sterne auf der Erde hervorbringen sah; daß ich Zeuge der Aussaat und der Ernte werden durfte. Ich bin froh, daß ich geliebt habe und daß ich mitfühlende Freude und Leid mit meinen Mitgeschöpfen erlebt habe. Ich bin froh, jetzt den Fluß meiner Gedanken durch meinen Geist, und das Blut durch die Adern meines Körpers zu fühlen; die bloße Existenz ist Vergnügen, und ich danke Gott, daß ich lebe!

Und all ihr fröhlichen Säuglinge von Mutter Erde, hört ihr nicht meine Worte? Ihr seid miteinander verbunden durch die zärtlichen Bande der Natur, Gefährten, Freunde, Liebende! Väter, die freudig für ihre Nachkommenschaft arbeiten; Frauen, die, indem sie ihren Kindern beim Wachsen zusehen, die Schmerzen der Mutterschaft vergessen, Kinder, die weder arbeiten noch spinnen, sondern lieben und geliebt werden!

Oh, daß Tod und Krankheit aus unserer irdischen Heimat verbannt würden! Daß Haß, Tyrannei und Furcht nicht länger ihre Zuflucht im menschlichen Herzen fänden! Daß jeder Mann einen Bruder in seinem Gefährten finden würde, und einen Hort der Ruhe inmitten der weiten

---

[31] Jesaja 66, 1 „Der Himmel ist mein Thron und die Erde der Schemel für meine Füße."

Ebenen seiner Heimat, daß die Quelle der Tränen versiegte und die Lippen nicht mehr Worte der Trauer aussprechen könnten. Wenn du so unter dem gütigen Auge des Himmels schläfst, o Erde, kann da das Böse dich besuchen, oder Leid deine glücklosen Kinder in ihre Gräber wiegen? Flüstere es nicht, laß die Dämonen es hören und sich freuen. Die Wahl liegt bei uns, laßt es uns wollen, und unsere Wohnstatt wird zum Paradies. Denn der Wille des Menschen ist allmächtig, stumpft die Pfeile des Todes ab, beruhigt das Krankenlager und trocknet die Tränen des Leids. Und was ist ein menschliches Wesen wert, wenn es nicht seine Kraft verwendet, um seinen Mitgeschöpfen zu helfen? Meine Seele ist ein verblassender Funke, mein Körper gebrechlich wie eine verebbte Welle; doch ich widme alle Klugheit und Stärke, die mir verbleibt, diesem einen Werk, und nehme die Aufgabe auf mich, meinen Mitmenschen, soweit es mir möglich ist, Segen zu bringen!"

Seine Stimme zitterte, seine Augen waren gen Himmel gewandt, seine Hände gefaltet, und sein gebrechlicher Körper krümme sich in einem Übermaß an Gefühl. Der Geist des Lebens schien in seinem Körper zu verweilen, wie die sterbende Flamme einer Altarkerze auf der Glut eines angenommenen Opfers flackert.

Kapitel 5.

Als wir in Windsor ankamen, erfuhr ich, daß Raymond und Perdita nach dem Kontinent aufgebrochen waren. Ich zog ins Haus meiner Schwester ein und freute mich darüber, in Sichtweite von Windsor Castle zu wohnen. Es war eine merkwürdige Tatsache, daß ich zu dieser Zeit, als ich durch die Hochzeit Perditas mit einem der reichsten Männer Englands verwandt und durch innige Freundschaft mit dem vornehmsten Adligen des Landes verbunden war, ein größeres Ausmaß an Armut erfuhr, als ich bis dahin je gekannt hatte. Mein Wissen um die weltlichen Grundsätze Lord Raymonds hätte mich stets davon abgehalten, mich an ihn zu wenden, so tief meine Not auch sein sollte. Umsonst wiederholte ich mir in Bezug auf Adrian, dessen Börse mir stets offen stand, daß, da wir eins in der Seele waren, wir auch unser Vermögen teilen sollten. Ich konnte niemals an seine Großzügigkeit als Heilmittel für meine Armut denken, wenn wir beisammen waren; ja ich wehrte sogar seine Angebote zur Unterstützung ab und behauptete, daß ich ihrer nicht bedürfte. Wie könnte ich zu diesem großzügigen Wesen sagen: „Laß mich nur weiter im Müßiggang leben. Wie solltest du, der du deine Geisteskräfte und dein Vermögen zum Nutzen deiner Mitmenschen eingesetzt hast, deine Bemühungen fehlleiten, indem du die Nutzlosigkeit des Starken, Gesunden und Fähigen unterstützt?"

Und doch wagte ich nicht, ihn zu bitten, seinen Einfluß geltend zu machen, damit ich eine ehrenwerte Möglichkeit erhalten könnte, mich selbst zu versorgen - denn dann wäre ich gezwungen gewesen, Windsor zu verlassen. Ich wandelte unaufhörlich unter seinen schattigen Dickichten um die Mauern des Schlosses; meine einzigen Begleiter waren meine Bücher und meine zärtlichen Gedanken. Ich studierte die Weisheit der Alten und blickte auf die glücklichen Mauern, die die Geliebte meiner Seele beschirmten. Mein Verstand war dennoch müßig. Ich brütete über der Poesie alter Zeiten; ich studierte die Metaphysik von Platon und Berkeley. Ich las die Geschichten von Griechenland und Rom und von Englands früheren Perioden, und beobachtete die Bewegungen meiner Herzensdame. Des Nachts konnte ich ihren Schatten an den Wänden ihres Zimmers sehen; bei Tag sah ich sie in ihrem Blumengarten oder wie sie mit ihren Gefährtinnen im Park ausritt. Mich dünkte, der Zauber sei gebrochen, wenn ich gesehen werden würde, dann aber hörte ich die Musik ihrer Stimme und war glücklich. Ich gab jeder Heldin, von der ich las, ihre Schönheit und unvergleichliche Vorzüglichkeit - sie war Antigone, wie sie den blinden Ödipus zum Hain der Eumeniden führte und die Bestattungszeremonien Polyneikes leitete; sie war Miranda in der einsamen Höhle Prosperos; sie war Haidee[32] am Strand der Ionischen

---

[32] Antigone, Miranda und Haidee haben miteinander gemeinsam, daß sie alle an ihre Väter gefesselte Töchter sind. Antigone, Tochter des Ödipus, ist eine Figur aus der griechischen Mythologie. Sie läßt ihren Bruder Polyneikes gegen den Willen Königs Kreon von Theben beerdigen und bezahlt mit ihrem Leben dafür. (Sophokles, Antigone.)
Miranda ist die Tochter des Zauberers Prospero in Shakespeares Stück „Der Sturm", die mit ihm gemeinsam in der dessen Verbannung auf einer einsamen Insel wohnt.

Insel. Ich war beinahe von Sinnen in meinem Übermaß an leidenschaftlicher Hingabe; doch der Stolz, unbezähmbar wie das Feuer, zügelte meine Natur und bewahrte mich davor, mich durch Wort oder Blick zu verraten.

In der Zwischenzeit, während ich mich so mit reichhaltiger geistiger Nahrung verwöhnte, hätte ein Bauer meine dürftige Kost verschmäht, die ich manchmal den Eichhörnchen des Waldes geraubt hatte. Ich war, wie ich gestehen muß, oft versucht, zu den gesetzlosen Heldentaten meiner Jugend zurückzukehren und die beinahe zahmen Fasane, die auf den Bäumen saßen und ihre hellen Augen auf mich zu richten, zu erlegen. Doch sie waren das Eigentum Adrians, die Lieblinge Idris'; und obgleich meine durch die Entbehrungen reizbar gemachte Phantasie mich denken ließ, daß sie sich besser in meiner Küche ausnehmen würden, als zwischen den grünen Blättern des Waldes, gebot ich

Nichtsdestotrotz
Meinem Willen Einhalt, und aß sie nicht;[33]

ich aß sie jedoch in meinen Gedanken, und träumte vergeblich von solchen Leckerbissen, in deren Genuß ich im wachen Zustande vielleicht nicht gelangen würde.

Zu dieser Zeit jedoch stand mein Leben vor einer entscheidenden Änderung. Der verwaiste und vernachlässigte Sohn Verneys sollte bald durch eine goldene Kette mit dem Mechanismus der Gesellschaft verbunden werden und in alle Pflichten und Gewohnheiten des Lebens eintreten. Wunder sollten zu meinen Gunsten bewirkt werden, die Maschine des gesellschaftlichen Lebens drängte mit großer Anstrengung zurück. Lausche, O Leser! während ich diese Wundergeschichte erzähle! Eines Tages, als Adrian und Idris mit ihrer Mutter und ihren gewohnten Gefährten durch den Wald ritten, zog Idris plötzlich ihren Bruder

---

Haidée aus Lord Byrons Gedicht „Don Juan" ist die Tochter eines Piraten und Sklavenhändlers, die sich in den jungen Juan verliebt und auf tragische Weise stirbt, da ihr Vater gegen die Verbindung ist.

[33] Aus Percy Bysshe Shelleys Übersetzung der homerischen „Hymne an den Sieg".

beiseite und fragte ihn: „Was ist aus Deinem Freund Lionel Verney geworden?"

„Sogar von dieser Stelle", antwortete Adrian, auf die Hütte meiner Schwester zeigend, „kannst du seine Behausung sehen."

„Tatsächlich!", sagte Idris, „und warum, wenn er so nahe ist, kommt er uns nicht besuchen und leistet uns Gesellschaft?"

„Ich besuche ihn oft", antwortete Adrian; „aber du kannst leicht die Motive erraten, die ihn davon abhalten, dorthin zu kommen, wo seine Anwesenheit jemandem unter uns zur Last fallen könnte."

„Ich kann sie erraten", sagte Idris, „und solcherart, wie sie sind, würde ich nicht wagen, sie zu bekämpfen. Sage mir doch, auf welche Weise er sich die Zeit vertreibt; was tut und denkt er in seinem Rückzugsort?"

„Nun, meine liebe Schwester", antwortete Adrian, „du fragst mich mehr, als ich beantworten kann; aber wenn du dich für ihn interessierst, warum besuchst du ihn dann nicht? Er wird sich sehr geehrt fühlen, und du kannst auf solche Weise einen Teil dessen zurückzahlen, was ich ihm schulde, und ihn für die Verletzungen entschädigen, die das Schicksal ihm zugefügt hat."

„Ich werde dich sehr gern zu seiner Unterkunft begleiten", sagte die Dame, „nicht, daß ich wünschte, daß einer von uns sich unserer Schuld entledigen sollte, die, da sie in nichts weniger als deinem Leben besteht, auf ewig unbezahlbar bleiben muß. Aber laß uns nun gehen; morgen werden wir zusammen ausreiten, in diesen Teil des Waldes vordringen und ihn von hier aus besuchen."

Am nächsten Abend, obwohl der launenhafte Herbst Kälte und Regen gebracht hatte, betraten Adrian und Idris meine Hütte. Sie fanden mich als einen Curius[34] vor, da ich eben mein ärmliches Abendbrot genoß, aber sie brachten Geschenke, die reicher waren als die goldenen Bestechungsgelder der Sabiner, auch konnte ich den unschätzbaren Schatz der Freundschaft und des Entzückens, den sie mir überbrachten, nicht ablehnen. Gewißlich waren die glorreichen Zwillinge von Latona

---

[34] Marcus Annius Curius Dentatus war ein römischer Konsul, der für seine Bescheidenheit und Unbestechlichkeit bekannt war.

nicht willkommener gewesen, als sie in der noch jungen Welt dazu gebracht wurden, dieses „kahle Vorgebirge"[35] zu verschönern und zu erleuchten, als dieses engelhafte Paar meiner bescheidenen Hütte und dankbarem Herzen. Wir saßen wie eine Familie um meinen Herd. Wir sprachen über Themen, die nichts mit den Empfindungen zu tun hatten, die offensichtlich beide beschäftigten. aber jeder von uns erriet die Gedanken des anderen, und während unsere Stimmen von gleichgültigen Gegenständen sprachen, erzählten unsere Augen in stummer Sprache tausend Dinge, die keine Zunge hätte äußern können.

Sie verließen mich nach einer Stunde. Sie ließen mich glücklich zurück - unaussprechlich glücklich. Die gemessenen Laute der menschlichen Sprache reichen nicht aus, um das Ausmaß meiner Freude auszudrücken. Idris hatte mich besucht; Idris, die ich immer vor mir sehen sollte - meine Vorstellung wanderte nicht über die Vollständigkeit dieses Wissens hinaus. Ich schwebte in der Luft; zweifellos, keine Angst, keine Hoffnung störte mich; meine Seele war von Zufriedenheit erfüllt, wunschlos glücklich, beseligt.

Viele Tage lang fuhren Adrian und Idris fort, mir Besuche abzustatten. In diesen lieben Verkehr brachte die Liebe in Gestalt einer guten Freundschaft immer mehr von ihrem allmächtigen Geist ein. Idris fühlte es. Ja, Göttlichkeit der Welt, ich las deine Zeichen in ihrem Blick und ihrer Geste; ich hörte deine melodiöse Stimme aus ihr erklingen - du bereitetest uns einen weichen und blumigen Pfad vor, alle sanften Gedanken schmückten ihn - dein Name, o Liebe, wurde nicht ausgesprochen, doch du warst stets verschleiert bei uns, und nur die Zeit, aber keine sterbliche Hand, könnte den Vorhang heben. Keine Orgeln mit klarem Klang verkündeten die Vereinigung unserer Herzen; denn ungünstige Umstände boten dem Ausdruck, der auf unseren Lippen schwebte, keine Gelegenheit.

Oh mein Stift! Mußtest du schreiben, was war, bevor der Gedanke dessen, was ist, die Hand, die dich führt, innehalten läßt? Wenn ich meine Augen öffne und die verödete Erde sehe, und erkenne, daß diese lieben Augen ihren sterblichen Glanz verloren haben, und daß diese

---

[35] Shakespeare, Hamlet 2, 2.

schönen Lippen schweigen, ihre „karmesinroten Blätter"[36] verblaßt sind, verstumme ich auf ewig!

Doch du lebst, meine Idris, selbst jetzt bewegst du dich vor mir! Da war eine Lichtung, o Leser! eine grasbewachsene Öffnung im Wald; die zurückweichenden Bäume verwandelten ihre samtene Weite in einen Tempel der Liebe; die silberne Themse begrenzte sie auf der einen Seite, und eine sich herabbeugende Weide tunkte ihr Najadenhaar ins Wasser, von der unsichtbaren Hand des Windes zerzaust. Die darum gruppierten Eichen waren die Heimat einer Familie von Nachtigallen - hier bin ich nun; Idris, im besten Jugendalter, ist an meiner Seite - bedenke, ich zähle erst zweiundzwanzig, und die Geliebte meines Herzens kaum siebzehn Sommer. Der Fluß, der durch den herbstlichen Regen angeschwollen ist, hat die niedrigen Ebenen überflutet, und Adrian in seinem Lieblingsboot ist mit dem gefährlichen Zeitvertreib des Herumzupfens an einer untergegangenen Eiche beschäftigt, um den obersten Ast zu entfernen. Bist du des Lebens müde, o Adrian, daß du so mit der Gefahr spielst?

Er gewann seine Trophäe, und steuerte sein Boot durch die Flut; unsere Augen waren ängstlich auf ihn gerichtet, aber der Strom trug ihn von uns weg; er war gezwungen weiter unten zu landen und einen beträchtlichen Umweg zu machen, bevor er sich uns anschließen konnte. „Er ist in Sicherheit!", sagte Idris, als er an Land sprang, und den Ast über seinem Kopf als Zeichen des Erfolges schwang; „Wir werden hier auf ihn warten."

Wir waren miteinander alleine. Die Sonne war untergegangen, das Lied der Nachtigallen begann, der Abendstern leuchtete fern in der Lichtflut, die im Westen noch nicht gänzlich verblaßt war. Die blauen Augen meines engelsgleichen Mädchens waren auf dieses süße Emblem ihrer selbst gerichtet: „Das pulsierende Licht", sagte sie, „ist das Leben dieses Sterns. Sein schwankendes Strahlen scheint zu sagen, daß sein Zustand, wie unserer auf der Erde, schwankend und unbeständig ist; er fürchtet sich, dünkt mich und er liebt."

---

[36] Percy Bysshe Shelley, The Cenci.

„Sieh nicht auf den Stern, liebe, großzügige Freundin", rief ich, „lies nicht Liebe in seinen zitternden Strahlen, sieh nicht auf entfernte Welten, sprich nicht von der bloßen Vorstellung eines Gefühls. Ich habe lange geschwiegen, so lange schon habe ich mir gewünscht, mich dir zu offenbaren und dir meine Seele, mein Leben, mein ganzes Dasein zu schenken. Sieh nicht auf den Stern, Geliebte; oder tue es, und lasse diesen ewigen Funken für mich plädieren. Laß ihn mein Zeuge und mein Fürsprecher sein, so still, wie er scheint - Liebe ist für mich wie das Licht für den Stern; ebenso lange, wie jenes strahlt, so lange will ich dich lieben."

Das Gefühl dieses Augenblicks muß für immer vor dem gleichgültigen Auge der Welt verschleiert bleiben. Ich spüre noch immer, wie sich ihre anmutige Gestalt gegen mein volles Herz preßt - noch immer flattern Augen, Puls und Atem, und versagen bei der Erinnerung an diesen ersten Kuß. Langsam und schweigend gingen wir Adrian entgegen, den wir herannahen hörten.

Ich bat Adrian, zu mir zurückzukehren, nachdem er seine Schwester nach Hause geführt hatte. Und am selben Abend, während wir zwischen den mondbeleuchteten waldigen Pfaden wandelten, schüttete ich mein ganzes Herz, meine Gefühle und meine Hoffnung meinem Freund aus. Für einen Augenblick sah er verstört aus - „Ich hätte es voraussehen können", sagte er. „Welchen Streit dies auslösen wird! Verzeih mir, Lionel, und wundere dich nicht, daß die Erwartung des Streites mit meiner Mutter mich aufregt, wo ich doch entzückt bekennen sollte, daß meine besten Hoffnungen sich damit erfüllen, meine Schwester deinem Schutz anvertrauen zu können. Wenn du noch nicht davon weißt, wirst du bald den tiefen Haß erfahren, den meine Mutter gegenüber dem Namen Verney hegt. Ich werde mich mit Idris unterhalten; dann werde ich all das tun, was ein Freund tun kann; es liegt an ihr, die Rolle der Liebenden zu übernehmen, wenn sie dazu in der Lage ist."

Während Bruder und Schwester noch zögerten, auf welche Weise sie am besten versuchen könnten, ihre Mutter auf ihre Seite zu bringen, hatte diese, unseren Treffen mißtrauend, ihre Kinder mit ihrem Verdacht konfrontiert; sie klagte ihre schöne Tochter der Täuschung an, und einer unbegründeten Anhänglichkeit für einen, dessen einziger

Verdienst es sei, der Sohn des verschwenderischen Günstlings ihres unvorsichtigen Vaters zu sein, und der zweifellos ebenso wertlos sei wie jener, von dem er abstammte. Die Augen Idris' blitzten bei diese Anklage auf; sie antwortete: „Ich leugne nicht, daß ich Verney liebe; beweist mir, daß er wertlos ist; und ich werde ihn nie mehr sehen."

„Verehrte Dame", sagte Adrian, „ich bitte Sie, ihn zu empfangen und eine Freundschaft zu ihm zu entwickeln. Sie werden sich dann, wie ich, über das Ausmaß seiner Leistungen und seiner Talente wundern." (Verzeih mir, lieber Leser, das ist keine nutzlose Eitelkeit; - nicht nutzlos, denn zu wissen, daß Adrian solcherart empfand, bringt noch jetzt Freude in mein einsames Herz).

„Närrischer dummer Junge!", rief die zornige Lady aus, „du hast dich dazu entschieden, meine Pläne für deine eigene Erhöhung mit Träumen und Theorien zunichte zu machen; aber dir soll nicht dasselbe mit meinen Entwürfen für deine Schwester gelingen. Ich verstehe die Faszination, der ihr beide erlegen seid, nur zu gut; denn ich focht den gleichen Kampf mit eurem Vater aus, um ihn dazu zu bringen, dem Vater dieses jungen Mannes zu entsagen, der seine bösen Neigungen mit der Sanftheit und Hinterlist einer Viper verbarg. Wie oft habe ich in jenen Tagen von seinen Reizen gehört, seinen weitverbreiteten Eroberungen, seiner Gewitztheit, seinen kultivierten Manieren: Es ist gut, wenn Fliegen in solchen Spinnennetzen gefangen werden, aber sollten die Hochgeborenen und die Mächtigen ihre Nacken dem schwachen Joch dieser unaussprechlichen Ansprüche beugen? Wäre deine Schwester wirklich die unbedeutende Person, die sie zu sein verdiente, ich würde sie bereitwillig dem Schicksal überlassen, dem elenden Schicksal, die Frau eines Mannes zu sein, dessen ganzes Wesen, das seinem elenden Vater gleicht, sie an die Torheit und Bösartigkeit erinnert, die er darstellt - aber denke daran, Lady Idris, es ist nicht allein das einst königliche Blut Englands, das deine Adern färbt, du bist auch eine Prinzessin von Österreich[37], und jeder Lebenstropfen ist verwandt mit

---

[37] Mary Shelley versah die ehemalige Königin mit vielen Eigenschaften der französischen, aus Österreich stammenden Kaiserin Marie Antoinette. Auch die Wahl diverser Jahreszahlen, die Eckdaten der französischen Revolutionen ähneln - nur 300 Jahre später - ist wohl nicht unbeabsichtigt.

Kaisern und Königen. Bist du denn eine passende Gefährtin für einen ungebildeten Hirtenjungen, dessen einziges Erbe der angeschlagene Name seines Vaters ist?"

„Ich kann nur eine Verteidigung wagen", antwortete Idris, „und dies ist die gleiche, die auch mein Bruder anbot; lade Lionel ein, sprich mit meinem Hirtenjungen - "

Die Gräfin unterbrach sie empört.

„Du!" - rief sie, und dann, mit einem mißmutigen Lächeln ihre verzerrten Gesichtszüge glättend, fuhr sie fort - „Wir werden hiervon zu gegebener Zeit sprechen. Alles, worum ich dich nun bitte, alles, was deine Mutter erbittet, Idris, ist, daß du diesen Emporkömmling während eines Monats nicht sehen wirst."

„Ich wage nicht einzuwilligen", sagte Idris, „es würde ihn zu sehr schmerzen. Ich habe kein Recht, mit seinen Gefühlen zu spielen, seine angebotene Liebe zu akzeptieren und ihn dann mit Vernachlässigung zu bestrafen."

„Das geht zu weit", antwortete ihre Mutter mit zitternden Lippen und wieder vor Wut blitzenden Augen.

„Nun, gnädige Frau", sagte Adrian, „wenn meine Schwester nicht einwilligt, ihn niemals wieder zu sehen, ist es gewiß eine nutzlose Qual, sie für einen Monat zu trennen."

„Gewiß", antwortete die einstige Königin mit bitterer Verachtung, „sollen seine und ihre Liebe und ihrer beider kindliche Flatterhaftigkeit meine Jahre voller Hoffnung und Angst aufwiegen, die ich mit der Erziehung der königlichen Nachkommen verbracht habe, um ihnen das hohe und würdevolle Betragen beizubringen, das jemand ihrer Abstammung wahren sollte. Aber es ist mir unwürdig, zu streiten und mich zu beklagen. Vielleicht wirst du die Güte haben, mir zu versprechen, während dieses Zeitraums nicht zu heiraten?"

Dies wurde nur halb ironisch gefragt; und Idris fragte sich, warum ihre Mutter einen feierlichen Eid von ihr erpressen sollte, von dem sie nie geträumt hätte - aber das Versprechen wurde verlangt und gegeben.

Alles ging nun fröhlich weiter; wir trafen uns wie gewohnt und sprachen ohne Angst von unseren Zukunftsplänen. Die Gräfin war so höflich, und, entgegen ihrer Gewohnheit, sogar liebenswürdig zu ihren

Kindern, daß sie begannen, auf ihre letztliche Zustimmung zu hoffen. Sie war ihnen zu unähnlich, ihrem Geschmack zu sehr fremd, als daß sie ihre Gesellschaft genossen oder sie gesucht hätten, aber es bereitete ihnen Freude, sie versöhnlich und freundlich zu sehen. Einmal sogar wagte Adrian, ihr vorzuschlagen, mich zu empfangen. Sie lehnte mit einem Lächeln ab und erinnerte ihn, daß seine Schwester vorläufig versprochen hatte, geduldig zu sein.

Eines Tages, nach Ablauf beinahe eines Monats, erhielt Adrian einen Brief von einem Freund in London, in dem er seine sofortige Anwesenheit für die Unterstützung einer wichtigen Sache forderte. Selbst schuldlos, fürchtete Adrian keine Täuschung. Ich fuhr mit ihm bis nach Staines. Er war in guter Stimmung; und da ich Idris während seiner Abwesenheit nicht sehen konnte, versprach er eine baldige Rückkehr. Seine ausgelassene Heiterkeit hatte die seltsame Wirkung, in mir entgegengesetzte Gefühle zu erwecken; eine Ahnung des Bösen hing über mir. Nach meiner Rückkehr trieb ich mich herum und zählte die Stunden, die verstreichen müßten, bis ich Idris wiedersehen würde. Wo sollte dies hinführen? Was könnte nicht alles an Üblem in der Zwischenzeit passieren? Könnte ihre Mutter Adrians Abwesenheit nicht ausnutzen, um sie über die Maßen zu bedrängen, vielleicht um ihr eine Falle zu stellen? Ich beschloß, abzuwarten, um sie am nächsten Tag zu sehen und mit ihr zu sprechen. Diese Entschlossenheit beruhigte mich. Morgen, du Schönste und Beste, du Hoffnung und Freude meines Lebens, morgen werde ich dich sehen -Ich Dummkopf träumte von einem Moment der Verzögerung!

Ich ging zu Bett. Um Mitternacht wurde ich von einem heftigen Klopfen geweckt. Es war jetzt tiefer Winter; es hatte geschneit und schneite noch immer; der Wind pfiff in den blattlosen Bäumen und beraubte sie der weißen Flocken, während sie fielen; sein trostloses Seufzen und das fortgesetzte Klopfen vermischten sich wild mit meinen Träumen - endlich war ich hellwach; hastig kleidete ich mich an und beeilte mich, die Ursache dieser Störung zu entdecken, und dem unerwarteten Besucher meine Tür zu öffnen. Bleich wie der Schnee, der sie bedeckte, mit gefalteten Händen, stand Idris vor mir. „Rette mich!", rief sie und wäre zu Boden gesunken, hätte ich sie nicht aufgefangen.

Nach einem Augenblick aber erwachte sie wieder und bat mich energisch, fast gewaltsam, Pferde zu satteln, sie nach London zu bringen - zu ihrem Bruder - sie auf irgendeine Weise zu retten. Ich hatte keine Pferde - sie rang ihre Hände. „Was kann ich tun?", rief sie, „Ich bin verloren - wir beide sind auf ewig verloren! Aber komm - komm mit mir, Lionel; hier kann ich nicht bleiben, - wir können uns in der nächsten Poststation eine Kutsche besorgen, noch haben wir vielleicht Zeit! Komm mit mir, um mich zu retten und zu beschützen!"

Als ich ihre kläglichen Forderungen hörte und sah, wie sie mit ungeordnetem Kleid, zerzausten Haaren und ängstlichen Blicken ihre Hände rang - schoß mir der Gedanke durch den Kopf, ist auch sie verrückt? - „Mein Liebling", und ich zog sie an meine Brust, „ruhe dich besser aus, als weiter zu wandern, - setze dich - meine Geliebte, ich werde ein Feuer machen - du frierst."

„Mich ausruhen!", rief sie, „hinsetzen! Du redest irre, Lionel! Wenn du zögerst, sind wir verloren; ich bitte dich, komm, es sei denn, du willst mich für immer vertreiben."

Daß Idris, die fürstlich Geborene, die in Reichtum und Luxus aufgewachsen war, durch die stürmische Winternacht von ihrer königlichen Behausung gekommen sein, an meiner niedrigen Tür stehen und mich durch Dunkelheit und Sturm mit sich fliehen lassen sollte - war gewiß ein Traum - doch ihre klagenden Töne, ihr liebreizender Anblick überzeugte mich, daß es keine Vision war. Sie sah sich ängstlich um, als fürchte sie, belauscht zu werden, und flüsterte: „Ich habe entdeckt, daß morgen - das heißt, heute, denn Mitternacht ist bereits vorüber - noch vor dem Morgengrauen, Ausländer, von meiner Mutter angeheuerte Österreicher, hier sein werden, um mich nach Deutschland zu bringen, ins Gefängnis, in eine Ehe - überallhin, nur fort von dir und meinem Bruder - bring mich fort, denn sie werden bald hier sein!"

Ich war erschrocken von ihrer Heftigkeit und glaubte an irgendeinen Fehler in ihrer unzusammenhängenden Geschichte; doch ich zögerte nicht länger, ihr zu gehorchen. Sie war allein vom Schloß gekommen, drei lange Meilen, um Mitternacht, durch den schweren Schnee; wir mußten Englefield Green, eineinhalb Meilen weiter, erreichen, ehe wir eine Kutsche bekommen konnten. Sie sagte mir, daß sie ihre Kraft und ihren Mut bis zu ihrer Ankunft in meiner Hütte aufrechterhalten hatte und dann beide versagten. Jetzt konnte sie kaum mehr gehen. Obgleich ich sie stützte, so gut ich konnte, blieb sie zurück; und nach einer halben Meile Entfernung, nach vielen Unterbrechungen, Zittern und halben Ohnmachten, rutschte sie von meinem stützenden Arm in den Schnee, und beteuerte unter einem Strom von Tränen, daß sie getragen werden müßte, da sie nicht weitergehen könnte. Ich hob sie in meine Arme, ihre zarte Gestalt ruhte an meiner Brust. Ich fühlte keine Last abgesehen von der inneren Belastung der gegensätzlichen und widerstreitenden Gefühle. Reines Entzücken überkam mich jetzt. Wiederum berührten mich ihre kalten Glieder wie ein Geschoß; und ich schauderte vor Mitgefühl mit ihrer Pein und ihrer Angst. Ihr Kopf lag auf meiner Schulter, ihr Atem hauchte in meine Haare, ihr Herz schlug nahe dem meinen, die Gefühle ließen mich erzittern, blendeten mich, peinigten mich - bis ein gedämpftes Stöhnen, das ihren Lippen entkam, das Klappern ihrer Zähne, das sie vergeblich zu unterdrücken versuchte, und alle Zeichen des Leidens, die sie zeigte, mich an die Notwendigkeit von Geschwindigkeit und Unterstützung erinnerten. Endlich sagte ich zu ihr: „Da ist Englefield Green, dort das Wirtshaus. Aber wenn man dich in einem solch seltsamen Zustand sieht, liebe Idris, könnten deine Feinde dadurch zu früh von deiner Flucht erfahren. Wäre es nicht besser, wenn ich allein die Kutsche besorgte? Ich werde dich inzwischen in Sicherheit bringen und sofort zu dir zurückkehren."

Sie antwortete, daß ich recht habe und mit ihr verfahren könne, wie es mir gefiele. Ich bemerkte die nur angelehnte Tür eines kleinen Nebengebäudes. Ich stieß sie auf; formte aus etwas verstreut umherliegendem Heu ein Bett für sie, legte ihre erschöpfte Gestalt darauf und bedeckte sie mit meinem Umhang. Ich fürchtete, sie zu verlassen, sie sah so schwach und blaß aus - aber plötzlich erwachte sie wieder zum Bewußtsein, und damit zum Zustand der Angst; und wieder flehte sie mich an, nicht zu zögern. Die Leute vom Gasthaus zu rufen und einen Wagen und Pferde zu erhalten, war, obwohl ich sie selbst anspannte, die Arbeit von vielen Minuten; Minuten, deren jede ein Zeitalter verstreichen zu lassen schien. Ich ließ den Wagen ein wenig vorrücken, wartete, bis die Leute vom Gasthaus sich zurückgezogen hatten, und ließ dann den

Postjungen die Kutsche zu der Stelle lenken, wo Idris, ungeduldig und jetzt etwas genesen, auf mich wartete. Ich hob sie in die Kutsche, und versicherte ihr, daß wir mit unseren vier Pferden vor fünf Uhr in London ankommen sollten, zu der Stunde, in der sie gesucht und vermißt werden würde. Ich bat sie, sich zu beruhigen; ein dankbarer Tränenschauer erleichterte sie, und nach und nach erzählte sie ihre Geschichte von Angst und Gefahr.

Sofort nach Adrians Abreise hatte ihre Mutter sie in einem peinlichen Verhör um ihre Verbundenheit mit mir befragt. Jedes Argument, jede Drohung, jede zornige Verspottung war vergebens. Sie schien zu glauben, daß sie durch mich Raymond verloren hätte; daß ich der böse Einfluß in ihrem Leben wäre; ich wurde sogar beschuldigt, die übergroße und grundlegende Abneigung Adrians vor allen Aussichten auf Erhöhung und Verbesserung zu vergrößern und zu bestätigen; und nun sollte dieser elende Bergbewohner auch noch ihre Tochter stehlen. Niemals, so erzählte Idris, kehrte die zornige Dame zu Sanftmut und Überredung zurück; wenn sie es getan hätte, wäre es außerordentlich peinvoll gewesen zu widerstehen. So wie es war, wurde die großzügige Natur des süßen Mädchens dazu erweckt, mich zu verteidigen und sich mit mir zu verbünden. Ihre Mutter endete mit einem halb verächtlichem und halb triumphierendem Blick, der für einen Augenblick Idris' Verdacht erweckte. Als sie sich für die Nacht trennten, sagte die Gräfin: „Ich vertraue darauf, daß sich morgen dein Ton ändern wird. Fasse dich, ich habe dich erregt, geh zu Bett, und ich werde dir eine Medizin schicken, die ich immer nehme, wenn ich unruhig bin - sie wird dir eine ruhige Nacht geben."

Sobald sie mit unruhigen Gedanken ihre Wange auf ihr Kissen gelegt hatte, brachte der Diener ihrer Mutter einen Trank. Ein Verdacht durchfuhr sie bei dieser neuen Entwicklung, der erschreckend genug war, um sie zu überzeugen, den Trank nicht einzunehmen; doch die Abneigung gegen Streitigkeiten und der Wunsch, herauszufinden, ob es einen berechtigten Grund für ihre Vermutungen gab, brachten sie dazu, sagte sie, beinahe instinktiv, und im Gegensatz zu ihrer üblichen Offenheit, vorzugeben, die Medizin zu schlucken. Unruhig, wie sie es durch die Gewalt ihrer Mutter gewesen war, und jetzt von neuen

Ängsten, lag sie, bei jedem Laut zusammenfahrend und unfähig zu schlafen da. Bald öffnete sich leise ihre Tür, und als sie hochfuhr, hörte sie ein Flüstern: „Sie schläft noch nicht", und die Tür schloß sich wieder. Mit pochendem Herzen erwartete sie einen weiteren Besuch, und als nach einer Weile wieder jemand in ihr Zimmer eindrang, gab sie, nachdem sie sich zuerst versichert hatte, daß die Eindringlinge ihre Mutter und eine Dienerin waren, vor zu schlafen. Ein Schritt näherte sich ihrem Bett, sie wagte nicht, sich zu bewegen, sie bemühte sich, ihr Herzklopfen zu beruhigen, das heftiger wurde, als sie ihre Mutter murmelnd sagen hörte: „Du kleiner Einfaltspinsel, merkst du nicht, daß dein Spiel schon aus ist."

Für einen Moment glaubte das arme Mädchen, daß ihre Mutter glaubte, sie hätte Gift getrunken: sie war im Begriff, aufzuspringen; als die Gräfin, die schon in einiger Entfernung vom Bett war, mit leiser Stimme zu ihrer Begleiterin sprach. Und wieder lauschte Idris: „Eile dich", sagte sie, „es ist keine Zeit zu verlieren - es ist längst nach elf, sie werden um fünf hier sein, nimm nur die Kleider, die für ihre Reise nötig sind, und ihre Schmuckschatulle." Die Dienerin gehorchte; auf beiden Seiten wurden wenige Worte gesprochen, diese jedoch wurden vom ausersehenen Opfer begierig aufgefangen. Sie hörte, wie der Name ihrer eigenen Zofe erwähnt wurde; - „Nein, nein", antwortete ihre Mutter, „sie geht nicht mit uns; Lady Idris muß England und alles, was dazu gehört, vergessen." Und wieder hörte sie: „Sie wird nicht vor dem späten Morgen aufwachen, und dann werden wir auf See sein." „Alles ist bereit", gab die Frau schließlich bekannt. Die Gräfin trat wieder ans Bett ihrer Tochter: „Zumindest in Österreich", sagte sie, „wirst du gehorchen. In Österreich, wo Gehorsam durchgesetzt werden kann und keine andere Wahl bleibt als die zwischen einem ehrenvollen Gefängnis und einer passenden Ehe."

Beide zogen sich dann zurück; obgleich die Gräfin, als sie ging, sagte, „Leise, alle schlafen zwar, doch wurden nicht alle zum Schlafen gebracht wie sie. Ich möchte keinen Verdacht wecken, sonst könnte sie zum Widerstand erregt werden, und vielleicht flüchten. Komm mit mir in mein Zimmer, wir werden dort bis zur vereinbarten Stunde verweilen."
Sie gingen. Idris, in grenzenlosem Entsetzen, doch durch ihre über-

mäßige Angst belebt und gestärkt, zog sich hastig an, und indem sie eine Treppe hinunterging und die Annäherung an das Zimmer ihrer Mutter vermied, gelang es ihr, durch ein niedriges Fenster aus dem Schloß zu entkommen, und durch Schnee, Wind und Dunkelheit meine Hütte zu erreichen; sie verlor nicht ihren Mut, bis sie ankam, und erst als sie ihr Schicksal in meine Hände gelegt hatte, gab sie sich der Verzweiflung und Ermüdung hin, die sie überwältigten.

Ich tröstete sie so gut ich konnte. Ich war ganz Freude und Jubel, jetzt wo sie mir gehörte und ich sie retten durfte. Um aber keine neue Aufregung in ihr zu erregen, und „um der Stirne heitern Frieden nicht zu stören"[38], zügelte ich meine Freude. Ich bemühte mich, den aufgeregten Tanz meines Herzens zu beruhigen, wandte meine mit einem Übermaß an Zärtlichkeit strahlenden Augen von ihr ab und murmelte stolz meine Empfindungen in die dunkle Nacht und die kalte Luft hinaus. Wir kamen in London an, viel zu früh, wie mich dünkte; und doch konnte ich unsere baldige Ankunft nicht bereuen, als ich Zeuge der Freude wurde, mit der mein geliebtes Mädchen sich ihrem Bruder in die Arme warf, sicher vor allem Bösen unter seinem tadellosen Schutz.

Adrian schrieb eine kurze Notiz an seine Mutter und informierte sie, daß Idris unter seiner Obhut und Vormundschaft sei. Mehrere Tage verstrichen, und endlich traf eine Antwort aus Köln ein. „Es sei nutzlos", schrieb die hochmütige und enttäuschte Dame, „daß der Earl of Windsor und seine Schwester sich an ihre beleidigte Mutter wandten, deren einzige Hoffnung der Ruhe aus dem Vergessen ihrer Existenz gezogen werden müsse. Ihre Wünsche wären verworfen, ihre Entwürfe vernichtet worden. Sie beklage sich nicht, sie würde am Hof ihres Bruders zwar keinen Ausgleich für ihren Ungehorsam finden (die kindliche Lieblosigkeit schlösse einen solchen aus), aber einen solchen Stand der Dinge und Lebensalltag, der sie am besten mit ihrem Schicksal versöhnen könnte. Unter solchen Umständen lehne sie jegliche Kommunikation mit ihnen ab."

Solcherart waren die seltsamen und unglaublichen Ereignisse, die schließlich zu meiner Vereinigung mit der Schwester meines besten

---

[38] Petrarca, 236. Sonett.

Freundes, mit meiner angebeteten Idris führten. Mit Einfachheit und Mut fegte sie die Vorurteile und den Widerstand beiseite, die meinem Glück im Wege standen, und sie scheute nicht, dem die Hand zu geben, welchem sie ihr Herz geschenkt hatte. Ihr würdig zu sein, sich durch die Ausübung von Talenten und Tugend zu ihrer Größe zu erheben, ihre Liebe mit hingebungsvoller, unermüdlicher Zärtlichkeit zu erwidern, war der einzige Dank, den ich ihr für das unvergleichliche Geschenk anbieten konnte.

Kapitel 6.

Und nun soll der Leser, indem wir über eine kurze Zeitspanne hinweggehen, in unseren glücklichen Kreis eingeführt werden. Adrian, Idris und ich, nahmen unseren Wohnsitz in Windsor Castle ein; Lord Raymond und meine Schwester bewohnten ein Haus, das der Erstere an der Grenze des großen Parks gebaut hatte, in der Nähe von „Perditas Hütte", wie das niedrige Häuschen noch immer genannt wurde, wo wir beide, arm selbst an Hoffnung, beide die Zusicherung unserer Glückseligkeit erhalten hatten. Wir hatten getrennte Beschäftigungen und gemeinsame Vergnügungen. Manchmal verbrachten wir ganze Tage mit unseren Büchern und Musik unter dem belaubten Dach des Waldes. Dies geschah während dieser seltenen Tage in diesem Land, wenn die Sonne in ungetrübter Majestät ihren Äther-Thron besteigt und die windstille Atmosphäre wie ein Bad aus durchsichtigem und dankbarem Wasser ist, das die Sinne in Ruhe versenkt. Wenn die Wolken den Himmel verhüllten und der Wind sie hier und dort zerstreute, sie zerteilte und ihre Bruchstücke durch die luftigen Ebenen verstreute - dann ritten wir aus und suchten neue Stellen der Schönheit und der Ruhe. Als die häufigen Regenfälle uns ins Haus verbannten, folgte die abendliche Erholung dem Morgenstudium, das von Musik und Gesang eingeleitet wurde. Idris hatte ein natürliches musikalisches Talent; und ihre Stimme, die sorgfältig ausgebildet worden war, war voll und süß. Raymond und ich machten einen Teil des Konzerts, und Adrian und Perdita waren ergebene Zuhörer. Dann waren wir heiter wie sommerliche Insekten, verspielt wie Kinder; wir trafen uns stets mit einem Lächeln und lasen Zufriedenheit und Freude in den Gesichtern der anderen. Unsere schönsten Feste fanden in Perditas Hütte statt; auch waren wir es nicht müde, von der Vergangenheit zu reden oder von der Zukunft zu träumen. Eifersucht und Unruhe waren uns unbekannt; und nie störte eine Angst oder Hoffnung auf Veränderung unsere Ruhe. Andere sagten: Wir könnten glücklich sein - wir sagten - Wir sind es.

Wenn irgendeine Trennung zwischen uns stattfand, so geschah es für gewöhnlich, daß Idris und Perdita zusammen fortgingen und Adrian, Raymond und ich zurückblieben, um politische und philosophische Themen zu besprechen. Gerade die Verschiedenheit unserer Anlagen verlieh diesen Unterhaltungen einen besonderen Reiz. Adrian war in Gelehrsamkeit und Beredsamkeit überlegen; Raymond hingegen besaß eine schnelle Auffassungsgabe und praktische Lebenserfahrung, die sich gewöhnlich gegensätzlich zu Adrians darstellten, und hielt so die Diskussion aufrecht. Zu anderen Zeiten unternahmen wir mehrtägige Exkursionen und durchquerten das Land, um jeden Ort zu besuchen, der wegen seiner Schönheit oder seines historischen Bezuges bekannt war. Zuweilen gingen wir nach London und traten in die Vergnügungen der geschäftigen Menge ein; zuweilen fielen Besucher aus ihrer Mitte in unseren Rückzugsort ein. Diese Veränderung machte uns nur um so empfänglicher für die Freuden des vertraulichen Umgangs unseres eigenen Kreises, der Ruhe unseres ehrwürdigen Waldes und unserer glücklichen Abende in den Hallen unseres geliebten Schlosses.

Das Wesen Idris' war besonders offen, weich und zärtlich. Ihre Stimmung war unveränderlich heiter; und obgleich sie in jedem Punkt, der ihr Herz berührte, fest und entschieden war, war sie doch denen ergeben, die sie liebte. Das Wesen Perditas war weniger vollendet, doch Zärtlichkeit und Glück verbesserten ihr Gemüt und milderten ihre natürliche Zurückhaltung. Ihr Verständnis war klar und umfassend, ihre Vorstellungskraft lebendig; sie war aufrichtig, großzügig und vernünftig. Adrian, der unvergleichliche Bruder meiner Seele, der einfühlsame und vortreffliche Adrian, der jeden liebte und von jedem geliebt wurde, schien jedoch dazu bestimmt zu sein, seine andere Hälfte, die sein Glück vervollständigen sollte, nicht zu finden. Er verließ uns oft und wanderte allein in den Wäldern oder segelte in seinem kleinen Boot, mit seinen Büchern als seinen einzigen Begleitern. Er war oft der Fröhlichste unserer Gesellschaft, dann wiederum war er jedoch auch der einzige, der von Anfällen der Verzweiflung heimgesucht wurde. Sein schmaler Körper schien unter dem Gewicht des Lebens zu straucheln, und seine Seele schien eher seinen Körper zu besetzen als sich damit zu vereinigen. Ich war meiner Idris kaum ergebener als ihrem Bruder, und sie liebte ihn als ihren Lehrer, ihren Freund, den Wohltäter, der ihr die Erfüllung ihrer innigsten Wünsche gesichert hatte. Raymond, der ehrgeizige, ruhelose Raymond, thronte in der Mitte der großen Straße des Lebens und war damit zufrieden, all seine Pläne der Souveränität und des Ruhms aufzugeben, um eine von uns, die Blume des Feldes, zu gewinnen. Sein Königreich war das Herz Perditas, seine Untertanen ihre Gedanken; durch sie wurde er geliebt, als überlegenes Wesen respektiert, gehorcht, bedient. Kein Dienst, keine Andacht, kein Anschauen war ihr lästig, soweit es ihn betraf. Sie pflegte abseits von uns zu sitzen und ihn zu beobachten; sie weinte vor Freude, wenn sie daran dachte, daß er ihr gehörte. Sie errichtete in der Tiefe ihres Wesens einen Tempel für ihn, und jede ihrer Fähigkeiten war eine Priesterin, die seinem Dienst verpflichtet war. Zuweilen war sie eigensinnig und launisch, doch ihre Reue war stets bitter, ihre Umkehr umfassend, und sogar diese Unausgewogenheit ihres Temperaments paßte zu ihm, der nicht von der Natur dazu geschaffen wurde, sich müßig den Strom des Lebens hinabtreiben zu lassen.

Im ersten Jahr ihrer Ehe schenkte Perdita Raymond ein hübsches Mädchen. Es war seltsam, in diesem Miniaturmodell die Züge seines Vaters wiederzufinden. Die gleichen halb spöttischen Lippen und das triumphierende Lächeln, die gleichen intelligenten Augen, die gleiche Stirn und das kastanienbraune Haar; selbst ihre Hände und Finger ähnelten seinen. Wie sehr Perdita sie liebte! Nach einer Weile wurde auch ich Vater, und unsere kleinen Lieblinge, unsere Kostbarkeiten und Freuden, riefen tausend neue und köstliche Gefühle hervor.

So vergingen Jahre - gleichförmige Jahre. Monat folgte auf Monat, und Jahr auf Jahr; wahrhaftig, unser Leben war ein lebendiger Kommentar zu diesem schönen Ausspruch von Plutarch, daß „unsere Seelen eine natürliche Neigung haben zu lieben, dazu geboren werden, ebenso zu lieben, als zu fühlen, zu denken, zu verstehen und zu erinnern." Wir sprachen von Veränderung und davon, diese in die Tat umzusetzen, blieben aber in Windsor, unfähig, den Zauber zu brechen, der uns an unser abgeschiedenes Leben fesselte.

> *Ich scheine hier reichlich und in vollen Zügen*
> *Zu genießen, was uns Sterblichen vergönnt ist.*[39]

Jetzt, da unsere Kinder uns Beschäftigung gaben, fanden wir in der Idee, sie zu einer glanzvolleren Karriere zu führen, Entschuldigungen für unser Nichtstun.

Schließlich wurde unsere Ruhe gestört, und der Strom der Ereignisse, der seit fünf Jahren in stiller Ruhe weitergeflossen war, wurde von Brechern und Hindernissen durchbrochen, die uns aus unserem angenehmen Traum weckten.

Ein neuer Lordprotektor[40] für England sollte gewählt werden; und auf Raymonds Bitte hin zogen wir nach London, um Zeugen zu werden und sogar an der Wahl teilzunehmen. Wenn Raymond mit Idris vereinigt gewesen wäre, wäre dieser Posten sein Sprungbrett zu höherer Würde gewesen; und sein Verlangen nach Macht und Ruhm wäre in vollstem Maß gekrönt worden. Er hatte ein Zepter gegen eine Laute getauscht, ein Königreich für Perdita.

Hatte er daran gedacht, als wir in die Stadt reisten? Ich beobachtete ihn, konnte aber nur wenig aus ihm herausbringen. Er war außerordentlich fröhlich, spielte mit seinem Kind und wandte sich jedem ausgesprochenen Wort zu. Vielleicht tat er das, weil er sah, wie sich Perditas Stirn umwölkte. Sie versuchte, sich zu fassen, aber ihre Augen füllten sich ab und zu mit Tränen, und sie sah Raymond und ihr Mädchen wehmütig an, als fürchte sie, daß etwas Böses sie bedrohen würde. Und so empfand sie es auch. Eine Vorahnung von Übel schwebte über ihr. Sie

---

[39] Ludovico Ariosto, Orlando Furioso, Canto VI.
[40] Lord Protector („Schutzherr") lautet der Titel, den sich Oliver Cromwell während seiner Regierung 1653-58, der König war bereits 1649 gestürzt worden, geben ließ - die Krone verweigerte er.

lehnte sich aus dem Fenster und blickte auf den Wald und die Türmchen des Schlosses, und als diese durch dazwischenliegende Gegenstände verdeckt wurden, rief sie leidenschaftlich: „Schauplätze des Glücks! Schauplätze, die der hingebungsvollen Liebe heilig sind, wann soll ich euch wiedersehen! Und wenn ich euch sehe, soll ich noch immer die geliebte und glückliche Perdita sein, oder soll ich mit gebrochenem Herzen und verloren durch eure Haine wandern, als ein Geist dessen, was ich bin!"

„Ach, Dummerchen", rief Raymond, „worüber grübelst du in deinem kleinen Kopf, daß du plötzlich so trübselig geworden bist? Sei guten Mutes, oder ich werde dich zu Idris bringen und Adrian in den Wagen rufen, der, wie ich durch seine Gebärden sehe, meine gute Laune teilt." Adrian war zu Pferd; er ritt zum Wagen auf, und seine Fröhlichkeit, zusätzlich zu der von Raymond, zerstreute die Melancholie meiner Schwester. Wir kamen am Abend in London an und gingen zu unseren verschiedenen Unterkünften in der Nähe des Hyde Parks.

Am nächsten Morgen besuchte Lord Raymond mich zu früher Stunde. „Ich komme zu dir", sagte er, „nur halb versichert, daß du mich bei meinem Vorhaben unterstützen wirst, aber entschlossen, es auszuführen, ob du mir hilfst oder nicht. Versprich mir jedoch Geheimhaltung, denn wenn du nicht zu meinem Erfolg beiträgst, darfst du ihn mir wenigstens nicht vereiteln."

„Gut, ich verspreche es. Und nun – "

„Und nun, lieber Freund, wofür sind wir nach London gekommen? Um bei der Wahl eines Lordprotektors anwesend zu sein und unser Ja oder Nein für Seine schlurfende Gnaden abzugeben? Oder für diesen lauten Ryland? Glaubst du, daß ich dich dafür in die Stadt gebracht habe, Verney? Nein, wir werden einen eigenen Protektor haben. Wir werden einen Kandidaten aufstellen und seinen Erfolg sichern. Wir werden Adrian nominieren und unser Bestes geben, um ihm die Macht zu verleihen, zu der er durch seine Geburt berechtigt ist, und welche er durch seine Tugenden verdient.

Antworte nicht, ich kenne alle deine Einwände und werde ihnen in der richtigen Reihenfolge antworten. Erstens: Ob er einwilligen wird, ein großer Mann zu werden, oder nicht? Überlaß mir die Sache der

Überredung; ich bitte dich nicht, mir dabei Unterstützung zu leisten. Zweitens, ob er seine Beschäftigung mit dem Pflücken von Brombeeren und dem Pflegen von verwundeten Rebhühnern im Wald für die Befehlsgewalt über eine Nation tauschen sollte? Mein lieber Lionel, *wir* sind verheiratete Männer und finden Beschäftigung darin, unsere Frauen zu amüsieren und mit unseren Kindern zu tanzen. Aber Adrian ist allein, unverheiratet, kinderlos, unbeschäftigt. Ich habe ihn lange beobachtet. Er sehnt sich nach einer Beschäftigung im Leben, an der es ihm noch mangelt. Sein Herz, erschöpft von seinen frühen Leiden, ruht wie ein neu geheiltes Glied, und er schreckt vor aller Aufregung zurück. Aber sein Verständnis, seine Wohltätigkeit, seine Tugenden, wollen ein Feld zur Übung und Zurschaustellung, und wir werden es für ihn beschaffen. Nebenbei, ist es nicht eine Schande, daß das Genie Adrians fruchtlos von der Erde verblassen sollte wie eine Blume auf einem verlassenen Bergpfad? Glaubst du, die Natur schuf seinen überragenden Geist ohne eine dahinterstehende Absicht? Glaube mir, er ist dazu bestimmt, der Ursprung von unendlich viel Gutem in seinem heimatlichen England zu sein. Hat es ihm nicht jedes Geschenk in verschwenderischer Fülle gegeben - Geburt, Reichtum, Talent, Güte? Liebt und bewundert ihn nicht jedermann? Und erfreut er sich nicht allein an solchen Bemühungen, die allen seine Liebe offenbaren? Komm, ich sehe, daß du bereits überzeugt bist und mir sekundieren wirst, wenn ich ihn heute Abend im Parlament vorschlage."

„Du hast alle deine Argumente ausgezeichnet angebracht", antwortete ich; „und wenn Adrian zustimmt, sind sie unantastbar. Ich habe nur eine einzige Bedingung, - daß du nichts ohne seine Zustimmung beginnst."

„Ich glaube, du hast recht", sagte Raymond; „Obwohl ich zuerst vorgehabt hatte, die Angelegenheit anders anzuordnen. Sei es so. Ich werde sofort zu Adrian gehen; und wenn er dazu neigt, seine Zustimmung zu geben, wirst du meine Arbeit nicht zunichte machen, indem du ihn überredest, zurückzukehren und wieder Jagd auf Eichhörnchen im Windsor Forest zu machen. Idris, du wirst mich nicht verraten?"

„Vertraue mir", antwortete sie, „ich werde eine strenge Neutralität wahren."

„Ich für meinen Teil", sagte ich, „bin zu gut vom Wert unseres Freundes und der Fülle von Vorteilen überzeugt, die ganz England von seinem Protektorat erhalten würde, um meine Landsleute solch eines Segens zu berauben, wenn er zustimmt, ihn ihnen zu schenken."

Am Abend besuchte Adrian uns. - „Schmiedest du auch Ränke gegen mich", sagte er lachend; „und wirst du mit Raymond gemeinsame Sache machen, indem du einen armen Visionär aus den Wolken zerrst, um ihn mit den Feuerwerken und Explosionen irdischer Größe statt himmlischer Strahlen und Lüfte zu umgeben? Ich dachte, du kennst mich besser."

„Ich kenne dich in der Tat besser", erwiderte ich, „als zu denken, daß du in einer solchen Situation glücklich sein würdest; aber das Gute, das du anderen tust, mag ein Ansporn sein, da wahrscheinlich die Zeit gekommen ist, in der du deine Theorien in die Tat umsetzen kannst, und du eine solche Reformation und Veränderung herbeiführen könntest, die zu dem perfekten Regierungssystem beitragen wird, das du gerne darstellst."

„Du sprichst von einem beinahe vergessenen Traum", sagte Adrian, über dessen Gesicht ein Schatten fiel, als er sprach. „Die Visionen meiner Kindheit sind im Licht der Wirklichkeit längst verblaßt, ich weiß jetzt, daß ich kein Mann bin, der dazu geeignet ist, Nationen zu regieren; mir ist es genug, wenn ich das kleine Königreich meiner eigenen Sterblichkeit hinlänglich regiere.

Aber siehst du nicht, Lionel, den Lauf unseres edlen Freundes, einen Lauf, der vielleicht selbst ihm unbekannt, aber für mich offensichtlich ist. Lord Raymond wurde niemals geboren, um eine Drohne im Bienenstock zu sein, und in unserem ländlichen Leben Zufriedenheit zu finden. Er glaubt, daß er zufrieden sein sollte, er stellt sich vor, daß seine gegenwärtige Situation die Möglichkeit der Erhöhung ausschließt, deshalb plant er nicht einmal in seinem eigenen Herzen, sich zu verändern. Aber siehst du nicht, daß er unter der Idee, mich zu erhöhen, einen neuen Weg für sich selbst beschreitet, einen Weg der Handlung, von dem er lange abgekommen war?

Laßt uns ihm helfen. Er, der Edle, der Streitbare, der Große in jeder Qualität, die den Geist und die Person des Menschen schmücken kann; er ist geeignet, der Lordprotektor von England zu sein. Wenn ich - das heißt, wenn wir ihn vorschlagen, wird er gewiß gewählt werden und in den Funktionen dieses hohen Amtes genug Raum für die überragenden Mächte seines Geistes finden. Selbst Perdita wird sich freuen. Perdita, die ihren Ehrgeiz unterdrückte, bis sie Raymond heiratete, welches Ereignis für eine Zeit die Erfüllung ihrer Hoffnungen war; Perdita wird sich erfreuen an der Herrlichkeit und dem Fortschritt ihres Herrn - und, verschämt und hübsch, nicht unzufrieden mit ihrem Anteil sein. In der Zwischenzeit werden wir, die Weisen des Landes, in unser Schloß zurückkehren, und uns wie Cincinnatus[41] unseren üblichen Arbeiten widmen, bis unser Freund unsere Anwesenheit und Hilfe hier verlangen wird."

Je mehr Adrian über diesen Plan sprach, desto realistischer erschien er. Seine eigene Entschlossenheit, nie ins öffentliche Leben einzutreten, war unüberwindlich, und die Zartheit seiner Gesundheit war ein hinlängliches Argument dagegen.

Der nächste Schritt bestand darin, Raymond dazu zu bringen, sein geheimes Sehnen nach Würde und Ruhm zu bekennen. Er trat ein, während wir sprachen. Die Art und Weise, in der Adrian sein Projekt aufgenommen hatte, um ihn als Kandidaten für die Schutzherrschaft einzusetzen, und seine Antworten, hatten in ihm bereits eine Ahnung über den Gegenstand geweckt, über den wir jetzt diskutierten. Sein Gesichtsausdruck und sein Betragen verrieten Unentschlossenheit und Angst; doch die Angst entstand aus der Furcht, daß wir unsere Idee nicht verfolgen oder nicht erfolgreich sein sollten; und seine Unentschlossenheit aus einem Zweifel, ob wir eine Niederlage riskieren sollten. Ein paar Worte von uns überzeugten ihn, und Hoffnung und Freude funkelten in seinen Augen; der Gedanke, sich in eine Laufbahn zu begeben, die seinen frühen Gewohnheiten und gehegten Wünschen

---

[41] Lucius Quinctius Cincinnatus galt vielen Römern als Musterbeispiel der republikanischen Tugenden, da er dem Staat ergeben diente (zuerst als Konsul, später zeitweise auch als Diktator), ansonsten aber ein zurückgezogenes Leben als Bauer führte. Auch nahm er keine Bezahlung für seine Dienste an.

so angenehm war, machte ihn wie zuvor energisch und kühn. Wir besprachen seine Aussichten, die Vorzüge der anderen Kandidaten und die Neigungen der Wähler.

Dennoch hatten wir uns verrechnet. Raymond hatte viel von seiner Popularität verloren und war von seinen früheren Anhängern verlassen worden. Die Abwesenheit von der geschäftigen Bühne hatte das Volk ihn vergessen lassen; seine ehemaligen parlamentarischen Unterstützer bestanden hauptsächlich aus Royalisten, die bereit gewesen waren, ein Idol aus ihm zu machen, als er als der Erbe der Grafschaft Windsor erschien; die ihm gegenüber aber gleichgültig waren, als er mit keinen anderen Eigenschaften und Unterscheidungen hervortrat, als viele unter ihnen aufwiesen. Dennoch hatte er viele Anhänger, Bewunderer seiner umfassenden Talente; seine Anwesenheit im Parlament, seine Redegabe, seine Gewandtheit und sein gutes Aussehen wirkten gemeinsam derart, daß sie einen elektrisierenden Effekt erzeugten. Adrian hatte außerdem, trotz seiner dem gesellschaftlichen Leben entgegenstehenden Einsiedlergewohnheiten und Theorien, viele Freunde, und diese konnten leicht überzeugt werden, für einen Kandidaten seiner Wahl zu stimmen.

Der Herzog von - und Mr. Ryland, Lord Raymonds alter Widersacher, waren die anderen Kandidaten. Der Herzog wurde von allen Aristokraten der Republik unterstützt, die ihn für ihren angemessenen Vertreter hielten. Ryland war der Volkskandidat; als Lord Raymond das erste Mal der Liste hinzugefügt wurde, erschienen seine Erfolgsaussichten gering. Wir zogen uns aus der Debatte zurück, die seiner Nominierung gefolgt war: wir, seine Nominatoren, waren gekränkt; er war gänzlich entmutigt. Perdita tadelte uns bitterlich. Ihre Erwartungen waren geweckt worden; sie hatte keine Einwände gegen unser Projekt geäußert, im Gegenteil, sie war offensichtlich erfreut darüber; aber sein offensichtlicher Mißerfolg änderte die Strömung ihrer Gedanken. Sie hatte das Gefühl, daß Raymond, wenn er erst einmal zu sich gekommen wäre, nie wieder ohne Murren nach Windsor zurückkehren würde. Seine Gewohnheiten waren aus dem Ruder gelaufen; sein ruheloser Geist aus seinem Schlaf erwacht, Ehrgeiz mußte jetzt sein Begleiter durch das Leben sein; und wenn er bei seinem gegenwärtigen Versuch nicht erfolgreich wäre, sah sie voraus, daß Unzufriedenheit und unheilbare

Unzufriedenheit folgen würden. Vielleicht fügte ihre eigene Enttäuschung ihren Gedanken und Worten einen Stich hinzu; sie verschonte uns nicht, und unsere eigenen Gedanken trugen zu unserer Unruhe bei.

Es war notwendig, unsere Nominierung weiterzuverfolgen und Raymond zu überreden, sich am folgenden Abend den Wählern zu präsentieren. Er war lange Zeit halsstarrig. Er wäre lieber in einen Ballon gestiegen und in einen fernen Teil der Welt gesegelt, wo sein Name und seine Demütigung unbekannt waren. Aber das war nutzlos; sein Bestreben war registriert; sein Entwurf der Welt kundgetan; seine Schande könnte niemals aus den Erinnerungen der Menschen ausgelöscht werden. Es war ebenso gut, am Ende nach einem Kampf versagt zu haben, als jetzt zu Beginn seines Unternehmens zu fliehen.

Von dem Augenblick an, als er diesen Gedanken faßte, war er verändert. Seine Niedergedrücktheit und Ängstlichkeit vergingen; er wurde ganz Leben und Regsamkeit. Das Lächeln des Triumphes schien auf seinem Antlitz; entschlossen, seine Sache bis zum Äußersten zu verfolgen, schienen sein Betragen und sein Ausdruck für die Erfüllung seiner Wünsche verhängnisvoll zu sein. Nicht so Perdita. Sie war erschrocken von seiner Fröhlichkeit, denn am Ende fürchtete sie einen um so größeren Umschwung. Wenngleich sein Aussehen uns mit Hoffnung inspirierte, machte es doch den Zustand ihres Geistes nur schmerzhafter. Sie fürchtete, ihn aus den Augen zu verlieren; dennoch fürchtete sie sich, irgendeine Änderung in der Stimmung seines Geistes zu bemerken. Sie hörte ihm eifrig zu, quälte sich jedoch, indem sie seinen Worten eine Bedeutung gab, die ihrer wahren Auslegung fremd und ihren Hoffnungen abträglich war. Sie wagte es nicht bei der Wahl anwesend zu sein; doch zu Hause verdoppelte sich ihre Sorge. Sie weinte über ihr kleines Mädchen; sie sah, sie sprach, als ob sie das Auftreten einer schrecklichen Katastrophe fürchtete. Sie war halb verrückt wegen der übergroßen Spannung.

Lord Raymond stellte sich dem Parlament mit furchtlosem Selbstvertrauen und fesselnder Ansprache vor. Nachdem der Herzog von - und Mr. Ryland ihre Reden beendet hatte, begann er. Gewiß hatte er seine Lektion nicht vergessen; doch zuerst zögerte er, wählte seine Gedanken und die Worte mit Bedacht. Nach und nach erwärmte er sich;

seine Worte flossen mit Leichtigkeit, seine Sprache war voller Nachdruck und seine Stimme voller Überzeugung. Er kehrte zu seinem früheren Leben zurück, zu seinen Erfolgen in Griechenland, zu seinem Erfolg zu Hause. Warum sollte er dies aufs Spiel setzen, jetzt, da zusätzliche Jahre, Klugheit und das Versprechen, das seine Ehe seinem Land gab, seine Vertrauenswürdigkeit eher erhöhen als vermindern sollten? Er sprach vom Zustand Englands; den notwendigen Maßnahmen, die nötig waren, um seine Sicherheit zu gewährleisten und seinen Wohlstand zu mehren. Er zeichnete ein leuchtendes Bild seiner gegenwärtigen Lage. Während er sprach, war jedes Geräusch gedämpft, jeder Gedanke durch intensive Aufmerksamkeit verhindert. Seine elegante Rede fesselte die Sinne seiner Zuhörer. In gewissem Grade war er auch dazu geeignet, alle Parteien zu versöhnen. Seine Geburt gefiel der Aristokratie; seine Kandidatur, die von Adrian, einem Mann, der eng mit der Volkspartei verbunden war, empfohlen wurde, erzeugte eine Anzahl an Unterstützern, die weder der des Herzogs noch der Mr. Rylands nachstand.

Der Wettbewerb war heftig und der Ausgang ungewiß. Weder Adrian noch ich wären so besorgt gewesen, wenn unser eigener Erfolg von unseren Anstrengungen abhängig gewesen wäre; aber wir hatten unseren Freund zu dem Unternehmen ermuntert, und es war an uns, ihm seinen Triumph zu sichern. Idris, die die höchste Meinung über seine Fähigkeiten hegte, war sehr an dem Ereignis interessiert: und meine arme Schwester, die nicht zu hoffen wagte und für die Angst Elend bedeutete, war in ein unruhiges Fieber gesunken.

Tag für Tag verging, während wir unsere Pläne für den Abend diskutierten, und jede Nacht wurde mit endlosen Debatten verbracht. Endlich kam der Höhepunkt: die Nacht, in der das Parlament, das seine Wahl so lange hinausgezögert hatte, entscheiden mußte: Als Mitternacht vorüber war und der neue Tag begann, war es kraft der Verfassung aufgelöst, seine Macht war vergangen.

Wir versammelten uns bei Raymond, wir und unsere Mitstreiter. Um halb fünf gingen wir zum Parlament. Idris bemühte sich, Perdita zu beruhigen; aber die Aufregung des armen Mädchens beraubte sie aller Selbstbeherrschung. Sie ging im Zimmer auf und ab und warf wilde

Blicke auf jeden, der eintrat, im Glauben, daß dieser der Überbringer ihres Schicksals sein könnte. Ich muß meiner süßen Schwester Gerechtigkeit widerfahren lassen: sie quälte sich nicht wegen ihrer selbst. Sie allein kannte das Gewicht, das Raymond seinem Erfolg beimaß. Selbst vor uns gab er sich fröhlich und hoffnungsvoll an und tat dies so gut, daß wir das geheime Wirken seines Geistes nicht erkannten. Zuweilen zeigten ein nervöses Zittern, ein scharfer Mißklang der Stimme und vorübergehende Anfälle von Abwesenheit Perdita die Gewalt, die er sich selbst antat; aber wir, ganz in unsere Pläne vertieft, bemerkten nur sein stetes Lachen, seinen Witz, der bei allen Gelegenheiten hindurchdrang, den Fluß seiner Heiterkeit, der vor der Ebbe sicher schien. Außerdem war Perdita in seiner Unterkunft bei ihm; sie sah die Launenhaftigkeit, die dieser erzwungenen Heiterkeit folgte; sie bemerkte seinen gestörten Schlaf, seine qualvolle Gereiztheit - einmal hatte sie seine Tränen gesehen - ihre hatten kaum aufgehört zu fließen, seit sie die großen Tropfen gesehen hatte, die der enttäuschte Stolz in seinen Augen gesammelt hatte, die Stolz jedoch nicht wieder zerstreuen konnte. Wen sollte es da wundern, daß ihre Gefühle auf diese Spitze gebracht wurden! So begründete ich mir selbst ihre Aufregung; doch dies war noch nicht alles, und das darauffolgende Geschehen offenbarte eine andere Entschuldigung.

Wir nutzten einen Augenblick vor unserer Abreise, um Abschied von unseren geliebten Mädchen zu nehmen. Ich hatte wenig Hoffnung auf Erfolg und bat Idris, auf meine Schwester aufzupassen. Als ich mich der Letzteren näherte, ergriff sie meine Hand und zog mich in ein anderes Zimmer; sie warf sich in meine Arme und weinte und schluchzte eine geraume Zeit bitterlich. Ich versuchte, sie zu beruhigen, sprach ihr Mut zu, fragte, welche gewaltigen Konsequenzen sich selbst auf unser Versagen hin ergeben würden. „Mein Bruder", rief sie, „Beschützer meiner Kindheit, lieber, lieber Lionel, mein Schicksal hängt an einem seidenen Faden. Ich bin jetzt ganz von euch umgeben - dir, dem Begleiter meiner Kindheit, Adrian, der mir so lieb ist als ob wir durch Bande des Blutes miteinander verbunden wären, Idris, die Schwester meines Herzens, und ihre entzückenden Kinder. Dies, o dies mag das letzte Mal sein, daß wir alle beieinander sind!"

Plötzlich hielt sie inne und rief aus: „Was habe ich gesagt? - dummes närrisches Mädchen, das ich bin!" Sie sah mich wild an, und, sich plötzlich beruhigend, entschuldigte sich für das, was sie ihre bedeutungslosen Worte nannte, und sagte, daß sie tatsächlich von Sinnen sein müsse, denn während Raymond lebte, müsse sie glücklich sein; und dann ließ sie mich ruhig gehen, wenngleich sie noch weinte. Raymond nahm nur ihre Hand, als er ging, und sah sie ausdrucksvoll an; sie antwortete mit einem Blick voller Weisheit und Einverständnis.

Armes Mädchen! Was sie alles erlitten hat! Ich konnte Raymond nie für die Prüfungen verzeihen, die er ihr auferlegt hatte, weil sie von einem selbstsüchtigen Gefühl seinerseits ausgingen. Er hatte geplant, wenn er in seinem gegenwärtigen Versuch fehlschlug, ohne sich von irgendeinem von uns zu verabschieden, sich nach Griechenland zu begeben, und nie mehr nach England zurückzukehren. Perdita beugte sich seinen Wünschen, denn seine Zufriedenheit war das Hauptziel ihres Lebens, die Krone ihres Genusses; aber uns alle, ihre Gefährten, die geliebten Teilhaber ihrer glücklichsten Jahre, zu verlassen und in der Zwischenzeit diesen schrecklichen Entschluß zu verbergen, war eine Aufgabe, die ihre geistige Stärke beinahe überwand. Sie war beauftragt worden, ihre Abreise vorzubereiten; während dieses entscheidenden Abends hatte sie Raymond versprochen, aus unserer Abwesenheit Nutzen zu ziehen, um bereits eine Etappe der Reise zu reisen, und er würde, nachdem seine Niederlage gewiß war, uns verlassen, und sich ihr anschließen.

Obwohl ich, als ich über dieses Vorhaben informiert wurde, bitter beleidigt wegen der geringen Aufmerksamkeit war, die Raymond den Gefühlen meiner Schwester entgegenbrachte, wurde ich durch Überlegung dazu gebracht, zu bedenken, daß er unter der Kraft einer so starken Erregung handelte, daß sie ihm das Bewußtsein und folglich die Schuld für ein Fehlverhalten nahm. Wenn er uns erlaubt hätte, an seiner Aufregung teilzuhaben, wäre er mehr unter der Führung der Vernunft gewesen. Sein Ringen um den Anschein von Gelassenheit wirkten jedoch mit solcher Heftigkeit auf seine Nerven, daß er nicht mehr befähigt war, seine Selbstbeherrschung zu wahren. Ich bin überzeugt, daß er im schlimmsten Fall von der Küste zurückgekehrt wäre, um sich von uns zu verabschieden und sich mit uns zu beraten. Doch die Aufgabe, die Perdita auferlegt wurde, war nicht minder qualvoll. Er hatte von ihr ein Gelübde der Geheimhaltung erpreßt; und ihre Rolle in dem Theaterstück, da sie es allein aufführen sollte, war die quälendste, die ersonnen werden konnte. Um jedoch zu meiner Erzählung zurückzukehren:

Die Debatten waren bisher lang und laut gewesen; sie waren oft nur aus Gründen der Verzögerung in die Länge gezogen worden. Aber jetzt schien jeder Angst zu haben, daß der fatale Moment vorübergehen sollte, während die Wahl noch unentschieden war. Ungewohnte Stille herrschte im Parlament, die Mitglieder sprachen flüsternd, und die gewöhnlichen Geschäfte wurden rasch und still abgewickelt. In der ersten Phase der Wahl war der Herzog von - ausgeschieden; die Entscheidung sollte daher zwischen Lord Raymond und Mr. Ryland getroffen werden. Letzterer hatte sich des Sieges sicher gefühlt, bis Raymond auftauchte; und da sein Name als Kandidat eingefügt worden war, hatte er mit Eifer um Stimmen geworben. Er war jeden Abend erschienen, Ungeduld und Wut zeichneten sich in seinen Blicken ab, wenn er uns von der anderen Seite von St. Stephen's[42] anstarrte, als ob sein bloßes Stirnrunzeln unsere Hoffnungen überschatten könnte.

Alles in der englischen Verfassung war zur besseren Erhaltung des Friedens geregelt worden. Am letzten Tag durften nur zwei Kandidaten bleiben; und um, wenn möglich, den letzten Kampf zwischen diesen zu vermeiden, wurde demjenigen ein Bestechungsgeld angeboten, der freiwillig seine Ansprüche aufgeben sollte; ihm würde ein ehrenhafter Posten mit einer großzügigen Entlohnung zuteil, und sein Erfolg bei künftigen Wahlen erleichtert werden. Seltsamerweise war jedoch noch kein Fall eingetreten, wo einer der beiden Kandidaten auf dieses Mittel zurückgegriffen hätte; in der Folge war das Gesetz obsolet geworden, und in unseren Diskussionen wurde es von keinem von uns erwähnt. Zu unserer äußersten Überraschung wurden wir, als wir uns in ein Komitee für die Wahl des Protektors aufmachen sollten, von dem Mitglied, das Ryland nominiert hatte, darüber benachrichtigt, daß dieser Kandidat

---

[42] Gemeint ist die St. Stephen's Chapel im Westminsterpalast, dem Parlamentsgebäude.

seine Ansprüche aufgegeben hatte. Die Neuigkeit wurde zunächst schweigend entgegengenommen; ein verwirrtes Murmeln erhob sich; und als der Vorsitzende Lord Raymond für rechtskräftig gewählt erklärte, erhob es sich zu einem einstimmigen Applaus und Siegesgeheul. Es schien, als ob jede Stimme, unabhängig von der Angst vor einer Niederlage, selbst wenn Mr. Ryland nicht zurückgetreten wäre, sich zugunsten unseres Kandidaten vereint hätte. In der Tat kehrten jetzt, wo die Idee des Wettstreits abgelehnt wurde, alle Herzen zu ihrem früheren Respekt und ihrer Bewunderung für unseren fähigen Freund zurück. Jeder empfand, daß England niemals einen Protektor gesehen hatte, der wie er geeignet dafür wäre, die anstrengenden Pflichten dieses hohen Amtes zu erfüllen. Einstimmig dröhnte der Name Raymonds durch die Kammer.

Er ging hinein. Ich saß auf einem der am höchsten gelegenen Sitze und sah ihn den Gang zum Rednertisch hinaufgehen. Die natürliche Bescheidenheit seines Wesens überwand die Freude seines Triumphes. Er sah sich zaghaft um; seine Augen verschleierten sich. Adrian, der neben mir war, eilte die Bänke herabspringend zu ihm und war in einem Augenblick an seiner Seite. Seine Gegenwart belebte unseren Freund wieder; und als er begann, zu sprechen und zu handeln, sein Zögern verschwand, und er glänzte in Erhabenheit und Siegesbewußtsein. Der ehemalige Lordprotektor nahm ihm den Eid ab, überreichte ihm die Amtsabzeichen und führte die Einsetzungszeremonie durch. Die Versammlung löste sich danach auf. Die Obersten des Staates drängten sich um den neuen Magistrat und führten ihn zum Regierungspalast. Adrian verschwand plötzlich und kehrte zu der Zeit, als Raymonds Anhänger nur auf unsere vertrauten Freunde reduziert waren, mit Idris zurück, um seinen Freund zu seinem Erfolg zu beglückwünschen.

Aber wo war Perdita? Als Raymond sich im Falle eines Mißerfolgs um einen unbeobachteten Rückzug bemüht hatte, hatte er zu bestimmen vergessen, auf welche Weise sie von seinem Erfolg hören sollte; und sie war zu aufgeregt gewesen, um auf diesen Umstand zurückzukommen. Als Idris eintrat, hatte Raymond sich soweit selbst vergessen, daß er nach meiner Schwester fragte; erst, als er von ihrem mysteriösen Verschwinden hörte, fiel es ihm wieder ein. Adrian war bereits ausgegangen, um die Flüchtige zu suchen, sich vorstellend, daß ihre unbezähmbare Angst sie in die Nähe des Parlaments getrieben, und daß ein irgendein dunkles Ereignis sie aufgehalten habe. Aber Raymond verließ uns plötzlich, ohne sich zu erklären, und in nächsten Moment hörten wir ihn die Straße herabgaloppieren, trotz des Windes und des Regens, die stürmisch über die Erde fegten. Wir wußten nicht, wie weit er gehen mußte, und trennten uns bald, da wir annahmen, daß er in Bälde mit Perdita in den Palast zurückkehren würde und daß sie sie es nicht bedauerten, Zeit alleine miteinander verbringen zu können.

Perdita war weinend und untröstlich mit ihrem Kind in Dartford angekommen. Sie richtete sich ganz darauf ein, sich auf den Fortgang ihrer Reise vorzubereiten, und verbrachte, nachdem sie ihre liebliche schlafende Last auf ein Bett gelegt hatte, mehrere Stunden in äußerster Anspannung. Zuweilen beobachtete sie den Kampf der Elemente und dachte, daß auch diese sich gegen sie aussprachen, während sie in düsterer Verzweiflung dem Regen lauschte. Zu anderen Zeiten beugte sie sich über ihre Tochter, suchte Ähnlichkeiten mit dem Vater in ihren Zügen und fragte sich, ob sie im weiteren Leben dieselben Leidenschaften und unkontrollierbaren Impulse zeigen würde, die ihn unglücklich machten. Dann wiederum bemerkte sie mit einer Woge von Stolz und Freude, in den Gesichtszügen ihres kleinen Mädchens das gleiche schöne Lächeln, das Raymonds Gesicht oft erstrahlen ließ. Der Anblick beruhigte sie. Sie dachte an den Schatz, den sie in der Zuneigung ihres Lords besaß; seine Leistungen, welche die seiner Zeitgenossen übertrafen, sein Genie, seine Hingabe an sie. Bald dachte sie, daß sie alles, was sie in der Welt besaß, außer ihm, entbehren könnte, ja, es mit Entzücken, einem Sühneopfer gleich, hingeben würde, wenn es ihr denn nur das höchste Gut sichern könnte, das sie in ihm hatte. Bald stellte sie sich vor, daß das Schicksal dieses Opfer von ihr verlangte, als ein Zeichen, daß sie Raymond gänzlich ergeben war, und daß sie es mit Freuden tun müßte. Sie malte sich ihr Leben auf der griechischen Insel aus, die er als ihren Rückzugsort ausgewählt hatte; ihre Aufgabe, ihn zu beruhigen; ihre Sorge um die schöne Clara, ihre Ausritte in seiner Gesellschaft, ihre Hingabe zu seinem Trost. Das Bild stellte sich ihr dann in solch leuchtenden Farben dar, daß sie das Gegenteil fürchtete und ein Leben der Großartigkeit und Macht in London; wo Raymond nicht mehr nur der Ihrige sein würde, noch sie die einzige Quelle der Glückseligkeit für ihn. Soweit es sie betraf, begann sie auf die Niederlage zu hoffen; und nur seinetwegen schwankten ihre Gefühle, als sie ihn in den Hof des Gasthauses galoppieren hörte. Daß er allein zu ihr kommen sollte, durchnäßt vom Sturm, auf nichts achtend, abgesehen von Schnelligkeit, was konnte es sonst bedeuten, als daß sie besiegt und einsam aus dem heimatlichen England, dem Schauplatz der Schande, fortgehen und sich in den Myrtenhainen der griechischen Inseln verstecken sollten?

In einem Augenblick lag sie in seinen Armen. Das Wissen um seinen Erfolg war so sehr zu einem Teil von ihm selbst geworden, daß er vergaß, daß es notwendig war, es seiner Gefährtin zu vermitteln. Sie fühlte nur in seiner Umarmung eine liebe Versicherung, daß, solange er sie hätte, er nicht verzweifeln würde. „Es ist gütig", rief sie, „es ist edel, mein Geliebter! O fürchte keine Schande oder Armut, während du deine Perdita hast; fürchte nicht Leid, während unser Kind lebt und lächelt. Laß uns gehen, wohin du willst; die Liebe, die uns begleitet, wird unser Bedauern verhindern."

Solcherart sprach sie, in seine Umarmung eingehüllt, und warf den Kopf zurück, um in seinen Augen eine Zustimmung zu ihren Worten zu suchen - sie funkelten vor unaussprechlicher Freude. „Ach, meine kleine Beschützerin", sagte er neckend, „was redest du da? Und welchen hübschen Entwurf hast du aus Verbannung und Dunkelheit gesponnen, während es doch ein helleres Gewebe ist, ein goldgewebtes Gewebe, worüber du in Wahrheit nachdenken solltest?"

Er küßte sie auf die Stirn - doch das eigensinnige Mädchen, seinen Triumph halb bedauernd, aufgeregt vom schnellen Gedankenwechsel, verbarg ihr Gesicht an seiner Brust und weinte. Er tröstete sie und flößte ihr seine eigenen Hoffnungen und Wünsche ein; und bald strahlte ihr Antlitz voller Zuneigung. Wie glücklich waren sie in jener Nacht!

Kapitel 7.

Nachdem wir uns überzeugt hatten, daß unser Freund in seinem neuen Amt richtig eingesetzt war, richteten wir unseren Blick gen Windsor. Die Nähe dieses Ortes nach London[43] war so groß, daß sich keine schmerzhafte Trennung ergab, als wir Raymond und Perdita verließen. Wir verabschiedeten uns von ihnen im Protekoratspalast. Es war schön zu sehen, wie meine Schwester sozusagen in den Geist des Theaterstücks eintrat und sich bemühte, ihre Rolle mit geziemender Würde zu erfüllen. Ihr innerer Stolz und ihr demütiges Betragen stritten nun mehr denn je miteinander. Ihre Schüchternheit war nicht künstlich, sondern entsprang der Angst, nicht richtig gewürdigt zu werden, ein gewisser Eindruck der Vernachlässigung durch die Welt, der auch Raymond auszeichnete. Andererseits jedoch dachte Perdita mehr an andere als er; und ein Teil ihrer Schüchternheit entstand aus dem Wunsch, denen um sie herum ein Gefühl der Minderwertigkeit zu nehmen; ein Gefühl, das ihr nie in den Sinn kam. Nach den Umständen ihrer Geburt und Erziehung wäre Idris besser für die zeremoniellen Handlungen geeignet gewesen; aber die Leichtigkeit, mit denen sie solche ihr gewohnten Handlungen begleitete, machten sie ihr langweilig; während Perdita trotz aller Fallstricke offensichtlich ihre Stellung genoß. Sie war zu erfüllt von neuen Gedanken, um viel Kummer zu empfinden, als wir fortgingen; sie nahm einen herzlichen Abschied von uns und versprach uns bald zu besuchen; aber sie bedauerte nicht die Umstände, die unsere Trennung verursacht hatten. Die Begeisterung Raymonds war unbegrenzt; er wußte nicht, was er mit seiner neu errungenen Macht anfangen sollte; sein Kopf war voller Pläne; er hatte sich noch für keine entschieden - aber er versprach sich selbst, seinen Freunden und der Welt, daß die Ära seiner Schutzherrschaft durch einen Akt der überragenden Herrlichkeit eingeläutet werden sollte.

So sprachen wir von ihnen und moralisierten, als wir in verminderter Zahl nach Windsor Castle zurückkehrten. Wir waren sehr erleichtert über unsere Flucht vor politischen Unruhen und genossen unsere Ein-

---

[43] Windsor liegt etwa 30 km von London entfernt.

samkeit mit gesteigerter Lebensfreude. Wir hatten keinen Mangel an Beschäftigung; doch mein Wissensdurst wurde jetzt ausschließlich dem Feld der geistigen Kultivierung gewidmet; und ich stellte fest, daß hartes Studium eine ausgezeichnete Medizin war, um ein fiebriges Gemüt zu beruhigen, das durch Trägheit zweifellos angegriffen worden wäre. Perdita hatte uns erlaubt, Clara mit uns zurück nach Windsor zu nehmen; und sie und meine beiden lieben Kleinen waren immerwährende Quellen von Beschäftigung und Freude.

Der einzige Umstand, der unseren Frieden störte, war die Gesundheit Adrians. Sie verschlechterte sich zunehmend, ohne irgendein Symptom, das uns dazu bringen könnte, seine Krankheit zu bestimmen, außer, daß seine glänzenden Augen, sein bleiches Aussehen und seine von hektischer Röte überzogenen Wangen uns die Schwindsucht fürchten ließen; aber er verspürte weder Schmerzen noch Furcht. Er widmete sich mit Eifer der Lektüre von Büchern und ruhte sich vom Studium in der Gesellschaft aus, die er am meisten liebte, der seiner Schwester und mir. Zuweilen ging er nach London, um Raymond zu besuchen und den Fortgang der Ereignisse zu beobachten. Clara begleitete ihn oft auf diesen Reisen; zum Teil, damit sie ihre Eltern sehen könnte, zum Teil, weil Adrian sich über das Plappern und die intelligenten Blicke dieses reizenden Kindes freute.

Inzwischen ging es in London gut voran. Die Neuwahlen waren beendet; das Parlament tagte, und Raymond war in tausend wohltätigen Programmen eingebunden. Kanäle, Aquädukte, Brücken, stattliche Gebäude und verschiedene Bauwerke für die öffentliche Versorgung wurden im Zuge dessen betreten; er war ständig von Projektleitern und Projekten umgeben, die England zu einem Schauplatz der Fruchtbarkeit und Großartigkeit machen sollten; der Zustand der Armut sollte abgeschafft werden; Menschen sollten von Ort zu Ort befördert werden, fast mit derselben Einrichtung wie die Prinzen Houssain, Ali und Ahmed in Tausendundeiner Nacht. Der physische Zustand des Menschen würde bald nicht mehr hinter der Schönheit der Engel zurückstehen; Krankheit sollte verbannt; die Arbeit von ihrer schwersten Last erleichtert werden. Das erschien auch gar nicht überspannt. Die Lebenskünste und die Entdeckungen der Wissenschaft hatten in einem

Verhältnis zugenommen, das alle Hochrechnungen übertraf; so entstand Nahrung sozusagen spontan - es existierten Maschinen, die jeden Bedarf der Bevölkerung mit Leichtigkeit versorgten. Eine schädliche Richtung hatte noch überlebt; und die Menschen waren nicht glücklich, nicht weil sie es nicht konnten, sondern weil sie sich nicht dazu aufraffen wollten, selbst auferlegte Hindernisse zu überwinden. Raymond sollte sie mit seinem wohltuenden Willen dazu aufmuntern, damit der Mechanismus der Gesellschaft, einmal nach fehlerfreien Regeln geordnet, niemals wieder in Unordnung geraten würde. Für diese Hoffnungen gab er seinen lang gehegten Ehrgeiz auf, in den Annalen der Nationen als ruhmreicher Krieger eingetragen zu werden; er legte sein Schwert beiseite, und fortan wurden Frieden und seine ewigen Wohltaten seine Ziele - der Titel, den er begehrte, war der des Wohltäters seines Landes. Unter anderen Kunstwerken, mit denen er beschäftigt war, hatte er den Bau einer Nationalgalerie für Statuen und Bilder geplant. Er besaß selbst viele Kunstwerke, die er der Republik zu präsentieren beabsichtigte; und da das Gebäude der große Schmuck seiner Schutzherrschaft sein sollte, war er sehr anspruchsvoll in seiner Wahl des Plans, auf dessen Grundlage es gebaut werden sollte. Hunderte Entwürfe wurden zu ihm gebracht und zurückgewiesen. Er schickte sogar nach Italien und Griechenland für Zeichnungen; aber da der Entwurf durch Originalität sowie durch vollkommene Schönheit charakterisiert werden sollte, waren seine Bemühungen für einige Zeit ohne Erfolg. Schließlich erreichte ihn eine Zeichnung, mit einer Adresse, wohin Mitteilungen gesendet werden könnten, und ohne den angebrachten Namen des Künstlers. Die Bauweise war neu und elegant, doch der Entwurf war fehlerhaft; so fehlerhaft, daß er, obwohl gekonnt und mit geschmackvollem Blick gezeichnet, offenbar die Arbeit von jemandem zu sein schien, der kein Architekt war. Raymond betrachtete die Zeichnung mit Entzücken; je länger er schaute, desto mehr gefiel sie ihm; und doch vervielfachten sich die Fehler bei genauerer Betrachtung. Er schrieb an die angegebene Adresse, in der Hoffnung, den Zeichner zu sehen, damit während einer Beratung vorgeschlagene Änderungen am Entwurf vorgenommen werden könnten.

Ein Grieche erschien. Ein Mann mittleren Alters, mit gebildeten Manieren, aber von so gewöhnlichem Aussehen, daß Raymond kaum glauben konnte, daß er der Zeichner war. Er gab zu, daß er kein Architekt war; aber der Anblick des Gebäudes hätte ihm sehr gut gefallen, obwohl er es ohne die geringste Hoffnung auf seine Annahme gesandt hatte. Er war ein Mann von wenigen Worten. Raymond befragte ihn; doch er nahm nach den zurückhaltenden Antworten des Mann bald von weiteren Fragen Abstand und kam auf die Zeichnung zu sprechen. Er wies auf die Fehler und die Änderungen hin, die er wünschte; er bot dem Griechen einen Bleistift an, damit er die Skizze auf der Stelle korrigieren könne; dies wurde von seinem Besucher abgelehnt, der sagte, daß er alles genau verstanden habe und zu Hause daran arbeiten würde. Schließlich gestattete Raymond ihm zu gehen.

Am nächsten Tag kam er zurück. Der Entwurf war neu gezeichnet worden; aber viele Fehler blieben noch bestehen, und einige der gegebenen Anweisungen waren mißverstanden worden. „Komm", sagte Raymond, „ich habe gestern dir nachgegeben, nun erfülle meine Bitte - nimm den Stift."

Der Grieche nahm ihn, doch er handhabte ihn nicht künstlerisch; endlich sagte er: „Ich muß Ihnen gestehen, mein Herr, daß ich diese Zeichnung nicht verfertigt habe. Es ist nicht möglich, daß Sie den wahren Zeichner sehen, Ihre Anweisungen müssen durch mich überbracht werden. Darum bitte ich Sie darum, Geduld mit meiner Unkenntnis zu haben, und mir Ihre Wünsche zu erklären; ich bin gewiß, daß Sie mit der Zeit zufrieden sein werden."

Raymond fragte vergeblich; der geheimnisvolle Grieche wollte nicht mehr sagen. Würde ein Architekt den Künstler sehen dürfen? Auch dies wurde abgelehnt. Raymond wiederholte seine Anweisungen, und der Besucher zog sich zurück. Unser Freund beschloß jedoch, sich seinen Wunsch nicht vereiteln zu lassen. Er vermutete, daß ungewohnte Armut die Ursache der Geheimnistuerei war, und daß der Künstler nicht im ärmlichen Gewand und in einer mangelhaften Unterkunft gesehen werden wollte. Raymond war durch dieser Überlegung um so mehr davon begeistert, ihn zu entdecken; getrieben von dem Interesse, das er an verborgenem Talent nahm, befahl er daher einem in solchen Angelegenheiten fähigen Mann, dem Griechen beim nächsten Mal zu folgen und das Haus auszukundschaften, in das er eintreten sollte. Sein Gesandter gehorchte und brachte die gewünschte Auskunft. Er hatte den Mann zu einer der heruntergekommensten Straßen der Metropole verfolgt. Raymond wunderte sich nicht, daß der Künstler davor zurückgeschreckt war, jemanden wissen zu lassen, wie er lebte, aber er änderte darum seine Entschlossenheit nicht.

Am selben Abend ging er allein zu dem ihm genannten Haus. Armut, Schmutz und verkommenes Elend kennzeichneten sein Aussehen. Ach!, dachte Raymond, ich habe viel zu tun, bevor England ein Paradies wird. Er klopfte; die Tür wurde mithilfe einer Schnur von oben geöffnet – die zerbrochene, elende Treppe war unmittelbar vor ihm, aber niemand erschien; er klopfte erneut, vergebens – und dann, um jede weitere Verzögerung zu vermeiden, bestieg er ungeduldig die dunklen, knarrenden Stufen. Sein Hauptwunsch, besonders jetzt, wo er die jämmerliche Behausung des Künstlers bezeugte, war, jemanden zu entlasten, der Talent besaß, aber von Entbehrung niedergedrückt war. Er stellte sich einen jungen Mann vor, dessen Augen vor Genialität funkelten, und dessen Körper durch erlittenen Hunger geschwächt war. Er befürchtete halb, ihn zu verärgern; aber er vertraute darauf, daß seine großzügige Freundlichkeit zu zart angebracht würde, um Anstoß zu erregen. Welches menschliche Herz ist der Güte verschlossen? Und obgleich die Armut in ihrem Übermaß den Leidenden verhindern könnte, sich der anscheinenden Erniedrigung einer milden Gabe zu unterwerfen, muß der Eifer des Wohltäters ihn schließlich überzeugen, sie dankbar anzunehmen. Diese Gedanken ermutigten Raymond, als er an der Tür des höchsten Raumes des Hauses stand. Nachdem er vergeblich versucht hatte, die anderen Zimmer zu betreten, bemerkte er in der Schwelle dieser Tür ein Paar kleiner türkischer Pantoffeln; die Tür war angelehnt, innen jedoch war alles still. Es war wahrscheinlich, daß der Bewohner abwesend war, aber in der Gewißheit, die richtige Person gefunden zu haben, war unser abenteuerlustiger Protektor versucht hineinzugehen, eine Börse auf dem Tisch zu lassen und leise zu verschwinden. Mit diesem Gedanken stieß er die Tür vorsichtig auf – doch der Raum war bewohnt.

Raymond hatte nie die Elendsbehausungen besucht, und die Szene, die sich ihm jetzt darstellte, traf ihn zutiefst. Der Boden war an vielen Stellen eingesunken; die Wände waren heruntergekommen und kahl - die Decke wies Nässeflecken auf - ein zerlumptes Bett stand in der Ecke; im Zimmer standen nur zwei Stühle und ein grober, beschädigter Tisch, auf dem ein Licht in einem Kerzenleuchter aus Zinn leuchtete - doch inmitten in einer solch trostlosen und herzzerreißenden Armut war ein Hauch von Ordnung und Sauberkeit, der ihn überraschte. Der Gedanke war flüchtig; denn seine Aufmerksamkeit wurde sofort auf den Bewohner dieser elenden Wohnstatt gelenkt. Es war eine Frau. Sie saß am Tisch; eine kleine Hand schirmte die Augen von der Kerze ab; die andere hielt einen Bleistift; ihr Blick war auf eine Zeichnung vor ihr gerichtet, die Raymond als den ihm vorgelegten Entwurf erkannte. Ihre ganze Erscheinung weckte sein tiefstes Interesse. Ihr dunkles Haar war geflochten und zu dicken Knoten zusammengebunden wie der Kopfputz einer griechischen Statue; ihr Gewand war gemein, aber ihre Haltung mochte als Modell der Anmut ausgewählt worden sein. Raymond hatte eine verworrene Erinnerung daran, daß er eine solche Gestalt schon einmal gesehen hatte; er ging durch den Raum; sie hob die Augen nicht, fragte nur auf Griechisch, wer ist da? „Ein Freund", antwortete Raymond in derselben Sprache. Sie blickte verwundert auf, und er sah, daß es Evadne Zaimi war. Evadne, einst das Idol von Adrians Zuneigung; die den edlen Jüngling zugunsten ihres gegenwärtigen Besuchers verachtet hatte, und dann, von dem vernachlässigt, den sie liebte, mit zerbrochenen Hoffnungen und einem stechenden Gefühl des Elends, in ihr heimatliches Griechenland zurückgekehrt war. Welche Wirren des Schicksals konnten es vermocht haben, sie nach England und in eine solche Unterkunft zu bringen?

Raymond erkannte sie; und sein Betragen änderte sich von höflicher Mildtätigkeit zu den wärmsten Beteuerungen von Freundlichkeit und Mitgefühl. Der Anblick von ihr in ihrer gegenwärtigen Situation schoß wie ein Pfeil in seine Seele. Er saß bei ihr, nahm ihre Hand und sagte tausend mitfühlende und teilnahmsvolle Dinge. Evadne antwortete nicht; ihre großen dunklen Augen waren niedergeschlagen, endlich schimmerte eine Träne in ihren Wimpern. „So", rief sie, „kann Güte bewirken, was keine Entbehrung, kein Elend jemals bewirkt hat; ich weine." Sie vergoß in der Tat viele Tränen, ihr Kopf sank unbewußt auf Raymonds Schulter, er hielt ihre Hand, er küßte ihre eingefallene tränenüberströmte Wange. Er sagte ihr, daß ihre Leiden nun vorbei seien. Niemand beherrschte die Kunst des Tröstens so gut wie Raymond, er erteilte keine guten Ratschläge oder hielt Reden, sondern sein Blick glänzte voller Mitgefühl. Er brachte angenehme Bilder vor den Leidenden, seine Liebkosungen erregten kein Mißtrauen, denn sie entstanden nur aus dem Gefühl, das eine Mutter dazu bringt, ihr verwundetes Kind zu küssen, einem Wunsch, auf jede nur erdenkliche Weise die Wahrheit seiner Gefühle zu demonstrieren, und die Dringlichkeit seines Wunsches, Balsam in den verletzten Geist des Unglücklichen zu gießen.

Als Evadne ihre Fassung wiedererlangte, wurde sein Benehmen sogar fröhlich. Er wurde schwärmerisch beim Gedanken an ihre Armut. Etwas sagte ihm, daß es nicht die wirklichen Übel waren, die schwer auf ihrem Herzen lagen, sondern die Erniedrigung und Schande, die daraus folgten. Während er redete, beraubte er sie diesen zuweilen sprach er mit lebhaftem Lob von ihrer Stärke dann wieder nannte er sie, in Anspielung auf ihren vergangenen Zustand, seine verkleidete Prinzessin. Er machte ihr herzliche Angebote, ihr dienlich zu sein. Sie war zu sehr mit fesselnderen Gedanken beschäftigt, um sie entweder zu akzeptieren oder abzulehnen; schließlich verließ er sie, indem er versprach, seinen Besuch am nächsten Tag zu wiederholen. Er kehrte mit gemischten Gefühlen, Kummer über Evadnes Elend, und Freude über die Aussicht, es zu erleichtern, nach Hause zurück. Ein Bewegungsgrund, über den er nicht einmal selbst nachdenken wollte, hielt ihn davon ab, Perdita von seinem Abenteuer zu erzählen.

Am nächsten Tag warf er eine solche Verkleidung über seine Person, wie ein Umhang sie nur bieten konnte, und besuchte erneut Evadne. Als er ging, kaufte er einen Korb mit teuren Früchten, solcherart, wie sie in ihrem eigenen Lande wuchsen, warf verschiedene schöne Blumen darüber hin und trug ihn selbst in die elende Dachstube seiner Freundin. „Siehe", rief er, als er eintrat, „welches Vogelfutter ich für meinen Spatz auf dem Hausdach mitgebracht habe."

Evadne erzählte nun die Geschichte ihres Unglücks. Ihr Vater, obwohl von hohem Rang, hatte am Ende sein Vermögen aufgebraucht, und sogar seinen Ruf und Einfluß durch eine fortgesetzte Zügellosigkeit zerstört. Seine Gesundheit war beeinträchtigt und es gab keine Hoffnung auf Heilung, so daß es sein ernster Wunsch wurde, ehe er starb, seine Tochter vor der Armut zu bewahren, die mit ihrem Waisenstand einhergehen würde. Er nahm deshalb für sie einen Heiratsantrag von einem wohlhabenden griechischen Kaufmann, der in Konstantinopel niedergelassen war, an, und überredete sie, ihn zu akzeptieren. Sie verließ ihre Heimat Griechenland, ihr Vater starb, nach und nach war sie von allen Gefährten und Banden ihrer Jugend abgeschnitten.

Der Krieg, der etwa ein Jahr vor der damaligen Zeit zwischen Griechenland und der Türkei ausgebrochen war, führte zu vielen finanziellen Rückschlägen. Ihr Mann ging bankrott, und dann waren sie in einem Aufruhr und drohendem Massaker seitens der Türken gezwungen, mitten in der Nacht zu fliehen, und erreichten in einem offenen Boot ein englisches Segelschiff, das sie sofort nach England brachte. Die wenigen Juwelen, die sie gerettet hatten, unterstützten sie eine Weile. Es benötigte die ganze Kraft von Evadnes Verstand, um den versagenden Mut ihres Ehemannes zu unterstützen. Der Verlust des Eigentums, die Hoffnungslosigkeit in Bezug auf seine Zukunftsaussichten und die Untätigkeit, zu der ihn die Armut verurteilte, versetzten ihn in einen Zustand, der an Wahnsinn grenzte. Fünf Monate nach ihrer Ankunft in England beging er Selbstmord.

„Sie werden sich fragen", fuhr Evadne fort, „was ich seitdem getan habe, warum ich nicht bei den hier ansässigen reichen Griechen um Hilfe gebeten habe, warum ich nicht in mein Heimatland zurückgekehrt bin? Meine Antwort auf diese Fragen muß Ihnen unbefriedigend erscheinen; doch mich hat sie dazu bewogen, Tag für Tag jedes Elend zu ertragen, und nicht mit solchen Mitteln Erleichterung zu finden. Soll die Tochter des edlen, wenn auch verschwenderischen Zaimi, als eine Bettlerin vor ihren Gleichgestellten oder Untergebenen erscheinen - denn Übergeordnete hatte sie keine. Soll ich meinen Kopf vor ihnen beugen und mit kriecherischer Gebärde meinen Adel für das Leben verkaufen? Hätte ich ein Kind oder irgendeine Verpflichtung, die mich an die Welt bindet, könnte ich zu dieser - wie auch immer gearteten - Welt hinabsteigen. Aber so wie es ist - war die Welt für mich eine böse Stiefmutter; ich würde gern den Aufenthalt verlassen, den sie mir zu mißgönnen scheint, und im Grabe meinen Stolz, meine Mühsal, meine Verzweiflung vergessen. Die Zeit wird bald kommen, Kummer und Hungersnot haben bereits an den Grundlagen meines Wesens gezehrt; noch eine sehr kurze Zeit, und ich werde verstorben sein; unbefleckt vom Verbrechen des Selbstmordes oder von der Erinnerung an Erniedrigung, wird mein Geist die erbärmliche Hülle beiseite werfen und eine solche Belohnung finden, wie es Stärke und Ergebung verdienen. Das mag Ihnen als ein Zeichen von Wahnsinn erscheinen, doch auch Sie fühlen Stolz und Entschlossenheit; wundern Sie sich also nicht, daß mein Stolz unbezwinglich ist, und meine Entschlossenheit unveränderlich."

Nachdem Evadne ihre Geschichte beendet und ihre Beweggründe erklärt hatte, wegen derer sie sich aller Bemühungen, Hilfe von ihren Landsleuten zu erhalten, enthielt, hielt sie inne; dennoch schien sie mehr sagen zu wollen, wofür sie keine Worte finden konnte. In der Zwischenzeit war Raymond beredt. Sein Wunsch, seiner lieben Freundin wieder zu ihrem Rang in der Gesellschaft und zu ihrem verlorenen Wohlstand zu verhelfen, belebte ihn, und er goß eifrig alle seine Wünsche und Absichten zu diesem Thema aus. Er wurde jedoch unterbrochen. Evadne verlangte ihm das Versprechen ab, daß er vor all ihren Freunden verbergen sollte, daß sie sich in England aufhalte. „Die Verwandten des Earls of Windsor", sagte sie hochmütig, „denken zweifellos, daß ich ihn beleidigt habe; vielleicht würde der Earl selbst der erste sein, um mich freizusprechen, aber wahrscheinlich verdiene ich keinen Freispruch. Ich habe damals gehandelt, wie ich mußte. Diese elende Unterkunft mag wenigstens die Uneigennützigkeit meines Betragens beweisen. Gleichwie: Ich möchte mich vor keinem von ihnen bekennen, nicht einmal vor Euer Lordschaft, hätten Sie mich nicht zuerst entdeckt. Meine Taten werden beweisen, daß ich eher gestorben bin, als verachtet zu werden - seht die stolze Evadne in ihren Fetzen! Seht die Bettlerprinzessin! Es liegt Viperngift in dem Gedanken - versprechen Sie mir, daß Sie mein Geheimnis wahren werden."

Raymond versprach es; aber dann entspann sich eine neue Diskussion. Evadne verlangte ein weiteres Versprechen von seiner Seite, nämlich, daß er nicht ohne ihre Zustimmung irgendein Projekt zu ihrem Vorteil durchführen würde, auch wenn es nur zu seiner eigenen Erleichterung wäre. „Erniedrigen Sie mich nicht in meinen eigenen Augen", sagte sie; „die Armut ist seit langem meine Amme; unnachgiebig ist sie, aber ehrlich. Wenn Unehre, oder was ich für Unehre halte, mich berührt, bin ich verloren." Raymond brachte viele Vernunftgründe und glühendes Zureden vor, um ihr Gefühl zu überwinden, aber sie blieb beharrlich; und, durch das Gespräch aufgeregt, legte sie wild und leidenschaftlich ein feierliches Gelübde ab, zu fliehen und sich dort zu verstecken, wo er sie nie entdecken konnte, wo Hungersnot bald den Tod bringen würde, um ihre Leiden zu beenden, wenn er auf seinen abscheulichen Angeboten beharrte. Sie könnte sich selbst unterstützen, sagte sie. Und dann zeigte sie ihm, wie sie mit verschiedenen Entwürfen und Gemälden einen Hungerlohn für ihren Unterhalt verdiente. Raymond gab für den Moment nach. Er war sich gewiß, daß, nachdem er für eine Weile ihren Überlebenswillen gegossen hatte, am Ende Freundschaft und Vernunft austreiben würden.

Doch die Gefühle, die Evadne antrieben, wurzelten in der Tiefe ihres Wesens und hatten einen solchen Wuchs, daß er sie keinesfalls verstehen konnte. Evadne liebte Raymond. Er war der Held ihrer Phantasie, das Bild, das die Liebe in das unveränderliche Gewebe ihres Herzens eingeprägt hat. Vor sieben Jahren, in ihrer jugendlichen Blüte, hatte sie sich an ihn gebunden; er hatte ihrem Land gegen die Türken gedient; er hatte in ihrem eigenen Land jenen militärischen Ruhm erworben, der den Griechen besonders teuer war, da sie noch immer verpflichtet waren, Stück um Stück für ihre Sicherheit zu kämpfen. Doch als er von dort zurückkehrte und erstmals im öffentlichen Leben in England auftrat, errang ihre Liebe nicht die seine, die damals zwischen Perdita und einer Krone schwankte. Während er noch unentschlossen gewesen war, hatte sie England verlassen; die Nachricht von seiner Heirat erreichte sie, und ihre Hoffnungen, schlecht genährte Blüten, verwelkten und fielen. Die Herrlichkeit des Lebens war für sie vergangen; der rosenrote Glorienschein der Liebe, der jedes Objekt mit seiner eigenen

Farbe durchtränkt hatte, verblaßte; - sie war damit zufrieden, das Leben so zu nehmen, wie es war, und das Beste aus der bleifarbenen Wirklichkeit zu machen. Sie heiratete; und indem sie ihr ruheloses Wesen mit sich in neue Szenen trug, wandte sie ihre Gedanken dem Ehrgeiz zu und zielte auf den Titel und die Macht einer Prinzessin der Walachei, während ihre patriotischen Gefühle durch den Gedanken an das Gute besänftigt wurden, das sie für ihr Land tun konnte, wenn ihr Ehemann der Anführer dieses Fürstentums sein sollte. Sie strebte danach, ihren Ehrgeiz, eine ebenso unwirkliche Täuschung wie die Liebe, zu befriedigen. Ihre Intrigen mit Rußland zur Förderung ihres Vorhabens, erregten die Mißgunst der Türken und die Feindseligkeit der griechischen Regierung. Sie wurde von beiden als Verräterin betrachtet, der Ruin ihres Mannes folgte; sie vermieden den Tod durch eine rechtzeitige Flucht, und sie fiel von der Höhe ihrer Wünsche herab in die völlige Verarmung in England. Vieles von dieser Geschichte verbarg sie vor Raymond; sie gestand auch nicht, daß ihr Hinwenden zu gleichwem unter den Griechen Abstoßung und Verleugnung jenes Verbrechers, der für das schlimmste aller Verbrechen verurteilt worden war, dem nämlich, mit der Sense des ausländischen Despotismus die neu erblühenden Freiheiten ihres Landes abschneiden zu wollen, zur Folge gehabt hätte. Sie wußte, daß sie die Ursache für den völligen Untergang ihres Mannes war; und sie war bereit, die Konsequenzen zu tragen. Die Vorwürfe, welche die Pein ihr wegen der unheilbaren, klaglosen Depression abnötigte, als sein Geist in einer Erstarrung versunken war, waren nicht weniger qualvoll, weil es still und regungslos vonstatten ging. Sie warf sich selbst das Verbrechen seines Todes vor; Schuld und Sühne schienen sie zu umgeben. Vergeblich bemühte sie sich, ihre Schuldgefühle durch die Erinnerung an ihre wahre Redlichkeit zu zerstreuen: der Rest der Welt, und sie selbst ebenfalls, verurteilte sie und verlangte Vergeltung für ihre Taten. Sie betete für die Seele ihres Mannes; sie beschwor den Allerhöchsten, das Verbrechen seines Selbstmordes ihr anzulasten - sie gelobte zu leben, um seine Schuld zu sühnen.

Inmitten eines solchen Elends, das sie bald hätte vernichten müssen, spendete ihr nur ein Gedanke Trost. Sie lebte im selben Land und atmete die gleiche Luft wie Raymond. Sein Name als Schutzherr lag auf jeder Zunge; seine Leistungen, Projekte und Großartigkeit, fanden in jede Erzählung Eingang. Nichts ist dem Herzen einer Frau so kostbar wie die Herrlichkeit und Vortrefflichkeit desjenigen, den sie liebt; so genoß Evadne in jedem Schrecken zumindest seinen Ruhm und Wohlstand. Während ihr Mann lebte, wurde dieses Gefühl von ihr als Verbrechen angesehen, unterdrückt, bereut. Als er starb, nahm die Flut der Liebe ihren uralten Strom wieder auf, sie überflutete ihre Seele mit ihren stürmischen Wellen, und sie gab sich ihrer unkontrollierbaren Macht hin.

Aber niemals, O, niemals, sollte er sie in ihrem erniedrigten Zustand sehen. Nie sollte er sie als Gefallene sehen, wie sie von der Blüte ihrer Schönheit zu einer armseligen Bewohnerin einer Dachkammer wurde, mit einem Namen, der schändlich geworden war, und mit einer auf ihrer Seele lastenden Schuld. Aber wenngleich sie undurchdringlich vor ihm verborgen war, erlaubte sein öffentliches Amt ihr, von allen seinen Handlungen, seinem täglichen Lebensablauf, sogar seinem Gespräch zu erfahren. Sie erlaubte sich einen Luxus, sie las jeden Tag die Zeitungen und genoß das Lob und die Taten des Protektors. Nicht, daß dieser Genuß keine Trauer mit sich brachte. Perditas Name war für immer mit dem seinem verbunden; ihre eheliche Glückseligkeit wurde sogar durch das authentische Zeugnis von Tatsachen belegt. Sie waren beständig zusammen, noch konnte die unglückliche Evadne das Wort lesen, das seinen Namen bezeichnete, ohne gleichzeitig das Bild von ihr zu zeigen, die die treue Begleiterin all seiner Mühen und Freuden war. Sie, ihre Exzellenzen, begegneten ihren Augen in jeder Zeile und mischten einen üblen Trank, der ihr Blut vergiftete.

In der Zeitung sah sie die Ausschreibung für den Entwurf einer Nationalgalerie. Indem sie ihre Erinnerung an die Gebäude, die sie im Osten gesehen hatte, mit Geschmack mischte, und mit Klugheit ein Gebäude von einheitlichem Aussehen entwarf, verfertigte sie den Plan, der dem Protektor gesandt worden war. Sie genoß die Vorstellung, unbekannt und vergessen wie sie war, ihm, den sie liebte, eine Wohltat zu schenken; und freute sich mit verzücktem Stolz auf die Vollendung eines ihrer Werke, das, in Stein verewigt, mit dem Namen Raymonds verbunden der Nachwelt zufallen würde. Sie erwartete mit Eifer die

Rückkehr ihres Boten vom Palast; sie hörte seinem Bericht über jedes Wort, jeden Blick des Schutzherrn nur zu gerne zu; sie zog Glückseligkeit aus dieser Verständigung mit ihrem Geliebten, obgleich er nicht wußte, an wen er seine Anweisungen richtete. Die Zeichnung selbst wurde ihr unaussprechlich teuer. Er hatte sie gesehen und sie gelobt; sie wurde wieder von ihr berichtigt, jeder Strich ihres Bleistifts war wie ein Akkord erregender Musik, und ließ sie an einen Tempel denken, der eigens erbaut wurde, um die tiefsten und unaussprechlichsten Gefühle ihrer Seele zu feiern. Diese Betrachtungen beschäftigten sie, als die Stimme Raymonds ihr erstmals ans Ohr drang, eine Stimme, die, einmal gehört, sie nie wieder vergessen konnte. Sie zügelte ihre Gefühle und hieß ihn mit ruhiger Sanftheit willkommen.

In ihr kämpften Stolz und Zärtlichkeit miteinander, und schließlich traf sie einen Kompromiß. Sie würde Raymond sehen, da das Schicksal ihn zu ihr geführt hatte, und ihre Beständigkeit und Hingabe seine Freundschaft verdiente. Doch sollten ihre Rechte in Bezug auf ihn, und ihre liebgewonnene Unabhängigkeit, nicht durch sein Mitleid verletzt werden, durch das Eingreifen der komplizierten Gefühle, die mit der Leistung finanzieller Unterstützung verbunden sind, und durch die entsprechenden Rollen des Gebers und des Empfängers von Wohltaten. Ihr Geist war von ungewöhnlicher Stärke; sie konnte ihre körperlichen Bedürfnisse ihren geistigen Wünschen unterwerfen und eher Kälte, Hunger und Elend erdulden, als es in einem strittigen Punkt auf Glück ankommen zu lassen. Ach! daß in der menschlichen Natur solch ein Grad der geistigen Disziplin, und solch eine verächtliche Vernachlässigung der Natur, nicht zur höchsten moralischen Vorzüglichkeit vereint gewesen wäre! Doch die Entschlossenheit, die ihr erlaubte, den Qualen der Entbehrung zu widerstehen, entsprang der übergroßen Spannkraft ihrer Leidenschaften; und der äußerste Eigenwille, auf welchen dies fußte, war dazu bestimmt, selbst die Urheberin zu zerstören, um denjenigen zu bewahren, dessen Respekt sie dieses unbedeutende Elend unterordnete.

Ihre Treffen wurden fortgesetzt. Nach und nach erzählte Evadne ihrem Freund die ganze Geschichte, von dem Makel, den ihr Name in Griechenland erhalten hatte, und von dem Gewicht der Sünde, das seit dem Tod ihres Mannes auf ihr lastete. Als Raymond sich erbot, ihren Ruf wiederherzustellen und der Welt ihre wahre Vaterlandsliebe zu beweisen, erklärte sie, daß sie nur durch ihre gegenwärtigen Leiden auf eine Erleichterung von ihren Gewissensbissen hoffte; daß in ihrem Geisteszustand, so krank er auch sein mochte, die Notwendigkeit der Beschäftigung heilende Medizin sei. Sie endete damit, indem sie ihm das Versprechen abpreßte, daß er für die Dauer von einem Monat von der Erörterung ihrer Interessen absehen, und erst nach dieser Zeit seinen Wünschen zum Teil nachgeben könne. Sie konnte nicht umhin, wahrzunehmen, daß jede Veränderung sie von ihm trennen würde; jetzt sah sie ihn jeden Tag. Seine Verbindung mit Adrian und Perdita wurde nie erwähnt; er war für sie ein Meteor, ein einsamer Stern, der zu seiner bestimmten Stunde in ihre Hemisphäre aufstieg, dessen Erscheinen Glückseligkeit brachte, und welcher, obgleich er unterging, nie verfinstert wurde. Er kam jeden Tag in ihre elende Unterkunft, und seine Gegenwart verwandelte sie in einen süß duftenden Tempel, der vom reinen Licht des Himmels erhellt wurde; er nahm an ihrem Rausch teil. „Sie errichteten eine Mauer zwischen sich und der Welt"[44] - Draußen wüteten tausend Harpyien, Reue und Elend und erwarteten den für ihr Eindringen bestimmten Moment. Drinnen war unschuldiger Friede, unbekümmerte, täuschende Freude, Hoffnung, deren Anker unbewegt über ruhigem, aber wechselhaftem Wasser schwebte.

Während Raymond solcherart in Visionen von Macht und Ruhm versunken war, während er sich auf die gesamte Herrschaft über die Elemente und den Geist des Menschen freute, entging das Gebiet seines eigenen Herzens seiner Aufmerksamkeit; und aus dieser ungedachten Quelle entsprang der mächtige Strom, der seinen Willen überwand und Ruhm, Hoffnung und Glück ins unbewußte Meer trug.

---

[44] Thomas Lovell Beddoes, The Bride's Tragedy, 4, 3.

Kapitel 8.

Was tat Perdita in der Zwischenzeit?

In den ersten Monaten seines Protektorats waren Raymond und sie unzertrennlich gewesen; jedes Projekt wurde mit ihr besprochen, jeder Plan von ihr gebilligt. Ich habe nie jemanden gekannt, der so vollkommen glücklich war wie meine süße Schwester. Ihre ausdrucksvollen Augen glichen zwei Sternen, deren Strahlen Liebe waren; Hoffnung und Unbeschwertheit saßen auf ihrer glatten Stirn. Sie vergoß Freudentränen über den Ruhm und die Ehre ihres Lords; ihre ganze Existenz gab sie ihm hin, und wenn sie in der Demut ihres Herzens Selbstzufriedenheit empfand, so entsprang sie dem Gedanken, daß sie den ausgezeichneten Helden des Zeitalters gewonnen und ihn jahrelang bewahrt hatte, selbst wenn nach einiger Zeit die Liebe etwas erkaltet war. Ihr eigenes Gefühl war so ausgeprägt wie bei seiner Entstehung. Fünf Jahre hatten nicht genügt, die schillernde Unwirklichkeit der Leidenschaft zu zerstören. Die meisten Männer zerreißen grob den heiligen Schleier, mit dem das weibliche Herz den Empfänger ihrer Zuneigung zu schmücken pflegt. Nicht so Raymond - er war ein Betörer, dessen Bann für immer unvermindert war, ein König, dessen Macht nie aufgehoben wurde. Wenn man ihm durch die gewöhnliche Einförmigkeit des Lebens folgte, schmückte ihn noch immer der gleiche Zauber von Anmut und Majestät; noch konnte er der angeborenen Vergöttlichung, mit der die Natur ihn ausgestattet hatte, beraubt werden. Perdita gewann unter seinem Auge an Schönheit und Vortrefflichkeit; ich erkannte meine zurückhaltende, entrückte Schwester nicht mehr in der bezaubernden und herzlichen Gemahlin Raymonds. Der Verstand, der ihr Antlitz erleuchtete, verband sich jetzt mit einem Ausdruck von Güte, der ihrer Schönheit göttliche Vollkommenheit verlieh.

Glück in seiner höchsten Stufe ist die Schwester der Güte. Leiden und Liebenswürdigkeit können nebeneinander bestehen, und Schriftsteller haben es geliebt, ihre Verbindung darzustellen; es liegt eine menschliche und berührende Harmonie in diesem Bild. Doch vollkommenes Glück ist eine Eigenschaft von Engeln; und diejenigen, die es besitzen, erscheinen himmlisch. Es wird gesagt, daß Angst die Mutter der Religion ist: Selbst von dieser Religion ist sie der Antrieb, der seine Anhänger dazu bringt, menschliche Opfer auf ihren Altären zu opfern; die Religion jedoch, die dem Glück entspringt, ist ein schöneres Gewächs; die Religion, die das Herz zum innigsten Dank bewegt und uns dazu bringt, den Überfluß der Seele vor dem Urheber unseres Seins auszuschütten, ihm, der der Vater der Einbildungskraft und der Nährer der Poesie ist, ihm, der dem sichtbaren Mechanismus der Welt wohlwollende Kraft verleiht und die Erde zu einem Tempel mit dem Himmel als Firmament macht. Solches Glück, solche Güte und Religion bewohnten den Geist Perditas.

Während der fünf Jahre, die wir zusammen in Windsor Castle verbracht hatten, war ein fröhlicher Kreis von glücklichen Menschen ein häufiger Gegenstand der Unterhaltung meiner Schwester gewesen. Aus früher Gewohnheit und natürlicher Zuneigung wählte sie lieber mich aus als Adrian oder Idris, um an ihrem Überfluß an Freude teilzuhaben; vielleicht, obgleich wir uns augenscheinlich sehr unähnlich waren, bewirkte eine verborgene Ähnlichkeit als blutsverwandte Nachkommen diese Bevorzugung. Oft wandelte ich bei Sonnenuntergang mit ihr auf ruhigen, schattigen Waldpfaden und lauschte ihr mit freudiger Anteilnahme. Die Sicherheit verlieh ihrer Leidenschaft Würde, die Gewißheit einer völligen Rückkehr ließ ihr keine Wünsche offen. Die Geburt ihrer Tochter, ein verkleinertes Abbild Raymonds, goß das Maß ihrer Zufriedenheit voll und erzeugte zwischen ihnen eine heilige und unauflösliche Bindung. Zuweilen war sie stolz, daß er sie den Hoffnungen einer Krone vorgezogen hatte. Zu anderen Zeiten erinnerte sie sich daran, daß sie große Angst gelitten hatte, als er bei seiner Wahl zögerte. Doch diese Erinnerung an frühere Unzufriedenheit diente nur dazu, ihre gegenwärtige Freude zu steigern. Was schwer zu gewinnen war, war ihr jetzt, wo sie es ganz besaß, doppelt lieb. Sie sah ihn aus einiger Entfernung mit derselben Verzückung an (O, weitaus unbändigerer Verzückung!), als jemand fühlen könnte, der sich nach den Gefahren eines Sturms im gewünschten Hafen finden sollte; sie eilte ihm entgegen, um sich in seinen Armen sicherer zu fühlen, in der Wirklichkeit ihrer Glückseligkeit. Diese herzliche Zuneigung, zusätzlich zu ihrem tiefen Verständnis und ihrer brillanten Einbildungskraft, machte sie Raymond unsagbar teuer.

Wenn je ein Gefühl der Unzufriedenheit sie überkam, so entstand es aus der Vorstellung, daß er nicht vollkommen glücklich war. Das Streben nach Ruhm und anmaßender Ehrgeiz hatten seine Jugend geprägt. Den einen hatte er in Griechenland erworben; den andern hatte er der Liebe geopfert. Sein Verstand fand in seinem häuslichen Kreise genügend Feld zur Übung, von deren Mitgliedern, alle von erlesenem Geschmack und Bildung, viele ebenso durchgeistigt waren wie er selbst. Dennoch war das tätige Leben das wahre Feld für seine Tugenden, und er litt zuweilen unter der Gleichförmigkeit des Lebens an unserem Rückzugsort. Der Stolz ließ ihn vor der Beschwerde zurückschrecken; und auch die Dankbarkeit und Zuneigung für Perdita, welche für gewöhnlich als ein Beruhigungsmittel für jedes Begehren wirkten, außer jenem, ihre Liebe zu verdienen. Wir alle beobachteten, wie er von jenen Gefühlen heimgesucht wurde, und niemand bedauerte es so sehr wie Perdita. Ihr Leben, das ihm geweiht war, war ein leichtes Opfer, um seine Wahl zu belohnen, doch war dies nicht genug? Sollte er irgendeiner Befriedigung bedürfen, die sie ihm nicht geben konnte? Dies war die einzige Wolke im Azurblau ihres Glücks.

Sein Übergang zur Macht war für beide sehr schmerzvoll gewesen. Er erreichte jedoch sein Ziel; er erfüllte die Position, für die die Natur ihn geformt zu haben schien. Sein Tätigkeitsdrang wurde in heilsamem Maße gefüttert, ohne Erschöpfung oder Sättigung. Sein Geschmack und sein Verstand fanden einen würdigen Ausdruck in jeder Weise, die die Menschen erdachten, um den Geist der Schönheit einzufangen und zu offenbaren, die Güte seines Herzens ließ ihn nie müde werden, zum Wohlergehen seiner Mitgeschöpfe beizutragen, sein großartiger Geist und sein Streben nach Achtung und Liebe der Menschheit trugen jetzt Früchte. Seine Erhöhung war freilich vorübergehend, vielleicht war es besser, daß es so sein sollte. Die Gewohnheit würde sein Gefühl des Machtgenusses nicht trüben, auch warteten keine Kämpfe, Enttäuschung und Niederlage auf das Ende dessen, was bei seiner Reife auslaufen würde. Er beschloß, den Ruhm, die Macht und die Errungenschaften, die aus einer langen Regierungszeit erwachsen könnten, in die drei Jahre seines Protektorats zu ziehen und zu verdichten.

Raymond war ausgesprochen gesellig. Alles, was er jetzt genoß, hätte ihm kein Vergnügen bereitet, wenn er es nicht hätte teilen können. Doch in Perdita besaß er alles, was sein Herz begehren konnte. Ihre Liebe brachte Zuneigung hervor; ihre Klugheit ließ sie jedes seiner Worte verstehen; ihre geistigen Fähigkeiten befähigten sie, ihn zu unterstützen und zu führen. Er fühlte ihren Wert. In den ersten Jahren ihrer Verbindung war die Unausgewogenheit ihres Temperaments und ihr noch nicht unterdrückter Eigensinn, der ihren Charakter beeinträchtigte, ein leichter Nachteil für die Fülle seiner Gefühle gewesen. Nun, da ihren anderen Auszeichnungen unveränderliche Gelassenheit und sanfte Nachgiebigkeit hinzugefügt wurden, entsprach sein Respekt seiner Liebe. Die Jahre vertieften die Enge ihrer Verbindung. Sie ahnten weder den Pfad, noch wankten sie darauf, und indem sie versuchten, dem Andern zu gefallen, hofften und befürchteten sie zu gleicher Zeit, daß die Glückseligkeit fortbestehen würde. Fünf Jahre gaben ihren Empfindungen eine nüchterne Gewißheit, obwohl sie sie nicht ihrer ätherischen Natur beraubte. Es wurde ihnen ein Kind geschenkt, doch die Reize meiner Schwester waren unverändert. Die Zaghaftigkeit, die bei ihr beinahe zur Unbeholfenheit angewachsen war, wurde gegen ein anmutiges Betragen ausgetauscht; Offenheit, statt Zurückhaltung, kennzeichnete ihr Gebaren, und ihre Stimme hatte eine reizende Weichheit erhalten. Sie war jetzt dreiundzwanzig, in der Blüte der Weiblichkeit, und erfüllte die kostbaren Pflichten als Ehefrau und Mutter mit ganzem Herzen. Raymond war zehn Jahre älter. Zu seiner früheren Schönheit, seiner edlen Miene und seiner stattlichen Statur fügte er jetzt eine überaus sanfte Güte hinzu, gewinnende Zärtlichkeit, würdevolle und unermüdliche Aufmerksamkeit gegenüber den Wünschen eines andern.

Das erste Geheimnis, das zwischen ihnen bestanden hatte, waren die Besuche Raymonds bei Evadne. Er war von der Stärke und Schönheit der unglücklichen Griechin beeindruckt, und als sich ihre beständige Zärtlichkeit ihm gegenüber entfaltete, fragte er mit Erstaunen, wodurch er diese leidenschaftliche und unerwiderte Liebe verdient hatte. Sie war eine Zeitlang der einzige Gegenstand seiner Träumereien; und Perdita wurde sich bewußt, daß seine Gedanken und seine Zeit einem Gegenstand gewidmet wurden, an dem sie nicht teilhatte. Meine Schwester entbehrte von Natur aus die allgemeinen Gefühle von ängstlicher, verdrießlicher Eifersucht. Der Schatz, den sie in den Zuneigung Raymonds besaß, war für ihr Wesen notwendiger als das Blut, das ihre Adern belebte - wahrhaftiger als Othello könnte sie sagen,

*Einmal Zweifeln ist
Zugleich Entschluß.*[45]

Bei der gegenwärtigen Gelegenheit vermutete sie keine Entfremdung der Zuneigung, sondern vermutete, daß irgendein Umstand, der mit seinem hohen Rang verbunden war, dieses Rätsel verursacht hatte. Sie war erschrocken und schmerzerfüllt. Sie begann, die langen Tage, Monate und Jahre zu zählen, die verstreichen mußten, bevor er aus seinem Amt ausgeschieden und ihr vorbehaltlos zurückgegeben wurde. Sie war nicht damit zufrieden, daß er sich nur auf eine Zeitlang mit ihr zurückziehen sollte. Sie murrte oft, aber ihr Vertrauen in die Einzigkeit seiner Zuneigung war ungetrübt; und wenn sie ohne Furcht beisammen waren, öffnete sie ihr Herz der vollsten Freude.

Die Zeit verging. Raymond hielt mitten in seinem wilden Lauf plötzlich inne, um über die Folgen seines Handelns nachzusinnen. Zwei mögliche Ausgänge zeigten sich ihm in der Sicht der Zukunft. Daß sein Umgang mit Evadne ein Geheimnis bleiben sollte oder daß er schließlich von Perdita entdeckt werden sollte. Die Notlage und die starken Gefühle seiner Freundin verhinderten ihn, daß er die Möglichkeit in Betracht zog, sich von ihr fernzuhalten. Indessen wollte er sich offenherzigen Unterhaltungen und der völligen Vertraulichkeit mit der Gefährtin seines Lebens gänzlich enthalten. Der Schleier mußte dicker sein als der von der türkischen Eifersucht ersonnene; die Mauer, höher

---

[45] Shakespeare, Othello 3, 3.

als der unermeßliche Turm von Vathek[46], sollte vor ihrem Blick das Wirken seines Herzens und das Geheimnis seiner Handlungen verbergen. Dieser Gedanke war ihm unerträglich schmerzhaft. Offenheit und Geselligkeit waren die Essenz von Raymonds Wesen, ohne sie wurden seine Eigenschaften alltäglich - wenn diese nicht Glanz über seinen Umgang mit Perdita warfen, war sein gepriesener Austausch eines Thrones für ihre Liebe, ebenso schwach und leer wie die Farben des Regenbogens, die verschwinden, wenn die Sonne untergegangen ist. Doch es gab kein Heilmittel. Talent, Hingabe und Mut, die Zierden seines Verstandes und die Kräfte seiner Seele, alle bis zum äußersten Ende gestreckt, konnten das Rad des Zeitwagens nicht ein Haarbreit zurückrollen lassen; das, was gewesen war, wurde mit der diamantenen Feder der Wirklichkeit im ewigen Buch der Vergangenheit geschrieben; noch konnten Leid und Tränen dazu ausreichen, ein Jota von der vollführten Tat auszutilgen.

Doch dies war noch die günstigste Möglichkeit. Was, wenn Umstände dazu führen, daß Perdita mißtrauisch und den Verdacht aufzulösen suchen würde? Die Fasern seines Körpers erschlafften, und bei diesem Gedanken stand kalter Tau auf seiner Stirn. Viele Männer könnten über seine Furcht spotten; aber er las die Zukunft; und der Frieden Perditas war ihm zu lieb, ihre sprachlose Qual zu gewiß und zu groß, um ihn nicht gänzlich zu entmutigen. Sein Kurs wurde rasch entschieden. Wenn das Schlimmste geschah, wenn sie die Wahrheit erfuhr, würde er weder ihre Vorwürfe noch die Pein ihres veränderten Aussehens ertragen. Er würde sie verlassen, England, seine Freunde, die Schauplätze seiner Jugend, die Hoffnungen der Zukunft, er würde ein anderes Land suchen, und in anderen Schauplätzen das Leben neu beginnen. Nachdem er sich dazu entschlossen hatte, wurde er ruhiger. Er bemühte sich, die Schicksalsrosse durch den verkehrten Weg, den er erwählt hatte, mit Umsicht zu führen, und scheute keine Mühen, um so gut als möglich zu verbergen, was er nicht ändern konnte.

---

[46] In der im Orient spielenden Erzählung „Vathek" des britischen Autors William Beckford läßt der Kalif Vathek einen 11000 Stufen hohen Turm als Observatorium erbauen.

Das völlige Vertrauen, das zwischen Perdita und ihm bestand, führte dazu, daß sie den Inhalt ihre Briefe miteinander teilten. Sie öffneten einander die Briefe, auch wenn bis jetzt das Innerste ihrer Herzen dem anderen stets offenbart wurde. Ein Brief kam unerwartet, Perdita las ihn. Wenn das Schreiben eine Bestätigung enthielt, mußte sie zerschmettert worden sein. Jedenfalls suchte sie zitternd, kalt und blaß Raymond auf. Er war allein und untersuchte einige Petitionen, die ihm kürzlich vorgelegt worden waren. Sie trat lautlos ein, setzte sich auf ein ihm gegenüberliegendes Sofa und sah ihn mit einem solchen Blick voller Verzweiflung an, daß wildeste Schreie und lautes Stöhnen zahme Darbietungen des Elends gewesen wären, verglichen mit der lebenden Verkörperung, die sie darstellte.

Zuerst wandte er seine Augen nicht von den Papieren ab; als er aufsah, war er über die Pein erschrocken, die sich auf ihrer veränderten Wange zeigte; für einen Augenblick vergaß er seine eigenen Taten und Ängste und fragte voller Bestürzung - „Liebstes Mädchen, wie ist dir, was ist geschehen?"

„Nichts", antwortete sie zuerst. „Und doch etwas", fuhr sie fort, in ihrer Rede weitereilend. „Du hast Geheimnisse, Raymond, wo bist du in letzter Zeit gewesen, wen hast du gesehen, was verschweigst du mir? - Weshalb hast du mir dein Vertrauen entzogen? Doch das ist es nicht - ich beabsichtige nicht, dich mit Fragen einzufangen - eine wird genügen - bin ich eine Elende?"

Mit zitternder Hand reichte sie ihm den Brief und saß weiß und regungslos da, während er ihn las. Er erkannte die Handschrift Evadnes und ihm stieg die Farbe in seine Wangen. Blitzschnell erfaßte er den Inhalt des Briefes, er mußte alles auf eine Karte setzen, Unwahrheit und Kunstfertigkeit waren Kleinigkeiten im Vergleich mit dem bevorstehenden Untergang. Er würde Perditas Verdacht entweder völlig zerstreuen oder sie für immer verlassen. „Mein liebes Mädchen", sagte er, „es war meine Schuld, aber du mußt mir verzeihen. Ich tat nicht recht daran, eine solche Verschleierung zu beginnen, aber ich tat es, um dir Kummer zu ersparen, und jeder Tag machte es mir schwerer, meinen Plan zu ändern. Außerdem wurde ich durch Zartgefühl gegen die unglückliche Verfasserin dieser wenigen Zeilen dazu veranlaßt."

Perdita keuchte: „Nun", rief sie, „nun, nur weiter!"

„Das ist alles - der Brief sagt alles. Ich befinde mich in einer äußerst schwierigen Lage. Ich habe mein Bestes getan, obwohl ich vielleicht falsch gehandelt habe. Meine Liebe zu dir ist unantastbar."

Perdita schüttelte zweifelnd den Kopf: „Es kann nicht sein", rief sie, „Ich weiß, daß es nicht sein kann. Du wolltest mich betrügen, aber ich werde mich nicht betrügen lassen. Ich habe dich verloren, mich selbst, mein Leben!"

„Glaubst du mir nicht?", sagte Raymond hochmütig.

„Um dir zu glauben", rief sie aus, „würde ich alles aufgeben und vor Freude vergehen, so daß ich im Tod spüren könnte, daß du redlich warst - aber das kann nicht sein!"

„Perdita", fuhr Raymond fort, „du siehst nicht den Abgrund, auf dem du stehst. Du darfst mir glauben, daß ich mein gegenwärtiges Verhalten nicht ohne Widerstreben und Pein begonnen habe. Ich wußte, daß möglicherweise dein Verdacht erregt werden könnte aber ich vertraute darauf, daß mein einfaches Wort ihn verschwinden lassen würde. Ich baute meine Hoffnung auf dein Vertrauen. Glaubst du, daß ich mich in Frage stellen und meine Antworten verächtlich beiseite legen lasse? Glaubst du, daß ich mich verdächtigen, vielleicht beobachten, verhören, und dann mit Unglauben bestrafen lasse? Ich bin noch nicht so tief gefallen, so getrübt ist meine Ehre noch nicht. Du liebtest mich; ich betete dich an. Aber alle menschlichen Gefühle kommen irgendwann zu einem Ende. Laß unsere Zuneigung enden - aber laß nicht zu, daß sie gegen Mißtrauen und Anschuldigungen ausgetauscht wird. Hierfür sind wir Freunde gewesen - Liebende - laß uns nicht zu Feinden werden, zu gegenseitigen Spionen. Ich kann den Verdacht nicht ertragen - du kannst mir nicht glauben - so laß uns voneinander scheiden!"

„Genau so", rief Perdita, „ich wußte, daß es so kommen würde! Sind wir nicht schon getrennt? Gähnt nicht bereits ein Strom, grenzenlos wie der Ozean und unendlich tief, zwischen uns?"

Raymond erhob sich, seine Stimme war gebrochen, seine Züge verkrampft, sein Betragen ruhig und starr, er antwortete: „Ich freue mich, daß du meine Entscheidung so philosophisch nimmst. Zweifellos wirst du die Rolle der verletzten Frau bewundernswert spielen. Zuweilen magst du einen kurzen Stich fühlen, daß du mir Unrecht getan hast, aber das Beileid deiner Verwandten, das Mitleid der Gesellschaft, die Selbstgefälligkeit, die das Bewußtsein deiner eigenen makellosen Unschuld dir schenken wird, werden ein ausgezeichneter Balsam sein - mich wirst du niemals wiedersehen!"

Raymond ging zur Tür. Er vergaß, daß jedes Wort, das er sprach, falsch war. Er spielte seine vorgegebene Unschuld bis zur Selbsttäuschung. Weinen die Schauspieler nicht echte Tränen, wenn sie vorgestellte Leidenschaft darstellen? Raymond war von einem tieferen Gefühl der Wahrheit in der Unwahrheit durchdrungen. Er sprach mit Stolz; er fühlte sich verletzt. Perdita sah auf. Sie sah seinen wütenden Blick, seine Hand lag auf dem Türgriff. Sie fuhr hoch, sie warf sich an seinen Hals, sie keuchte und schluchzte; er nahm ihre Hand, führte sie zum Sofa und setzte sich neben sie. Ihr Kopf fiel auf seine Schulter, sie zitterte, abwechselnde Schauer von Feuer und Eis rannen durch ihre Glieder. Indem er ihre Aufgewühltheit beobachtete, sprach er mit weicherer Stimme:

„Der Schlag ist geschehen. Ich will mich nicht im Zorn von dir trennen - ich schulde dir zuviel. Ich schulde dir sechs Jahre ungetrübter Glückseligkeit. Doch sie sind vorbei. Ich werde nicht mit dem Makel des Verdachts, als ein Gegenstand der Eifersucht leben. Ich liebe dich zu sehr. Allein, indem wir uns auf ewig trennen, können wir beide auf ein würdevolles und angemessenes Handeln hoffen. Wir werden dann nicht von unseren wahren Charakteren erniedrigt werden. Glaube und Hingabe waren bis jetzt die Essenz unseres Umgangs. Laß uns nun, wo diese verloren sind, nicht an der kernlosen Hülle des Lebens, an der unfruchtbaren Schale, festhalten. Du hast dein Kind, deinen Bruder, Idris, Adrian -"

„Und du", rief Perdita, „die Schreiberin dieses Briefes."

Raymond fuhr äußerst entrüstet auf. Er wußte, daß zumindest diese Anschuldigung falsch war. „Behalte diesen Glauben", rief er, „drücke ihn an dein Herz - mache ihn zu einem Kissen für dein Haupt, zu einer Droge für deine Augen - ich bin es zufrieden. Doch bei Gott, der mich erschaffen hat, ist die Hölle nicht falscher als das Wort, das du gesprochen hast!"

Perdita war von dem leidenschaftlichen Ernst seiner Beteuerungen betroffen. Sie antwortete mit Ernst: „Ich weigere mich nicht, dir zu glauben, Raymond, im Gegenteil verspreche ich dir, deinem einfachen Wort stillschweigend Glauben zu schenken. Versichere mir nur, daß deine Liebe und deine Treue mir gegenüber nie verletzt worden sind, und Mißtrauen, Zweifel und Eifersucht werden sofort zerstreut sein. Wir werden weitermachen, wie wir es stets getan haben, als ein Herz, eine Hoffnung, ein Leben."

„Ich habe dich bereits meiner Treue versichert", sagte Raymond mit verächtlicher Kälte, „dreifache Behauptungen werden nichts nützen, wo man verachtet wird. Ich werde nicht mehr sagen; denn ich kann nichts zu dem hinzufügen, was ich bereits gesagt habe, zu dem, was du zuvor verächtlich beiseite gelegt hast. Diese Behauptung ist uns beiden unwürdig; und ich gestehe, daß ich es müde bin, auf plötzlich erhobene unbegründete und ungnädige Anklagen zu antworten."

Perdita versuchte, in seinem Gesicht zu lesen, das er wütend abwendete. Es war so viel von Wahrheit und Natürlichkeit in seinem Groll, daß ihre Zweifel zerstreut wurden. Ihr Gesichtsausdruck, der jahrelang kein Gefühl ohne Zuneigung geäußert hatte, wurde wieder strahlend und zufrieden. Es fiel ihr jedoch nicht leicht, Raymond zu erweichen und zu versöhnen. Zuerst weigerte er sich zu bleiben, um sie anzuhören. Aber sie ließ sich nicht beiseite schieben; sich seiner unveränderten Liebe sicher, war sie bereit, jede Mühe aufzuwenden, auch kein Flehen zu verachten, um seinen Ärger zu zerstreuen. Sie erhielt eine Anhörung, er saß in hochmütigem Schweigen, doch er hörte zu. Sie versicherte ihn zunächst ihres grenzenlosen Vertrauens; dessen er sich bewußt sein müßte, denn nur deswegen würde sie versuchen, ihn aufzuhalten. Sie zählte ihre Jahre des Glücks auf; sie brachte ihm vergangene Szenen von Nähe und Glückseligkeit vor; sie stellte ihm ihr zukünftiges Leben vor, sie erwähnte ihr Kind - Tränen, die jetzt ungebeten waren, erfüllten ihre Augen. Sie versuchte, sie zurückzudrängen, doch sie weigerten sich, aufgehalten zu werden - ihre Stimme klang erstickt. Sie hatte vorher noch nicht geweint. Raymond konnte diesen Zeichen der Bedrängnis nicht widerstehen: Er fühlte sich vielleicht etwas beschämt wegen der Rolle, die er von dem verletzten Mann spielte, der in Wahrheit der

Verletzer war. Und außerdem liebte er Perdita hingebungsvoll; die Neigung ihres Kopfes, ihre glänzenden Locken, die Kurve ihrer Gestalt waren für ihn Gegenstände tiefer Zärtlichkeit und Bewunderung. Während sie sprach, drangen ihre melodischen Töne in seine Seele; er wurde bald besänftigt, tröstete und streichelte sie und bemühte sich, sich selbst in den Glauben zu betrügen, daß er ihr niemals Unrecht getan hatte.

Raymond stolperte von dieser Szene fort, wie es nur ein Mann tun konnte, der gerade gefoltert worden war, und bereits daran dachte, wann es wieder geschehen würde. Er hatte gegen seine eigene Ehre gesündigt, indem er eine direkte Falschheit bejahte und beschwor; wahrlich, das hatte er einer Frau weisgemacht, und es könnte daher für weniger niederträchtig erachtet werden - von anderen - nicht von ihm. Denn wen hatte er getäuscht? Seine eigene vertrauensvolle, ergebene, zärtliche Perdita, deren großzügiges Vertrauen ihn doppelt grämte, wenn er sich an die Parade der Unschuld erinnerte, mit der es erzwungen worden war. Der Geist Raymonds war nicht so roh, noch war er in seinem Leben so grob behandelt worden, als daß er vor diesen Überlegungen gefeit gewesen wäre - im Gegenteil, er war ganz nervös; sein Geist glich einem reinen Feuer, das vor jeder Berührung mit schlechter Luft verblaßt und zurückschreckt; doch jetzt war der üble Hauch in ihn eingedrungen, und die Veränderung war um so qualvoller. Wahrheit und Falschheit, Liebe und Haß verloren ihre ewigen Grenzen, der Himmel stürzte herab, um sich mit der Hölle zu vermischen; während sein empfindsamer Verstand, zu einem Schlachtfeld verwandelt, in den Wahnsinn getrieben wurde. Er verachtete sich aus tiefstem Herzen, er war wütend auf Perdita, und der Gedanke an Evadne war von allem Scheußlichen und Grausamen begleitet. Seine ihn stets beherrschenden Leidenschaften erwachten nach dem langen Schlaf, in dem die Liebe sie gewiegt hatte, zu frischer Kraft, das an ihm haftende Gewicht des Schicksals beugte ihn zu Boden; er wurde voll heftiger Ungeduld von dem schlimmsten Elend, dem Gefühl der Reue, gereizt und gequält. Dieser aufgebrachte Zustand milderte sich nach und nach zu mürrischer Feindseligkeit und zur Niedergedrücktheit des Gemüts. Seine Angehörigen, selbst seine Gleichgestellten, so es in seinem jetzigen Posten welche gab, waren erschrocken, Wut, Spott und Bitterkeit in jemandem zu finden, der sich zuvor für sein angenehmes Wesen und freundliches Betragen ausgezeichnet hatte. Er erledigte seine öffentlichen Geschäfte mit Widerwillen und eilte davon in die Einsamkeit, die sein Fluch und seine Erleichterung zugleich war. Er bestieg ein feuriges Pferd, das ihn zum Sieg in Griechenland getragen hatte, er ermüdete sich mit stumpfen Übungen und verlor die Schmerzen eines aufgebrachten Gemüts in körperlichen Empfindungen.

Er erholte sich langsam wieder; doch schließlich erhob er, wie jemand, der sich von der Wirkung eines Giftes erholt, den Kopf von den Dünsten des Fiebers und der Leidenschaft in die stille Atmosphäre der ruhigen Reflexion. Er dachte darüber nach, was er am besten tun sollte. Er war zuerst von der Dauer der verstrichenen Zeit betroffen, da der Wahnsinn und nicht irgendein vernünftiger Antrieb seine Handlungen gelenkt hatte. Ein Monat war vergangen, und während dieser Zeit hatte er Evadne nicht gesehen. Ihre Macht, die mit einigen der anhaltenden Gefühle seines Herzens verbunden war, hatte stark nachgelassen. Er war nicht länger ihr Sklave - nicht länger ihr Geliebter: Er würde sie nie mehr sehen und durch die Vollständigkeit seiner Rückkehr das Vertrauen Perditas verdienen.

Doch indem er diesen Entschluß faßte, beschwor die Phantasie die elende Wohnstätte des griechischen Mädchens herauf. Eine Behausung, die sie sich aus edlem und erhabenem Prinzip geweigert hatte, gegen eine einzutauschen, die größeren Luxus bot. Er dachte an den Glanz ihres Standes und ihrer Erscheinung, als er sie das erste Mal traf; er dachte an ihr Leben in Konstantinopel, begleitet von allen Umständen orientalischer Großartigkeit; von ihrer gegenwärtigen Armut, ihrer täglichen Arbeit, ihrer Einsamkeit, ihrer bleichen, von erlittenem Hunger gezeichneten Wange. Sein Herz füllte sich mit Mitleid; er würde sie wiedersehen; er würde einen Plan entwickeln, um sie in die Gesellschaft und in den Genuß ihres Ranges zurückzubringen; danach würde selbstverständlich ihre Trennung erfolgen.

Dann wieder dachte er daran, wie er in diesem langen Monat Perdita aus dem Weg gegangen war, indem er vor ihr floh wie vor den Stacheln seines eigenen Gewissens. Aber jetzt war er wach; all dies sollte in Ordnung gebracht werden, und zukünftige Hingabe die Erinnerung an diesen einzigen Schandfleck im Gleichmut ihres Lebens auslöschen. Seine Stimmung heiterte sich auf, als er darüber nachdachte, und nüchtern und entschlossen bestimmte er den Kurs des Verhaltens, das er annehmen würde. Er erinnerte sich, daß er Perdita versprochen hatte, an diesem Abend (dem neunzehnten Oktober, dem Jahrestag seiner Wahl zum Protektor) bei einem Fest zu seinen Ehren anwesend zu sein. Ein gutes Omen für das Glück zukünftiger Jahre sollte dieses Fest sein. Zuerst würde er nach Evadne sehen; er würde nicht bleiben, doch er schuldete ihr etwas, eine Entschädigung für seine lange und unangekündigte Abwesenheit; und dann würde er zu Perdita gehen, zu der vergessenen Welt, zu den Pflichten der Gesellschaft, dem Gepränge des Ranges, dem Genuß der Macht.

Nach der auf den vorhergehenden Seiten skizzierten Szene hatte Perdita eine gänzliche Veränderung von Raymonds Betragen in Betracht gezogen. Sie erwartete ungezwungene Gespräche und eine Rückkehr zu jenen Gewohnheiten des liebevollen Umgangs, die das Glück ihres Lebens ausgemacht hatten. Aber Raymond gesellte sich bei keiner ihrer Beschäftigungen zu ihr. Er wickelte das Tagesgeschäft getrennt von ihr ab; er ging aus, sie wußte nicht wohin. Der Schmerz, der durch diese Enttäuschung verursacht wurde, war quälend und scharf. Sie betrachtete ihn als einen trügerischen Traum und versuchte, ihn aus ihrem Bewußtsein zu verdrängen; doch er klebte wie das Hemd von Nessos[47] an ihrem Fleisch und fraß sich mit scharfer Pein in ihr Lebensprinzip. Sie besaß das (obwohl eine solche Behauptung paradox erscheinen mag), was wenigen zu eigen war, eine Fähigkeit des Glücks. Ihre zartes Gemüt und ihre schöpferische Phantasie machte sie für angenehme Gefühle besonders empfänglich. Die überströmende Wärme ihres Herzens hatte, indem sie die Liebe zu einer tief verwurzelten Pflanze mit stattlichem Wachstum machte, ihre ganze Seele auf die Aufnahme des Glücks eingestellt, da sie in Raymond alles fand, was Liebe schmücken und ihre Phantasie befriedigen konnte. Aber wenn das

---

[47] Nessos ist ein Zentaur aus der griechischen Mythologie. Er ließ, im Sterben liegend, ein Hemd mit seinem vergifteten Blut tränken, das später dem untreuen Herakles grausame Qualen bereitete, da es an seiner Haut klebenblieb, und er sich beim Ablegen des Hemdes zugleich auch seine Haut mit abriß.

Gefühl, auf dem das Gewebe ihrer Existenz gegründet war, durch Teilnahme gewöhnlich wurde, die endlose Abfolge von Aufmerksamkeiten und reizender Handlungen durch die Übertragung auf eine andere Frau zerrissen, sein Universum der Liebe ihr abgerungen wurde, mußte das Glück weichen und dann gegen das Gegenteil ausgetauscht werden. Die gleichen Eigentümlichkeiten ihres Charakters machten ihre Sorgen zu Qualen; ihre Phantasie vergrößerte sie, ihre Empfindsamkeit öffnete sie für immer ihrem erneuerten Eindruck; Liebe vergiftete den herzdurchbohrenden Stich. In ihrem Kummer lagen weder Ergebung, noch Langmut oder Selbstaufgabe. Sie stritt damit, kämpfte mit seiner Last und ließ sie durch den Widerstand jeden Stich schärfer empfinden. Immer wieder kehrte der Gedanke zurück, daß er eine andere liebte. Sie ließ ihm Gerechtigkeit widerfahren; sie glaubte, daß er eine zärtliche Zuneigung für sie empfand; doch wenn man demjenigen einen armseligen Preis gibt, der in einer lebenslänglichen Lotterie mit dem Gewinn von Zehntausenden gerechnet hat, wird ihn dies mehr enttäuschen als eine Niete. Die Zuneigung und Freundlichkeit eines Raymonds könnte unschätzbar sein, aber jenseits dieser Zuneigung, tiefer eingebettet als Freundschaft, lag der unteilbare Schatz der Liebe. Nimm die Summe in ihrer Vollständigkeit, und keine Arithmetik kann ihren Preis berechnen, nimm daraus den kleinsten Teil, gib ihm nur den Namen der Teile, teile ihn in kleinere Abschnitte, und das wertlose Gold des Bergwerkes wird, wie die Zaubermünze, zur abscheulichsten Substanz. Es liegt ein Ausdruck im Auge der Liebe, ein Ton in ihrer Stimme, eine Ausstrahlung in ihrem Lächeln, daß den Talisman aus ihren Bezauberungen nur einer besitzen kann; ihr Geist ist elementar, ihr Wesen ist Eins, ihre Göttlichkeit eine Einheit. Das Herz und die Seele von Raymond und Perdita hatten sich vermischt, wie zwei Bergbäche, die sich in ihrem Abstieg verbinden, und murmelnd und funkelnd über glänzende Kieselsteine neben Sternenblumen fließen; aber sollte einer seinen ursprünglichen Verlauf verlassen, oder durch abdichtende Hindernisse gestaut werden, wird der andere in seinen veränderten Ufern schwinden. Perdita war sich bewußt, daß die Flut, die ihr das Leben brachte, versiegte. Unfähig, das langsame Schwinden ihrer Hoffnungen aufzuhalten, entwarf sie hastig einen Plan und beschloß, das Andauern des

Elends sofort zu beenden und die jüngsten katastrophalen Ereignisse zu einem glücklichen Abschluß zu bringen.

Der Jahrestag zur Erhöhung Raymonds zur Position des Protektors stand in Bälde an; und es war üblich, diesen Tag mit einem glänzenden Fest zu feiern. Eine Vielzahl von Gefühlen drängte Perdita, doppelte Großartigkeit über die Szene auszuschütten; doch während sie sich für das abendliche Fest bereit machte, wunderte sie sich über die Pein, die es ihr bereitete, die Feier eines Ereignisses, das ihr als Beginn ihrer Leiden erschien, so prächtig zu gestalten. Wehe dem Tag, dachte sie, wehe, Tränen und Trauer um die Stunde, die Raymond eine andere Hoffnung als Liebe gab, einen anderen Wunsch als meine Hingabe; und dreifacher Jubel dem Augenblick, in dem er mir zurückgegeben wird! Gott weiß, ich vertraue auf seine Gelübde und glaube seiner Zusicherung - doch deswegen suche ich nicht das, was ich jetzt zu erreichen beabsichtige. Sollen denn zwei weitere Jahre solcherart vergehen, von denen jeder Tag zu unserer Entfremdung beiträgt, wobei jeder Akt ein weiterer Stein ist, der auf die Mauer gestapelt wird, die uns trennt? Nein, mein Raymond, mein allein geliebter, einziger Besitz von Perdita! In dieser Nacht, dieser prächtigen Versammlung, diesen prächtigen Zimmern und mit dieser Verzierung deines tränenreichen Mädchens, sind alle vereint, um deine Abdankung zu feiern. Einst gabst du für mich die Aussicht auf eine Krone auf. Das war in den Tagen der frühen Liebe, als ich nur die Hoffnung, nicht die Gewißheit des Glücks spüren konnte. Nun hast du erfahren, was ich dir geben kann, die Hingabe des Herzens, die reine Liebe und die stete Unterwerfung. Du mußt zwischen diesen und deinem Protektorat wählen. Dies, stolzer Adliger, ist deine letzte Nacht! Perdita hat alles so prachtvoll und blendend vorbereitet, wie es dein Herz am meisten liebt - doch von diesen herrlichen Räumen, von diesem fürstlichen Besuch, von Macht und Erhebung, mußt du mit der Morgensonne zu unserer ländlichen Bleibe zurückkehren; denn ich würde keine unsterbliche Freude um den Preis kaufen, eine weitere Woche auszuharren, die so ist, wie die vorherige.

Indem Perdita über diesem Plan brütete, und entschied, zu welcher Stunde sie seinen Rücktritt vorschlagen und auf die Durchführung bestehen sollte, hellte sich ihr Herz auf und sie verspürte freudige

Aufregung. Ihre Wange war von der Erwartung des Kampfes gerötet, ihre Augen funkelten in der Hoffnung auf Triumph. Nachdem sie ihr Schicksal auf eine Karte gesetzt hatte und sich sicher zu gewinnen fühlte, erhob sie, von der ich sagte, daß sie den Stempel einer Königin der Nationen auf ihrer edlen Stirne trug, sich jetzt höher als die Menschheit und schien mit ruhiger Kraft das Rad des Schicksals mit ihrem Finger anzuhalten. Sie hatte nie zuvor so außerordentlich reizend ausgesehen.

Wir, die arkadischen Hirten der Geschichte, hatten vorgehabt, bei diesem Fest anwesend zu sein, aber Perdita schrieb, um uns zu bitten, nicht zu kommen oder uns von Windsor fernzuhalten; denn sie entschloß sich (obgleich sie uns ihren Plan nicht offenbarte) am nächsten Morgen, mit Raymond zu unserem lieben Kreis zurückzukehren, um dort einen Lebensabschnitt zu erneuern, in dem sie völlige Glückseligkeit gefunden hatte. Spät am Abend betrat sie die dem Fest zugewiesenen Räume.

Raymond hatte den Palast in der Nacht zuvor verlassen; er hatte versprochen, auf der Versammlung zu erscheinen, aber er war noch nicht zurückgekehrt. Dennoch war sie davon überzeugt, daß er letztlich kommen würde; und je größer der Bruch bei dieser Krise erscheinen sollte, desto gewisser war sie, ihn für immer zu schließen.

Es war wie gesagt, der neunzehnte Oktober; der Herbst war weit fortgeschritten und trostlos. Der Wind heulte, die halbnackten Bäume waren ihres restlichen Sommerkleids beraubt, der Zustand der Luft, der den Verfall der Vegetation herbeiführte, war der Fröhlichkeit oder Hoffnung feindlich gesonnen. Raymond war durch den Entschluß, den er gefaßt hatte, aufgemuntert worden; aber mit dem schwindenden Tag sank seine Stimmung. Zuerst wollte er Evadne besuchen und dann zum Protektoratspalast eilen. Als er durch die elenden Straßen nahe der glücklosen griechischen Unterkunft ging, peinigte ihn sein Herz wegen des gesamten Verlaufs seines Betragens ihr gegenüber. Erstlich, daß er je eine Verpflichtung eingegangen war, die es ihr erlauben sollte, in solch einem Zustand der Erniedrigung zu verbleiben; und dann, sie nach einem kurzen wilden Traum, in schrecklicher Einsamkeit, ängstlicher Vermutung und bitterer, noch immer - enttäuschter Erwartung zurückzulassen. Was hatte sie indessen getan, wie seine Abwesenheit und Vernachlässigung bewältigt? Das Licht wurde in diesen engen Straßen trüber, und als die bekannte Tür geöffnet wurde, war die Treppe in gänzliche Dunkelheit gehüllt. Er tastete sich hinauf, er betrat die Dachkammer, er fand Evadne sprachlos, fast leblos auf ihrem elenden Lager. Er rief nach den Hausleuten, konnte aber nichts weiter von ihnen erfahren, als daß sie nichts wußten. Ihre Geschichte war ihm klar, klar und deutlich wie die Reue und der Schrecken, die ihre Reißzähne nach ihm fletschten. Als sie sich von ihm verlassen sah, verlor sie die Kraft, ihren üblichen Tätigkeiten nachzugehen, der Stolz verbot ihr, sich an ihn zu wenden, der Hunger wurde als der freundliche Pförtner vor den Toren des Todes begrüßt, in dessen einladender Umarmung sie jetzt sündlos und bald ruhen sollte. Kein lebendes Wesen näherte sich ihr, als ihre Stärke versagte.

Wenn sie starb, wo könnte je in den Akten ein Mörder gefunden werden, dessen grausame Tat sich mit der seinen vergleichen könnte? Welcher Teufel ist mutwilliger in seinem Unheil, welche verdammte Seele eher des Verderbens würdig! Doch diese quälenden Selbstvorwürfe waren ihm nicht bestimmt. Er schickte nach ärztlicher Hilfe; die Stunden verstrichen, von der Anspannung zu Zeitaltern verlängert; die Dunkelheit der langen Herbstnacht wich dem Tag, ehe ihr Leben gerettet war. Er ließ sie dann in eine geräumigere Unterkunft bringen und beugte sich immer wieder über sie, um sich zu versichern, daß sie in Sicherheit war.

Inmitten seiner größten Spannung und Furcht wegen des Ereignisses erinnerte er sich an das Fest, das ihm zu Ehren von Perdita gegeben wurde; zu seiner Ehre also, als Elend und Tod seinem Namen unauslöschliche Schande beibrachten, Ehre für ihn, dessen Verbrechen ein Schafott verdiente; das war der schlimmste Spott. Dennoch würde Perdita ihn erwarten. Er schrieb einige unzusammenhängende Wörter auf ein Stück Papier, die bezeugten, daß es ihm gut ging, und bat die Hauswirtin, es in den Palast und in die Hände der Frau des Lordprotektors zu bringen. Die Frau, die ihn nicht kannte, fragte überheblich, wie er dächte, daß sie, besonders in einer festlichen Nacht, Zutritt zur Anwesenheit dieser Dame gewinnen solle? Raymond gab ihr seinen Ring, um den Respekt der Diener zu gewährleisten. Während also Perdita ihre Gäste bewirtete und ängstlich auf die Ankunft ihres Herrn wartete, wurde ihr der Ring gebracht, und es wurde ihr gesagt, daß eine arme Frau eine Nachricht von ihrem Träger an sie zu überbringen hatte.

Die Eitelkeit der alten Klatschbase war durch ihren Auftrag erhöht, welchen sie nichtsdestotrotz aber nicht verstand, da sie keinen Verdacht gefaßt hatte, selbst jetzt, da Evadnes Besucher Lord Raymond war. Perdita befürchtete einen Fall von seinem Pferd oder einen ähnlichen Unfall - bis die Antworten der Frau andere Ängste weckten. Aus einem unbewußt ausgeübten Gefühl von List, sprach die aufdringliche, wenn nicht bösartige Botin nicht von Evadnes Krankheit; vielmehr schilderte sie schwatzhaft Raymonds häufige Besuche und fügte ihrer Erzählung solche Umstände hinzu, welche, während sie Perdita von ihrer Wahrheit überzeugten, die Lieblosigkeit und Treulosigkeit Raymonds übertrieben. Am schlimmsten war jedoch, daß er seine Abwesenheit vom Fest in seiner Botschaft völlig außer Acht ließ, abgesehen von den schändlichen Andeutungen der Frau, was Perdita als die tödlichste Beleidigung erschien. Wieder blickte sie auf den Ring, es war ein kleiner Rubin, fast herzförmig, den sie ihm selbst gegeben hatte. Sie sah auf die Handschrift, die sie nicht verwechseln konnte, und wiederholte sich die Worte: „Erlaube deinen Gästen nicht, ich flehe dich an, erlaube ihnen nicht, sich über meine Abwesenheit zu wundern", während die alte Frau weiter schwatzte und ihr Ohr mit ihrer Rede mit einer seltsamen Mischung aus Wahrheit und Falschheit füllte. Endlich entließ Perdita sie.

Das arme Mädchen kehrte zur Versammlung zurück, wo ihre Abwesenheit nicht bemerkt worden war. Sie glitt in eine etwas verdunkelte Nische und versuchte sich zu erholen, während sie sich an eine dort plazierte Ziersäule lehnte. Ihr Geist war wie gelähmt. Sie betrachtete einige Blumen, die in einer geschnitzten Vase standen. An diesem Morgen hatte sie sie arrangiert, es waren seltene und schöne Pflanzen; selbst jetzt, so bestürzt wie sie war, bemerkte sie ihre leuchtenden Farben und sternengleichen Formen. — „Göttliche Verkörperungen des Geistes der Schönheit", rief sie aus, „ihr ermattet nicht, noch trauert ihr; die Verzweiflung, die mein Herz ergriffen hat, hat euch nicht angesteckt! -

Warum bin ich nicht eine Genossin eurer Gefühllosigkeit, eine Teilhaberin eurer Ruhe!"

Sie hielt inne. „Es ist meine Aufgabe", fuhr sie nachdenklich fort, „daß meine Gäste die Wirklichkeit weder in Bezug auf ihn noch auf mich wahrnehmen dürfen. Ich gehorche; sie sollen nichts merken, selbst wenn ich augenblicklich sterbe, sobald sie weg sind. Sie werden die Antipoden dessen sehen, was wirklich ist - denn ich werde lebendig scheinen - während ich tot bin." Es bedurfte all ihrer Selbstbeherrschung, die Tränen des Selbstmitleids, die von diesem Gedanken verursacht wurden, zu unterdrücken. Nach vielen Kämpfen gelang es ihr und sie machte sich auf, um sich wieder zu ihren Gästen zu gesellen.

Alle ihre Bemühungen waren jetzt auf die Verheimlichung ihres inneren Konflikts gerichtet. Sie mußte die Rolle einer höflichen Gastgeberin spielen; sich um alle kümmern, um im Mittelpunkt von Genuß und Anmut zu strahlen. Sie mußte dies tun, während sie in tiefem Leid nach Einsamkeit seufzte und nur zu gern ihre überfüllten Räume gegen dunkle Waldtiefen oder eine einsame, von der Nacht beschattete Heide eingetauscht hätte. Aber sie wurde heiter. Sie konnte nicht ausgeglichen bleiben, noch war sie, wie es bei ihr üblich war, ruhig und zufrieden. Jeder bemerkte ihre Hochstimmung; da alle Handlungen im Auge des Adels elegant erscheinen, umgaben ihre Gäste sie applaudierend, obgleich es eine Schärfe in ihrem Lachen und eine Plötzlichkeit in ihren Ausbrüchen gab, die ihr Geheimnis einem aufmerksamen Beobachter verraten haben könnten. Sie fuhr fort und fühlte, daß, wenn sie für einen Moment innegehalten hätte, die zurückgehaltenen Wasser des Elends ihre Seele überflutet hätten, daß ihre zerstörten Hoffnungen ihre klagenden Stimmen erheben würden, und daß diejenigen, die jetzt ihre Fröhlichkeit widerhallten und ihre Schlagfertigkeit herausforderten, ängstlich vor ihrer erschütternden Verzweiflung zurückgeschreckt wären. Ihr einziger Trost während der Gewalt, die sie sich antat, war, die Bewegungen einer belichteten Uhr zu beobachten und innerlich die Augenblicke zu zählen, die vergehen mußten, ehe sie allein sein konnte. Endlich begannen die Räume sich zu leeren. Ihre eigenen Wünsche verspottend, neckte sie ihre Gäste wegen ihrer frühen Abreise.

Nach und nach verließen sie sie - endlich drückte sie die Hand ihres letzten Besuchers. „Wie kalt und feucht deine Hand ist", sagte ihre Freundin; „Du bist übermüdet, bitte lege dich doch bald zur Ruhe." Perdita lächelte schwach - ihr Gast verließ sie; der Wagen, der die Straße davonrollte, sicherte die endgültige Abfahrt. Dann, als würde sie von einem Feind verfolgt, als wären ihr Flügel gewachsen, floh sie in ihr eigenes Zimmer, sie entließ ihre Diener, sie sperrte die Türen zu, sie warf sich wild auf den Boden, sie zerbiß sich die Lippen bis aufs Blut, um ihre Schreie zu unterdrücken, lag lange als Beute der Verzweiflung, und versuchte, nicht zu denken, während eine Vielzahl von Gedanken sich in ihrem Herzen einnisteten; und es waren Gedanken, entsetzlich wie Furien, grausam wie Vipern, und sie wurden in einer so schnellen Folge hineingefüllt, daß sie sich gegenseitig zu stoßen und zu verletzen schienen, während sie sie zum Wahnsinn trieben.

Endlich erhob sie sich, ruhiger, aber nicht weniger elend. Sie stand vor einem großen Spiegel - sie blickte auf ihr Spiegelbild; ihr leichtes und elegantes Kleid, die Juwelen, die ihr Haar schmückten und ihre schönen Arme und Hals umschmeichelten, ihre in Satin eingeschlagenen kleinen Füße, ihre üppigen und glänzenden Locken, alle waren bis zu ihrer getrübten Stirn und ihrem gramerfüllten Gesicht wie ein herrlicher Rahmen für ein dunkles sturmgepeitschtes Bild. „Eine Vase bin ich", dachte sie, „eine Vase übervoll mit der Essenz äußerster Verzweiflung. Lebewohl, Perdita! Leb wohl, du armes Mädchen! Nie wieder wirst du dich so sehen, Luxus und Reichtum gehören dir nicht mehr, im Übermaß deiner Armut magst du den obdachlosen Bettler beneiden; wahrlich habe ich kein Heim! Ich lebe in einer unfruchtbaren Wüste, die, weit und endlos, weder Frucht noch Blüte hervorbringt; in der Mitte ein einsamer Felsen, an den du, Perdita, gekettet bist, und du siehst die triste Ebene sich weithin erstrecken."

Sie warf ihr Fenster auf, das auf den Palastgarten blickte. Licht und Dunkelheit kämpften miteinander, und der Osten war von rosigen und goldenen Strahlen durchdrungen. Ein Stern zitterte einsam in der Tiefe der flammenden Atmosphäre. Die Morgenluft, die frisch über die taufrischen Pflanzen wehte, strömte in den beheizten Raum. „Das Leben geht weiter", dachte Perdita, „alles schreitet fort, verfällt und geht zugrunde! Wenn der Mittag vorüber ist und der müde Tag seine Gesellen zu ihrer westlichen Heimstatt getrieben hat, erheben sich die Feuer des Himmels aus dem Osten, bewegen sich in ihrem gewohnten Pfad, und steigen den himmlischen Hügel hinauf und herab. Wenn ihr Lauf sich erfüllt, beginnt das Ziffernblatt einen ungewissen Schatten nach Westen zu werfen, die Augenlider des Tages werden geöffnet, und Vögel und Blumen, die überraschte Vegetation und frischer Wind erwachen; endlich erscheint die Sonne, und in majestätischer Prozession steigt die Herrlichkeit des Himmels empor. Alles schreitet fort, verändert sich und stirbt, bis auf das Elend in meinem berstenden Herzen.

Ja, alles schreitet fort und verändert sich: Was Wunder also, daß die Liebe weitergewandert und vergangen ist und daß der Gebieter meines Lebens sich verändert hat? Wir nennen die überirdischen Lichter unbeweglich, aber sie wandern auf jener Ebene herum, und wenn ich wieder hinsehe, wo ich vor einer Stunde hingesehen habe, ist das Antlitz des ewigen Himmels verändert: Der dumme Mond und die unbeständigen Planeten ändern nächtlich ihren unberechenbaren Tanz, die Sonne selbst, die Herrscherin des Himmels, verläßt ihren Thron und überläßt ihre Herrschaft der Nacht und dem Winter. Die Natur wird alt und zittert in ihren zerfallenden Gliedern - die Schöpfung ist zugrunde gerichtet worden! Was Wunder also, daß Finsternis und Tod das Licht deines Lebens zerstört haben, o Perdita!"

Kapitel 9.

So traurig und ungeordnet waren die Gedanken meiner armen Schwester, als sie sich der Untreue Raymonds gewiß wurde. All ihre Tugenden und all ihre Fehler machten den Schlag unheilbar. Ihre Zuneigung für mich, ihren Bruder, für Adrian und Idris, war sozusagen der regierenden Leidenschaft ihres Herzens unterworfen; selbst ihre mütterliche Zärtlichkeit zog die Hälfte ihrer Kraft aus der Freude, die sie daran hatte, Raymonds Eigenschaften und Züge im Gesicht des Kindes nachzuspüren. Sie war in der Kindheit zurückhaltend und sogar streng gewesen; aber die Liebe hatte die Unebenheiten ihres Charakters geglättet, und ihre Verbindung mit Raymond hatte ihre Talente und Neigungen sich entfalten lassen; die eine betrog, die andere scheiterte, und sie kehrte in gewissem Grade zu ihrer alten Veranlagung zurück. Der konzentrierte Stolz ihrer Natur, der während ihres glückseligen Traums vergessen worden war, erwachte, und durchbohrte ihr Herz mit seinem Natternbiß; die Demut ihres Geistes vermehrte die Kraft des Giftes; sie war in ihrer eigenen Wahrnehmung erhöht worden, während sie seiner Liebe sicher war. Welchen Wert hatte sie jetzt, wo er ihr nicht mehr den Vorzug gab? Sie war stolz darauf gewesen, ihn gewonnen und bewahrt zu haben - aber eine andere hatte ihn ihr abgerungen, und ihr Jubel erkaltete wie eine vom Wasser gelöschte Glut.

Wir, in unserem Schlupfwinkel, blieben lange in Unkenntnis ihres Unglücks. Bald nach dem Fest hatte sie nach ihrem Kind geschickt, und dann schien sie uns vergessen zu haben. Adrian bemerkte bei einem Besuch, den er ihnen später abstattete, eine Veränderung; aber er konnte weder das Ausmaß abschätzen, noch die Ursache erklären. Sie erschienen immer noch zusammen in der Öffentlichkeit und lebten unter demselben Dach. Raymond war wie gewöhnlich zuvorkommend, obgleich es zuweilen einen ungebetenen Hochmut oder eine schmerzhafte Schroffheit in seinem Betragen gab, die seinen sanften Freund erschreckten; seine Stirn war nicht umwölkt, doch seine Lippen verächtlich geschürzt, und seine Stimme war scharf. Perdita war äußerst freundlich und aufmerksam gegenüber ihrem Lord; doch sie war still und über die Maßen traurig. Sie war dünn und blaß geworden; und ihre Augen füllten sich oft mit Tränen. Manchmal sah sie Raymond an, als wollte sie sagen - Wenn es nur so wäre! Zu anderen Gelegenheiten drückte ihr Gesichtsausdruck aus - Ich werde immer noch alles tun, um dich glücklich zu machen. Aber Adrian las mit unsicherem Ziel den Ausdruck ihres Gesichtes, und könnte sich geirrt haben. Clara war immer bei ihr, und sie schien am ehesten in sich zu ruhen, wenn sie still und einsam in einer dunklen Ecke sitzen, und die Hand ihres Kindes halten konnte. Dennoch konnte Adrian die Wahrheit nicht erraten; er bat sie, uns in Windsor zu besuchen, und sie versprachen, im folgenden Monat zu kommen.

Es wurde Mai, ehe sie ankamen: Die Frühsommer hatte die Bäume des Waldes mit Blättern geschmückt, und seine Wege mit tausend Blumen. Wir hatten am Vortag eine Nachricht über ihre Absicht erhalten; und am frühen Morgen kam Perdita mit ihrer Tochter an. Raymond würde bald folgen, sagte sie; er war von Geschäften festgehalten worden. Nach Adrians Bericht hatte ich erwartet, sie traurig zu finden; doch sie erschien im Gegenteil äußerst gut gelaunt zu sein: sie war zwar war dünn geworden, ihre Augen waren etwas glanzlos, und ihre Wangen eingefallen, obwohl sie von einem leichten Schimmer getönt wurden. Sie war entzückt, uns zu sehen; liebkoste unsere Kinder, lobte ihr Wachstum und ihre Entwicklung; Clara freute sich auch, ihren jungen Freund Alfred wiederzusehen; alle Arten von kindlichen Spielen wurden begonnen, denen sich Perdita anschloß. Ihre Fröhlichkeit übertrug sich auf uns, und während wir uns auf der Schloßterrasse amüsierten, schien es, daß sich keine glücklichere, sorglosere Gesellschaft hätte zusammenfinden können. „Das ist besser, Mama", sagte Clara, „als in diesem tristen London zu sein, wo du oft weinst und niemals lachst, wie du es jetzt tust." - „Schweig, törichtes kleines Ding", antwortete ihre Mutter, „und erinnere dich daran, daß jeder, der London erwähnt, für eine Stunde nach Coventry geschickt wird."[48]

Bald darauf traf Raymond ein. Er schloß sich nicht wie gewöhnlich der Verspieltheit der übrigen an; aber indem er eine Unterhaltung mit Adrian und mir begann, trennten wir uns allmählich von unseren Gefährten, und Idris und Perdita blieben allein bei den Kindern zurück. Raymond sprach von seinen neuen Gebäuden; von seinem Plan für eine Einrichtung für die bessere Bildung der Armen; wie stets gerieten Adrian und er in Streit, und die Zeit verstrich unbemerkt.

Gegen Abend versammelten wir uns wieder, und Perdita bestand darauf, daß wir musizieren sollten. Sie wollte, sagte sie, uns eine Probe ihres neuen Könnens geben; denn seit sie in London gewesen war, hatte sie sich der Musik gewidmet und gesungen, ohne viel Kraft, aber mit um

---

[48] Jemand „nach Coventry zu schicken" ist eine englische Redewendung, die bedeutet, jemanden absichtlich zu verleugnen. Normalerweise geschieht dies, indem man nicht mit demjenigen redet, seine Gesellschaft vermeidet und so tut, als ob er nicht mehr existieren würde. Die Opfer werden behandelt, als wären sie unsichtbar und unhörbar.

so mehr Anmut. Uns wurde von ihr nicht erlaubt, irgendwelche anderen als unbeschwerte Melodien auszuwählen; und alle Opern von Mozart wurden herangezogen, damit wir die berauschendsten seiner Arien auswählen könnten. Unter den anderen transzendenten Eigenschaften von Mozarts Musik besitzt sie mehr als jede andere jene, das sie aus dem Herzen zu kommen scheint; man tritt in die von ihm ausgedrückten Leidenschaften ein und wird in Kummer, Freude, Zorn oder Verwirrung versetzt, ganz wie es ihm, dem Dirigenten unserer Seele, beliebt. Für einige Zeit wurde die heitere Laune aufrechterhalten; aber schließlich trat Perdita vom Klavier zurück, denn Raymond hatte sich dem Trio des *„Taci ingiusto core"*[49] in Don Giovanni angeschlossen, dessen schelmisches Bitten von ihm zur Zärtlichkeit besänftigt wurde, und ihr Herz mit Erinnerungen an die veränderte Vergangenheit berührte; es war die gleiche Stimme, der gleiche Ton, die gleichen Klänge und Worte, die sie oft gehört hatte, als die Huldigung der Liebe an sie - das war es nicht länger; und diese Übereinstimmung des Klanges mit der Ungleichheit seines Ausdrucks erfüllte sie mit Bedauern und Verzweiflung.

Bald darauf begann Idris, die an der Harfe war, jene leidenschaftliche und reuevolle Arie im Figaro, *„Porgi, amor, qualche risforo"*[50], in der die verlassene Gräfin den Wandel des treulosen Almaviva beklagt. In dieser Melodie kommt die Seele der zärtlichen Trauer zum Vorschein; und die süße Stimme Idris', umrahmt von den traurigen Akkorden ihres Instruments, trug zum Ausdruck der Wörter bei. Während des rührenden Appells, mit dem die Arie endete, zog ein ersticktes Schluchzen unsere Aufmerksamkeit auf Perdita, das Verstummen der Musik brachte sie wieder zu sich, sie eilte aus dem Saal - ich folgte ihr. Zuerst schien sie mich meiden wollen; und dann, meinen ernsten Fragen nachgebend, warf sie sich an meinen Hals, und weinte laut: - „Noch einmal", rief sie,

---

[49] Ital. „Schweig still, du unvernünftig Herz!", aus Don Giovanni 2, 1: „Schweig still, du unvernünftig Herz! Schlag nicht so in meiner Brust! Er ist ein Schurke, ein Betrüger, und es ist falsch, Mitleid zu empfinden."
[50] „Gott der Liebe, hab Erbarmen", aus Mozart, die Hochzeit des Figaro 2, 1: „Gott der Liebe, hab Erbarmen mit meiner Trauer, meinen Seufzern, gib mir meinen Geliebten wieder, oder schenk mir den Tod."

„noch einmal in deine freundliche Brust, mein geliebter Bruder, kann die verlorene Perdita ihre Sorgen ausgießen. Ich hatte mir ein Schweigegelübde auferlegt, und es monatelang gewahrt. Es ist unrecht von mir, daß ich jetzt weine, und noch mehr, wenn ich meinen Kummer in Worte fasse. Ich will nicht sprechen! Es sei dir genug zu wissen, daß ich elend bin – es sei genug, daß du weißt, daß der bunte Schleier des Lebens[51] zerrissen ist, daß ich für immer in Dunkelheit und Finsternis versunken sitze, dieser Kummer ist meine Schwester, immerwährende Klage meine Gefährtin!"

Ich bemühte mich, sie zu trösten; ich befragte sie nicht! Vielmehr schloß ich sie in die Arme, versicherte sie meiner tiefsten Zuneigung und meines lebhaften Interesses an der Besserung ihres Geschickes: – „Liebe Worte", rief sie, „Ausdrücke der Liebe dringen an mein Ohr, wie die erinnerten Töne vergessener Musik, die mir einst teuer war. Ich weiß, sie sind vergeblich, so gänzlich vergeblich in ihrem Versuch, mich zu beruhigen oder zu trösten. Liebster Lionel, du kannst nicht wissen, was ich in diesen langen Monaten erlitten habe. Ich habe von Trauernden in früheren Zeiten gelesen, die sich in Sackleinen kleideten, Staub auf ihre Häupter streuten, ihr Brot mit Asche vermengt aßen und auf einsamen Berggipfeln wohnten, wo sie Himmel und Erde laut wegen ihres Unglück scholten. Aber dies ist die Schwelgerei der Trauer! Auf jene Weise darf man von Tag zu Tag neue Ausschweifungen ersinnen, und mit allen Anhängseln der Verzweiflung vermählt in den Einzelheiten des Leides schwelgen. Ach! Ich aber muß auf ewig das Elend verbergen, das mich verzehrt, ich muß einen Schleier blendender Lüge weben, um meinen Kummer vor den Blicken anderer zu verbergen, meine Stirn glätten und meine Lippen zu falschem Lächeln formen – selbst in der Einsamkeit wage ich nicht daran zu denken, wie verloren ich bin, damit ich nicht in Wahnsinn und Raserei verfalle."

Die Tränen und die Aufregung meiner armen Schwester erlaubten ihr nicht, in den Kreis zurückzukehren, den wir verlassen hatten – also überredete ich sie, mich sie durch den Park fahren zu lassen; und während der Fahrt brachte ich sie dazu, mir die Geschichte ihres Unglücks anzuver-

---

[51] Percy Bysshe Shelley, 4. Sonett.

trauen. Ich glaubte, daß das Reden davon die Bürde erleichtern würde, und war gewiß, daß, falls es ein Heilmittel gäbe, es gefunden und ihr verabreicht werden sollte.

Seit dem Fest des Jahrestages waren mehrere Wochen verstrichen, und sie war nicht in der Lage gewesen, ihren Geist zu beruhigen oder ihre Gedanken in eine klare Richtung zu lenken. Zuweilen warf sie sich vor, sich zu sehr zu Herzen zu nehmen, was viele ein eingebildetes Übel nennen würden; aber das war ein Punkt, den sie nicht beurteilen konnte; und so unwissend sie über die Beweggründe und das wahre Betragen Raymonds war, stellten sich ihr die Dinge in einem schlechteren Licht dar, als sie in Wirklichkeit waren. Er war selten im Palast; nur dann, wenn er versichert war, daß seine öffentlichen Pflichten ihn davon abhalten würden, mit Perdita alleine zu sein. Sie sprachen einander selten an, mieden Erklärungen und fürchteten jede Ansprache, die der andere machen könnte. Plötzlich änderte sich jedoch das Betragen Raymonds; er schien Gelegenheiten zu suchen, um eine Rückkehr zu Freundlichkeit und Nähe mit meiner Schwester zu erreichen. Die Flut seiner Liebe zu ihr schien wieder zu fließen; er konnte nie vergessen, wie er ihr einst ergeben war und sie zum Schrein und Schatzkästlein machte, in das jeder Gedanke und jede Empfindung gelegt wurde. Scham schien ihn zurückzuhalten; dennoch wollte er offenbar eine Erneuerung des Vertrauens und der Zuneigung bewirken. Perdita hatte, kaum, daß sie sich genügend erholt hatte, einen Plan erstellt, dem sie jetzt folgen wollte. Sie empfing diese Zeichen zurückkehrender Liebe mit Sanftmut; sie mied seine Gesellschaft nicht; aber sie bemühte sich, eine Barriere in den Weg des vertrauten Umgangs oder der schmerzvollen Diskussion zu stellen, von deren Überwindung Raymond wegen einer Mischung von Stolz und Scham abgehalten wurde. Endlich begann er, Zeichen wütender Ungeduld zu zeigen, und Perdita wurde klar, daß sie den Weg, den sie begonnen hatte, nicht weitergehen konnte; sie mußte sich ihm erklären; sie konnte den Mut zum Sprechen nicht aufbringen - sie schrieb folgendes: -

„Ich bitte Dich, diesen Brief mit Geduld zu lesen. Er wird keine Vorwürfe enthalten. Vorwurf ist in der Tat ein leeres Wort: Was sollte ich Dir vorwerfen?

Erlaube mir, meine Gefühle in gewissem Grade zu erklären; ansonsten würden wir beide im dunkeln umherirren, uns gegenseitig mißverstehen und von dem Pfad abgehen, der uns, wenigstens einen von uns, zu einer geeigneteren Lebensweise führen könnte, als jener, die jeder von uns in den letzten Wochen geführt hat.

Ich liebte Dich - ich liebe Dich - weder Zorn noch Stolz diktieren diese Zeilen, sondern ein Gefühl jenseits davon, tiefer und unwandelbarer als beides. Meine Gefühle sind verletzt; es ist unmöglich, sie zu heilen: - so unterlasse doch das vergebliche Bemühen, falls deine Bemühungen tatsächlich in diese Richtung streben. Vergebung! Umkehr! Leere Worte sind das! Ich vergebe den Schmerz, den ich ertrage, aber der ausgetretene Pfad kann nicht zurückverfolgt werden.

Gewöhnliche Zuneigung hätte mit gewöhnlichen Gewohnheiten zufriedengestellt werden können. Ich glaubte, daß Du in meinem Herzen liest, und seine Hingabe, seine unveräußerliche Treue zu dir kennst. Ich habe nie jemanden außer Dir geliebt. Du erschienst als das verkörperte Bild meiner schönsten Träume. Das Lob der Menschen, Macht und hohe Bestrebungen haben Deine Laufbahn begleitet. Die Liebe zu Dir hat meine Welt in ein verzaubertes Licht getaucht, es war nicht mehr die Erde, die ich beschritt - die Erde, die gemeinsame Mutter, die nur triste und schale Wiederholung von alten und abgenutzten Gegenständen und Umständen gibt. Ich lebte in einem Tempel, der vom äußersten Gefühl der Hingabe und der Entrückung verherrlicht wurde, ich wandelte als ein gesegnetes Wesen, und sah nur Deine Macht, Deine Vortrefflichkeit;

> *Denn ach! du standest neben mir, wie meine Jugend,*
> *Verwandeltest für mich die Wirklichkeit in einen Traum,*
> *Das Greifbare und Vertraute umschmeichelnd*
> *Mit dem goldenen Hauch der Dämmerung.*[52]

---

[52] Schiller, Wallensteins Tod, 5, 1.

Die Schönheit ist aus meinem Leben verschwunden - es gibt kein Morgen für diese alles verzehrende Nacht; keinen neuen Aufgang der untergegangenen Liebessonne. In jenen Tagen bedeutete mir der Rest der Welt nichts: alle anderen Männer - ich habe sie nie beachtet, noch darüber nachgedacht, was sie waren; noch sah ich Dich als einen von ihnen an. Von ihnen getrennt; erhaben in meinem Herzen; einziger Besitzer meiner Zuneigung; einziger Gegenstand meiner Hoffnungen, meine bessere Hälfte.

Ach, Raymond, waren wir nicht glücklich? Schien die Sonne je auf Menschen, die ihre Strahlen mit reinerer und größerer Glückseligkeit genießen konnten? Es war nicht - es ist keine gewöhnliche Untreue, die ich beklage. Es ist die Uneinigkeit eines Ganzen, das nicht zerteilt werden kann, es ist die Sorglosigkeit, mit der Du den Mantel der Erwählung abgeschüttelt hast, mit dem Du für mich bekleidet warst, und ohne welchen Du einer unter Vielen geworden bist. Träume nicht davon, dies zu ändern. Ist nicht Liebe eine Gottheit, weil sie unsterblich ist? Schien ich nicht gesegnet, auch für mich selbst, weil diese Liebe in meinem Herzen seinen Tempel hatte? Ich habe Dich im Schlaf betrachtet, bin zu Tränen gerührt worden, als der Gedanke meinen Geist erfüllte, daß alles, was ich besaß, in diesen vergötterten, aber sterblichen Konturen vor mir lag. Doch selbst dann habe ich mit einem einzigen Gedanken wachsende Ängste beiseite gefegt; ich wollte den Tod nicht fürchten, denn die Gefühle, die uns verbanden, mußten unsterblich sein. Und jetzt fürchte ich nicht den Tod. Ich sollte zufrieden sein, meine Augen zu schließen, um sie nie wieder zu öffnen. Und dennoch fürchte ich es, so wie ich alle Dinge fürchte; denn in keinem Zustand des Bewußtseins, der mit der Kette der Erinnerung verbunden ist, würde das Glück zurückkehren - selbst im Paradies muß ich spüren, daß Deine Liebe weniger ausdauernd war als das Schlagen meines zerbrechlichen Herzens, dessen Puls mit jedem Pochen hörbar seufzt,

Die Todesbotschaft
Der tief begrabnen Liebe, die nimmer aufersteht.[53]

Nein - nein - ich Elende; für die erloschene Liebe gibt es keine Auferstehung!

Aber dennoch liebe ich Dich. Dennoch, und auf ewig, würde ich alles, was ich besitze, für Dein Wohlergehen opfern. Wegen einer klatschsüchtigen Welt, wegen meines - unseres Kindes, würde ich bei Dir bleiben, Raymond, Dein Glück teilen, Deinem Rat folgen. Soll es so sein? Wir sind nicht länger Liebende, noch kann ich mich irgend jemandes Freundin nennen; da ich, verloren wie ich bin, keinen Gedanken von meinem eigenen elenden, vereinnahmenden Selbst abziehen kann. Doch es wird mir gefallen, Dich jeden Tag zu sehen! Die Stimme des Volkes zu hören, das Dich lobt, deine väterliche Liebe für unser Mädchen aufzubewahren, Deiner Stimme zu lauschen, zu wissen, daß ich in Deiner Nähe bin, obwohl Du nicht mehr mein bist.

Wenn Du die Ketten brechen willst, die uns binden, so sprich es aus, und es wird geschehen - ich werde im Auge der Gesellschaft die ganze Schuld der Härte oder Grausamkeit auf mich nehmen.

Doch, wie ich gesagt habe, würde ich es vorziehen, wenigstens gegenwärtig, unter einem Dach mit Dir zu leben. Wenn das Fieber meines jungen Lebens aufgebraucht ist, wenn das gemächliche Alter den Geier zähmen wird, der mich verschlingt, mag die Freundschaft kommen, wo Liebe und Hoffnung vergangen sind. Könnte dies wahr werden? Kann meine Seele, untrennbar mit diesem vergänglichen Körper verbunden, gleichgültig und kalt werden, so wie dieser empfindliche Mechanismus seine jugendliche Spannkraft verlieren wird? Dann, mit glanzlosem Auge, grauem Haar und runzliger Stirn, obwohl jetzt die Worte hohl und bedeutungslos klingen, dann, an der äußersten Grenze des Grabes schwankend, kann ich Deine liebende und aufrichtige Freundin sein,

PERDITA"

---

[53] Lord Byron, Werner, 3, 3.

Raymonds Antwort war kurz. Was konnte er auch auf ihre Klagen erwidern, auf ihre Trauer, die sie eifersüchtig verteidigte, indem sie alle Gedanken an Heilmittel zurückwies. „Trotz Deines bitteren Briefes", schrieb er, „denn bitter muß ich ihn nennen, bist Du die Person, die ich an meisten wertschätze, und es ist Deine Glückseligkeit, die mir am meisten am Herzen liegt. Tue das, was Dir am besten scheint: und wenn Du aus einem Lebensentwurf eine größere Erfüllung als aus einem andern ziehen kannst, so laß mich kein Hindernis sein. Ich sehe voraus, daß das Vorhaben, auf welches Du in deinem Brief hinweist, nicht lange währen wird, aber Du bist Herrin deiner selbst, und es ist mein aufrichtiger Wunsch, soweit Du es mir erlaubst, zu Deinem Glück beizutragen."

„Raymond hat gut geweissagt", sagte Perdita, „ach, wenn es nur so wäre! Unsere gegenwärtige Lebensweise kann nicht länger andauern, doch ich werde nicht die Erste sein, die eine Veränderung vorschlägt. Er sieht in mir eine Frau, die er selbst tödlich verletzt hat; und ich ziehe keine Hoffnung aus seiner Freundlichkeit; auch durch seine besten Absichten kann keine Veränderung herbeigeführt werden. Ebensogut hätte Kleopatra den Essig, der ihre aufgelöste Perle enthielt, als Verzierung tragen mögen, wie ich mich mit der Liebe begnügen, die Raymond mir jetzt anbietet."

Ich muß gestehen, daß ich ihr Unglück nicht mit denselben Augen wie Perdita gesehen habe. Auf alle Fälle dünkte mich, daß die Wunde geheilt werden könnte, und es auch täte, wenn sie zusammen blieben. Ich bemühte mich darum, sie zu trösten und zu besänftigen; und erst nach vielen Bemühungen gab ich die Aufgabe als undurchführbar auf. Perdita hörte mir ungeduldig zu und antwortete mit etwas Schärfe: „Denkst du, daß irgendeines deiner Argumente mir neu ist oder daß meine eigenen brennenden Wünsche und äußerste Furcht sie mir nicht alle bereits tausend Mal, und mit weit mehr Eifer und Scharfsinn angedeutet haben, als du in sie legen kannst? Lionel, du kannst die Liebe einer Frau nicht verstehen. In den Tagen der Glückseligkeit habe ich mir oft mit dankbarem Herzen und jubelndem Geist wiederholt, was Raymond alles für mich geopfert hat. Ich war ein armes, ungebildetes freundloses Bergmädchen, aus dem Nichts von ihm auferweckt. Alles, was ich im Leben an Luxus besaß, kam von ihm. Er gab mir einen erlauchten Namen und einen edlen Stand; die Anerkennung der Gesellschaft, die sich aus seiner eigenen Herrlichkeit ergab: all dies verbunden mit seiner eigenen unsterblichen Liebe, inspirierte mich mit Empfindungen ihm gegenüber, die denen gleichen, mit denen wir den Geber des Lebens betrachten. Ich gab ihm nur Liebe. Ich widmete mich ganz ihm; unvollkommene Kreatur, die ich war, machte ich es mir zur Aufgabe, mich seiner würdig zu erweisen. Ich wachte über mein ungestümes Temperament, unterwarf die brennende Ungeduld meines Charakters, schulte meine selbstbezogenen Gedanken, und erzog mich zu der besten Vollkommenheit, die ich erreichen könnte, auf daß die Früchte meiner Bemühungen sein Glück sein mochten. Ich tat dies nicht für mich. Er verdiente alles - alle Arbeit, alle Hingabe, jedes Opfer; ich hätte einen unbesteigbaren Berg erklommen, um eine Blume zu pflücken, die ihm gefiele. Ich war bereit, euch alle, meine geliebten und begabten Gefährten, zu verlassen und nur mit ihm und für ihn zu leben. Ich konnte nicht anders handeln, selbst wenn ich es gewünscht hätte; denn, angenommen, wir hätten zwei Seelen, so war er meine bessere Seele, von welcher die andere eine ewige Sklavin war. Einzig die Rückkehr war er mir schuldig, und Treue. Ich erarbeitete sie, ich verdiente sie. Weil ich in den Bergen aufgewachsen war, unverwandt mit den Edlen und Reichen, sollte er es mir mit einem leeren Namen und einem leeren Stand vergelten? Laß ihn sie zurücknehmen; ohne seine Liebe bedeuten sie mir nichts. Ihr einziger Verdienst in meinen Augen war, daß sie die seinigen waren."

Solcherart leidenschaftlich redete Perdita weiter. Als ich auf die Möglichkeit ihrer gänzlichen Trennung hinwies, antwortete sie: „Sei es so! Eines Tages wird die Zeit kommen, ich weiß es und fühle es. Aber diesbezüglich bin ich ein Feigling. Diese unvollkommene Kameradschaft und unsere Maskerade von Gemeinschaft, sind mir seltsam teuer. Es ist schmerzhaft, ich gestehe es, zerstörerisch und unausführbar. Es hält ein dauerndes Fieber in meinen Adern aufrecht, es peinigt meine unheilbare Wunde, es ist von Gift durchdrungen. Doch ich muß daran festhalten; vielleicht wird es mich bald töten, und so ein dankbares Amt erfüllen."

In der Zwischenzeit war Raymond bei Adrian und Idris geblieben. Er war von Natur aus offenherzig; die fortgesetzte Abwesenheit von Perdita und mir wurde auffällig; und Raymond fand durch ein vorbehaltloses Vertrauen zu seinen beiden Freunden bald Entlastung von der monatelangen Zurückhaltung. Er erklärte ihnen die Lage, in der er Evadne gefunden hatte. Zuerst verbarg er aus Feingefühl gegenüber Adrian ihren Namen, doch er wurde im Laufe seiner Erzählung enthüllt, und ihr früherer Verehrer lauschte mit äußerster Aufregung der Geschichte ihrer Leiden. Idris hatte Perditas schlechte Meinung über die Griechin geteilt; aber Raymonds Bericht besänftigte und interessierte sie. Evadnes Standhaftigkeit, Stärke, sogar ihre unglückselige und fehlgeleitete Liebe erzeugte Bewunderung und Mitleid; besonders als aus den Einzelheiten der Ereignisse des neunzehnten Oktobers offenbar wurde, daß sie Leiden und Tod jeder herabsetzenden Bitte um Mitleid und Unterstützung durch ihren Geliebten vorzog. Ihr nachfolgendes Verhalten schmälerte dieses Interesse nicht. Zuerst, vor Hunger und Tod gerettet, von Raymond mit der zärtlichsten Beharrlichkeit gepflegt, mit jenem der Genesung eigentümlichen Ruhegefühl, ergab sich Evadne der verzückten Dankbarkeit und Liebe. Aber die Erinnerung kehrte mit der Gesundheit zurück. Sie fragte ihn nach den Gründen, die seine kritische Abwesenheit verursacht hätten. Sie formulierte ihre Nachfragen mit griechischem Feingefühl, und zog ihre Schlußfolgerungen mit der ihrer Veranlagung eigenen Bestimmtheit und Festigkeit. Sie konnte nicht wissen, daß der Bruch, den sie zwischen Raymond und Perdita verursacht hatte, bereits irreparabel war. Aber sie wußte, daß er unter dem gegenwärtigen System jeden Tag erweitert werden würde, und daß sein Ergebnis das Glück ihres Geliebten zerstören mußte, und die Fänge der Reue in sein Herz schlagen würde. Von dem Augenblick an, als sie die richtige Verhaltensweise erkannte, beschloß sie, jene anzunehmen und sich für immer von Raymond zu trennen. Widerstreitende Leidenschaften, lang gehegte Liebe und selbstverschuldete Enttäuschung ließen sie den Tod allein als eine ausreichende Zuflucht für ihr Leid betrachten. Doch die gleichen Gefühle und Meinungen, die sie vorher zurückgehalten hatten, wirkten nun mit doppelter Kraft; denn sie wußte, daß das Bewußtsein, daß er ihrem Tod verursacht hatte, Raymond durch das Leben verfolgen, jeden Genuß vergiften und jede Aussicht trüben würde. Außerdem hatten sie, obwohl die Gewalt ihrer Angst ihr das Leben verhaßt machte, noch nicht jenes eintönige, gleichgültige Gefühl des unwandelbaren Elends hervorgebracht, das meist zum Selbstmord führt. Ihre Charakterstärke veranlaßte sie noch immer, mit den Übeln des Lebens zu kämpfen; sogar diejenigen, die mit der hoffnungslosen Liebe einhergingen, stellten sich ihr eher in Gestalt eines zu überwindenden Gegners dar als eines Siegers, dem sie sich unterwerfen mußte. Außerdem hatte sie Erinnerungen an vergangene Zärtlichkeit, die sie in Ehren hielt, Lächeln, Worte, und sogar Tränen, an die sie denken konnte, die, wenngleich in der Verlassenheit und Sorge daran erinnert, der Vergessenheit des Grabes vorzuziehen waren. Es war unmöglich, ihren gesamten Plan zu erraten. Ihr Brief an Raymond gab keinen Hinweis auf Entdeckung; er versicherte ihm, daß sie nicht in Gefahr sei, eines Lebensunterhalts zu entbehren; sie versprach darin, sich zu erhalten, und sich ihm vielleicht eines zukünftigen Tages in einem Stande vorzustellen, der ihrer nicht unwürdig sei. Dann sagte sie ihm mit der Beredsamkeit der Verzweiflung und der unveränderlichen Liebe ein letztes Lebewohl.

All diese Umstände wurden jetzt Adrian und Idris erzählt. Raymond beklagte dann das unheilbare Übel seiner Situation mit Perdita. Er erklärte, daß er sie trotz ihrer Härte, er nannte es sogar Kälte, liebte. Er war mit der Demut eines Büßers und der Pflicht eines Vasallen bereit gewesen, sich ihr zu ergeben; er gab seine ganze Seele ihrer Vormundschaft hin, um ihr Schüler, ihr Sklave, ihr Leibeigener zu werden. Sie hatte diese Anerbieten abgelehnt; und die Zeit für solch eine überschwengliche Unterordnung, die auf die Liebe gegründet und von ihr genährt werden muß, war jetzt vorbei. Dennoch waren alle seine Wünsche und Bemühungen auf ihren Frieden gerichtet, und sein größtes Unbehagen entstand aus der Wahrnehmung, das er sich vergebens bemühte. Wenn sie unbeirrbar auf dem von ihr jetzt verfolgten Kurs beharren sollte, mußten sie sich trennen. Die Zusammenstellungen und Vorkommnisse dieser sinnlosen Art des Umgangs waren ihm lästig. Die Trennung wollte er jedoch nicht vorschlagen. Er wurde von der Angst verfolgt, den Tod des einen oder anderen der Wesen zu verursachen, die an diesen Ereignissen beteiligt waren; und er konnte sich nicht dazu bringen, in den Lauf der Ereignisse lenkend einzugreifen, damit er nur nicht, in Unkenntnis über das Land, das er durchquerte, diejenigen, die am Wagen befestigt waren, in den endgültigen Untergang führen sollte. Nach einem Gespräch über diesen Gegenstand, das mehrere Stunden dauerte, verabschiedete er sich von seinen Freunden und kehrte in die Stadt zurück, unwillig, Perdita in unserem Beisein zu begegnen, und sich, wie wir alle, der Gedanken bewußt, die sie beide am meisten fesselten. Perdita bereitete sich darauf vor, ihm mit ihrem Kind zu folgen. Idris bemühte sich, sie zum Bleiben zu überreden. Meine arme Schwester sah ihre Ratgeberin erschrocken an. Sie wußte, daß Raymond sich mit ihr unterhalten hatte; hatte er diese Bitte angestiftet? – War dies der Auftakt zu ihrer ewigen Trennung? – Ich habe gesagt, daß die Mängel ihres Charakters erwachten und durch ihre unnatürliche Haltung Kraft gewannen. Sie betrachtete die Einladung von Idris mit Argwohn; sie umarmte mich, als ob sie auch meiner Zuneigung beraubt werden würde: sie sagte, ich sei ihr mehr als ein Bruder, ich sei ihr einziger Freund, ihre letzte Hoffnung, sie beschwor mich ausdrucksvoll, nicht aufzuhören, sie zu lieben; und mit zunehmender Besorgnis brach sie nach London auf, dem Schauplatz und der Ursache ihres ganzen Elends.

Die folgenden Szenen überzeugten sie, daß sie den dunklen Abgrund, in den sie gestürzt war, noch nicht ergründet hatte. Ihr Unglück nahm jeden Tag eine neue Gestalt an; jeder Tag schien ein unerwartetes Ereignis zu bringen, während die aufeinanderfolgenden Mißgeschicke, die sie nun ereilten, in Wahrheit weitergingen.

Die hauptsächliche Leidenschaft von Raymonds Seele war Ehrgeiz. Eine Vielzahl von Begabungen, eine Fähigkeit, sich in Menschen einzufühlen und sie zu führen; der ernsthafte Wunsch nach Auszeichnung waren die Erwecker und Nährer seines Ehrgeizes.

Es vermischten sich jedoch auch andere Eigenschaften mit diesen und hinderten ihn daran, der berechnende, entschlossene Charakter zu werden, der allein einen erfolgreichen Helden bildet. Er war hartnäckig, aber nicht stur; in seinen ersten Bewegungen wohlwollend, hart und rücksichtslos wenn er herausgefordert wurde. Vor allem war er unerbittlich und unnachgiebig bei der Verfolgung eines Objekts der Begierde, wie gesetzlos es auch sein mochte. Die Liebe zum Vergnügen und die sanfteren Empfindungen unserer Natur machten einen bedeutenden Teil seines Charakters aus und überkamen den Eroberer; hielten ihn im Moment des Erwerbs fest; fegten das Netz des Ehrgeizes hinweg; ließen ihn die Mühe von Wochen vergessen, um nur einen Augenblick in den Genuß des neuen und eigentlichen Gegenstands seiner Wünsche zu gelangen. Indem er diesen Impulsen gehorchte, war er der Ehemann Perditas geworden: Angestachelt von ihnen, wurde er zum Liebhaber Evadnes. Er hatte jetzt beide verloren. Er hatte weder die verführerische, von der Beständigkeit inspirierte Selbstbelobigung, um ihn zu trösten, noch das ausschweifende Gefühl der Verlassenheit bei einer verbotenen, aber berauschenden Leidenschaft. Sein Herz war von den jüngsten Ereignissen erschöpft, seine Lebensfreude wurde durch den Groll Perditas und die Flucht Evadnes zerstört, und die Unbeugsamkeit der ersteren brachte das letzte Siegel auf der Vernichtung seiner Hoffnungen an. Solange ihre Uneinigkeit ein Geheimnis blieb, hegte er die Hoffnung, die vergangene Zärtlichkeit in ihrem Busen wiederzuerwecken; nun, da wir alle mit diesen Vorkommnissen vertraut gemacht wurden und Perdita, indem sie sich gewissermaßen verpflichtete, ihre Beschlüsse einzuhalten, sich andern erklärte, gab er die Idee der Wiedervereinigung als vergeblich auf und versuchte nurmehr, da er unfähig war, sie zu einer Veränderung zu bewegen, sich mit dem gegenwärtigen Stand der Dinge zu versöhnen. Er legte einen Eid gegen die Liebe und ihre Abfolge von Kämpfen, Enttäuschungen und Gewissensbissen ab, und suchte im bloßen Sinnesvergnügen nach einem Heilmittel für den schädlichen Einfall der Leidenschaft.

Die Abwertung des Charakters folgt untrüglich auf solche Bestrebungen. Diese Auswirkung wäre allerdings nicht sofort bemerkt worden, hätte Raymond sich weiterhin an die Ausführung seiner Pläne für den öffentlichen Nutzen und die Erfüllung seiner Pflichten als Protektor gehalten. Doch außerordentlich in allen Dingen, sich ganz den unmittelbaren Eindrücken hingebend, trat er mit Eifer in dieses neue Streben nach Vergnügen ein und verfolgte die dabei entstehenden unpassenden Vertraulichkeiten, die ohne Reflexion oder Voraussicht verursacht wurden. Die Ratskammer war verlassen; das Volk, das ihm als Vermittler seiner verschiedenen Projekte diente, wurde vernachlässigt. Ausgelassenheit und sogar Liederlichkeit wurden zur Tagesordnung.

Perdita sah mit Besorgnis auf die zunehmende Störung. Für einen Moment dachte sie, sie könnte den Strom aufhalten, und Raymond könnte von ihr zur Vernunft gebracht werden. - Eitle Hoffnung! Der Zeitpunkt ihres Einflusses war überschritten. Er hörte hochmütig zu und antwortete voller Verachtung; und wenn es ihr tatsächlich gelang, sein Gewissen zu erwecken, so war die einzige Wirkung, daß er ein Betäubungsmittel für den Schmerz in seinen blinden Ausschweifungen suchte. Mit der ihr eigenen Stärke bemühte sich Perdita, seine Aufgaben zu besorgen. Ihre immer noch scheinbare Einigkeit erlaubte ihr viel zu tun; aber letztlich konnte keine Frau der fortschreitenden Nachlässigkeit des Protektors Abhilfe schaffen; welcher, als ob er von einem Anfall von Wahnsinn befallen wäre, alle Zeremonie, alle Ordnung, alle Pflicht mit Füßen trat, und sich ganz der Maßlosigkeit hingab.

Berichte über diese seltsamen Vorgänge erreichten uns, und wir waren noch unschlüssig, wie wir vorgehen sollten, um unseren Freund für sich selbst und sein Land wiederherzustellen, als Perdita plötzlich bei uns auftauchte. Sie schilderte das Fortschreiten der traurigen Veränderung und bat Adrian und mich, nach London zu gehen und zu versuchen, das zunehmende Übel zu beheben: - „Sagt ihm", rief sie, „sagt Lord Raymond, daß meine Anwesenheit ihn nicht länger belästigen soll. Daß er sich nicht in diese zerstörerische Ausschweifung stürzen muß, um mich anzuwidern und zu vertreiben. Dieser Zweck ist jetzt erfüllt; er wird mich nie mehr sehen. Aber laßt mich, es ist meine letzte Bitte, laßt mich im Lob der Landsleute und im Wohlstand Englands finden, daß die Wahl meiner Jugend gerechtfertigt war."

Während unserer Fahrt in die Stadt sprachen und stritten Adrian und ich über Raymonds Verhalten, und von seinem Abfallen von den Hoffnungen auf bleibende Größe, die zu hegen er uns zuvor Anlaß gegeben hatte. Mein Freund und ich waren beide in einer Schule erzogen worden, oder vielmehr war ich sein Schüler in der Meinung, daß das stete Festhalten an seinen Prinzipien der einzige Weg zur Ehre war; eine unablässige Einhaltung der Gesetze zum allgemeinen Nutzen, das einzige pflichtbewußte Ziel menschlichen Ehrgeizes. Aber obwohl wir beide diese Gedanken hegten, unterschieden wir uns in ihrer Anwendung. Groll fügte meinem Tadel einen weiteren Stich hinzu, und ich verurteilte Raymonds Verhalten streng. Adrian war freundlicher, gemäßigter. Er gab zu, daß die von mir festgelegten Grundsätze die besten wären, bestritt aber, daß sie die einzigen seien. Die Schrift zitierend, *gibt es viele Wohnungen in meines Vaters Haus*,⁵⁴ er beharrte darauf, daß die Arten, gut oder groß zu werden, so verschiedenartig waren wie die Charaktere der Menschen, von denen man sagen könnte, daß man unter den Blättern des Waldes keine zwei fände, die einander gleich sind.

Wir kamen gegen elf Uhr abends in London an. Wir vermuteten, trotz allem, was wir gehört hatten, daß wir Raymond in St. Stephen's finden sollten: dorthin eilten wir. Die Kammer war voll - doch der Protektor war nicht dort; in den Mienen der Führer zeichnete sich eine strenge Unzufriedenheit ab, und unter den Untergeordneten herrschte eine flüsternde und geschäftige Geschwätzigkeit, die nicht weniger verdächtig war. Wir eilten zum Protekoratspalast. Wir fanden Raymond mit sechs anderen in seinem Eßzimmer: die Flasche wurde fröhlich herumgereicht und hatte bereits erhebliche Einbußen beim Verstand des einen oder anderen verursacht. Derjenige, der neben Raymond saß, erzählte eben eine Geschichte, die den Rest dazu veranlaßte, in schallendes Gelächter auszubrechen.

Raymond saß unter ihnen, doch obgleich er in den Geist der Stunde eintrat, verließ seine natürliche Würde ihn nie. Er war fröhlich, ausgelassen, faszinierend - aber niemals, selbst in seinen wildesten Ausschweifungen, überschritt er die Bescheidenheit oder den Respekt, den er sich selbst schuldete. Doch ich muß gestehen, daß ich, in Anbetracht der Aufgabe, die Raymond als Protektor Englands auf sich genommen hatte, und der Belange, die zu besorgen ihm eher geziemt hätte, äußerst abgestoßen war, die wertlosen Burschen zu beobachten, mit denen er seine Zeit verschwendete, und die fröhliche, wenn nicht trunkene Stimmung, die kurz davor zu stehen schien, ihn seines besseres Selbst zu

---

⁵⁴ Johannes 14, 2: In meines Vaters Hause sind viele Wohnungen. Wenn es nicht so wäre, hätte ich dann zu euch gesagt: Ich gehe hin, euch die Stätte zu bereiten?

berauben. Ich stand da und beobachtete die Szene, während Adrian wie ein Schatten zwischen sie schlüpfte, und mit einem Wort und einem Blick der Nüchternheit bestrebt war, die Ordnung in der Versammlung wiederherzustellen. Raymond zeigte sich erfreut darüber, ihn zu sehen, und erklärte, er solle sich zum nächtlichen Fest dazugesellen.

Diese Handlung Adrians forderte mich heraus. Ich war empört, daß er mit Raymonds Gefährten an einem Tisch sitzen sollte - Männern von verkommenem, oder besser gesagt, überhaupt keinem Charakter, dem Abfall des kultivierten Reichtums, der Schande ihres Landes. „Lassen Sie mich Adrian bitten", rief ich, „dem nicht zu folgen: sondern sich besser mit mir in der Bemühung zu vereinen, Lord Raymond von dieser Szene abzuziehen, und ihn einer anderen Gesellschaft zuzuführen."

„Lieber Gefährte", sagte Raymond, „dies ist weder die Zeit noch der Ort für einen moralischen Vortrag: mein Wort darauf, daß meine Zerstreuungen und die Gesellschaft nicht so schlecht sind, wie du dir vorstellst. Wir sind weder Heuchler noch Narren - und für das Übrige, ‚Vermeinest du, weil du tugendhaft seiest, solle es in der Welt keine Torten und keinen Wein mehr geben?'"[55]

Ich wandte mich ärgerlich um.

„Verney", sagte Adrian, „du bist sehr zynisch. Setz dich hin, oder, wenn du nicht willst, vielleicht weil du kein häufiger Besucher bist, wird Lord Raymond dir den Gefallen erweisen und uns, so wie wir zuvor übereingekommen waren, zum Parlament begleiten."

Raymond sah ihn scharf an; er konnte nur Güte in seinen sanften Zügen lesen; er wandte sich mir zu und beobachtete mit Verachtung mein launisches und strenges Benehmen.

„Komm", sagte Adrian, „ich habe es für dich versprochen, erlaube mir, mein Versprechen zu halten. Komm mit uns."

Raymond machte eine abwehrende Bewegung und antwortete einsilbig: „Das werde ich nicht!"

Die Gesellschaft hatte sich inzwischen zerstreut. Sie sahen sich die Gemälde an, schlenderten in die anderen Räume, sprachen von Billard und verschwanden einer nach dem andern. Raymond ging wütend im

---

[55] Shakespeare. Was Ihr wollt. 2, 3.

Zimmer auf und ab. Ich machte mich bereit, seinen Vorwürfen zu begegnen. Adrian lehnte sich gegen die Wand. „Das ist unendlich lächerlich", rief er, „wenn ihr Schuljungen wärt, könntet ihr euch nicht unvernünftiger verhalten."

„Ihr versteht nicht", sagte Raymond. „Das ist nur ein Teil eines großen Ganzen: - ein Plan der Tyrannei, dem ich mich niemals unterwerfen werde. Weil ich Protektor von England bin, soll ich der einzige Sklave in seinem Imperium sein? Meine Privatsphäre wird nicht gewahrt, meine Handlungen wurden getadelt, meine Freunde beleidigt. Aber ich werde mich allem zugleich entledigen. - Ihr dürft es bezeugen." Und er nahm den Stern, das Abzeichen seines Amtes, von seiner Brust und warf ihn auf den Tisch. „Ich verzichte auf mein Amt, ich verzichte auf meine Macht - soll sie sich nehmen, wer will!" -

„Laß denjenigen sie nehmen", rief Adrian aus, „der von sich selbst sagen kann, oder von dem die Gesellschaft sagt, daß er fähiger ist als du. Es gibt keinen Mann in England, der anmaßend genug dazu wäre. Erkenne dich selbst, Raymond, und deine Entrüstung wird nachlassen, deine Selbstgefälligkeit zurückkehren. Vor wenigen Monaten beteten wir, wann immer wir für unseren Wohlstand oder den unseres Landes beteten, zu gleicher Zeit auch für das Leben und Wohlergehen des Protektors, da dieser untrennbar damit verbunden ist. Deine Zeit wurde zu unserem Nutzen eingesetzt, und es war dein Ehrgeiz, unsere Belobigung zu erhalten. Du schmücktest unsere Städte mit Gebäuden, du beschertest uns nützliche Einrichtungen, du befähigtest den Boden, reichlich Früchte zu tragen. Unter dem Sonnenschein deines Schutzes kauerten die Mächtigen und Ungerechten auf den Stufen vor deinem Richterstuhl, und die Armen und Unterdrückten erhoben sich wie vom Morgen geküßte Blumen.

Und da wunderst du dich, daß wir alle entsetzt sind und klagen, wenn sich dies zu ändern scheint? Aber nun komm, dieser verdrießliche Anfall ist bereits überstanden. Setze dein Amt fort, deine Gefolgsleute werden dich willkommen heißen, deine Feinde werden zum Schweigen gebracht, unsere Liebe, Ehre und Pflicht wird sich dir gegenüber wieder festigen. Beherrsche dich selbst, Raymond, und die Welt ist dir unterworfen."

„All dies wäre wohl gesagt, wenn es an einen anderen gerichtet wäre", antwortete Raymond launisch, „befolge die Lektion selbst, und du, der oberste Adelige des Landes, mögest sein Souverän werden. Du, der Gute, der Weise, der Gerechte, magst alle Herzen regieren. Ich jedoch erkenne, zu früh für mein eigenes Glück, und zu spät für das Wohl Englands, daß ich eine Aufgabe übernahm, der ich nicht gewachsen bin. Ich kann mich nicht beherrschen, vielmehr beherrschen meine Leidenschaften mich, der geringste Impuls ist mein Tyrann. Glaubst du, ich habe das Protektorat aus einer Laune heraus aufgegeben? Und ich habe es aufgegeben. Beim lebendigen Gott schwöre ich, diesen Tand nie wieder anzustecken, mir nie wieder das Gewicht der Sorge und des Elends aufzubürden, von denen dieser das sichtbare Zeichen ist.

Einst wünschte ich ein König zu sein. Es war in der Blütezeit der Jugend, im Stolz knabenhafter Torheit. Ich kannte mich selbst, als ich darauf verzichtete. Ich verzichtete darauf, um - nun, einerlei - auch das habe ich verloren. Viele Monate habe ich mich dieser vorgespielten Würde - diesem feierlichen Scherz unterworfen. Ich bin nicht länger ein Werkzeug. Ich werde frei sein.

Ich habe das verloren, was mein Leben schmückte und würdigte, das, was mich mit anderen Männern verband. Abermals bin ich ein einsamer Mann; und ich werde abermals sein, was ich in meinen jungen Jahren war, ein Wanderer, ein Glücksritter. Meine Freunde, denn Verney, ich fühle, daß du mein Freund bist, versucht nicht, meinen Entschluß zum Wanken zu bringen. Perdita, mit einer Phantasie verheiratet, sie, die sich nicht darum schert, was sich hinter dem Schleier verbirgt, deren Charakter in Wahrheit fehlerhaft und abscheulich ist, Perdita hat mich aufgegeben. Mit ihr an meiner Seite war es angenehm, die Rolle eines Herrschers zu spielen, und wie in den Tiefen eures geliebten Waldes spielten wir Maskeraden und stellten uns selbst als arkadische Hirten vor, um der Phantasie des Augenblicks zu gefallen - so war ich es zufrieden, mehr um Perditas als um meinetwillen, den Anschein eines der Großen der Erde anzunehmen; sie hinter die Kulissen der Erhabenheit zu führen, ihr Leben mit einem kurzen Akt von Großartigkeit und Macht zu bereichern. Dies sollte die Farbe, Liebe und Zuversicht, die Substanz unserer Existenz sein. Doch wir müssen leben und unser Leben nicht bloß spielen, indem wir nach dem Schatten haschen. Ich habe den Bezug zur Wirklichkeit verloren - jetzt verzichte ich auf beides.

Adrian, ich werde nach Griechenland zurückkehren, um wieder ein Soldat, vielleicht ein Eroberer zu werden. Willst du mich begleiten? Du wirst neue Szenen, ein neues Volk sehen, Zeuge des gewaltigen Kampfes zwischen Zivilisation und Barbarei sein, die Bemühungen einer jungen und kräftigen Bevölkerung um Freiheit und Ordnung beobachten und vielleicht lenken. Komm mit mir. Ich habe dich erwartet. Ich habe auf diesen Augenblick gewartet, alles ist vorbereitet - wirst du mich begleiten?"

„Das werde ich", antwortete Adrian. „Sogleich?"

„Morgen, wenn du es wünscht"

„Denke nach!", rief ich.

„Wozu?", fragte Raymond. „Mein lieber Freund, ich habe nichts anderes getan, als den ganzen Sommer hindurch über diesen Schritt nachzudenken, und sei versichert, daß Adrian ein ganzes Zeitalter des Nachdenkens in diesen kleinen Moment verdichtet hat. Sprich nicht von Nachdenken; von jetzt an schwöre ich ihm ab, denn dies ist mein einziger glücklicher Moment während einer langen Zeitperiode. Ich muß gehen, Lionel - die Götter wollen es, und ich muß folgen. Versuche nicht, mich meines Gefährten, dem Freund des Ausgestoßenen, zu berauben.

Ein Wort mehr über die ungnädige, ungerechte Perdita. Eine Zeitlang dachte ich, daß, wenn ich einen günstigen Augenblick abpaßte und die immer noch warme Asche nährte, ich in ihr wieder die Flamme der Liebe entzünden könnte. Doch in ihr ist mehr Kälte als in einer von Zigeunern verlassenen Feuerstelle im Winter, und die verglühte Asche ist von einer Schneepyramide gekrönt. Als ich dann versuchte, gänzlich entgegen meiner eigenen Veranlagung zu handeln, machte ich alles schlimmer als zuvor. Doch ich glaube noch immer, daß Zeit und sogar Abwesenheit sie mir wiederherstellen könnten. Vergiß nicht, ich liebe sie noch immer, und es ist meine größte Hoffnung, daß sie eines Tages wieder die Meine sein wird. Ich weiß, wenngleich sie es nicht weiß, wie verkehrt der Schleier ist, den sie über die Wirklichkeit geworfen hat - versuche nicht, diese trügerische Hülle zu zerreißen, aber ziehe sie nach und nach beiseite. Gib ihr einen Spiegel, in dem sie sich selbst erkennen kann, und wenn sie eine Meisterin dieser notwendigen, aber schwierigen Kunst ist, wird sie sich über ihren Fehler wundern und mir eilig wieder schenken, was zu Recht mein ist, ihre Vergebung, ihre freundlichen Gedanken, ihre Liebe."

Kapitel 10.

Nach diesen Ereignissen dauerte es lange, ehe wir wieder eine gewisse Gelassenheit erreichen konnten. Ein moralischer Sturm hatte unser reich beladenes Schiff zerstört, und wir, Überbleibsel der verringerten Mannschaft, waren voller Schrecken über die Verluste und Veränderungen, die wir erlitten hatten. Idris liebte ihren Bruder leidenschaftlich und konnte eine Abwesenheit, deren Dauer ungewiß war, schlecht ertragen; mir war seine Gesellschaft lieb und teuer - ich hatte meine auserwählten literarischen Beschäftigungen freudig unter seinem aufmerksamen Auge verfolgt; seine philosophische Milde, unfehlbare Vernunft und überschwengliche Freundschaft waren die beste Zutat, der erhabene Geist unseres Kreises; selbst die Kinder beklagten bitter den Verlust ihres freundlichen Spielgefährten. Perdita wurde von tiefergehender Trauer niedergedrückt. Trotz ihres Grolls stellte sie sich bei Tag und Nacht die Mühen und Gefahren der Wanderer vor. Raymond abwesend, mit Schwierigkeiten kämpfend, der Macht und dem Rang des Protektorats verlustig, den Gefahren des Krieges ausgesetzt, wurde zu einem Gegenstand ängstlichen Interesses; nicht, daß sie irgendeine Neigung hatte, sich an ihn zu erinnern, wenn die Erinnerung eine Rückkehr zu ihrer früheren Verbindung bedeuten sollte. Eine solche Rückkehr hielt sie für unmöglich; und während sie glaubte, daß es so sei, und schmerzlich bedauerte, daß es so sein sollte, blieb sie doch wütend und ungeduldig auf ihn, der ihr Elend verursachte. Diese Ratlosigkeit und Reue veranlaßte sie, ihr Kissen mit nächtlichen Tränen zu baden und sie in Person und Geist auf den Schatten dessen, was sie gewesen war, zu verringern. Sie suchte die Einsamkeit und mied uns, wenn wir in fröhlicher und ungehemmter Zuneigung in einem Familienkreis zusammenkamen.

Einsame Grübeleien, endlose Wanderungen und ruhige Musik waren ihre einzigen Zeitvertreibe. Sie vernachlässigte sogar ihr Kind; indem sie ihr Herz gegen alle Zärtlichkeit verschloß, wurde sie mir gegenüber zurückhaltend, ihrem ersten und treuen Freund.

Ich konnte sie nicht so verloren sehen, ohne mich zu bemühen, das Übel zu heilen - das unheilbar war, wie ich wußte, wenn ich nicht erreichen konnte, daß sie sich mit Raymond versöhnte. Ehe er ging, wandte ich jedes Argument, jede Überredungskunst an, um sie dazu zu bewegen, ihn von seiner Reise abzuhalten. Sie antwortete darauf mit einem Schwall von Tränen - und sagte mir, daß das Leben und die Güter des Lebens ein billiger Austausch dafür wären, um überredet zu werden. Es mangelte ihr nicht am Willen, sondern an der Aufnahmefähigkeit; immer wieder erklärte sie, es sei ebenso leicht, das Meer in Ketten zu legen, den Lauf des Windes zu lenken, als daß sie Wahrheit für Falschheit, Täuschung für Ehrlichkeit, herzlose Gemeinschaft für aufrichtige, vertrauensvolle Liebe halten könne. Sie beantwortete meine Vernunftgründe mit knappen Worten und erklärte voller Verachtung, daß sie vernünftig sei; und ehe ich sie davon überzeugen konnte, daß die Vergangenheit unwirksam gemacht werden, daß die Reife es vermochte, bis zur Wiege zurückzugehen und daß alles so werden konnte, als ob es nie gewesen wäre, war es nutzlos, ihr zu versichern, daß keine wirkliche Veränderung in ihrem Schicksal stattgefunden hatte. Und so ließ sie ihn mit unnachgiebigem Stolz gehen, obschon ihr beim Vollzug der Handlung, die ihr alles entriß, was das Leben wertvoll machte, das Herz brechen wollte.

Um die Szene für sie und auch für uns zu verändern, die wir alle von der Wolke, die über uns hing, aus dem Gleichgewicht gebracht worden waren, überredete ich meine beiden verbliebenen Gefährtinnen, daß es besser sei, wenn wir uns eine Zeitlang von Windsor fernhalten würden. Wir besuchten den Norden Englands, meine Heimat Ulswater und verweilten in Szenen, an denen tausend schöne Erinnerungen hingen. Wir verlängerten unsere Reise nach Schottland, damit wir Loch Katrine und Loch Lomond sehen können; von dort schifften wir nach Irland über und verbrachten mehrere Wochen in der Gegend um Killarney. Der Szenenwechsel wirkte, wie ich es erwartet hatte, in hohem Maße; nach einem Jahr Abwesenheit kehrte Perdita in sanfterer und fügsamerer Stimmung nach Windsor zurück. Als sie danach des Ortes das erste Mal wieder ansichtig wurde, brachte sie dies eine Weile aus der Fassung. Hier waren mit jedem Flecken andere, bitter gewordene Erinnerungen verknüpft. Die Waldlichtungen, die farnbewachsenen Senken und die begrasten Hügel, das gepflegte und heitere Land breitete sich um den silbernen Lauf der alten Themse aus, Erde, Luft und Welle erhoben ihre Stimmen zu einem Chor, beseelt von Erinnerung, erfüllt von schwermütigem Bedauern.

Doch mein Versuch, sie zu einer gesünderen Sicht auf ihre eigene Lage zu bringen, endete hier nicht. Perdita war noch immer weitgehend ungebildet. Als sie zuerst ihr bäuerliches Leben verließ und bei der eleganten und kultivierten Evadne residierte, war die einzige Leistung, die sie zur Perfektion brachte, die der Malerei, für die sie ein Talent hatte, das beinahe überragend war. Damit hatte sie sich in ihrer einsamen Hütte beschäftigt, nachdem sie den Schutz ihrer griechischen Freundin verlassen hatte. Ihre Palette und Staffelei waren jetzt zur Seite geworfen; versuchte sie zu malen, ließen quälende Erinnerungen ihre Hand zittern, und ihre Augen füllten sich mit Tränen. Mit dieser Beschäftigung gab sie fast jede andere mit auf; und sie trieb sich mit ihren Grübeleien beinahe selbst in den Wahnsinn.

Ich für meinen Teil war, seit Adrian mich zuerst aus meiner bewaldeten Wildnis in sein eigenes Paradies der Ordnung und Schönheit gezogen hatte, der Literatur verfallen. Ich war überzeugt, daß, wie auch immer es in früheren Zeiten gewesen sein mochte, im gegenwärtigen Stadium der Welt die Fähigkeiten eines Menschen ohne eine umfassende Kenntnis von Büchern nicht entwickelt, und die moralischen Prinzipien eines Menschen nicht erhöht und liberal sein konnten. Bücher standen für mich anstelle einer aktiven Laufbahn, des Ehrgeizes und jener fühlbaren Aufregungen, die der Menge notwendig waren. Die Zusammenführung der philosophischen Meinungen, das Studium der historischen Tatsachen, die Aneignung der Sprachen waren mir zugleich Erholung und ernsthaftes Lebensziel. Ich bin selbst Autor geworden. Meine Erzeugnisse waren jedoch reichlich anspruchslos; sie beschränkten sich auf die Biographie meiner liebsten historischen Figuren, vor allem auf denjenigen, die ich für verleumdet hielt oder an denen Unklarheit und Zweifel haftete.

Als meine Autorschaft zunahm, erlangte ich neue Neigungen und Freuden. Ich fand eine andere und wertvolle Möglichkeit, um mich mit meinen Mitgeschöpfen zu verbinden; mein Blickwinkel wurde erweitert, und die Neigungen und Fähigkeiten aller Menschen wurden für mich zutiefst interessant. Könige wurden die Väter ihres Volkes genannt. Plötzlich wurde ich sozusagen der Vater der ganzen Menschheit. Die Nachwelt wurde zu meinen Erben. Meine Gedanken waren Edelsteine, die die Schatzkammer des geistigen Besitzes der Menschen bereicherten; jedes Gefühl ein kostbares Geschenk, das ich ihnen schenkte. Schreiben wir diese Bestrebungen nicht der Eitelkeit zu. Sie wurden nicht in Worten ausgedrückt, nicht einmal in meinem eigenen Geist geformt; aber sie erfüllten meine Seele, erhöhten meine Gedanken, ließen ein begeistertes Glühen entstehen und führten mich aus dem dunklen Pfad, auf dem ich zuvor gewandelt war, auf die taghell erleuchtete Straße der Menschheit, die mich Erdenbewohner zu einem Kandidaten für unsterbliche Ehrungen, und einem eifrigen Anwärter auf das Lob und die Zuneigung meiner Mitmenschen machte.

Gewiß empfand niemand die Freuden des Komponierens jemals mehr als ich. Wenn ich den Wald, die feierliche Musik der wogenden Zweige und die stolze Kathedrale der Natur verließ, suchte ich die ausgedehnten Hallen des Schlosses auf, überblickte das weite, fruchtbare England, das sich unter unserem königlichen Berg ausbreitete und lauschte derweil den Klängen inspirierender Musik. Zu solchen Zeiten beflügelten feierliche Akkorde oder mitreißende Arien meine zaudernden Gedanken, erlaubten ihnen, den letzten Schleier der Natur und ihres Erschaffers zu durchdringen und die höchste Schönheit in sichtbarem Ausdruck für das Verständnis der Menschen darzustellen. Indem die Musik weiterging, schienen meine Gedanken ihre sterbliche Wohnstatt zu verlassen; sie flatterten mit ihren Schwingen und begannen einen Flug, segelten auf dem ruhigen Strom des Gedankens, erfüllten die Schöpfung mit neuem Glanz und weckten erhabene Bilder, die sonst stumm geschlafen hätten. Dann eilte ich zu meinem Schreibtisch, verwob das neu gefundene

Gedankengewebe zu festem Stoff in leuchtenden Farben und nahm mir für die Gestaltung des Materials einen ruhigeren Moment vor.

Doch dieser Bericht, der ebensogut zu einer früheren Zeit meines Lebens als dem gegenwärtigen Augenblick gehören könnte, läßt mich zu weit ausholen. Es war das Vergnügen, das ich in der Literatur fand, die Disziplin des Geistes, die sich daraus ergab, die mich begierig machte, Perdita zu den gleichen Beschäftigungen zu führen. Ich begann mit leichter Hand und sanfter Verlockung; zuerst erregte ich ihre Neugier und befriedigte sie dann auf eine Weise, die sie dazu veranlassen sollte, zur gleichen Zeit, wenn sie ihre Leiden in der Beschäftigung halb vergaß, eine Reaktion von Milde und Gelassenheit in den Stunden zu finden, die darauf folgten.

Geistige Beweglichkeit, wenngleich nicht auf Bücher ausgerichtet, war immer die Haupteigenschaft meiner Schwester gewesen. Sie hatte sich bereits früh im Leben gezeigt, führte sie zum einsamen Nachsinnen unter ihren heimatlichen Bergen, verursachte sie, unzählige Verknüpfungen von allgemeinen Gegenständen zu bilden, verlieh ihren Wahrnehmungen Stärke, und beschleunigte deren Einordnung. Die Liebe war gekommen, um, wie der Stab des obersten Propheten, jede geringfügigere Neigung zu verschlingen. Die Liebe hatte alle ihre Vortrefflichkeiten verdoppelt und ihrem Geist ein Diadem gegeben. Sollte sie aufhören zu lieben? Man nehme der Rose die Farben und den Duft, verändere die nährende Süße der Muttermilch zu Gift und Galle; ebenso leicht vermöchte man Perdita der Liebe entwöhnen. Sie trauerte um den Verlust von Raymond mit einer Qual, die das Lächeln von ihren Lippen verbannte und traurige Linien auf ihrer schönen Stirn eingrub. Aber jeder Tag schien das Wesen ihres Leidens zu verändern, und jede folgende Stunde zwang sie, die Art der Trauerkleidung ihrer Seele zu verändern (wenn ich es so nennen darf). Eine Zeitlang war die Musik in der Lage, das Verlangen ihres geistigen Hungers zu stillen, und ihre schwermütigen Gedanken erneuerten sich bei jeder Änderung der Tonart und veränderten sich mit jedem Wechsel der Melodie. Mein Unterricht trieb sie erstmals zu Büchern; und wenn Musik die Nahrung der Sorge war, so wurden die Schriften der Weisen ihre Medizin.

Der Erwerb unbekannter Sprachen war eine zu mühsame Beschäftigung für jemanden, der jeden Ausdruck auf das Universum im Innern bezog und nicht, so wie viele es tun, um des bloßen Zeitvertreibs las; sondern noch immer sich selbst und ihren Schöpfer in Frage stellte, jeden Idee auf tausend Arten formte, sich glühend nach der Entdeckung der Wahrheit in jedem Satz sehnend. Sie versuchte, ihr Verständnis zu verbessern; unbewußt wurden ihr Herz und ihre Veranlagungen unter dieser harmlosen Disziplin sanft und mild. Nach einer Weile entdeckte sie, daß ihr eigener Charakter, von dem sie früher geglaubt hatte, daß sie ihn vollständig verstand, unter all den neu erworbenen Kenntnissen der erste in der *terrae incognitae*[56] war. Sie begann umherirrend und befremdet die Aufgabe der Selbstprüfung mit Selbstbeurteilung. Und dann wieder wurde sie sich ihrer eigenen Stärken bewußt und begann, die Schattierungen von Gut und Böse mit angemessenerem Maß auszugleichen. Ich, der ich mich über die Maßen danach sehnte, sie wieder ihr Glück genießen zu sehen, wie es noch immer in ihrer Macht lag, erwartete mit Sorge das Ergebnis dieser inneren Vorgänge.

Aber der Mensch ist ein seltsames Wesen. Wir können seine Kräfte nicht wie jene eines Motors berechnen; und selbst wenn ein Antrieb mit der Kraft von vierzig Pferdestärken an etwas zieht, was bereit zu sein scheint, diesem Zug nachzugeben, so ist doch die Bewegung von der Berechnung nicht betroffen. Weder Kummer noch Philosophie oder Liebe konnten Perdita mit Milde von der Pflichtvergessenheit Raymonds denken lassen. Sie hatte jetzt Freude an meiner Gesellschaft; Idris gegenüber fühlte und zeigte sie eine äußerst liebevolle Wertschätzung - sie gab ihrem Kind in großem Maße ihre Zärtlichkeit und Fürsorge zurück. Aber ich konnte inmitten all ihrer Klagen einen tiefsitzenden Groll gegen Raymond entdecken und ein nicht verblassendes Gefühl der Verletzung, das mich meiner Hoffnung beraubte, als ich dachte, ihrer Erfüllung bereits ganz nahe kam. Unter anderen schmerzhaften Einschränkungen hatte sie veranlaßt, daß wir niemals in ihrer Gegenwart Raymonds Namen erwähnen durften. Sie weigerte sich, irgendwelche Mitteilungen aus Griechenland zu lesen, und ver-

---

[56] Eine unerforschte Wildnis, für die es keine Karte gibt.

langte, daß ich nur erwähnen sollte, wann die Briefe angekommen, und ob die Wanderer gesund seien. Es war seltsam, daß selbst die kleine Clara dieses Gesetz gegenüber ihrer Mutter einhielt. Dieses entzükkende Kind war beinahe acht Jahre alt. Früher war sie ein unbeschwertes Kind gewesen, phantasievoll, aber heiter und verspielt. Nach der Abreise ihres Vaters prägte sich Nachdenklichkeit auf ihrer jungen Stirn ein. Kinder, noch ungebildet in der Sprache, finden selten Worte, um ihre Gedanken auszudrücken, noch könnten wir sagen, auf welche Weise sich die jüngsten Ereignisse in ihren Gedanken eingeprägt haben. Aber gewiß hatte sie gründliche Beobachtungen gemacht, während sie die Veränderungen, die sich um sie herum abspielten, schweigend aufnahm. Sie erwähnte Perdita gegenüber niemals ihren Vater, sie schien halb verängstigt zu sein, wenn sie zu mir von ihm sprach, und obwohl ich versuchte, mit ihr über diesen Gegenstand zu sprechen und die Finsternis zu zerstreuen, die ihre Vorstellungen von ihm umwölkten, hatte ich keinen Erfolg. Doch an jedem Tag, an dem wir Post aus dem Ausland erhalten könnten, achtete sie darauf, ob Briefe angekommen seien - sie kannte den Poststempel und beobachtete mich, während ich las. Ich sah sie oft in der Zeitung Artikel studieren, die Nachrichten aus Griechenland enthielten.

Es gibt keinen schmerzhafteren Anblick als jener der vorzeitigen Sorge in Kindern, und in einem, dessen Veranlagung bis dahin so fröhlich gewesen war, war es besonders bemerklich. Doch es lag so viel Süße und Fügsamkeit in Clara, daß es Bewunderung erweckte; und wenn die Stimmungen eines Gemüts dazu bemessen sind, die Wange mit Schönheit zu überhauchen und Bewegungen mit Anmut zu versehen, müssen ihre Betrachtungen gewiß himmlisch gewesen sein, da jede Linie in Lieblichkeit geformt wurde, und ihre Bewegungen harmonischer waren als die anmutigen Sprünge der Kitze in ihrem heimischen Walde. Ich machte Perdita zuweilen Vorhaltungen wegen ihrer Zurückhaltung, doch sie lehnte meine Ratschläge ab, während die Empfindsamkeit ihrer Tochter in ihr eine noch leidenschaftlichere Zärtlichkeit erregte. Nachdem mehr als ein Jahr vergangen war, kehrte Adrian aus Griechenland zurück.

Als unsere Verbannten dort angekommen waren, bestand ein Waffenstillstand zwischen den Türken und den Griechen; ein Waffenstillstand, der dem sterblichen Körper als Schlaf diente und ein Anzeichen für eine erneute Tätigkeit beim Erwachen war. Mit den zahlreichen Soldaten Asiens, mit allen kriegerischen Geschäften, Schiffen und militärischen Maschinerien, die dieser Reichtum und diese Macht befehligen konnten, entschlossen sich die Türken sogleich, einen Feind zu zerschmettern, der sich allmählich durchschlug, von ihrer Festung in Morea aus Thrakien und Mazedonien erlangt, und seine Armeen bis vor die Tore von Konstantinopel geführt hatte, während seine ausgedehnten Handelsbeziehungen jede europäische Nation auf ihren Erfolg hoffen ließen. Griechenland bereitete sich auf heftigen Widerstand vor; es erhob sich wie ein Mann; und die Frauen, die ihren kostspieligen Schmuck opferten, trieben ihre Söhne in den Krieg und forderten sie mit dem Geist der spartanischen Mutter auf, zu erobern oder zu sterben. Die Befähigungen und der Mut Raymonds wurden bei den Griechen hoch geschätzt. Da er in Athen geboren war, beanspruchte diese Stadt ihn für sich, und indem sie ihm den Befehl über ihre eigene Division in der Armee gab, besaß nur der Oberbefehlshaber noch überlegene Macht. Er wurde zu ihren Bürgern gezählt, sein Name wurde in die Liste griechischer Helden aufgenommen. Sein Urteil, seine Tätigkeit und seine vollendete Tapferkeit begründeten ihre Entscheidung. Der Earl of Windsor wurde ein Freiwilliger unter seinem Freund.

„Es ist gut", sagte Adrian, „in diesen angenehmen Schatten von Krieg zu schwatzen und mit viel verschwendetem Öl Freude zu zeigen, wo viele tausend unserer Mitgeschöpfe diese süße Luft und ihren heimatlichen Boden unter Schmerzen verlassen. Man soll mich nicht verdächtigen, der griechischen Sache abgeneigt zu sein; ich kenne und fühle ihre Notwendigkeit, sie ist mehr als alle anderen eine gute Sache, ich habe sie mit meinem Schwert verteidigt und war bereit, meinen Geist bei ihrer Verteidigung auszuhauchen. Die Freiheit ist mehr wert als das Leben, und die Griechen tun gut daran, ihr Vorrecht bis zum Tode zu verteidigen. Aber betrügen wir uns nicht selbst. Die Türken sind Menschen, jede Faser, jedes Glied fühlt wie unser eigenes und jedes Zucken, sei es ist geistig oder körperlich, wird im Herzen oder Gehirn eines Türken so wahrhaft gefühlt wie in einem Griechen. Die letzte Handlung, bei der ich anwesend war, war die Einnahme von - Die Türken leisteten der letzteren Widerstand, die Garnison starb auf den Wällen und wir drangen gewaltsam ein. Jedes lebende Wesen in den Mauern wurde massakriert. Glaubt ihr, ich fühlte inmitten der Schreie verletzter Unschuld und hilfloser Jugend nicht in jedem Nerv das Schreien eines menschlichen Mitgeschöpfs? Sie waren Männer und Frauen, Leidende, noch bevor sie Mohammedaner waren, und wenn sie turbanlos aus dem Grab auferstehen, worin, außer in ihren guten oder schlechten Handlungen werden sie besser oder schlechter sein als wir? Zwei Soldaten stritten um ein Mädchen, dessen reiche Kleidung und außerordentliche Schönheit den brutalen Appetit dieser Unholde erregte, die, vielleicht gute Männer in ihren Familien, durch die Raserei des Augenblicks in das fleischgewordene Böse verwandelt wurden. Ein alter Mann, mit einem silbernen Bart, hinfällig und kahl, er hätte ihr Großvater sein mögen, ging dazwischen, um sie zu retten; die Streitaxt eines von ihnen spaltete seinen Schädel. Ich eilte zu ihrer Verteidigung, aber die Wut machte sie blind und taub; sie erkannten mein christliches Gewand oder meine Worte nicht - Wörter waren zu diesem Zeitpunkt stumpfe Waffen, denn während der Krieg „Verwüstung" schrie, und der Mord ein passendes Echo gab, wie konnte ich -

Die treffenden Worte finden, selbst großes Gezänk
Mit Geschick schnell wieder schlichten.[57]

Einer der Kerle, wütend über meine Einmischung, schlug mich mit seinem Bajonett in die Seite, ich verlor die Besinnung und fiel zu Boden. Diese Wunde wird mein Leben wahrscheinlich verkürzen, da sie einen bereits zuvor schwachen Körper beschädigt hat. Aber ich bin es zufrieden zu sterben. Ich habe in Griechenland gelernt, daß ein Mann mehr oder weniger von geringer Bedeutung ist, so lange genug menschliche Leiber verbleiben, um die ausgedünnten Reihen der Soldaten aufzufüllen, und daß das Fehlen eines Einzelnen übersehen werden

---

[57] Hesiod, Theogonie.

kann, so daß die Musterrolle die volle Anzahl enthält. All dies hat eine entgegengesetzte Wirkung auf Raymond: Er ist in der Lage, das Ideal des Krieges zu betrachten, während ich nur seine Realität empfinde. Er ist ein Soldat, ein General. Er vermag die blutdürstigen Kriegshunde zu beeinflussen, während ich ihren Neigungen vergeblich Widerstand leiste. Die Ursache ist einfach. Burke hat gesagt: „In allen Körpern müssen diejenigen, die führen wollen, auch in einem beträchtlichen Grad folgen."[58] - Ich kann nicht folgen, denn ich hege keine Sympathien für ihre Träume von Massakern und Ruhm - in einer solchen Laufbahn zu folgen und zu führen, ist die natürliche Neigung Raymonds. Er ist stets siegreich und gerecht; zu gleicher Zeit erwirbt er sich einen Namen und eine hohe Stellung, um den Griechen die Freiheit zu sichern, und möglicherweise ein erweitertes Reich."

Perditas Gefühle wurden durch diesen Bericht nicht besänftigt. Er, dachte sie, kann ohne mich erfolgreich und glücklich sein. Hätte ich nur auch Karriere gemacht! Könnte ich nur eine unerprobte Barke mit all meinen Hoffnungen, Energien und Sehnsüchten beladen und sie in den Ozean des Lebens befördern - in Richtung irgendeines erreichbaren Punktes, mit Ehrgeiz oder Vergnügen am Ruder! Doch widrige Winde halten mich an der Küste fest; wie Odysseus sitze ich am Ufer und weine. Aber meine schwachen Hände können weder die Bäume fällen noch die Planken glätten. Unter dem Einfluß dieser schwermütigen Gedanken verfiel sie mehr denn je ihrem Kummer. Doch Adrians Gegenwart bewirkte ein Gutes; er brach sofort das Raymond betreffende Gebot des Schweigens. Zuerst erschrak sie bei dem ungewohnten Klang; bald aber gewöhnte sie sich daran und mochte ihn, und sie lauschte begeistert den Berichten über seine Leistungen. Auch Clara wurde von ihrer Zurückhaltung befreit; Adrian und sie waren alte Spielgefährten gewesen; und jetzt, wenn sie zusammen Spazieren gingen oder ausritten, gab er ihren innigen Bitten nach und wiederholte zum hundertsten Mal irgendeine Geschichte über Tapferkeit, Freigebigkeit oder Gerechtigkeit ihres Vaters.

---

[58] Edmund Burke, Reflections on the Revolution in France.

In der Zwischenzeit brachte jedes Schiff berauschende Nachrichten aus Griechenland. Die Anwesenheit eines Freundes in seinen Armeen und Räten ließ uns mit Begeisterung jede Einzelheit verschlingen; und ein hier und da eingetroffener kurzer Brief von Raymond berichtete uns, wie sehr er von den Interessen seiner Wahlheimat in Anspruch genommen wurde. Die Griechen waren stark an ihren Geschäften interessiert und wären mit ihren gegenwärtigen Erwerbungen zufrieden gewesen, hätten die Türken sie nicht durch ihr Eindringen aufgerüttelt. Die Patrioten waren siegreich; sie wurden von Eroberungsgeist ergriffen; und schon sahen sie auf Konstantinopel als das Ihre hin. Raymond stieg ständig in ihrer Wertschätzung; doch ein Mann hielt ein ihm überlegenes Kommando in ihren Armeen. Er war berühmt für seine Taktik und die Wahl seiner Position in einer Schlacht, die er in den thrakischen Ebenen an den Ufern des Hebrus führte, was über das Schicksal des Islam entscheiden sollte. Die Mohammedaner wurden besiegt und vollständig aus dem Land westlich dieses Flusses vertrieben. Die Schlacht war blutig, der Verlust der Türken offenbar irreparabel; die Griechen, die nur einen Mann verloren, vergaßen die namenlose Menge, die auf dem blutigen Feld verstreut lag, und sie ließen nach, um sich zu einem Sieg zu gratulieren, der sie jemanden gekostet hatte - Raymond.

In der Schlacht von Makri hatte er die Kavallerie angeführt und die Flüchtenden bis zu den Ufern des Hebrus verfolgt. Sein Lieblingspferd wurde grasend am Rande des ruhigen Flusses gefunden. Man fragte sich, ob er vielleicht unerkannt gefallen war; doch kein zerbrochener Schmuck oder befleckte Rüstung verrieten sein Schicksal. Es wurde vermutet, daß die Türken, die sich plötzlich im Besitz eines solch berühmten Gefangenen sahen, entschlossen waren, ihre Grausamkeit statt ihrer Habgier zu befriedigen, und aus Angst vor der Einmischung Englands entschlossen waren, den kaltblütigen Mord an jenem Soldaten, den sie in den Schwadronen ihres Feindes am meisten haßten und fürchteten, für immer zu verbergen.

Raymond war in England nicht vergessen. Seine Abdankung vom Protektorat hatte eine beispiellose Sensation verursacht; und als sein glänzendes und mannhaftes System den engstirnigen Ansichten nachfolgender Politiker gegenübergestellt wurde, wurde mit Kummer an seine Amtszeit zurückgedacht. Die fortwährende Wiederkehr seines Namens, der in den griechischen Gazetten mit ehrenwerten Zeugnissen genannt wurde, hielt das Interesse aufrecht, das er erregt hatte. Er schien das Lieblingskind des Glücks zu sein, und sein vorzeitiger Verlust verdunkelte die Welt und zeigte den Überrest der Menschheit mit vermindertem Glanz. Sie klammerten sich voller Eifer an die Hoffnung, daß er noch am Leben sei. Der Botschafter in Konstantinopel wurde aufgefordert, die notwendigen Untersuchungen durchzuführen und, sollte er gefunden werden, seine Freilassung zu fordern. Es stand zu hoffen, daß die Bemühungen Erfolg haben würden, und daß, obwohl jetzt ein Gefangener, das Ziel von Grausamkeit und das Zeichens des Hasses, er von der Gefahr gerettet und dem Glück, der Macht und der Ehre wiederhergestellt würde, die er verdiente.

Die Wirkung dieser Nachricht auf meine Schwester war auffällig. Sie schenkte der Geschichte seines Todes nicht einen Augenblick Glauben; sie beschloß, sofort nach Griechenland zu reisen. Vernunftgründe und Überredungsversuche wurden sinnlos auf sie angewandt; sie ertrug kein Hindernis, keine Verzögerung. Es mag für eine Wahrheit angesehen werden, daß, wenn Argumente oder Bitten irgend jemanden von einem verzweifelten Zweck abbringen können, dessen Beweggrund und Ziel nur von der Stärke der Gefühle abhängt, es dann richtig sei, jene Person umzuwenden, da ihre Fügsamkeit zeigt, daß weder der Beweggrund noch das Ziel genügend Kraft in sich trügen, um sie durch die Hindernisse zu tragen, die mit ihrem Unternehmen verbunden sind. Wenn sie im Gegenteil von allen Vorhaltungen nicht umzustimmen ist, so ist diese Beständigkeit ein Vorzeichen des Erfolges; und es wird zur Pflicht derer, die sie lieben, ihr beizuspringen, um gemeinsam die Hindernisse aus dem Weg zu räumen. Solche Gefühle bewegten unseren kleinen Kreis. Als wir Perdita unnachgiebig fanden, berieten wir uns über die besten Mittel, um sie in ihrer Absicht zu unterstützen. Sie konnte nicht allein in ein Land gehen, in dem sie keine Freunde hatte, wo sie nur ankommen würde, um die schreckliche Nachricht zu hören, die sie mit Kummer und Reue überwältigen mußte. Adrian, dessen Gesundheit stets schwach gewesen war, litt jetzt, durch die Folgen seiner Wunde, unter einer beträchtlichen Verschlimmerung des Leidens. Idris konnte es nicht ertragen, ihn in diesem Zustand zu verlassen; und es war auch nicht richtig, eine junge Familie für eine Reise dieser Art aufzugeben oder mitzunehmen. Ich entschloß mich schließlich, Perdita zu begleiten. Die Trennung von meiner Idris war schmerzhaft - aber die Notwendigkeit versöhnte uns in gewisser Weise mit ihr: die Notwendigkeit und die Hoffnung, Raymond zu retten und ihn wieder zum Glück und zu Perdita zu verhelfen. Es war keine Zeit zu verlieren.

Zwei Tage nachdem wir zu unserem Entschluß gekommen waren, machten wir uns auf den Weg nach Portsmouth und schifften uns ein. Es war im Monat Mai, das Wetter war sturmlos; uns wurde eine angenehme Reise versprochen. Mit den eifrigsten Hoffnungen im Herzen begaben wir uns auf den weiten Ozean, wir sahen mit Entzücken das zurückweichende Ufer von Britannien, und unsere Flügel der Sehnsucht überrundeten unsere gut gefüllten Segel auf ihrer Fahrt gen Süden. Die leicht sich kräuselnden Wellen trugen uns vorwärts, und der alte Ozean lächelte über die Last der Liebe und der Hoffnung, die seiner Verantwortung übertragen war; er strich sanft über seine stürmischen Ebenen, und der Pfad wurde für uns geglättet. Tag und Nacht blies der Wind rechts achtern, gab unserem Kiel stetigen Antrieb - und weder rauher Sturm, tückischer Sand noch zerstörerischer Felsen brachten ein Hindernis zwischen meine Schwester und dem Land, das sie wieder mit ihrem ersten Geliebten vereinen sollte,

Dem Bekenner ihres lieben Herzens - ein Herz in einem Herzen.[59]

---

[59] Auf Percy Shelleys Grabstein in Rom (er wurde eingeäschert, nachdem er bei einem plötzlich aufgekommenen Sturm im Golf von La Spezia ertrunken war) ist die lateinische Inschrift „Cor Cordium", „Herz der Herzen" eingraviert.

DER LETZTE MENSCH.

Zweiter Band.

Kapitel 1.

Während dieser Reise, als wir uns an ruhigen Abenden an Deck unterhielten und das reflektierende Licht auf den Wellen und die wechselhaften Erscheinungen des Himmels beobachteten, entdeckte ich die völlige Umwälzung, die die Mißgeschicke Raymonds in den Gedanken meiner Schwester bewirkt hatten. Waren es die gleichen Wasser der Liebe, die in letzter Zeit kalt und schneidend wie Eis und auch ebenso abweisend gewesen waren, und jetzt, von ihren gefrorenen Ketten gelöst, in sprudelnder und dankbarer Ausgelassenheit durch die Regionen ihrer Seele flossen? Sie glaubte nicht, daß er tot war, sie wußte jedoch, daß er in Gefahr schwebte, und die Hoffnung, bei seiner Befreiung mitzuwirken, und der Gedanke, die Übel, die er durchgemacht haben könnte, durch Zärtlichkeit zu lindern, erhöhten und harmonisierten das zuletzt mißgestimmte Element ihres Wesens. Ich war hinsichtlich des Ergebnisses unserer Reise nicht so zuversichtlich wie sie. Sie war nicht zuversichtlich, sondern ihrer Sache gewiß; und die Erwartung, den Geliebten, den sie verbannt hatte, zu sehen, den Ehemann, den Freund, den Herzenskameraden, von dem sie lange entfremdet gewesen war, hüllte ihre Sinne in Freude und wiegte ihren Geist in Gelassenheit. Es war der Wiederbeginn des Lebens; es war das Verlassen der unfruchtbaren Wüste für eine von fruchtbarer Schönheit erfüllte Wohnstatt; es war ein Hafen nach einem Sturm, ein Beruhigungsmittel nach schlaflosen Nächten, ein glückliches Erwachen aus einem schrecklichen Traum.

Die kleine Clara begleitete uns; das arme Kind verstand nicht gut, was vor sich ging. Sie hörte, daß wir nach Griechenland wollten, daß sie ihren Vater sehen würde, und jetzt, zum ersten Mal, plauderte sie gegenüber ihrer Mutter von ihm.

Als wir in Athen landeten, sahen wir uns vor wachsenden Schwierigkeiten; auch konnte uns die geschichtsträchtige Erde oder die milde Atmosphäre nicht mit Begeisterung oder Vergnügen inspirieren, während das Schicksal Raymonds ungewiß war. Kein Mann hatte jemals ein so starkes Interesse an der öffentlichen Meinung erregt; dies war sogar unter den phlegmatischen Engländern offensichtlich, von deren Land er seit langem abwesend gewesen war. Die Athener hatten erwartet, daß ihr Held im Triumph zurückkehren würde; die Frauen hatten ihren Kindern beigebracht, seinen Namen zu lobpreisen; seine männliche Schönheit, sein Mut, seine Hingabe für ihre Sache ließen ihn in ihren Augen beinahe wie einen der alten Götter des Erdbodens erscheinen, der von seinem heimatlichen Olymp herabgekommen war, um sie zu verteidigen. Als sie von seinem wahrscheinlichen Tod und seiner gewissen Gefangenschaft sprachen, strömten Tränen aus ihren Augen; so wie die Frauen in Syrien um Adonis[60] trauerten, beklagten die Frauen und Mütter Griechenlands den Verlust unseres englischen Raymonds - Athen war eine Stadt der Trauer.

All diese Anzeichen der Verzweiflung trafen Perdita mit Schrecken. Mit jener zuversichtlichen, aber ungenauen Erwartung, welche ihr Verlangen entzündet hatte, als sie fern von der Wirklichkeit weilte, hatte sie in ihrem Kopf ein Bild von augenblicklicher Veränderung geschaffen, wenn sie ihren Fuß auf die griechischen Küsten setzen sollte. Sie stellte sich vor, daß Raymond bereits frei sein würde, und daß ihre zarten Aufmerksamkeiten sogar die Erinnerung an sein Mißgeschick völlig auslöschen würden. Aber sein Schicksal war noch ungewiß; sie begann das Schlimmste zu fürchten und zu fühlen, daß die Hoffnung ihrer Seele

---

[60] Laut der griechischen Sage betrauerten die Frauen den Tod Adonis', indem sie ihre Kleider zerrissen und sich auf die Brüste schlugen.

auf eine Möglichkeit gerichtet war, die sich als nichtig herausstellen könnte. Die Gemahlin und das liebliche Kind Lord Raymonds wurden in Athen Gegenstände intensiven Interesses. Die Tore ihrer Wohnung wurden belagert, inbrünstige Gebete wurden für seine Wiederherstellung gesprochen; all diese Umstände trugen zur Bestürzung und Angst Perditas bei.

Meine Bemühungen zahlten sich nicht aus: nach einiger Zeit verließ ich Athen und schloß mich der Armee an, die in Kishan in Thrakien stationiert war. Bestechung, Drohungen und Intrigen enthüllten bald das Geheimnis, daß Raymond am Leben war, ein Gefangener, der unter strengster Haft und mutwilligen Grausamkeiten litt. Wir setzten jeden Hebel der Politik und des Geldes in Bewegung, um ihn aus ihren Händen zu befreien.

Die Ungeduld im Gemüt meiner Schwester kehrte nun zurück, erweckt durch Umkehr, geschärft durch Reue. Die Schönheit des griechischen Klimas während der Frühlingszeit fügte ihren Empfindungen weitere Martern hinzu. Die beispiellose Lieblichkeit der mit Blumen bedeckten Erde - der freundliche Sonnenschein und der dankbare Schatten - die Melodie der Vögel - die Majestät der Wälder - die Pracht der Marmorruinen - der klare Glanz der nächtlichen Sterne - die Vereinigung all dessen war aufregend und üppig in diesem die Zeitalter überspannenden Land, welches ein wacheres Lebensgefühl und eine zusätzliche Empfindsamkeit für jede Äußerung ihres Körpers anregte, wodurch ihr Kummer nur verschärft wurde. Jede lange Stunde wurde gezählt, und „Er leidet" war die Bürde all ihrer Gedanken. Sie verzichtete auf Nahrung; sie lag auf der nackten Erde und versuchte durch solche Nachahmungen seiner erzwungenen Qualen, sich mit seinem fernen Leid zu vereinigen. Ich erinnerte mich, daß in einem ihrer schroffsten Momente ein Ausspruch von mir sie zu Wut und Verachtung aufgereizt hatte. „Perdita", hatte ich gesagt, „eines Tages wirst du entdecken, daß du falsch daran getan hast, Raymond wieder in die Dornen des Lebens zu werfen. Wenn die Enttäuschung seine Schönheit befleckt, wenn die Strapazen eines Soldaten seine männliche Gestalt verformt und die Einsamkeit selbst den Triumph über ihn bitter gemacht hat, dann wirst du bereuen; und bedauern, wenn die nicht wieder gutzumachende Veränderung

In Herzen, die dann ganz steinern sind,
Die späte Reue der Liebe bringt."[61]

Die stechende „Reue der Liebe" durchbohrte jetzt ihr Herz. Sie gab sich selbst die Schuld für seine Reise nach Griechenland - seine Gefahren - seine Gefangenschaft. Sie stellte sich die Angst seiner Einsamkeit vor; sie erinnerte sich, mit welch unbändiger Freude er sie in früheren Tagen zur Teilhaberin seiner freudigen Hoffnungen gemacht hatte - mit welch dankbarer Zuneigung er ihr Mitgefühl in seinen Sorgen entgegennahm. Sie rief sich in Erinnerung, wie oft er erklärt hatte, daß die Einsamkeit für ihn das größte aller Übel sei, und daß der Gedanke an den Tod für ihn mit noch größerer Angst und Pein verbunden war, wenn er sich ein einsames Grab vorstellte. „Mein bestes Mädchen", hatte er gesagt, „erlöst mich von diesen Phantasien. Mit ihr vereint, in ihrem lieben Herzen gehütet, werde ich nie wieder das Elend erfahren, allein zu sein. Selbst wenn ich vor dir sterbe, meine Perdita, bewahre meine Asche auf, bis die deine sich mit meiner vermengen mag. Es ist eine närrische Empfindung für jemanden, der kein Materialist ist, doch mich dünkt, daß ich selbst in jener dunklen Zelle fühlen kann, wie sich mein lebloser Staub mit deinem vermengt und somit eine Gefährtin im Zerfall hat." In ihrer verärgerten Stimmung hatte sie sich dieser Worte mit Bitterkeit und Verachtung erinnert; nun suchten sie sie in ihrer besänftigten Stunde heim, stahlen den Schlaf aus ihren Augen und beraubten ihren unruhigen Geist aller Hoffnung auf Ruhe.

Auf diese Weise vergingen zwei Monate, bis wir endlich Raymonds Freilassung erreichten. Gefangenschaft und Not hatten seine Gesundheit untergraben; die Türken fürchteten, daß die englische Regierung ihre Drohungen wahrmachen würde, wenn er unter ihren Händen starb; sie sahen seine Genesung als unmöglich an, überbrachten ihn uns als Sterbenden und überließen uns bereitwillig die Begräbnisriten.

---

[61] Lord Byron, Childe Harolde, Vierter Canto.

Er kam auf dem Seeweg von Konstantinopel nach Athen. Der ihm günstige Wind blies so stark an der Küste, daß wir ihn nicht, wie wir zunächst beabsichtigt hatten, auf seiner Wasserstraße treffen konnten. Der Wachturm von Athen wurde von Neugierigen belagert, jedes Segel hielt eifrig Ausschau; bis am ersten Mai die elegante Fregatte in Sicht kam, beladen mit einem Schatz von unschätzbarem Wert, größer als jener Reichtum, der, von Mexiko aus gesteuert, vom aufgebrachten Pazifik verschluckt, oder über seine stille Oberfläche befördert wurde, um die Krone Spaniens zu bereichern. In der frühen Morgendämmerung wurde das Schiff in Küstennähe entdeckt; es wurde vermutet, daß es ungefähr fünf Meilen vom Land Anker werfen würde. Die Nachricht verbreitete sich in Athen, und die ganze Stadt strömte am Tor des Piräus heraus, durch die Straßen, durch die Weinberge, die Olivenwälder und die Feigenpflanzungen zum Hafen. Die lärmende Freude der Bevölkerung, die grellen Farben ihrer Kleidung, der Tumult von Wagen und Pferden, vermischt mit aufmarschierenden Soldaten, das Winken von Bannern und der Klang von Kriegsmusik trugen zur Aufregung der Szene bei; während um uns herum in feierlicher Majestät die Relikte des Altertums ruhten. Zu unserer Rechten erhob sich die Akropolis, Zuschauerin von tausend Veränderungen, von antikem Ruhm, türkischer Sklaverei und der Wiederherstellung der teuer erkauften Freiheit; Gräber und Kenotaphe[62] waren reichlich verstreut, mit immer erneuerter Vegetation geschmückt; die mächtigen Toten schwebten über ihren Denkmälern und sahen in unserem Eifer und den versammelten Zahlen eine Erneuerung der Szenen, in denen sie die Darsteller gewesen waren. Perdita und Clara fuhren in einem geschlossenen Wagen, ich begleitete sie zu Pferd. Endlich kamen wir im Hafen an, der durch den Wellengang des Meeres unruhig war. Der Strand war, soweit man dies erkennen konnte, von einer sich bewegenden Menge bedeckt, die von denen hinter ihnen Stehenden zum Meer gedrängt wurde, und sogleich wieder zurückstürzte, wenn die schweren Wellen mit dumpfem Gebrüll dicht an ihr vorbeibrach. Ich legte mein Fernglas

---

[62] Ein Kenotaph ist ein Denkmal für einen oder mehrere Tote, das keinen Leichnam enthält.

an und konnte erkennen, daß die Fregatte bereits Anker geworfen hatte, weil man die Gefahr scheute, näher an die Windstille der Küste zu kommen. Ein Boot wurde abgesenkt - mit einem jähen Erschrecken sah ich, daß Raymond nicht in der Lage war, das Schiff selbständig zu verlassen. Er wurde auf einem Stuhl sitzend herabgelassen und lag in Mäntel eingehüllt auf dem Boden des Bootes.

Ich stieg ab und rief einige Matrosen an, die im Hafen herumruderten, daß sie anlegen und mich in ihr Boot aufnehmen sollten; Perdita stieg im selben Augenblick aus ihrem Wagen - sie ergriff meinen Arm - „Nimm mich mit", rief sie; sie zitterte und war bleich. Clara klammerte sich an sie. „Das geht nicht", sagte ich, „das Meer ist rauh - er wird bald hier sein - siehst du nicht sein Boot?" Die kleine Barke, die ich hergewinkt hatte, hatte jetzt angelegt; bevor ich sie aufhalten konnte, war Perdita, unterstützt von den Matrosen, darin - Clara folgte ihrer Mutter - ein lautes Geschrei hallte von der Menge wider, als wir aus dem inneren Hafen herausfuhren, während meine Schwester am Bug einen der Männer, der ein Fernglas benutzt hatte, festhielt und ihm tausend Fragen stellte, ohne Rücksicht auf die Gischt, die über sie hinwegbrach, taub und blind für alles, außer dem kleinen Punkt, der gerade über den Wellenkämmen sichtbar war, und sich offensichtlich näherte. Wir näherten uns mit der ganzen Geschwindigkeit, die sechs Ruderer bewirken konnten; die geordnete und malerische Kleidung der Soldaten am Strand, die Klänge der jubelnden Musik, die frische Brise und die wehenden Fahnen, die ungehemmten Ausrufe der begeisterten Menge, deren dunkles Aussehen und fremde Kleidung rein östlich waren, der Anblick des von Tempeln gekrönten Felsens, des weißen Marmors der Gebäude, der in der Sonne glitzerte, und in strahlendem Kontrast gegen den dunklen Rücken dahinterliegender hoher Berge stand; das nahe Brüllen des Meeres, das Plätschern von Rudern und die Gischtnebel, alles das zusammengenommen versenkte meine Seele in einen unerforschten, ungeahnten Rausch im gewöhnlichen Lauf des gewöhnlichen Lebens. Zitternd konnte ich nicht weiter durch das Fernglas schauen, mit dem ich die Bewegung der Mannschaft beobachtet hatte, als das Boot der Fregatte zu Wasser gelassen worden war. Wir näherten uns rasch, so daß endlich die Anzahl und Gestalt der Leute im Innern des

Bootes unterschieden werden konnten; seine dunklen Seitenwände wurden groß, und das Plätschern seiner Ruder wurde hörbar: Ich konnte die kraftlose Gestalt meines Freundes erkennen, als er sich bei unserer Annäherung halb erhob.

Perditas Fragen waren verstummt; sie lehnte sich auf meinen Arm und keuchte vor Gefühlen, die zu stark für Tränen waren - unsere Männer fuhren längs an das andere Boot heran. Mit letzter Kraft sammelte meine Schwester ihre Stärke, ihre Entschiedenheit; sie trat vom einen Boot ins andere, und dann sprang sie mit einem Schrei Raymond entgegen, kniete neben ihm nieder und gab sich, indem sie ihre Lippen auf die Hand preßte, die sie ergriff, ihr Gesicht von ihren langen Haaren umflort, den Tränen hin.

Raymond hatte sich bei unserer Annäherung etwas erhoben, aber selbst diese Anstrengung bereitete ihm Mühe. Mit eingefallenen Wangen und hohlen Augen, blaß und hager, hätte ich den Geliebten Perditas kaum erkannt.

Ich blieb ehrfürchtig und stumm - er blickte lächelnd auf das arme Mädchen; er war ganz Lächeln. Ein sonniger Tag, der auf ein dunkles Tal fällt, zeigt seine zuvor verborgenen Eigenschaften; und nun, als dieses Lächeln, mit dem er zuerst Perdita seine Liebe gestanden, mit der er das Protektorat willkommen geheißen hatte, auf seinem veränderten Antlitz spielte, fühlte ich in meinem innersten Herzen, daß dies Raymond war.

Er streckte mir seine andere Hand entgegen; ich erkannte die Spuren von Fesselung an seinem entblößten Handgelenk. Ich hörte das Schluchzen meiner Schwester und dachte, glücklich sind Frauen, die weinen, und in einer leidenschaftlichen Liebkosung den Druck ihrer Gefühle abwerfen können. Scham und gewohnheitsmäßige Reserviertheit halten einen Mann zurück. Ich hätte Welten gegeben, hätte ich wie in jungen Jahren handeln können, ihn an meine Brust gedrückt, seine Hand an meine Lippen gepreßt und über ihm geweint; mein schwellendes Herz erstickte mich; der natürliche Strom wollte nicht zurückgehalten werden; die großen rebellischen Tränen sammelten sich in meinen Augen; ich wandte mich zur Seite, und sie stürzten ins Meer - sie kamen schnell und schneller - , und doch konnte ich mich kaum schämen, denn ich sah, daß die rauhen Seeleute nicht unbewegt waren und von unserer Besatzung allein Raymonds Augen trocken waren. Er lag in jener gesegneten Ruhe, die die Genesung immer hervorruft, genoß in sicherer Ruhe seine Freiheit und kehrt zu ihr, die er verehrte, zurück. Perdita zügelte schließlich ihren leidenschaftlichen Ausbruch und erhob sich - sie sah sich nach Clara um. das verängstigte Kind, das ihren Vater nicht erkannte und von uns vernachlässigt worden war, war zum anderen Ende des Bootes gekrochen; sie kam auf den Ruf ihrer Mutter. Perdita stellte sie Raymond vor; ihre ersten Worte waren: „Geliebter, umarme unser Kind!"

„Komm her, Liebes", sagte ihr Vater, „kennst du mich nicht?" Sie erkannte seine Stimme und warf sich etwas schüchtern, aber mit unkontrollierbarer Gemütsbewegung in seine Arme.

Da ich die Schwäche Raymonds bemerkte, war ich wegen übler Folgen durch den Druck der Menschenmenge an seinem Landeplatz besorgt. Doch sie waren von der Veränderung seines Aussehens so beeindruckt, wie ich es gewesen war. Die Musik verstummte, die Rufe hörten plötzlich auf; die Soldaten hatten einen Bereich geräumt, in dem ein Wagen aufgestellt war. Er wurde hineingesetzt; Perdita und Clara stiegen mit ihm ein, und seine Begleiter schlossen sich um ihn. Ein hohles Gemurmel, ähnlich dem Rauschen der nahen Wellen, lief durch die Menge; sie fielen zurück, als die Kutsche vorrückte, und da sie sich davor fürchteten, ihn zu verletzen, für den sie gekommen waren, um ihn mit lautem Freudenbekundungen zu begrüßen, gaben sie sich damit zufrieden, sich tief zu verbeugen, als der Wagen an ihnen vorbeifuhr. Es ging langsam die Straße des Piräus entlang, vorbei am antiken Tempel und am Heldengrab, unter dem zerklüfteten Felsen der Zitadelle. Das Geräusch der Wellen wurde zurückgelassen, das der Menge war noch in Abständen unterdrückt und heiser zu hören, und obwohl in der Stadt die Häuser, Kirchen und öffentlichen Gebäude mit Behängen und Bannern geschmückt waren - obwohl die Soldaten die Straßen säumten und die Einwohner zu Tausenden versammelt waren, um ihn zu grüßen, hielt die gleiche feierliche Stille an, die Soldaten präsentierten ihre Waffen, die Banner wehten, so manche weiße Hand schwenkte einen Wimpel und versuchte vergeblich, den Helden im Fahrzeug zu erkennen, das ihn, geschlossen und von den Stadtwachen umringt, in den Palast zog, der für seine Wohnung bestimmt war.

Raymond war schwach und erschöpft, doch das Interesse, das man für ihn hegte, erfüllte ihn mit stolzem Vergnügen. Er wurde beinahe aus lauter Freundlichkeit getötet. Es stimmt, die Bevölkerung hatte sich zurückgehalten, doch aus dem Gedränge um den Palast drang ein anhaltendes Summen und Getümmel, das zu dem Lärm des Feuerwerks, den häufigen Explosionen der Waffen, dem Hin und Her von Reitern und Kutschen, in deren Begeisterung er im Mittelpunkt stand, hinzukommend, seine Genesung verlangsamte. So zogen wir uns eine Weile nach Eleusis zurück, und hier fügte jeder Tag der Ruhe und liebevoller Fürsorge unserem Kranken mehr Stärke hinzu. Die beflissene Aufmerksamkeit Perditas beanspruchte den ersten Rang in den Ursachen, die seine schnelle Wiederherstellung herbeiführten; aber die zweite war sicherlich das Vergnügen, das er in der Zuneigung und dem Wohlwollen der Griechen fühlte.

Es heißt, daß wir diejenigen sehr lieben, aus denen wir einen großen Nutzen ziehen. Raymond hatte für die Athener gekämpft und erobert, er hatte um ihretwillen Gefahr, Gefangenschaft und Not gelitten. Ihre Dankbarkeit bewegte ihn tief, und er schwor innerlich, sein Schicksal für immer mit dem eines Volkes zu verbinden, das ihm so eifrig ergeben war. Geselligkeit und Mitgefühl waren ein hervorstechendes Merkmal in meinem Charakter. In meiner frühen Jugend spielte das lebende Drama um mich herum, und zog mich mit Herz und Seele in seinen Strudel. Ich war mir jetzt einer Veränderung bewußt. Ich liebte, ich hoffte, ich genoß; aber da war noch etwas anderes. Ich interessierte mich für die inneren Prinzipien des Handelns der Menschen um mich herum. Ich war darauf bedacht, ihre Gedanken richtig zu lesen, und war stets damit beschäftigt, ihr Innerstes zu erahnen. Alle Ereignisse, die mich zutiefst interessierten, stellten sich in Bildern vor mir dar. Ich gab jeder Person in der Gruppe den richtigen Platz, die richtige Ausgewogenheit zu jedem Gefühl. Diese Unterströmung des Denkens beruhigte mich oft in der Not und sogar in der Verzweiflung. Sie verlieh etwas Idealität, über das sich die Seele empört hätte, wenn sie in ihrer nackten Wahrheit erkannt worden wäre; sie hauchte malerische Farbe über Elend und Krankheit und rettete mich in beklagenswerten Veränderungen nicht selten aus der Verzweiflung. Diese Fähigkeit, oder dieser Instinkt, war jetzt geweckt. Ich beobachtete die wiedererweckte Hingabe meiner Schwester, Claras zaghafte, aber konzentrierte Bewunderung ihres Vaters und Raymonds Appetit auf Ruhm und seine Empfänglichkeit gegenüber den Demonstrationen der Zuneigung der Athener. Indem ich dieses animierte Buch aufmerksam studierte, war ich um so weniger überrascht von der Geschichte, die ich auf der neu umgeblätterten Seite las.[1]

Die türkische Armee belagerte damals Rodosto, und die Griechen, die ihre Vorbereitungen beschleunigten und jeden Tag Verstärkungen sandten, standen kurz davor, den Feind zum Kampf zu zwingen. Jedes Volk betrachtete den kommenden Kampf als das, was in hohem Maße entscheidend sein würde, denn im Falle des Sieges würde der nächste Schritt die Belagerung Konstantinopels durch die Griechen bedeuten. Raymond, der sich etwas erholt hatte, war bereit, sein Kommando in der Armee wieder aufzunehmen.

Perdita widersetzte sich seinem Entschluß nicht. Sie bestand aber darauf, daß es ihr erlaubt sein müsse, ihn zu begleiten. Sie hatte keine Verhaltensregeln für sich selbst aufgestellt, doch sie hätte um ihr Leben nicht dem geringsten seiner Wünsche etwas entgegensetzen, oder anders als fröhlich allen seinen Vorhaben zustimmen können. Tatsächlich hatte ein Wort sie mehr alarmiert als Schlachten oder Belagerungen, während derer, wie sie vertraute, Raymonds Oberkommando verhindern würde, daß er in Gefahr geriete. Dieses Wort, denn mehr war es bis jetzt nicht für sie, lautete PEST. Dieser Feind der menschlichen Rasse hatte Anfang Juni begonnen, seinen Schlangenkopf an den Ufern des Nils zu erheben; Teile Asiens, die diesem Übel üblicherweise nicht unterlagen, wurden infiziert. Sie war in Konstantinopel, da aber diese Stadt jedes Jahr einen ähnlichen Besuch erlebte, wurde jenen Berichten, die erklärten, daß dort bereits mehr Leute gestorben seien, als für gewöhnlich im gesamten Zeitraum der heißen Monate, nur geringe Aufmerksamkeit geschenkt. Wie dem auch sei, weder Pest noch Krieg konnten Perdita davon abhalten, ihrem Lord zu folgen, oder sie dazu bringen, gegen die Pläne, die er vorschlug, Einwände zu erheben. Ihm nahe zu sein, von ihm geliebt zu werden, ihn wieder als den Ihren zu fühlen, waren ihre obersten Wünsche. Das Ziel ihres Lebens war es, ihm Vergnügen zu bereiten: So war es bereits zuvor gewesen, jedoch mit einem Unterschied. In vergangenen Zeiten hatte sie ihn ohne Gedanken und Voraussicht glücklich gemacht, und war es auch selbst, und vor jeder Entscheidung konsultierte sie ihre eigenen Wünsche, da sie mit seinen übereinstimmten. Jetzt stellte sie ihre Wünsche unentwegt hintenan und opferte sogar ihre Angst um seine Gesundheit und ihr Wohlergehen ihrer Entschlossenheit, sich keinem seiner Wünsche zu widersetzen. Die Liebe des griechischen Volkes, der Appetit auf Ruhm und der Haß auf die barbarische Regierung, unter der er selbst bis zur Annäherung des Todes gelitten hatte, beflügelten ihn. Er wollte die Freundlichkeit der Athener zurückzahlen, die prächtigen Assoziationen, die mit seinem Namen verbunden waren, am Leben erhalten und eine Macht aus Europa ausradieren, die, während jede andere Nation in der Zivilisation vorrückte, als ein Monument der antiken Barbarei stehengeblieben war. Nachdem ich die Wiedervereinigung von Raymond und Perdita bewirkt hatte, konnte ich es kaum abwarten, nach England zurückzukehren; aber seine ernste Bitte erweckte Neugier, und eine undefinierbare Faszination, Zeuge der Katastrophe in der lang gezogenen Geschichte der griechischen und türkischen Kriegsführung zu sein, die offenbar kurz bevorstand. Dies veranlaßte mich dazu, zuzustimmen, noch bis zum Herbst in Griechenland zu verweilen.

Sobald die Gesundheit von Raymond wieder ausreichend wiederhergestellt war, bereitete er sich darauf vor, sich dem griechischen Lager nahe Kishan anzuschließen, einer Stadt von einiger Bedeutung, östlich des Hebrus; dort sollten Perdita und Clara bis zum Ereignis der erwarteten Schlacht bleiben. Wir verließen Athen am zweiten Juni. Raymond hatte sich von dem durch das Fieber verursachten hageren und bleichen Aussehen erholt. Wenn ich auch nicht mehr den frischen Glanz der Jugend auf seinem gereiften Gesicht sah, wenngleich Sorge seine Stirn umwölkt hatte,

Und tiefe Gräben in seiner Schönheit Feld gegraben,[63]

---

[63] Shakespeares Sonette

wenn auch sein Haar, leicht mit Grau gemischt war, und man in seinem Blick, rücksichtsvoll sogar in seinem Eifer, Zeichen von zusätzlichen Jahren und vergangenen Leiden erkennen konnte, so lag doch etwas Unwiderstehliches im Anblick von jemandem, der erst kürzlich dem Grab entrissen, ungebrochen von Krankheit oder Unglück, seine Karriere wieder aufnahm. Die Athener sahen in ihm nicht wie früher den heldenhaften Jüngling oder den wagemutigen Mann, der bereit war, für sie zu sterben; sondern den klugen Kommandanten, der um ihretwillen auf sein Leben achtete und seine eigenen Interessen als Krieger vernünftiger Politik unterordnen konnte.

Ganz Athen begleitete uns für mehrere Meilen. Als er vor einem Monat gelandet war, war die laute Bevölkerung aus Trauer und Angst verstummt, dies jedoch war ein Festtag für alle. Die Luft hallte von ihren Rufen wider; ihre pittoreske Tracht und die fröhlichen Farben, aus denen sie bestand, leuchteten im Sonnenschein, ihre eifrigen Gesten und schnelle Sprache stimmten mit ihrer wilden Erscheinung überein. Raymond war in aller Munde, die Hoffnung jeder Ehefrau, Mutter oder Braut, deren Ehemann, Kind oder Geliebter ein Teil der griechischen Armee war und von ihm zum Sieg geführt werden sollte.

Trotz des gefährlichen Gegenstandes unserer Reise waren wir von romantischem Interesse erfüllt, als wir durch die Täler und über die Hügel dieses göttlichen Landes zogen. Raymond war ganz von den intensiven Empfindungen der wiederhergestellten Gesundheit berauscht; er fühlte, daß er, indem er General der Athener war, einen Posten erfüllte, der seines Ehrgeizes würdig war; und in seiner Hoffnung auf die Eroberung von Konstantinopel zählte er auf ein Ereignis, das ein Meilenstein in der Geschichte, eine in den Annalen des Menschen unvergleichliche Heldentat sein würde; wenn eine Stadt von großer historischer Bedeutung, deren Schönheit ein Weltwunder war, die viele Jahrhunderte lang die Hochburg der Moslems gewesen war, aus der Sklaverei und der Barbarei errettet werden und einem Volk zufallen sollte, das für ihre großen Geister, ihre Zivilisation und ihren Freiheitsgeist berühmt war. Perdita ruhte auf seiner wiederhergestellten Gesellschaft, auf seiner Liebe, seinen Hoffnungen und seinem Ruhm, beinahe wie eine Sybarite⁶⁴ auf einer luxuriösen Liege; jeder Gedanke war Gefühl, jede Empfindung badete sozusagen in einem angenehmen und wohltuendem Element.

Wir kamen am siebten Juli in Kishan an. Das Wetter während unserer Reise war heiter gewesen. Jeden Tag vor Tagesanbruch verließen wir unser Nachtlager und beobachteten die Schatten, die sich von Hügel und Tal zurückzogen, und die goldene Pracht der aufgehenden Sonne. Die begleitenden Soldaten äußerten mit einheimischer Lebhaftigkeit enthusiastische Freude beim Anblick der schönen Natur. Der Aufgang der Sonne wurde mit triumphalen Klängen gefeiert, während die zwitschernden Vögel die Zwischenräume mit ihrer Musik füllten. Mittags schlugen wir unsere Zelte in einem schattigen Tal oder einem schattenspendenden Gehölz zwischen den Bergen auf, während ein Bächlein, das über Kieselsteine murmelte, wohltuenden Schlaf bewirkte. Unser gemächlicherer Abendmarsch war noch entzückender als die morgendliche Rastlosigkeit des Geistes. Wenn die Kapelle aufspielte, wählten sie unbewußt Arien von gemäßigter Leidenschaft; auf den Abschied von der Liebe oder das Klagen über die Abwesenheit folgte oder schloß eine feierliche Hymne, die mit der stillen Lieblichkeit des Abends harmonierte und die Seele zu großen und erhabenen Gedanken erhob. Oft verstummten alle Geräusche, so daß wir der Nachtigall lauschen konnten, während die Glühwürmchen hell im Takt tanzten, und das leise Gurren der Eule den Reisenden schönes Wetter versprach. Durchquerten wir ein Tal, umgaben uns weiche Schatten und schön gefärbte Felsen. Wenn wir einen Berg überquerten, war Griechenland als eine belebte Landkarte darunter ausgebreitet, seine berühmten Zinnen spalteten den Äther; seine Flüsse teilten in silbernen Linien das fruchtbare Land. Wir Engländer hatten beinahe Angst, zu atmen, und überblickten diese herrliche Landschaft, die sich so sehr von den nüchternen Farben und schwermütigen Reizen unserer Heimat unterschied, mit Begeisterung. Als wir Mazedonien verließen, boten die

---

⁶⁴ Sybariten stammen aus Sybaris, einer antiken griechischen Stadt in Süditalien. Sybariten wurden als Schlemmer und Völlerer stereotypisiert, ganz ähnlich wie die Bewohner des fiktiven „Schlaraffenlands".

fruchtbaren, aber flachen Ebenen von Thrakien weniger Schönheit; dennoch war unsere Reise weiterhin interessant. Eine Vorhut gab Auskunft über unsere Herangehensweise, und die Landbevölkerung war schnell in Bewegung, um Lord Raymond Ehre zu erweisen. Die Dörfer waren bei Tag mit Triumphbögen aus grünem Laub und bei Nacht mit Lampen geschmückt. Fahnen wehten aus den Fenstern, der Boden war mit Blumen bestreut, und der Name Raymonds, der mit dem von Griechenland verbunden ist, wurde im *Hallo* der Bauernmenge wiederholt.

Als wir in Kishan eintrafen, erfuhren wir, daß die türkische Armee sich von Rodosto zurückgezogen hatte, als sie von dem Vorrücken von Lord Raymond und seinem Stoßtrupp hörte; Aber nachdem Verstärkung zu ihnen gestoßen war, nahmen sie ihre vorige Position wieder ein. In der Zwischenzeit war Argyropylo, der griechische Oberbefehlshaber, herangekommen, um zwischen den Türken und Rodosto zu sein; eine Schlacht, so hieß es, sei unvermeidlich. Perdita und ihr Kind sollten in Kishan bleiben. Raymond fragte mich, ob ich nicht mit ihnen gehen wollte. „Nun, bei den Bergen von Cumberland", rief ich, „bei dem Landstreicher und Wilderer, der in mir steckt, will ich an deiner Seite stehen, mein Schwert für die griechische Sache ziehen und zusammen mit dir als Sieger gefeiert werden!"

Die ganze Ebene, von Kishan bis Rodosto, eine Strecke von sechzehn Meilen, wimmelte von Truppen oder von den Gefolgsleuten, die sich in der Nähe einer Schlacht bewegten. Die kleinen Garnisonen wurden aus den verschiedenen Städten und Festungen gezogen und der Hauptarmee hinzugefügt. Wir trafen auf Gepäckwagen und viele Frauen von hohem und niedrigem Rang, die nach Fairy oder Kishan zurückkehrten, um dort den Ausgang des erwarteten Tages abzuwarten. Als wir in Rodosto ankamen, erfuhren wir, daß der Kriegsrat bereits gehalten worden war und der Plan der Schlacht angeordnet war. Die Geräusche des Felds, früh am folgenden Morgen, informierten uns, daß die vorgeschobenen Posten der Armeen besetzt waren. Regiment nach Regiment rückte mit wehenden Fahnen und aufspielenden Kapellen vor. Sie pflanzten die Kanonen auf die Grabhügel, die einzigen Erhebungen in diesem ebenen Land, und formierten sich zu Säule und hohlem Quadrat; während die Vorhut kleine Hügel zu ihrem Schutz aufwarf.

Dies waren nun die Vorbereitungen für eine Schlacht, ja, die Schlacht selbst; ganz anders als alles, was sich die Phantasie ausgemalt hatte. Man liest in der griechischen und römischen Geschichte von Mitte und Flügel; wir stellen uns einen Ort vor, der eben wie ein Tisch ist, und Soldaten, so klein wie Schachfiguren, die gezogen werden, so daß selbst die Unwissendsten des Spiels Sinn und Ordnung in der Stellung der Kräfte entdecken können. Als ich die Wirklichkeit erlebte und sah, daß Regimenter weit außer Sichtweite nach links abdrifteten und zwischen den Bataillonen Felder entstanden, aber ein paar Truppen in ausreichender Nähe von mir standen, um ihre Bewegungen zu beobachten, gab ich jeden Gedanken daran auf, eine Schlacht auch nur zu sehen, sondern heftete mich an Raymond und beobachtete mit äußerstem Interesse seine Handlungen. Er zeigte sich gesammelt, furchtlos und souverän; seine Befehle waren prompt, seine Voraussicht der Ereignisse des Tages erschienen mir wundersam. In der Zwischenzeit brüllte die Kanone; die Musik hob in Intervallen ihre belebende Stimme; und wir auf dem höchsten jener Hügel, die ich erwähnte, zu weit entfernt, um die gefallenen Garben zu beobachten, die der Tod in sein Lagerhaus sammelte, sahen die Regimenter, mal im Rauch verloren, mal Banner und Stäbe über die Wolke reckend, während Geschrei und Waffengeklirre jeden anderen Laut übertönten.

Früh am Tag wurde Argyropylo gefährlich verwundet und Raymond übernahm das Kommando der ganzen Armee. Er machte nur wenige Bemerkungen, bis, indem er durch sein Fernglas die Auswirkung eines Befehls beobachtete, den er gegeben hatte, sein Gesicht, das für eine Weile von Zweifeln getrübt war, zu strahlen begann. „Der Tag ist unser", rief er, „die Türken fliehen vor dem Bajonett." Und dann schickte er schnell seine Adjutanten los, um den Reitern zu befehlen, auf den geschlagenen Feind einzufallen. Die Niederlage wurde eine vollständige. Das Gebrüll der Kanone verstummte, die Infanterie sammelte sich, und die Reiter verfolgten die Türken auf der öden Ebene. Raymonds Stab war in verschiedene Richtungen verstreut, um Beobachtungen zu machen, und Befehle zu überbringen. Selbst ich wurde zu einem entfernten Teil des Feldes entsendet.

Das Feld, auf dem die Schlacht ausgefochten worden war, war eine glatte Ebene, so eben, daß man von den Hügelgräbern aus die wellige Bergkette am ausgedehnten Horizont sah; doch der dazwischenliegende Raum war unberührt von der geringsten Unregelmäßigkeit, abgesehen von wellenartigen Bodenverwerfungen, die den Wellen des Meeres ähnelten. Jener Teil Thrakiens war so lange Schauplatz von Kämpfen gewesen, daß er unkultiviert geblieben war, und ein trostloses, unfruchtbares Äußeres aufwies. Der Befehl, den ich erhalten hatte, bestand darin, die Richtung zu beobachten, die eine feindliche Abteilung von einem der nördlichen Hügelgräber aus hätte nehmen können; die gesamte türkische Armee, gefolgt von den Griechen, hatte sich gen Osten verflüchtigt; niemand außer den Toten war in Richtung meiner Seite verblieben. Von der Kuppe des Hügels aus schaute ich weit umher - alles war still und verlassen.

Die letzten Strahlen der fast versunkenen Sonne schossen hinter dem in der Ferne liegenden Gipfel des Bergs Athos empor; das Meer von Marmora glitzerte immer noch unter seinen Strahlen, während die jenseits liegende asiatische Küste halb in einem Nebel aus niedrigen Wolken verborgen war.

So mancher weit und nah verstreut umherliegende Helm, Bajonett oder Schwert, von entmutigten Händen fallengelassen, spiegelten die Strahlen der untergehenden Sonne wider. Aus dem Osten kam ein Rabenschwarm, alte Bewohner der türkischen Friedhöfe, auf ihr Festmahl zugesegelt; die Sonne verschwand. Diese Stunde, melancholisch und doch lieblich, schien mir immer die Zeit zu sein, in der wir am natürlichsten dazu gebracht werden, mit höheren Mächten in Verbindung zu treten; unsere sterbliche Härte wird gemildert und die Seele in sanfte Ruhe gewiegt. Aber jetzt, inmitten von Sterbenden und Toten, wie könnte ein Gedanke an den Himmel oder ein Gefühl der Ruhe einen der Mörder überkommen? Während des geschäftigen Tages hatte sich mein Geist als williger Sklave dem Zustand der Dinge ergeben, der ihm von seinen Mitmenschen präsentiert wurde; historische Verbundenheit, Haß auf den Feind und militärische Begeisterung hatten die Herrschaft über mich ausgeübt. Jetzt blickte ich auf den Abendstern, der so sanft und ruhig in den feurigen Tönungen des Sonnenuntergangs dastand. Ich wandte mich der leichenübersäten Erde zu und schämte mich meiner Rasse. Und dies taten die stillen Himmel vielleicht ebenfalls; denn sie verschleierten sich rasch im Nebel und unterstützten dabei das rasche Verschwinden des im Süden üblichen Zwielichts; schwere Wolkenmassen stiegen aus dem Südosten auf, und verworrene rote Blitze schossen aus ihren dunklen Rändern; der stürmische Wind zauste die Gewänder der Toten und erkaltete, als er über ihre eisigen Körper hinwegging. Dunkelheit zog sich umher zusammen; die Gegenstände um mich wurden undeutlich, ich stieg von meiner Position herab und führte mein Pferd unter Schwierigkeiten, da ich den Erschlagenen ausweiche mußte.

Plötzlich vernahm ich einen durchdringenden Schrei; eine Gestalt schien von der Erde aufzusteigen; sie flog schnell auf mich zu und sank wieder zu Boden, als ich näher kam. All dies geschah so plötzlich, daß ich nur mit Mühe mein Pferd zügeln konnte, um es daran zu hindern, auf dem niedergefallenen Wesen herumzutrampeln. Die Kleidung jener Person war die eines Soldaten, aber der entblößte Hals und die Arme und die fortgesetzten Schreie verrieten eine solcherart verkleidete Frau. Ich stieg ab, um ihr aufzuhelfen, während sie unter schweren Seufzern und einer auf die Seite gelegten Hand meinem Versuch widerstand, sie fortzuführen. In der Hast des Augenblicks vergaß ich, daß ich in Griechenland war, und versuchte, die Leidende in meiner Muttersprache zu beruhigen. Unter wilden und schrecklichen Ausrufen erkannte die einsame, sterbende Evadne (denn sie war es) die Sprache ihres Geliebten; von ihrer Wunde hervorgerufener Schmerz und Fieber hatten ihren Geist verwirrt, während ihre kläglichen Schreie und ihre schwachen Bemühungen, zu entkommen, mein Mitleid weckten. Im wilden Delirium rief sie den Namen Raymonds; sie rief aus, daß ich ihn von ihr fernhielte, während die Türken ihm mit furchtbaren Folterinstrumenten das Leben nehmen würden. Dann wieder beklagte sie traurig ihr hartes Schicksal; daß eine Frau mit weiblichem Herzen und Empfindsamkeit, von hoffnungsloser Liebe und leerer Hoffnung dazu getrieben werden sollte, den Dienst an der Waffe aufzunehmen und über das Maß des Erträglichen hinaus Entbehrungen, Mühsal und Schmerz zu erleiden -

während ihre trockene, heiße Hand die meine drückte, und ihre Stirn und Lippen in verzehrendem Feuer brannten.

Als ihre Kraft sie verließ, hob ich sie vom Boden auf; ihre ausgemergelte Gestalt hing über meinem Arm, ihre eingesunkene Wange lag auf meiner Brust; in einer Grabesstimme murmelte sie: - „Dies ist das Ende der Liebe! - Und doch nicht das Ende!" - und die Raserei gab ihr Kraft, als sie ihren Arm in den Himmel stieß: „Dort ist das Ende! Dort treffen wir uns wieder. Viele lebendige Tode habe ich für dich ertragen, o Raymond, und jetzt vergehe ich, dein Opfer! - Durch meinem Tod erringe ich dich - sieh! die Werkzeuge des Krieges, das Feuer, die Pest sind meine Diener. Ich habe mich ihnen gestellt, habe sie alle besiegt, bis jetzt! Ich habe mich an den Tod verkauft, mit der einzigen Bedingung, daß du mir folgen solltest - Feuer, Krieg und Pest zu deiner Zerstörung vereint - O mein Raymond, es gibt keine Sicherheit für dich!"

Mit schwerem Herzen hörte ich den Ausbrüchen ihres Deliriums zu; ich machte ihr ein Bett aus Mänteln; ihre Gewalttätigkeit nahm ab und klammer Tau stand auf ihrer Stirn, als die Blässe des Todes über das Purpur des Fiebers siegte, ich legte sie auf die Mäntel. Sie schwärmte weiter von ihrer baldigen Zusammenkunft mit ihrem Geliebten im Grab, von seinem nahen Tod; zuweilen erklärte sie feierlich, daß er auserkoren wurde; zuweilen beklagte sie sein schweres Schicksal. Ihre Stimme wurde schwächer, ihre Rede gebrochener; nach wenigen krampfhaften Bewegungen entspannten sich ihre Muskeln, die Glieder fielen haltlos herab, ein tiefer Seufzer, und das Leben war vergangen.

Ich trug sie von den Toten fort; in Mäntel gehüllt, legte ich sie unter einen Baum. Noch einmal blickte ich in ihr verändertes Gesicht; das letzte Mal, als ich sie gesehen hatte, war sie achtzehn gewesen; schön wie die Vision des Dichters, prächtig wie eine Sultana des Ostens. Zwölf Jahre waren vergangen, zwölf Jahre der Veränderung, des Leids und der Not. Ihre leuchtende Hautfarbe war faltig und dunkel geworden, ihre Glieder hatten die Rundungen von Jugend und Weiblichkeit verloren, ihre Augen waren tief eingesunken,

> *Gebrochen und ausgelaugt,*
> *Hatten die Stunden sie zur Ader gelassen und ihre Stirn*
> *Mit Linien und Falten gezeichnet.*[65]

Mit äußerster Erschütterung verschleierte ich dieses Denkmal der menschlichen Leidenschaft und des menschlichen Elends; ich überhäufte sie mit allem an Fahnen und schweren Ausrüstungsgegenständen, was ich finden konnte, um sie vor Vögeln und Raubtieren zu schützen, bis ich ihr ein passendes Grab geben konnte. Traurig nahm ich langsam wieder meinen Kurs aus den Haufen der Erschlagenen auf und erreichte, geleitet von den funkelnden Lichtern der Stadt, endlich Rodosto.

Kapitel 2.

Bei meiner Ankunft erfuhr ich, daß bereits ein Befehl an die Armee ergangen war, sofort nach Konstantinopel zu marschieren; und die Truppen, die in der Schlacht am wenigsten gelitten hatten, waren bereits unterwegs. Die Stadt war voller Tumult. Die Wunde und das daraus resultierende Unvermögen Argyropylos machten Raymond zum ersten Kommandanten. Er ritt durch die Stadt, besuchte die Verwundeten und gab die nötigen Befehle für die Belagerung, die er plante. Früh am Morgen war die ganze Armee in Bewegung. In der Eile konnte ich kaum eine Gelegenheit finden, Evadne die letzte Pflicht zu erweisen. Nur von meinem Diener begleitet, grub ich ein tiefes Grab für sie am Fuß des Baumes, legte sie hinein, ohne ihr kriegerisches Leichentuch zu stören, und häufte Steine auf das Grab. Die blendende Sonne und das grelle Tageslicht beraubten die Szene der Feierlichkeit; von Evadnes niedrigem Grab aus stieß ich zu Raymond und seinem Stab, die jetzt auf dem Weg in die Goldene Stadt waren.

Konstantinopel wurde belagert, Gräben gegraben und Vorstöße gewagt. Die gesamte griechische Flotte blockierte es auf dem Seeweg; auf

---

[65] Shakespeare, Sonett 63.

dem Land vom Fluß Kyat Kbanah aus, in der Nähe der Süßen Wasser[66], zum Turm von Marmara, am Ufer des Propontis[67], entlang der ganzen Linie der alten Mauern, wurden die Gräben der Belagerung gezogen. Wir besaßen Pera bereits; das Goldene Horn selbst, die Stadt, die vom Meer aus befestigt war, und die efeubewachsenen Mauern der griechischen Kaiser waren alles von Europa, was die Mohammedaner ihr eigen nennen konnten. Unsere Armee betrachtete sie als sichere Beute. Sie zählten die Garnison, es war unmöglich, daß sie abgelöst würde. Jeder Versuch war ein Sieg, denn selbst wenn die Türken triumphierten, war der erlittene Verlust von Männern eine irreparable Verletzung.

Ich ritt eines Morgens mit Raymond zu dem hohen Hügel, nicht weit vom Top Kapou[68], auf welchem Mohammed einst seine Standarte pflanzte, und sah zum ersten Male die Stadt. Noch immer ragten die hohen Kuppeln und Minarette über die grünen Mauern empor, wo Konstantin gestorben und die Türken in die Stadt eingedrungen waren. Die Ebene war von türkischen, griechischen und armenischen Friedhöfen durchsetzt und mit Zypressen bestanden; andere Bäume von fröhlicherem Aussehen lockerten die Szene auf. Unter ihnen lagerte die griechische Armee, und ihre Schwadronen bewegten sich vor und zurück - mal in gleichmäßigem Marsch, mal in schnellem Fortschreiten.

Raymonds Augen waren auf die Stadt gerichtet. „Ich habe ihre verbliebenen Stunden gezählt", sagte er; „noch einen Monat, und sie fällt. Bleibe bis dahin bei mir; warte, bis du das Kreuz auf der Hagia Sophia[69] siehst, und kehre dann zu deinen friedlichen Lichtungen zurück."

---

[66] Als „Süße Wasser" wurden von den Europäern in spätosmanischer Zeit zwei Bäche, der Göksu und der Küçüksu, genannt, die in der Nähe des Anadolu Hisari (das Schloß Asiens) in den Bosporus flossen. Die Wiese dazwischen wurde zu einem beliebten Erholungsort für die Elite der osmanischen und europäischen Gesellschaft.

[67] Das Marmarameer (türkisch Marmara Denizi, in der Antike Propontis) ist ein Binnenmeer des Mittelmeers. Über den Bosporus und die Dardanellen verbindet es das Schwarze Meer mit der Ägäis, Konstantinopel befindet sich am Eingang.

[68] „Kanonentor."

[69] Die Hagia Sophia, griech. „heilige Weisheit", ist eine ehemalige byzantinische Kirche, die später zu einer Moschee umgewandelt wurde.

„So wirst du denn", fragte ich, „immer noch in Griechenland bleiben?"

„Gewiß", antwortete Raymond. „Doch Lionel, obgleich ich dies sage, glaube mir, daß ich mit Bedauern auf unser ruhiges Leben in Windsor zurückblicke. Ich bin nur ein halber Soldat; ich mag den Ruhm, aber nicht den Krieg. Vor der Schlacht von Rodosto war ich voller Hoffnung und Begeisterung. Dort zu erobern und später Konstantinopel einzunehmen, war die Hoffnung, der Quell, die Erfüllung meines Ehrgeizes. Diese Begeisterung ist jetzt verbraucht, ich weiß nicht warum; es kommt mir vor, als trete ich in einen dunklen Schlund; der feurige Geist der Armee ist mir lästig, die Verzückung des Triumphes vergangen."

Er hielt inne und war in Gedanken versunken. Seine ernste Miene rief mir aus irgendeinem Grunde die halb vergessene Evadne ins Gedächtnis, und ich ergriff diese Gelegenheit, um mich bei ihm bezüglich ihres seltsamen Loses zu erkundigen. Ich fragte ihn, ob er jemals einen ihr ähnlichen Mann unter den Truppen gesehen hätte; und ob er seit seiner Rückkehr nach Griechenland von ihr gehört hätte?

Er fuhr bei der Nennung ihres Namens zusammen - er sah mich unbehaglich an. „Ach!", rief er, „ich wußte, daß du von ihr sprechen würdest. Lange, lange hatte ich sie vergessen. Seit wir hier unser Lager aufgeschlagen haben, besucht sie jeden Tag stündlich meine Gedanken. Wenn ich angesprochen werde, ist ihr Name der Klang, den ich erwarte: In jeder Unterhaltung stelle ich mir vor, daß sie eine Rolle spielen wird. Endlich hast du den Bann gebrochen - sage mir, was du von ihr weißt."

Ich berichtete von meiner Begegnung mit ihr; die Geschichte ihres Todes wurde erzählt und wieder erzählt. Mit schmerzlichem Ernst befragte er mich über ihre Prophezeiungen in Bezug auf ihn. Ich behandelte sie als die Raserei einer Wahnsinnigen. „Nein, nein", sagte er, „täusche dich nicht, - mich kannst du jedenfalls nicht täuschen. Sie hat nichts anderes gesagt, als was ich nicht schon vorher wußte - obwohl das Bestätigung ist. Feuer, das Schwert und die Pest! Sie können alle dort drüben gefunden werden, in jener Stadt; mögen sie nur allein über mich kommen!"

Von diesem Tag an nahm Raymonds Niedergeschlagenheit zu. Er zog sich so sehr zurück, wie es die Aufgaben seines Ranges erlaubten. Wenn er in Gesellschaft war, stahl sich die Traurigkeit trotz aller Mühen über seine Züge, und er saß abwesend und stumm in der geschäftigen Menge, die sich um ihn drängte. Perdita kehrte zu ihm zurück, und vor ihr zwang er sich, fröhlich zu erscheinen, denn sie, so eben wie ein Spiegel, veränderte sich, wenn er sich veränderte, und wenn er still und ängstlich war, erkundigte sie sich besorgt und bemühte sich, die Ursache seiner Ernsthaftigkeit zu beseitigen. Sie residierte im „Palast der Süßen Wasser", einem Sommer-Serail des Sultans; die Schönheit der umgebenden Landschaft, unberührt vom Krieg, und die Frische des Flusses, machten diesen Ort doppelt reizvoll. Raymond empfand keine Erleichterung, fand keine Freude an irgendeiner Darbietung des Himmels oder der Erde. Er verließ Perdita oft, um allein auf dem Gelände zu wandern; oder er glitt, tief in Grübeleien versunken, in einer leichten Schaluppe einsam über die klaren Gewässer. Zuweilen schloß ich mich ihm an; zu solchen Zeiten war sein Gesichtsausdruck immer ernst, seine Haltung niedergeschlagen. Er schien erleichtert zu sein, mich zu sehen, und sprach mit einem gewissen Grad von Interesse über das Tagesgeschehen. Es war offensichtlich, daß etwas dahintersteckte; doch wann immer er davor zu stehen schien, von dem zu sprechen, was ihn bedrückte, wandte er sich abrupt ab und versuchte, den schmerzhaften Gedanken mit einem Seufzen dem Wind anzuvertrauen.

Es kam häufig vor, daß, wenn Raymond Perditas Salon verließ, Clara zu mir kam, mich zur Seite zog und sagte: „Papa ist weggegangen, sollen wir zu ihm gehen? Ich denke, er wird froh sein, dich zu sehen." Und je nach den Umständen, gewährte ich ihre Bitte oder lehnte ab. Eines Abends war eine große Abordnung griechischer Oberhäupter im Palast versammelt. Der faszinierende Palli, der fähige Karazza, der kriegerische Ypsilanti, gehörten zu den Obersten. Sie sprachen vom Tagesgeschehen; dem Gefecht am Mittag; der verminderten Zahl der Ungläubigen; ihrer Niederlage und Flucht: sie glaubten, daß die Goldene Stadt in kurzer Zeit eingenommen sein würde. Sie versuchten, sich auszumalen, was dann geschehen würde, und sprachen in erhabener Weise vom Wohlstand Griechenlands, wenn Konstantinopel seine Hauptstadt werden sollte. Die Unterhaltung kehrte dann zu Nachrichten aus Asien zurück, und auf die Verwüstung, die die Pest in ihren wichtigsten Städten verursachte; es wurden Vermutungen darüber angestellt, welche Entwicklung die Krankheit in der belagerten Stadt nehmen könnte.

Raymond hatte sich zu Beginn an der Diskussion beteiligt. In lebhafter Weise demonstrierte er die Notlage, in der Konstantinopel sich befand; die heruntergekommene und hagere, obgleich wilde Erscheinung der Truppen. Hunger und Pestilenz arbeiteten für sie, bemerkte er, und die Ungläubigen würden bald gezwungen sein, Zuflucht zu ihrer einzigen Hoffnung zu nehmen - Unterwerfung. Plötzlich brach er mitten in seiner Ansprache ab, als hätte ihn jäh ein schmerzhafter Gedanke durchfahren; er erhob sich unbehaglich, und ich sah ihn schließlich den Saal verlassen, und durch den langen Korridor an die frische Luft gehen. Er kam nicht zurück; und bald schlich sich Clara zu mir hin und machte die gewohnte Einladung. Ich stimmte ihrer Bitte zu, nahm ihre kleine Hand, und folgte Raymond. Wir fanden ihn, wie er gerade mit seinem Boot hinausfahren wollte, und er erklärte sich bereitwillig einverstanden, uns als Begleiter mitzunehmen. Nach der Hitze des Tages kräuselte die kühlende Landbrise den Fluß und füllte unser kleines Segel. Die Stadt sah im Süden dunkel aus, während zahlreiche Lichter entlang der nahen Küsten, und der schöne Anblick der Flußufer, die in friedlicher Nacht ruhten, die Wasser die himmli-schen Lichter kühn widerspiegelnd, diesem schönen Fluß eine Mitgift voller Lieblichkeit verliehen, die einen Rückzugsort im Paradies hätte kennzeichnen können. Unser einzelner Bootsmann kümmerte sich um das Segel; Raymond steuerte; Clara saß zu seinen Füßen, umfaßte seine Knie mit ihren Armen und legte ihren Kopf darauf. Raymond begann jäh das Gespräch.

„Dies, mein Freund, ist wahrscheinlich das letzte Mal, daß wir Gelegenheit haben werden, uns frei zu unterhalten; meine Pläne werden im Augenblick verwirklicht, und meine Zeit wird mehr und mehr in Anspruch genommen sein. Außerdem möchte ich dir sofort meine Wünsche und Anordnungen mitteilen, um dann nie wieder zu einem so schmerzhaften Gegenstand zurückzukehren. Zuerst muß ich dir danken, Lionel, daß du auf meine Bitte hin hiergeblieben bist. Vor allem die

Eitelkeit hat mich veranlaßt, dich zu fragen: Eitelkeit, nenne ich es, doch selbst in dieser sehe ich die Hand des Schicksals - deine Gegenwart wird bald nötig sein, du wirst die letzte Zuflucht Perditas sein, ihr Beschützer und Tröster. Du wirst sie zurück nach Windsor bringen." -

„Nicht ohne dich", sagte ich. „Du willst dich doch nicht wieder trennen?"

„Täusche dich nicht", antwortete Raymond, „die kommende Trennung ist eine, über die ich keine Kontrolle habe, und sehr bald wird sie kommen, die Tage sind bereits gezählt. Darf ich dir vertrauen? Seit vielen Tagen habe ich mich danach gesehnt, die geheimnisvollen Vorahnungen, die auf mir lasten, zu offenbaren, obwohl ich fürchte, daß du sie verspotten wirst. Aber tue es nicht, mein kluger Freund, denn sie sind, so kindisch und unklug sie auch klingen mögen, ein Teil von mir geworden, und ich wage nicht zu hoffen, daß ich sie einfach abschütteln kann.

Doch wie kann ich erwarten, daß du mit mir mitfühlst? Du bist von dieser Welt, ich bin es nicht. Du streckst deine Hand aus, sie ist ein Teil von dir selbst, und du trennst das Gefühl der Identität noch nicht von der sterblichen Gestalt, die Lionel umhüllt. Wie kannst du mich dann verstehen? Die Erde ist für mich ein Grab, das Firmament ein Gewölbe, das bloße Verderbnis umhüllt. Die Zeit ist nicht mehr, denn ich bin in die Schwelle der Ewigkeit getreten, jeder Mann, den ich treffe, erscheint mir als eine Leiche, welche bald von ihrem Lebensfunken verlassen wird, am Vorabend des Verfalls und der Auflösung.

Ein jeder Stein wird Denkmal der Zerstörung
Und jede Blume Monument der Trauer;
Ein stolzes Grab ist jedes Haus im Reiche,
Ein jeder Krieger schon lebend'ge Leiche."[70]

Seine Rede war traurig, - er seufzte tief. „Vor ein paar Monaten", fuhr er fort, „dachte man, ich würde sterben, aber das Leben in mir war stark. Meine Gefühle waren menschlich, Hoffnung und Liebe waren die

---

[70] Calderon de la Barca, Das Leben ist Traum, 3. Aufzug.

Tagessterne meines Lebens. Jetzt - träumt man davon, daß die Stirn des Eroberers der Ungläubigen bald vom Siegeslorbeer umkränzt werde, man spricht von ehrenvoller Belohnung, von Titel, Macht und Reichtum - alles, worum ich Griechenland bitte, ist ein Grab. Laßt sie einen Hügel über meinem leblosen Körper erheben, der noch stehen wird, wenn die Kuppel der Hagia Sophia gefallen ist.

Weshalb empfinde ich so? Bei Rodosto war ich voller Hoffnung; aber als ich erstmals Konstantinopel ansichtig wurde, verließ mich dieses Gefühl mit jedem anderen freudigen zugleich. Die letzten Worte Evadnes waren das Siegel auf meinem Todesurteil.

Doch ich behaupte nicht, meine Stimmung sei auf ein bestimmtes Ereignis zurückzuführen. Alles was ich sagen kann, ist, daß es so ist. Die Pest, von der ich höre, daß sie in Konstantinopel wütet, vielleicht habe ich ihre Ausdünstungen aufgesogen - vielleicht ist die Seuche die wahre Ursache meiner Vorahnungen. Es spielt keine Rolle, warum oder weswegen ich betroffen bin, keine Kraft kann den Schlag abwenden, und die erhobene Hand des Schicksals wirft bereits ihren Schatten über mich.

Dir, Lionel, vertraue ich deine Schwester und ihr Kind an. Niemals erwähne ihr gegenüber den fatalen Namen Evadne. Sie würde sich doppelt über die seltsame Verbindung sorgen, die mich an sie kettet, meinen Geist ihrer sterbenden Stimme gehorchen läßt und ihr ins unbekannte Land zu folgen im Begriffe ist."

Ich hörte ihm verwundert zu; und hätten nicht seine traurige Miene und seine ernste Rede mir die Wahrheit und Intensität seiner Gefühle versichert, hätte ich mit leichtem Spott versucht, seine Ängste zu zerstreuen. Was auch immer ich antworten wollte, wurde von der starken Gemütsbewegung Claras unterbrochen. Raymond hatte gedankenlos in ihrer Anwesenheit gesprochen, und sie, das arme Kind, hörte mit Schrecken die Prophezeiung seines Todes. Ihr Vater war gerührt von ihrem heftigen Kummer; er nahm sie in seine Arme und beruhigte sie, doch auch seine Beruhigung war feierlich und furchtbar. „Beweine nicht, liebes Kind", sagte er, „den nahenden Tod von jemandem, den du kaum gekannt hast. Ich mag sterben, aber im Tod kann ich meine Clara niemals vergessen oder verlassen. Wenn du später Kummer oder Freude empfindest, glaube daran, daß der Geist deines Vaters nahe ist, um dich zu retten oder mit dir mitzufühlen. Sei stolz auf mich und hüte deine kindliche Erinnerung an mich. So, meine Liebste, werde ich nicht wirklich sterben. Eine Sache aber mußt du versprechen, - mit niemandem außer deinem Onkel von der Unterhaltung, die du eben gehört hast, zu sprechen. Wenn ich fort bin, wirst du deine Mutter trösten und ihr sagen, daß der Tod nur bitter war, weil er mich von ihr trennte, daß meine letzten Gedanken ihr galten. Aber während ich noch lebe, versprich mir, mich nicht zu verraten, versprich es, mein Kind."

Mit stockenden Worten versprach Clara es, während sie sich immer noch in aufgelöster Trauer an ihren Vater klammerte. Bald kehrten wir an die Küste zurück, und ich bemühte mich, den Eindruck zu mildern, der sich dem Kind eingeprägt hatte, indem ich Raymonds Ängste leichthin abtat. Wir hörten nichts weiter von ihm; denn, wie er gesagt hatte, wurde die Belagerung, die jetzt zu einem Ende kam, vorrangig, und erforderte all seine Zeit und Aufmerksamkeit.

Das Reich der Mohammedaner in Europa war am Ende. Die griechische Flotte, die jeden Hafen von Stamboul[71] blockierte, verhinderte die Ankunft von Unterstützung aus Asien; jeder Ausgang auf der Landseite war unmöglich geworden, außer zu solch verzweifelten Ausfällen, welche die Zahlen des Feindes verringert hatten, ohne irgendeinen Eindruck auf unseren Linien zu machen. Die Garnison war jetzt so sehr verkleinert, daß es offensichtlich war, daß die Stadt leicht im Sturm erobert werden konnte; aber sowohl die Menschlichkeit als auch die Politik diktierten eine langsamere Vorgehensweise. Wir konnten kaum bezweifeln, daß seine Paläste, seine Tempel und sein Reichtum im wütenden Widerstreit von Triumph und Niederlage zerstört würden, wenn dieser bis zum Äußersten verfolgt würde. Die wehrlosen Bürger hatten bereits durch die Barbarei der Janitscharen gelitten; und in der Zeit der Erstürmung, des Aufruhrs und des Massakers, würden Schönheit, Kindheit und Hinfälligkeit der brutalen Grausamkeit der Soldaten ebenso geopfert werden. Hungersnot und Blockade waren sichere Mittel der Eroberung, und auf diese gründeten wir unsere Hoffnungen auf den Sieg.

---

[71] Eine alte türkische Bezeichnung für Istanbul.

Jeden Tag griffen die Soldaten der Garnison unsere vorgeschobenen Posten an und behinderten die Ausführung unserer Arbeiten. Von den verschiedenen Häfen aus wurden Brandschiffe ausgeschickt, während unsere Truppen manchmal vor dem hingebungsvollen Mut der Männer zurückschraken, die nicht zu leben suchten, sondern danach trachteten, ihr Leben teuer zu verkaufen. Diese Kämpfe wurden durch die Jahreszeit verschlimmert: sie fanden im Sommer statt, als der südasiatische Wind mit unerträglicher Hitze aufgeladen war, als die Flüsse in ihren flachen Betten austrockneten, und das weite Becken des Meeres unter den unverminderten Strahlen der hochsommerlichen Sonne zu glühen schien. Auch die Nacht erfrischte die Erde nicht. Es gab weder Tau, noch Kräuter und Blumen, die wenigen Bäume ließen ihre Blätter herabhängen, und der Sommer nahm das verödete Aussehen des Winters an, als er in Stille und Hitze anhielt, um die Nahrungsmittel der Menschen zu kürzen. Vergeblich bemühten sich die Augen, den Fetzen einer aus dem Norden kommenden Wolke im makellosen Himmel zu finden, die Hoffnung auf Veränderung und Feuchtigkeit in die drückende und windstille Atmosphäre bringen könnte. Alles war klar, brennend, vernichtend. Wir, die Belagerer, waren vergleichsweise wenig von diesen Übeln betroffen. Die Wälder rings um uns boten Schatten, - der Fluß sicherte uns eine ständige Wasserversorgung; ja, es wurden sogar Abteilungen eingesetzt, um das Heer mit Eis zu versorgen, das vom Haemus und Athos und von den Bergen Mazedoniens hertransportiert wurde, während kühlende Früchte und gesundem Essen die Stärke der Arbeiter erneuerte und uns mit weniger Ungeduld das Gewicht der unerquicklichen Luft tragen ließen. In der Stadt jedoch lagen die Dinge anders. Die Sonnenstrahlen wurden von den Straßen und den Gebäuden verstärkt - die öffentlichen Brunnen waren ausgetrocknet. Die schlechte Qualität des Essens und die Knappheit desselben verursachten einen Zustand des Leidens, der durch die Geißel der Seuche noch verschlimmert wurde, während die Garnison jeden Überfluß sich selbst anmaßte - welche Vergeudung den notwendigen Übeln der Zeit hinzugefügt wurde. Trotzdem wollten sie noch immer nicht kapitulieren.

Plötzlich wurde das System der Kriegsführung geändert. Wir erlebten keine Angriffe mehr, und setzten bei Nacht und Tag unsere Arbeit ungehindert fort. Seltsamer noch, als die Truppen nahe der Stadt vorrückten, waren die Zinnen leer, und keine Kanone wurde gegen die Eindringlinge gerichtet. Als diese Umstände Raymond gemeldet wurden, veranlaßte er genaueste Beobachtungen bezüglich dessen, was innerhalb der Mauern geschah, und als seine Kundschafter zurückkehrten und nur von anhaltendem Schweigen und der Verödung der Stadt berichteten, befahl er der Armee, an die Tore vorzurücken. Niemand erschien auf den Wällen, die Portale, obwohl verschlossen und verriegelt, schienen unbewacht. Oben stachen die vielen Kuppeln und glitzernden Halbmonde in den Himmel, während die alten Gemäuer, Überlebende vieler Zeitalter, mit efeubewachsenem Turm und mit Unkraut verhangenem Stützpfeiler, wie Felsen in einer unbewohnten Wüste standen. Aus der Stadt durchbrach weder Schreien noch Weinen, noch etwas anderes als das gelegentliche Heulen eines Hundes, die Mittagsruhe. Selbst unsere Soldaten waren beunruhigt von der Stille, die Musik hielt inne, das Klirren der Waffen wurde gedämpft. Jeder Mann fragte seinen Gefährten flüsternd, was dieser plötzliche Frieden zu bedeuten habe, während Raymond von einer Anhöhe aus versuchte, mittels eines Fernglases die Kriegslist des Feindes zu entdecken und zu beobachten. Auf den Terrassen der Häuser war keine Gestalt zu erkennen; in den höheren Teilen der Stadt gab es keinen beweglichen Schatten, der auf die Anwesenheit irgendeines Lebewesens hinwies. Die wenigen Bäume standen reglos da und verspotteten die Festigkeit der Bauten mit gleicher Unbeweglichkeit.

Das Pferdegetrappel, das in der Stille deutlich zu hören war, wurde endlich erkannt. Es war eine Truppe, die von Karazza, dem Admiral, geschickt wurde; sie führte Depeschen an den General mit sich. Der Inhalt dieser Papiere war bemerkenswert. In der Nacht zuvor war die Wache an Bord eines der kleineren Schiffe, die in der Nähe der Serailmauer ankerten, von einem leisen Plätschern wie von gedämpften Rudern geweckt worden; es wurde Alarm geschlagen. Es wurden zwölf kleine Boote vorgefunden, jedes mit drei Janitscharen besetzt, die sich bemühten, ihren Weg durch die Flotte zum gegenüberliegenden Ufer von Scutari zu machen. Als sie merkten, daß sie entdeckt wurden, legten sie ihre Musketen an, und einige kamen nach vorn, um die anderen zu

decken, deren Mannschaften mit aller Kraft versuchten, mit ihren hellen Barken den dunklen Rümpfen, die sie umgaben, zu entkommen. Am Ende waren sie alle gesunken, und die Bootsinsassen, mit Ausnahme von zwei oder drei Gefangenen, ertrunken. Aus den Überlebenden war wenig herauszubekommen, doch ihre vorsichtigen Antworten ließen vermuten, daß mehrere Expeditionen der letzten vorangegangen waren und daß mehrere Türken von Rang und Namen nach Asien gebracht worden waren. Die Männer wiesen verächtlich den Vorwurf zurück, die Verteidigung ihrer Stadt verlassen zu haben; und einer, der jüngste von ihnen, rief als Antwort auf die Verspottung eines Seemanns aus: „Nehmt es, christliche Hunde! Nehmt die Paläste, die Gärten, die Moscheen, die Wohnstätten unserer Väter - nehmt mit ihnen die Pest. Die Pest ist die Feindin, vor der wir fliehen, wenn sie eure Freundin ist, so umarmt sie an eurem Busen. Der Fluch Allahs liegt auf Stamboul, teilt sein Schicksal."
Solcherart lautete der Bericht, den Karazza an Raymond sandte: Aber eine Geschichte voller gewaltiger Übertreibungen, die sich auf diese Grundlage stützte, wurde von der begleitenden Truppe unter unseren Soldaten verbreitet. Es erhob sich ein Gemurmel, daß die Stadt die Beute der Pest wäre, schon hätte eine gewaltige Macht die Einwohner unterjocht, der Tod sei der Herr von Konstantinopel geworden.

Ich habe ein Bild beschreiben gehört, in dem alle Bewohner der Erde gemalt seien, wie sie sich vor der Begegnung mit dem Tode fürchten. Die Schwachen und Gebrechlichen flohen, die Krieger zogen sich zurück, obwohl sie sogar über der Flucht drohten. Wölfe und Löwen und verschiedene Ungeheuer der Wüste brüllten gegen einen einsamen, aber unbesiegbaren Angreifer, während die grimmige Unwirklichkeit schwebend ihren geisterhaften Speer schüttelte. Etwa so war es auch mit der Armee Griechenlands. Ich bin überzeugt, daß, wenn die unzähligen Truppen Asiens über die Propontis[72] gekommen wären und Verteidiger der Goldenen Stadt gewesen wären, ein jeder Grieche gegen die überwältigende Zahl marschiert wäre und sich in patriotischer Wut für sein Land hingegeben hätte. Doch hier war kein Zaun aus Bajonetten, keine todbringende Artillerie, keine gewaltige Truppe tapferer Sol-

---

[72] Das Marmarameer.

daten - die unbewachten Mauern boten leichten Zugang - die leeren Paläste luxuriöse Behausungen; aber über der Kuppel der Hagia Sophia sah der abergläubische Grieche Pestilenz, und schrak verzagt davor zurück.

Raymond wurde von weit anderen Gefühlen angetrieben. Er stieg mit einem triumphierend leuchtenden Gesicht den Hügel hinab und befahl seinen Truppen, indem er mit seinem Schwert auf die Tore zeigte - nieder mit diesen Barrikaden - den einzigen Hindernissen zwischen ihnen und dem vollständigen Sieg. Die Soldaten beantworteten seine fröhlichen Worte mit entsetzten und furchtsamen Blicken; instinktiv zogen sie sich zurück, und Raymond ritt vorn an den Linien: - „Mit meinem Schwert schwöre ich", rief er, „daß kein Hinterhalt und keine Kriegslist euch gefährdet. Der Feind ist bereits besiegt; die angenehmen Plätze, die edlen Behausungen und der Rest der Stadt gehören euch bereits, bezwingt das Tor, tretet ein und besetzt den Sitz eurer Vorfahren, euer eigenes Erbe!"

Ein allgemeiner Schauder und ängstliches Flüstern ging durch die Reihen; kein Soldat bewegte sich. „Feiglinge!", rief ihr General verärgert, „gebt mir ein Beil! Ich werde allein eintreten! Ich werde eure Standarte aufpflanzen, und wenn ihr sie von eurem höchsten Minarett wehen seht, werdet ihr vielleicht Mut fassen und euch darum versammeln!"

Einer der Offiziere trat nun vor: „General", sagte er, „wir fürchten weder den Mut noch die Waffen, weder den offenen Angriff, noch den geheimen Hinterhalt der Moslems. Wir sind bereit, wie schon zehntausendmal zuvor, uns den Kugeln und Säbeln der Ungläubigen zu stellen, und ruhmreich für Griechenland zu fallen. Aber wir wollen nicht durch die pestverseuchte Luft dieser Stadt jämmerlich sterben, wie Hunde, die in der Sommerzeit vergiftet werden - wir wagen es nicht, gegen die Pest zu ziehen!"

Eine Vielzahl von Männern ist schwach und träge, ohne eine Stimme, einen Führer; gibt man ihnen einen solchen, so gewinnen sie die Stärke zurück, die zu ihrer Zahl paßt. Schreie von tausend Stimmen zerrissen jetzt die Luft - der zustimmende Ruf erscholl von überallher. Raymond sah die Gefahr. Er war bereit, seine Truppen vor dem Verbrechen des

Ungehorsams zu retten, denn er wußte, daß wenn ein solcher Streit einmal zwischen dem Kommandanten und seiner Armee begonnen hatte, jeder Akt und jedes Wort zur Schwächung des ersteren beitrug und letzterem Macht verlieh. Er gab den Befehl, zum Rückzug zu blasen, und die Regimenter wurden in guter Ordnung ins Lager zurückbeordert.

Ich beeilte mich, Perdita die Nachricht über diese seltsamen Vorgänge zu überbringen; und bald gesellte sich Raymond zu uns. Er sah düster und beunruhigt aus. Meine Schwester war beeindruckt von meiner Erzählung: „Wie jenseits der Vorstellungskraft des Menschen", rief sie aus, „sind die Erlasse des Himmels, wundersam und unerklärlich!"

„Törichtes Mädchen", rief Raymond wütend, „bist du wie meine tapferen Soldaten starr vor Furcht? Was ist unerklärlich, bitte, sage es mir, in einem so natürlichen Ereignis? Wütet nicht die Pest jedes Jahr in Stamboul? Was Wunder, daß es in dieser Stadt doppelte Verwüstung verursacht haben sollte, wo man sagt, daß in diesem Jahr ihre Anstekkung in Asien beispiellos ist? Und was Wunder, daß in der Zeit der Belagerung, wo äußerste Hitze und Dürre herrschen, ungewöhnliche Verwüstungen entstehen? Es ist weit weniger wundersam, daß die Garnison, aus Verzweiflung, nicht mehr länger durchhalten zu können, die Nachlässigkeit unserer Flotte ausgenutzt haben sollte, um sofort aus der Belagerung und vor der Gefangennahme zu fliehen. Es ist nicht die Pestilenz - beim lebendigen Gott! Es ist weder Pest noch drohende Gefahr, die uns, wie die Vögel in der Erntezeit, die durch eine Vogelscheuche erschreckt werden, von der Beute fernhält - es ist blanker Aberglaube - Und so wird das Ziel des Mutigen zum Federball der Narren gemacht, der würdige Ehrgeiz der Hochbeseelten zum Spielzeug dieser gezähmten Hasen! Aber Stamboul soll unser sein! Bei meinen früheren Mühsalen, bei der Folter und Gefangenschaft, die ich für sie gelitten habe, bei meinen Siege, bei meinem Schwert, schwöre ich - bei meinen Hoffnungen auf Ruhm, bei meinen früheren Entbehrungen, die jetzt auf ihre Belohnung warten, schwöre ich feierlich, daß ich mit diesen Händen das Kreuz auf jene Moschee pflanzen werde!"

„Liebster Raymond!", unterbrach Perdita ihn mit sanfter Stimme. Er war im Marmorsaal des Serails hin und her geeilt. Seine Lippen waren bleich vor Wut, während sie bebend ihre zornigen Worte formten - seine Augen schossen Blitze, seine Gesten schienen fahrig vom Übermaß der Wut. „Perdita", führ er ungeduldig fort, „Ich weiß, was du sagen willst; ich weiß, daß du mich liebst, daß du gut und sanft bist; aber dies ist keine Frauenarbeit - noch kann ein weibliches Herz den Sturm empfinden, der mich zerreißt!"

Er schien sich vor seiner eigenen Gewalt zu fürchten und verließ plötzlich den Saal. Ein Blick von Perdita zeigte mir ihre Verzweiflung, und ich folgte ihm. Er ging im Garten auf und ab. Seine Leidenschaften befanden sich in einem Zustand unvorstellbaren Aufruhrs. „Bin ich für immer", rief er, „der Spielball des Geschicks! Muß der Mann, der Himmelsstürmer, für immer das Opfer der kriechenden Reptilien seiner Art sein! Wäre ich wie du, Lionel, würde ich mich auf viele Jahre vor mir liegenden Lebens freuen, auf eine Abfolge von Tagen, die von der Liebe erhellt sind, auf kultivierte Freuden und auf Hoffnungen, so frisch wie eine Quelle, - wäre ich wie du, könnte ich nachgeben, und, indem ich meinen Generalsstab breche, Ruhe in den Lichtungen von Windsor suchen. Aber ich bin im Begriff zu sterben! - Nein, unterbrich mich nicht - bald werde ich sterben. Von der vielbevölkerten Erde, vom menschlichen Mitgefühl, von den geliebten Aufenthalten meiner Jugend, von der Güte meiner Freunde, von der Zuneigung meiner einzigen Liebe Perdita, werde ich entfernt werden. Es ist der Wille des Schicksals! Solcherart ist das Dekret des obersten Richters, vor dem es keine Berufung gibt - dem ich mich unterwerfe. Aber alles zu verlieren - mit dem Leben und der Liebe auch den Ruhm zu verlieren! Das soll nicht sein!

Ich, und in wenigen kurzen Jahren ihr alle, diese furchtsame Armee und die ganze Bevölkerung des schönen Griechenlands, werden nicht mehr sein. Aber andere Generationen werden auferstehen und dies wird auf immer und ewig fortgeführt werden, die durch unsere gegenwärtigen Taten glücklicher sein werden, durch unsere Tapferkeit besser werden. Das Gebet meiner Jugend lautete, daß ich einer unter denjenigen sein sollte, die die Seiten der Erdgeschichte zum Strahlen bringen;

die die Menschheit erhöhen und diesen kleinen Globus zu einer Wohnstatt der Mächtigen machen. Ach, was Raymond betrifft! Das Gebet seiner Jugend ist vergeudet - die Hoffnungen seiner Männlichkeit dahin!

Aus meinem Verlies in jener Stadt habe ich gerufen, bald werde ich dein Herr sein! Als Evadne meinen Tod verkündete, dachte ich, daß der Titel des Bezwingers von Konstantinopel auf mein Grab geschrieben würde, und ich unterdrückte alle Todesangst. Ich stehe vor seinen besiegten Mauern, und wage nicht, mich einen Eroberer zu nennen. Nun, dann soll es nicht sein! Sprang nicht Alexander von den Mauern der Stadt der Oxydracae, um seinen feigen Truppen den Weg zum Sieg zu zeigen und allein den Schwertern ihrer Verteidiger zu begegnen? so werde ich der Pest trotzen - und selbst wenn kein Mann mir folgt, werde ich die griechische Standarte auf die Hagia Sophia pflanzen."

Die Vernunft drang zu solch aufgebrachten Gefühlen nicht durch. Vergebens wandte ich ein, daß, wenn der Winter kam, die Kälte die pesterfüllte Luft zerstreuen und den Griechen Mut machen würde. „Sprich nicht von einer anderen Jahreszeit als der jetzigen!", rief er. „Ich habe meinen letzten Winter gelebt, und das Datum dieses Jahres, 2092, wird in mein Grabmal eingekerbt werden. Ich sehe bereits", fuhr er traurig aufsehend fort, „die Grenze und die äußerste Klippe meiner Existenz, über die ich in das düstere Geheimnis des kommenden Lebens stürze. Ich bin vorbereitet, so daß ich eine Spur von Licht zurücklasse, die so strahlend ist, daß meine schlimmsten Feinde sie nicht trüben können. Das verdanke ich Griechenland, dir, meiner überlebenden Perdita, und mir selbst, dem Opfer des Ehrgeizes."

Wir wurden von einem Diener unterbrochen, der verkündete, daß der Stab Raymonds zur Beratung versammelt war. Er forderte mich auf, in der Zwischenzeit durch das Lager zu reiten, den Zustand der Soldaten zu beobachten und ihm Bericht zu erstatten; dann verließ er mich. Ich war durch die Ereignisse des Tages, und jetzt mehr als je durch die leidenschaftliche Rede Raymonds, zum Äußersten aufgeregt. Ach, die menschliche Vernunft! Er beschuldigte die Griechen des Aberglaubens: Welchen Namen hat er dem Glauben gegeben, den er den Vorhersagen Evadnes verliehen hatte? Ich kam vom Palast der Süßen Wasser in die

Ebene, auf der das Lager lag, und fand seine Bewohner in Aufruhr. Die Ankunft von mehreren Männern mit neuen Geschichten von Wunderwerken, von der Flotte; die Übertreibungen dessen, was bereits bekannt war, Geschichten alter Prophezeiungen, von furchteinflößenden Geschichten ganzer Regionen, die im vergangenen Jahr durch die Pest verwüstet worden waren, alarmierten und bewegten die Truppen. Die Disziplin war verloren; die Armee löste sich auf. Jedes Individuum, das zuvor ein Teil eines großen Ganzen gewesen war und sich nur im Einklang mit anderen bewegte, wurde jetzt in die Einheit aufgelöst, zu der die Natur es gemacht hatte, und dachte nur an sich selbst. Sie stahlen sich zuerst paarweise davon, dann in größeren Kompanien, bis ganze Bataillone, ungehindert von den Offizieren, den Weg nach Mazedonien suchten.

Gegen Mitternacht kehrte ich in den Palast zurück und suchte Raymond auf; er war allein und anscheinend gelassen; zumindest wies er eine solche Gelassenheit auf, wie sie von der Entschlossenheit bewirkt wird, wenn man bestrebt ist, sich an eine bestimmte Verhaltensmaßregel zu halten. Er hörte ruhig meinen Bericht über die Selbstauflösung der Armee und sagte dann: „Du weißt, daß ich fest entschlossen bin, diesen Ort nicht zu verlassen, bis Stamboul uns anerkanntermaßen gehört. Wenn die Männer, die ich um mich habe, davor zurückschrecken, mir zu folgen, müssen andere gefunden werden, die mutiger sind. Gehe du vor Tagesanbruch los, überbringe Karazza diese Depeschen, füge deine eigenen Bitten hinzu, daß er mir seine Truppen und Seestreitkräfte schickt; wenn ich nur ein Regiment dazu bringen kann, mir zu folgen, würde der Rest gewiß folgen. Laß ihn mir dieses Regiment senden. Ich werde deine Rückkehr bis morgen Mittag erwarten."

Mich dünkte, dies sei nichts als eine schlichte Ausflucht; aber ich versicherte ihn meines Gehorsams und Eifers. Ich verließ ihn, um ein paar Stunden zu ruhen. Bei Anbruch des Morgens wurde ich für meinen Ritt ausgerüstet. Ich trödelte eine Weile, wollte von Perdita Abschied nehmen und beobachtete von meinem Fenster aus die Annäherung der Sonne. Die goldene Pracht erhob sich, und die müde Natur erwachte, um noch einen weiteren Tag der Hitze und des durstigen Verfalls zu erleiden. Keine Blumen hoben ihre taufeuchten Tassen, um der Morgendämmerung zuzuprosten; das trockene Gras auf den Ebenen war verwelkt. die brennenden Zwischenräume der Luft waren frei von Vögeln, allein die Zikaden, als Kinder der Sonne, begannen ihr schrilles und ohrenbetäubendes Lied zwischen den Zypressen und Olivenbäumen. Ich sah, wie Raymonds kohlschwarzes Streitroß zum Palasttor gebracht wurde; eine kleine Abordnung von Offizieren kam bald darauf dazu; Besorgnis und Furcht zeichneten sich auf jeder Wange und in jedem Auge ab, die unerquickt durch den Schlaf waren. Ich traf Raymond und Perdita zusammen an. Er beobachtete die aufgehende Sonne, während er mit einem Arm die Taille seiner Geliebten umfing; sie sah ihn an, die Sonne ihres Lebens, mit einem ernsten Blick gemischter Angst und Zärtlichkeit. Raymond fuhr wütend auf, als er mich sah. „Noch hier?", rief er. "Ist das dein versprochener Eifer?"

„Ich bitte um Verzeihung", sagte ich, „aber ich bin bereits so gut wie fort."

„Nein, ich muß um Verzeihung bitten", antwortete er. „Ich habe kein Recht zu befehlen oder zu tadeln; aber mein Leben hängt von deiner Abreise und schnellen Rückkehr ab. Leb wohl!"

Seine Stimme hatte seinen ausdruckslosen Ton wiedergefunden, aber eine dunkle Wolke verdüsterte noch immer seine Züge. Ich wollte warten; ich wollte Perdita Wachsamkeit empfehlen, aber seine Anwesenheit hielt mich zurück. Ich hatte keinen Vorwand für mein Zögern; und als er seinen Abschied wiederholte, nahm ich seine ausgestreckte Hand; sie war kalt und klamm. „Paß auf dich auf, mein lieber Lord", sagte ich.

„Nein", sagte Perdita, „diese Aufgabe übernehme ich. Kehre schnell zurück, Lionel." Abwesend spielte er mit ihren glänzenden Locken, während sie sich an ihn lehnte; zweimal drehte ich mich um, um noch einmal auf dieses unvergleichliche Paar zu blicken. Endlich war ich, mit langsamen und schweren Schritten, aus der Halle herausgetreten und auf mein Pferd gesprungen. In diesem Augenblick flog Clara auf mich zu; sie umklammerte mein Knie und rief: „Komm schnell zurück, Onkel! Lieber Onkel, ich habe solche schrecklichen Träume; ich darf es meiner Mutter nicht sagen. Bleib nicht zu lange weg!" Ich versicherte ihr meine

Ungeduld, zurückzukehren, und ritt dann mit einer kleinen Eskorte über die Ebene zum Turm von Marmara.

Ich erfüllte meinen Auftrag; ich sah Karazza. Er war etwas überrascht; er würde sehen, sagte er, was er tun könne, aber es bräuchte Zeit; und Raymond hatte mir befohlen, bis Mittag zurückzukehren. Es war unmöglich, in so kurzer Zeit etwas zu bewirken. Ich mußte bis zum nächsten Tag bleiben, oder zurückkommen, nachdem ich dem General den gegenwärtigen Stand der Dinge gemeldet hatte. Meine Wahl war leicht getroffen. Eine Rastlosigkeit, eine Angst vor dem, was geschehen sollte, Zweifel an Raymonds Absichten, drängten mich, unverzüglich in sein Quartier zurückzukehren. Als ich die Sieben Türme[73] verließ, ritt ich ostwärts zu den Süßen Wassern. Ich nahm einen Umweg, hauptsächlich um auf den Gipfel des oben erwähnten Berges zu kommen, der einen Ausblick auf die Stadt bot. Ich hatte mein Fernglas bei mir. Die Stadt flimmerte unter der Mittagssonne, und die ehrwürdigen Mauern bildeten eine malerische Grenze. Unmittelbar vor mir war das Top Kapou, das Tor, in dessen Nähe Mohammed die Bresche geschlagen hatte, durch die er die Stadt betrat. Riesige alte Bäume wuchsen in der Nähe; vor dem Tor erkannte ich eine Menge sich bewegender menschlicher Gestalten - mit äußerster Neugier hob ich mein Fernglas an mein Auge. Ich sah Lord Raymond auf seinem Streitroß; eine kleine Kompanie von Offizieren hatte sich um ihn versammelt; und dahinter war eine gemischte Ansammlung von Soldaten und Untergeordneten, ohne jede Disziplin, ihre Arme herabhängend; keine Musik ertönte, keine Banner flatterten. Die einzige Fahne unter ihnen war eine, die Raymond trug; er zeigte damit auf das Stadttor. Der Kreis um ihn herum fiel zurück. Mit zornigen Gesten sprang er von seinem Pferd und ergriff ein Beil, das von seinem Sattelbaum herabhing, mit der offensichtlichen Absicht, das widerspenstige Tor niederzureißen. Ein paar Männer kamen, um ihn zu unterstützen; ihre Anzahl wuchs an; unter ihren vereinten Schlägen wurde das Hindernis besiegt, Tor, Fallgitter und Zaun wurden abgerissen; und der breite sonnenbeschienene Weg, der zum Herzen der Stadt

---

[73] Die "Burg der Sieben Türme" ist eine Befestigungsanlage und Teil einer etwa 20 km langen Befestigungsanlage zum Schutz von Istanbul.

führt, lag jetzt offen vor ihnen. Die Männer schraken zurück; sie schienen Angst vor dem zu empfinden, was sie bereits getan hatten, und standen da, als erwarteten sie, daß ein mächtiges Phantom in beleidigter Majestät aus der Öffnung heraustreten würde. Raymond sprang leichthin auf sein Pferd, ergriff die Standarte, und mit Worten, die ich nicht hören konnte, (aber seine Gesten, die sie passend untermalten, wurden durch leidenschaftliche Energie gekennzeichnet,) schien er ihre Hilfe und Kameradschaft zu beschwören; noch während er sprach, wich die Menge von ihm zurück. Empörung flammte nun auf; seine Worte, glaubte ich, waren voller Verachtung - dann, indem er sich von seinen feigen Anhängern abwandte, schickte er sich an, die Stadt allein zu betreten. Sein Pferd schien vor dem tödlichen Eingang zurückzuschrecken; sein Hund, sein treuer Hund, lag ihm jaulend und flehend im Weg - einen Augenblick darauf hatte er seinem verstörten Pferd die Sporen in die Seiten gestoßen, das nach vorne sprang, und galoppierte durch das Tor hindurch die breite und verlassene Straße hinauf.

Bis zu diesem Moment hatte ich ohne zu denken, mit einer Mischung aus Verwunderung, Furcht und Begeisterung zugesehen. Das letztere Gefühl herrschte jetzt vor. Ich vergaß die Entfernung zwischen uns: „Ich werde mit dir gehen, Raymond!", rief ich, aber als ich mein Auge vom Glas hob, konnte ich die winzigen Formen der Menge kaum erkennen, die ungefähr eine Meile von mir vor dem Tor stand; die Gestalt Raymonds war fort. Hastig vor Ungeduld trieb ich mein Pferd mit den Sporen an und ließ die Zügel schießen, damit ich, ehe es gefährlich würde, an der Seite meines edlen, gottgleichen Freundes sein konnte. Eine Reihe von Gebäuden und Bäumen erschienen vor mir, als ich die Ebene erreichte und verbarg die Stadt vor meinen Blicken. Aber in diesem Moment ertönte ein Krachen. Wie ein Donnerschlag hallte es durch den Himmel, und die Luft verdunkelte sich. Nach einem Augenblick waren die alten Mauern wieder zu sehen, während über ihnen eine dunkle Wolke schwebte; Gebäudefragmente wirbelten oben herum, halb im Rauch, während Flammen unter ihnen hervorbrachen, und fortgesetzte Explosionen die Luft mit grandiosen Donnerschlägen erfüllten. Eine Schar von Soldaten floh vor den umherfliegenden Trümmern, die über die hohen Mauern flogen und die Efeutürme erschütterten, auf die Straße, durch die ich kam; ich war umzingelt, von ihnen eingeschlossen, unfähig vorwärts zu kommen. Meine Ungeduld stieg ins Unermeßliche; ich streckte den Männern meine Hände entgegen; ich beschwor sie, umzukehren und ihren General, den Eroberer von Stamboul, den Befreier Griechenlands, zu retten. Tränen, ja Tränen, strömten in warmem Fluß aus meinen Augen - ich wollte nicht an seinen Tod glauben; doch es schien jedes Trümmerteil, das die Luft verdunkelte, einen Teil des den Märtyrertod gestorbenen Raymonds zu tragen. Schreckliche Anblicke wurden mir in der trüben Wolke über der Stadt geformt, und meine einzige Erleichterung fand ich in den Anstrengungen, mich dem Tor zu nähern. Doch als ich meine Ziel erreicht hatte, war alles, was ich innerhalb der gewaltigen Mauern erkennen konnte, eine Stadt aus Feuer: Der offene Weg, durch den Raymond geritten war, war von Rauch und Flammen umgeben. Nach einer Weile hörten die Explosionen auf, aber die Flammen schossen immer noch von verschiedenen Seiten auf; die Kuppel der Hagia Sophia war verschwunden. Seltsamerweise (das Ergebnis vielleicht der Luftaufwirbelung, die durch die Explosion der Stadt verursacht wurde) erhoben sich große, weiße Unwetterwolken vom südlichen Horizont und versammelten sich darüber; sie waren die ersten Flecken auf der blauen Weite, die ich seit Monaten gesehen hatte, und sie weckten inmitten dieser Verwüstung und Verzweiflung Freude. Das Gewölbe darüber wurde verdunkelt, Blitze zuckten von den schweren Massen herab, worauf augenblickliches Donnergrollen folgte; dann kam ein großer Regenschauer herab. Die Flammen der Stadt beugten sich darunter; und der Rauch und der Staub, der von den Ruinen aufstieg, lösten sich auf.

Kaum daß ich ein Verlöschen der Flammen bemerkte, als ich mich auch schon, getrieben von einem unwiderstehlichen Impuls, bemühte, in die Stadt einzudringen. Ich konnte dies nur zu Fuß tun, da die Masse an Trümmern den Weg ungangbar für ein Pferd gemacht hatten. Ich war noch nie in die Stadt gekommen, und ihre Wege waren mir unbekannt. Die Straßen waren blockiert, die Ruinen rauchten; ich kletterte einen Haufen hinauf, nur um eine Folge weiterer zu sehen; und nichts sagte mir, wo der Mittelpunkt der Stadt sein könnte, oder wohin Raymond seinen Kurs gelenkt haben könnte. Der Regen ließ nach, die Wolken versanken hinter dem Horizont, es war jetzt Abend, und die Sonne versank rasch am westlichen Himmel. Ich stolperte weiter, bis ich in eine Straße gelangte, deren Holzhäuser, halb verbrannt, durch den Regen abgekühlt und zum Glück vom Schießpulver nicht beschädigt worden waren. Zu diesen eilte ich hin - bis jetzt hatte ich keine Spur von Menschen gesehen. Aber keine der entstellten menschlichen Gestalten, die ich sah, konnte Raymond sein; so wandte ich meine Augen ab, während mein Herz schwer wurde. Ich kam zu einem offenen Platz - ein Berg aus Trümmern in der Mitte verkündete, daß eine große Moschee den Raum besetzt hatte - und hier sah ich verschiedene Gegenstände von Luxus und Reichtum umher verstreut liegen, versengt, zerstört - die noch zeigten, was sie vor ihrer Zerstörung gewesen waren - die Juwelen, Perlenketten, bestickten Roben, reichen Pelze, glitzernden Stoffe und der orientalische Zierrat schienen in einem zur Vernichtung bestimmten Haufen gesammelt worden zu sein; aber der Regen hatte die Verwüstung vor ihrer Vollendung aufgehalten.

Stunden vergingen, während ich in diesem Schauplatz der Zerstörung nach Raymond suchte. Unüberwindbare Haufen standen sich manchmal entgegen; die immer noch brennenden Feuer versengten mich. Die Sonne ging unter; die Atmosphäre wurde düster - und der Abendstern schien nicht mehr allein. Der grelle Schein der Flammen bezeugte den Fortgang der Zerstörung, während die Trümmerhaufen um mich herum im Zwielicht riesenhafte Ausmaße und seltsame Formen annahmen. Für einen Augenblick konnte ich der schöpferischen Kraft der Phantasie nachgeben, und wurde durch die erhabenen Illusionen beruhigt, die sie mir vorstellte. Das Pochen meines menschlichen Herzens zog mich in die blanke Wirklichkeit zurück. Wo, in dieser Wüste des Todes, bist du, O Raymond - Juwel Englands, Retter von Griechenland, „Held der ungeschriebenen Geschichte"[74], wo in diesem brennenden Chaos sind deine teuren Überreste verstreut? Ich rief laut nach ihm - durch die Dunkelheit der Nacht, über die sengenden Ruinen des gefallenen Konstantinopels, schallte sein Name; keine Stimme antwortete - selbst das Echo war verstummt.

---

[74] Percy Bysshe Shelly, Mask of Anarchy.

Ich wurde von Müdigkeit überwältigt; die Einsamkeit drückte auf mein Gemüt. Die schwüle Luft, die mit Staub durchtränkt war, die Hitze und der Rauch brennender Paläste, ließen meine Glieder erschlaffen. Plötzlich überkam mich Hunger. Die Aufregung, die mich bis dahin aufrecht erhalten hatte, war dahin; wie ein Gebäude, dessen Stützen gelockert sind, und dessen Fundamente erbeben, wanken und fallen; und als Eifer und Hoffnung mich verlassen hatten, versagte meine Stärke. Ich saß auf der einzigen verbliebenen Stufe eines Gebäudes, das selbst in seinem Untergang gewaltig und großartig war; ein paar zerbrochene Mauern, die nicht vom Schießpulver verrückt worden waren, standen in phantastischen Gruppen da, und von dem Gipfel des Haufens schoß in Abständen eine Flamme auf. Eine Zeitlang kämpften Hunger und Müdigkeit miteinander, bis die Formen vor meinen Augen verschwammen und dann ganz verloren waren. Ich bemühte mich, aufzustehen, doch meine schweren Lider schlossen sich, meine übermüdeten Glieder verlangten Ruhe - ich legte meinen Kopf auf den Stein und ergab mich dem wohltuenden Gefühl völligen Vergessens; und in jener Szene der Verwüstung, in jener verzweiflungsvollen Nacht - schlief ich.

Kapitel 3.

Die Sterne erstrahlten noch immer in heller Pracht, als ich erwachte, und Taurus hoch im südlichen Himmel zeigte, daß es Mitternacht war. Ich erwachte aus unruhigen Träumen. Mich dünkte, ich sei zu Timons letztem Fest[75] geladen worden; ich kam mit großem Appetit, die Tücher wurden entfernt, das heiße Wasser sandte seine unbefriedigenden Dämpfe, während ich vor dem Zorn des Gastgebers floh, der die Gestalt

---

[75] Shakespeare, Timon von Athen. Der wohlhabende Timon gerät in Geldnot und bitte seine Freunde um Unterstützung - diese weisen ihn jedoch allesamt ab. Darauf beschließt er, sich zu rächen. Auf seine Einladung zum Bankett erscheinen viele seiner Freunde bei ihm; als sie aber speisen wollen, müssen sie erkennen, daß ihnen nur dampfendes Wasser und Steine serviert wurden.

Raymonds annahm; während in meiner krankhaften Phantasie, die Gefäße, die er nach mir schleuderte, von stinkenden Dämpfen überquollen, und die durch tausend Verdrehungen veränderte Gestalt meines Freundes sich zu einem riesenhaften Gespenst ausdehnte, das auf seiner Stirn das Pestmal trug. Der wachsende Schatten stieg immer höher, wuchs an und schien danach zu streben, über das diamantene Gewölbe hinauszustoßen, das sich über die Welt beugte und sie umgab. Der Alptraum wurde zur Marter; mit einer starken Willensanstrengung warf ich den Schlaf ab und erinnerte meinen Verstand an seine vernünftigen Funktionen. Mein erster Gedanke galt Perdita; zu ihr mußte ich zurückkehren; sie mußte ich unterstützen, solche Nahrung aus der Verzweiflung ziehen, wie sie ihr verwundetes Herz am besten stützen könnte; sie mit strengem Pflichtgefühl und zärtlichem Bedauern vom wilden Übermaß der Trauer fortführen.

Der Stand der Sterne war meine einzige Führung. Ich wandte mich von der schrecklichen Ruine der Goldenen Stadt ab und schaffte es nach großer Anstrengung, mich aus ihren Gassen zu befreien. Außerhalb der Mauern traf ich auf eine Kompanie von Soldaten; ich lieh mir von einem von ihnen ein Pferd und hastete zu meiner Schwester. Das Aussehen der Ebene hatte sich während dieses kurzen Intervalls verändert; das Lager war aufgebrochen, die Überreste der aufgelösten Armee trafen sich hier und dort in kleinen Gruppen, jedes Gesicht war betrübt, aus jeder Geste sprach Erstaunen und Bestürzung.

Mit schwerem Herzen betrat ich den Palast und stand davor, zu furchtsam, fortzuschreiten, zu sprechen, zu sehen. In der Mitte der Halle war Perdita; sie saß auf dem Marmorpflaster, ihr Kopf war auf ihren Busen herabgesunken, ihr Haar zerzaust, ihre Finger drehten sich fieberhaft ineinander; sie war bleich wie Marmor, und ihr ganzes Aussehen war von Agonie gezeichnet. Sie nahm mich wahr und blickte fragend auf; ihr halb hoffnungsvoller Blick versetzte mich in Elend; die Worte erstarben, bevor ich sie artikulieren konnte; ich fühlte ein gräßliches Lächeln auf meinen Lippen. Sie verstand meine Geste; wieder fiel ihr Kopf herab; wieder arbeiteten ihre Finger unruhig. Endlich fand ich meine Sprache wieder, aber meine Stimme erschreckte sie; das unglückselige Mädchen hatte meinen Blick verstanden, und sie wollte um nichts in der Welt, daß die Geschichte ihres schweren Elends ausgeformt und durch harte, unwiderrufliche Wörter bestätigt worden sein sollte. Ja, sie schien meine Gedanken von dem Gegenstand ablenken zu wollen: Sie erhob sich vom Boden: „Still!", sagte sie flüsternd, „nach vielem Weinen schläft Clara, wir dürfen sie nicht stören." Sie setzte sich dann auf dieselbe Ottomane, wo ich sie am Morgen verlassen hatte, als ihr Kopf auf dem schlagenden Herzen ihres Raymonds ruhte; ich wagte nicht, mich ihr zu nähern, sondern saß in einer entfernten Ecke und beobachtete ihre aufgeregten und fahrigen Gesten. Endlich fragte sie abrupt: „Wo ist er?"

„O, fürchte nicht", fuhr sie fort, „fürchte nicht, daß ich Hoffnung haben sollte! Doch sage mir, hast du ihn gefunden? Ihn noch einmal in meinen Armen zu halten, ihn zu sehen, wie auch immer verändert, ist alles was ich wünsche. Und wäre Konstantinopel über ihm wie ein Grab aufgehäuft, so muß ich ihn dennoch finden - dann möge uns das Gewicht der Stadt bedecken, mit einem über uns aufgeschichtetem Berg - das kümmert mich nicht, so daß ein Grab Raymond und seine Perdita enthält." Dann weinte sie und klammerte sich an mich: „Bring mich zu ihm", rief sie, „grausamer Lionel, warum hältst du mich hier? Ich kann ihn allein nicht finden - du aber weißt, wo er liegt - führe mich dorthin." Zuerst erfüllten mich diese qualvollen Klagen mit unerträglichem Mitgefühl. Bald aber bemühte ich mich, ihr Geduld zuzusprechen. Ich erzählte ihr von meinen nächtlichen Abenteuern, von meinen Bemühungen, unseren Verlorenen zu finden, und von meiner Enttäuschung. Indem ich ihre Gedanken in diese Richtung lenkte, gab ich ihnen einen Gegenstand, der sie vor dem Wahnsinn rettete. Mit scheinbarer Ruhe besprach sie mit mir die wahrscheinliche Stelle, wo er gefunden werden könnte, und plante die Maßnahmen, die wir für diesen Zweck ergreifen sollten. Als sie von meiner Müdigkeit und meinem Hunger hörte, brachte sie mir selbst Essen. Ich ergriff den günstigen Moment und bemühte mich, in ihr etwas zu erwecken, das jenseits der tödlichen Erstarrung der Trauer lag. Während ich sprach, trugen mich meine eigenen Worte fort; tiefe Bewunderung, aus der aufrichtigsten Zuneigung geborene Trauer, und das Überfließen meines Herzens, das ganz erfüllt von Mitgefühl war für alles, was in der Laufbahn meines Freundes groß und erhaben gewesen war, beseelten mich, als ich das Lob über Raymond ausgoß.

„Ach, was uns betrifft", rief ich, „die wir die diese letzte Ehre der Welt verloren haben! Geliebter Raymond! Er ist ins Reich der Toten gegangen; er ist einer von jenen geworden, die die dunkle Bleibe des düsteren Grabes glanzvoll machen, indem sie dort wohnen. Er ist auf dem Weg gereist, der dorthin führt, und schloß sich den Seelen der Mächtigen an, die vor ihm gingen. Als die Welt noch in den Kinderschuhen steckte, mußte der Tod furchtbar gewesen sein, und der Mensch verließ seine Freunde und Verwandten, um als ein einsamer Fremder in einem unbekannten Land zu wandeln. Nun aber findet, wer stirbt, viele Gefährten, die schon vorher auf seine Aufnahme vorbereitet waren. Die Großen der Vergangenheit bevölkern es, der erhabene Held unserer Tage zählt zu seinen Bewohnern, während das Leben doppelt zur ‚Wüste und Einsamkeit'[76] wird.

Was für eine edle Kreatur war Raymond, der erste unter den Männern unserer Zeit. Durch die Großartigkeit seiner Pläne, die anmutige Kühnheit seiner Handlungen, durch seine Klugheit und seine Schönheit, gewann und lenkte er die Gemüter aller. Eines einzigen Fehlers hätte er beschuldigt werden können, aber sein Tod hat das vernichtet, ich habe ihn unbeständig nennen hören - als er um der Liebe willen die Hoffnung auf die Krone fahren ließ, und als er als Protektor Englands abdankte, machten Männer seine Schwachheit verantwortlich. Nun hat sein Tod sein Leben gekrönt, und bis zum Ende der Zeit wird es in Erinnerung bleiben, daß er sich, als ein williges Opfer, dem Ruhme Griechenlands widmete. Es war seine Wahl: Er erwartete, daß er sterben würde. Er sah voraus, daß er diese frohe Erde, den lichten Himmel, und deine Liebe, Perdita, verlassen sollte, doch er zögerte nicht oder kehrte um, sondern ging direkt zu seinem Ruhmeszeichen. So lange die Erde währt, werden seine Taten gepriesen werden. Griechische Jungfrauen werden in Hingabe Blumen auf sein Grab streuen und die Luft ringsherum von patriotischen Hymnen widerhallen lassen, in denen sein Name hohe Auszeichnung finden wird."

---

[76] Edward Young, The Revenge, 4.

Ich sah die Züge Perditas weicher werden; die Strenge der Trauer wich der Zärtlichkeit - ich fuhr fort: - „Ihn solcherart zu ehren, ist die heilige Pflicht seiner Überlebenden. Seinen Namen zu behandeln wie einen heiligen Flecken Erde, ihn vor allen feindlichen Angriffen durch unser Lob zu sichern, auf ihn Blüten der Liebe und des Bedauerns zu streuen, ihn vor dem Verfall zu bewahren und ihn der Nachwelt unverfälscht zu hinterlassen. Das ist die Pflicht seiner Freunde. Eine noch wichtigere ruht auf dir, Perdita, der Mutter seines Kindes. Erinnerst du dich an ihre Kindheit, mit welchen Gefühlen du Clara betrachtetest, und in ihr das vereinte Wesen von dir selbst und Raymond erkanntest, es freute dich, in diesem lebendigen Tempel eine Manifestation deiner ewigen Liebe zu sehen. Genau so ist sie noch immer. Du sagst, daß du Raymond verloren hast. O, nein! - denn er lebt dort mit dir und in dir. Von ihm ist sie entsprungen, Fleisch seines Fleisches, Knochen seines Knochens - und deswegen begnüge dich nicht, in ihrer flaumigen Wange und ihren zarten Gliedern, eine Ähnlichkeit zu Raymond zu finden, denn du wirst ihn in ihren überschwenglichen Gefühlen, in den liebreizenden Fähigkeiten ihres Geistes, noch immer lebendig finden, den Guten, den Großen, den Geliebten. Sei es deine Sorge, diese Ähnlichkeit zu fördern - sei es deine Sorge, sie Seiner würdig zu machen, so daß, wenn sie über ihren Ursprung nachdenkt, sie sich nicht schämt für das, was sie ist."

Ich konnte wahrnehmen, daß, als ich meine Schwester an ihre Pflichten im Leben erinnerte, sie nicht mit der gleichen Geduld wie zuvor zuhörte. Sie schien in meinen Worten einen Plan des Trostes zu vermuten, über welchen sie, ihren neu entstandenen Kummer hätschelnd, sich empörte. „Du sprichst von der Zukunft", sagte sie, „während die Gegenwart alles für mich ist. Laß mich die irdische Behausung meines Geliebten finden, laß uns diese aus dem Staub befreien, damit die Menschen in zukünftigen Zeiten auf das heilige Grab hinweisen, und es das Seine nennen können - dann zu anderen Gedanken, und einem neuen Lebenskurs, oder was das Schicksal in seiner grausamen Tyrannei sonst für mich bestimmt haben könnte."

Nach einer kurzen Ruhe bereitete ich mich darauf vor, sie zu verlassen, um zu versuchen, ihren Wunsch zu erfüllen. In der Zwischenzeit gesellte sich Clara zu uns, deren bleiche Wange und ängstlichen Blicke den tiefen Eindruck verrieten, den die Trauer auf ihren jungen Geist gemacht hatte. Sie schien von etwas erfüllt zu sein, wofür sie keine Worte finden konnte; aber indem sie eine Gelegenheit nutzte, die durch die Abwesenheit Perditas entstanden war, zog sie mich heran, um mich ernstlich zu bitten, daß ich sie in Sichtweite des Tors nehmen sollte, durch welches ihr Vater Konstantinopel betreten hatte. Sie versprach, nichts anderes zu verlangen, fügsam zu sein und sofort zurückzukehren. Ich konnte es nicht ablehnen, denn Clara war kein gewöhnliches Kind, ihre Sensibilität und Intelligenz schien sie bereits mit dem Recht der Frau ausgestattet zu haben. Daher ritten wir, mit ihr vor mir auf meinem Pferd, nur von der Dienerin begleitet, die sie wieder zurück begleiten sollte, zum Top Kapou. Wir fanden eine Gruppe von Soldaten, die sich davor versammelt hatten. Sie lauschten. „Es sind menschliche Schreie", sagte einer. „Es klingt eher wie das Heulen eines Hundes", antwortete ein anderer; und wieder beugten sie sich vor, um das Geräusch der regelmäßigen fernen Laute zu hören, die aus den Trümmern der zerstörten Stadt drangen. „Dies, Clara", sagte ich, „ist das Tor, dies die Straße, die dein Vater hinauf ritt." Was immer Claras Absicht gewesen war, als sie darum bat, hierher gebracht zu werden, wurde durch die Anwesenheit der Soldaten vereitelt. Mit ernstem Blick blickte sie auf das Labyrinth rauchender Trümmerhaufen, die eine Stadt gewesen waren, und drückte dann ihre Bereitschaft aus, nach Hause zurückzukehren. In diesem Augenblick drang ein trauriges Heulen an unsere Ohren; es wurde wiederholt. „Horch!", rief Clara, „er ist dort, das ist Florio, der Hund meines Vaters." Es erschien mir unmöglich, daß sie den Ton erkannte, aber sie beharrte auf ihrer Behauptung, bis sie bei der Menge Glauben fand. Zumindest wäre es eine wohltätige Aktion, den Leidenden, ob menschlich oder tierisch, aus der verwüsteten Stadt zu retten; also sandte ich Clara wieder in ihr Zuhause zurück und betrat Konstantinopel erneut. Ermutigt durch die Folgenlosigkeit, die mein früherer Besuch hatte, begleiteten mich mehrere Soldaten, die einen Teil von Raymonds Leibwache ausgemacht hatten, die ihn geliebt hatten und seinen Verlust aufrichtig betrauerten.

Es ist unmöglich, die seltsame Verkettung von Ereignissen wiederzugeben, die die leblose Hülle meines Freundes in unsere Hände zurückführte. In jenem Teil der Stadt, in dem das Feuer am Vorabend am meisten gewütet hatte und der jetzt gelöscht, schwarz und kalt dalag, kauerte der sterbende Hund von Raymond neben der verstümmelten Gestalt seines Herrn. Zu einer solchen Zeit hat der Kummer keine Stimme; das Leid, von der großen Heftigkeit gezähmt, ist stumm. Das arme Tier erkannte mich, leckte meine Hand, kroch nahe an seinen Herrn heran und starb. Offensichtlich war er von einem fallenden Trümmerteil, das seinen Kopf zerschmettert und seine ganze Gestalt verunstaltet hatte, von seinem Pferd geworfen worden. Ich beugte mich über den Körper und nahm den Rand seines Umhangs in meine Hand, dessen Erscheinung weniger verändert war als der menschliche Körper, den er bekleidete. Ich preßte ihn an meine Lippen, während die rauhen Soldaten sich darum versammelten und über diese würdige Beute des Todes trauerten, als ob Bedauern und endloses Wehklagen den ausgelöschten Funken wieder erleuchten oder das befreite Geistwesen in sein zerbrochenes Gefängnis aus Fleisch zurückrufen könnten. Gestern waren diese Glieder ein Universum wert; sie bewahrten eine transzendente Kraft, deren Absichten, Worte und Handlungen es wert waren, in goldenen Buchstaben aufgezeichnet zu werden. Jetzt konnte allein der Aberglaube der Zuneigung dem zerstörten Mechanismus, der, reglos und verzerrt, Raymond nicht ähnlicher sah, als der gefallene Regen der ehemals heimatlichen Wolke gleicht, in der er den höchsten Himmel bestieg, von der Sonne vergoldet wurde, alle Augen auf sich zog und den Sinn durch sein Übermaß an Schönheit sättigte.

So wie er jetzt aussah, so verunstaltet und verdorben sein irdisches Gewand war, wickelten wir es in unsere Mäntel, hoben die Bürde in unsere Arme, und trugen sie aus dieser Stadt der Toten. Es stellte sich die Frage, wo wir ihn absetzen sollten. Auf unserem Weg zum Palast passierten wir den griechischen Friedhof; hier ließ ich ihn auf einen Grabstein aus schwarzem Marmor legen; die Zypressen wehten hoch über uns, ihre totenähnliche Finsternis stimmte mit seinem Zustand des Nichtvorhandenseins überein. Wir schnitten Äste von den Trauerbäumen und legten sie über ihn, und darauf wiederum sein Schwert. Ich hinterließ eine Wache, um diesen Schatz aus Staub zu schützen und befahl, daß ringsumher langlebige Fackeln entzündet werden sollten.

Als ich zu Perdita zurückkehrte, stellte ich fest, daß sie bereits über den Erfolg meines Unternehmens informiert war. Er, ihr Geliebter, der einzige und ewige Gegenstand ihrer leidenschaftlichen Zärtlichkeit, wurde ihr wiedergegeben. So war die wahnsinnige Sprache ihrer Begeisterung. Wo doch diese Glieder sich nicht bewegten, und diese Lippen keine Worte der Weisheit und der Liebe mehr formen konnten! Wo er doch wie eine Alge war, die aus dem fruchtlosen Ozean an den Strand geworfen der Fäulnis anheimgegeben war - und dennoch war dies die Gestalt, die sie liebkost hatte, waren dies die Lippen, die ihr begegnet waren, die den Geist der Liebe vom sich vermischenden Atem getrunken hatten; dies war der irdische Mechanismus des löslichen Tons, den sie ihr eigen genannt hatte. Sie freute sich wahrlich auf ein anderes Leben, wahrlich schien ihr der brennende Geist der Liebe unauslöschlich in der Ewigkeit. Doch zu dieser Zeit hielt sie sich mit menschlicher Zuneigung an allem fest, was ihre menschlichen Sinne ihr als Teil von Raymond zu sehen und zu fühlen erlaubten.

Blaß wie Marmor, so klar und strahlend wie jener, hörte sie meine Geschichte und erkundigte sich nach der Stelle, wo er abgelegt worden war. Ihre Züge hatten die Verzerrung der Trauer verloren; ihre Augen leuchteten auf, ihre ganze Person wirkte erleichtert; während die übermäßige Blässe und sogar Durchsichtigkeit ihrer Haut, und etwas Hohles in ihrer Stimme, bezeugten, daß nicht Ruhe, sondern ein Übermaß an Aufregung die trügerische Gelassenheit veranlaßte, die sich in ihrem Gesicht zeigte. Ich fragte sie, wo er begraben werden sollte. Sie antwortete: „In Athen, in jenem Athen, das er liebte. Außerhalb der Stadt, auf der Anhöhe von Hymettus, gibt es eine felsige Vertiefung, die er mir als die Stelle zeigte, wo er ruhen möchte."

Mein eigener Wunsch war hingegen, daß er nicht von der Stelle entfernt werden sollte, wo er jetzt lag. Aber ihrem Wunsch sollte natürlich entsprochen werden; und ich bat sie, sich unverzüglich auf unsere Abfahrt vorzubereiten.

Nun durchquerte der traurige Zug die Ebenen von Thrakien und schlängelte sich durch die Hohlwege und über die Gebirge von Mazedonien, die klaren Wellen des Peneus, durchquerte die Larissebene, kreuzte die Meerenge der Thermopylen und stieg nacheinander den Oeta und Parnass hinauf, und dann wieder in die fruchtbare Ebene von Athen hinab. Frauen ertragen diese langgezogenen Übel ergeben, aber für den ungeduldigen Geist des Mannes waren all die Umstände unseres Marsches - die langsame Bewegung unseres Zuges, die schwermütige Ruhepause, die wir am Mittag machten, die immerwährende Gegenwart des Tuches, obgleich es herrlich war, das den Sarg umhüllte, der Raymond enthielt, die eintönige Wiederholung von Tag und Nacht, die nicht von Hoffnung oder Wechsel geändert wurde - unerträglich. Perdita, die sich ganz in sich zurückgezogen hatte, sprach wenig. Ihr Wagen war geschlossen; und wenn wir uns ausruhten, lehnte sie ihre blasse Wange an ihre weiße, kalte Hand, saß mit auf den Boden gerichteten Augen gedankenversunken da, und lehnte alles Gespräch oder Mitgefühl ab.

Wir stiegen vom Parnass ab, drangen aus seinen vielen Falten, und gingen auf unserer Straße nach Attika durch Livadia. Perdita wollte Athen nicht betreten; als wir aber in der Nacht unserer Ankunft in Marathon residierten, führte sie mich am folgenden Tage zu dem von ihr als Schatzkammer von Raymonds geliebten Überresten ausgewählten Ort. Er lag in einer Vertiefung nahe dem Kopf der Schlucht südlich von Hymettus. Die Kluft war tief, schwarz und verwittert, windgepeitscht vom Gipfel bis zur Basis; in den Spalten des Felsens wuchs Myrthen-Unterholz und wilder Thymian, die Nahrung vieler Bienenvölker; riesige Klippen ragten in die Spalte hinaus, einige daraus hervorstehend, andere sich senkrecht erhebend. Am Fuße dieser erhabenen Schlucht erstreckte sich ein fruchtbares lachendes Tal von Meer zu Meer, und dahinter breitete sich die blaue Ägäis aus, mit Inseln übersät, und mit unter der Sonne glitzernden Wellen. In der Nähe der Stelle, wo wir standen, war ein einzelner Felsen, hoch und kegelförmig, der, auf jeder Seite vom Berg getrennt, wie eine von der Natur behauene Pyramide schien; mit wenig Arbeit wurde dieser Block in eine perfekte Form gebracht; die schmale Zelle, in die Raymond gelegt wurde, wurde unten herausgehoben, und eine kurze Inschrift, in den Stein eingekerbt, registrierte den Namen seines Insassen, die Ursache und die Zeit seines Todes.

Alles wurde geschwind unter meinen Anweisungen ausgeführt. Ich erklärte mich damit einverstanden, die Vollendung und die Pflege des Grabes dem Oberhaupt der religiösen Einrichtung in Athen zu überlassen und bereitete mich auf meine Rückkehr nach England vor, die Ende Oktober erfolgen sollte. Dies teilte ich Perdita mit. Es war schmerzlich, sie von dem letzten Schauplatz zu entfernen, der von ihrem Verlorenen sprach; doch hier zu verweilen war vergeblich, und meine Seele war krank vor Sehnsucht, mich wieder mit Idris und unseren Kindern zu vereinigen. Meine Schwester wiederum bat mich, sie am folgenden Abend zum Grab von Raymond zu begleiten. Einige Tage waren vergangen, seit ich den Ort besucht hatte. Der Weg dahin war vergrößert worden, und die in den Fels gehauenen Stufen führten uns über weniger Umwege als vorher zu dem Punkt selbst; die Plattform, auf der die Pyramide stand, war vergrößert, und, nach Süden blickend, in einer von den wuchernden Zweigen eines wilden Feigenbaums überschatteten Nische, sah ich Fundamente ausgraben, und Stützen und Sparren befestigt, offenbar der Anfang eines Häuschens. Auf seiner unvollendeten Schwelle stand das Grab zu unserer Rechten, die ganze Schlucht und die Ebene und das azurblaue Meer unmittelbar vor uns; das dunkle Gestein wurde von der untergehenden Sonne beschienen, die das bebaute Tal überblickte und die ruhigen Wellen in Purpur und Orange färbte; wir saßen auf einer felsigen Erhebung, und ich blickte verzückt auf das schöne Panorama lebendiger und wechselnder Farben, die die Reize der Erde und des Meeres vervielfältigten und verstärkten.

„Habe ich nicht recht daran getan", sagte Perdita, „daß ich meinen Geliebten hierher bringen ließ? Einst wird dies der Anziehungspunkt Griechenlands sein. An einem solchen Ort verliert der Tod die Hälfte seines Schreckens, und selbst der unbelebte Staub scheint am Geist der Schönheit teilzuhaben, die diese Gegend heiligt, Lionel, dort schläft er, dies ist das Grab Raymonds, den ich in meiner Jugend als ersten geliebt habe, den mein Herz in Tagen der Trennung und des Zornes begleitete, mit dem ich jetzt für immer verbunden bin. Niemals - hörst du - niemals werde ich diesen Ort verlassen. Mich dünkt, sein Geist bleibt hier ebenso wie der Staub, der, obwohl er sich nicht mitteilen kann, wertvoller in seinem Nichts ist, als etwas anderes, das die verwitwete Erde an traurig an ihren Busen preßt. Die Myrtensträucher, der Thymian, das kleine Alpenveilchen, das aus den Spalten des Felsens blinzelt, all die Erzeugnisse des Ortes, haben eine Verbindung mit ihm, das Licht, das die Hügel erhellt, nimmt an seinem Wesen teil, und der Himmel und die Berge, das Meer und das Tal sind durchdrungen von der Gegenwart seines Geistes. Hier werde ich leben und sterben!

Geh du nach England, Lionel, kehr zurück zur liebreizenden Idris und zum guten Adrian; kehr zurück und laß mein verwaistes Mädchen wie ein eigenes Kind in deinem Hause sein. Sieh mich als tot an, und wahrlich, wenn der Tod eine bloße Veränderung des Zustandes ist, so bin ich tot. Dies ist eine andere Welt als jene, die ich zuletzt bewohnt habe, als jene, die jetzt deine Heimat ist. Hier halte ich nur bei mir Einkehr darüber, was gewesen ist, und was noch kommen wird. Geh nach England und laß mich dort zurück, wo allein ich mich einverstanden erklären kann, die elenden Tage zu verbringen, die ich noch leben muß."

Ein Tränenschauer beendete ihre traurige Ansprache. Ich hatte einen überspannten Vorschlag erwartet, und blieb eine Weile still, sammelte meine Gedanken, damit ich ihren phantasievollen Plan besser bekämpfen könnte. „Du hegst triste Gedanken, meine liebe Perdita", sagte ich, „ich wundere mich allerdings nicht, daß deine Vernunft für eine Zeit von leidenschaftlichem Kummer und einer gestörten Vorstellungskraft beeinflußt sein sollte. Selbst ich bin in diese letzte Heimstatt Raymonds verliebt; dennoch müssen wir sie verlassen."

„Ich habe das erwartet", rief Perdita; „Ich nahm an, daß du mich als ein verrücktes, dummes Mädchen behandeln würdest. Aber täusche dich nicht; dieses Häuschen wird in meinem Auftrag gebaut; und hier werde ich bleiben, bis die Stunde kommt, wo ich seine glücklichere Wohnung teilen darf."

„Mein liebes Mädchen!"

„Und was an meinem Entwurf ist so seltsam? Ich hätte dich täuschen können; ich hätte davon reden können, hier nur ein paar Monate zu bleiben. In deinem Eifer, Windsor zu erreichen, hättest du mich verlassen, und ich hätte ohne Vorwurf oder Streit meinen Plan verfolgen können. Aber ich verachtete den Kunstgriff, oder vielmehr war es in meinem Elend mein einziger Trost, mein Herz dir, meinem Bruder, meinem einzigem Freund, auszuschütten. Du willst nicht mit mir streiten? Du weißt, wie eigensinnig deine arme, im Elend gefangene Schwester ist. Nimm mein Mädchen mit dir, entwöhne sie von den Anblicken und Gedanken des Kummers, laß die kindliche Heiterkeit wieder ihr Herz besuchen und ihre Augen zum Leuchten bringen; so könnte es niemals sein, wenn sie in meiner Nähe wäre; es ist viel besser für jeden von euch, wenn ihr mich nie wieder sehen solltet. Was mich angeht, so werde ich nicht bewußt den Tod suchen, das heißt, ich werde es nicht tun, während ich über mich selbst gebieten kann; und hier kann ich es. Doch wenn du mich aus diesem Land entfernst und meine Macht zur Selbstkontrolle verschwindet, kann ich nicht für die Gewalt sprechen, zu der meine quälende Trauer mich bringen könnte."

„Perdita", antwortete ich, „du kleidest deine Meinung in kraftvolle Worte, doch diese Betrachtungsweise ist selbstsüchtig und dir unwürdig. Du hast mir oft zugestimmt, daß es nur eine Lösung für das komplizierte Rätsel des Lebens gibt; uns selbst zu verbessern und andere glücklich zu machen; und jetzt, in der Blüte des Lebens, verläßt du deine Prinzipien und verschließt dich in unnützer Einsamkeit. Wirst du in Windsor weniger an Raymond denken, dem Schauplatz eures frühen Glücks? Wirst du weniger mit seinem verstorbenen Geist Zwiesprache halten, während du die seltene Vortrefflichkeit seines Kindes überwachst und kultivierst? Dir ist Schlimmes widerfahren, und ich wundere mich nicht, daß ein Gefühl, das dem Wahnsinn gleichkommt, dich zu bitteren und unvernünftigen Vorstellungen treiben sollte. Doch in deinem heimatlichen England erwartet dich ein liebevolles Zuhause. Meine Zärtlichkeit und Zuneigung muß dich beruhigen, die Gesellschaft von Raymonds Freunden wird mehr Trost bieten als diese trüben Erwartungen. Wir werden es alle zu unserer ersten Sorge, unserer liebsten Aufgabe machen, zu deinem Glück beizutragen."

Perdita schüttelte den Kopf. „Wenn es nur so sein könnte", antwortete sie, „täte ich sehr Unrecht daran, deine Angebote zu verachten. Doch es ist keine Frage der Wahl, ich kann nur hier leben. Ich bin ein

Teil dieser Szene, jede einzelne Eigenschaft ist ein Teil von mir. Dies ist keine plötzliche Einbildung, ich lebe danach. Das Wissen, daß ich hier bin, erwacht mit mir am Morgen und ermöglicht es mir, das Licht zu ertragen; es ist mit meinem Essen vermischt, das ansonsten Gift wäre; es geht, es schläft mit mir, es begleitet mich stets. Hier mag ich sogar aufhören, zu klagen, und füge mein verspätetes Einverständnis dem Dekret hinzu, das ihn von mir genommen hat. Er wäre lieber einen solchen Tod gestorben, der in der Geschichte bis in die Ewigkeit aufgezeichnet werden wird, als bis ins hohe Alter unbekannt, ungeehrt gelebt zu haben. Und ich kann mir nichts Besseres wünschen, als die Auserwählte und Geliebte seines Herzens gewesen zu sein, hier, in jugendlicher Frische, bevor zusätzliche Jahre die besten Gefühle meiner Natur beschmutzen können; sein Grab zu sehen und mich rasch mit ihm in seiner gesegneten Ruhe wieder zu vereinen.

So viel habe ich gesagt, mein lieber Lionel, in dem Wunsche, dich zu überreden, daß ich recht tue. Wenn du nicht überzeugt bist, kann ich nichts weiter als Argument hinzufügen, und ich kann nur meine feste Entschlossenheit erklären. Ich bleibe hier; nur Gewalt kann mich von hier fortbringen. Sei es so; zerre mich fort - ich komme zurück; halte mich gefangen, sperre mich ein, und doch werde ich fliehen und hierher kommen. Oder würde mein Bruder seine Perdita, deren Herz gebrochen ist, lieber in Stroh und Ketten legen, wie eine Wahnsinnige, als zu dulden, daß sie in Frieden unter dem Schatten Seiner Gesellschaft ruht, in diesem von mir selbst gewählten und geliebten Rückzugsort?" -

All dies erschien mir, wie ich zugeben muß, als völliger Wahnsinn. Ich stellte mir vor, daß es meine zwingende Pflicht war, sie von Schauplätzen zu entfernen, die sie so sehr an ihren Verlust erinnerten. Ich zweifelte auch nicht daran, daß sie in der Ruhe unseres Familienkreises in Windsor ein gewisses Maß an Gelassenheit und schließlich Glück erlangen würde. Meine Zuneigung zu Clara führte mich auch dazu, diesen aus der Trauer geborenen zärtlichen Träumen zu widersprechen; ihre Empfindsamkeit wurde bereits zu sehr aufgeregt; ihre kindliche Unbefangenheit zu früh gegen tiefsinniges und besorgtes Nachdenken vertauscht. Das seltsame und romantische Verhalten ihrer Mutter könnte die schmerzhafte Sicht auf das Leben, die sich so früh in ihre Gedanken eingeschlichen hatte, bestätigen und fortführen.

Als ich wieder zu Hause war, kam der Kapitän des Dampfers, mit dem ich reisen wollte, zu mir, um mir mitzuteilen, daß unvorhergesehene Umstände seine Abreise beschleunigt hätten und daß ich, wenn ich mit ihm fahren wollte, um fünf Uhr am folgenden Morgen an Bord kommen sollte. Ich stimmte dieser Vereinbarung hastig zu und entwarf ebenso hastig einen Plan, durch den Perdita gezwungen werden sollte, mich zu begleiten. Ich glaube, daß die meisten Menschen in meiner Lage auf die gleiche Weise gehandelt hätten. Aber diese Überlegung schmälert nicht, oder schmälerte zumindest später nicht, die Vorwürfe meines Gewissens. Im Moment war ich überzeugt, daß ich mich für das Beste einsetzte und daß alles, was ich tat, richtig und sogar notwendig war.

Ich setzte mich mit Perdita zusammen und beruhigte sie, indem ich ihrem wilden Plan scheinbar zustimmte. Sie empfing meine Zustimmung gern, und dankte ihrem täuschenden, betrügerischen Bruder tausendmal. Als die Nacht hereinbrach, gewann sie, belebt von meinem unerwarteten Zugeständnis, eine fast vergessene Lebhaftigkeit zurück. Ich tat so, als würde mich das fiebrige Glühen ihrer Wange beunruhigen; ich bat sie, einen beruhigenden Trank einzunehmen; ich goß die Medizin aus, die sie folgsam von mir nahm. Ich beobachtete, wie sie sie trank. Falschheit und Kunstfertigkeit sind an sich so hassenswürdig, daß, obschon ich immer noch dachte, daß ich richtig handelte, mich ein peinigendes Gefühl der Scham und Schuld überkam. Ich verließ sie und hörte bald, daß sie unter dem Einfluß des Betäubungsmittels, das ich ihr verabreicht hatte, in tiefen Schlaf gefallen war. Sie wurde solcherart bewußtlos an Bord getragen, der Anker gelichtet, und da der Wind günstig war, standen wir bald weit draußen auf See; mit dem gänzlich ausgebreiteten Segel und der unterstützenden Kraft des Motors, pflügten wir schnell und stetig durch das geschundene Element.

Es war spät am Tag, als Perdita erwachte, und eine längere Zeit verstrich, ehe sie sich von der durch das Laudanum verursachten Erstarrung erholte und die Veränderung ihrer Situation wahrnahm. Sie sprang wild von ihrem Bett auf und flog zum Kabinenfenster. Das blaue und aufgewühlte Meer raste am Schiff vorbei und breitete sich ringsumher endlos aus. Der Himmel war von einer Wolke verdeckt, die in ihrer schnellen Bewegung zeigte, wie schnell sie davongetragen wurde. Das Knarren der Masten, das Rasseln der Räder, die Fußtritte oben, alles überzeugte sie, daß sie bereits weit von den Küsten Griechenlands war. „Wo sind wir?", rief sie, „wohin fahren wir?" -

Die Dienerin, die ich angewiesen hatte, sie zu beobachten, antwortete: „Nach England." -

„Und mein Bruder?" -

„Ist an Deck, Madam."

„Grausam! Grausam!", rief das arme Opfer, als sie mit einem tiefen Seufzer auf die ausgedehnte Wasserfläche blickte. Dann, ohne eine weitere Bemerkung, warf sie sich auf ihre Liege, schloß ihre Augen und lag regungslos; so daß es bis auf die tiefen Seufzer, die ihr gelegentlich entkamen, schien, als ob sie schliefe.

Sobald ich hörte, daß sie gesprochen hatte, schickte ich Clara zu ihr, damit der Anblick der liebenswürdigen Unschuld sanfte und liebevolle Gedanken wecke. Aber weder die Gegenwart ihres Kindes noch ein weiterer Besuch von mir konnte meine Schwester aufheitern. Sie sah Clara mit schmerzlicher Miene an, sprach jedoch nicht. Als ich erschien, wandte sie sich ab und antwortete auf meine Fragen nur: „Du weißt nicht, was du getan hast!" - Ich vertraute darauf, daß diese Verdrossenheit nur den Kampf zwischen Enttäuschung und natürlicher Zuneigung bedeutete, und daß sie sich in ein paar Tagen mit ihrem Schicksal versöhnt haben würde.

Als die Nacht hereinbrach, bat sie darum, Clara in einer separaten Kabine unterzubringen. Ihre Dienerin blieb jedoch bei ihr. Gegen Mitternacht sprach sie die Letztere an, sagte, daß sie einen schlechten Traum gehabt hätte, und bat sie, zu ihrer Tochter zu gehen, und nachzusehen, ob sie ruhig schliefe. Die Frau gehorchte.

Die Brise, die seit Sonnenuntergang abgeebbt war, hob jetzt wieder an. Ich war an Deck und genoß unseren schnellen Fortschritt. Die Stille wurde nur durch das Rauschen des Wassers gestört, das sich vor dem festen Kiel teilte, das Murmeln der unbeweglichen und vollen Segel, den Wind, der in den Wanten pfiff, und die regelmäßige Bewegung des

Motors. Das Meer war nur leicht bewegt, zeigte mal einen weißen Kamm und nahm dann wieder eine einheitliche Farbe an; die Wolken waren verschwunden; und der dunkle Äther tauchte in den weiten Ozean, in dem die Sternbilder vergeblich ihren gewohnten Spiegel suchten. Unsere Geschwindigkeit konnte nicht weniger als acht Knoten betragen haben.

Plötzlich hörte ich ein Platschen im Meer. Die wachhabenden Matrosen eilten mit dem Ruf - „Mann über Bord" - zur Seite des Schiffes. „Es kam nicht vom Deck", sagte der Mann am Ruder, „etwas ist aus der Achterkabine geworfen worden." Ein Ruf nach dem Absenken des Beibootes hallte vom Deck wider. Ich eilte in die Kabine meiner Schwester; sie war leer.

Mit eingeholten Segeln stoppte der Motor, und das Schiff blieb unwillig stehen, bis nach einer Stunde Suche meine arme Perdita an Bord gebracht wurde. Aber keine Bemühung konnte sie wiederbeleben, keine Medizin ihre lieben Augen öffnen, und das Blut wieder aus ihrem pulslosen Herzen fließen lassen. Eine geballte Hand enthielt einen Zettel, auf dem stand: „Nach Athen." Um ihre Verbringung dorthin zu sichern und den unwiederbringlichen Verlust ihres Körpers in der weiten See zu verhindern, hatte sie als Vorsichtsmaßregel einen langen Schal um ihre Taille und diesen wiederum an den Streben des Kabinenfensters befestigt. Sie war etwas unter den Kiel des Schiffes getrieben, und da sie außer Sichtweite war, kam es zu einer Verzögerung bei der Suche nach ihr. Und so starb das unglückliche Mädchen als Opfer meiner sinnlosen Unbesonnenheit. So verließ sie uns am frühen Tage für die Gesellschaft der Toten und zog es vor, das felsige Grab Raymonds, anstatt die lebhafte Szene, die diese fröhliche Erde gewährte, und die Gesellschaft von liebenden Freunden zu teilen. So starb sie in ihrem neunundzwanzigsten Jahr; nachdem sie einige Jahre des paradiesischen Glücks genossen und dann einen Rückschlag erhalten hatte, dem sich ihr ungeduldiger Geist und ihre liebevolle Gesinnung nicht unterwerfen konnten. Als ich den gelassenen Gesichtsausdruck bemerkte, der sich ihrem Gesicht im Tod eingeprägt hatte, fühlte ich trotz der Gewissensbisse, trotz des herzzerreißenden Bedauerns, daß es besser war, so zu sterben, als sich durch lange, elende Jahre des Jammers und der untröstlichem Trauer zu schleppen.

Unbilden des Wetters trieben uns den adriatischen Golf hinauf; und da unser Schiff kaum für den Sturm geeignet war, suchten wir Zuflucht im Hafen von Ancona. Hier traf ich Georgio Palli, den Vizeadmiral der griechischen Flotte, einen ehemaligen Freund und warmherzigen Gefolgsmann Raymonds. Ich vertraute die Überreste meiner verlorenen Perdita seiner Obhut an, um sie nach Hymettus, und in die Zelle, die Raymond bereits unter der Pyramide besetzt hatte, bringen zu lassen. Dies wurde alles so durchgeführt, wie ich es wünschte. Sie ruhte neben ihrem Geliebten, und der Grabstein trug als Inschrift die vereinten Namen von Raymond und Perdita.

Ich kam dann zu dem Entschluß, unsere Reise nach England über Land fortzusetzen. Mein Herz wurde von Reue und Bedauern geplagt. Die Erkenntnis, daß Raymond für immer gegangen war, daß sein Name, auf ewig mit der Vergangenheit vermischt, aus jeder Erwartung der Zukunft ausgelöscht werden mußte, dämmerte mir langsam. Ich hatte seine Talente stets bewundert; seine edlen Bestrebungen; seine großartigen Vorstellungen von der Herrlichkeit und Majestät seines Ehrgeizes: sein äußerster Mangel an üblen Leidenschaften; seine Stärke und Kühnheit. In Griechenland hatte ich gelernt, ihn zu lieben; seine Eigenwilligkeit und Selbstaufopferung für die Regungen des Aberglaubens haben mich doppelt an ihn gebunden; es mochte Schwäche sein, aber es waren die Gegensätze von allem, was kriecherisch und selbstsüchtig war. Zu diesem Kummer kam der Verlust Perditas hinzu, der durch meinen eigenen verfluchten Eigensinn und meine Täuschung geschah. Diese Liebste, meine einzige Verwandte; deren Entwicklung ich von der zarten Kindheit durch den wechselvollen Pfad des Lebens beobachtet hatte, und die ich stets für ihre bemerkenswerte Redlichkeit, Hingabe und wahre Zuneigung gekannt hatte; für alles, was die besonderen Reize des weiblichen Charakters ausmacht, und die ich endlich als das Opfer zu großer Liebe, zu ständiger Anhaftung an das Vergängliche und Verlorene sah; sie hatte in der Blüte ihres Lebens und ihrer Schönheit die angenehme Erscheinung der wirklichen Welt für die Unwirklichkeit des Grabes beiseite geworfen, und hatte die arme Clara als eine Waise zurückgelassen. Ich verheimlichte diesem geliebten Kind, daß der Tod ihrer Mutter freiwillig war, und versuchte jedes Mittel, um in ihrem betrübten Geist Fröhlichkeit zu erwecken.

Eine meiner ersten Handlungen für die Genesung meiner eigenen Seelenruhe war, mich vom Meer zu verabschieden. Seine verhaßte Brandung erneuerte immer wieder die Erinnerung an den Tod meiner Schwester; sein Tosen war ein Klagelied; in jedem dunklen Schiffsrumpf, der auf seinen unbeständigen Busen geworfen wurde, sah ich eine Bahre, die alle, die seinem verräterischen Lächeln vertrauten, in den Tod tragen würde. Lebewohl dem Meer! Komm, meine Clara, setz dich neben mich in diese Luftbarke; schnell und sanft spaltet sie die azurblaue Klarheit und gleitet mit sanfter Bewegung auf der Strömung der Luft; oder, wenn der Sturm ihren zerbrechlichen Mechanismus schüttelt, ist die grüne Erde darunter; wir können absteigen und auf dem sicheren Kontinent Zuflucht nehmen. Hier oben, als Gefährten der beschwingten Vögel, überfliegen wir das widerstandslose Element flink und furchtlos. Das leichte Boot schwankt nicht, noch wird es von todbringenden Wellen bekämpft; der Äther öffnet sich vor dem Bug, und der Schatten des Globus, der es aufrecht hält, schützt uns vor der Mittagssonne. Darunter sind die Ebenen Italiens oder die weiten Linien der wellenförmigen Apenninen: Fruchtbarkeit ruht in ihren vielen Falten, und Wälder krönen die Gipfel. Der freie und glückliche Bauer, von den Österreichern befreit, trägt die doppelte Ernte in den Getreidespeicher; und die kultivierten Bürger drängen sich ohne Furcht um den lang verpönten Baum des Wissens in diesem Garten der Welt. Wir wurden über die Alpengipfel gehoben, von ihren tiefen und tosenden Schluchten aus betraten wir die Ebene des schönen Frankreichs, und nach einer luftigen Reise von sechs Tagen landeten wir in Dieppe, falteten die gefiederten Flügel und schlossen die seidene Kugel unseres kleinen Gefährts. Ein starker Regen machte diese Art des Reisens jetzt unbequem; also nahmen wir ein Dampfschiff und landeten nach einer kurzen Passage in Portsmouth.

Eine seltsame Geschichte grassierte hier. Ein paar Tage zuvor war ein sturmgeschütteltes Schiff vor der Stadt aufgetaucht: Der Rumpf war ausgedörrt und rissig, die Segel zerfetzt und auf eine achtlose, unfachmännische Weise geflickt, die Wanten verworren und zerbrochen. Es trieb zum Hafen und strandete auf dem Sand am Eingang. Am Morgen suchten die Zollbeamten sie zusammen mit einer Menge Müßiggänger auf. Nur einer der Mannschaft schien mit ihr angekommen zu sein. Er war an Land und ein paar Schritte in Richtung der Stadt gegangen, und dann, von Krankheit und nahendem Tod besiegt, auf den unwirtlichen Strand gefallen. Er wurde steif vorgefunden, seine Hände geballt und gegen seine Brust gedrückt. Seine beinahe schwarze Haut, sein verfilztes Haar und sein borstiger Bart, waren Zeichen eines langwierigen Siechtums. Es wurde geflüstert, daß er an der Pest gestorben wäre. Niemand wagte sich an Bord des Schiffes, und es wurde beteuert, daß des Nachts seltsame Dinge an Bord geschähen, Gestalten über das Deck gingen und an den Masten und Segeln hingen. Es zerfiel bald in Stücke; mir wurde gezeigt, wo es gewesen war, und ich sah sein Holz auf den Wellen treiben. Der Körper des Mannes, der gelandet war, war tief im Sand begraben worden; und niemand konnte mehr erzählen, als daß das Schiff von amerikanischer Bauart war, und daß einige Monate zuvor die Fortunatas von Philadelphia abgesegelt war, von welcher man seither nichts mehr gehört hatte.

Kapitel 4.

Ich kehrte im Herbst des Jahres 2092 zu meiner Familie zurück. Mein Herz hatte sich lange nach ihnen gesehnt; und ich war krank vor Hoffnung und Entzücken, sie wiederzusehen. Der Bezirk, in dem sie lebten, schien die Heimat jedes gütigen Geistes zu sein. Glück, Liebe und Frieden regierten die waldigen Pfade und milderten die Atmosphäre. Nach all der Aufregung und Sorge, die ich in Griechenland erlitten hatte, kehrte ich nach Windsor zurück, wie der vom Sturm getriebene Vogel in das Nest, in dem er seine Flügel in Ruhe falten kann.

Wie unklug die Wanderer gewesen waren, die ihre Zuflucht verlassen hatten, sich im Netz der Gesellschaft verstrickten und das betraten, was die Menschen in der Welt „Leben" nennen - das Labyrinth des Bösen, das System der gegenseitigen Folter. Um zu leben, nach diesem Sinn des Wortes zu leben, müssen wir nicht nur beobachten und lernen, wir müssen auch fühlen; wir dürfen keine bloßen Zuschauer des Handelns sein, wir müssen handeln; wir dürfen nicht beschreiben, sondern Gegenstand der Beschreibung sein. Tiefes Leid muß unsere Brust ergriffen haben; der Betrug muß uns aufgelauert, die Trickreichen uns getäuscht haben; krankmachender Zweifel und falsche Hoffnung müssen unsere Tage durchkreuzt, Ausgelassenheit und Wonne, die die Seele in Ekstase treiben, uns zuweilen überkommen haben. Wer, der weiß, was „Leben" ist, würde sich nach dieser fiebrigen Art des Daseins sehnen? Ich habe gelebt. Ich habe Tage und Nächte im Rausch des Festes verbracht; ich habe mich ehrgeizigen Hoffnungen angeschlossen, und im Sieg frohlockt. Jetzt - schließt die Tür zur Welt, und baut eine hohe Mauer, die mich der unruhigen Szene in seinen Gebäuden trennt. Laßt uns füreinander und für das Glück leben; laßt uns Frieden in unserer geliebten Heimat, an den murmelnden heimatlichen Bächen, unter dem anmutigen Wippen der Bäume, dem schönen Gewand der Erde, und unter der erhabenem Pracht des Himmels suchen. Laßt uns das „Leben" verlassen, damit wir leben können.

Idris war mit meinem Entschluß sehr zufrieden. Ihre angeborene Lebhaftigkeit brauchte keine übermäßige Aufregung, und ihr ruhiges Herz ruhte zufrieden auf meiner Liebe, dem Wohlergehen ihrer Kinder und der Schönheit der sie umgebenden Natur. Ihr Stolz und ihr unbescholtener Ehrgeiz war es, überall um sie herum ein Lächeln zu erzeugen und die angegriffene Gesundheit ihres Bruders zu schonen. Trotz ihrer zarten Pflege nahm die Gesundheit Adrians merklich ab. Wandern, Reiten, die gewöhnlichen Beschäftigungen des Lebens wurden zu viel für ihn: Er fühlte keinen Schmerz, schien aber stets am Rande des Todes zu zittern. Doch da er bereits seit Monaten beinahe im selben Zustand lebte, flößte er uns keine unmittelbare Angst ein; und obwohl er vom Tod als einem Ereignis sprach, das seinen Gedanken am vertrautesten war, ließ er nicht von seinen Bemühungen ab, andere glücklich zu machen oder seine eigenen erstaunlichen Geisteskräfte zu kultivieren.

Der Winter verging; und der Frühling erweckte das Leben in der ganzen Natur. Der Wald war grün gekleidet; die jungen Kälber tollten auf dem neu entsprungenen Gras umher; die windbeflügelten Schatten leichter Wolken zogen über die grünen Kornfelder; der einsiedlerische Kuckuck wiederholte seinen eintönigen Gruß zur Jahreszeit; die Nachtigall, der Vogel der Liebe und die Dienerin des Abendsterns, erfüllte den Wald mit Liedern; während Venus im warmen Sonnenuntergang verweilte, und das junge Grün der Bäume in sanfter Linie entlang dem klaren Horizont lag.

In jedem Herzen erwachten Freude und Jubel; denn es war Friede in der ganzen Welt; der Tempel des Janus war geschlossen, und der Mensch starb in diesem Jahr nicht durch die Hand des Menschen.

„Laßt das nur zwölf Monate anhalten", sagte Adrian; „und die Erde wird ein Paradies werden. Die Tatkraft des Menschen war zuvor auf die Zerstörung seiner Spezies gerichtet: sie zielt nun auf seine Befreiung und Bewahrung. Der Mensch kann nicht ruhen, und seine unruhigen Bestrebungen werden nun Gutes statt Böses hervorbringen. Die glückreichen Länder des Südens werden das eiserne Joch der Knechtschaft abwerfen, die Armut wird uns verlassen und damit die Krankheit. Was mögen die Kräfte, die niemals zuvor vereint waren, nicht alles für Freiheit und Frieden in dieser Wohnstatt des Menschen erreichen?"

„Immer träumen Sie, Windsor!", sagte Ryland, der alte Gegner Raymonds, und Kandidat für das Protektorat bei den kommenden Wahlen. „Seien Sie versichert, daß die Erde nicht der Himmel ist und niemals sein kann, während die Saat der Hölle aus ihrem Boden stammt. Wenn die Jahreszeiten nicht mehr wechseln, wenn die Luft keine Krankheiten mehr hervorruft, wenn sie Pest und Dürre keinen Raum gibt, dann wird die Krankheit aufhören; wenn die Leidenschaften der Menschen erstorben sind, wird die Armut verschwinden. Wenn die Liebe nicht mehr zu Haß umschlägt, dann wird es Brüderlichkeit geben: wir sind gegenwärtig sehr weit von diesem Zustand entfernt."

„Nicht so weit, wie Sie vielleicht annehmen", bemerkte ein kleiner alter Astronom namens Merrival, „die Pole wandern nur langsam, aber mit Gewißheit; in hunderttausend Jahren – "

„Werden wir alle unter der Erde sein", sagte Ryland.

„Der Pol der Erde wird mit dem Pol der Ekliptik zusammenfallen", fuhr der Astronom fort, „darauf wird ein universeller Frühling erzeugt und die Erde wird zum Paradies."

„Und wir werden natürlich den Vorteil der Veränderung genießen", sagte Ryland verächtlich.

„Hier stehen seltsame Neuigkeiten", bemerkte ich. Ich hatte die Zeitung in der Hand und wie immer zu den Nachrichten aus Griechenland geblättert. „Es scheint, daß die völlige Zerstörung Konstantinopels und die Annahme, daß der Winter die Luft der gefallenen Stadt gereinigt hat, den Griechen den Mut gab, sie zu betreten und wieder aufzubauen. Aber es heißt, daß der Fluch Gottes über dem Ort liegt, da jeder, der sich innerhalb der Mauern gewagt hat, durch die Pest befleckt worden ist; daß diese Krankheit sich in Thrakien und Mazedonien ausgebreitet hat; und daß jetzt, aus Furcht vor der Ausbreitung der Infektion während der kommenden Hitzeperiode, eine Absperrung um die Grenzen von Thessalien gezogen, und eine strenge Quarantäne angeordnet wurde."

Diese Nachricht brachte uns von der Aussicht des Paradieses, das erst nach Ablauf von hunderttausend Jahren kommen sollte, auf das Leid und Elend zurück, das gegenwärtig auf der Erde bestand. Wir sprachen von den Verwüstungen, die im vergangenen Jahr in jedem Teil der Welt durch die Pest verursacht worden waren, und von den schrecklichen Folgen eines zweiten Ausbruchs. Wir diskutierten über die besten Mittel zur Vorbeugung vor der Infektion und zur Erhaltung von Gesundheit und Alltag, sollte eine große Stadt solcherart betroffenen sein - eine Stadt wie London. Merrival schloß sich diesem Gespräch nicht an; er rückte näher zu Idris, und versicherte ihr, daß für ihn die freudige Aussicht auf ein irdisches Paradies nach hunderttausend Jahren durch die Erkenntnis getrübt war, daß in einer bestimmten Zeit danach eine irdische Hölle oder ein Fegefeuer entstehen würde, wenn die Ekliptik und der Äquator im rechten Winkel zueinander stünden.[77] Unsere

---

[77] Anm. d. A. Siehe einen geistreichen Essay von einem Schuhmacher namens Mackey, mit dem Titel „Über die mythologische Astronomie der Antike", der 1822 in Norwich gedruckt wurde.

Gesellschaft trennte sich schließlich; „Heute Morgen träumen wir alle", sagte Ryland, „es ist ebenso weise, die Wahrscheinlichkeit eines Besuchs der Pest in unserer gut regierten Metropole zu diskutieren, als die Jahrhunderte zu berechnen, die vergehen müssen, ehe wir hier unter freiem Himmel Ananas anbauen können."

Doch obschon es absurd schien, auf die Ankunft der Pest in London zu rechnen, konnte ich nicht ohne äußerste Pein über die Verwüstung nachdenken, die dieses Übel in Griechenland verursachen würde. Die Engländer sprachen zum größten Teil von Thrakien und Mazedonien, als sei es ein Mondgebiet, das ihnen unbekannt war und über welches sie weder eine klare Vorstellung hatten noch ein Interesse dafür hegten. Ich hatte den Boden betreten. Die Gesichter vieler Bewohner waren mir vertraut; in den Städten, Ebenen, Hügeln und in den Tälern dieser Länder hatte ich unaussprechliche Freude genossen, als ich sie im Jahr zuvor bereiste. Ein dort liegendes romantisches Dorf, ein Häuschen oder eine elegante Unterkunft, bewohnt von den Schönen und den Guten, erhob sich vor meinem geistigen Auge, und die Frage verfolgte mich, ist dort auch die Pest? - Das gleiche unbesiegbare Ungeheuer, das über Konstantinopel schwebte und es verschlang - jener Teufel, der grausamer als der Sturm ist, weniger zahm als das Feuer, ist ach! in diesem schönen Land entfesselt - diese Gedanken ließen mich keinen Schlaf finden.

Der politische Zustand Englands wurde aufgewühlt, als die Zeit näherrückte, zu welcher der neue Protektor gewählt werden sollte. Dieses Ereignis erregte um so mehr Interesse, daß es nach neuesten Berichten hieß, daß, wenn der populäre Kandidat (Ryland) gewählt werden sollte, das Parlament sich der Frage der Abschaffung des erblichen Ranges und anderer feudaler Relikte annehmen würde. In der gegenwärtigen Sitzung wurde kein Wort zu einem dieser Themen gesprochen. Alles würde von der Wahl eines Protektors und den Wahlen des folgenden Jahres abhängen. Doch diese Stille war schrecklich und zeigte das tiefe Gewicht, das der Frage zugeschrieben wurde; die Furcht jeder der Parteien, einen unzeitgemäßen Angriff zu riskieren, und die Erwartung einer wütenden Auseinandersetzung, wenn er beginnen sollte.

Aber obwohl St. Stephen's nicht mit der Stimme widerhallte, die jedes Herz erfüllte, strotzten die Zeitungen von Artikeln darüber; und in privaten Gesellschaften ging jede Unterhaltung, mit welchem entfernten Gegenstand sie auch begonnen hatte, bald zu diesem zentralen Punkt über, wobei Stimmen gesenkt und Stühle näher herangezogen wurden. Die Adligen zögerten nicht, ihre Besorgnis auszudrücken; die andere Partei bemühte sich, die Sache leichthin zu behandeln. „Schande über das Land", sagte Ryland, „daß sie so viel Betonung auf Wörter und Firlefanz legen; es ist eine Frage von nichts; von der neuen Bemalung auf Kutschenschlägen und der Stickerei auf den Mänteln der Lakaien."

Aber könnte England tatsächlich die Vorherrschaft seines Adels ablegen und sich mit dem demokratischen Stil Amerikas zufriedengeben? War der Stolz der Abstammung, der Patriziergeist, die vornehmen Artigkeiten und kultivierten Bestrebungen, die glänzenden Eigenschaften des Rangs, unter uns auszulöschen? Uns wurde gesagt, daß dies nicht der Fall sein würde; daß wir von Natur aus ein poetisches Volk wären, eine Nation, die leicht von Worten getäuscht würde, die bereit wäre, Wolken im Glanz anzuordnen und dem Staub Ehre zu erweisen. Diesen Geist könnten wir niemals ablegen; und um diesen konzentrierten angeborenen Geist zu zerstreuen, sollte das neue Gesetz vorgebracht werden. Uns wurde versichert, daß, wenn der Name und der Titel des Engländers das einzige Adelspatent wären, wir alle adelig sein sollten; daß, wenn kein Mann, der unter englischer Flagge geboren wäre, sich einem andern im Rang unterlegen fühlte, Höflichkeit und Kultiviertheit das Geburtsrecht aller unserer Landsleute werden würde. Laßt England nicht so weit in Ungnade fallen, als sich vorzustellen, daß es ohne Adel, den wahren Adel der Natur sein kann, die ihr Patent in ihrer Miene tragen, die von ihrer Wiege an über den Rest ihrer Spezies erhoben sind, weil sie besser sind als der Rest. Unter einer Rasse unabhängiger, großzügiger und gebildeter Männer, in einem Land, in dem die Einbildungskraft die Gemüter der Menschen beherrscht, brauchen wir keine Angst zu haben, daß wir eine fortwährende Abfolge der Hochgeborenen und Herren wünschen sollten. Diese Partei konnte jedoch kaum als eine Minderheit im Königreich betrachtet werden, die das Ornament der Säule, „die korinthische Hauptstadt der verfeinerten

Gesellschaft"[78] pries; sie bedienten unzählige Vorurteile, zielten auf alte Gewohnheiten und junge Hoffnungen ab; auf die Erwartungen Tausender, die eines Tages Ebenbürtige werden könnten; sie stellten sich als eine Vogelscheuche auf, das Gespenst all dessen, was in den Handelsrepubliken verkommen, gemein und niederträchtig war.

Die Pest war nach Athen gekommen. Hunderte von englischen Einwohnern kehrten in ihr eigenes Land zurück. Raymonds geliebte Athener, die freien, edlen Leute der göttlichsten Stadt Griechenlands, fielen wie reifes Getreide vor der gnadenlosen Sichel des Gegners. Seine angenehmen Plätze waren verlassen; seine Tempel und Paläste wurden in Gräber umgewandelt; seine Tatkraft, die zuvor auf die höchsten Ziele des menschlichen Ehrgeizes gerichtet war, war nun gezwungen, sich auf einen Punkt zu verdichten, dem Schutz gegen die unzähligen Pfeile der Pest.

Zu jeder anderen Zeit hätte diese Katastrophe äußerstes Mitgefühl unter uns erregt; jetzt aber wurde sie übergangen, während jedermann sich mit der kommenden Debatte beschäftigte. Bei mir war dem nicht so; und die Frage nach Rang und Recht verblaßte in meinen Augen zur Bedeutungslosigkeit, als ich mir das leidende Athen vorstellte. Ich hörte vom Tod einziger Söhne, und von geliebten Ehefrauen und Ehemännern; vom Zerreißen mit den Fasern des Herzens gewundener Bande, von Freunden, die Freunde verloren, und von jungen Müttern, die um ihr erstes Kind trauerten; und diese bewegenden Ereignisse wurden in meiner Phantasie durch die Kenntnis der Personen, durch meine Wertschätzung und Zuneigung für die Leidenden gruppiert und gemalt. Es waren die Bewunderer, Freunde, Kameraden Raymonds, Familien, die Perdita in Griechenland willkommen geheißen und mit ihr den Verlust ihres Herrn beklagt hatten, die weggefegt wurden und mit ihnen im unterschiedslosen Grab wohnten.

Der Pest in Athen war die Ausbreitung im Osten vorangegangen, und Verwüstung und Tod herrschten dort weiterhin in einer Größenordnung von furchtbarem Ausmaß. Die Hoffnung, daß die Heimsuchung des gegenwärtigen Jahres sich als die letzte erweisen würde, hielt den

---

[78] Edmund Burke, Reflections on the Revolution in France, 1790.

Mut der mit diesen Ländern verbundenen Kaufleute aufrecht; doch die Einwohner wurden zur Verzweiflung getrieben, oder zu einer Resignation, die, vom Fanatismus herkommend, den gleichen dunklen Farbton annahm. Amerika war ebenfalls betroffen; und, ob es nun Gelbfieber oder die Pest war, die Epidemie besaß eine nie gekannte Ansteckungskraft. Die Verwüstung beschränkte sich nicht auf die Städte, sondern verbreitete sich im ganzen Land; der Jäger starb in den Wäldern, der Bauer in den Kornfeldern und der Fischer in seinen heimischen Gewässern.

Eine seltsame Geschichte erreichte uns aus dem Osten, der wenig Glauben geschenkt worden wäre, wäre die Tatsache nicht durch eine Vielzahl von Zeugen in verschiedenen Teilen der Welt bezeugt worden. Es hieß, daß am einundzwanzigsten Juni, eine Stunde vor Mittag, eine schwarze Sonne aufging: eine Kugel von der Größe dieses Himmelskörpers, aber dunkel, mit scharfen Umrissen, deren Strahlen Schatten waren. Diese Kugel sei von Westen aufgestiegen, hätte in ungefähr einer Stunde den Meridian erreicht und die Sonne verfinstert. Die Nacht fiel auf jedes Land, die Nacht kam plötzlich, strahlenlos, vollständig. Die Sterne kamen heraus und vergossen ihre unwirksamen Schimmer auf die verdunkelte Erde. Aber bald ging die dunkle Kugel über die Sonne hinaus und trieb den östlichen Himmel hinab. Als sie unterging, kreuzten ihre dunklen Strahlen die leuchtenden der Sonne und dämpften oder verzerrten sie. Die Schatten der Dinge nahmen seltsame und gräßliche Formen an. Die wilden Tiere in den Wäldern erschraken vor den unbekannten Formen, die sich auf dem Boden zeigten. Sie flohen, sie wußten nicht wohin; und die Bürger wurden von größerer Furcht erfüllt, als bei der Erschütterung, die „der Welt Löwen in die Gassen der Städte treiben"[79]; Vögel, stark geflügelte Adler, plötzlich geblendet, fielen auf die Marktplätze, während sich Eulen und Fledermäuse zeigten, die die frühe Nacht begrüßten. Allmählich sank der Gegenstand der Furcht unter den Horizont und schoß bis zum letzten Moment schattenhafte Strahlen in die ansonsten strahlende Luft. So

---

[79] Shakespeare, Antonius und Cleopatra, 5, 1.

lautete die Geschichte, die uns aus Asien, vom östlichen Ende Europas und von Afrika bis zur Goldküste geschickt wurde.

Ob diese Geschichte wahr war oder nicht, die Auswirkungen waren es gewiß. Durch Asien, vom Ufer des Nils bis zum Kaspischen Meer, vom Hellespont bis nach Oman, wurde eine plötzliche Panik ausgelöst. Die Männer füllten die Moscheen; die verhüllten Frauen eilten zu den Gräbern und brachten den Toten Opfergaben, um so die Lebenden zu erhalten. Die Pest war vergessen, in dieser neuen Angst, die die schwarze Sonne verbreitet hatte; und obwohl sich die Toten mehrten und die Straßen von Isfahan, von Peking und von Delhi mit Pesttoten übersät waren, gingen die Menschen vorbei und blickten auf den unheilverkündenden Himmel, ungeachtet des Todes vor ihren Füßen. Die Christen suchten ihre Kirchen auf, - christliche Jungfrauen besuchten selbst am Rosenfest, in weiß gekleidet, mit leuchtenden Schleiern, in langen Prozessionen die ihrer Religion geweihten Orte, und erfüllten die Luft mit ihren Hymnen; immer und immer wieder brach aus den Lippen eines armen Trauernden in der Menge eine klagende Stimme hervor, und die anderen schauten auf und glaubten, daß sie die geschwungenen Flügel von Engeln erkennen konnten, die über die Erde glitten und das Unheil beklagten, das auf den Menschen fallen sollte.

Im sonnigen Klima Persiens, in den überfüllten Städten Chinas, inmitten der aromatischen Haine von Kaschmir und entlang der südlichen Küsten des Mittelmeers, fanden solche Szenen statt. Sogar in Griechenland erhöhte die Geschichte der schwarzen Sonne die Angst und die Verzweiflung der sterbenden Menge. Wir auf unserer bewölkten Insel waren weit von der Gefahr entfernt, und der einzige Umstand, der uns diese Katastrophen nahebrachte, war die tägliche Ankunft von Schiffen aus dem Osten, voll von Auswanderern, meist Engländern; denn die Moslems, obwohl die Furcht vor dem Tod weit unter ihnen verbreitet war, klammerten sich noch aneinander; wenn sie sterben sollten (und wenn sie es sollten, würde ihnen der Tod ebenso bereitwillig auf dem heimatlosen Meer oder im fernen England, wie in Persien, begegnen) - wenn sie sterben sollten, könnten ihre Knochen in der Erde ruhen, die bereits von den Überresten der wahren Gläubigen geheiligt war. Mekka war noch nie so voll von Pilgern gewesen; doch die Araber versäumten es, die Karawanen zu plündern, schlossen sich bescheiden und unbewaffnet der Prozession an und baten, die Pest von ihren Zelten und Wüsten abzuwenden.

Ich kann das grenzenlose Entzücken nicht beschreiben, mit dem ich mich von den politischen Keilereien zu Hause und den gesundheitlichen Übeln ferner Länder, nach meinem eigenen geliebten Heim wandte, zur erkorenen Bleibe des Guten und der Liebe; zum Frieden und zum Austausch aller heiligen Zuneigung. Hätte ich Windsor nie verlassen, wären diese Gefühle nicht so stark gewesen; doch ich war in Griechenland ein Opfer der Angst und der beklagenswerten Veränderung gewesen; in Griechenland hatte ich, nach einer Zeit der Angst und des Leids, zwei Menschen sterben sehen, deren Namen Symbole der Größe und der Tugend waren. Aber solch ein Elend konnte niemals in den häuslichen Kreis eindringen, der mir hinterlassen wurde, während wir abgeschieden in unserem geliebten Wald unser Leben in Ruhe verbrachten. Eine kleine Veränderung brachte in der Tat den Fortschritt der Jahre hierher; und die Zeit, wie es nun einmal so ist, stempelte die Spuren der Sterblichkeit auf unsere Freuden und Erwartungen.

Idris, die liebevollste Ehefrau, Schwester und Freundin, war eine zärtliche und liebevolle Mutter. Das Gefühl war bei ihr nicht wie bei vielen anderen, ein Zeitvertreib; es war eine Leidenschaft. Wir hatten drei Kinder; eines, das zweitälteste, starb, als ich in Griechenland war. Dies hatte Kummer und Angst unter die triumphierenden und begeisterten Gefühle der Mutterschaft gemengt. Vor diesem Ereignis schienen die kleinen Wesen, die aus sich selbst hervorgingen, die jungen Erben ihres vergänglichen Lebens, eine sichere Existenz zu haben; jetzt fürchtete sie, daß der gnadenlose Zerstörer ihre restlichen Lieblinge verschlingen könnte, wie er ihren Bruder verschlungen hatte. Die geringste Krankheit verursachte Angstschreie; sie war unglücklich, wenn sie auch nur von ihnen getrennt war; ihren Schatz des Glücks hatte sie in ihren zerbrechlichen Körpern gesammelt und sie stand stets auf der Wache, damit der heimtückische Dieb nicht wie vorher diese wertvollen Edelsteine stehlen konnte. Sie hatte glücklicherweise wenig Grund zur Angst. Alfred, jetzt neun Jahre alt, war ein aufrechter, mutiger kleiner Kerl, mit einem strahlenden Gesicht, sanften Augen und einem freundlichen, obgleich eigensinnigen Gemüt. Unser Jüngster war noch ein Kleinkind; aber seine flaumige Wange war mit den Rosen der Gesundheit bestreut, und seine unermüdliche Lebhaftigkeit füllte unsere Hallen mit unschuldigem Lachen.

Clara hatte das Alter überschritten, das wegen ihrer stummen Interesselosigkeit die Quelle von Idris' Ängsten gewesen war. Clara war ihr teuer, so wie uns allen. Es war so viel Intelligenz in ihr, kombiniert mit Unschuld, Empfindsamkeit mit Nachsicht, und Ernsthaftigkeit mit vollkommener Heiterkeit, eine so überirdische Schönheit, vereint mit einer solch liebenswerten Einfachheit, daß sie wie eine Perle im Schrein unserer Besitztümer hing, ein wunderbarer und wertvoller Schatz.

Zu Beginn des Winters ging unser jetzt neunjähriger Alfred zuerst in Eton[80] zur Schule. Dies erschien ihm als der erste Schritt zur Männlichkeit, und er war äußerst erfreut. Die Gemeinschaft des Studierens und des Vergnügens entwickelte die besten Teile seines Charakters, seine stetige Ausdauer, Großzügigkeit und gute Beherrschung. Welche tiefen und heiligen Gefühle werden in eines Vaters Brust erweckt, wenn er zum ersten mal überzeugt wird, daß seine Liebe zu seinem Kind nicht nur ein Instinkt ist, sondern würdig verliehen wird und daß andere, weniger verwandte, seine Zustimmung teilen! Es war eine große Freude für Idris und mich, zu sehen, daß die Ehrlichkeit, die aus Alfreds offenem Gesicht sprach, die Intelligenz seiner Augen, die ausgeglichene Empfindsamkeit seiner Worte, keine Einbildung waren, sondern Hinweise auf Talente und Tugenden, die „mit seinem Wachstum wachsen und mit seiner Stärke erstarken würden."[81] Zu dieser Zeit, dem Ende der Liebe eines Tieres zu seinem Nachkommen - beginnt die wahre Zuneigung des menschlichen Elternteils. Wir betrachten diesen geliebten Teil unserer selbst nicht mehr als eine zarte Pflanze, die wir hegen müssen, oder als ein Spielzeug für eine Mußestunde. Wir bauen jetzt auf seine intellektuellen Fähigkeiten, wir setzen unsere Hoffnungen auf seine moralischen Neigungen. Seine Schwäche verleiht diesem Gefühl

---

[80] Die Stadt Eton, mit ihrem berühmten College, liegt Windsor gegenüber auf der anderen Themseseite.

[81] Alexander Pope, An Essay on Man, Epistle II.

immer noch Angst, seine Unwissenheit verhindert vollständige Nähe; aber wir beginnen, den zukünftigen Menschen zu respektieren und versuchen, uns seine Wertschätzung zu sichern, als ob er uns gleichgestellt wäre. Was kann einem Elternteil mehr am Herzen liegen als die gute Meinung seines Kindes? Bei all unserem Umgang mit ihm muß unsere Ehre unantastbar sein, die Redlichkeit unserer Beziehung unbefleckt: Schicksal und Umstände mögen, wenn es zur Reife kommt, uns für immer trennen - aber, als seine Beschützer in der Gefahr, sein Trost in der Not, wird der glühende Jüngling für immer Liebe und Ehre für seine Eltern mit sich durch den rauhen Pfad des Lebens tragen.

Wir hatten so lange in der Nähe von Eton gelebt, daß seine Bevölkerung von jungen Leuten uns gut bekannt war. Viele von ihnen waren Alfreds Spielkameraden gewesen, bevor sie seine Schulkameraden wurden. Wir beobachteten nun diese junge Gemeinde mit doppeltem Interesse. Wir bemerkten den Charakterunterschied zwischen den Jungen und bemühten uns, den zukünftigen Mann im Jungen zu erkennen. Es gibt nichts Schöneres, wonach sich das Herz mehr sehnt als nach einem freigeistigen Jungen, sanft, mutig und großzügig. Einige der Etoner hatten diese Eigenschaften; alle zeichneten sich durch Ehrgefühl und Unternehmergeist aus; in einigen, als sie zur Männlichkeit heranwuchsen, degenerierte dies in Anmaßung; aber die Jüngeren, die ein wenig älter waren als unser Knabe, zeichneten sich durch ihre galante und liebreizende Natur aus.

Hier waren die zukünftigen Häupter Englands; die Männer, die, wenn unser Feuer erkaltet und unsere Pläne für immer vollendet oder zerstört waren, wenn unser Stück gespielt war, und wir das Kostüm auszogen und die Uniform des Alters oder des gleichstellenderen Todes anlegten; hier waren die Wesen, die die gewaltige Maschine der Gesellschaft weiterführen sollten; hier waren die Liebhaber, Ehemänner, Väter; hier der Wirt, der Politiker, der Soldat; einige glaubten gar, daß sie sogar bereit seien, auf der Bühne zu erscheinen, begierig darauf, eine der *dramatis personae* des aktiven Lebens zu werden. Es war nicht lange her, daß ich wie einer dieser bartlosen Bewerber war. Wenn mein Junge einst den Platz erhalten soll, den ich jetzt inne habe, werde ich zu einem grauköpfigen, zerknitterten alten Mann geworden sein. Ein seltsames

System! Ein höchst ehrfurchtgebietendes Rätsel der Sphinx, daß also der Mensch bleibt, während die Individuen vergehen! Solcherart ist, um die Worte eines beredten und philosophischen Schreibers zu verwenden, „die Art der Existenz, die einem dauerhaften Körper, der aus vergänglichen Teilen besteht, verordnet wird, wobei die große geheimnisvolle Verbindung der menschlichen Rasse durch die Anordnung einer erstaunlichen Weisheit zusammengefügt wird, und das Ganze niemals alt, im mittleren Alter oder jung ist, sondern in einem Zustand unveränderlicher Gleichförmigkeit weiter durch den mannigfaltigen Verlauf des fortwährenden Verfalls, des Niedergangs, der Erneuerung und des Fortschritts geht."[82]

Bereitwillig mache ich dir Platz, lieber Alfred! Entwickle dich fort, Sprößling der zärtlichen Liebe, Kind unserer Hoffnungen; rücke als Soldat auf der Straße vor, die ich vor dir gegangen bin! Ich werde dir weichen. Ich habe schon die Sorglosigkeit der Kindheit, die ungetrübte Stirn und die federnde Gangart der frühen Jahre abgelegt, auf daß sie dich schmücken mögen.

Rücke vor; und ich werde mich noch weiter zu deinem Vorteil verringern. Die Zeit soll mich der Schönheit der Reife berauben, mir das Feuer aus meinen Augen nehmen, und die Beweglichkeit von meinen Gliedern, mir den besseren Teil des Lebens, ehrgeizige Erwartung und leidenschaftliche Liebe nehmen, und sie verdoppelt über deinen teuren Kopf gießen. Voraus! Bedient euch der Gabe, du und deine Kameraden; und beschämt in dem Stück, in dem ihr spielen werdet, nicht diejenigen, die euch das Schauspiel, und die Teile, die euch zugeteilt sind, richtig auszusprechen lehrten! Möge dein Fortschritt ununterbrochen und sicher sein; während der Frühlingszeit der Hoffnungen des Menschen geboren, mögest du den Sommer heranführen, den kein Winter überwinden kann!

---

[82] Burkes Betrachtungen über die Französische Revolution.

Kapitel 5.

Irgendeine Unordnung hatte sich mit Sicherheit in den Verlauf der Elemente eingeschlichen und ihren wohlwollenden Einfluß zerstört. Der Wind, der Prinz der Lüfte, wütete durch sein Königreich, peitschte das Meer voller Wut und unterdrückte die rebellische Erde zu einer Art Gehorsam.

> *Gott verhängt seine wütenden Plagen vom Himmel herab,*
> *An Hungersnot und Pest sterben sie zuhauf.*
> *Wieder in zorn'ger Rache seines Zorns fällt er*
> *In ihre großen Heere ein, und bricht ihre wankenden Wände;*
> *Versenkt ihre Schiffe auf der Ebene des Ozeans.*[83]

Ihre tödliche Macht erschütterte die blühenden Länder des Südens, und im Winter begannen selbst wir in unserem nördlichen Schlupfwinkel unter ihren unheilvollen Auswirkungen zu beben.

Jene Fabel, die der Sonne die Überlegenheit über den Wind verleiht, ist ungerecht. Wer hat nicht gesehen, wie die lichte Erde, die milde Atmosphäre und die sich sonnende Natur dunkel, kalt und unfreundlich werden, wenn der schlafende Wind im Osten erwacht ist? Oder, wenn die dunklen Wolken den Himmel dicht verhüllen, während scheußliche Regenschauer herabgegossen werden, bis die feuchte Erde sich weigert, die überbordende Feuchtigkeit aufzunehmen und sie in Tümpeln an der Oberfläche liegt; wenn die Fackel des Tages wie ein Meteor erscheint, der gelöscht werden soll. Wer hat nicht den wolkenzerreißenden Nordwind gesehen, wenn das gestreifte Blau erscheint, und bald eine Öffnung in den Dünsten im Auge des Windes, durch welche das helle Azur strahlt? Die Wolken werden dünn; ein Bogen wird gebildet, um immer aufwärts zu steigen, bis die oberste Ausdehnung enthüllt wird und die Sonne ihre Strahlen ausströmt, von der Brise wieder belebt und genährt.

---

[83] Hesiod, Werke und Tage, hier zitiert aus Eltons Übersetzung von Hesiods Werken.

Dann, o Wind, sollst du mächtig über alle anderen Stellvertreter der Naturgewalt thronen; ob du zerstörerisch von Osten kommst oder mit dem elementaren Leben aus dem Westen schwanger bist; dir gehorchen die Wolken; die Sonne ist dir Untertan; der grenzenlose Ozean ist dein Sklave! Du streichst über die Erde, und Jahrhunderte alte Eichen ergeben sich deiner blinden Axt; der Schnee verweht auf den Zinnen der Alpen, die Lawine donnert ihre Klippen herab. Du hältst die Schlüssel des Frostes fest und kannst die Ströme zuerst zügeln und dann freisetzen; unter deiner sanften Führung werden die Knospen und Blätter geboren, sie gedeihen von dir gehegt.

Warum heulst du so, o Wind? Bei Tag und bei Nacht ist dein Brüllen in vier langen Monaten nicht verstummt - die Küsten des Meeres sind übersät mit Wracks, seine kielfreundliche Oberfläche ist unpassierbar geworden, die Erde hat ihre Schönheit im Gehorsam gegenüber deinem Befehl verloren, der zerbrechliche Ballon traut sich nicht mehr, in der aufgewühlten Luft zu segeln, deine Diener, die Wolken, überfluten das Land mit Regen, Flüsse treten über ihre Ufer, der Wildbach zerreißt den Bergpfad, Ebene und Wald und fruchtbares Tal sind ihrer Lieblichkeit beraubt, unsere Städte sind von dir verwüstet. Ach, was wird aus uns werden? Es scheint, als ob die riesigen Wellen des Ozeans und die gewaltigen Meeresarme die tief verwurzelte Insel aus ihrer Mitte reißen würden, und sie als eine Ruine und ein Wrack auf die Felder des Atlantiks werfen wollten.

Was sind wir, die Bewohner dieses Globus, denn unter den vielen, die den unendlichen Raum bevölkern? Unsere Gedanken begrüßen die Unendlichkeit, der sichtbare Mechanismus unseres Wesens unterliegt nur einem Zufall. Tag für Tag werden wir zu dieser Überzeugung gezwungen. Er, den ein Kratzer in Unordnung brachte, der unter dem Einfluß der feindlich tätigen Wirkung um uns herum aus dem wahrnehmbaren Leben scheidet, hatte die gleichen Kräfte wie ich - auch ich bin denselben Gesetzen unterworfen. Und dennoch nennen wir uns Herren der Schöpfung, Stützen der Elemente, Meister über Leben und Tod, und als Entschuldigung für diese Arroganz bringen wir vor, daß, obwohl das Individuum zerstört ist, der Mensch für immer fortbesteht.

Nachdem wir auf diese Weise unsere Identität verlieren, jene, der wir uns hauptsächlich bewußt sind, preisen wir den Fortbestand unserer Spezies und lernen, den Tod ohne Schrecken zu betrachten. Wenn jedoch eine ganze Nation zum Opfer der zerstörerischen Kraft äußerer Mächte wird, dann schrumpft der Mensch tatsächlich in die Bedeutungslosigkeit, fühlt er sein Lebenslehen unsicher, sein Erbe auf Erden abgeschnitten.

Ich erinnere mich, daß ich, nachdem ich die zerstörerischen Auswirkungen eines Feuers beobachtet hatte, nicht einmal ein kleines Feuer im Ofen ohne ein Gefühl der Angst ansehen konnte. Die hohen Flammen hatten sich um das Gebäude geschlungen, als es fiel und zerstört wurde. Sie schlichen sich in die Gegenstände um sie herum ein, und die Hindernisse für ihren Fortschritt gaben bei ihrer Berührung nach. Könnten wir wesentliche Teile dieser Macht übernehmen und nicht ihrer Tätigkeit unterworfen sein? Können wir ein Junges dieses wilden Tieres domestizieren und nicht sein Wachstum und seine Reife fürchten?

So begannen wir, uns in Bezug auf den vielgesichtigen Tod zu fühlen, der auf einige Bezirke unserer schönen Wohnstatt losgelassen worden war, und vor allem in Bezug auf die Pest. Wir fürchteten den kommenden Sommer. Nationen, die an die bereits infizierten Länder grenzten, begannen ernsthafte Pläne für eine bessere Abwehr des Feindes zu schmieden. Wir, ein Handelsvolk, mußten solche Systeme in Betracht ziehen; und die Frage der Ansteckung wurde ernsthaft abgehandelt.

Daß die Pest nicht das war, was gemeinhin als ansteckend bezeichnet wird, wie das Scharlachfieber oder die ausgestorbenen Pocken, wurde bewiesen. Sie wurde eine Epidemie genannt. Aber die große Frage war immer noch ungeklärt, wie diese Epidemie erzeugt und verstärkt wurde. Wenn die Infektion von der Luft abhing, war die Luft einer Infektion ausgesetzt. Wenn zum Beispiel ein Typhusfieber von Schiffen in eine Hafenstadt gebracht wurde, so wären doch die Leute, die es dorthin brachten, unfähig, es in eine glücklicher gelegene Stadt zu vermitteln. Wie aber sollen wir über die Luft urteilen und sagen - in dieser Stadt wird die Pest keine Wirkung zeigen; in jener anderen hat die Natur dafür gesorgt, daß sie reiche Beute findet? Auf die gleiche Weise können Individuen neunundneunzig Mal entkommen und erhalten den Todesstoß beim hundertsten Mal; weil Körper zuweilen in einem Zustand sind, in dem sie die Infektion mit der Krankheit abwehren, und zuweilen in einem, in dem sie sie durstig aufsaugen. Diese Überlegungen ließen unsere Gesetzgeber innehalten, ehe sie über die zu verordnenden Gesetze entscheiden konnten. Das Übel war so weitverbreitet, so gewalttätig und unbehandelbar, daß keine Sorge, keine Vorbeugung für überflüssig gehalten werden konnte, was unserem Entkommen auch nur die geringste Erfolgsaussicht verlieh.

Dies waren Fragen der Besonnenheit; es gab keine unmittelbare Notwendigkeit für eine ernsthafte Vorsicht. England war noch sicher. Frankreich, Deutschland, Italien und Spanien waren mit bisher ungebrochenen Mauern zwischen uns und der Pest eingeschlossen. Unsere Schiffe waren wahrlich das Spiel von Winden und Wellen, ebenso wie Gulliver das Spielzeug der Brobdingnager[84] war; aber wir in unserer sicheren Unterkunft konnten durch diese Ausbrüche der Natur nicht an Leib und Leben verletzt werden. Wir konnten uns nicht fürchten - wir taten es auch nicht. Doch ein Gefühl der Ehrfurcht, ein atemloses Gefühl des Staunens, ein schmerzliches Gefühl der Erniedrigung der Menschheit schlich sich in jedes Herz. Die Natur, unsere Mutter und unsere Freundin, blickte uns drohend an. Sie zeigte uns deutlich, daß sie uns zwar erlaubte, ihre Gesetze anzuerkennen und uns ihren sichtbaren Kräften zu unterwerfen, doch wenn sie nur einen Finger höbe, müßten wir beben. Sie könnte unseren Globus nehmen, der von Bergen umgeben und von der Atmosphäre gegürtet ist, und den Zustand unseres Seins beinhaltet, und alles, was der Verstand des Menschen erfinden, oder seine Kraft erreichen könnte. Sie könnte die Kugel in die Hand nehmen und in den weiten Raum werfen, wo das Leben ausgetrunken und der Mensch und all seine Bemühungen für immer vernichtet würden.

---

[84] Jonathan Swift, Gullivers Reisen. Brobdingnag ist das zweite Land, das Lemuel Gulliver in Jonathan Swifts Roman Gullivers Reisen besucht. Nicht nur die Menschen sind hier riesig, sondern auch die ganze Natur ist hier viel größer als er selbst.

Diese Spekulationen waren unter uns weit verbreitet; dennoch gingen wir unseren täglichen Beschäftigungen nach, und schmiedeten unsere Pläne, deren Erfüllung den Ablauf von vielen Jahren verlangte. Es ertönte keine Stimme, die uns befahl innezuhalten! Als wir durch die Handelswege von Problemen aus dem Ausland gequält wurden, entschlossen wir uns dazu, Abhilfe zu schaffen. Für die Emigranten wurden Aufnahmegrenzen festgelegt, und Händler versagten durch das Scheitern des Handels. Der englische Geist erwachte zu seiner vollen Tätigkeit, setzte sich, wie stets, dem Bösen entgegen und stand in der Bresche, welche die kranke Natur durch Chaos und Tod in den Grenzen und Banden erlitten hatte, die sie bis dahin ferngehalten hatten.

Zu Beginn des Sommers gelangten wir langsam zur Erkenntnis, daß das Unheil, das in fernen Ländern stattgefunden hatte, größer war, als wir anfangs vermutet hatten. Quito war durch ein Erdbeben zerstört worden. Mexiko lag nach den vereinten Auswirkungen von Sturm, Pest und Hungersnot brach. Heerscharen von Emigranten überschwemmten den Westen Europas, und unsere Insel war zur Zuflucht von Tausenden geworden. In der Zwischenzeit war Ryland zum Protektor ernannt worden. Er hatte dieses Amt mit Eifer gesucht, mit dem Gedanken, seine ganzen Kräfte zur Unterdrückung der Privilegierten unserer Gemeinschaft aufzuwenden. Durch diesen neuen Stand der Dinge wurden seine Maßnahmen vereitelt und seine Pläne durchkreuzt. Viele der Ausländer waren völlig mittellos, und ihre zunehmende Zahl verbot schließlich den Rückgriff auf die üblichen Formen der Erleichterung. Der Handel kam durch das Versagen des zwischen uns, Amerika, Indien, Ägypten und Griechenland üblichen Warenaustausches zum Erliegen. Es entstand ein plötzlicher Stillstand in der Routine unseres Lebens. Umsonst versuchten unser Protektor und seine Gefolgsleute, diese Wahrheit zu verbergen; vergeblich erließ er Tag für Tag eine Frist für die Erörterung der neuen Gesetze über erbliche Stellung und Vorrechte; vergeblich bemühte er sich, das Übel als örtlich begrenzt und vorübergehend darzustellen. Diese Katastrophen erreichten uns aus so vielen Richtungen, und wurden durch die verschiedenen Handelskanäle so vollständig in jede Klasse und jeden Teil der Gemeinschaft getragen, daß sie notwendigerweise die wichtigste Frage im Staat, das wichtigste Thema wurden, dem wir unsere Aufmerksamkeit zuwenden mußten.

Kann es wahr sein, fragte jeder den anderen mit Verwunderung und Bestürzung, daß ganze Länder verwüstet seien, ganze Nationen vernichtet durch diese Störungen in der Natur? Die riesigen Städte Amerikas, die fruchtbaren Ebenen Indiens, die überfüllten Städte der Chinesen, stehen vor ihrer völligen Zerstörung. Wo sich noch kürzlich die geschäftigen Scharen zum Vergnügen oder zum Profit versammelten, ist jetzt nur noch der Klang von Heulen und Elend zu hören. Die Luft ist vergiftet, und jeder Mensch atmet den Tod ein, selbst wenn er jung und gesund ist, stehen seine Hoffnungen schlecht. Wir riefen uns die Pest von 1348 ins Gedächtnis, als man berechnete, daß ein Drittel der Menschheit zerstört worden war. Bis jetzt war Westeuropa nicht infiziert - würde es weiterhin so sein?

O ja, das würde es - Landsmänner, fürchtet euch nicht! Wen wundert es, daß in der noch unkultivierten Wildnis von Amerika die Pest sich unter seinen anderen riesigen Zerstörern einreihen sollte! Sie ist eine alte Eingeborene des Ostens, Schwester des Tornados, des Erdbebens und des Sandsturms. Als Kind der Sonne und Säugling der Tropen, würde sie sich in diesen Gefilden verbreiten. Sie trinkt das dunkle Blut des Einwohners des Südens, nährt sich aber niemals am blaßgesichtigen Kelten. Vielleicht, wenn ein kranker Asiate zu uns kommt, stirbt die Pest mit ihm, ohne Ansteckung und unschädlich. Laßt uns um unsere Brüder weinen, auch wenn wir ihre Umkehr niemals erleben können. Laßt uns die Kinder des Gartens der Erde beweinen und ihnen helfen. Vor kurzem noch beneideten wir ihre Wohnstätten, ihre würzigen Haine, fruchtbaren Ebenen und üppige Lieblichkeit. Aber in diesem sterblichen Leben sind Extreme immer aufeinander abgestimmt; der Dorn wächst mit der Rose, der Giftbaum und der Zimt winden ihre Äste ineinander. Persien mit seinem goldenen Tuch, den Marmorsälen und unendlichem Reichtum ist heute ein Grab. Das Zelt des Arabers ist im Sand vergraben, und sein Pferd trabt ungezügelt und ungesattelt über den Boden. Die Stimme der Klage erfüllt das Tal von Kaschmir; seine Senken und Wälder, seine kühlen Brunnen und Rosengärten sind von den Toten verschmutzt; in Tscherkessien und Georgien weint der Geist der Schönheit über die Ruine seines Lieblingstempels - die Gestalt der Frau.

Unsere eigenen Bedrängnisse, obwohl sie durch die scheinbare Gegenseitigkeit des Handels veranlaßt wurden, nahmen in entsprechendem Ausmaß zu. Bankiers, Kaufleute und Fabrikanten, deren Handel von der Ausfuhr und dem Handel mit Waren abhängig war, gingen bankrott. Solche Dinge betreffen, wenn sie einzeln geschehen, nur die unmittelbaren Parteien; aber der Wohlstand der Nation wurde jetzt durch häufige und umfangreiche Verluste erschüttert. Familien, die Reichtum und Luxus gewohnt waren, wurden zu Bettlern. Der Zustand des Friedens, dessen wir uns rühmten, war trügerisch; es gab keine Mittel, den Leerlauf zu nutzen oder einen Überschuß der Bevölkerung außer Landes zu schicken. Sogar die Quelle der Kolonien war ausgetrocknet, denn in New Holland, Van Diemens Land und am Kap der Guten Hoffnung wütete die Pest. O, gäbe es nur ein medizinisches Fläschchen, um die ungesunde Natur zu reinigen und die Erde zu ihrer gewohnten Gesundheit zurückzubringen!

Ryland war ein Mann von hoher Intelligenz und einer schnellen und vernünftigen Entschlußkraft im üblichen Lauf der Dinge, doch er war entsetzt über die Vielzahl an Übeln, die uns umlagerten. Sollte er die Grundzinsen besteuern, um unsere kaufmännische Bevölkerung zu unterstützen? Um dies zu tun, müßte er die Gunst der obersten Grundbesitzer, des Adels des Landes gewinnen; und diese waren seine eingeschworenen Feinde - er müßte sie versöhnen, indem er seinen eigentlichen Plan der Ausgleichung aufgab; er müßte sie in ihren Grundrechten bestätigen; er müßte seine geschätzten Pläne für das dauerhafte Wohl seines Landes für vorübergehende Erleichterung verkaufen. Er durfte nicht mehr auf den wichtigsten Gegenstand seines Ehrgeizes zielen, sondern müßte das Ziel seiner Bemühungen vorerst aufgeben. Er kam nach Windsor, um sich mit uns zu beraten. Jeder Tag fügte neue Schwierigkeiten hinzu; die Ankunft neuer Schiffe mit Auswanderern, der völlige Stillstand des Handels, die hungernde Menge, die sich um den Protektoratspalast drängte, waren Umstände, mit denen nicht zu spaßen war. Die Entscheidung war gefallen; die Aristokratie erhielt alles, was sie wollte, und sie unterschrieben ein

Gesetz, worauf über zwölf Monate hinweg zwanzig Prozent auf alle Pachterträge des Landes erhoben wurden.

In der Metropole und in den bevölkerungsreichen Städten kehrte wieder Ruhe ein, ehe sie zur Verzweiflung getrieben wurden; und wir kehrten zur Erwägung ferner Unglücke zurück und fragten uns, ob die Zukunft irgendeine Milderung bringen würde. Es war August, daher könnte es während der Hitzeperiode nur wenig Hoffnung auf Erleichterung geben. Im Gegenteil, die Krankheit nahm an Heftigkeit zu, während der Hunger seine gewohnte Arbeit tat. Tausende starben unbeweint, denn der Trauernde wurde, im Tode verstummt, neben die noch warme Leiche gelegt.

Am achtzehnten dieses Monats drangen Nachrichten nach London, daß die Pest in Frankreich und Italien sei. Diese Neuigkeit wurde zuerst nur flüsternd in der Stadt verbreitet, aber niemand wagte es, die erschütternde Nachricht laut auszusprechen. Wenn einer einen Freund auf der Straße traf, rief er nur, während er weiter eilte, „Ach, du weißt es!" - während der andere mit einem Ausruf voller Angst und Entsetzen antworten würde, „Was wird nur aus uns werden?" Endlich wurde es in den Zeitungen erwähnt. Der Absatz wurde an einer unauffälligen Stelle eingefügt: „Wir bedauern mitzuteilen, daß es keinen Zweifel mehr darüber gibt, daß die Pest in Livorno, Genua und Marseille ausgebrochen ist." Kein Wort des Kommentars folgte, jeder Leser machte sich seinen eigenen angsterfüllten. Wir waren wie ein Mann, der hört, daß sein Haus brennt, und dennoch durch die Straßen eilt, von einer leisen Hoffnung auf einen Fehler getrieben, bis er um die Ecke biegt und sein schützendes Dach von Flammen eingeschlossen sieht. Vorher war es ein Gerücht gewesen, aber jetzt stand das Wissen in Worten geschrieben, die in ihrem deutlichen und unleugbaren Druck unauslöschlich waren. Die Dunkelheit der Situation machte es um so auffälliger: die winzigen Buchstaben schwollen vor dem verwirrten Auge der Angst zu riesenhafter Größe an, sie schienen mit einem eisernen Stift eingraviert, von Feuer erhitzt, in die Wolken eingewoben und auf die Vorderseite des Universums gestempelt zu sein.

Die Engländer, ob Reisende oder Einwohner, strömten in einem großen Fluß zurück in ihr eigenes Land, und mit ihnen Massen von

Italienern und Spaniern. Unsere kleine Insel war bis zum Bersten gefüllt. Zunächst erschien mit den Emigranten eine ungewöhnliche Menge an Münzgeld; aber diese Leute hatten keine Möglichkeit, in ihre Hände zurückzubekommen, was sie unter uns ausgaben. Mit dem Fortschreiten des Sommers und der Zunahme des Elends waren die Mieten bald unbezahlt, und ihre Mittel erschöpft. Es war unmöglich, diese Massen elender, untergehender Kreaturen zu sehen, die noch vor kurzem Luxus gewöhnt waren, und ihnen nicht die Hand reichen, um sie zu retten. Zum Ende des achtzehnten Jahrhunderts öffneten die Engländer gastfreundlich ihre Läden zur Erleichterung derer, die durch die politische Revolution[85] aus ihren Häusern vertrieben worden waren; und sie standen auch diesmal nicht zurück, um den Opfern einer sich weiter ausbreitenden Katastrophe Hilfe zu leisten. Wir hatten viele ausländische Freunde, die wir eifrig aufgesucht und von schrecklicher Armut befreit hatten. Unser Schloß wurde ein Asyl für die Unglücklichen. Ein ganzes Dorf bewohnte seine Hallen. Die Erträge seines Besitzers, der sie immer auf eine Weise ausgegeben hatte, die seiner großzügigen Natur angemessen war, wurden jetzt sparsamer eingeteilt, damit sie ein größeres Ausmaß des Nutzens erreichen konnten. Es war jedoch nicht das Geld, nur teilweise, sondern die Lebensmittel, die knapp wurden. Es war schwierig, ein sofortiges Heilmittel zu finden. Die Einfuhr war völlig abgeschnitten. In diesem Notfall mußten wir, um die Menschen, denen wir Zuflucht gewährt hatten, zu ernähren, unsere Vergnügungsstätten und Parks dem Pflug und der Hacke opfern. Der Viehbestand hatte sich im Land aufgrund der großen Nachfrage auf dem Markt spürbar verringert. Sogar die armen Hirsche, unsere geweihtragenden Schützlinge, mußten um der würdigeren Gäste willen fallen. Die Arbeit, die notwendig war, um das Land zu kultivieren, beschäftigte und ernährte die Vertriebenen der verminderten Fabriken. Adrian beließ es nicht nur bei den Anstrengungen, die er in Bezug auf seine eigenen Besitztümer machen konnte. Er wandte sich an die Reichen des Landes; er machte Vorschläge im Parlament, die wenig geeignet waren, den Reichen zu gefallen; aber seine aufrichtigen Bitten

---

[85] Gemeint ist die Französische Revolution.

und wohlwollende Beredsamkeit waren unwiderstehlich. Ihre Lustgärten dem Bauern zu überlassen, die Zahl der Pferde, die im ganzen Lande zum Zwecke des Luxus gehalten wurden, auf eine angemessene Anzahl zu vermindern, waren offensichtliche, aber unangenehme Mittel. Aber zu Ehren der Engländer sei es aufgezeichnet, daß, obwohl natürliche Abneigung sie eine Weile zögern ließ, doch eine enthusiastische Großzügigkeit ihre Beschlüsse inspirierte, als das Elend ihrer Mitmenschen zu auffallend wurde. Die Verschwenderischsten waren oft die Ersten, die sich von ihren Besitztümern trennten. Wie es in Gemeinschaften üblich ist, wurde eine Mode festgelegt. Die hochgeborenen Damen des Landes hätten sich für unwürdig befunden, wenn sie die Bequemlichkeit von Kutschen, welche sie früher als notwendig bezeichneten, jetzt genossen hätten. Für die Gebrechlichen wurden Sänften, wie in alten Zeiten, eingeführt; aber sonst war es nichts Einzigartiges, Damen von Rang zu sehen, die zu Fuß zu den Vergnügungsorten der eleganten Gesellschaft gingen. Es war für alle, die Grundbesitz besaßen, häufiger, daß sie sich von ihren Gütern trennten, von ganzen Truppen der Bedürftigen begleitet ihre Wälder fällten, um vorübergehende Behausungen zu errichten, und ihre Parks, Beete und Blumengärten notleidenden Familien zuteilten. Viele von ihnen, von hohem Rang in ihren eigenen Ländern, wendeten jetzt, mit der Hacke in der Hand, die Erde um. Es wurde schließlich für notwendig erachtet, die Opferbereitschaft zu bremsen und diejenigen, deren Großzügigkeit zu üppiger Verschwendung führte, daran zu erinnern, daß, bevor der gegenwärtige Zustand der Dinge dauerhaft würde, was nicht wahrscheinlich war, es falsch sei, den Wandel so weit zu führen, daß eine Rückkehr schwierig wäre. Die Erfahrung hat gezeigt, daß die Pest in ein oder zwei Jahren aufhören würde; es wäre besser, wenn wir in der Zwischenzeit unsere feinen Pferderassen nicht zerstört haben, oder das Gesicht des verzierten Teils des Landes völlig verändert haben würden.

Man kann sich vorstellen, daß die Dinge wirklich schlecht lagen, ehe dieser Geist des Wohlwollens solch tiefe Wurzeln schlagen konnte. Die Infektion hatte sich nun in den südlichen Provinzen Frankreichs ausgebreitet. Aber dieses Land hatte so viele Ressourcen in der Landwirtschaft, daß der Bevölkerungsansturm von einem Teil zum anderen und seine Zunahme durch ausländische Emigration weniger stark empfunden wurden als bei uns. Die erlittene Panik schien mehr Schaden anzurichten als die Krankheit und ihre natürlichen Begleiterscheinungen.

Der Winter, ein allgemeiner und nie versagender Arzt, wurde begrüßt. Die emporstrebenden Wälder und geschwollenen Flüsse, die Abendnebel und Morgenfröste wurden dankbar willkommen geheißen. Die Auswirkungen der reinigenden Kälte wurden sofort gefühlt; und die Sterbelisten im Ausland wurden jede Woche kürzer. Viele unserer Besucher verließen uns; diejenigen, deren Häuser weit im Süden lagen, flohen erleichtert vor unserem nördlichen Winter und reisten in ihr Heimatland zurück, das nach den furchtbaren Heimsuchungen nun sicher war. Wir atmeten auf. Was der kommende Sommer bringen würde, wußten wir nicht, aber die gegenwärtigen Monate waren die unseren, und unsere Hoffnungen auf ein Ende der Pest waren groß.

Kapitel 6.

Ich bin so lange am äußersten Ufer geblieben, der verschwenderischen Untiefe, die sich in den Strom des Lebens ausdehnte und mit dem Schatten des Todes spielte. So lange habe ich mein Herz im Rückblick auf vergangenes Glück gewiegt, als es noch Hoffnung gab. Warum nur konnte es nicht für immer so sein? Ich bin nicht unsterblich; und der Faden meiner Geschichte könnte bis an die Grenzen meiner Existenz gesponnen sein. Doch das gleiche Gefühl, das mich zuerst dazu gebracht hat, Szenen voller zärtlicher Erinnerungen zu beschreiben, veranlaßt mich jetzt, mich zu beeilen. Die gleiche Sehnsucht dieses warmen, pochenden Herzens, die mich dazu brachte, in geschriebenen Worten meine wilde Jugend, mein heiteres Erwachsenenalter und die Leidenschaften meiner Seele aufzuzeichnen, läßt mich jetzt vor weiterer Verzögerung zurückschrecken. Ich muß meine Arbeit abschließen.

Hier stehe ich, wie gesagt, neben den Wassern der verfließenden Jahre und jetzt fort! Breite das Segel aus, und lege mich ins Ruder, durch dunkle, drohende Felsen eilend, steile Stromschnellen hinab, bis zum

Meer der Trostlosigkeit, das ich erreicht habe. Doch einen Augenblick, eine kurze Pause, bevor ich von der Küste ablege - einmal, einmal noch laß mich mir vorstellen, ich sei im Jahre 2094 in meiner Wohnung in Windsor, laß mich die Augen schließen und mir vorstellen, daß die unermeßlichen Zweige der Eichen nahe der Schloßmauern mich noch immer beschatten. Laß meine Phantasie die fröhliche Szene des zwanzigsten Juni heraufbeschwören, so wie mein schmerzendes Herz sich jetzt noch daran erinnert.

Umstände hatten mich nach London beordert. Hier hörte ich davon reden, daß in Krankenhäusern der Stadt Symptome der Pest aufgetreten wären. Ich kehrte nach Windsor zurück; meine Miene war getrübt, mein Herz schwer. Wie ich es gewohnt war, betrat ich den kleinen Park am Tor von Frogmore, auf dem Weg zum Schloß. Ein großer Teil dieses Grunds war der Kultivierung anheimgegeben worden, und Streifen von Kartoffel- und Getreidefeldern waren hier und dort zerstreut. Oben in den Baumkronen krächzten laut die Krähen; gemischt mit ihren heiseren Schreien hörte ich eine lebhafte Musik. Es war Alfreds Geburtstag. Die jungen Leute aus Eton und die Kinder des benachbarten Adels hielten eine kleine Kirmes ab, zu der alle Landleute eingeladen waren. Der Park war gesprenkelt von Zelten, deren prunkvolle Farben und bunte Fahnen, die im Sonnenschein wehten, zur Fröhlichkeit der Szene beitrugen. Auf einer Plattform unter der Terrasse tanzten einige jüngere Mitglieder der Versammlung. Ich lehnte mich gegen einen Baum, um sie zu beobachten. Die Kapelle spielte die wilde östliche Arie von Weber, mit der das Singspiel Abou Hassan begann; ihre leichten Klänge verliehen den Füßen der Tänzer Flügel, während die Betrachter unbewußt die Zeit vergaßen. Zuerst hob die Melodie meine Stimmung, und für einen Moment folgten meine Augen gern den Drehungen des Tanzes. Ein abscheulicher Gedanke fuhr wie eiserner Stahl in mein Herz. Ihr werdet alle sterben, dachte ich; schon wird euer Grab um euch herum aufgebaut. Jetzt, wo ihr mit Beweglichkeit und Stärke begabt seid, glaubt ihr, daß ihr lebt; aber schwach ist die „Laube des Fleisches", die das Leben umschließt; die Silberschnur auflösbar, die es daran bindet. Die fröhliche Seele, die durch den anmutigen Mechanismus wohlgeformter Gliedmaßen von Vergnügen zu Vergnügen bewegt wird,

wird plötzlich spüren, wie der Achsenbaum nachgibt und Feder und Rad sich in Staub auflösen. Nicht einer von euch, o ihr dem Untergang geweihte Menge, kann entkommen - nicht einer! Nicht einmal die Meinen! Nicht meine Idris und ihre Kinder! Schrecken und Elend! Schon verklang der fröhliche Tanz, der grüne Rasen war übersät mit Leichen, die blaue Luft wurde stinkend von tödlichen Ausdünstungen. Schreit, ihr Fanfaren! Ihr lauten Trompeten, heult! Laßt Klagelied auf Klagelied folgen, hebt die Begräbnismelodien an, laßt die Luft von lautem Geschrei widerhallen, laßt wilde Mißklänge auf den Flügeln des Windes rauschen! Schon höre ich es, während die Schutzengel, die der Menschheit dienen, nun, da ihre Aufgabe erfüllt ist, davoneilen, und ihre Abreise durch melancholische Zerrungen angekündigt wird; Gesichter, ganz unkenntlich vor Weinen, zwangen meine Lider auf; schneller und schneller umdrängten mich viele Gruppen dieser gramerfüllten Gesichter und zeigten alle Arten von Elend - bekannte Gesichter vermischten sich mit den verzerrten Schöpfungen der Phantasie. Aschfahl saßen Raymond und Perdita auseinander und schauten mit einem traurigen Lächeln auf. Adrian huschte hin und her, vom Tod befleckt. Idris, mit träge geschlossenen Augen und fahlen Lippen, wollte gerade ins geräumige Grab gleiten. Die Verwirrung wuchs - ihre kummervollen Blicke wurden spöttisch; sie nickten im Takt der Musik, deren Lärm unerträglich wurde.

Ich fühlte, daß dies Wahnsinn war - ich sprang vor, um ihn abzuschütteln; ich eilte in die Menge. Idris sah mich. Mit leichtem Schritt rückte sie vor; als ich sie in meine Arme schloß, und indem ich es tat, fühlte, daß ich das umfing, was für mich die Welt war, doch so zerbrechlich wie der Wassertropfen, den die Mittagssonne aus dem Seerosenkelch trinken wird; erfüllten Tränen meine Augen, die nicht derart benetzt sein wollten. Die freudige Begrüßung meiner Jungen, der sanfte Gruß Claras, der Druck von Adrians Hand, trugen dazu bei, mich zu überwinden. Ich fühlte, daß sie nahe waren, daß sie sicher waren, doch mich dünkte, daß es alles Betrug sei - die Erde wankte, die festverwurzelten Bäume bewegten sich - Schwindel überkam mich - ich sank zu Boden.

Meine geliebten Freunde waren alarmiert - ja, sie äußerten ihre Besorgnis so sehr, daß ich es nicht wagte, das Wort Pest auszusprechen, das auf meinen Lippen lag, damit sie nicht meinen Zustand als ein Symptom deuten und eine Infektion in meiner Schwäche sehen würden. Ich hatte mich kaum erholt und mit vorgetäuschter Heiterkeit meinen kleinen Kreis zum Lächeln gebracht, als wir Ryland herannahen sahen.

Ryland hatte etwas von einem Bauern an sich; von einem Mann, dessen Muskeln und kräftige Statur sich unter dem Einfluß von viel Bewegung und einer Aussetzung gegenüber den Elementen entwickelt hatten. Dies war zu einem großen Teil der Fall; denn obwohl er ein Großgrundbesitzer war, hatte er, da er ein Planer und von einer feurigen und fleißigen Veranlagung war, sich doch auf seinem eigenen Besitz landwirtschaftlichen Arbeiten hingegeben. Als er als Botschafter in den amerikanischen Norden ging, plante er für einige Zeit seine gänzliche Übersiedlung, und ging so weit, auf diesem riesigen Kontinent viele Reisen weit nach Westen zu machen, um den Standort seines neuen Wohnsitzes zu wählen. Der Ehrgeiz wandte seine Gedanken von diesen Plänen ab - der Ehrgeiz, der, durch vielerlei Hindernisse bewegt, ihn nun auf den Gipfel seiner Hoffnungen geführt hatte, indem er ihn zum Lordprotektor von England gemacht hatte.

Er hatte ein grobes, aber intelligentes Gesicht - seine buschigen Brauen und seine scharfen grauen Augen schienen stets seine eigenen Pläne und den Widerstand seiner Feinde im Blick zu haben. Seine Stimme war dröhnend, seine Hand streckte sich in der Debatte aus, und schien durch ihre äußerst große und muskulöse Form seine Zuhörer zu warnen, daß Wörter nicht seine einzigen Waffen waren. Nur wenige Menschen hatten unter diesem imposanten Äußeren eine gewisse Feigheit und viel Unsicherheit entdeckt. Kein Mann konnte einen „Schmetterling auf dem Rad"[86] mit besserer Wirkung zerquetschen, kein Mann besser einen schnellen Rückzug von einem mächtigen Gegner vortäuschen. Dies war das Geheimnis seines Rücktrittes zur Zeit von Lord Raymonds Wahl gewesen. In dem unsteten Blick seines Auges, in seinem äußersten Verlangen, die Meinungen aller zu erfahren, in der

---

[86] Alexander Pope, Epistle to Dr Arbuthnot.

Schwäche seiner Handschrift, könnten diese Eigenschaften dunkel erahnt werden, aber sie waren nicht allgemein bekannt. Er war jetzt unser Lordprotektor. Er hatte eifrig nach diesem Posten gestrebt. Sein Protektorat sollte sich durch jede Art von Neuerung in der Aristokratie auszeichnen. Diese seine auserkorene Aufgabe wurde gegen die weit andere ausgetauscht, dem Zusammenbruch durch die Erschütterungen der physischen Natur entgegenzutreten. Er war nicht in der Lage, diesen Übeln mit irgendeinem umfassenden System zu begegnen; er hatte Zuflucht bei einem nach dem andern Mittel gesucht, und konnte doch kein Heilmittel finden, bis es zu spät war, als daß es noch von Nutzen gewesen wäre.

Gewiß trug jener Ryland, der jetzt auf uns zukam, nur geringe Ähnlichkeit mit dem mächtigen, ironischen, scheinbar furchtlosen Bewerber um den ersten Rang unter den Engländern. Unsere einheimische Eiche, wie seine Partisanen ihn nannten, wurde wirklich von einem kalten Winter besucht. Er erschien kaum halb so groß wie gewöhnlich, seine Ärmel waren nicht zugeknöpft, seine Glieder wollten ihn nicht stützen, seine Miene war verkrampft, sein Auge wanderte unruhig. Unsicherheit und feige Angst zeigten sich in jeder Geste.

Als Antwort auf unsere eifrigen Fragen fiel nur ein Wort unwillkürlich von seinen verkrampften Lippen: *Die Pest.* - „Wo?" - „Überall - wir müssen fliehen - alle fliehen - aber wohin? Niemand kann es sagen - es gibt keine Zuflucht auf der Erde, sie kommt über uns wie tausend Rudel Wölfe - wir müssen alle fliehen - wohin werdet ihr gehen? Wo kann irgendeiner von uns hingehen?"

Diese Worte wurden von dem eisernen Mann zitternd gesprochen. Adrian antwortete: „Wohin wollen Sie denn fliehen? Wir müssen alle bleiben und unser Bestes tun, um unseren leidenden Mitgeschöpfen zu helfen."

„Helfen!", sagte Ryland, „es gibt keine Hilfe! - Großer Gott, spricht er von Helfen! Die ganze Welt hat die Pest!"

„Um sie zu vermeiden, müssen wir die Welt verlassen", bemerkte Adrian mit einem sanften Lächeln.

Ryland stöhnte; kalter Schweiß stand auf seiner Stirn. Es war zwecklos, sich seinem Anfall von Furcht entgegenzustellen, aber wir beruhigten und ermutigten ihn so weit, daß er nach einer gewissen Zeit den Grund seines Schreckens besser erklären konnte. Die Pest hatte ihn in seinem Haus besucht. Einer seiner Diener war, während er ihm aufwartete, plötzlich tot umgefallen. Der Arzt erklärte, er sei an der Pest gestorben. Wir bemühten uns, ihn zu beruhigen - aber unsere eigenen Gemüter waren nicht ruhig. Ich sah Idris' Augen von mir zu ihren Kindern wandern, mit einem ängstlichen Appell an mein Urteil. Adrian war in Gedanken vertieft. Für meinen Teil klangen Rylands Worte in meinen Ohren wider; die ganze Welt war angesteckt, in welche unbefleckte Abgeschiedenheit konnte ich meine geliebten Schätze retten, bis der Schatten des Todes über die Erde gegangen war? Wir versanken in Stille: ein Schweigen, das sich aus den traurigen Berichten und Prognosen unseres Gastes nährte.

Wir hatten uns aus der Menge zurückgezogen, und gingen, die Stufen der Terrasse hinaufsteigend, ins Schloß. Unsere veränderte Miene erschrak diejenigen, die uns am nächsten standen, und durch Rylands Diener verbreitete sich bald der Bericht, daß er vor der Pest in London geflohen sei. Die lebhaften Gruppen lösten sich auf - sie versammelten sich in flüsternden Gruppen. Der Geist der Fröhlichkeit wurde verdunkelt, die Musik verstummte, die jungen Leute verließen ihre Beschäftigungen und versammelten sich. Die Leichtigkeit des Herzens, die sie in Kostüme gekleidet, ihre Zelte geschmückt, und sie in fantastischen Gruppen versammelt hatte, schien eine Sünde und eine Herausforderung gegen das schreckliche Schicksal zu sein, das seine lähmende Hand auf Hoffnung und Leben gelegt hatte. Die Fröhlichkeit der Stunde war ein unheiliger Spott über das Leid des Menschen. Die Ausländer, die wir unter uns hatten, die vor der Pest in ihrem eigenen Land geflohen waren, sahen nun ihr letztes Asyl überfallen; und, die Angst machte sie schwatzhaft, schilderten den gierigen Zuhörern das Elend, das sie in Städten gesehen hatten, die von dem Unglück heimgesucht wurden, und lieferten schreckliche Berichte über die heimtückische und unheilbare Natur der Krankheit.

Wir hatten das Schloß betreten. Idris stand an einem Fenster, das den Park überblickte; ihre mütterlichen Augen suchten ihre eigenen Kinder in der jungen Menge. Ein italienischer Junge hielt gerade eine Rede und beschrieb mit lebhaften Gesten eine Schreckensszene. Alfred stand unbeweglich vor ihm, seine Aufmerksamkeit ganz gebannt. Der kleine Evelyn hatte versucht, Clara wegzuziehen, damit sie mit ihm spielte, aber die italienische Geschichte fesselte auch sie, sie kroch näher, ihre glänzenden Augen auf den Sprecher gerichtet. Ob wir nun die Menge im Park beobachteten oder in schmerzliches Nachdenken vertieft waren, wir waren alle still. Ryland stand allein in einer Fensternische, Adrian schritt durch den Saal, von einem neuen und überwältigenden Gedanken erfaßt - plötzlich blieb er stehen und sagte: „Ich habe das schon lange erwartet, konnten wir vernünftigerweise erwarten, daß diese Insel von dem weltweiten Besuch ausgenommen werden sollte? Das Übel ist zu uns gekommen, und wir dürfen nicht vor unserem Schicksal zurückschrecken. Was sind Ihre Pläne zum Wohle unseres Landes, Mylord Protector?"

„Um Himmels willen, Windsor!", schrie Ryland; „Verspotten Sie mich nicht mit diesem Titel. Tod und Krankheit machen alle Männer gleich. Ich gebe weder vor, Schutz bieten zu können, noch regiere ich ein Krankenhaus - ein solches wird England bald sein."

„Beabsichtigen Sie denn, jetzt, in der Zeit der Gefahr, von Ihren Pflichten zurückzutreten?"

„Pflichten! Sprechen Sie vernünftig, Mylord! - Wenn ich eine mit Pestmalen übersäte Leiche bin, wo werden da meine Pflichten sein? Jeder kämpft für sich allein! Der Teufel soll die Schutzherrschaft holen, sage ich, wenn sie mich einer Gefahr aussetzt!"

„Feiger Mann!", rief Adrian empört - „Ihre Landsleute vertrauen Ihnen, und Sie verraten sie!"

„Ich verrate sie!", sagte Ryland, „die Seuche verrät mich. Feige! Es ist gut, eingeschlossen in Ihrem Schloß, außer Reichweite der Gefahr, sich selbst furchtlos zu rühmen. Nehme die Schutzherrschaft, wer will; vor Gott trete ich zurück!"

„Und vor Gott", antwortete sein Gegner inbrünstig, „nehme ich sie an! Niemand wird jetzt um diese Ehre werben - niemand neidet mir die Gefahr oder Mühen. Übergeben Sie Ihre Macht in meine Hände. Lange habe ich mit dem Tod gekämpft, und viel", er streckte seine dünne Hand aus, „viel habe ich im Kampf gelitten. Wir werden den Feind nicht mit der Flucht besiegen, sondern indem wir uns ihm stellen. Wenn mein letzter Kampf jetzt zu kämpfen ist, und ich geschlagen werden soll - so sei es denn! Aber nun kommen Sie, Ryland, fassen Sie sich! Die Menschen haben Sie bisher für großmütig und weise gehalten, wollen Sie diese Titel beiseitelegen? Bedenken Sie die Panik, die Ihre Abreise verursachen wird. Kehren Sie nach London zurück. Ich werde mit Ihnen gehen. Ermutigen Sie die Leute durch Ihre Anwesenheit. Ich werde die ganze Gefahr auf mich nehmen. Schande! Schande, wenn der oberste Magistrat Englands der erste ist, der zurücktritt!"

Inzwischen war bei unseren Gästen im Park jeder Gedanke an Festlichkeiten verblaßt. So wie die sommerlichen Fliegen vom Regen zerstreut werden, brach diese Gesellschaft, vor kurzem noch lärmend und fröhlich, traurig und unter nachdenklichem Gemurmel auf und schwand schnell dahin. Mit der untergehenden Sonne und der sich vertiefenden Dämmerung wurde der Park beinahe leer. Adrian und Ryland waren noch in ernsthafter Diskussion vertieft. Wir hatten ein Bankett für unsere Gäste im unteren Saal des Schlosses vorbereitet; und dorthin gingen Idris und ich, um die wenigen Verbliebenen zu empfangen und zu unterhalten. Es gibt nichts Traurigeres als ein fröhliches Treffen, das so in Kummer verwandelt wird: Die festlichen Kleider, die Dekorationen, so fröhlich, wie sie nur sein könnten, erhalten eine feierliche und düstere Erscheinung. Wenn solche Veränderungen aus leichteren Ursachen schmerzhaft sind, so wogen sie mit unerträglicher Schwere aus der Erkenntnis, daß die Verwüsterin der Erde endlich, selbst als eine Erzfeindin, die Grenzen, die unsere Vorsichtsmaßregeln erhoben hatten, leicht übersprungen hatte und sich sogleich im vollen Maße in das schlagende Herz unseres Landes einpflanzte. Idris saß oben im halb leeren Saal. Bleich und den Tränen nah vergaß sie fast ihre Pflichten als Gastgeberin; ihre Augen waren auf ihre Kinder gerichtet. Alfreds ernsthafte Miene zeigte, daß er immer noch über die tragische Geschichte des italienischen Jungen nachdachte. Evelyn war die einzige fröhliche Kreatur, die anwesend war. Er saß auf Claras Schoß, und lachte laut, während er herumalberte. Das gewölbte Dach hallte seine kindliche Stimme wider. Die arme Mutter, die lange gebrütet und den Ausdruck ihrer Angst unterdrückt hatte, brach jetzt in Tränen aus und eilte, ihr

Kindlein in ihren Armen, aus dem Saal. Clara und Alfred folgten. Während der Rest der Gesellschaft in einem verworrenen Gemurmel, das immer lauter wurde, ihren vielen Ängsten Ausdruck verlieh.

Der jüngere Teil versammelte sich um mich, um meinen Rat zu erbitten, und diejenigen, die Freunde in London hatten, waren darüber hinaus bestrebt, das gegenwärtige Ausmaß der Krankheit in der Metropole festzustellen. Ich ermutigte sie mit so aufmunternden Gedanken wie möglich. Ich sagte ihnen, daß noch sehr wenige Todesfälle durch die Pest verursacht worden seien, und gab ihnen Hoffnung, daß, da wir die letzten Besucher waren, die Krankheit ihre giftigste Kraft verloren haben könnte, ehe es uns erreichte. Die Sauberkeit, die Ordentlichkeit und die Art und Weise, wie unsere Städte gebaut wurden, standen alle zu unseren Gunsten. Da es eine Epidemie war, wurde seine Hauptkraft von schädlichen Eigenschaften in der Luft abgeleitet, und sie würde wahrscheinlich wenig schaden, wo diese natürlich gesund war. Zuerst hatte ich nur mit denen gesprochen, die mir am nächsten standen; aber die ganze Versammlung versammelte sich um mich, und ich bemerkte, daß mir alle zuhörten. „Meine Freunde", sagte ich, „unser Risiko ist umfassend, unsere Vorsichtsmaßnahmen und Anstrengungen sollten auch umfassend sein. Wenn männlicher Mut und Widerstand uns retten können, werden wir gerettet. Wir werden den Feind bis zum letzten bekämpfen. Die Pest wird uns nicht als leichte Beute finden, wir werden jeden Zoll Boden verteidigen und dem Fortschritt unseres Feindes durch durchdachte und eherne Gesetze unüberwindliche Hindernisse in den Weg stellen. Vielleicht ist sie in keinem Teil der Welt auf einen so systematischen und entschlossenen Widerstand gestoßen. Vielleicht ist kein Land von Natur aus so gut gegen unseren Eindringling geschützt, und die Natur nirgends so gut von der Hand des Menschen unterstützt worden. Wir werden nicht verzweifeln. Wir sind weder Feiglinge noch Fatalisten, sondern glauben, daß Gott die Mittel zu unserem Schutz in unsere eigenen Hände gelegt hat, wir werden diese Mittel bis zum Äußersten ausnutzen. Denkt daran, daß Sauberkeit, Nüchternheit und sogar gute Laune und Wohlwollen unsere besten Heilmittel sind."

Es gab wenig, was ich zu dieser allgemeinen Ermahnung hinzufügen konnte, denn die Pest, obwohl in London, war nicht unter uns. Ich entließ die Gäste deshalb, und sie gingen nachdenklich, mehr als traurig, fort, um die Dinge zu erwarten, die ihnen bevorstanden.

Ich suchte nun Adrian auf, gespannt auf das Ergebnis seiner Unterhaltung mit Ryland. Er hatte sich teilweise durchgesetzt; der Lordprotektor willigte ein, für einige Wochen nach London zurückzukehren; während dieser Zeit sollten die Dinge so arrangiert werden, daß sie bei seiner Abreise weniger Bestürzung verursachen würden. Adrian und Idris waren beisammen. Die Traurigkeit, mit der der Erste gehört hatte, daß die Pest in London war, war verschwunden, die Tatkraft durchdrang seinen Körper mit Energie, die feierliche Freude der Begeisterung und Selbsthingabe erleuchtete sein Antlitz; und die Schwäche seiner physischen Natur schien von ihm zu gehen, wie es die Wolke der Menschheit in der alten Fabel vom göttlichen Liebhaber der Semele[87] tat. Er bemühte sich, seine Schwester zu ermutigen und sie dazu zu bringen, seine Absicht in einem weniger tragischen Licht zu sehen; und mit leidenschaftlicher Beredsamkeit entfaltete er ihr seine Entwürfe.

„Laß mich zu Anfang", sagte er, „deinen Geist aller Sorgen um mich entbinden. Ich werde mich nicht über meine Kräfte hinaus bemühen, noch werde ich unnötigerweise Gefahr suchen. Ich denke, daß ich weiß, was getan werden muß, und da meine Anwesenheit für die Erfüllung meiner Pläne notwendig ist, werde ich besonders darauf achten, mein Leben zu erhalten.

Ich werde jetzt ein für mich passendes Amt übernehmen. Ich kann nicht intrigieren oder einen gewundenen Weg durch das Labyrinth der Laster und Leidenschaften der Menschen gehen; aber ich kann Geduld und Mitgefühl aufbringen, und solche Hilfe, als sie die Kunst am Krankenbett leistet. Ich kann das elende Waisenkind aufheben und das verschlossene Herz des Trauernden zu neuen Hoffnungen erwecken. Ich kann die Pest in Grenzen bringen und dem Elend, das sie verursachen würde, einen Begriff geben; Mut, Geduld und Wachsamkeit sind die Kräfte, die ich zu diesem großen Werk mitbringe.

---

[87] Semele ist in der griechischen Mythologie die Geliebte des Zeus, die, als sie darauf besteht, ihn in seiner natürlichen Gestalt zu sehen, in seinen Strahlen verbrennt.

O, ich werde jetzt etwas sein! Von meiner Geburt an habe ich es wie der Adler angestrebt – aber, anders als der Adler, haben meine Flügel versagt, und meine Augen wurden geblendet. Enttäuschung und Krankheit haben bis jetzt Herrschaft über mich gehalten; der mit mir geborene Zwilling, *ich würde*, wurde stets von diesem meinen Tyrannen, *du sollst nicht*, gefesselt. Ein Hirtenjunge, der eine dumme Herde in den Bergen pflegt, hat mehr zur Gesellschaft beigetragen als ich. Gratuliere mir darum, daß ich das passende Betätigungsfeld für meine Kräfte gefunden habe. Ich habe oft daran gedacht, meine Dienste den von Pest heimgesuchten Städten Frankreichs und Italiens anzubieten, aber die Angst, dir Kummer zu bereiten, und die Erwartung dieser Katastrophe hielten mich zurück. England und den Engländern widme ich mich. Wenn ich auch nur einen ihrer mächtigen Geister vor der tödlichen Welle retten kann, wenn ich die Seuche von einem ihrer friedlichen Häuschen abwehren kann, werde ich nicht umsonst gelebt haben."

Ein seltsamer Ehrgeiz war das! Doch so war Adrian. Er erschien in Träumereien versunken, der Aufregung abgeneigt, ein bescheidener Student, ein Mann der Visionen – aber gibt man ihm ein würdiges Thema, und –

Wie die Lerche bei Tagesanbruch,
Von finsterer Erde aus singt Hymnen am Himmelstor.[88]

so schnellte er aus der Lustlosigkeit und dem unproduktiven Denken auf die höchste Stufe der tugendhaften Handlung.

Mit ihm gingen Begeisterung, die hohe Entschlußkraft, das Auge, das ohne zu blinzeln in den Tod sehen konnte. Bei uns blieben Kummer, Angst und die unerträgliche Erwartung des Bösen. Der Mensch, sagt Lord Bacon, der Frau und Kinder habe, hat dem Glück Geiseln gegeben.[89] Vergebens war alles philosophische Denken – vergebens alle Stärke – vergebens ein Vertrauen auf das wahrscheinliche Gute. Ich könnte die Waagschale mit Logik, Mut und Resignation überhäufen –

---

[88] Shakespeare, Sonett 29.
[89] Francis Bacon, Of Marriage and Single Life.

aber laß eine Sorge um Idris und unsere Kinder die andere betreten, so wird sie zu leicht sein und emporschnellen.

Die Pest war in London! Narren, die wir dies nicht bereits vor langer Zeit vorausgesehen haben. Wir weinten über den Untergang der grenzenlosen Kontinente des Ostens und über die Verwüstung der westlichen Welt, während wir uns vorstellten, daß der kleine Kanal zwischen unserer Insel und dem Rest der Erde uns unter den Toten lebendig erhalten sollte. Es war kein mächtiger Sprung von Calais nach Dover. Das Auge erkennt leicht das Schwesterland, sie waren einmal vereint, und der kleine Pfad, der dazwischen verläuft, sieht auf einer Karte nurmehr aus, wie ein Fußweg durch hohes Gras. Doch diese kleine Unterbrechung sollte uns retten: das Meer sollte eine diamantene Mauer errichten - außerhalb Krankheit und Elend - innerhalb eine Zuflucht vor dem Bösen, ein Winkel des Paradiesgartens - ein kleines Stück himmlischen Bodens, in den nichts Böses einzudringen vermochte - wahrlich weise waren wir in unserer Generation, uns all diese Dinge vorzustellen!

Aber jetzt sind wir erwacht. Die Pest ist in London, die Luft Englands ist verdorben, und ihre Söhne und Töchter wandeln auf der ungesunden Erde. Und jetzt scheint das Meer, zuletzt unsere Verteidigung, unser Gefängnis geworden zu sein; eingekesselt von seinen Wassern, werden wir sterben wie die ausgehungerten Bewohner einer belagerten Stadt. Andere Nationen haben eine Gemeinschaft im Tod; aber wir, von aller Nachbarschaft ausgeschlossen, müssen unsere eigenen Toten begraben, und das kleine England wird ein einziges großes Grab.

Dieses Gefühl von allgemeinem Elend nahm Gestalt an, als ich meine Frau und Kinder betrachtete; und der Gedanke an die Gefahr für sie erfüllte mein ganzes Wesen mit Angst. Wie könnte ich sie retten? Ich erdachte tausend und abertausend Pläne. Sie sollten nicht sterben - eher müßte ich zu Staub zerfallen sein, als eine Infektion diese Götzen meiner Seele erreichen sollte. Ich würde barfuß durch die Welt gehen, um einen nicht infizierten Punkt zu finden, ich würde mein Heim auf einer von Wellen umhergeworfenen Planke bauen und auf dem kargen, uferlosen Ozean treiben. Ich würde mich mit ihnen in die Höhle eines wilden Tieres begeben, wo die Jungen eines Tigers, die ich töten würde, herangezogen worden waren. Ich würde den Schlupfwinkel des Bergadlers suchen, und Jahre in einer unzugänglichen Vertiefung einer über dem Meer hängenden Klippe leben - keine Arbeit wäre zu groß, kein Plan zu abwegig, wenn er ihnen nur das Leben versprach. O! Ihr Herzensbänder, wie könntet ihr auseinandergerissen werden, und meine Seele sich nicht aus Kummer in blutigen Tränen verzehren!

Idris gewann nach dem ersten Schrecken wieder an Stärke. Sie schloß entschlossen alle Zukunftsaussichten aus und wiegte ihr Herz in den gegenwärtigen Segnungen. Sie ließ ihre Kinder keinen Augenblick aus den Augen. Nur während sie gesund um sie herum tollten, konnte sie Zufriedenheit und Hoffnung empfinden. Eine seltsame und wilde Unruhe kam über mich - um so unerträglicher, weil ich gezwungen war, sie zu verbergen. Meine Sorge um Adrian war endlos; der August war herangekommen, und die Symptome der Pest nahmen in London rasch zu. Es wurde von allen verlassen, die es vermochten; und er, der Bruder meiner Seele, war den Gefahren ausgesetzt, aus denen alle außer Sklaven, die durch die Umstände gefesselt waren, geflohen waren. Er blieb, um den Feind zu bekämpfen - mit ungeschützter Flanke, und ungeteilten Mühen -, es könnte sogar sein, daß ihn die Infektion erreichte, und er ohne Beistand und allein starb. Bei Tag und Nacht verfolgten mich diese Gedanken.

Ich beschloß, London zu besuchen, um ihn zu sehen; um diese quälenden Schmerzen durch die süße Medizin der Hoffnung oder das Betäubungsmittel der Verzweiflung zu stillen.

Erst als ich in Brentford ankam, nahm ich im Aussehen des Landes viele Veränderungen wahr. Die bessere Art von Häusern war verriegelt; der geschäftige Handel der Stadt zum Erliegen gekommen; den wenigen Reisenden, die ich traf, konnte ich ihre Angst ansehen, und sie blickten verwundert auf meine Kutsche - die erste, die sie gesehen hatten, die in Richtung London fuhr, seit die Pest auf ihren Höhen saß und ihre geschäftigen Straßen besetzte. Ich begegnete mehrere Beerdigungen; sie wurden von wenigen Trauergästen besucht und von den Zuschauern als Zeichen von äußerster Tragweite angesehen. Einige starrten ungeduldig auf diese Prozessionen - andere flohen ängstlich - manche weinten laut.

Adrians hauptsächliche Bemühung bestand nach der unmittelbaren Unterstützung der Kranken darin, die Symptome und den Fortgang der Seuche vor den Bewohnern Londons zu verbergen. Er wußte, daß Furcht und niederdrückende Vorahnungen mächtige Helfer für Krankheiten waren; diese verzweifelte und grüblerische Sorge machte die physische Natur des Menschen für Infektionen besonders empfänglich. Es waren daher keine unüblichen Anblicke zu erkennen: Die Geschäfte waren allgemein geöffnet, das Gedränge einiger Fußgänger in einem gewissen Maße vorhanden. Aber obwohl das Aussehen einer infizierten Stadt vermieden wurde, erschien mir London, das ich seit dem Beginn der Heimsuchung nicht mehr gesehen hatte, ziemlich verändert. Es gab keine Kutschen, und in den Straßen war Gras hoch aufgeschossen, die Häuser hatten ein verwahrlostes Aussehen, die meisten Fensterläden waren geschlossen, und die Blicke der Personen, die ich traf, waren entsetzt und verängstigt, ganz anders als das übliche geschäftige Verhalten der Londoner. Meine einsame Kutsche zog Aufmerksamkeit auf sich, als sie auf den Protektoratspalast zuratterte – und die eleganten Straßen, die zu ihm führten, wirkten noch trostloser und verlassener. Ich fand Adrians Vorzimmer überfüllt – es war seine Audienzstunde. Ich wollte ihn nicht bei seiner Arbeit stören, und beobachtete über dem Warten das Kommen und Gehen der Bittsteller. Sie bestanden aus Menschen der mittleren und unteren Gesellschaftsschichten, deren Existenzmittel durch die Einstellung des Handels erschöpft waren. Die Neuankömmlinge waren sichtlich ängstlich, ihre Gesichter zuweilen voller Entsetzen, was in einem starken Gegensatz zu der ausgeglichenen und sogar zufriedenen Miene derjenigen stand, die bereits Gehör gefunden hatten. Ich konnte den Einfluß meines Freundes in ihren beschwingten Bewegungen und fröhlichen Gesichtern lesen. Zwei Uhr schlug, wonach niemand mehr zugelassen wurde; diejenigen, die enttäuscht wurden, gingen mürrisch oder traurig fort, während ich den Audienzsaal betrat.

Ich war beeindruckt von der Verbesserung in der Gesundheit Adrians. Er war nicht mehr zu Boden gebeugt, wie eine überdüngte Frühlingsblume, die, zu sehr in die Höhe geschossen, von ihrer eigenen Blütenkrone herabgezogen wird. Seine Augen glänzten, sein Gesichtsausdruck war ausgeglichen, seine ganze Person strahlte eine konzentrierte Energie aus, ganz anders als seine frühere Trägheit. Er saß an einem Tisch mit mehreren Sekretären, die Petitionen vorbereiteten oder die Notizen aufzeichneten, die während der Audienz dieses Tages gemacht wurden. Zwei oder drei Bittsteller waren noch anwesend. Ich bewunderte seine Gerechtigkeit und Geduld. Jenen, die die Möglichkeit hatten, außerhalb von London zu leben, riet er, sofort abzureisen und stellte ihnen die Mittel bereit, dies zu tun. Anderen, deren Handel der Stadt förderlich war oder die keine andere Zuflucht besaßen, gab er Ratschläge, wie sie die Epidemie besser vermeiden könnten; er unterstützte überlastete Familien und füllte die durch den Tod entstandenen Lücken. Ordnung, Behaglichkeit und sogar Gesundheit stiegen unter seinem Einfluß wie durch den Zauberstab eines Magiers.

„Ich freue mich, daß du gekommen bist", sagte er zu mir, als wir endlich allein waren. „Ich kann nur ein paar Minuten erübrigen, und muß dir viel in dieser Zeit erzählen. Die Seuche ist jetzt im Gange - es ist nutzlos, die Augen vor der Tatsache zu verschließen - die Todesfälle nehmen jede Woche zu. Was kommen wird, kann ich nicht erraten. Gott sei Dank bin ich bisher der Regierung der Stadt gewachsen, und ich schaue nur auf die Gegenwart. Ryland, den ich so lange festgehalten habe, hat sich ausbedungen, daß ich ihn noch vor Ende dieses Monats abreisen lasse. Der durch das Parlament bestimmte Stellvertreter ist tot, ein anderer muß deshalb ernannt werden. Ich habe meinen Anspruch vorgebracht, und ich glaube, daß ich keinen Mitbewerber haben werde. Heute Nacht wird die Frage entschieden, weil das Parlament für diesen Zweck zusammengerufen wird. Du mußt mich zur Wahl aufstellen, Lionel, Ryland kann sich aus Scham nicht zeigen, aber du, mein Freund, wirst mir diesen Dienst erweisen?"

Wie schön ist Hingabe! Hier war ein junger Mann von königlicher Abkunft, in Luxus aufgezogen, von Natur aus den üblichen Kämpfen des öffentlichen Lebens abgeneigt - und jetzt, in der Zeit der Gefahr, zu einer Zeit, in der das Überleben das äußerste Ziel des Ehrgeizigen war, bot er, der geliebte und heroische Adrian, in freundlicher Schlichtheit an, sich für das öffentliche Wohl zu opfern. Der Gedanke war großzügig und edel, - aber darüber hinaus machte seine bescheidene Art, sein

Bedürfnis, etwas Gutes zu tun, seine Tat zehnmal berührender. Ich hätte seiner Bitte widerstanden, doch ich hatte das Gute gesehen, das er verbreitete. Ich fühlte, daß seine Entschlüsse nicht erschüttert werden sollten, also stimmte ich mit schwerem Herzen zu, zu tun, was er verlangte. Er ergriff liebevoll meine Hand. - „Danke", sagte er, „du hast mich aus einem schmerzhaften Dilemma befreit und bist, wie du es immer warst, der beste meiner Freunde. Leb wohl - ich muß dich jetzt für ein paar Stunden verlassen. Geh und unterhalte dich mit Ryland. Obwohl er seinen Posten in London verläßt, könnte er im Norden Englands von äußerstem Nutzen sein, indem er Reisende empfängt und unterstützt, und dazu beiträgt, die Metropole mit Nahrung zu versorgen. Ich bitte dich, erwecke du ihn zu einem gewissen Pflichtgefühl."

Adrian verließ mich, wie ich später erfuhr, für seine tägliche Aufgabe, die Krankenhäuser zu besuchen und die vielbevölkerten Teile von London zu inspizieren. Ich fand Ryland sehr gealtert, seit er uns in Windsor besucht hatte. Unaufhörliche Angst hatte seine Haut fahl gefärbt und seine ganze Person ausgedörrt. Ich erzählte ihm von der geplanten Abstimmung am Abend, und ein Lächeln lockerte die verkrampften Muskeln. Er wollte gehen; jeden Tag fürchtete er, sich mit der Pest anzustecken, jeden Tag konnte er sich der sanften Gewalt von Adrians Hinhaltung nicht entziehen. In dem Moment, in dem Adrian legal zu seinem Stellvertreter gewählt werden sollte, würde er sich in Sicherheit bringen. Unter diesem Eindruck hörte er allem zu, was ich sagte; und durch die nahe Aussicht auf seine Abfahrt fast zur Freude erhoben, trat er in eine Diskussion über die Pläne ein, die er in seinem eigenen Bezirk annehmen sollte, und vergaß für den Moment seinen gefaßten Entschluß, sich in seinem Gut vollständig von der Außenwelt abzuschotten.

Am Abend fuhren Adrian und ich nach Westminster. Während wir gingen, erinnerte er mich daran, was ich zu sagen und zu tun hatte, doch seltsamerweise trat ich in die Kammer ein, ohne einmal über meine Absicht nachgedacht zu haben. Adrian blieb im Kaffeeraum, während ich, seinem Wunsche entsprechend, in St. Stephen's Platz nahm. In der Kammer herrschte ungewöhnliche Stille. Ich hatte sie seit Raymonds Protektorat nicht mehr besucht; eine Zeit, die für eine zahlreiche

Teilnahme von Mitgliedern, für die Beredsamkeit der Redner und die Hitzigkeit der Debatte auffällig war. Die Bänke waren sehr leer, diejenigen, die von den erblichen Mitgliedern benutzt wurden, waren verwaist; die Stadtmitglieder waren da - die Mitglieder für die Handelsstädte, wenige Grundeigentümer und nicht viele von denen, die für eine Laufbahn ins Parlament eintraten. Das erste Thema, das die Aufmerksamkeit des Hauses auf sich zog, war eine Ansprache des Lordprotektor, der sie bat, während einer notwendigen Abwesenheit seinerseits einen Stellvertreter zu ernennen.

Es herrschte Stille, bis eines der Mitglieder zu mir kam und flüsterte, daß der Earl of Windsor ihm die Nachricht geschickt hatte, daß ich seine Wahl vorschlagen sollte, in Abwesenheit der Person, die zuerst für dieses Amt ausgewählt worden war. Jetzt sah ich zum ersten Mal das volle Ausmaß meiner Aufgabe, und ich war überwältigt von dem, was ich mir selbst angetan hatte. Ryland hatte seinen Posten aus Angst vor der Pest verlassen; aus der gleichen Angst hatte Adrian keinen Konkurrenten. Und ich, der nächste Verwandte des Earl of Windsor, sollte seine Wahl vorschlagen. Ich sollte diesen ausgewählten und unvergleichlichen Freund in den Posten der Gefahr bringen - unmöglich! Der Würfel war gefallen - ich würde mich selbst als Kandidat anbieten.

Die wenigen Mitglieder, die anwesend waren, waren eher gekommen, um durch ihre Anwesenheit die Sache beenden zu können, als daß sie auf eine Debatte aus wären. Ich hatte mich mechanisch erhoben - meine Knie zitterten; Unentschlossenheit hing an meiner Stimme, als ich einige Worte über die Notwendigkeit der Wahl einer Person, die der gefährlichen Aufgabe gewachsen war, äußerte. Aber als mich die Vorstellung überkam, mich im Zimmer meines Freundes zu präsentieren, wurde mir die Last des Zweifels und des Kummers genommen. Meine Worte flossen spontan - meine Äußerung war fest und schnell. Ich nahm Bezug auf das, was Adrian bereits veranlaßt hatte - ich versprach die gleiche Wachsamkeit bei der Beförderung all seiner Absichten. Ich zeichnete ein berührendes Bild seiner schwankenden Gesundheit; ich rühmte mich meiner eigenen Stärke. Ich bat sie, diesen Sproß der edelsten Familie in England vor sich selbst zu retten. Meine Verbindung mit ihm war das Versprechen meiner Aufrichtigkeit, meine Verbindung mit seiner Schwester, meine Kinder, seine mutmaßlichen Erben, waren die Geiseln meiner Wahrheit.

Diese unerwartete Wende in der Debatte wurde Adrian schnell mitgeteilt. Er eilte hinein und wurde Zeuge der Beendigung meiner leidenschaftlichen Ansprache. Ich sah ihn nicht; meine Seele war in meinen Worten, - meine Augen konnten nichts wahrnehmen, während eine Vision von Adrians Gestalt, die von der Pest befleckt war und im Tode versank, vor ihnen schwebte. Er ergriff meine Hand, als ich zum Schluß kam - „Grausamer!", rief er, „du hast mich betrogen!" Dann sprang er wie ein Befehlshaber nach vorn und beanspruchte den Posten des Stellvertreters für sich. Er habe ihn, sagte er, mit Gefahr gekauft und mit großen Mühen bezahlt. Sein Ehrgeiz ruhte dort; und nach einem Zeitraum, in denen er sich ganz den Interessen seines Landes gewidmet hatte, sollte ich hinzukommen und den Gewinn einstreichen? Sie sollten sich daran erinnern, wie London bei seiner Ankunft gewesen war: Die herrschende Panik führte bereits zu einer Hungersnot, während die Moral und die Gesetzestreue sanken. Er habe die Ordnung wiederhergestellt - dies sei eine Arbeit gewesen, die Ausdauer, Geduld und Kraft erforderte; und er habe Tag und Nacht zum Wohle seines Landes gearbeitet und nicht geruht. - Würden sie es wagen, ihn so zu täuschen? Würden sie ihm seine hart verdiente Belohnung entreißen, um sie einem zu verleihen, der sich niemals ins öffentliche Leben vermengt habe, einem, der ein Anfänger in dem Handwerk sei, in dem er ein Meister war? Er forderte den Platz des Abgeordneten als sein Recht. Ryland hatte gezeigt, daß er ihn bevorzugte. Niemals zuvor hatte er, der selbst zur Thronbesteigung Englands geboren worden war, niemals hatte er um einen Gefallen oder eine Gnade von denen gebeten, die jetzt gleichberechtigt sind, aber sonst seine Untertanen hätten sein können. Würden sie ihn ablehnen? Könnten sie den Erben ihres alten Königs von dem Weg der Auszeichnung und des lobenswerten Ehrgeizes zurückstoßen, und eine weitere Enttäuschung auf ein gestürztes Haus werfen?

Niemand hatte Adrian je zuvor auf die Rechte seiner Vorfahren anspielen hören. Niemand hatte je zuvor geahnt, daß diese Macht oder viele Wahlstimmen ihm teuer sein könnten. Er hatte seine Rede mit Heftigkeit begonnen; er endete mit bescheidener Sanftheit und formulierte seine Bitte mit der gleichen Demut, als ob er darum gebeten hätte, bei den Engländern der erste in Reichtum, Ehre und Macht zu sein, und nicht, wie es in Wahrheit war, der Erste in den Reihen der abscheulichen Mühen und des unvermeidlichen Todes. Ein zustimmendes Murmeln erhob sich nach seiner Rede. „Oh, hört nicht auf ihn", rief ich, „er spricht falsch - er täuscht sich selbst" - ich wurde unterbrochen, und als die Stille wieder hergestellt war, wurde uns befohlen, wie es Brauch war, während der Entscheidung hinauszugehen. Ich glaubte, daß sie zögerten, und daß es etwas Hoffnung für mich gäbe - ich irrte mich - kaum hatten wir die Kammer verlassen, als Adrian wieder zurückgerufen, und in seinem Amt als Oberster Stellvertreter des Protektors eingesetzt wurde.

Wir kehrten zusammen in den Palast zurück. „Warum, Lionel", sagte Adrian, „was hattest du vor? Du konntest nicht hoffen, zu gewinnen, und doch gabst du mir den Schmerz eines Triumphes über meinen besten Freund."

„Das ist Spott", antwortete ich, „du vergeudest dich - du, der verehrte Bruder von Idris, das Wesen, das auf der ganzen Welt unseren Herzen das liebste ist - du vergeudest dich an einen frühen Tod. Ich hätte dies verhindert, mein Tod wäre ein kleines Übel - oder vielleicht sterbe ich auch nicht; während du nicht darauf hoffen kannst, zu entkommen."

„Was die Wahrscheinlichkeit der Flucht betrifft", sagte Adrian, „könnten die kalten Sterne in zehn Jahren auf die Gräber von uns allen scheinen; was jedoch meine besondere Anfälligkeit für Infektionen angeht, könnte ich sowohl logisch als auch physisch leicht beweisen, daß ich mitten in der Ansteckung eine bessere Aussicht auf Überleben habe als du.

Dies ist mein Amt: Ich wurde dazu geboren - um England in der Anarchie zu regieren, um es in Gefahr zu retten - um mich für es zu opfern. Das Blut meiner Vorfahren tönt laut in meinen Adern und bedeutet mir, daß ich der erste unter meinen Landsleuten bin. Oder, wenn diese Art der Rede dich beleidigt, laß mich dir sagen, daß meine Mutter, die stolze Königin, mir früh eine Liebe der Unterscheidung eingeflößt hat, und all das, hätten die Schwäche meiner physischen Natur und meine ungewöhnlichen Interessen einen solchen Entwurf nicht verhindert, hätte mich schon lange zum Kampf um mein verlorenes Erbe zu bringen vermocht. Aber nun erwacht meine Mutter, oder, wenn man so will, die Lektionen meiner Mutter, in mir selbst. Ich kann nicht zum Kampf blasen, ich kann nicht durch Intrige und Treulosigkeit wieder den Thron auf die Ruine der englischen Gesellschaft rücken, aber ich kann der Erste sein, der mein Land stützt und schützt, nachdem jene schrecklichen Katastrophen und der Untergang es fest im Griff haben.

Dieses Land und meine geliebte Schwester sind alles, was ich habe. Das Erstere werde ich beschützen - die Letztere übergebe ich deiner Verantwortung. Wenn ich überlebe und sie verloren ist, wäre ich viel besser tot. Beschütze sie - ich weiß, daß du es um ihrer selbst willen tun wirst - wenn du noch einen anderen Ansporn benötigst, dann denke daran, daß, indem du sie bewahrst, du auch mich bewahrst. Ihre makellose Natur, eine Summe von Vollkommenheiten, ist in ihre Zuneigungen gehüllt - wenn sie verletzt würden, würde sie wie ein ungegossenes Blümlein den Kopf sinken lassen; und die geringste Verletzung, die sie erhalten, wäre ein eisiger Reif für sie. Sie fürchtet bereits um uns. Sie fürchtet um die Kinder, die sie liebt, und um dich, deren Vater, ihren Geliebten, Ehemann, Beschützer, und du mußt in ihrer Nähe sein, um sie zu unterstützen und zu ermutigen. Darum kehre nach Windsor zurück, mein Bruder, denn ein solcher bist du für mich - fülle den doppelten Platz aus, den meine Abwesenheit dir auferlegt, und laß mich in all meinen hiesigen Leiden meine Augen auf diese liebe Abgeschiedenheit richten, und sagen - Es gibt Frieden."

Kapitel 7.

Ich fuhr nach Windsor, aber nicht mit der Absicht, dort zu bleiben. Ich ging nur, um die Zustimmung von Idris zu bekommen, und dann zurückzukehren und meinen Posten neben meinem unvergleichlichen Freund zu beziehen; um seine Mühen zu teilen und ihn, wenn es sein mußte, auf Kosten meines Lebens zu bewahren. Doch ich fürchtete, Zeuge der Angst zu werden, die mein Entschluß in Idris erregen könnte. Ich hatte mir geschworen, niemals ihr Antlitz zu überschatten, selbst nicht mit vorübergehender Trauer, und nun sollte ich mich in der Stunde höchster Not als Lügner wiederfinden? Ich hatte meine Reise mit ängstlicher Hast begonnen; jetzt wollte ich sie um Tage und Monate hinauszögern. Ich wollte die Notwendigkeit des Handelns vermeiden; ich bemühte mich, den Gedanken zu vermeiden - vergeblich - die Zukunft kam wie ein dunkles Trugbild in einer Laterna Magica[90] näher und näher, bis sie die ganze Erde mit ihrem Schatten überkommen hatte. Ein kleiner Umstand veranlaßte mich, meinen gewohnten Weg zu ändern und über Egham und Bishopgate nach Hause zurückzukehren. Ich stieg bei Perditas alter Behausung aus und beschloß, die Kutsche vorwärts sendend, durch den Park zum Schloß zu gehen. Dieser Ort, der die schönsten Erinnerungen in sich barg, das verlassene Haus und der verwahrloste Garten, waren gut dazu geeignet, in Erinnerungen zu schwelgen. In unseren glücklichsten Tagen hatte Perdita ihr Häuschen mit jeder Hilfe geschmückt, die die Kunst mit sich bringen konnte, zusätzlich zu dem, was die Natur bereits dafür bereitgestellt hatte. Ebenso übertrieben hatte sie es während ihrer Trennung von Raymond völlig vernachlässigt. Es war jetzt völlig verwahrlost: das Wild hatte die gebrochenen Pfähle überstiegen und ruhte zwischen den Blumen, Gras wuchs auf der Schwelle, und das schwankende Gitter, das im Wind knarrte, zeugte von der völligen Verlassenheit. Der Himmel darüber war blau und die Luft vom Duft der erlesenen Blumen erfüllt, die zwischen den Unkräutern wuchsen. Die Bäume bewegten sich darüber und erweckten die liebste Melodie der Natur - doch das niederdrückende Aussehen der erstickten Wege und der von Unkraut bewachsenen Blumenbeete trübte selbst diese fröhliche Sommerszene. Die Zeit, in der wir uns in diesem Haus in stolzer und glücklicher Sicherheit versammelt hatten, war vorüber - bald würden die heutigen Stunden sich denen der Vergangenheit anschließen, und die Schatten künftiger Stunden sich dunkel und drohend aus dem Schoß der Zeit, ihrer Wiege und ihrer Bahre, erheben. Zum ersten Mal in meinem Leben neidete ich dem Toten seinen Schlaf und dachte mit Vergnügen an sein Bett unter

---

[90] Eine Laterna Magica ist eine Projektionsvorrichtung, die bei Dunkelheit mithilfe einer Kerze und eines bemalten Schirms Silhouetten an die Wand wirft.

dem Rasen, wo Kummer und Angst keine Macht haben. Ich ging durch die Lücke der zerbrochenen Umzäunung - ich fühlte widerwillig die erstickenden Tränen - ich eilte in die Tiefen des Waldes. O Tod und Wandel, Herrscher unseres Lebens, wo seid ihr, damit ich mich mit euch ringe! Was war dort in unserer Ruhe, das euren Unwillen erregte - in unserem Glück, daß ihr es zerstören wolltet? Wir waren glücklich, wir liebten und wurden wiedergeliebt; das Horn Amaltheas enthielt keinen Segen, mit dem wir nicht übergossen wurden, aber ach!

Was die Zeit will und das Glücke!
Wüste Gottheit voller Tücke,
Heute Leich' und gestern Blume,
Kann es nie sich gleich verweilen.[91]

Während ich solcherart nachdenklich herumwanderte, überholte mich eine Anzahl von Landleuten. Sie schienen ganz in Gedanken versunken zu sein, und ein paar Worte ihrer Unterhaltung, die mich erreichten, veranlaßten mich, mich zu nähern und weitere Nachforschungen anzustellen. Eine Gruppe von Leuten, die, wie es damals häufig vorkam, aus London floh, war mit einem Boot die Themse heraufgekommen. Niemand in Windsor wollte ihnen Schutz bieten; also blieben sie die ganze Nacht in einer verlassenen Hütte in der Nähe von Bolter's Lock.[92] Sie nahmen ihren Weg am nächsten Morgen wieder auf und ließen einen ihrer Kameraden zurück, der an der Pest erkrankt war. Als dies sich herumgesprochen hatte, wagte niemand, sich innerhalb einer halben Meile der infizierten Gegend zu nähern, und der arme verlassene Kerl wurde alleingelassen, um in der Einsamkeit mit der Krankheit und dem Tod zu kämpfen, wie er es am besten könnte. Ich wurde von Mitgefühl gedrängt, mich zur Hütte zu beeilen, um zu sehen, wie es ihm ginge, und ob er etwas benötigte.

Als ich vorrückte, begegnete ich einigen Landleuten, die sich ernsthaft über dieses Ereignis unterhielten. Obschon sie weit von der ge-

---

[91] Calderon de la Barca, Der standhafte Prinz, 2. Akt.
[92] Eine Schleuse an der Themse.

fürchteten Ansteckung entfernt waren, zeigte sich doch in jedem Gesicht Furcht. Ich kam an einer Gruppe dieser Erschrockenen vorbei, in einer Gasse auf dem direkten Weg zur Hütte. Einer von ihnen hielt mich an, und in der Vermutung, daß ich den Umstand nicht kannte, sagte er mir, ich solle nicht weitergehen, denn eine infizierte Person läge in geringer Entfernung.

„Ich weiß es", antwortete ich, „und ich werde sehen, in welchem Zustand der arme Kerl ist."

Ein überraschtes und erschrockenes Murmeln lief durch die Versammlung. Ich fuhr fort:

„Dieser arme Kerl ist verlassen, sterbend, ohne Beistand; Gott weiß, wie bald einer oder alle von uns in diesen unglücklichen Zeiten in ähnlicher Lage sein mögen. Ich werde tun, was ich mir selbst in einer solchen Lage wünschen würde."

„Aber Sie werden nie in der Lage sein, zum Schloß zurückzukehren - Lady Idris - die Kinder" - die Worte drangen mir verworren ans Ohr.

„Wißt ihr nicht, meine Freunde", sagte ich, „daß der Earl selbst, der jetzt Lordprotektor ist, täglich nicht nur diejenigen besucht, die wahrscheinlich von dieser Krankheit infiziert sind, sondern die Krankenhäuser und Pesthäuser, daß er sich den Kranken nähert, sie sogar berührt? - doch nie erfreute er sich besserer Gesundheit. Ihr habt die Natur der Seuche gänzlich mißverstanden. Aber fürchtet euch nicht, ich bitte euch nicht, mich zu begleiten oder mir zu glauben, bis ich gesund und munter von meinem Patienten zurückkomme."

Also verließ ich sie und eilte weiter. Ich kam bald in der Hütte an: die Tür war angelehnt. Ich trat ein, und ein Blick versicherte mir, daß sein ehemaliger Bewohner nicht mehr war - er lag auf einem Haufen von Stroh, kalt und steif; während eine verderbliche Ausdünstung den Raum erfüllte, und verschiedene Flecken die ansteckende Krankheit bewiesen. Ich hatte noch nie jemanden gesehen, der durch die Pest getötet wurde. Während jedermann voller Bestürzung über ihre Auswirkungen war, hatte uns das Verlangen nach Aufregung dazu geführt, Defoes Bericht[93]

---

[93] Daniel Defoe, Die Pest zu London, 1722.

und die meisterhaften Schilderungen des Autors von Arthur Mervyn[94] durchzugehen. Die Bilder, die in diesen Büchern gezeichnet wurden, waren so lebendig, daß wir die von ihnen dargestellten Begebenheiten zu erleben schienen. Aber kalt waren die Empfindungen, die durch Worte erregt wurden, obwohl sie brannten und den Tod und das Elend von Tausenden beschrieben, verglichen mit dem, was ich fühlte, als ich auf die Leiche dieses unglücklichen Fremden schaute. Das war in der Tat die Pest. Ich hob seine steifen Glieder, ich bemerkte die Verzerrung seines Gesichts und die starren Augen, die nichts mehr sahen. Als ich so beschäftigt war, erstarrte eisiges Entsetzen mein Blut, ließ mein Fleisch erbeben und meine Haare zu Berge stehen. Halb wahnsinnig sprach ich mit dem Toten. Die Seuche hat dich also getötet, murmelte ich. Wie kam dies? War es schmerzhaft? Du siehst aus, als hätte der Feind dich gefoltert, bevor er dich ermordete. Und jetzt sprang ich überstürzt auf und floh aus der Hütte, bevor die Natur ihre Gesetze aufheben konnte und unbelebte Worte antwortend von den Lippen des Verstorbenen kamen.

Als ich durch die Gasse zurückkehrte, sah ich in einiger Entfernung dieselbe Ansammlung von Personen, die ich zurückgelassen hatte. Sie eilten davon, sobald sie mich sahen. Meine aufgeregte Miene trug zu ihrer Angst bei, sich jemandem zu nähern, der den Bereich der Ansteckung betreten hatte.

Fern von Tatsachen zieht man Schlüsse, die unfehlbar scheinen, die aber, wenn sie in der Wirklichkeit auf die Probe gestellt werden, wie unwirkliche Träume verschwinden. Ich hatte die Ängste meiner Landsleute verspottet, wenn sie sich auf andere bezogen; jetzt aber, wo sie zu mir nach Hause kamen, hielt ich inne. Der Rubikon, dachte ich, wurde überschritten; und es war schicklich, daß ich mir überlegte, was ich auf dieser Seite von Krankheit und Gefahr tun sollte. Nach dem allgemeinen Aberglauben barg meine Kleidung, meine Person, die Luft, die ich atmete, für mich und andere tödliche Gefahr. Sollte ich zum Schloß zurückkehren, zu meiner Frau und meinen Kindern, mit diesem Makel an mir? Es war nicht sicher, ob ich infiziert wäre; ich war aber überzeugt,

---

[94] Charles Brockden Brown, Arthur Mervyn oder Die Pest in Philadelphia, 1799.

daß ich es nicht war - einige Stunden würden die Frage bestimmen - ich würde diese im Wald verbringen, und darüber nachdenken, was kommen würde, und was meine zukünftigen Handlungen sein sollten. In dem Gefühl, das mir durch den Anblick eines von der Pest Betroffenen vermittelt wurde, vergaß ich die Ereignisse, die mich in London so stark erregt hatten; neue und schmerzhaftere Aussichten wurden nach und nach von dem Nebel befreit, der sie bisher verschleiert hatte. Die Frage war nicht länger, ob ich Adrians Mühen und Gefahren teilen sollte, sondern auf welche Weise ich in Windsor und der Nachbarschaft die Klugheit und den Eifer nachahmen konnte, die unter seiner Regierung Ordnung und Fülle in London hervorbrachten; und wie ich jetzt, wo sich die Pest weiter ausgebreitet hatte, die Gesundheit meiner eigenen Familie sichern konnte.

Ich breitete die ganze Erde als eine Karte vor mir aus. Auf keinen Punkt seiner Oberfläche konnte ich meinen Finger legen und sagen, hier ist Sicherheit. Im Süden hatte die Krankheit, bösartig und unheilbar, die menschliche Rasse beinahe ausgerottet; Sturm und Überschwemmung, giftige Winde und Dämpfe füllten das Maß des Leidens aus. Im Norden war es schlimmer - die geringere Bevölkerung nahm allmählich ab, und Hungersnot und Pest wachten über die Überlebenden, die, hilflos und schwach, bereit waren, als eine leichte Beute in ihre Hände zu fallen.

Ich richtete meinen Blick nach England. Die überwucherte Metropole, das große Herz des mächtigen Großbritanniens, war ohne Puls. Der Handel war zum Erliegen gekommen. Alles Streben nach Ehrgeiz oder Vergnügen war abgeschnitten - die Straßen waren von Gras bewachsen - die Häuser leer - die wenigen, die aus der Not heraus geblieben waren, schienen bereits mit dem Makel der unvermeidlichen Pest gebrandmarkt. In den größeren Produktionsstädten spielte sich die gleiche Tragödie in einem kleineren, aber noch katastrophaleren Ausmaß ab. Es gab keinen Adrian, der beaufsichtigte und leitete, während ganze Heerscharen von armen Menschen erkrankten und starben.

Doch wir sollten nicht alle sterben. Gewiß nicht. Obwohl ausgedünnt, würde die Rasse des Menschen fortdauern, und die große Pest würde in späteren Jahren Angelegenheit der Geschichte und des Wunders werden. Zweifellos erfolgte diese Heimsuchung in einem Ausmaß, das beispiellos ist - um so mehr war es nötig, daß wir hart arbeiten sollten, um die weitere Ausbreitung zu verhindern. Zuvor waren die Menschen ausgegangen und haben Tausende und Zehntausende erschlagen, jetzt aber war der Mensch eine Kreatur von Wert geworden, das Leben eines von ihnen war mehr wert als die sogenannten Schätze der Könige. Man sehe sich sein gedankenvolles Antlitz an, seine anmutigen Glieder, seine majestätische Stirn, seinen wundersamen Mechanismus - der Typus und das Modell dieses besten Werkes Gottes darf nicht als zerbrochenes Gefäß beiseite geworfen werden - er soll bewahrt werden, und seine Kinder und Kindeskinder den Namen und die Gestalt des Menschen tragen bis zur letzten Zeit.

Vor allem mußte ich diejenigen bewahren, die mir von Natur und Schicksal anvertraut wurden. Und gewiß, wenn ich unter all meinen Mitgeschöpfen diejenigen aussuchen sollte, die Beispiele von der Größe und Güte des Menschen hervorbringen könnten, könnte ich sicherlich keine anderen wählen, als jene, die durch die heiligsten Bande mit mir verbunden sind. Einige aus der Familie des Menschen müssen überleben, und diese sollten zu den Überlebenden gehören. Das sollte meine Aufgabe sein - mein eigenes Leben zu beenden, war ein kleines Opfer. Hier und jetzt sollte in diesem Schloß - in Windsor Castle, dem Geburtsort von Idris und meinen Kindern - die Zuflucht und der Rückzugsort für die zerstörte Barke der menschlichen Gesellschaft sein. Sein Wald sollte unsere Welt sein - sein Garten uns Nahrung liefern; innerhalb seiner Mauern würde ich den erschütterten Thron der Gesundheit wieder aufrichten. Ich war ein Ausgestoßener und ein Vagabund, als Adrian sanft das silberne Netz der Liebe und der Zivilisation über mich warf und mich untrennbar mit menschlicher Wohltätigkeit und Größe verband. Ich war einer, der, obwohl ein Eiferer nach dem Guten, und ein glühender Liebhaber der Weisheit, noch in keiner Liste von Wert eingeschrieben war, als Idris, die fürstlich Geborene, die selbst die Verkörperung all dessen war, was in der Frau göttlich ist, sie, die über die Erde ging wie der Traum eines Dichters, als eine geschnitzte, mit Sinn gefüllte Göttin, oder eine gemalte Heilige, die aus der

Leinwand trat - sie, die Würdigste, mich wählte und sich mir selbst gab - ein unbezahlbares Geschenk.

Während mehrerer Stunden fuhr ich fort, nachzudenken, bis Hunger und Müdigkeit mir die fortschreitende Stunde, die bereits von den lang herabfallenden Schatten der untergehenden Sonne geprägt war, ins Gedächtnis zurückriefen. Ich war nach Bracknel gewandert, weit westlich von Windsor. Das Gefühl vollkommener Gesundheit, das ich genoß, versicherte mir, daß ich frei von Ansteckung war. Ich entsann mich, daß Idris nichts von meiner Vorgehensweise wußte. Sie hatte vielleicht von meiner Rückkehr aus London und meinem Besuch bei Bolter's Lock gehört, was, im Zusammenhang mit meiner fortgesetzten Abwesenheit, sie sehr beunruhigen könnte. Ich kehrte durch den Langen Weg[95] nach Windsor zurück, und als ich durch die Stadt zum Schloß ging, fand ich sie in einem Zustand der Aufregung und Unruhe.

„Es ist zu spät, um ehrgeizig zu sein", sagt Sir Thomas Browne. „Wir können nicht hoffen, so lange in unseren Namen zu leben, wie einige es in ihrer Person getan haben; ein Gesicht des Janus hält kein Verhältnis zum anderen."[96] Auf diese Worte hin erhoben sich viele Fanatiker, die prophezeiten, daß das Ende der Zeit gekommen sei. Der Geist des Aberglaubens war aus dem Untergang unserer Hoffnungen geboren, und in dem großen Theater wurden wilde und gefährliche Possen gespielt, während der verbleibende Teil der Zukünftigkeit zu einem Punkt in den Augen der Vorhersager zusammenschrumpfte. Verzagte Frauen starben vor Angst, als sie ihren Vorhersagen lauschten, Männer von robuster Gestalt und scheinbarer Stärke fielen in Idiotie und Wahnsinn, geplagt von der Angst vor der kommenden Ewigkeit. Ein Mann dieser Art streute jetzt beredt Verzweiflung unter den Einwohnern von Windsor aus. Die Szene am Morgen und mein Besuch bei dem Toten, die sich mittlerweile verbreitet hatten, hatten die Landleute alarmiert, so daß sie geeignete Instrumente geworden waren, auf denen ein Wahnsinniger spielen konnte.

---

[95] The Long Walk („Der lange Weg", oder „Die Allee des Langen Weges") ist ein knapp 5 km langer und 80 Meter breiter Weg, der durch den rund 2000 Hektar großen Park auf Schloß Windsor zuführt.
[96] Sir Thomas Browne, Hydriotaphia.

Der arme Kerl hatte seine junge Frau und sein reizendes Kind durch die Pest verloren. Er war Mechaniker; und, unfähig, sich dem Beruf zu widmen, der seine Mittel zum Leben sicherte, wurde zu seinem übrigen Elend Hungersnot hinzugefügt. Er verließ die Stube, in der seine Frau und sein Kind lagen – nicht mehr Frau und Kind, sondern „tote Erde auf der Erde"[97] – wild vor Hunger, Sorge und Trauer. Seine verseuchte Phantasie ließ ihn glauben, daß er vom Himmel gesandt wurde, um der Welt das Ende der Zeit zu predigen. Er ging in die Kirchen und sagte den Versammlungen voraus, daß sie sich bald in die Gewölbe unter ihnen begeben würden. Er erschien wie der vergessene Geist der Zeit in den Theatern und forderte die Zuschauer auf, nach Hause zu gehen und zu sterben. Er war ergriffen und eingesperrt worden; er war geflohen und aus London aus durch die benachbarten Städte gewandert, und mit hektischen Gebärden und aufregenden Worten enthüllte er allen ihre verborgenen Ängste und gab dem lautlosen Gedanken Ausdruck, den sie nicht auszusprechen wagten. Er stand unter der Arkade des Rathauses von Windsor, und hielt von dieser Erhebung aus eine Ansprache vor einer zitternden Menge.

„Hört, o ihr Bewohner der Erde", rief er, „höre du, allsehender, aber überaus unerbittlicher Himmel! Höre auch du, o sturmgepeitschtes Herz, das diese Worte aushaucht, doch unter ihrer Bedeutung ohnmächtig wird! Der Tod ist unter uns! Die Erde ist schön und blumengeschmückt, aber sie ist unser Grab! Die Wolken des Himmels weinen für uns – das Gepränge der Sterne ist nur der Fackelschein für unser Begräbnis. Grauköpfige Männer, ihr hofftet auf ein paar mehr Jahre in eurer lang gekannten Unterkunft – doch der Pachtvertrag ist abgelaufen, ihr müßt umziehen – Kinder, ihr werdet nie zur Reife kommen, just im Moment wird euer kleines Grab ausgehoben – Mütter, umarmt eure Kinder, ein Tod umarmt euch!"

Schaudernd streckte er die Hände aus, die gen Himmel gewandten Augen schienen aus ihren Höhlen zu bersten, während er Gestalten, für uns unsichtbar, in der nachgiebigen Luft zu folgen schien – „Da sind sie", rief er, „die Toten! Sie erheben sich in ihren Leichentüchern und

---

[97] Percy Bysshe Shelley, Hellas.

gehen in stiller Prozession in das ferne Land ihrer Verdammnis - ihre blutleeren Lippen bewegen sich nicht - ihre schattenhaften Glieder sind unbeweglich, während sie noch weiter gleiten. Wir kommen", schrie er und sprang vorwärts, „warum sollten wir warten? Eilt, meine Freunde, kleidet euch in das Gewand des Todes. Die Pest wird euch zu seiner Gegenwart führen. Warum so lang? Sie, die Guten, die Weisen und die Geliebten, sind schon vor uns gegangen. Mütter, ein letzter Kuß - Ehemänner, ihr seid keine Beschützer mehr, führt eure Kameradinnen im Tode! Kommt, o kommt, während die Lieben noch in Sicht sind, denn bald werden sie vergehen, und wir werden niemals mehr zu ihnen kommen."

Nach solchen Rasereien wie diesen würde er sich plötzlich wieder fassen und mit übertriebenen, aber schrecklichen Worten die Schrecken der Zeit malen. Er beschrieb mit haarfeinen Einzelheiten die Auswirkungen der Pest auf den menschlichen Körper und erzählte herzergreifende Geschichten über das Zerreißen liebender Bande - das keuchende Entsetzen der Verzweiflung über dem Sterbebett des Geliebten -, so daß Stöhnen und sogar Schreie aus der Menge hervorbrachen. Vor allem ein Mann stand in vorderster Reihe, seine Augen starr auf den Propheten gerichtet, sein Mund offen, seine Glieder steif, während sein Gesicht durch äußerste Furcht in verschiedene Farben wechselte, gelb, blau und grün. Der Fanatiker fing seinen Blick auf und richtete sein Auge auf ihn - man hat vom Blick der Klapperschlange gehört, die das zitternde Opfer lockt, bis es in ihre Kiefer fällt. Der Wahnsinnige wurde ruhig, seine Person wuchs höher, Autorität strahlte aus seinem Antlitz. Er blickte auf den Bauern, der zu zittern begann, während er noch hinsah; seine Knie schlackerten; seine Zähne klapperten. Endlich fiel er in Krämpfen zu Boden. „Dieser Mann hat die Pest", sagte der Wahnsinnige ruhig. Ein Schrei drang aus den Lippen des armen Kerls, und dann kam plötzliche Bewegungslosigkeit über ihn; es war allen klar, daß er tot war.

Entsetzensschreie füllten den Platz - jeder war bestrebt, seine Flucht zu bewirken - in wenigen Minuten wurde der Marktplatz geleert - der Leichnam lag auf dem Boden; und der Wahnsinnige, ruhig und erschöpft, saß neben ihm und lehnte seine hagere Wange auf seine dünne Hand. Bald kamen einige von der Obrigkeit beauftragte Leute, um den Körper zu entfernen; das unglückliche Wesen sah in jedem einen Gefängniswärter - er floh überstürzt, während ich weiter zum Schloß ging.

Der grausame und unerbittliche Tod war in diese geliebten Mauern eingetreten. Eine alte Dienerin, die Idris in der Kindheit gehütet hatte und mit uns mehr wie eine verehrte Verwandte als eine Hausangestellte zusammenlebte, war einige Tage vorher gegangen, um eine verheiratete Tochter zu besuchen, die sich in der Nachbarschaft von London niedergelassen hatte. In der Nacht ihrer Rückkehr erkrankte sie an der Seuche. Wegen der hochmütigen und unbeugsamen Natur der Gräfin von Windsor hatte Idris nur eine geringe töchterliche Bindung zu ihr. Diese gute Frau war an die Stelle einer Mutter getreten, und ihr Mangel an Bildung und Wissen, der sie demütig und harmlos machte, hatte sie uns teuer gemacht - sie wurde besonders von den Kinder sehr geliebt. Ich fand mein armes Mädchen, der Ausdruck ist nicht übertrieben, rasend vor Trauer und Angst. Sie beugte sich außer sich vor Kummer über die Kranke, welche Gemütsstimmung nicht gemildert wurde, als ihre Gedanken sich ihren Kindern zuwandten, für die sie eine Infektion fürchtete. Meine Ankunft war wie die neu entdeckte Lampe eines Leuchtturms für Seeleute, die einen gefährlichen Punkt umfahren. Sie übergab ihre entsetzlichen Zweifel in meine Hände; sie verließ sich auf mein Urteil und wurde durch meine Teilnahme an ihrer Trauer getröstet. Bald starb unsere arme Amme, und die angespannte Sorge verwandelte sich in tiefe Trauer, die zwar anfangs schmerzhafter war, sich aber mit größerer Bereitschaft meinen Tröstungen ergab. Schlaf, der unübertreffliche Balsam, tauchte endlich ihre tränenvollen Augen in Vergessenheit.

Sie schlief, und im Schloß, dessen Bewohner zur Ruhe angehalten wurden, herrschte Stille. Ich war wach, und während der langen Stunden der finsteren Nacht arbeiteten meine geschäftigen Gedanken in meinem Gehirn wie zehntausend Mühlräder, schnell, präzise, unaufhaltsam. Alle schliefen - ganz England schlief; und von meinem Fenster, das eine weite Aussicht auf das von Sternen beleuchtete Land bot, sah ich das Land in gelassener Ruhe vor mir liegen. Ich war wach, lebendig, während der Bruder des Todes meine Rasse in seiner Gewalt hatte. Was, wenn die mächtigere dieser brüderlichen Gottheiten die Herrschaft darüber erlangen sollte? Die mitternächtliche Stille dröhnte, obgleich anscheinend ein Paradox, in meinen Ohren. Die Einsamkeit wurde unerträglich - ich legte meine Hand auf das schlagende Herz von Idris, ich beugte meinen Kopf, um ihren Atem zu hören, um mir zu versichern, daß sie noch existierte - für einen Moment überlegte ich, ob ich sie nicht aufwecken sollte; ein solch verworrener Schrecken hatte mich ergriffen. - Großer Gott! Würde es eines Tages so sein? Wenn eines Tages alle gestorben wären, außer mir selbst, sollte ich allein über die Erde wandeln? Waren dies warnende Stimmen, deren unklarer und prophetischer Sinn mir Glauben aufzwang?

> *Doch Warnungsstimmen möchte' ich sie nicht nennen,*
> *Die nur das Unvermeidliche verkünden.*
> *Wie sich der Sonne Scheinbild in dem Dunstkreis*
> *Malt, eh sie kommt, so schreiten auch den großen*
> *Geschicken ihre Geister schon voran,*
> *Und in dem Heute wandelt schon das Morgen.*[98]

Kapitel 8.

Nach einem langen Intervall werde ich wieder von dem unruhigen Geist in mir getrieben, meine Erzählung fortzusetzen, doch ich muß den Modus ändern, den ich bisher angenommen habe. Die Einzelheiten, die in den vorhergehenden Seiten enthalten sind, scheinen trivial zu sein, und doch wiegt jede kleinste schwer wie Blei in der niedergedrückten Waage der menschlichen Bedrängnisse. Diese ausführliche Wiedergabe der Sorgen anderer, während meine eigenen nur Besorgnis waren, das langsame Entblößen meiner seelischen Wunden: dieses Tagebuch des Todes, dieser langgezogene und verschlungene Weg, der zum Meer der ungezählten Tränen führt, erweckt mich wieder zu großer Trauer. Ich

---

[98] Schiller, Wallenstein, 5, 3.

hatte diese Geschichte als Betäubungsmittel benutzt. Während es meine geliebten Freunde beschrieb, wie sie frisch am Leben, glühend vor Hoffnung und aktive Teilnehmer der Szene waren, wurde ich besänftigt. Es wird ein schwermütigeres Vergnügen sein, das Ende von allem zu beschreiben. Aber die Zwischenschritte, das Erklimmern der Mauer, zwischen dem, was war und ist, während ich noch zurückblickte und die verborgene Wüste dahinter nicht kannte, sind eine Arbeit, die meine Stärke übersteigt. Zeit und Erfahrung haben mich auf eine Höhe gebracht, von der ich die Vergangenheit als Ganzes erfassen kann; und auf diese Weise muß ich sie beschreiben, die wichtigsten Ereignisse hervorheben und Licht und Schatten so anordnen, daß sie ein Gemälde bilden, in dessen großer Finsternis Harmonie sein wird.

Es wäre überflüssig, diese katastrophalen Ereignisse zu erzählen, für die eine Parallele bei jeder noch so kleinen Untersuchung unserer gigantischen Katastrophe gefunden werden könnte. Möchte der Leser von den Pesthäusern hören, wo der Tod der Tröster ist - von der jammervollen Fahrt des Leichenkarrens - der Gefühllosigkeit der Wertlosen, und der Pein des liebenden Herzens - von den erschütternden Schreien und dem schrecklichen Schweigen - von der Vielfalt an Krankheit, Desertion, Hungersnot, Verzweiflung und Tod? Es gibt viele Bücher, die den Appetit nach diesen Dingen befriedigen können; laßt sie sich den Berichten von Boccaccio, Defoe und Browne[99] zuwenden. Die gewaltige Vernichtung, die alle Dinge verschlungen hat - die stumme Einsamkeit der einst geschäftigen Erde - der einsame Zustand des Alleinseins, der mich umgibt, hat selbst solche Einzelheiten ihrer stechenden Realität beraubt. Und indem ich die rauhen Tönungen vergangenen Leidens mit poetischen Farben mildere, kann ich dem Mosaik der Umstände entfliehen, wenn ich mich an die Anordnung und die Farbtöne der Vergangenheit erinnere.

Ich war aus London zurückgekehrt, von dem Gedanken besessen und mit dem drängenden Gefühl, daß es meine oberste Pflicht war, das Wohl meiner Familie so gut als möglich zu sichern, und dann zurückzukehren

---

[99] Giovanni Boccaccio, Das Dekameron; Daniel Defoe, Die Pest zu London; Charles Brockden Brown, Arthur Mervyn oder Die Pest in Philadelphia.

und meinen Posten neben Adrian einzunehmen. Die Ereignisse, die unmittelbar nach meiner Ankunft in Windsor folgten, veränderten diese Sicht der Dinge. Die Seuche war nicht allein in London, sie war überall – sie kam über uns, wie Ryland es gesagt hatte, wie tausend Rudel Wölfe, hager und grimmig durch die Winternacht. Als die Krankheit einmal in den ländlichen Gebieten begann, erschienen ihre Auswirkungen schrecklicher, gefährlicher und schwieriger zu heilen als in Städten. Dort gab es eine Gemeinschaft im Leiden, und, da die Nachbarn ständig aufeinander wachten, und von der aktiven Güte Adrians inspiriert waren, wurde Hilfe geleistet und der Weg der Zerstörung geglättet. Aber auf dem Land, in den vereinzelten Bauernhäusern, in einzelnen Hütten, auf Feldern und in Scheunen, spielten sich ungesehen, ungehört und unbemerkt Tragödien ab, die die Seele erschütterten. Medizinische Hilfe war weniger leicht zu beschaffen, Nahrung war schwerer zu bekommen, und die Menschen, die keine Scham zurückhielt, weil sie von ihren Mitmenschen nicht beachtet wurden, ließen sich auf Taten von größerer Schlechtigkeit ein oder gaben sich leichter ihren elenden Ängsten hin.

Es geschahen auch Taten des Heldentums, deren bloße Erwähnung das Herz höher schlagen läßt und Tränen in die Augen treibt. Solcherart ist die menschliche Natur, daß Schönheit und Mißbildung oft eng miteinander verbunden sind. Wenn wir in der Geschichte lesen, sind wir vor allem von der Großzügigkeit und der Hingabe betroffen, die dem Verbrechen unmittelbar folgen und mit himmlischen Blumen den Blutfleck verhüllen. Es fehlte nicht an solchen Taten, die den grimmigen Zug schmückten, der auf den Fortgang der Seuche wartete.

Die Einwohner von Berkshire und Buckinghamshire waren sich seit langem bewußt, daß die Pest in London, in Liverpool, Bristol, Manchester, York, kurz gesagt, in allen größeren Städten Englands war. Sie waren jedoch nicht weniger erstaunt und bestürzt, als sie unter ihnen auftauchte. Sie waren ungeduldig und wütend inmitten des Schreckens. Sie wollten etwas tun, um das anhaftende Böse abzuschütteln, und während sie etwas täten, glaubten sie, würde ein Heilmittel angewendet werden. Die Bewohner der kleineren Städte verließen ihre Häuser, schlugen Zelte auf den Feldern auf, wanderten ohne Rücksicht auf

Hunger oder die Unbarmherzigkeit des Himmels voneinander getrennt, da sie dachten, daß sie die todbringende Krankheit solcherart vermieden. Die Bauern und Häusler, die sich im Gegenteil vor allem vor der Einsamkeit fürchteten und auf medizinische Hilfe hofften, strömten in die Städte.

Aber der Winter kam und mit dem Winter die Hoffnung. Im August war die Pest in England ausgebrochen und hatte im September Verheerungen angerichtet. Gegen Ende Oktober ging sie zurück und wurde gewissermaßen durch einen Typhus ersetzt, der von kaum geringerer Ansteckungskraft war. Der Herbst war warm und regnerisch: Gebrechliche und Kränkliche starben dahin - die Glücklichen. Viele junge Menschen, die von Gesundheit und Wohlstand gestrotzt hatten, waren durch Auszehrung blaß geworden und wurden dann die Bewohner des Grabes. Die Ernte war gescheitert, das schlechte Getreide und der Mangel an ausländischem Wein verstärkten die Krankheit. Vor Weihnachten stand halb England unter Wasser. Die Stürme des letzten Winters wurden erneuert, doch die verminderte Schiffahrt dieses Jahres ließ uns die Stürme des Meeres weniger fühlen. Die Überschwemmungen und Stürme fügten Kontinentaleuropa größeren Schaden zu als uns selbst, und versetzten ihm sozusagen den letzten Schlag nach den Verheerungen, die es verwüstet hatten. In Italien blieben die Flüsse von der verminderten Bauernschaft unbeachtet; und wie wilde Tiere aus ihrer Höhle, wenn Jäger und Hunde fern sind, stürmten Tiber, Arno und Po hervor und zerstörten die Fruchtbarkeit der Ebenen. Ganze Dörfer wurden weggetragen. Rom, Florenz und Pisa waren überflutet, und ihre marmornen Paläste, die sich vor kurzem noch in stillen Bächen spiegelten, wurden von ihrer winterbegabten Kraft erschüttert. In Deutschland und Rußland waren die Schäden noch bedeutender.

Aber der Frost würde endlich kommen, und mit ihm auch eine Erneuerung unseres Fleckens Erde. Der Frost würde die Pfeile der Pest abstumpfen und die wütenden Elemente in Ketten legen; und das Land würde im Frühjahr sein Schneekleid abwerfen, befreit von der drohenden Zerstörung. Doch erst im Februar zeigten sich die gewünschten Zeichen des Winters.

Drei Tage lang fiel der Schnee, Eis hemmte die Strömung der Flüsse, und die Vögel flogen aus den brechenden Zweigen der mit Frost überzogenen Bäume. Am vierten Morgen verschwand alles. Ein Südwestwind brachte Regen hervor - die Sonne kam heraus, und schien, die üblichen Naturgesetze verspottend, schon in dieser frühen Jahreszeit mit äußerster Kraft zu brennen. Es war kein Trost, daß bei den ersten Märzwinden die Gassen mit Veilchen gefüllt, die Obstbäume mit Blüten bedeckt waren, daß das Korn emporschoß und die Blätter durch die unzeitgemäße Hitze hervorsprossen. Wir fürchteten die milde Luft - wir fürchteten den wolkenlosen Himmel, die mit Blumen bedeckte Erde und die entzückenden Wälder, denn wir sahen das Gewebe des Universums nicht länger als unsere Wohnstatt, sondern als unser Grab, und das duftende Land roch wegen der Angst wie ein ausgedehnter Kirchhof.

Immer gehn des Menschen Tritte
Auf der harten Erd' umher,
Und nicht einen wandelt er,
Daß er nicht sein Grab beschritte.[100]

Aber trotz dieser Nachteile war der Winter eine Zeit des Aufatmens, und wir bemühten uns, das Beste daraus zu machen. Es könnte sein, daß die Pest mit dem Sommer nicht wieder auflebte, doch wenn sie es täte, sollte sie uns vorbereitet finden. Es ist Teil der Natur des Menschen, sich selbst an Schmerz und Leid zu gewöhnen. Die Pest war ein Teil unserer Zukunft geworden, unseres Daseins; man sah zu, daß man sich davor bewahrte, wie vor dem Überfluten von Flüssen, dem Vordringen des Ozeans oder den Unbilden des Himmels. Nach langem Leiden und bitterer Erfahrung könnten einige Wundermittel entdeckt werden. Wie die Dinge lagen, waren bisher alle gestorben, die sich infiziert hatten - es waren jedoch nicht alle infiziert, und es wurde unsere Aufgabe, die Fundamente tief zu verankern und die Barriere zwischen der Ansteckung und den Gesunden anzuheben, eine Ordnung einzuführen, die

---

[100] Calderon de la Barca, Der standhafte Prinz, Dritter Akt.

dem Wohlergehen der Überlebenden dienen und den Zuschauern der noch immer anhaltenden Tragödie Hoffnung und etwas Glück geben würde. Adrian hatte in der Metropole systematische Vorgehensweisen eingeführt, die zwar den Fortschritt des Todes nicht aufhalten konnten, aber andere Übel, Laster und Torheit davon abhielten, das schreckliche Schicksal der Stunde noch gewaltiger zu machen. Ich wollte seinem Beispiel nacheifern, aber die Menschen sind daran gewöhnt,

Sich alle gemeinsam zu bewegen, so sie sich überhaupt bewegen,[101]

und ich konnte keine Mittel finden, die Bewohner verstreuter Städte und Dörfer zu führen, die meine Worte vergaßen, sobald sie sie nicht mehr hörten, und mit jedem verwirrenden Wind umschwenkten, der sich aus einer scheinbaren Veränderung der Umstände ergab.

Ich faßte einen anderen Plan. Jene Schriftsteller, die sich eine Herrschaft des Friedens und der Glückseligkeit auf der Erde vorstellten, haben im allgemeinen ein ländliches Land beschrieben, in dem jede kleine Gemeinde von Ältesten und Weisen geleitet wird. Das war der Schlüssel meines Plans. In jedem Dorf, wie klein es auch sein mag, gibt es für gewöhnlich einen Führer, einen unter ihnen, den sie verehren, dessen Rat sie in Schwierigkeiten suchen, und dessen gute Meinung sie vornehmlich schätzen. Zu dieser Beobachtung wurde ich durch Ereignisse gebracht, die ich selbst bezeugen konnte.

Im Dorf Little Marlow leitete eine alte Frau die Gemeinde. Sie hatte einige Jahre in einem Armenhaus gelebt, und an schönen Sonntagen wurde ihre Schwelle ständig von einer Menge belagert, die ihren Rat suchte und ihren Ermahnungen lauschte. Sie war die Frau eines Soldaten gewesen und hatte die Welt gesehen. Gebrechlichkeit, durch Fieber in ungesunden Quartieren hervorgerufen, war vor der Zeit über sie gekommen, und sie bewegte sich selten von ihrer kleinen Lagerstatt fort. Die Seuche trat in das Dorf ein; und während Angst und Kummer die Bewohner der kleinen Weisheit beraubten, die sie besaßen, trat die

---

[101] Wordworth, Resolution and Independence.

alte Martha vor und sagte: „Ich war schon einmal in einer Stadt, wo die Pest war." - „Und du bist verschont geblieben?"- „Nein, aber ich habe mich erholt." Danach saß Martha fester denn je auf dem königlichen Stuhl, erhoben von Ehrfurcht und Liebe. Sie ging in die Hütten der Kranken, sie half ihnen mit ihrer eigenen Hand, sie verriet keine Angst und teilte allen, die sie sahen, einen Teil ihres eigenen Mutes mit. Sie besuchte die Märkte - sie bestand darauf, mit Lebensmitteln, für diejenigen, die zu arm waren, um sie zu kaufen, versorgt zu werden. Sie zeigte ihnen, wie das Wohlergehen jedes Einzelnen den Wohlstand aller bewirkte. Sie wollte nicht zulassen, daß die Gärten vernachlässigt würden, ja, nicht einmal, daß die Blumen an den Spalieren der Hütten ihre Köpfe aus Vernachlässigung hängen ließen. Die Hoffnung, sagte sie, sei besser als ein ärztliches Rezept, und alles, was die Geister erhalten und beleben könne, sei wertvoller als Medikamente und Mixturen.

Es war der Anblick von Little Marlow und meine Gespräche mit Martha, die mich zu dem Plan geführt hatten, den ich faßte. Ich hatte früher die Herrenhäuser und Herrensitze besucht und oft gefunden, daß die Bewohner, von reinstem Wohlwollen angetrieben, bereit waren, ihre äußerste Hilfe für das Wohl ihrer Pächter zu leihen. Aber das war nicht genug. Die innige Zuneigung, die durch ähnliche Hoffnungen und Ängste, ähnliche Erfahrungen und Ziele erzeugt wurde, fehlte hier.

Die Armen sahen, daß die Reichen andere Mittel zur Erhaltung besaßen als die, derer sie selbst teilhaftig werden konnten, Abgeschiedenheit und, soweit die Umstände es erlaubten, Sorglosigkeit. Sie konnten sich nicht auf sie verlassen, sondern wandten sich mit zehnfachem Gewicht dem Beistand und Rat Ihresgleichen zu. Ich entschloß mich daher, von Dorf zu Dorf zu gehen, das bäuerliche Oberhaupt des Ortes zu suchen, um, indem ich seine Bemühungen ordnete und sein Wissen vermehrte, sowohl seine Macht als seinen Nutzen unter seinen Nachbarn zu vergrößern. Auch bei diesen spontanen Königswahlen gab es viele Veränderungen. Absetzungen und Abdankungen waren häufig, während anstelle der Alten und Klugen die feurige Jugend vortrat, trotz der Gefahr begierig zu handeln. Oftmals geschah es auch, daß die Stimme, auf die alle hörten, plötzlich zum Schweigen gebracht wurde, die helfende Hand erkaltete, das mitfühlende Auge sich schloß; und die

Dorfbewohner noch mehr den Tod fürchteten, der ein auserwähltes Opfer gewählt hatte, der das Herz, das für sie schlug, zu Staub zermalmt, den Geist, der stets mit Plänen für ihr Wohlergehen beschäftigt war, für immer der stummen Vernichtung anheimgestellt hatte.

Wer auch immer für den Menschen arbeitet, wird oft auf Undankbarkeit stoßen, getränkt von Lastern und Unsinn, entsprungen aus dem Getreide, das er gesät hat. Der Tod, der in unseren jüngeren Tagen die Erde durchwandert hatte wie „ein Dieb, der in der Nacht kommt"[102], kam nun als ein Eroberer aus seinem unterirdischen Gewölbe, mit Macht umgürtet und mit wehenden dunklen Fahnen. Viele sahen über seinem Vizekönigsthron sitzend eine höhere Vorsehung, die seine Pfeile lenkte und seinen Fortschritt leitete, und sie neigten ergeben oder zumindest gehorsam ihre Köpfe. Andere empfanden nur ein vorübergehendes Opfer; sie bemühten sich, den Schrecken gegen Leichtsinn zu tauschen, und stürzten sich in Zügellosigkeit, um den qualvollen Wehen der schlimmsten Besorgnis zu entgehen. Während also die Weisen, die Guten und die Klugen mit mildtätigen Arbeiten beschäftigt waren, hatte der Waffenstillstand des Winters andere Auswirkungen auf die Jungen, die Gedankenlosen und die Lasterhaften. In den kälteren Monaten gab es einen allgemeinen Ansturm nach London auf der Suche nach Unterhaltung - die Bande der öffentlichen Meinung wurden gelockert; viele waren reich, die bisher arm gewesen waren - viele hatten Vater und Mutter, die Wächter ihrer Moral, ihre Mentoren und ihre Fesseln verloren. Es wäre sinnlos gewesen, diesen Impulsen durch Hindernisse entgegenzuwirken, die nur dazu geführt hätten, daß diejenigen, die sich darin betätigten, zu noch verderblicheren Genüssen getrieben worden wären. Die Theater waren offen und gedrängt voll; Tanz und Mitternachtsfest waren gut besucht - auf vielen dieser Veranstaltungen wurde der Anstand verletzt, und die Übel, die bisher einem fortgeschrittenen Stand der Zivilisation angehaftet hatten, wurden verdoppelt. Der Student verließ seine Bücher, der Künstler sein Studium: Es gab keine Beschäftigungen im Leben mehr, doch die Vergnügungen blieben; der Genuß könnte bis an den Rand des Grabes verlängert werden. Alle

---

[102] 1. Thessal. 5, 2-3.

künstlichen Tönungen verschwanden - der Tod brach an wie die Nacht, und durch seine trüben Schatten geschützt, wurden das schüchterne Erröten, die stolze Zurückhaltung, die anstandsvolle Tugendhaftigkeit meist als nutzlose Schleier beiseite geworfen.

Dies war nicht überall so. Unter den besseren Naturen zogen Schrecken und Pein, die Furcht vor der Trennung auf ewig, und der verwunderte Schrecken, der von beispielloser Katastrophe erzeugt wird, die Bande der Verwandtschaft und Freundschaft enger. Philosophen stellten sich jenen Grundsätzen entgegen, indem sie als Barrieren gegen die Überflutung von Lasterhaftigkeit oder Verzweiflung, und als die einzigen Wälle zum Schutz des befallenen Territoriums des menschlichen Lebens dienten; die Religiösen, die nun auf ihren Lohn hofften, hielten an ihren Glaubensbekenntnissen fest, als ob die Flöße und Planken, auf denen sie standen, sie über das sturmgepeinigte Meer des Leidens in Sicherheit zum Hafen des unbekannten Kontinentes tragen würden. Das liebende Herz, das gezwungen war, sich auf weniger Personen zu beschränken, verlieh seinen Überfluß an Zuneigung in dreifachem Maße an die wenigen Übriggebliebenen. Aber auch unter diesen wurde die Gegenwart ein unveräußerlicher Besitz, und die gesamte Zeit, in die sie wagten, die kostbare Fracht ihrer Hoffnungen zu legen.

Die Erfahrung der unsterblichen Zeit hatte uns früher gelehrt, unsere Genüsse nach Jahren zu zählen und unsere Lebensperspektive auf eine längere Periode des Fortschreitens und des Verfalls auszudehnen. Die lange Straße führte durch ein riesiges Labyrinth, und das Tal des Todesschattens, in dem sie endete, wurde von dazwischenliegenden Objekten verborgen. Doch ein Erdbeben hatte die Szene verändert - unter unseren Füßen gähnte die Erde - tief und steil öffnete sich die Schlucht darunter, um uns aufzunehmen, während die Stunden uns in Richtung der Kluft führen. Nun aber war Winter, und es mußten Monate verstreichen, ehe wir aus unserer Sicherheit geschleudert werden sollten. Wir wurden zu Eintagsfliegen, für die der Abstand zwischen der aufgehenden und der untergehenden Sonne ein langgezogenes Jahr gemeinsamer Zeit war. Wir sollten niemals sehen, wie unsere Kinder zur Reife heranwuchsen, und nicht sehen, wie ihre flaumigen Wangen rauh, ihre fröhlichen Herzen von Leidenschaft oder Sorge beherrscht werden; aber wir hatten sie jetzt - sie lebten und wir lebten - was konnten wir uns mehr wünschen? Mit dieser Einstellung versuchte meine arme Idris, drängende Ängste zu stillen und es gelang ihr einigermaßen. Es war nicht wie in der Sommerzeit, wenn jede Stunde das gefürchtete Schicksal bringen könnte - bis zum Sommer fühlten wir uns sicher; und diese Sicherheit, kurzlebig wie sie sein mußte, stellte noch eine Weile ihre mütterliche Zärtlichkeit zufrieden. Ich weiß nicht, wie ich das Gefühl von konzentriertem, intensivem, und doch flüchtigem Gefühl, das uns in jener Stunde ins Paradies versetzte, ausdrücken oder vermitteln kann. Unsere Freuden waren uns teurer, weil wir ihr Ende sahen; sie waren schärfer, weil wir ihren Wert in vollem Umfang fühlten; sie waren reiner, weil ihre Essenz Zuneigung war - so wie ein Meteor heller als ein Stern ist, hatte die Glückseligkeit dieses Winters die gebündelten Freuden eines langen, langen Lebens in sich geborgen.

Wie schön ist der Frühling! Als wir von der Terrasse in Windsor aus auf die sechs fruchtbaren Landkreise schauten, die sich darunter erstreckten, gesprenkelt von fröhlichen Hütten und wohlhabenderen Städten, sahen alle wie in früheren Jahren aus, dem Herzen zujubelnd und schön. Das Land war gepflügt, die schlanken Weizensprossen durchbrachen den dunklen Boden, die Obstbäume waren mit Knospen bedeckt, der Landwirt war draußen auf den Feldern, die Milchmagd stolperte mit gut gefüllten Eimern ins Haus, die Schwalben tunkten mit ihren langen, spitzen Flügeln in die sonnigen Becken, die neugeborenen Lämmer ruhten auf dem jungen Gras, der zarte Wuchs der Blätter -

Hebt seinen schönen Kopf empor und füllt
Den stillen Raum mit immergrünem Grün.[103]

Der Mensch selbst schien sich zu erholen und zu fühlen, wie der Frost des Winters einer nachgiebigen und warmen Erneuerung des Lebens wich - der Verstand sagte uns, daß Kummer und Sorge mit dem beginnenden Jahr wachsen würden -, aber wie sollte man der unheilvollen

---

[103] Keats, Schlaf und Poesie.

Stimme glauben, die mit pesthaltigen Dämpfen aus der dunklen Höhle der Angst drang, während die Natur, lachend und aus ihrem grünen Schoß Blumen, Früchte und glitzernde Wasser verströmend, uns einlud, uns dem fröhlichen Fest des jungen Lebens anzuschließen, das sie gab? Wo war die Pest? „Hier - überall!", rief eine Stimme des Entsetzens und der Bestürzung aus, als in den schönen Tagen eines sonnigen Mai der Zerstörer des Menschen wieder über die Erde kam, den Geist zwang, seine belebte Hülle zu verlassen und in ein ungekanntes Leben einzutreten. Mit einem gewaltigen Schwung seiner mächtigen Waffe wurde alle Umsicht, alle Sorgfalt, alle Klugheit niedergeworfen: Der Tod saß an den Tischen der Großen, dehnte sich auf die Pritsche des Häuslers aus, ergriff den fliehenden Feigling, und schlug den tapferen Mann, der sich widersetzte, nieder. Verzweiflung überkam jedes Herz, Trauer verdunkelte jedes Auge.

Der Anblick von Leid wurde mir nun vertraut, und würde ich von all der Pein und der Furcht erzählen, die ich bezeugte, von dem verzweifelten Stöhnen der Alten, und dem schrecklichen Lächeln der Kinder am Busen des Grauens, würden die Glieder meines Lesers zittern und seine Haare zu Berge stehen, und er würde sich wundern, weshalb ich nicht, von einer plötzlichen Raserei ergriffen, mich von irgendeinem Abgrund stürzte, um so meine Augen für immer vor dem traurigen Ende der Welt zu verschließen. Aber die Kräfte der Liebe, der Poesie und der schöpferischen Phantasie wohnen selbst den Pestkranken, den Schmutzigen und den Sterbenden inne. Ein Gefühl der Hingabe, der Pflicht, eines hohen und beständigen Zweckes, hielt mich aufrecht; eine seltsame Freude erfüllte mein Herz. Inmitten des traurigsten Kummers schien ich in der Luft zu treten, während der Geist des Guten mich mit einer ambrosischen Atmosphäre umhüllte, die die Klinge des Mitleids abstumpfte und die Luft von Seufzern reinigte. Wenn meine ermüdete Seele in ihrem Lauf wankte, dachte ich an mein geliebtes Heim, das Gefäß, das meine Schätze enthielt, der Kuß der Liebe und der kindlichen Zärtlichkeit, während meine Augen durch den reinsten Tau befeuchtet wurden, und mein Herz auf einmal durch neu erwachte Zärtlichkeit erweicht und erfrischt wurde.

Die Mutterliebe hatte Idris nicht selbstsüchtig gemacht. Zu Beginn unseres Unglücks hatte sie sich mit gedankenloser Begeisterung der Pflege der Kranken und Hilflosen verschrieben. Ich bat sie, innezuhalten, und sie unterwarf sich meiner Herrschaft. Ich erzählte ihr, daß die Angst wegen ihrer Gefahr meine Arbeit lähmte, daß das Wissen um ihre Sicherheit meine Nerven beruhigte. Ich wies sie auf die Gefahren hin, denen ihre Kinder während ihrer Abwesenheit ausgesetzt waren, und sie stimmte schließlich zu, nicht über die Grenze des Waldes hinauszugehen. In der Tat hatten wir innerhalb der Mauern des Schlosses eine Kolonie der Unglücklichen, die von ihren Verwandten verlassen, und hilflos genug waren, um unsere Zeit und Aufmerksamkeit in Anspruch zu nehmen. Indessen sorgte sie sich unaufhörlich um mein Wohlergehen und die Gesundheit ihrer Kinder, wie sehr sie auch danach strebte, sie zu zügeln oder zu verbergen; die Sorgen zogen alle ihre Gedanken ab und untergruben das Lebensprinzip. Nach dem Achtgeben auf ihre Sicherheit, war ihre zweite Sorge, ihre Angst und Tränen vor mir zu verbergen. Jede Nacht kehrte ich zum Schloß zurück und fand dort Ruhe und Liebe, die auf mich warteten. Oft harrte ich bis Mitternacht neben dem Bett des Todes aus, und ritt danach viele Meilen durch die Dunkelheit regnerischer, bewölkter Nächte, gestützt nur durch einen Umstand, die Sicherheit und sichere Ruhe derer, die ich liebte. Wenn eine Szene gewaltiger Qualen meine Gesundheit erschütterte und meine Stirn fiebrig machte, legte ich meinen Kopf in Idris' Schoß, und die aufgeregten Pulse verhallten in einen gemäßigteren Fluß - ihr Lächeln konnte mich aus der Hoffnungslosigkeit erheben, ihre Umarmung badete mein trauerndes Herz in ruhigem Frieden.

Der Sommer kam heran, und von den mächtigen Strahlen der Sonne gekrönt schoß die Seuche ihre unfehlbaren Pfeile über die Erde. Die Nationen neigten unter ihrem Einfluß ihre Köpfe und starben. Das Korn, das reichlich wuchs, lag im Herbst am Boden verfault, während der arme traurige Kerl, der ausgegangen war, um Brot für seine Kinder zu sammeln, steif und pestbefleckt in der Ackerfurche lag. Die grünen Wälder wehten majestätisch mit ihren Ästen, während die Sterbenden unter ihrem Schatten ausgebreitet waren und mit unharmonischen Schreien auf die feierliche Melodie antworteten. Die bunten Vögel huschten durch die Schatten; die sorglosen Hirsche ruhten unverletzt auf dem Farn - die Ochsen und die Pferde irrten von ihren unbewachten Ställen davon und grasten zwischen dem Weizen, denn der Tod fiel allein auf den Menschen.

Mit dem Sommer und der Sterblichkeit wuchsen unsere Ängste. Meine arme Liebe und ich sahen uns und unsere Kinder an. „Wir werden sie retten, Idris", sagte ich. „Ich werde sie retten. Jahre später werden wir ihnen von unseren Ängsten erzählen, die dann lange in der Vergangenheit liegen werden. Und selbst wenn nur sie allein auf der Erde bleiben sollten, werden sie doch leben, und weder sollen ihre Wangen blaß werden noch ihre süßen Stimmen verklingen." Unser Ältester verstand in gewissem Grade, was um ihn herum geschah, und manchmal fragte er mich mit ernstem Blick nach dem Grund einer so großen Verheerung. Aber er war erst zehn Jahre alt, und die Heiterkeit der Jugend verjagte bald die unvernünftige Sorge von seiner Stirn. Evelyn, ein lachender Cherub, ein munteres Kind, das keine Kenntnis von Schmerz oder Kummer hatte, brachte, indem er seine Locken aus seinen Augen warf, die Hallen mit seiner Fröhlichkeit zum Widerhallen und lenkte auf tausend unschuldige Arten unsere Aufmerksamkeit auf sein Spiel. Clara, unsere liebliche, sanfte Clara, war unser Anker, unser Trost, unsere Freude. Sie hatte es sich zur Aufgabe gemacht, den Kranken zu helfen, die Leidenden zu trösten, die Alten zu stützen, ihre Beschäftigungen zu genießen und die Fröhlichkeit der Jungen zu wecken. Sie huschte durch die Räume, wie ein guter Geist, der vom himmlischen Königreich entsandt wurde, um unsere dunkle Stunde mit unirdischer Pracht zu erleuchten. Dankbarkeit und Lob zeigten an, wo ihre Schritte gewesen waren. Wenn sie jedoch in bescheidener Einfachheit vor uns stand, mit unseren Kindern spielte oder mit mädchenhafter Behutsamkeit kleine freundliche Ämter für Idris ausführte, fragte man sich, wie es sein konnte, daß den schönen Zügen ihrer reinen Lieblichkeit, dem weichen Ton ihrer entzückenden Stimme so viel Heldentum, Scharfsinn und aktive Güte innewohnte.

Der Sommer verging sehr mühsam, denn wir vertrauten darauf, daß der Winter die Krankheit zumindest hemmen würde. Daß sie ganz verschwinden würde, war eine Hoffnung, die zu innig - zu sehr ein

Herzenswunsch war, um ausgedrückt zu werden. Wenn ein solcher Gedanke achtlos ausgesprochen wurde, bezeugten die Zuhörer mit einem Schwall von Tränen und leidenschaftlichem Schluchzen, wie tief ihre Ängste, und wie klein ihre Hoffnungen waren. Meinerseits erlaubten mir meine Bemühungen für das öffentliche Wohl, die Ansteckungskraft und die ausgedehnten Verwüstungen unseres blicklosen Feindes genauer zu beobachten als die meisten anderen. Ein kurzer Monat hat ein Dorf zerstört, und wo im Mai die erste Person erkrankte, wurden im Juni die Wege durch unbegrabene Leichen verunstaltet - die Häuser blieben ohne Mieter, kein Rauch drang aus den Schornsteinen, und die Uhr der Hausfrau markierte nur die Stunde, in welcher der Tod triumphiert hatte. Von solchen Schauplätzen habe ich zuweilen ein verlassenes Kind gerettet - zuweilen führte ich eine junge und trauernde Mutter von dem leblosen Körper ihres Erstgeborenen, oder den kräftigen Arbeiter vom kindlichen Weinen über seiner ausgelöschten Familie fort.

Der Juli ist vergangen. Der August mußte vorübergehen, und ab Mitte September dürften wir hoffen. Jeder Tag wurde eifrig gezählt, und die Bewohner von Städten, die diese gefährliche Zwischenzeit überspringen wollten, stürzten sich in die Zerstreuung, und strebten, durch Aufruhr, und was sie sich glauben machen wollten, Vergnügen zu sein, um die Gedanken zu verbannen und die Verzweiflung zu betäuben. Niemand außer Adrian hätte die zusammengewürfelte Bevölkerung Londons zähmen können, die wie eine Herde ungezäumter Rosse auf ihre Weiden rannte, und alle geringeren Ängste durch die Wirkung der alles überragenden Furcht beiseite geworfen hatte. Selbst Adrian war gezwungen, zum Teil nachzugeben, und er lenkte zumindest insoweit ein, daß er die aktuellen Aufführungen genehmigte. Die Theater wurden offen gehalten, jeder öffentliche Ort wurde besucht, obgleich er sich bemühte, sie insofern zu beeinflussen, wie sie am besten die Aufregung der Zuschauer beruhigen und gleichzeitig eine Reaktion des Elends verhindern konnten, wenn die Vorführung vorbei war. Tiefgründige und düstere Tragödien waren die Hauptfavoriten. Die Komödie brachte einen zu großen Kontrast zur inneren Verzweiflung mit sich: Wenn solche Versuche unternommen wurden, war es nicht ungewöhnlich für einen Komödianten, daß er inmitten des Gelächters, das durch seine unpassende Possenreißerei hervorgerufen wurde, ein Wort oder einen Gedanken in seinem Stück fand, das in Konflikt mit seinem eigenen Gefühl des Elends trat, und von der geschauspielerten Munterkeit in Schluchzen und Tränen ausbrach, während die Zuschauer, von unwiderstehlichem Mitleid ergriffen, ebenfalls weinten, und das pantomimische Treiben zu einer wirklichen Darstellung tragischer Leidenschaft geändert wurde.

Es lag nicht in meiner Natur, aus solchen Szenen Trost zu ziehen; aus Theatern, deren possenreißerisches Gelächter und unharmonische Fröhlichkeit unzeitgemäße Sympathie weckten, oder wo fiktive Tränen und Wehklagen den innerlich empfundenen Schmerz verspotteten; aus dem Fest oder der überfüllten Zusammenkunft, wo die Heiterkeit den schlechtesten Gefühlen unserer Natur entsprang, oder solchen Erheiterungen der Bessergestellten, die sie mit grellen und falschen Lack versahen; von Versammlungen von Trauernden in Gestalt von Nachtschwärmern. Einmal aber war ich Zeuge einer Szene von besonderem Interesse in einem der Theater, wo die Natur die Kunst überwältigte, als ein überfließender Wasserfall den kümmerlichen Aufbau einer Scheinkaskade, die vorher von einem kleinen Teil ihrer Wasser überflossen worden war, abriß.

Ich war nach London gekommen, um Adrian zu sehen. Er war nicht im Palast, und obwohl die Diener nicht wußten, wohin er gegangen war, erwarteten sie ihn erst spät in der Nacht zurück. Es war zwischen sechs und sieben Uhr, ein schöner Sommernachmittag, und ich verbrachte meine Freizeit mit einem Streifzug durch die leeren Straßen Londons; mal umkehrend, um einer herannahenden Beerdigung auszuweichen, mal von der Neugier gedrängt, um den Zustand einer bestimmten Stelle zu beobachten. Meine Wanderungen waren von Schmerz durchdrungen, denn Stille und Verödung kennzeichneten jeden Ort, den ich besuchte, und die wenigen Wesen, denen ich begegnete, waren so bleich und kummervoll, so von Sorge gezeichnet und niedergedrückt vor Angst, daß ich es leid war, nur Zeichen des Elends zu sehen, und begann, meine Schritte nach Hause zu lenken.

Ich befand mich jetzt in Holbom und kam an einem Wirtshaus vorbei, das mit lautstarken Gesellen angefüllt war, deren Lieder, Gelächter und Rufe trauriger waren als das blasse Aussehen und das Schweigen des Trauernden. Eine solche war in der Nähe, sie schlich um dieses Haus herum. Der traurige Anblick ihres Kleides zeigte ihre Armut, sie war totenblaß und näherte sich zuerst dem Fenster und dann der Tür des Hauses, als ob sie ängstlich wäre und doch eintreten wollte. Ein plötzlicher Ausbruch von Gesang und Fröhlichkeit schien sie zu ermutigen, sie murmelte: „Kann er das Herz haben?", und dann sammelte sie ihren Mut und trat in die Schwelle. Die Wirtin ging ihr entgegen, die arme Kreatur fragte: „Ist mein Mann hier? Kann ich George sehen?"

„Ihn sehen", rief die Frau, „ja, wenn du zu ihm gehst. Letzte Nacht wurde er von der Pest ergriffen, und wir schickten ihn ins Krankenhaus."

Die unglückliche Fragestellerin taumelte gegen eine Wand, ein leiser Schrei entkam ihr. - „O! Wart ihr so grausam", rief sie aus, „ihn dorthin zu schicken?"

Die Wirtin eilte unterdessen davon, aber ein mitfühlenderes Schankmädchen gab ihr einen ausführlichen Bericht, dessen Summe war, daß ihr Mann nach einem nächtlichen Gelage krank geworden war, und von seinen lustigen Begleitern in aller Eile zum St. Bartholomew's Hospital geschickt wurde. Ich hatte diese Szene beobachtet, denn es lag eine Sanftheit in der armen Frau, die mich interessierte. Sie wankte jetzt von der Tür und ging, so gut sie konnte, den Holborn Hill hinunter. Aber ihre Stärke verließ sie bald, sie lehnte sich gegen eine Wand, und ihr Kopf sank auf ihren Busen, während ihre bleiche Wange noch weißer wurde. Ich ging zu ihr und bot ihr meine Dienste an. Sie sah kaum auf - „Sie können mir nichts Gutes tun", antwortete sie. „Ich muß ins Krankenhaus gehen, wenn ich nicht sterbe, bevor ich dort bin."

Es gab noch ein paar Mietkutscher, die daran gewöhnt waren, in den Straßen zu stehen, tatsächlich mehr aus Gewohnheit als aus Nutzen. Ich setzte sie in eine von den Kutschen und gesellte mich zu ihr, damit ich sie sicher ins Krankenhaus bringen konnte. Unser Weg war kurz und sie sagte wenig, außer abgebrochenen Äußerungen des Vorwurfs, daß er sie verlassen hätte, Ausrufen über die Lieblosigkeit einiger seiner Freunde, und der Hoffnung, daß sie ihn lebend finden würde. Es war ein einfacher, natürlicher Ernst an ihr, der mich an ihrem Schicksal interessiert machte, besonders, als sie mir versicherte, ihr Mann sei der beste Mann, - zumindest sei er es gewesen, bis ihn das Geschäft in diesen unglücklichen Zeiten in schlechte Gesellschaft gebracht hätte. „Er konnte es nicht ertragen, nach Hause zu kommen", sagte sie, „nur um unsere Kinder sterben zu sehen. Ein Mann kann nicht die Geduld haben, die eine Mutter mit ihrem eigenen Fleisch und Blut hat."

Wir wurden vor dem St.-Bartholomew-Krankenhaus abgesetzt und betraten die elenden Gemäuer des Seuchenhauses. Das arme Geschöpf rückte näher an mich heran, als sie sah, mit welch herzloser Hast sie die Toten von den Stationen trugen und sie in einen Raum brachten, dessen halb geöffnete Tür eine Anzahl von Leichen zeigte, die für jemandem, der solche Szenen nicht gewohnt ist, schrecklich anzusehen waren. Wir wurden in die Abteilung geleitet, in der ihr Mann aufgenommen worden wäre, und in der er noch immer sei, sagte die Krankenschwester, sofern er noch lebte. Meine Begleiterin schaute eifrig von einem Bett zum anderen, bis sie am Ende der Abteilung in einem elenden Bett ein armseliges, abgehärmtes Wesen erblickte, das sich unter der Qual der Krankheit krümmte. Sie eilte auf ihn zu, umarmte ihn und dankte Gott für seine Bewahrung.

Die Begeisterung, die sie mit dieser seltsamen Freude inspirierte, blendete sie vor den Schrecken um sie herum; aber sie waren unerträglich quälend für mich. Die Station war mit Ausdünstungen angefüllt, die meinen Magen mit schmerzhaften Krämpfen hoben. Die Toten wurden herausgetragen und die Kranken gleichgültig hereingebracht; einige schrien vor Schmerz, andere lachten unter dem Einfluß eines schrecklicheren Deliriums; einige wurden von weinenden, verzweifelten Verwandten begleitet, andere schrien mit ergreifender Zärtlichkeit oder Vorwurf nach den Freunden, die sie verlassen hatten, während die Schwestern von Bett zu Bett gingen, in denen Abbilder von Verzweiflung, Vernachlässigung und Tod lagen. Ich gab meiner glücklosen Begleiterin Gold und empfahl sie der Fürsorge der Pfleger. Dann eilte ich davon, während meine Peinigerin, die Einbildungskraft, versuchte, mir meine eigenen Lieben zu zeigen, wie sie auf solchen Betten ausgestreckt lagen und solcherart gepflegt wurden. Das Land bot keine solche Masse an Schrecken, einsame Unglückliche starben auf den offenen Feldern, und ich habe einen Überlebenden in einem ausgestorbenen Dorf gefunden, der gleichermaßen mit Hungersnot und Krankheit kämpfte. Aber eine solche Versammlung der Pest, einen solchen Bankettsaal des Todes, gab es nur in London.

Ich schlenderte weiter, bedrückt, abgelenkt von schmerzhaften Emotionen - plötzlich befand ich mich vor dem Drury Lane Theater. Das Theaterstück war Macbeth - der berühmteste Schauspieler seiner Zeit war da, um seine Macht auszuüben, um die Zuschauer, eine falsche Wirklichkeit vorspiegelnd, zu betäuben; nach solch einer Medizin sehnte ich mich, also trat ich ein. Das Theater war recht gut gefüllt. Shakespeare, dessen Popularität durch die Zustimmung von vier Jahrhunderten gefestigt wurde, hatte seinen Einfluß sogar in dieser schrecklichen Periode nicht verloren; aber war immer noch „Ut magus", der Zauberer, der über unsere Herzen herrschte und unsere Einbildungskraft leitete. Ich kam in der Pause zwischen dem dritten und vierten Akt herein. Ich sah mich nach dem Publikum um. Die Frauen waren überwiegend aus den unteren Klassen, aber die Männer waren von allen Rängen, und kamen hierher, um eine Weile die langanhaltenden Szenen des Elends zu vergessen, die sie in ihren trübseligen Häusern erwarteten. Der Vorhang wurde aufgezogen, und die Bühne zeigte die Szene der Hexenhöhle. Die Wildheit und übernatürliche Art von Macbeth versprach, daß es wenig enthalten konnte, das direkt mit unseren gegenwärtigen Verhältnissen in Verbindung gebracht werden konnte. Es waren große Anstrengungen im Bühnenbild unternommen worden, um dem Unmöglichen den Anschein von Wirklichkeit zu geben. Die äußerste Dunkelheit der Bühne, deren einziges Licht vom Feuer unter dem Kessel herrührte, verband sich mit einer Art Nebel, der um sie herum schwebte, und die unirdischen Gestalten der Hexen düster und schemenhaft machte. Es waren nicht drei hinfällige alte Hexen, die sich über ihren Topf beugten und die grausigen Zutaten des Zaubertranks hineinwarfen, sondern erschreckende, unwirkliche und phantastische Gestalten. Der Eintritt von Hekate und die wilde Musik, die folgte, führten uns aus dieser Welt heraus. Die Höhle, zu der die Bühne geformt war, die vorstehenden Felsen, der Schein des Feuers, die nebligen Schattierungen, die zeitweilig über die Szene liefen, die Musik in Übereinstimmung mit allen hexenhaften Phantasien, erlaubten der Phantasie zu wandern, ohne Angst vor Widersprüchen, oder Tadel der Vernunft oder des Herzens. Der Eingang von Macbeth zerstörte die Illusion nicht, denn er wurde von denselben Gefühlen angetrieben, die uns inspirierten, und während das Werk der Magie fortschritt, empfanden wir seine Verwunderung und Kühnheit mit und ergaben uns mit unserer ganzen Seele dem Einfluß des szenischen Trugbildes. Ich fühlte das wohltuende Ergebnis einer solchen Aufregung in einer Erneuerung jener angenehmen Träumereien, die ich schon lange nicht mehr erlebt hatte. Die Wirkung dieser Beschwörungsszene vermittelte dem Folgenden einen Teil ihrer Macht. Wir vergaßen, daß Malcolm und Macduff bloße Menschen waren, die von so einfachen Leidenschaften beeinflußt wurden, wie sie unsere eigene Brust wärmten. Langsam wurden wir jedoch vom wahren Inhalt der Szene angezogen. Ein Schaudern wie durch einen elektrischen Schock lief durch das Haus, als Rosse ausrief, als Antwort auf „Ist Schottland noch so, wie ich es verließ?"

> *Ach, armes Land,*
> *Das fast vor sich erschrickt! Nicht unsre Mutter*
> *Kann es mehr heißen, sondern unser Grab,*
> *Wo nur, wer von nichts weiß, noch etwa lächelt,*
> *Wo Seufzen, Stöhnen, Schrein die Luft zerreißt,*
> *Und keiner achtet's, wo Verzweiflung gilt*
> *Als ganz gewohnte Regung; keiner fragt:*
> *Um wen? beim Grabgeläut; der Wackern Leben*
> *Welkt schneller als der Strauß auf ihrem Hut,*
> *Sie sterben, eh sie krank sind.*[104]

Jedes Wort traf den Sinn, wie die Todesglocke unseres Lebens; wir fürchteten uns, einander anzusehen, und senkten den Blick starr auf die Bühne, als ob wir unsere Augen allein hier gefahrlos hinlenken könnten. Die Person, die den Rosse spielte, bemerkte plötzlich, welch gefähr-

---

[104] Shakespeare, Macbeth, 4, 3.

lichen Boden er beschritten hatte. Er war kein guter Schauspieler, aber die Wahrheit machte ihn jetzt ausgezeichnet. Als er fortfuhr, Macduff das Abschlachten seiner Familie anzukündigen, hatte er Angst zu sprechen, er zitterte vor einem Ausbruch der Trauer vom Publikum, nicht von seinem Mitdarsteller. Jedes Wort wurde mühsam ausgesprochen; echte Angst malte sich auf seinen Zügen ab; seine Augen waren mal in plötzlichem Schrecken erhoben, mal furchtsam zu Boden gesenkt. Diese offenkundige Furcht beschleunigte unsere eigene, wir keuchten mit ihm, jeder Hals reckte sich, jedes Gesicht änderte sich mit den Veränderungen des Schauspielers, während Macduff, der seinerseits das Mitfühlen des Publikums nicht beachtet hatte, mit gut gespielter Leidenschaft rief:

All die süßen Kleinen?
Alle sagtest du? - O Höllendrachen! Alle?
Was! All die holden Küken, samt der Mutter,
Mit einem Schlag?[105]

Ein Schmerz von unzähmbarer Trauer zerriß jedes Herz, ein Ausbruch von Verzweiflung hallte von jeder Lippe wider. - Ich war in das allgemeine Gefühl eingetreten - ich war von den Schrecken Rosses gefangen -, ich wiederholte den Schrei Macduffs und hastete dann wie in Höllenqualen heraus, um in der freien Luft und stillen Straße Ruhe zu finden.

Weder war die Luft frei, noch die Straße still. Oh, wie ich mich damals nach der beruhigenden Wirkung der mütterlichen Natur sehnte, als mein wehes Herz durch das trunkene Gebrüll herzloser Heiterkeit vom Wirtshaus noch mehr verletzt wurde, durch den Anblick des nach Hause wankenden Betrunkenen, der in der vergessen machenden Ausschweifung die Erinnerung dessen verloren hatte, was er dort vorfinden würde, und durch den noch schrecklicheren Gruß jener traurigen Wesen, für die das Wort Zuhause ein Hohn war. Ich rannte mit der äußersten Geschwindigkeit, zu der ich fähig war, weiter, bis ich mich, ehe ich es

---

[105] Shakespeare, Macbeth, 4, 3.

gewahr wurde, in der Nähe der Westminster Abbey fand, und vom tiefen und schwellenden Ton der Orgel angezogen wurde. Ich trat mit besänftigter Ehrfurcht in den beleuchteten Altarraum ein und hörte dem feierlichen Gottesdienst zu, der den Unglücklichen Frieden und Hoffnung versprach. Die mit den innigsten Gebeten des Menschen beschwerten Töne hallten durch die dunklen Gänge wieder, und die Blutung der Seelenwunden wurde von himmlischem Balsam gestillt. Trotz des Elends, um dessen Beseitigung ich betete und das ich nicht verstehen konnte; trotz der verlassenen kalten Herde in ganz London und der mit Leichen übersäten Felder meines Heimatlandes, trotz der Vielzahl quälender Gefühle, die ich an diesem Abend durchlebt hatte, dachte ich, daß der Schöpfer als Antwort auf unsere melodischen Beschwörungen in Mitgefühl und dem Versprechen um Erleichterung auf uns herabblickte. Das schreckliche Geläut der himmlischen Musik schien eine passende Stimme zu sein, um mit dem Höchsten zu kommunizieren; durch seinen Klang und durch den Anblick vieler anderer menschlicher Kreaturen, die gemeinsam mit mir Gebete und Unterwerfung anboten, wurde Ruhe erzeugt. Ein Gefühl, das nahe an Glück lag, folgte der völligen Ergebung des eigenen Seins unter den Schutz des Herrschers der Welt. Ach! mit dem Ende dieser feierlichen Melodie sank der erhöhte Geist wieder auf die Erde. Plötzlich starb einer der Chorsänger - er wurde von seinem Pult gehoben, die Kellergewölbe wurden hastig geöffnet - er wurde mit ein paar gemurmelten Gebeten in die dunkle Höhle gebracht, die die Wohnstätte von Tausenden war, die vor ihm gegangen waren - und jetzt weit gähnte, um selbst all jene zu empfangen, die die Bestattungsriten abhielten. Vergeblich wollte ich dann von dieser Szene zu einem abgedunkelten Gang oder einer hohen Kuppel zurückkehren, die von melodischen Lobpreisungen widerhallte. Allein im Freien fand ich Erleichterung; unter den wunderschönen Werken der Natur nahm Gott wieder seine gütige Eigenschaft an, und wieder konnte ich darauf vertrauen, daß derjenige, der die Berge baute, die Wälder pflanzte und die Flüsse ausgoß, eine andere Heimstatt für die verlorene Menschheit aufbauen würde, wo wir wieder zu unserer Harmonie, unserem Glück und unserem Glauben erwachen könnten.

Zum Glück für mich kamen solche Umstände, die mich zu einem Besuch in London zwangen, selten vor, und meine Pflichten waren auf den ländlichen Bezirk beschränkt, den unser hohes Schloß überblickte; und hier stand die Arbeit an der Stelle des Zeitvertreibs, um diejenigen Bauern zu beschäftigen, die genügend von Kummer oder Krankheit befreit waren. Meine Bemühungen waren darauf gerichtet, sie zu ihrer üblichen Aufmerksamkeit auf ihre Ernten zu drängen, und auf ein Verhalten, als ob die Pest nicht existierte. Die Sense des Mähers wurde zuweilen gehört; doch die freudlosen Heumacher, nachdem sie das Gras lustlos umgewendet hatten, vergaßen es einzusammeln; der Schäfer ließ, wenn er seine Schafe geschoren hatte, die Wolle liegen, so daß sie durch die Winde zerstreut wurde, da es nutzlos schien, Kleidung für einen weiteren Winter herzustellen. Zuweilen aber wurde der Lebensmut durch diese Beschäftigungen geweckt; die Sonne, die erfrischende Brise, der süße Geruch des Heus, die raschelnden Blätter und die plätschernden Bäche brachten Ruhe in die aufgeregte Brust und verliehen den Sorgenbeschwerten ein Gefühl, das dem Glück ähnlich war. Seltsamerweise war die Zeit auch nicht ganz frei von Vergnügen. Junge Paare, die lange und hoffnungslos geliebt hatten, fanden plötzlich jedes Hindernis beseitigt, und aus dem Tod von Verwandten strömte Reichtum. Die Gefahr machte sie einander näher. Die unmittelbare Gefahr drängte sie, die unmittelbare Gelegenheit zu ergreifen; wild und leidenschaftlich wollten sie erfahren, welche Freuden das Leben ihnen bot, ehe sie sich dem Tod ergaben, und

Wild nach seinen Freuden greifend
Durch die eisernen Tore des Lebens,[106]

widersetzten sie sich der erobernden Pest, die alles, was gewesen war, zerstören, und selbst aus den Gedanken auf ihrem Totenbett das Gefühl des Glückes, das sie einst empfunden hatten, auslöschen wollte.

Ein Beispiel dieser Art erregte unsere Aufmerksamkeit, wo ein hochgeborenes Mädchen in früher Jugend ihr Herz jemandem schenk-

---

[106] Andrew Marvell, To His Coy Mistress.

te, der von geringerer Abstammung war. Er war ein Schulkamerad und Freund ihres Bruders und verbrachte gewöhnlich einen Teil der Ferien im Landhaus des Herzogs, ihres Vaters. Sie hatten als Kinder zusammen gespielt, sich gegenseitig ihre kleinen Geheimnisse anvertraut, und waren einander Helfer und Tröster in Schwierigkeiten und Kummer gewesen. Die Liebe hatte sich eingeschlichen, geräuschlos und ohne Schrecken zuerst, bis jeder sein Leben an den anderen gebunden fühlte, und gleichzeitig wußte, daß sie sich trennen müssen. Ihre Jugend und die Reinheit ihrer Anhänglichkeit ließen sie mit weniger Widerstand der Tyrannei der Umstände nachgeben. Der Vater der schönen Juliet trennte sie; aber erst, nachdem der junge Liebhaber versprochen hatte, nur so lange fernzubleiben, bis er sich ihrer würdig erwiesen habe, und sie geschworen hatte, ihr jungfräuliches Herz als seinen Schatz zu bewahren, bis er zurückkehrte, um es zu beanspruchen und in Besitz zu nehmen.

Die Pest kam und drohte, das Ziel des Ehrgeizigen und die Hoffnungen der Liebe zugleich zu zerstören. Lange verlachte der Herzog von L - die Vorstellung, daß Gefahr drohen könnte, während er seine Pläne sorgfältigen Rückzugs verfolgte; und es gelang ihm insofern, daß die Seuche erst in diesem zweiten Sommer seine Vorsichtsmaßnahmen, seine Sicherheit und sein Leben zerstörte. Die arme Juliet sah einen nach dem anderen, Vater, Mutter, Brüder und Schwestern, erkranken und sterben. Die meisten der Diener flohen beim ersten Auftreten der Krankheit, diejenigen, die blieben, wurden tödlich infiziert; kein Nachbar oder Bauer wagte sich in die Grenzen des infizierten Gebiets. Durch ein merkwürdiges Schicksal entkam Juliet allein, und sie pflegte bis zuletzt ihre Verwandten und glättete das Kissen des Todes. Schließlich kam der Augenblick, als der letzte des Hauses starb: die jugendliche Überlebende ihrer Rasse saß allein unter den Toten. Es gab kein Lebewesen in der Nähe, um sie zu beruhigen oder sie aus dieser abscheulichen Gesellschaft abzuziehen. Mit der abnehmenden Hitze einer Septembernacht fegte ein Sturm aus Sturm, Donner und Hagel um das Haus und sang mit gräßlicher Melodie das Klagelied ihrer Familie. Sie saß auf dem Boden, in wortloser Verzweiflung vertieft, als sie durch den stürmischen Wind und den prasselnden Regen glaubte, ihren

Namen rufen zu hören. Wem könnte diese vertraute Stimme gehören? Keinem ihrer Verwandten, denn sie starrten sie mit steinernen Augen an. Wieder wurde ihr Name ausgesprochen, und sie schauderte, als sie sich fragte, werde ich wahnsinnig, oder sterbe ich, daß ich die Stimmen der Verstorbenen höre? Ein zweiter Gedanke schoß ihr wie ein Pfeil in ihren Verstand; sie eilte zum Fenster; und ein Blitz zeigte ihr die erwartete Vision, ihren Geliebten im Gebüsch darunter; die Freude verlieh ihr die Kraft, die Treppe hinabzusteigen, die Tür zu öffnen, und dann fiel sie in seine stützenden Arme.

Tausendmal schalt sie sich selbst, als wäre es ein Verbrechen, daß sie mit ihm wieder zum Glück aufleben sollte. Die natürliche Anhaftung des menschlichen Geistes an Leben und Freude war in ihrem jungen Herzen voller Kraft; sie gab sich ungestüm dem Zauber hin. Sie waren verheiratet, und in ihren strahlenden Gesichtern sah ich zum letzten Mal den Geist der Liebe, der verzückten Harmonie, die einst das Leben der Welt gewesen war.

Ich beneidete sie, aber ich fühlte, wie unmöglich es war, dasselbe Gefühl zu empfinden, nachdem die Jahre meine Bindungen in der Welt vervielfacht hatten. Vor allem die ängstliche Mutter, meine eigene geliebte und niedergeschlagene Idris, beanspruchte meine ernsthafte Sorge. Ich konnte ihr wegen der Angst, die keinen Augenblick in ihrem Herzen schlief, keine Vorwürfe machen, aber ich bemühte mich, ihre Aufmerksamkeit von einer zu scharfen Beobachtung der Wahrheit der Dinge abzulenken, von den nahen und immer näheren Annäherungen von Krankheit, Elend und Tod, von den wilden vielsagenden Blicken unserer Diener, wenn uns ein neuer und wieder ein neuer Tod erreichte, denn erst kürzlich geschah etwas Neues, das allen Schrecken, der vorher geschehen war, zu überbieten schien. Elende Wesen krochen unter unser schützendes Vordach, um dort zu sterben; die Bewohner des Schlosses nahmen täglich ab, während die Überlebenden sich in Angst zusammendrängten, und wie in einem von Hungersnot betroffenen Boot, der Spielball der wilden, endlosen Wellen, blickte jeder in das Gesicht des anderen, um zu erraten, auf wen das Todeslos als nächstes fallen würde. All dies versuchte ich zu verschleiern, damit es meine Idris am wenigsten bedrückte. Wie ich bereits sagte, überwand mein Mut sogar die Verzweiflung: Ich könnte besiegt werden, aber ich würde nicht aufgeben.

Ein Tag, es war der neunte September, schien jeder Katastrophe, jedem schrecklichen Vorfall gewidmet. Früh am Morgen hörte ich von der Ankunft der alten Großmutter einer unserer Dienerinnen auf dem Schloß. Diese alte Frau hatte ihr hundertstes Jahr erreicht; ihre Haut war verschrumpelt, ihre Gestalt gekrümmt, und sie war äußerst hinfällig; doch da sie von Jahr zu Jahr fortgelebt und viele Jüngere und Stärkere überlebt hatte, fühlte sie sich, als würde sie für immer leben. Die Pest kam, und die Bewohner ihres Dorfes starben. Als sie hörte, daß die Pest in ihre Nachbarschaft gekommen war, versperrte sie, die mit der Feigheit der Alten sehr am verbliebenen Rest ihres Lebens hing, ihre Tür und Fenster und weigerte sich, mit irgend jemandem zu sprechen. Sie ging nachts hinaus, um sich Lebensmittel zu beschaffen, und kehrte nach Hause zurück, erfreut, daß sie niemanden getroffen hatte, daß sie von der Pest nicht bedroht war. Als die Erde sich leerte, nahm die Schwierigkeit, sich Nahrung zu beschaffen, zu. Zu Beginn hatte ihr Sohn, der in der Nähe wohnte, sie aufgeheitert, indem er ihr Lebensmittel in den Weg gelegt hatte: Dann starb er. Aber obwohl sie vom Hungertod bedroht war, war ihre Angst vor der Seuche vorrangig. und ihre größte Sorge war, ihre Mitgeschöpfe zu vermeiden. Sie wurde jeden Tag schwächer und jeden Tag mußte sie weiter gehen. In der Nacht zuvor hatte sie Datchet[107] erreicht und im Herumstreifen einen Bäckerladen offen und verlassen gefunden. Mit Beute beladen, eilte sie zurück und verlief sich. Die Nacht war windstill, heiß und wolkig; ihre Last wurde zu schwer für sie; und eins nach dem anderen warf sie ihre Brote weg, immer noch bemüht, weiterzukommen, obwohl ihr Humpeln zu Lahmheit wurde und ihre Schwäche schließlich zur Bewegungsunfähigkeit.

Sie legte sich zwischen das hohe Getreide hin und schlief ein. Tief in der finstersten Nacht wurde sie von einem Rascheln in ihrer Nähe geweckt; sie wäre aufgefahren, aber ihre steifen Gelenke weigerten sich, ihrem Willen zu gehorchen. Ein leises Stöhnen nahe an ihrem Ohr

---

[107] Ein etwa 3 km von Windsor gelegenes Dorf.

folgte, und das Rascheln verstärkte sich. Sie hörte eine erstickte Stimme mehrmals hauchen, Wasser, Wasser!, und dann wieder ein Seufzen aus dem Herzen des Leidenden. Die alte Frau erschauderte, sie schaffte es endlich, aufrecht zu sitzen, aber ihre Zähne klapperten, und ihre Knie stießen aneinander - nah, sehr nah, lag eine halbnackte Gestalt, gerade in der Düsternis erkennbar, und der Ruf nach Wasser und das erstickte Stöhnen wurden wieder ausgestoßen. Ihre Bewegungen zogen schließlich die Aufmerksamkeit ihres unbekannten Begleiters auf; ihre Hand wurde mit einer krampfhaften Gewalt ergriffen, die den Griff wie Eisen fühlen ließ, die Finger wie die scharfen Zähne einer Falle. - „Endlich bist du gekommen!", hörte sie - aber diese Anstrengung war die letzte Bemühung des Sterbenden - die Gelenke entspannten sich, die Gestalt fiel nieder, ein leises Stöhnen, das letzte, markierte den Moment des Todes. Der Morgen brach an, und die alte Frau sah die Leiche, die von der tödlichen Krankheit gezeichnet war, in ihrer Nähe; ihr Handgelenk war gerötet von dem im Tod gelösten Griff. Sie fühlte sich von der Pest ergriffen, ihr alter Körper konnte sie nicht mit ausreichender Geschwindigkeit davontragen. Und jetzt, da sie sich selbst angesteckt glaubte, fürchtete sie sich nicht länger vor der Gesellschaft anderer, sondern kam, so schnell sie konnte, zu ihrer Enkelin nach Windsor Castle, um dort zu klagen und zu sterben. Der Anblick war schrecklich; sie klammerte sich noch immer an das Leben und beklagte ihr Mißgeschick mit Schreien und schrecklichem Stöhnen, während der schnelle Fortschritt der Krankheit, die sie tatsächlich erworben hatte, zeigte, daß sie nicht mehr viele Stunden zu leben hatte.

Während ich anordnete, daß ihr die nötige Pflege zuteil werden sollte, kam Clara herein, zitternd und bleich; und als ich sie ängstlich nach dem Grund ihrer Aufregung fragte, warf sie sich weinend in meine Arme und rief aus: „Onkel, liebster Onkel, hasse mich nicht für immer! Ich muß es dir sagen, denn du mußt wissen, daß Evelyn, der arme kleine Evelyn" - ihre Stimme wurde von Schluchzern erstickt. Die Furcht vor einem so gewaltigen Unglück wie dem Verlust unseres angebeteten Kindes ließ die Strömung meines Blutes in eisigem Schrecken innehalten; aber die Erinnerung an die Mutter stellte meine Geistesgegenwart wieder her. Ich suchte das kleine Bett meines Schatzes auf; er war vom Fieber niedergedrückt, aber ich vertraute, ich vertraute zärtlich und ängstlich darauf, daß er keine Symptome der Pest zeigte. Er war keine drei Jahre alt, und seine Krankheit schien nur einer jener Anfälle in der Kindheit zu sein. Ich beobachtete ihn lange - seine schweren, halb geschlossenen Lider, seine brennenden Wangen und unruhigen kleinen Finger - das Fieber war heftig, die Schläfrigkeit groß - genug, um auch ohne die größere Angst vor der Pest Besorgnis zu erregen. Idris durfte ihn nicht in diesem Zustand sehen. Clara, obwohl erst zwölf Jahre alt, war durch ihre ausgeprägte Empfindsamkeit so klug und umsichtig, daß ich mich sicher fühlte, ihr die Aufsicht über ihn anzuvertrauen, und es war meine Aufgabe, zu verhindern, daß Idris ihre Abwesenheit bemerkte. Ich verabreichte die passenden Heilmittel, ließ meine liebe Nichte bei ihm zurück, damit sie über ihn wachen, und mir jede Veränderung mitteilen konnte, die sie beobachten sollte.

Danach ging ich zu Idris, wobei ich auf dem Weg nach plausiblen Entschuldigungen dafür suchte, den ganzen Tag im Schloß zu bleiben, und zugleich versuchte, die Spuren der Sorge von meiner Stirn zu zerstreuen. Glücklicherweise war sie nicht alleine. Ich fand Merrival, den Astronomen, bei ihr. Er war in seiner Voraussicht der Menschheit auf eine viel zu ferne Zukunft gerichtet, um die Opfer des Tages zu beachten, und lebte inmitten einer Ansteckung, ohne sich ihrer recht bewußt zu sein. Dieser arme Mann, gelehrt wie La Place[108], der arglos und unvorsichtig wie ein Kind war, war oft am Verhungern gewesen, er, seine bleiche Frau und zahlreiche Nachkommen, während er weder Hunger verspürte noch Unruhe empfand. Seine astronomischen Theorien nahmen ihn ganz in Beschlag; Berechnungen wurden mit Kohle auf die kahlen Wände seiner Mansarde gekritzelt, eine hart verdiente Guinee oder ein Kleidungsstück wurde ohne Reue gegen ein Buch eingetauscht; er hörte weder seine Kinder weinen, noch beachtete er die ausgemergelte Gestalt seiner Gefährtin, und das Übermaß des Unheils erschien ihm nur wie das Auftreten einer bewölkten Nacht, während er seine rechte Hand gegeben hätte, um ein himmlisches Phänomen zu

---

[108] Pierre Simon, Marquis de La Place (1749-1827), war ein berühmter französischer Astronom.

beobachten. Seine Frau war eines jener wundersamen Wesen, die nur unter Frauen zu finden sind, mit Empfindungen, die nicht durch Unglück vermindert werden konnten. Ihre Gedanken waren gespalten zwischen grenzenloser Bewunderung für ihren Gatten und zärtlicher Angst um ihre Kinder - sie wartete ihm auf, arbeitete für sie und beklagte sich nie, obwohl ihr Leben ein einziger langgezogener, niedergedrückter Traum war.

Er hatte sich Adrian mit einer vorgebrachten Bitte vorgestellt, um einige planetarische Bewegungen durch sein Fernglas zu beobachten. Seine Armut wurde leicht erkannt und erleichtert. Er bedankte sich oft bei uns für die Bücher, die wir ihm liehen, und für den Gebrauch unserer Instrumente, sprach aber nie von seiner veränderten Unterkunft oder der Veränderung der Umstände. Seine Frau versicherte uns, daß er keinen Unterschied bemerkt habe, außer in der Abwesenheit der Kinder von seinem Studium, und zu ihrer unendlichen Verwunderung klagte er über diese ungewohnte Ruhe.

Er kam nun, um uns die Fertigstellung seines Essays über die perizyklischen Bewegungen der Erdachse und die Präzession der Äquinoktialpunkte anzukündigen. Wenn ein alter Römer aus der Zeit der Republik ins Leben zurückgekehrt wäre und von der bevorstehenden Wahl eines lorbeerbekränzten Konsuls oder der letzten Schlacht mit Mithridates gesprochen hätte, wären seine Ideen nicht fremder und unzeitiger gewesen, als die Rede Merrivals. Der Mensch, nicht mehr mit Mitgefühl begabt, kleidete seine Gedanken in sichtbare Zeichen; auch waren keine Leser mehr übrig: Während jeder sein Schwert weggeworfen hatte und allein mit seinem vorgehaltenen Schild die Pest erwartete, sprach Merrival von dem Zustand der Menschheit in sechstausend Jahren. Er könnte mit gleichem Interesse für uns einen Kommentar hinzugefügt haben, um die unbekannten und unvorstellbaren Gestalten der Geschöpfe zu beschreiben, die dann die verlassene Wohnstatt der Menschheit besetzen würden. Wir hatten nicht das Herz, den armen alten Mann aufzuklären; und in dem Moment, als ich hereinkam, las er Idris Teile seines Buches vor und fragte, welche Antwort auf diesen oder jenen Standpunkt gegeben werden könnte.

Idris konnte sich kaum eines Lächelns enthalten, während sie zuhörte; sie hatte bereits von ihm erfahren, daß seine Familie lebte und gesund war. Obwohl sie den Abgrund der Zeit, an dem sie stand, nicht vergessen konnte, konnte ich doch sehen, daß sie für einen Augenblick über den Kontrast zwischen dem verengten Blick, den wir nunmehr auf das menschliche Leben genommen hatten, und den Siebenmeilenschritten, mit denen Merrival eine kommende Ewigkeit durchschritt, amüsiert war. Ich war froh, sie lächeln zu sehen, weil dies mir ihre völlige Unkenntnis über die Gefahr ihres Kindes versicherte; aber ich schauderte, wenn ich an den Abscheu dachte, der durch eine Entdeckung der Wahrheit verursacht werden würde. Während Merrival sprach, öffnete Clara leise eine Tür hinter Idris und winkte mir mit einer Geste und einem Blick des Kummers, zu kommen. Ein Spiegel verriet Idris das Zeichen - sie erschrak. Das Böse zu ahnen, zu erkennen, daß, da Alfred bei uns war, die Gefahr ihren jüngsten Liebling betreffen mußte, durch die langen Gemächer in sein Zimmer zu eilen, war das Werk kaum eines Augenblicks. Dort sah sie ihren Evelyn fiebernd und regungslos liegen. Ich folgte ihr und bemühte mich, mehr Hoffnung zu wecken, als ich selbst hegen konnte; aber sie schüttelte traurig den Kopf. Die Angst beraubte sie der Geistesgegenwart; sie teilte mir und Clara die Aufgaben des Arztes und der Pflegerin zu; sie saß am Bett, hielt eine kleine brennende Hand und verbrachte mit glasigen, auf ihr Kind gerichteten Augen, den langen Tag in einer unveränderten Pein. Es war nicht die Pest, die unseren kleinen Jungen so grob heimsuchte, doch sie konnte meinen Versicherungen nicht zuhören. Besorgnis beraubte sie des Urteils und der Überlegung, jede leichte Erschütterung der Gesichtszüge ihres Kindes erschütterte ihren Körper - wenn er sich bewegte, fürchtete sie die augenblickliche Krise, und wenn er still blieb, sah sie den Tod in seiner Erstarrung, und die Wolke auf ihrer Stirn verdunkelte sich.

Das Fieber des armen Kleinen nahm gegen Abend zu. Die Empfindung ist überaus trübe, um keinen stärkeren Ausdruck zu gebrauchen, mit der man auf die langen Nachtstunden neben einem Krankenbett hinsieht, besonders wenn der Patient ein Kind ist, das seinen Schmerz nicht erklären kann, und dessen flackerndes Leben der verzehrenden Flamme des Laterne gleicht,

Deren kleine Flamme
Vom Wind geschüttelt wird, und an deren Rand
Verschlingende Dunkelheit schwebt.[109]

Immer wieder wendet man sich nach Osten, mit ärgerlicher Ungeduld bemerkt man die unveränderte Finsternis; das Krähen eines Hahnes, dieses Freudengeräusch während des Tages, kommt jammernd und unmelodisch - das Knarren der Balken und das leise Flattern eines unsichtbaren Insekts wird gehört und als Signal und Zeichen für den Tod gefühlt. Clara, von Müdigkeit überwältigt, hatte sich ans Fußende des Bettes ihres Cousins gesetzt, und trotz ihrer Bemühungen überwältigte der Schlaf ihre Lider; zweimal oder dreimal schüttelte sie ihn ab, aber schließlich wurde sie besiegt und schlief. Idris saß neben dem Bett und hielt Evelyns Hand. Wir hatten Angst, miteinander zu sprechen; ich betrachtete die Sterne - ich beugte mich über mein Kind - ich fühlte seinen zarten Puls - ich setzte mich näher zur Mutter - wieder wich ich zurück. Im Morgengrauen weckte ein sanfter Seufzer des Patienten meine Aufmerksamkeit, die brennende Röte auf seiner Wange verblaßte - sein Puls schlug sanft und regelmäßig - die Ohnmacht ging in Schlaf über. Ich wagte lange nicht zu hoffen; aber als sein ungehindertes Atmen und die Feuchtigkeit, die seine Stirn durchströmte, keine Zeichen mehr für das Fortschreiten einer tödlichen Krankheit waren, wagte ich, Idris die Nachricht von der Verbesserung seines Zustandes zuzuflüstern, und endlich gelang es mir, sie davon zu überzeugen, daß ich die Wahrheit sprach.

Aber weder diese Zusicherung, noch die schnelle Genesung unseres Kindes konnte sie beruhigen, nicht einmal den teilweisen Frieden wiederherstellen, den sie vorher genossen hatte. Ihre Angst war zu tief, zu vereinnahmend, zu vollständig, um sich in Sicherheit zu wägen. Sie hatte

---

[109] Percy Bysshe Shelley, The Cenci, 3, 2.

das Gefühl, als hätte sie in ihrer vergangenen Ruhe geträumt, sei jetzt aber wach; sie war

> *Wie jemand*
> *In einem einsamen Wachturm am Abgrund, erweckt*
> *Von besänftigenden Visionen des geliebten Heims,*
> *Und davor zitternd, die zornigen Wogen brüllen zu hören;*[110]

wie jemand, der von einem Sturm gewiegt wurde und beim Erwachen herausfindet, daß das Schiff sinkt. Zuvor hatte sie immer wieder Angstgefühle gehabt - jetzt hatte sie keine Minute lang Hoffnung. Kein von Herzen kommendes Lächeln ließ jemals ihr schönes Antlitz erstrahlen; zuweilen erzwang sie es, und dann strömten Tränen, und das Meer der Trauer schloß sich über diesem Wrack vergangenen Glücks. Noch während ich in ihrer Nähe war, konnte sie nicht in äußerster Verzweiflung sein - sie vertraute sich mir vollkommen an - sie schien meinen Tod nicht zu fürchten oder seine Möglichkeit einzuräumen; sie übergab die volle Fracht ihrer Ängste meiner Obhut, ruhte auf meiner Liebe, wie ein windgebeuteltes Rehkitz an der Seite des Rehs, wie ein verwundeter Nestling unter dem Flügel seiner Mutter, wie ein kleines, zerschmettertes Boot zitternd unter einem schützenden Weidenbaum. Während ich, nicht stolz wie in den Tagen des Glücks, sondern zärtlich, und mit frohem Bewußtsein des Wohlbefindens, das ich vermittelte, mein zitterndes Mädchen an mein Herz zog, und versuchte, jeden schmerzlichen Gedanken oder rauhen Umstand von ihrer empfindlichen Natur abzuwehren.

Ein anderer Vorfall ereignete sich am Ende jenes Sommers. Die Gräfin von Windsor, ehemals Königin von England, kehrte aus Deutschland zurück. Sie hatte zu Beginn der Saison die leerstehende Stadt Wien verlassen; und, unfähig, ihren hochmütigen Verstand zu etwas wie Unterwerfung zu zähmen, hatte sie in Hamburg gezögert, und als sie schließlich nach London kam, vergingen viele Wochen, ehe sie Adrian von ihrer Ankunft benachrichtigte. Trotz ihrer Kälte und

---

[110] Thomas Lovell Beddoes, The Bride's Tragedy 5, 4.

langen Abwesenheit empfing er sie mit Feingefühl, zeigte eine Zuneigung, die die Wunden von Stolz und Leid heilen wollte, und wurde nur von ihrem offensichtlichen Mangel an Zuneigung zurückgestoßen. Idris hörte mit Vergnügen von der Rückkehr ihrer Mutter. Ihre eigenen mütterlichen Gefühle waren so feurig, daß sie sich vorstellte, ihre Mutter müßte jetzt, in dieser verwüsteten Welt, Stolz und Härte verloren haben und ihre kindlichen Aufmerksamkeiten mit Freude empfangen. Die erste Zurückweisung ihrer pflichtbewußten Bezeigungen war eine förmliche Andeutung der gefallenen Majestät Englands, daß ich ihr in keiner Weise zugemutet werden sollte. Sie sei einverstanden, sagte sie, ihrer Tochter zu vergeben und ihre Enkel anzuerkennen; größere Zugeständnisse seien nicht zu erwarten.

Dieses Verfahren erschien mir (wenn mir ein solch leichter Begriff erlaubt sein möge) äußerst wunderlich. Nun, da die Menschenrasse in der Tat alle Rangunterschiede verloren hatte, war dieser Stolz doppelt einfältig; jetzt, da wir in allen, die den Stempel der Menschlichkeit trugen, eine verwandte, brüderliche Natur fühlten, war diese zornige Erinnerung an Zeiten, die für immer vorbei waren, schlimmer denn töricht. Idris war zu sehr von ihren schrecklichen Ängsten eingenommen, um zornig oder gar bekümmert zu sein, denn sie war der Meinung, daß Gefühllosigkeit die Ursache für diesen anhaltenden Groll sein müsse. Dies entsprach nicht ganz der Tatsache. Vielmehr nahm der vorherrschende Eigensinn die Waffen und die Maske der Hartherzigkeit an, und die hochmütige Dame verachtete es, irgendein Zeichen des Kampfes zu zeigen, der in ihr stritt. Während sie eine Sklavin ihres Stolzes war, stellte sie sich vor, daß sie ihr Glück dem unveränderlichen Prinzip opferte.

Dies alles war falsch - alles falsch, außer den Zuneigungen unserer Natur und den Banden der Verbundenheit mit Vergnügen oder Schmerz. Es gab nur ein Gutes und ein Böses in der Welt - das Leben und den Tod. Der Pomp des Ranges, die Anmaßung von Macht, die Besitztümer des Reichtums verschwanden wie der Morgennebel. Ein lebender Bettler war mehr wert als ein ganzer Adelsstand toter Herren - ach! - als tote Helden, Patrioten oder Genies. Darin lag viel Herabwürdigung, denn selbst das Laster und die Tugend hatten ihre

Unterscheidungen verloren - das Leben - die Fortsetzung unseres tierischen Mechanismus - waren das Alpha und das Omega aller Wünsche und Gebete des zu Boden gestreckten Ehrgeizes der menschlichen Rasse.

Kapitel 9.

Halb England war entvölkert, als der Oktober kam und die Äquinoktialwinde über die Erde fegten und die Glut der ungesunden Jahreszeit kühlten. Der Sommer, der ungewöhnlich heiß war, war bis in den Beginn dieses Monats verlängert worden, als am Achtzehnten ein plötzlicher Wechsel von der Sommertemperatur zum Winterfrost kam. Dann machte die Pest eine Pause in ihrer todbringenden Bahn. Aufatmend, nicht zu hoffen wagend, doch bis ans Äußerste mit großer Erwartung angefüllt, standen wir da, wie ein Schiffbrüchiger auf einem unfruchtbaren Felsen im Meer steht, ein fernes Schiff beobachtet, und glaubt, daß es sich nähert, und dann wieder, daß es aus seiner Sicht verschwindet. Dieses Versprechen weiterer Lebenszeit veränderte rauhe Naturen zu schmelzender Zärtlichkeit und erfüllte im Gegensatz dazu die Sanftmütigen mit harten und unnatürlichen Gefühlen. Als es bestimmt zu sein schien, daß alle sterben sollten, war uns das Wann und Wie gleichgültig - jetzt, da die Verbreitung der Krankheit gehemmt wurde, und sie bereit zu sein schien, einige zu verschonen, war jeder begierig, unter den Auserwählten zu sein und klammerte sich mit ängstlicher Hartnäckigkeit an das Leben. Fälle von Fahnenflucht wurden häufiger; und sogar Morde, die dem Zuhörer scheußlichen Schrecken einjagten, wo die Angst vor Ansteckung diejenigen, die einander am nächsten blutsverwandt waren, bewaffnet hatte. Aber diese kleineren und getrennten Tragödien sollten einem mächtigeren Interesse weichen - und während uns Ruhe vor infektiösen Einflüssen versprochen wurde, erhob sich ein Sturm, der wilder war als die Winde, ein beispielloser und düsterer Sturm, der von den Leidenschaften des Menschen gezüchtet, und von seinen heftigsten Impulsen genährt wurde.

Eine Anzahl von Menschen aus Nordamerika, die Überreste dieses bevölkerungsreichen Kontinents, waren mit dem sehnlichsten Wunsch nach Veränderung in den Osten aufgebrochen und hatten ihre Heimatebenen für Länder verlassen, die nicht weniger betroffen waren als ihre eigenen. Mehrere hundert kamen um den ersten November in Irland an, nahmen alle leeren Behausungen, die sie finden konnten, in Besitz, und stürzten sich auf die im Überfluß vorhandene Nahrung und das umherstreunende Vieh. Wenn sie die Ressourcen einer Stelle erschöpft hatten, gingen sie zu einer anderen weiter. Schließlich begannen sie, die Bewohner anzugreifen, vertrieben in ihrer konzentrierten Anzahl die Eingeborenen aus ihren Häusern und beraubten sie ihrer Wintervorräte. Einige Ereignisse dieser Art weckten die feurige Natur der Iren, und sie griffen die Eindringlinge an. Einige wurden getötet, der Großteil entkam durch schnellen und gut geordneten Rückzug, und die Gefahr machte sie vorsichtig. Sie waren gut geordnet, die tatsächlichen Todesfälle unter ihnen wurden verborgen, sie gingen in guter Ordnung weiter und schienen ihr Leben zu genießen, wodurch sie den Neid der Iren erregten. Die Amerikaner erlaubten einigen wenigen, sich ihrer Gruppe anzuschließen, und bald waren die Rekruten zahlenmäßig den Fremden überlegen - doch sie schlossen weder Freundschaft mit ihnen, noch ahmten sie die bewundernswerte Ordnung nach, die, von den transatlantischen Anführern bewahrt, sie zugleich sicher und furchterregend machte. Die Iren folgten in unorganisierten Haufen ihrer Spur; ihre Anzahl wuchs mit jedem Tag, und ebenso ihre Gesetzlosigkeit. Die Amerikaner waren bestrebt, dem von ihnen erweckten Geist zu entrinnen, und schifften, nachdem sie die Ostküste der Insel erreicht hatten, nach England über. Ihr Einfall wäre kaum gefühlt worden, wenn sie allein gekommen wären; doch die Iren, die sich in übermäßiger Zahl gesammelt hatten, fingen an, die Einfälle der Hungersnot zu fühlen, und sie folgten im Kielwasser der Amerikaner nach England. Die Überquerung des Meeres konnte ihren Fortschritt nicht aufhalten. Die verlassenen Seehäfen im Westen Irlands waren mit Schiffen aller Größen angefüllt, vom Kriegsschiff bis zum kleinen Fischerboot, das führerlos dalag und im trägen Wasser verfaulte.

Die Emigranten, die zu Hunderten einmarschierten und ihre Segel mit rauhen Händen entfalteten, richteten eine merkwürdige Verwüstung von Boje und Tauwerk an. Diejenigen, die sich bescheiden zu den kleineren Schiffen begaben, erreichten ihre Reise über das Wasser in aller Sicherheit. Einige, in wahrhaften waghalsigem Unternehmensgeist, gingen an Bord eines Schiffs von einhundertzwanzig Kanonen; der große Rumpf trieb mit der Flut aus der Bucht, und nach vielen Stunden gelang es der aus Bauern bestehenden Mannschaft, einen großen Teil ihrer gewaltigen Leinwand auszubreiten - der Wind ergriff sie, und während tausend Fehler des Steuermanns das Schiff mal in diese, mal in jene Richtung warf, flatterten die weiten Bahnen der Leinwand, die seine Segel bildeten, mit einem Geräusch wie dem eines großen Wasserfalls; oder wie eines am Meer gelegenen Waldes, wenn er von einem äquinoktialen Nordwind getroffen wird. Die Bullaugen standen offen, und mit jeder Welle, die über das schlingernde Schiff hinwegschoß, erhielten sie ganze Tonnen Wasser. Die Schwierigkeiten wurden durch eine aufkommende frische Brise verstärkt, die zwischen den Wanten pfiff, die Segel hierhin und dorthin warf, sie mit schrecklicher Gewalt zerriß, und ein solches Getöse erzeugte, wie es Milton[III] vielleicht erdacht hatte, als er sich das Wogen der Schwingen des Erzfeinds vorstellte, das den Aufruhr des wilden Chaos erhöhte. Diese Geräusche vermischten sich mit dem Rauschen des Meeres, dem Plätschern der aufgeriebenen Wellen um die Schiffswände und dem Gurgeln des Wassers im Frachtraum. Die Mannschaft, von denen viele nie zuvor das Meer gesehen hatten, fühlte sich tatsächlich, als ob Himmel und Erde gemeinsam wüten würden, wenn das Schiff seinen Bug in die Wellen tauchte, oder sich hoch über sie erhob. Ihre Schreie ertranken im Tosen der Elemente und den Donnerschlägen ihrer unbehaglichen Wohnung - sie entdeckten endlich, daß das Wasser im Schiffsrumpf stieg, und begaben sich zu ihren Pumpen; sie hätten ebenso gut daran arbeiten können, den Ozean mit Eimern zu leeren. Als die Sonne unterging, gewann der Sturm an Stärke; das Schiff schien ihre Gefahr zu spüren, es war jetzt völlig mit Wasser bedeckt und zeigte auch

---

[III] John Milton, Das verlorene Paradies.

andere Anzeichen des Sinkens, ehe es unterging. Die Bucht war voll von Schiffen, deren Mannschaften größtenteils die wunderlichen Sprünge dieser riesigen unhandlichen Maschine beobachteten - sie sahen das Schiff allmählich sinken; die Wasser stiegen jetzt über seine unteren Decks - sie konnten kaum blinzeln, ehe es vollständig verschwunden war, noch konnte der Ort, wo sich das Meer über ihm geschlossen hatte, überhaupt wahrgenommen werden. Einige wenige seiner Mannschaft wurden gerettet, aber der größere Teil, der sich an Tauwerk und Masten geklammert hatte, ging mit ihm unter, um erst wieder emporzusteigen, als der Tod ihren Griff lockerte.

Dieses Ereignis veranlaßte viele von denen, die im Begriff waren zu segeln, ihren Fuß wieder auf festes Land zu setzen, bereit, lieber jedwedem Übel zu begegnen, als sich in den gähnenden Rachen des unerbittlichen Ozeans zu werfen. Aber das waren wenige im Vergleich zu den Zahlen, die tatsächlich überschifften. Viele gingen bis nach Belfast hinauf, um eine kürzere Passage zu gewährleisten, und dann reisten sie nach Süden durch Schottland, wurden von den ärmeren Eingeborenen dieses Landes begleitet, und alle zusammen strömten sie nach England.

Solche Einfälle versetzten die Engländer in all jenen Städten, in denen noch genügend Bevölkerung vorhanden war, um die Veränderung zu spüren, in Schrecken. In unserem glücklosen Land war Platz genug für die doppelte Anzahl von Eindringlingen; doch ihr gesetzloser Geist stachelte sie zur Gewalt an; es bereitete ihnen Vergnügen, die Besitzer aus ihren Häusern zu stoßen; ein luxuriöses Herrenhaus zu besetzen, deren edle Bewohner sich in Angst vor der Pest eingeschlossen hatten, und die Bewohner beiderlei Geschlechts zu zwingen, ihre Diener und Versorger zu werden, bis, wenn sie einen Ort zur Genüge verheert hatten, sie wie ein Heuschreckenschwarm zu einem anderen weiterzogen. Wenn sie auf keinen Widerstand stießen, dehnten sie ihre Verwüstungen weit aus; im Falle der Gefahr gruppierten sie sich und töteten ihre zahlenmäßig unterlegenen und verzweifelten Feinde. Sie kamen aus dem Osten und dem Norden und richteten ihren Kurs ohne erkennbaren Grund, aber einstimmig auf unsere unglückliche Metropole.

Der Nachrichtenweg war durch die lähmenden Auswirkungen der Seuche weitgehend abgeschnitten worden, so daß der Flügel unserer Angreifer bis nach Manchester und Derby vorgedrungen war, ehe wir von ihrer Ankunft erfuhren. Sie fegten wie eine erobernde Armee durch das Land, brandschatzend, verheerend und mordend. Untenstehende und vagabundierende Engländer schlossen sich ihnen an. Einige wenige der übriggebliebenen Lordleutnants bemühten sich, die Miliz zu sammeln, aber die Reihen blieben leer, Panik hatte alle ergriffen, und der wenige Widerstand, der geleistet wurde, diente nur dazu, die Kühnheit und Grausamkeit des Feindes zu steigern. Sie sprachen davon, London einzunehmen und England zu erobern, indem sie an eine lange Liste von Verletzungen erinnerten, die viele Jahre lang vergessen worden waren. Solche Beschwörungen zeigten eher ihre Schwäche als ihre Stärke - und dennoch könnten sie äußerstes Unheil anrichten, was, wenn sie einmal sterben würden, ihnen wenig Mitgefühl und Bedauern einbringen würde.

Wir lernten nun, wie die Menschheit im Anfang der Welt ihre Feinde in unmögliche Eigenschaften gekleidet hat - und wie Einzelheiten, die von Mund zu Mund weitergegeben wurden, wie Vergils ständig wachsendes Gerücht[112], den Himmel mit ihrer Stirn erreichen und Hesperus und Luzifer mit ihren ausgestreckten Händen berühren könnten. Gorgon und Zentaur, Drachen und eisenbehufter Löwe, gewaltige Seeungeheuer und gigantische Hydra, waren nur Beispiele der seltsamen und entsetzlichen Berichte über unsere Invasoren, die nach London drangen. Ihre Landung war lange unbekannt, aber nachdem sie innerhalb von hundert Meilen von London vorgerückt waren, kamen die Landleute, die vor ihnen flohen, in aufeinander folgenden Truppen an, und übertrieben jeweils die Zahl, die Wut und die Grausamkeit der Angreifer. Tumult füllte die vorher ruhigen Straßen - Frauen und Kinder verließen ihre Häuser, flohen, sie wußten nicht, wohin -, Väter, Ehemänner und Söhne zitterten, nicht für sich selbst, sondern für ihre

---

[112] In Vergils Aeneis ist Fama, die das Gerücht verkörpert, eine Tochter der Gaia und eine Gigantin. Anfangs ist sie klein, doch wenn sie sich fortbewegt, schwillt sie zu riesenhafter Größe an, bis sie allen Raum zwischen Himmel und Erde ausfüllt.

geliebten und wehrlosen Verwandten. Als die Landbevölkerung nach London strömte, flohen die Stadtbewohner nach Süden - sie kletterten auf die höheren Gebäude der Stadt und glaubten den Rauch und die Flammen sichten zu könnten, die der Feind um sie herum verbreitete. Da Windsor zu einem hohem Grade in der Marschlinie von Westen lag, entfernte ich meine Familie nach London, wies ihnen den Tower als ihren Aufenthalt zu, und schloß mich Adrian an, um im folgenden Kampf als sein Leutnant zu dienen.

Wir benötigten nur zwei Tage für unsere Vorbereitungen und nutzten sie gut. Artillerie und Waffen wurden gesammelt; die Überreste solcher Regimenter, wie sie durch viele Verluste irgendwie angemustert werden konnten, wurden unter Waffen gesetzt, mit jenem Anschein einer militärischen Disziplin, die unsere eigene Partei ermutigen und der unorganisierten Menge unserer Feinde am furchtbarsten erscheinen sollte. Selbst an Musik fehlte es nicht: Fahnen wehten in der Luft, und die schrille Pfeife und die laute Posaune bliesen Töne der Ermutigung und des Sieges. Ein geübtes Ohr hätte ein leichtes Wanken im Schritt der Soldaten bemerken können; aber dies war nicht so sehr durch die Angst vor dem Gegner verursacht, als durch Krankheit, durch Kummer und durch schlechte Voraussagen, die oft die Tapferen am stärksten belasteten und das männliche Herz zur demütigen Unterwerfung unterdrückten.

Adrian führte die Truppen an. Er war sehr umsichtig. Es war nur eine geringe Erleichterung für ihn, daß unsere Disziplin uns in einem solchen Konflikt Erfolg bescheren sollte; während die Pest noch um uns schwebte, um den Eroberer und die Besiegten einander gleich zu machen, war es nicht der Sieg, den er wünschte, sondern der unblutige Friede. Als wir vorrückten, wurden wir von Gruppen von Bauern empfangen, deren beinahe nackter Zustand, deren Verzweiflung und Entsetzen, uns sogleich von der Wut des kommenden Feindes unterrichteten. Sinnloser Eroberungsgeist und Zerstörungswut blendeten sie, während sie in rasender Wut das Land verheerten. Der Anblick des Militärs verlieh den geflohenen Menschen neue Hoffnung, und anstatt Angst zu empfinden, sannen sie nun auf Rache. Sie regten die Soldaten zu demselben Gefühl an. Mattigkeit verwandelte sich in Glut, der langsame Schritt verwandelte sich in ein schnelles Tempo, während das dumpfe Gemurmel der Menge, von einem Gedanken auf tödliche Rache inspiriert, die Luft erfüllte und das Klirren der Waffen und den Klang der Musik erstickte. Adrian nahm die Veränderung wahr und befürchtete, daß es schwierig sein würde, sie daran zu hindern, ihre äußerste Wut gegen die Iren zu richten. Er ritt durch die Linien und beauftragte die Offiziere, die Truppen zurückzuhalten, die Soldaten zu ermahnen, die Ordnung wiederherzustellen und die heftige Erregung, die jede Brust schwoll, zu beruhigen.

Wir stießen zuerst auf einige Nachzügler der Iren in St. Albans. Sie zogen sich zurück und fielen, zusammen mit anderen ihrer Gefährten, immer noch zurück, bis sie den Hauptkörper erreichten. Die Kunde von einer bewaffneten und regulären Opposition rief sie zu einer gewissen Ordnung. Sie machten Buckingham zu ihrem Hauptquartier, und es wurden Späher ausgesandt, um unsere Position zu ermitteln. Wir blieben für die Nacht in Luton. Am Morgen brachte uns eine beiderseitige Bewegung zum Vorrücken. Es war früher Morgen, die frisch duftende Luft schien im müßigen Spott mit unseren Bannern zu spielen, und trug die Musik der Kapellen, das Wiehern der Pferde, und den regelmäßigen Schritt der Infanterie dem Feind entgegen. Der erste Klang kriegerischer Instrumente, den unser undisziplinierter Feind vernahm, löste mit Schrecken vermischte Überraschung aus. Sie sprach von anderen Tagen, von Tagen der Eintracht und Ordnung; sie wurde mit Zeiten in Verbindung gebracht, in denen die Pest nicht existierte, und der Mensch jenseits des Schattens des bevorstehenden Schicksals lebte. Die Pause war kurz. Bald hörten wir ihr unordentliches Rufen, die barbarischen Schreie, den ungleichen Schritt von Tausenden, die ungeordnet voranschritten. Ihre Truppen strömten jetzt von offenem Gelände oder engen Gassen auf uns herab; ein großer Teil der ungesicherten Felder lag zwischen uns; wir gingen in die Mitte davon und machten dann halt. Da wir etwas höher lagen, konnten wir das Gebiet überblicken, das sie ausfüllten. Als ihre Führer uns in der Opposition sahen, gaben auch sie den Befehl zum Stillstand und versuchten, ihre Männer zu einer Imitation militärischer Disziplin zu formen. Die ersten Reihen hatten Musketen, einige waren beritten, aber ihre Waffen waren solcherart, wie sie sie während ihres Vormarsches ergriffen hatten, ihre Pferde solche, wie sie sie von der Bauernschaft gestohlen hatten. Es gab keine Gleichförmigkeit und wenig Gehorsam, aber ihre Schreie und wilden Gesten zeigten den ungezähmten Geist, der sie antrieb.

Unsere Soldaten erhielten ihre Befehle und drangen geschwind, aber in vollkommener Reihenfolge vor; ihre Uniformkleider, das Glänzen ihrer polierten Waffen, ihre Stille, ihre Blicke voll düsteren Hasses, waren schrecklicher als das wilde Geschrei unserer unzähligen Feinde. Wie sie solcherart immer näher aneinander heranrückten, verstärkte sich das Gejohle und Geschrei der Iren; die Engländer rückten im Gehorsam auf ihre Offiziere vor, bis sie nahe genug waren, um die Gesichter ihrer Feinde zu unterscheiden. Der Anblick inspirierte sie mit Wut. Mit einem Schrei, der den Himmel zerriß und von den äußersten Linien wiederhallte, eilten sie weiter; sie verachteten den Gebrauch der Kugel, sondern warfen sich mit aufgesetztem Bajonett in den entgegenstehenden Feind, während, wenn sich die Reihen in Abständen öffneten, die Kanoniere die Kanone zündeten, deren ohrenbetäubendes Gebrüll und blendender Rauch die Szene mit äußersten Schrecken erfüllten.

Ich war an Adrians Seite; einen Moment zuvor hatte er wieder Befehl zum Einhalt gegeben und war in tiefen Gedanken versunken ein paar Meter von uns entfernt stehengeblieben. Er formte schnell seinen Schlachtplan, um Blutvergießen zu verhindern; der Lärm der Kanonen, der plötzliche Ansturm der Truppen und der Schrei des Feindes erschreckten ihn. Mit blitzenden Augen rief er aus: „Nicht einer von diesen soll umkommen!", und die Sporen in die Seiten seines Pferdes treibend, stürzte er zwischen die widerstreitenden Gruppen. Wir, sein Stab, folgten ihm, um ihn zu umgeben und zu beschützen, seinem Signal gehorchend fielen wir jedoch etwas zurück. Die Soldaten, die ihn bemerkten, hielten inne; er wich den Kugeln, die in seiner Nähe umherflogen, nicht aus, sondern ritt ohne zu zögern zwischen die gegnerischen Linien. Auf das Geschrei folgte Stille; etwa fünfzig Männer lagen sterbend oder tot auf dem Boden. Adrian hob als Zeichen, daß er sprechen wollte, sein Schwert: „Auf wessen Befehl", rief er seinen eigenen Truppen zu, „geht ihr vor? Wer befahl euren Angriff? Fallt zurück, diese fehlgeleiteten Männer sollen nicht abgeschlachtet werden, während ich euer General bin. Steckt eure Waffen weg, das sind eure Brüder, begeht keinen Brudermord. Bald wird die Pest niemanden mehr übriglassen, an dem ihr euch rächen könnt, wollt ihr gnadenloser sein als die Pest? Wenn ihr mich verehrt – wenn ihr Gott anbetet, nach dessen Bild auch jene erschaffen wurden – wenn eure Kinder und Freunde euch lieb sind, – vergießt keinen Tropfen kostbaren menschlichen Blutes."

Er sprach mit ausgestreckter Hand und gewinnender Stimme und wandte sich dann mit strenger Miene an die Eindringlinge und forderte sie auf, die Waffen niederzulegen: „Meint ihr", sagte er, „weil wir durch die Pest verheert wurden, könnt ihr uns überwinden? Die Pest ist auch unter euch, und wenn ihr von Hunger und Krankheit besiegt seid, werden die Geister derer, die ihr ermordet habt, aufkommen, damit ihr nicht auf den Tod zu hoffen braucht. Legt eure Waffen nieder, barbarische und grausame Männer – Männer, deren Hände mit dem Blut Unschuldiger befleckt sind, deren Seelen schwer von der Tränenlast der Waisen sind! Wir werden siegen, denn das Recht ist auf unserer Seite; schon sind eure Wangen blaß – die Waffen fallen aus eurem schwachen Griff. Legt eure Waffen nieder, Kameraden! Brüder! Vergebung, Beistand und brüderliche Liebe erwarten eure Buße, ihr seid uns teuer, weil ihr die zerbrechliche Gestalt des Menschen tragt, jeder von euch findet unter diesen Soldaten einen Freund und Gastgeber. Soll der Mensch der Feind des Menschen sein, während die Pest, der Feind aller, selbst jetzt über uns schwebt, und über unsere Schlächterei triumphiert, die grausamer ist als ihre eigene?"

Beide Armeen hielten inne. Auf unserer Seite ergriffen die Soldaten fest ihre Waffen und schauten mit strengen Blicken auf den Feind. Dieser hatten seine Waffen noch nicht niedergelegt, allerdings mehr aus Angst, denn aus Kampfgeist. Sie sahen sich an, jeder wollte einem ihm gegebenen Beispiel folgen, doch sie hatten keinen Anführer. Adrian sprang von seinem Pferd und näherte sich einem der gerade Erschlagenen: „Er war ein Mensch", rief er, „und nun ist er tot. Oh, verbindet schnell die Wunden der Gefallenen – laßt nicht einen sterben, laßt keine Seele mehr durch eure gnadenlosen Wunden entfliehen, um vor dem Thron Gottes die Geschichte des Brudermordes zu erzählen; verbindet ihre Wunden – stellt sie ihren Freunden wieder her. Verwerft die Wut, die in eurer Brust brennt, werft diese Werkzeuge der Grausamkeit und des Hasses nieder; in dieser Pause der Vernichtung des Schicksals soll jeder dem andern ein Bruder und Wächter sein, und zueinander halten. Weg mit diesen blutbefleckten Waffen, und eilt euch, diese Wunden zu verbinden."

Während er sprach, kniete er auf den Boden und hob einen Mann in seine Arme, von dessen Seite die warme Flut des Lebens strömte – der arme Kerl keuchte – so still war jede Seite geworden, daß sein Stöhnen deutlich gehört wurde, und jedes Herz, eben noch wild auf das Massaker aus, schlug nun in ängstlicher Hoffnung und Angst um das Schicksal dieses einen Mannes. Adrian riß seinen Soldatenschal ab und band ihn um den Leidenden – es war zu spät – der Mann seufzte tief, sein Kopf fiel zurück, seine Glieder verloren ihre Spannung. – „Er ist tot!", sagte Adrian, als die Leiche von seinen Armen zu Boden fiel, und er senkte seinen Kopf in Trauer und Ehrfurcht. Das Schicksal der Welt schien mit dem Tod dieses einzelnen Menschen verbunden zu sein. Zu beiden Seiten warfen die Gruppen ihre Waffen nieder, selbst die Veteranen weinten, und unsere Partei streckte den Feinden die Hände entgegen, während ein Schwall von Liebe und tiefster Freundlichkeit jedes Herz erfüllte. Die beiden Armeen vermischten sich, unbewaffnet und Hand in Hand, nur davon sprechend, wie jeder dem anderen helfen könnte, die Gegner hatten sich verbündet; jeder bereute, die eine Seite ihre früheren Grausamkeiten, die andere ihre heutige Gewalttätigkeit, und so folgten sie den Befehlen des Generals, nach London weiterzugehen.

Adrian mußte äußerst umsichtig handeln, zuerst, um die Zwietracht zu beruhigen, und dann, um die Vielzahl der Eindringlinge zu versorgen. Sie wurden in verschiedene Teile der südlichen Grafschaften verbracht, in verlassenen Dörfern einquartiert, – ein Teil wurde auf ihre eigene Insel zurückgeschickt, während der Winter unsere Energie so weit wieder belebte, daß die Pässe des Landes verteidigt, und jeder weitere Zuwachs von Menschen verhindert wurden.

Bei dieser Gelegenheit trafen sich Adrian und Idris erstmals nach einer Trennung von beinahe einem Jahr wieder. Adrian war damit beschäftigt gewesen, eine mühsame und schmerzvolle Aufgabe zu erfüllen. Er hatte mit jeder Art von menschlichem Elend zu tun gehabt und seine

Kräfte stets als ungenügend, seine Hilfe von geringem Nutzen gefunden. Doch seine Überzeugungen, seine Energie und glühende Entschlossenheit verhinderten jede Gegenwirkung des Kummers. Er schien neu geboren zu sein, und die Tugend, stärker als ein Zauber der Medea, verlieh ihm Gesundheit und Kraft. Idris erkannte das zerbrechliche Wesen, dessen Gestalt sich selbst der Sommerbrise zu beugen schien, kaum in dem energischen Mann wieder, der mit seiner Überfülle an Empfindsamkeit seiner Aufgabe als Anführer im sturmgeplagten England gerecht wurde.

Mit Idris war es anders. Sie war klaglos; aber die Angst hatte ihren Platz in ihrem Herzen eingenommen. Sie war dünn und blaß geworden, ihre Augen füllten sich mit unwillkürlichen Tränen, ihre Stimme war rauh und tief. Sie versuchte, einen Schleier über die Veränderung zu werfen, von der sie wußte, daß ihr Bruder sie bemerken mußte, aber die Anstrengung war fruchtlos; und als sie allein mit ihm war, machte sie mit einem Ausbruch von unbändiger Trauer ihren Befürchtungen und ihrem Kummer Luft. Sie schilderte in lebhafter Weise die unaufhörliche Sorge, die sich mit immer größerem Hunger in ihre Seele fraß; sie verglich dieses Nagen der schlaflosen Erwartung des Bösen mit dem Geier, der sich vom Herzen Prometheus' nährte; unter dem Einfluß dieser ewigen Spannung und der endlosen Kämpfe, die sie aushalten und wiederum verbergen mußte, fühlte sie sich, sagte sie, als ob alle Räder und Federn des Mechanismus' ihres Körpers mit doppelter Geschwindigkeit arbeiteten und sich dabei rasch selbst verzehrten. Der Schlaf war kein Schlaf, denn ihre wachen Gedanken, von einigen Überresten der Vernunft und dem Anblick ihrer glücklichen und gesunden Kinder gezügelt, wurden dann in wilde Träume verwandelt, all ihre Ängste wurden zur Wirklichkeit, all ihre Besorgnisse erhielten ihre schreckliche Erfüllung. Für diesen Zustand gab es keine Hoffnung, keine Erleichterung, es sei denn, das Grab sollte schnell seine bestimmte Beute erhalten, und sie durfte sterben, ehe sie durch den Verlust jener, die sie liebte, tausend Tode starb. Aus Angst, mir Kummer zu bereiten, verbarg sie, so gut sie konnte, das Übermaß ihres Elends, aber wie sie ihren Bruder nun nach langer Abwesenheit wiedersah, konnte sie den Ausdruck ihres Leids nicht zurückhalten, sondern schüttete mit aller

Lebhaftigkeit der Phantasie, mit der das Elend stets übervoll ist, die Gefühle ihres Herzens ihrem geliebten und mitfühlenden Adrian aus.

Ihr gegenwärtiger Besuch in London vergrößerte ihren Zustand der Unruhe nur noch, indem er ihr in seinem äußersten Ausmaß die Verwüstungen zeigte, die durch die Pest verursacht worden waren. London hatte hat kaum das Aussehen einer bewohnten Stadt bewahrt; Gras wuchs in den Straßen, die Plätze waren unkrautbewachsen, die Häuser verschlossen, während in den geschäftigsten Teilen der Stadt Stille und Einsamkeit herrschten. Doch inmitten der Verwüstung hatte Adrian Ordnung bewahrt, und jeder lebte weiter nach dem Gesetz und der Gewohnheit – solcherart überlebten menschliche Einrichtungen, als wären es göttliche, und während das Dekret der Bevölkerung aufgehoben wurde, blieb das Eigentum heilig. Es war ein niederdrückender Gedanke; und trotz der Verminderung des erzeugten Bösen schlug es als elender Spott aufs Herz. Alle Gedanken an Vergnügungsorte, an Theater und Feste waren vergangen. „Der nächste Sommer", sagte Adrian, als wir uns auf unserer Rückkehr nach Windsor trennten, „wird über das Schicksal der menschlichen Rasse entscheiden. Ich werde meine Anstrengungen bis dahin nicht unterbrechen; aber wenn die Seuche mit dem kommenden Jahr wieder auflebt, muß aller Kampf gegen sie aufhören, und unsere einzige Aufgabe die Wahl eines Grabes sein."

Ich darf einen Vorfall nicht vergessen, der während dieses Besuchs in London stattfand. Die einstmals häufigen Besuche Merrivals in Windsor hatten plötzlich aufgehört. Zu dieser Zeit, als nur ein Haarbreit die Lebenden von den Toten trennte, fürchtete ich, daß unser Freund dem allumfassenden Übel zum Opfer gefallen wäre. Bei dieser Gelegenheit ging ich, das Schlimmste befürchtend, zu seiner Behausung, um zu sehen, ob ich denjenigen seiner Familie, die überlebt haben könnten, irgendeinen Dienst erweisen könne. Das Haus war verlassen; es war eines jener Häuser, die den in London einzuquartierenden Fremden zugeteilt worden war. Ich sah seine astronomischen Instrumente zu seltsamen Zwecken benutzt, seine Globen verunstaltet, seine mit abstrusen Berechnungen bedeckten Papiere zerstört. Die Nachbarn konnten mir wenig erzählen, bis ich eine arme Frau fand, die in diesen gefährlichen Zeiten als Krankenschwester fungierte. Sie erzählte mir, daß die ganze

Familie tot sei, außer Merrival selbst, der dem Wahnsinn verfallen wäre. Wahnsinn nannte sie es, doch als ich sie weiter befragte, schien es, daß er nur von dem Delirium äußerster Trauer besessen war. Dieser alte Mann, der am Rande des Grabes wankte und seine Aussicht durch Millionen berechneter Jahre verlängerte - dieser Visionär, der weder in den abgezehrten Körpern seiner Frau und Kindern Hunger gesehen hatte, noch die Pest in den schrecklichen Anblicken und Geräuschen, die ihn umringten - dieser Astronom, scheinbar tot auf der Erde und nur in der Bewegung der Sphären lebend - liebte seine Familie mit einer unscheinbaren, aber intensiven Zuneigung. Durch lange Gewohnheit wurden sie ein Teil seiner selbst; sein Mangel an weltlichem Wissen, seine Geistesabwesenheit und kindliche Arglosigkeit machten ihn völlig abhängig von ihnen. Erst als einer von ihnen starb, nahm er ihre Gefahr wahr. Einer nach dem anderen wurden sie von der Pest fortgetragen, und seine Frau, seine Helferin und Unterstützerin, die für ihn notwendiger als seine eigenen Glieder war, die sich kaum selbst erhalten konnte, die freundliche Begleiterin, deren Stimme immer Frieden zu ihm sprach, schloß ihre Augen im Tod. Der alte Mann fühlte das System der universellen Natur, das er so lange studiert und verehrt hatte, unter ihm abgleiten, und er stand unter den Toten und erhob seine Stimme in Flüchen. - Kein Wunder, daß die Pflegerin die erschütternden Verwünschungen als Wahnsinn des trauernden alten Mannes auslegen sollte.

Ich hatte meine Suche spät am Tag begonnen, einem Novembertag, der früh mit prasselndem Regen und trübseligem Wind endete. Als ich mich von der Tür abwandte, sah ich Merrival, oder eher den Schatten von Merrival, abgemattet und wild, an mir vorbei gehen und sich auf die Stufen seines Hauses setzen. Die Brise fuhr durch die grauen Locken an seinen Schläfen, der Regen durchnässte seinen unbedeckten Kopf, er saß da und barg sein Gesicht in seinen verwitterten Händen. Ich drückte seine Schulter, um seine Aufmerksamkeit zu wecken, aber er änderte seine Position nicht. „Merrival", sagte ich, „es ist lange her, seit wir Sie gesehen haben - Sie müssen mit mir nach Windsor zurückkehren - Lady Idris möchte Sie sehen, Sie werden ihre Bitte nicht ablehnen wollen - kommen Sie mit mir nach Hause."

Er antwortete mit hohler Stimme: „Warum täuschen Sie einen hilflosen alten Mann, warum reden Sie so falsch zu einem halb Verrückten? Windsor ist nicht mein Zuhause. Meine wahre Heimat habe ich gefunden - die Heimat, die der Schöpfer für mich vorbereitet hat."

Seine Worte voll bitteren Spottes erschreckten mich.

„Versuchen Sie nicht, mich zum Sprechen zu bringen", führ er fort, „meine Worte würden Sie erschrecken - in einem Universum von Feiglingen, wage ich zu denken - unter den Grabsteinen - unter den Opfern seiner gnadenlosen Tyrannei wage ich es, dem Obersten Bösen Vorwürfe zu machen. Wie kann er mich bestrafen? Laß ihn seinen Arm entblößen und mich mit Blitzen durchstechen - das ist auch eines seiner Eigenschaften" - und der alte Mann lachte.

Er stand auf, und ich folgte ihm durch den Regen zu einem benachbarten Kirchhof - er warf sich auf die feuchte Erde. „Hier sind sie", rief er, „wunderschöne Geschöpfe - atmende, sprechende, liebende Geschöpfe. Sie, die Tag und Nacht den alternden Liebhaber ihrer Jugend liebte - sie, Fleisch meines Fleisches, meine Kinder - hier sind sie: Rufen Sie sie, schreien Sie ihre Namen durch die Nacht; sie werden nicht antworten!" Er klammerte sich an die kleinen Haufen, die die Gräber markierten. „Ich bitte nur um eine Sache; ich fürchte Seine Hölle nicht, denn ich erlebe sie hier; ich wünsche Seinen Himmel nicht, lassen Sie mich nur sterben und neben sie gelegt werden; lassen Sie mich nur, wenn ich tot daliege, fühlen, wie mein Fleisch, wenn es vergeht, sich mich ihrem vermischt. Versprechen Sie es", und er erhob sich schmerzhaft und ergriff meinen Arm, „versprechen Sie, mich mit ihnen zu begraben."

„So möge Gott mir und den Meinen helfen, wie ich es verspreche", antwortete ich, „unter einer Bedingung: kommen Sie mit mir nach Windsor."

„Nach Windsor!", schrie er mit einem Kreischen; „Niemals! - Von diesem Ort werde ich niemals weichen - meine Knochen, mein Fleisch, ich selbst, sind bereits hier begraben, und was Sie von mir sehen, ist vergangene Erde, wie sie. Ich werde hier liegen und mich hier festhalten, bis Regen, Hagel, Blitz und Sturm mich zerstören, mich zu einer Substanz mit ihnen machen."

In wenigen Worten muß ich diese Tragödie abschließen. Ich mußte London verlassen, und Adrian unternahm es, auf ihn aufzupassen. Die Aufgabe war bald erfüllt; Alter, Kummer und schlechtes Wetter, alle vereinten sich, um seine Sorgen zu stillen und Ruhe in sein Herz zu bringen, dessen Schläge ihm Qual bereiteten. Er starb, während er die Erde umarmte, die auf seiner Brust lag, als er neben die Wesen gelegt wurde, um die er mit solcher wilden Verzweiflung trauerte.

Ich kehrte auf Idris' Wunsch nach Windsor zurück, die zu denken schien, daß an diesem Ort mehr Sicherheit für ihre Kinder zu finden sei; und weil, wenn ich erst einmal die Vormundschaft des Bezirks übernommen hatte, ich ihn nicht verlassen würde, solange noch ein Einwohner überlebte. Ich ging auch, um in Übereinstimmung mit Adrians Plänen zu handeln, die darin bestanden, den Rest der Bevölkerung in Massen zu versammeln; denn er war der Überzeugung, daß nur durch die wohltätigen und sozialen Tugenden irgendeine Sicherheit für den Überrest der Menschheit zu erwarten sei.

Es weckte melancholische Gefühle, an diesen Ort zurückzukehren, der uns so teuer war, wie die Szene eines Glückes, das zuvor kaum genossen wurde, um hier das Aussterben unserer Spezies zu bezeugen und die tiefen, unauslöschlichen Fußspuren der Seuche über den fruchtbaren und geschätzten Boden zu verfolgen. Das Aussehen des Landes hatte sich so sehr verändert, daß es unmöglich gewesen wäre, Saatgut zu säen und andere herbstliche Arbeiten zu verrichten. Diese Jahreszeit war nun vorbei, und der Winter war mit plötzlicher und ungewöhnlicher Heftigkeit eingetreten. Abwechselnde Fröste und Tauwetter, die zu Überschwemmungen führten, machten das Land unpassierbar. Schwere Schneefälle gaben der Landschaft ein arktisches Aussehen; die Dächer der Häuser lugten aus der weißen Masse; die niedrige Hütte und das herrschaftliche Landhaus, gleichermaßen verlassen, waren verriegelt, ihre Schwellen ungefegt; die Fenster waren von Hagel zerbrochen, während ein vorherrschender Nordostwind alle draußen zu verrichtenden Arbeiten äußerst schmerzhaft machte.

Der veränderte Zustand der Gesellschaft machte diese Vorfälle der Natur zu Quellen wahrhaften Elends. Der Luxus zu befehligen und die Aufmerksamkeiten der Dienerschaft waren vorbei. Es ist wahr, daß die

Notwendigkeiten des Lebens in solchen Mengen hervorgebracht wurden, daß sie die Bedürfnisse der verringerten Bevölkerung im Überfluß zu stillen vermochten, aber es war noch viel Arbeit erforderlich, um diese, sozusagen, Rohmaterialien einzuholen; und durch Krankheit niedergedrückt und angstvoll in die Zukunft blickend, hatten wir keine Energie, uns kühn und entschieden für irgendeine Sache einzusetzen.

Was mich angeht - an Energie fehlte es mir nicht. Das intensive Leben, das meinen Puls beschleunigte und mich belebte, hatte den Effekt, mich nicht in die Labyrinthe des aktiven Lebens zu ziehen, sondern meine Niedrigkeit zu erhöhen und unbedeutenden Gegenständen majestätische Ausmaße zu verleihen - ich hätte auf gleiche Weise das Leben eines Bauern leben können - meine unbedeutenden Beschäftigungen wurden zu wichtigen Aufgaben angeschwollen; meine Zuneigungen waren ungestüme und fesselnde Leidenschaften, und die Natur mit all ihren Veränderungen wurde mit göttlichen Eigenschaften bekleidet. Der Geist der griechischen Mythologie bewohnte mein Herz; ich vergöttlichte das Hochland, die Lichtungen und Ströme, ich

Erblickte Proteus, wie er aus dem Meer kam;
Und hörte den alten Triton sein gewundenes Horn blasen.[113]

Merkwürdig, daß, während die Erde ihren eintönigen Lauf bewahrte, ich mich mit immer neuem Erstaunen mit ihren antiken Gesetzen befaßte, und jetzt, wo sie mit unrundem Rad auf einem unerprobten Weg daherfuhr, ich diesen Geist verblassen fühlte. Ich kämpfte mit Verzweiflung und Müdigkeit, aber sie erstickten mich wie ein Nebel. Vielleicht waren die Ruhe des Winters und die damit einhergehenden kaum vorhandenen Aufgaben, nach den Mühen und der äußersten Aufregung des vergangenen Sommers, durch natürliche Gegenwirkung doppelt lästig. Es war nicht die mitreißende Leidenschaft des vorangegangenen Jahres, die jedem Moment Leben und Einzigartigkeit verlieh - es waren nicht die quälenden Stiche, die durch die Bedrängnisse der Zeit hervorgerufen wurden. Die völlige Nutzlosigkeit all meiner

---

[113] William Wordsworth, The World Is Too Much With Us.

Anstrengungen beraubte sie ihres üblichen Effekts des Hochgefühls, und Verzweiflung machte den Balsam des Selbstlobes wirkungslos - ich sehnte mich danach, zu meinen alten Beschäftigungen zurückzukehren, doch wozu waren diese nutze? Zu lesen war sinnlos - zu schreiben wahrlich vergebens. Die Erde, der einstmals geräumige Zirkus für die Zurschaustellung großer Heldentaten, das riesige Theater für ein prächtiges Drama, stellte sich nun als ein leerer Raum dar, als eine verwaiste Bühne - für Schauspieler oder Zuschauer gab es dort nichts mehr zu sagen oder zu hören.

Unsere kleine Stadt Windsor, in der die Überlebenden aus den benachbarten Grafschaften hauptsächlich versammelt waren, sah trübselig aus. Ihre Straßen waren mit Schnee bedeckt - die wenigen Passanten schienen gelähmt und von dem unfreundlichen Besuch des Winters erstarrt. Diesen Übeln zu entgehen, war das Ziel all unserer Anstrengungen. Familien, die sich einstmals der Erbauung und der Verfeinerung widmeten, reich, blühend und jung, jetzt mit verminderter Zahl und von Sorge belasteten Herzen, kauerten sich über ein Feuer, waren durch das Leiden selbstsüchtig und kriecherisch geworden. Ohne die Hilfe von Bediensteten mußten sie alle Haushaltsaufgaben erledigen; Hände, die dieser Arbeit nicht gewachsen waren, mußten das Brot kneten, oder, wo kein Mehl vorhanden war, mußten die Politiker oder der parfümierte Höfling das Amt des Metzgers übernehmen. Arm und Reich waren nun gleich, oder vielmehr waren die Armen die Vorgesetzten, da sie solche Aufgaben mit Eifer und Erfahrung angingen; während Unwissenheit, Unfähigkeit und Ruhegewohnheiten sie langweilig für die Luxuriösen machten, ärgerlich für die Hochmütigen, ekelhaft für alle, deren Verstand auf intellektuelle Verbesserung bedacht war.

Aber in jeder Veränderung können Güte und Zuneigung ein Feld für Betätigung und Entfaltung finden. Unter einigen erzeugten diese Veränderungen eine Hingabe und Selbstopferung, die anmutig und heroisch zugleich war. Es war ein Anblick des Genusses für die Liebhaber der menschlichen Rasse; wie in alten Zeiten die patriarchalische Weise zu sehen, in denen die Vielzahl von Verwandten und Freunden ihre pflichtbewußten und freundlichen Dienste erfüllte.

Junge Adlige des Landes vollführten um der Mutter oder Schwester willen, mit liebenswürdiger Heiterkeit niedere Dienste. Sie gingen zum Fluß, um das Eis zu brechen und Wasser zu schöpfen. Sie gingen zusammen auf Nahrungssuche oder fällten, mit der Axt in der Hand, die Bäume als Brennstoff. Die Frauen empfingen sie bei ihrer Rückkehr mit der einfachen und herzlichen Begrüßung, die man zuvor nur in der niedrigen Hütte kannte - ein sauberer Herd und helles Feuer; das Abendmahl von geliebten Händen fertig zubereitet; Dankbarkeit für die Lebensmittel für das Mahl des nächsten Tages: seltsame Genüsse für die hochgeborenen Engländer, aber sie waren jetzt ihre einzigen, hart verdienten und teuer erkauften Luxusgüter.

Bei niemandem war jene anmutige Anpassung an die Umstände, war jene edle Demut und erfindungsreiche Phantasie, solche Handlungen mit romantischer Färbung zu schmücken, so ausgeprägt, wie bei unserer Clara. Sie sah meine Verzweiflung und die quälenden Sorgen Idris'. Ihr fortwährendes Studium sollte uns von der Arbeit befreien und Leichtigkeit und sogar Eleganz über unsere veränderte Lebensweise verbreiten. Wir hatten immer noch einige Diener, die von der Seuche verschont geblieben und uns sehr verbunden waren. Aber Clara war eifersüchtig auf ihre Dienste. Sie wollte die alleinige Magd von Idris sein, die einzige Dienerin für die Bedürfnisse ihrer kleinen Cousins; nichts bereitete ihr so viel Vergnügen, als wenn wir sie auf diese Weise beschäftigten; sie ging über unsere Wünsche hinaus, ernst, fleißig und unermüdlich, -

Abra war bereit, noch ehe wir ihren Namen riefen,
Und obwohl wir eine andere riefen, kam Abra.[114]

Es war meine Aufgabe, jeden Tag die verschiedenen in unserer Stadt versammelten Familien zu besuchen, und wenn das Wetter es zuließ, war ich froh, meine Fahrt zu verlängern und in aller Einsamkeit über jedes wechselvolle Erscheinungsbild unseres Schicksals nachzudenken, und um zu versuchen, aus der Erfahrung der Vergangenheit Lehren für die

---

[114] Matthew Prior, Solomon 2.

Zukunft zu sammeln. Die Ungeduld, in welche mich die Übel, die meine Spezies heimsuchten, in Gegenwart anderer versetzten, wurde durch die Einsamkeit gemildert, wenn das Leiden des Einzelnen mit dem allgemeinen Unglück verschmolz, welche Betrachtung seltsamerweise weniger betrüblich war. So ging ich oft, mir mühsam den Weg durch die enge, schneeblockierte Stadt bahnend, über die Brücke und durch Eton. Keine jugendliche Ansammlung tapferer Knaben drängte sich durch das Portal der Schule; traurige Stille beherrschte den geschäftigen Schulraum und den lauten Spielplatz. Ich dehnte meinen Ausflug in Richtung Salt Hill aus, wobei ich auf jeder Seite durch den Schnee behindert wurde. Waren dies die fruchtbaren Felder, die ich liebte - war das der Wechsel von sanftem Hochland und bebautem Tal, einst bedeckt mit wogendem Getreide, aufgelockert durch stattliche Bäume, bewässert von der gewundenen Themse? Ein weißes Laken bedeckte es, während bittere Erinnerung mir sagte, daß die Herzen der Bewohner so kalt wie die wintergekleidete Erde waren. Ich traf Herden von Pferden, Rindern und Schafen, die nach Belieben umherwanderten; hier fielen sie über einen Heuschober her und nahmen sich, was er ihnen an Schutz und Nahrung bot - dort nahmen sie ein leerstehendes Häuschen in Besitz.

An einem frostigen Tag, an dem ich von ruhelosen, unbefriedigenden Gedanken verfolgt wurde, suchte ich einen Lieblingsplatz auf, einen kleinen Wäldchen unweit von Salt Hill. Ein sprudelnder Quell prasselte auf der einen Seite über Steine, und eine Ansammlung von ein paar Ulmen und Buchen, die den Namen Wald kaum verdiente, stand auf der andern. Dieser Fleck hatte für mich einen besonderen Reiz. Es war ein beliebter Rückzugsort von Adrian gewesen; es war abgeschieden; und er sagte oft, daß er in seiner Kindheit seine glücklichsten Stunden hier verbrachte. Nachdem er der vornehmen Knechtschaft seiner Mutter entronnen war, setzte er sich auf die rauhen, behauenen Stufen, die zur Quelle führten, und las mal ein Lieblingsbuch, und versank mal in Betrachtungen, die weit jenseits seiner Jahre lagen, über den immer noch entwirrten Strang von Moral oder Metaphysik. Eine schwermütige Vorahnung versicherte mir, daß ich diesen Ort nie mehr sehen sollte, daher betrachtete ich nachdenklich jeden Baum, jede Windung des

Baches und die Unregelmäßigkeit des Bodens, damit ich mich später in der Ferne besser daran erinnern könnte. Ein Rotkehlchen fiel von den frostigen Zweigen der Bäume auf den erstarrten Bach herab; seine keuchende Brust und die halbgeschlossenen Augen zeigten, daß es im Sterben lag. Ein Falke erschien in der Luft, plötzliche Angst ergriff das kleine Geschöpf, es sammelte seine letzte Kraft, warf sich auf den Rücken und hob seine Krallen in ohnmächtiger Verteidigung gegen den mächtigen Feind. Ich nahm es auf und legte es in meine Brust. Ich fütterte es mit ein paar Kekskrümeln. Nach und nach belebte es sich wieder, sein warmes flatterndes Herz schlug gegen mich. Ich kann nicht sagen, warum ich diesen unbedeutenden Vorfall so ausführlich darlege - aber die Szene ist immer noch vor mir; die schneebedeckten Felder, die man durch die silbrigen Stämme der Buchen sieht, der Bach, in glücklichen Tagen von glitzerndem Wasser belebt, jetzt von Eis erstickt, die baumlosen Bäume in Rauhreif gekleidet, die Umrisse der Blätter des Sommers, die des Winters Hand auf dem harten Boden zugefroren hatte - der düstere Himmel, die trostlose Kälte und ungebrochene Stille -, während mein gefiederter Schützling warm und sicher an meiner Brust lag, tat er seine Zufriedenheit mit einem leichten Zwitschern kund - schmerzhafte Erinnerungen drängten sich hervor und erfüllten meinen Geist mit wildem Tumult - kalt und totengleich, wie die verschneiten Felder, war die ganze Erde - von Elend bedrängt die Lebenszeit der Bewohner - warum sollte ich dem Strom der Verwüstung entgegentreten, der uns hinwegfegte? - warum meine Nerven belasten und meine müden Anstrengungen erneuern - ach, warum? Daß nur mein fester Mut und meine eifrigen Bemühungen den lieben Kameraden, den ich im Frühling meines Lebens wählte, schützen könnten; obwohl das Pochen meines Herzens voller Schmerz ist, obwohl meine Hoffnungen für die Zukunft erkaltet sind; während noch dein lieber Kopf, meine Liebste, friedlich auf diesem Herzen ruhen kann, und während du aus seiner Sorge Trost und Hoffnung ziehen kannst, werden meine Kämpfe nicht aufhören, - werde ich mich nicht vollständig besiegt nennen.

An einem schönen Februartag, als die Sonne wieder etwas von ihrer Stärke zurückgewonnen hatte, ging ich mit meiner Familie in den Wald. Es war einer jener schönen Wintertage, die die Fähigkeit der Natur,

Schönheit auf Kargheit zu übertragen, bestätigen. Die blattlosen Bäume breiteten ihre faserigen Zweige in Richtung des klaren Himmels aus; ihr kompliziertes und durchlässiges Astwerk glich zartem Seegras; die Hirsche scharrten auf der Suche nach dem verborgenen Gras im Schnee, das Weiß wurde gleißender durch die Sonne, und die Stämme der Bäume, durch den Verlust des bedeckenden Laubes auffälliger, versammelten sich ringsum wie die labyrinthischen Säulen eines riesigen Tempels; es war unmöglich, beim Anblick dieser Dinge keine Freude zu empfinden. Unsere Kinder, befreit von der Knechtschaft des Winters, kamen uns entgegen, die Hirsche verfolgend oder die Fasane und Rebhühner aus ihren Höhlen aufscheuchend. Idris lehnte sich an meinen Arm; ihre Traurigkeit verblaßte unter dem gegenwärtigen Gefühl des Vergnügens. Wir trafen andere Familien auf dem Langen Weg, die wie wir die Rückkehr der warmen Jahreszeit genossen. Plötzlich schien ich zu erwachen. Ich warf die anhaftende Trägheit der letzten Monate ab, die Erde nahm ein neues Aussehen an, und mein Blick auf die Zukunft wurde plötzlich deutlich. Ich rief: „Ich habe jetzt das Geheimnis herausgefunden!"

„Welches Geheimnis?"

Als Antwort auf diese Frage beschrieb ich unser düsteres Winterleben, unsere elenden Sorgen, unsere niederen Arbeiten. „Dieses nördliche Land", sagte ich, „ist kein Ort für unsere verminderte Rasse. Als es noch wenige Menschen gab, war es nicht hier, wo sie mit den mächtigen Naturgewalten kämpften und in der Lage waren, den Globus mit ihren Nachkommen zu bedecken. Wir müssen ein natürliches Paradies suchen, einen Garten Eden auf Erden, wo unsere einfachen Bedürfnisse leicht befriedigt werden können und der Genuß eines köstlichen Klimas einen Ausgleich bietet für die gesellschaftlichen Freuden, die wir verloren haben. Wenn wir diesen kommenden Sommer überleben, werde ich den folgenden Winter nicht in England verbringen, weder ich noch irgendeiner von uns."

Ich sprach ohne viel auf meine Worte zu achten, und der Schluß dessen, was ich sagte, brachte andere Gedanken mit sich. Sollten wir, irgendeiner von uns, den kommenden Sommer überleben? Ich sah, wie sich Idris' Stirn verdunkelte. Ich fühlte wieder, daß wir an den Wagen des Schicksals gekettet waren, über dessen Zugpferde wir keine Kontrolle hatten. Wir können nicht mehr sagen: Das werden wir tun, und das werden wir unterlassen. Eine mächtigere Macht als der Mensch war in der Nähe, um unsere Pläne zu zerstören oder die Arbeit zu vollbringen, die wir vermieden. Es war Wahnsinn, auf einen anderen Winter zu rechnen. Dies war unser letzter. Der kommende Sommer war das äußerste Ende unseres Ausblicks, und wenn wir dort anlangten, würde statt einer Fortsetzung des langen Weges ein Abgrund gähnen, in welchen wir gezwungen werden mußten. Der letzte Segen der Menschheit wurde uns entrissen, wir würden nicht länger hoffen können. Kann der Wahnsinnige, der mit seinen Ketten klirrt, hoffen? Kann der Unglückliche hoffen, der zum Schafott geführt wird, der, wenn er den Kopf auf den Block legt, den doppelten Schatten von sich selbst und dem Scharfrichter sehen kann, dessen erhobener Arm die Axt trägt? Kann der schiffbrüchige Seemann hoffen, der während des Schwimmens dicht hinter sich die spritzenden Wasser hören kann, die von einem Hai geteilt werden, der ihn durch den Atlantik verfolgt? Solche Hoffnung wie jene mögen auch wir unterhalten!

Die alte Fabel sagt uns, daß dieser sanfte Geist aus der Büchse Pandoras[115] entsprang, die sonst voll von Bösem war; aber diese waren ungesehen und nichtig, während alle die beseelende Lieblichkeit der jungen Hoffnung bewunderten; das Herz jedes Mannes wurde ihr Zuhause, sie war inthronisierte Herrscherin unseres Lebens, hier und hiernach; sie wurde vergöttert und verehrt, für unvergänglich und ewig erklärt. Aber wie alle anderen Gaben des Schöpfers zum Menschen ist sie sterblich, ihr Leben hat ihre letzte Stunde erreicht. Wir haben über sie gewacht, ihr flackerndes Dasein gehegt, jetzt ist sie mit einem mal von der Jugend zur Hinfälligkeit, von der Gesundheit zur unheilbaren Krankheit gefallen. Selbst wenn wir uns für ihre Genesung aufreiben, stirbt sie. Zu allen Nationen dringt die Kunde: Die Hoffnung ist tot! Wir sind nur Trauergäste im Begräbniszug, und welche unsterbliche

---

[115] Die Büchse der Pandora enthielt, wie die griechische Mythologie überliefert, alle der Menschheit bis dahin unbekannten Übel wie Mühe, Krankheit und Tod. Sie entwichen in die Welt, als Pandora die Büchse öffnete.

Essenz oder verderbliche Schöpfung wird sich weigern, einer in der traurigen Prozession zu sein, die die tote Trösterin der Menschheit zu ihrem Grab begleitet?

> *Ruft nicht die Sonne ihr Licht zurück? und der Tag*
> *Schmilzt wie ein leichter Hauch davon –*
> *Beide hüllen ihre Strahlen in Wolken, um selbst*
> *Trauernde bei diesem Begräbnis zu sein.*[116]

---

[116] Aus *An Elegie on Charles I.*; das Zitat wurde fälschlicherweise zu Shelleys Zeiten John Cleveland zugeschrieben, und von ihr demgemäß auch als Quelle angegeben.

DER LETZTE MENSCH.

Dritter Band.

Kapitel 1.

Hörst du nicht das Rauschen des nahenden Sturms? Siehst du nicht, wie sich die Wolken auftun, und düster und entsetzlich Zerstörung auf die verdorrte Erde gießen? Siehst du nicht die Blitze fallen, und wirst durch den Ruf des Himmels betäubt, der ihrem Abstieg folgt? Fühlst du nicht die Erde vor gequälten Seufzern beben und sich öffnen, während die Luft von Schreien und Wehklagen geschwängert ist - wie sie alle die letzten Tage des Menschen ankündigen?

Nein! Keines dieser Dinge begleitet unseren Niedergang! Die milde Frühlingsluft, aus dem Nektar der Natur geatmet, bekleidete die schöne Erde, die als junge Mutter wachte, um stolz ihre schöne Nachkommenschaft voranführte, damit diese ihren lange fortgewesenen Vater treffen. Die Knospen zierten die Bäume, die Blumen schmückten das Land, die dunklen, mit jahreszeitlichen Säften geschwollenen Zweige erweiterten sich in Blätter, und das bunte Frühlingslaub, das sich in der Brise bog und säuselte, wiegte sich behaglich in der wohltuenden Wärme des ungetrübten Himmels, die Bächlein flossen murmelnd, das Meer war glatt und unbewegt, und die Landzungen, die es überhingen, wurden in den ruhigen Wassern reflektiert, die Vögel erwachten in den Wäldern, während reichlich Nahrung für Mensch und Tier aus dem dunklen Boden entstand. Wo waren Pein und Übel? Nicht in der ruhigen Luft oder im rollenden Ozean, nicht in den Wäldern oder auf den fruchtbaren Feldern, noch unter den Vögeln, die die Wälder von ihren Liedern widerschallen ließen, noch bei den Tieren, die sich inmitten der reichen Üppigkeit in der Sonne wärmten. Unser Feind beschritt, wie das Unheil von Homer, unsere Herzen, und von seinen Schritten hallte kein Ton -

Mit Unheil beladen ist das Land, mit Unheil die Meerflut;
Krankheiten suchen die Sterblichen heim,
Zur Tages- wie zur Nachtzeit gleiten sie auf leisen Schwingen,
Geräuschlos -, da eine allweise Macht sie der Stimme beraubt.[117]

Einst war der Mensch ein Liebling des Schöpfers, wie der königliche Psalmist sagte: „Gott hat ihn ein wenig niedriger als die Engel gemacht und ihn mit Ruhm und Ehre gekrönt. Gott hat ihn zum Herrscher gemacht über die Werke seiner Hände; alles hat er unter seine Füße gestellt."[118] Einst war es so; und jetzt ist der Mensch der Herr der Schöpfung? Sieh ihn dir an - ha! Ich sehe Pest! Sie hat seine Gestalt angenommen, ist in Fleisch und Blut verkörpert, hat sich mit seinem Sein verflochten und blendet seine himmelsuchenden Augen. Leg dich hin, o Mensch, auf die blumenbestreute Erde, gib den Anspruch auf dein Erbe auf. Alles, was du jemals davon besitzen kannst, ist die kleine Parzelle, die die Toten benötigen.

Die Pest ist die Begleiterin des Frühlings, des Sonnenscheins und des Überflusses. Wir hadern nicht mehr mit ihr. Wir haben vergessen, was wir getan haben, als es sie nicht gab. Einst bezwangen Flotten die riesigen Meereswellen zwischen dem Indus und dem Pol für kleine Luxusartikel. Die Menschen unternahmen gefährliche Reisen, um sich der herrlichen Kleinigkeiten, der Edelsteine und des Goldes der Erde zu bemächtigen. Menschliche Arbeit wurde verschwendet - menschliches Leben wurde zunichte gemacht. Jetzt ist das Leben alles, was wir begehren; daß dieser Automat des Fleisches mit seinen Gelenken und Sehnen seine Funktionen erfüllen soll, daß diese Wohnung der Seele in

---

[117] Hesiod, Werke und Tage, hier zitiert aus Eltons Übersetzung von Hesiods Werken.
[118] Psalm 8, 6.

der Lage sein sollte, ihren Bewohner in sich zu bergen. Unser Verstand, der sich erst kürzlich noch durch zahllose Sphären und endlose Kombinationen von Gedanken ausbreitete, zog sich nun hinter diese Mauer aus Fleisch zurück, nur danach trachtend, sein Wohlergehen zu bewahren. Wir waren gewiß hinlänglich herabgewürdigt.

Die Zunahme der Krankheit im Frühjahr brachte denjenigen von uns, die bis jetzt noch am Leben waren, zunächst eine Steigerung von Arbeit, da wir unsere Zeit und Gedanken für unsere Mitgeschöpfe aufopferten. Wir reizten uns selbst zu der Aufgabe an: „Inmitten der Verzweiflung haben wir die Aufgaben der Hoffnung erfüllt."[119] Wir waren entschlossen, es mit unserem Feind aufzunehmen. Wir halfen den Kranken und trösteten die Trauernden; wir wandten uns von den unzähligen Toten ab und zu den seltenen Überlebenden hin, und forderten sie mit einem solch starken Wunsch, daß er beinahe der Macht glich, auf, zu leben. Die Pest kauerte indessen über uns und verlachte uns voller Verachtung.

Hat einer unter Ihnen, meine Leser, schon einmal die Trümmer eines Ameisenhaufens unmittelbar nach der Zerstörung beobachtet? Zunächst scheint er ganz von seinen früheren Bewohnern verlassen; nach kurzer Zeit aber sieht man eine Ameise sich durch die aufgeworfene Erde kämpfen; sie erscheinen wieder zu Zweien und zu dritt, und laufen auf der Suche nach ihren verlorenen Gefährten hin und her. So waren wir auf der Erde, verwundert und erschrocken wegen der Auswirkungen der Seuche. Unsere leeren Behausungen blieben, aber die Bewohner wurden in den Schatten des Grabes versammelt.

Da die Regeln der Ordnung und der Druck der Gesetze verloren waren, begannen einige zögernd und verwundert, die gewohnten Bräuche der Gesellschaft zu übertreten. Paläste waren verlassen, und der arme Mann wagte endlich, ohne Widerstand in die herrlichen Wohnungen einzudringen, deren Möbel und Dekorationen eine unbekannte Welt für ihn waren. Zunächst schleuderte der für alle Zirkulation von Eigentum gesetzte Halt diejenigen, die zuvor von den künstlichen Bedürfnissen der Gesellschaft unterstützt wurden, in plötzliche und

---

[119] Edmund Burke, Letter to a Member of the National Assembly, 1791.

abscheuliche Armut. Doch als die Grenzen des privaten Besitzes umgeworfen wurden, stellte sich heraus, daß die Produkte der menschlichen Arbeit mehr, weit mehr, waren, als die ausgedünnte Menschheit möglicherweise verbrauchen könnte. Für einige der Armen war dies ein Anlaß zum Jubel. Wir waren jetzt alle gleich: herrliche Wohnungen, luxuriöse Teppiche und Daunenbetten wurden alle gewährt. Kutschen und Pferde, Gärten, Bilder, Statuen und fürstliche Bibliotheken gab es überreichlich; und es gab nichts, was jemanden hätte verhindern können, sich seinen Anteil zu sichern. Wir waren jetzt alle gleich, doch es lag in der Nähe auch eine Gleichheit, die uns noch mehr anglich, ein Zustand, in der Schönheit und Kraft und Weisheit, so eitel wie Reichtum und Geburt sein würden. Das Grab gähnte unter uns allen, und die Aussicht darauf verhinderte jeden von uns, die Leichtigkeit und die Fülle zu genießen, die uns auf so schreckliche Weise dargeboten wurden.

Immer noch verblaßte die Blüte nicht auf den Wangen meiner Kinder; und Clara gewann, unbefleckt durch Krankheit, an Jahren und Wachstum. Wir hatten keinen Grund, den Standort von Windsor Castle für besonders gesund zu halten, da viele andere Familien unter seinem Dach gestorben waren; wir lebten daher ohne besondere Vorsicht; doch wir lebten, wie es schien, in Sicherheit. Wenn Idris dünn und blaß wurde, war es die Angst, die die Veränderung veranlaßte; eine Angst, die ich in keiner Weise lindern konnte. Sie beklagte sich nie, aber Schlaf und Appetit verließen sie, ein langsames Fieber ergriff ihre Adern, ihre Wangen wiesen eine hektische Röte auf, und sie weinte oft im geheimen. Düstere Prognosen, Sorgfalt und quälende Furcht verschlangen ihren Lebenswillen. Ich konnte diese Veränderung nicht übersehen. Ich wünschte oft, ich hätte ihr erlaubt, ihren eigenen Weg zu gehen und sich für das Wohlergehen anderer mit solcherlei Arbeiten zu beschäftigen, die ihre Gedanken abgelenkt hätten. Aber nun war es zu spät. Abgesehen davon waren, mit der beinahe ausgestorbenen Rasse des Menschen, alle unsere Mühen fast zu einem Ende gekommen. Sie war zu schwach; die Auszehrung, wenn man es so nennen konnte, oder vielmehr das überaktive Leben in ihr, das wie bei Adrian das Leben bereits in den frühen Morgenstunden verbrauchte, beraubte ihre Glieder der Stärke. Nachts, wenn sie mich unbemerkt verlassen konnte, wanderte sie durch das Haus oder beugte sich über die Betten ihrer Kinder; und tagsüber versank sie in einen gestörten Schlaf, während ihr Murmeln und Auffahren die unruhigen Träume verrieten, die sie belästigten. Als dieser Zustand des Elends sich immer mehr festigte, und trotz ihrer Bemühungen, ihn zu verbergen, immer offensichtlicher wurde, bemühte ich mich, wenngleich vergeblich, in ihr Mut und Hoffnung zu erwecken. Ich konnte mich nicht über die Heftigkeit ihrer Sorge wundern; ihre ganze Seele war Zärtlichkeit. Sie vertraute tatsächlich darauf, daß sie mich nicht überleben sollte, wenn ich die Beute der Seuche werden würde, und dieser Gedanke erleichterte sie zuweilen. Wir waren seit vielen Jahren Hand in Hand auf der Straße des Lebens gegangen, und könnten, noch immer so verbunden, unter die Schatten des Todes treten; aber ihre Kinder, ihre liebreizenden, verspielten, lebhaften Kinder - die aus ihr entsprungen waren - Teil ihres Fleisches waren - Wahrzeichen unserer Liebe - selbst, wenn wir stürben, wäre es Trost zu wissen, daß sie den gewohnten Lauf des Menschen gingen. Aber dem wäre nicht so; jung und blühend wie sie waren, würden sie sterben, und von den Hoffnungen der Reife, vom stolzen Namen des erreichten Erwachsenenalters, würden sie für immer abgeschnitten. Oft hatte sie mit mütterlicher Zuneigung ihre Verdienste und Talente auf die weite Bühne des Lebens übertragen. Ach, jene letzten Tage! Die Welt war alt geworden, und alle ihre Bewohner nahmen an der Hinfälligkeit teil. Warum von Kindheit, Reife und Alter reden? Wir alle standen gleichermaßen am Ende der Zeit der abgenutzten Natur. Wir alle waren an demselben Punkt des Weltalters angekommen - es gab keinen Unterschied zwischen uns; die Bezeichnung des Elternteils und des Kindes hatte ihre Bedeutung verloren; Jungen und Mädchen waren jetzt mit Erwachsenen ebenbürtig. Dies alles war wahr; aber es war nicht weniger qualvoll, die Belehrung nach Hause zu bringen.

Wohin konnten wir uns wenden, und nicht eine düstere und bedeutungsschwere Verödung vorfinden? Die Felder waren unbebaut verlassen worden, Unkraut und farbenprächtige Blumen waren emporgeschossen, - oder, wo ein paar Weizenfelder Zeichen der bestehenden Hoffnungen des Bauern zeigten, war die Arbeit auf halbem Wege verlassen worden, der Pflügende war neben dem Pflug gestorben; die

Pferde hatten die Furche verlassen, und kein Säer hatte sich dem Toten genähert; das Vieh wanderte unbeaufsichtigt über die Felder und durch die Gassen; die zahmen Bewohner des Hühnerhofs, die ihrer täglichen Nahrung entbehrten, waren wild geworden - junge Lämmer lagen in Blumengärten, und die Kuh wohnte im Vergnügungssaal. Kränklich und in ihrer Zahl vermindert, kümmerten sich die Leute vom Lande weder um die Aussaat, noch um die Ernte; sondern schlenderten über die Wiesen, oder lagen unter den Hecken, wenn der unfreundliche Himmel sie nicht dazu zwang, Schutz unter dem nächsten Dach zu suchen. Viele derjenigen, die blieben, zogen sich in die Einsamkeit zurück; einige hatten die Läden geschlossen, damit sie nicht gezwungen würden, ihre Häuser zu verlassen, andere hatten Frau und Kind verlassen, und stellten sich vor, daß sie ihre Sicherheit durch die völlige Einsamkeit gewährt hätten. Solcherart war Rylands Plan gewesen, und er wurde tot und halb von Insekten verschlungen gefunden, in einem Haus, das viele Meilen von jedem anderen lag, mit Haufen von Lebensmitteln, die in nutzlosen Überfluß aufgehäuft waren. Andere unternahmen lange Reisen, um sich mit denjenigen zu vereinen, die sie liebten, und kamen an, um sie tot vorzufinden.

London enthielt nicht mehr als tausend Einwohner; und diese Zahl nahm beständig ab. Die meisten von ihnen waren Leute vom Land, die aus Gründen der Veränderung gekommen waren; die Londoner waren aufs Land geflohen. Der geschäftige östliche Teil der Stadt war still, oder man sah höchstens, wo, halb aus Habgier, halb aus Neugier, die Lager mehr durchwühlt als ausgeplündert worden waren: Ballen von reichen indischen Waren, teures Tuch, Juwelen und Gewürze, waren ausgepackt und auf dem Boden verstreut worden. An einigen Stellen hatte der Besitzer bis zuletzt vor seinem Laden gewacht und war vor den vergitterten Toren gestorben. Die massiven Portale der Kirchen schwangen knarrend in ihren Angeln, und einige Leute lagen tot auf dem Pflaster. Die liederliche Frau, ein ungeliebtes Opfer vulgärer Brutalität, war zum Toilettentisch der hochgeborenen Schönheit gewandert, und war, als sie sich eben mit dem Prunkgewand bekleidet hatte, vor dem Spiegel gestorben, der ihr nun ihr verändertes Aussehen widerspiegelte. Frauen, deren zarte Füße die Erde in ihrem Luxus selten berührt hatten, waren in Angst und Schrecken aus ihren Häusern geflohen, bis sie, sich in den schmutzigen Straßen der Metropole verlierend, an der Schwelle der Armut starben. Das Herz wurde einem schwer bei der Vielfalt des vorhandenen Elends, und wenn ich ein Beispiel dieser düsteren Veränderung sah, schmerzte meine Seele vor Angst davor, was meiner geliebten Idris und meinen Kindern zustoßen könnte. Sollten sie, wenn sie Adrian und mich überlebten, sich schutzlos in der Welt finden? Bisher hatte allein der Geist gelitten - konnte ich für immer die Zeit aufschieben, wenn die zarte Gesundheit und empfindlichen Nerven meines Wohlstandskindes, des Zöglings von Rang und Reichtum, die meine Begleiterin war, von Hunger, Not und Krankheit überwunden werden sollte? Besser sofort sterben - besser einen Dolch in ihren Busen stürzen, wenn sie noch unberührt von düsteren Widrigkeiten ist, und ihn dann in meine Brust versenken! Aber nein, in Zeiten der Not müssen wir gegen unser Schicksal ankämpfen, und uns bemühen, sich nicht von ihm überwinden zu lassen. Ich würde nicht nachgeben, sondern meine Lieben bis zum letzten Atemzug entschlossen gegen Leid und Schmerz verteidigen; und wenn ich endlich besiegt würde, sollte es nicht unrühmlich sein. Ich stand in der Lücke, und widerstand dem Feind- dem ungreifbaren, unsichtbaren Feind, der uns so lange belagert hatte - noch hatte er keine Bresche in uns geschlagen: es mußte meine Sorge sein, daß er nicht heimlich untergrabend plötzlich innerhalb des Tempels der Liebe erschien, an dessen Altar ich täglich Opfer brachte.

Der Hunger des Todes wurde nun durch die Verminderung seiner Nahrung stärker: oder war es vielmehr so, daß zuvor, als es noch viele Überlebende gab, die Toten weniger eifrig gezählt wurden? Nun war jedes Leben ein Juwel, jeder menschliche Atemhauch weit, o, weit mehr wert als die feinsten Abbilder steinerner Skulpturen! Und die tägliche, ja stündlich Abnahme, die sich in unseren Zahlen spürbar machte, erfüllte das Herz mit äußerstem Elend. In diesem Sommer erloschen unsere Hoffnungen, wurde das Schiff der Gesellschaft zerstört, und das zerstörte Floß, das die wenigen Überlebenden über das Meer des Elends trug, wurde sturmgepeitscht hin und her geworfen. Der Mensch existierte noch als einer, der schlafen und wachen, und die animalischen

Triebe vollführen könnte; doch der Mensch, in sich schwach, doch in versammelten Zahlen mächtiger als der Wind oder das Meer; der Mensch als Bezwinger der Elemente, als Herr der geschaffenen Natur, als Ebenbürtiger der Halbgötter, existierte nicht mehr.

So lebt denn wohl, heimatliche Gefilde, lebt wohl, Freiheitsliebe und wohlverdienter Lohn tugendhaften Strebens! - Leb wohl, überfüllter Senat, der von den Ratschlägen der Weisen widerhallte, deren Gesetze schärfer waren als die in Damaskus gehärtete Klinge - lebt wohl, königlicher Pomp und kriegerischer Prunk; die Kronen liegen im Staub, und die Träger in ihren Gräbern! - Lebt wohl, Herrscherdrang, und Hoffnung auf einen Sieg; hochgesteckter Ehrgeiz, Appetit auf Lob, und Verlangen nach dem Wahlrecht der Mitmenschen! Es gibt keine Nationen mehr! Kein Senat sitzt für die Toten im Rat; kein Sproß einer altehrwürdigen Dynastie strebt an, über die Bewohner eines Beinhauses zu regieren; die Hand des Generals ist kalt, und der Soldat hat in jungen Jahren und ungeehrt sein unzeitiges Grab in seinen heimatlichen Feldern gegraben. Der Marktplatz ist leer, der Kandidat um die Volksgunst findet niemanden, den er vertreten kann. Lebt wohl, ihr bemalten Kutschen! - Lebt wohl, mitternächtliche Gelage, Wetteifern der Schönheit, teure Kleider und Geburtstagsfeste, Titel und vergoldetes Diadem, lebt wohl!

Lebt wohl, Riesenkräfte des Menschen, - leb wohl, Wissen, das die tief im Wasser liegende Barke durch die widrigen Wasser des endlosen Ozeans steuern könnte, - leb wohl, Wissenschaft, die den seidenen Ballon durch die grenzenlose Luft lenkte, - leb wohl, Macht, die eine Barriere durch mächtige Wasser errichten, Räder, Balken und riesige Maschinen in Bewegung setzen, Felsen von Granit oder Marmor teilen, und Berge einebnen konnte!

Lebt wohl, Künste, - leb wohl, Beredsamkeit, die wie die Winde für das Meer ist und den menschlichen Geist erst aufrührt und ihn dann beruhigt, - lebt wohl, Poesie und tiefsinnige Philosophie; die Phantasie des Menschen ist erkaltet, und sein forschender Geist kann sich nicht mehr über die Wunder des Lebens ergehen, denn „im Totenreich, in das du fährst, gibt es weder Tun noch Denken, weder Erkenntnis noch

Weisheit!"[120] - Leb wohl, elegantes Gebäude, das mit seinen perfekten Maßen die rohen Formen der Natur übertrifft, der verzierte gotische und massive sarazenische Bau, lebt wohl, gewaltiger Bogen und herrliche Kuppel, gerillte Säule mit ihrem Kapital, korinthisch, ionisch, oder dorisch, Peristyl[121] und schönes Gebälk, dessen Harmonie in der Form für das Auge wie ein musikalischer Akkord für das Ohr ist! - Leb wohl, Skulptur, wo der reine Marmor menschliches Fleisch nachahmt, und aus welchem plastischen Ausdruck ausgewählter Unübertrefflichkeit der menschlichen Form Gott hervorleuchtet! - Lebt wohl, Malerei, das hohe Einfühlungsvermögen und die tiefe Kenntnis des Künstlers im Bemalen der Leinwand - lebt wohl, paradiesische Szenen, in denen die Bäume stets blühen, und die süße Luft in ewigem Lichtschein ruht: - Lebt wohl, Sturm und wildester Aufruhr der Natur, die im engen Rahmen gefesselt ist, O lebt wohl! Leb wohl, Musik und Klang des Gesangs; die Vereinigung von Instrumenten, in denen das Zusammenspiel von weichen und harten Tönen sich in süßer Harmonie vereinigt, und die staunenden Zuhörer beschwingt, wodurch sie in den Himmel aufsteigen, und die verborgenen Freuden der Ewigen erfahren! - Leb wohl, altbekannte Bühne! Eine wirklichere Tragödie wird auf der großen Weltbühne gespielt, welche die gekünstelte Trauer in den Schatten stellt. Lebt wohl, hochgezüchtete Komödie und niedriger Possenreißer, lebt wohl! - Der Mensch darf nicht mehr lachen.

Ach! die Verzierungen der Menschheit aufzuzählen zeigt, was wir verloren haben, wie überaus groß der Mensch war. Nun ist alles vorbei. Er ist einsam; wie unsere ersten Eltern aus dem Paradies vertrieben wurden, so blickt auch er auf die Szene zurück, die er verlassen hat. Die hohen Wände des Grabes, und das Flammenschwert der Pest, liegen zwischen ihr und ihm. Wie für unsere ersten Eltern liegt die ganze Erde vor ihm, eine ausgedehnte Wildnis. Auf sich gestellt und schwach soll er durch die Felder wandern, wo das ungeerntete Korn in reicher Üppigkeit steht, durch Wäldchen, die von seinen Vätern gepflanzt wurden,

---

[120] Prediger 9.10.
[121] Das Peristyl ist in der antiken Architektur ein rechteckiger Hof, der auf allen Seiten von durchgehenden Säulenhallen umgeben ist.

durch Städte, die für seinen Gebrauch erbaut wurden. Die Nachwelt ist nicht mehr. Ruhm, Ehrgeiz und Liebe sind bedeutungsleere Worte, ganz wie das Vieh, das auf dem Feld grast, legst du, O Verlaßner, dich des Abends nieder, unwissend über die Vergangenheit, achtlos ob der Zukunft, denn von solcher törichten Unwissenheit allein kannst du dir Erleichterung erhoffen!

Die Freude malt mit ihren Farben jeden Akt und jeden Gedanken. Die Glücklichen fühlen keine Armut - denn die Freude ist wie eine goldgewebte Robe und krönt sie mit unvergleichlichen Edelsteinen. Der Genuß spielt den Koch bei ihrer heimischen Kost und bezaubert ihr einfaches Getränk. Die Freude bestreut die harte Bettstatt mit Rosen und erleichtert die Arbeit.

Die Sorge verdoppelt die Last des gebeugten Rückens, pflanzt Dornen ins harte Kissen, mischt Galle ins Wasser, fügt ihrem bitteren Brot Salz hinzu, kleidet sie in Lumpen und streut Asche auf ihre baren Häupter. Zu unserer unheilbaren Bedrängnis kam jede kleine und unbeholfene Unannehmlichkeit mit zusätzlicher Kraft; wir hatten unsere Körper bemüht, um das auf uns geworfene Gewicht von Atlas zu ertragen; wir sanken unter der zusätzlichen Feder, die das Schicksal auf uns warf, darnieder, „der Grashüpfer war eine Last."[122] Viele der Überlebenden waren in Luxus aufgewachsen - ihre Diener waren fort, ihre Befehlsgewalt verschwand wie ein unwirklicher Schatten. Auch die Armen erlitten vielerlei Entbehrungen, und der Gedanke an einen weiteren Winter wie den letzten versetzte uns in Angst. War es denn nicht genug, daß wir sterben müssen, mußte auch noch Mühsal hinzugefügt werden? - mußten wir unser Begräbnismahl mit unserer eigenen Arbeit vorbereiten, und mit unziemlicher Plackerei Brennmaterial in unsere verlassenen Herde füllen - mußten wir mit sklavischen Händen die Stoffe herstellen, die bald unser Leichentuch sein würden?

Nicht doch! Wir werden demnächst sterben, so laßt uns denn den letzten Rest unseres Leben bis zum Schluß auskosten. Elende Sorge, hinfort! Niedere Arbeiten und Schmerzen, an sich leicht, aber zu riesenhaft für unsere erschöpfte Kraft, sollten keinen Teil unserer

---

[122] Prediger 12, 5.

vergänglichen Existenzen ausmachen. Zu Anbeginn der Zeit, als der Mensch, wie jetzt, in Familien zusammenlebte, und nicht in Stämmen oder Nationen, wurden sie in einem angenehmen Klima plaziert, wo die Erde sie ohne Anbau ernährte, und die milde Luft ihre ruhenden Glieder mit einer Wärme umgab, die angenehmer als Daunenbetten war. Der Süden ist die angeborene Heimat der Menschheit, das Land der Früchte, dem Menschen dankbarer als der hart erarbeitete Ackerbau des Nordens, - die Heimstatt von Bäumen, deren Äste wie ein Palastdach sind, von Betten aus Rosen, und durstlöschenden Trauben. Dort müßten wir nicht Kälte und Hunger fürchten.

Sieh dir England an! Das Gras schießt hoch auf den Wiesen; doch sie sind feucht und kalt, ein ungeeignetes Bett für uns. Getreide haben wir nicht, und die rohen Früchte können uns nicht ernähren. Wir müssen Brennmaterial in den Eingeweiden der Erde suchen, sonst wird die unfreundliche Umgebung uns mit Rheuma und Schmerzen erfüllen. Nur die Arbeit von Hunderttausenden könnte diesen unbehaglichen Winkel zu einem Aufenthalt für Menschen machen. Nun denn, auf in den Süden, auf zur Sonne! - Wo die Natur freundlich ist, wo Jupiter den Inhalt von Amaltheas Horn[123] ausgegossen hat, und die Erde ein einziger Garten ist.

England, der einstige Geburtsort der Vortrefflichkeit und die Schule der Weisen, deine Kinder sind fort, deine Herrlichkeit ist verblaßt! Du, England, warst der Triumph des Menschen! Kleine Gunst zeigte dir dein Schöpfer, du Insel des Nordens; von der Natur als eine zerlumpte Leinwand geformt, von Menschen mit überirdischen Farben bemalt; doch die Farben, die er dir gab, sind verblaßt, um nie mehr erneuert zu werden. So müssen wir dich also verlassen, du Wunder der Welt; wir müssen für immer Abschied nehmen von deinen Wolken, deiner Kälte und deinem Mangel! Deine männlichen Herzen sind still, deine Geschichte von Macht und Freiheit an ihrem Ende angelangt! Des Menschen beraubt, O kleine Insel! Die Wellen des Ozeans werden dich

---

[123] In der griechischen Mythologie ist Amalthea eine Nymphe, die den Gott Zeus mit der Milch einer Ziege aufzog. Ihr abgebrochenes Horn, das „Füllhorn", gilt als das Symbol für reichen Überfluß.

peitschen, und der Rabe seine Flügel über dir schlagen, dein Boden wird Unkraut gebären, dein Himmel wird Unfruchtbarkeit überblicken. Du warst nicht wegen der Rose Persiens berühmt, noch wegen der Banane des Ostens; nicht wegen der scharfen Stürme Indiens, noch wegen der Zuckerfelder Amerikas; weder für deine Reben noch für deine Doppelernten, noch für deine Frühlingslüfte, noch für die heiß brennende Sonne - sondern für deine Kinder, ihren unermüdlichen Fleiß und ihren stolzen Ehrgeiz. Sie sind fort, und du gehst mit ihnen den vielbeschrittenen Weg, der zur Vergessenheit führt -

Leb wohl, traurige Insel, leb wohl, dein verhängnisvoller Ruhm
Wird in dieser Geschichte zusammengefaßt und zu einem Ende gebracht.[124]

Kapitel 2.

Im Herbst dieses Jahres 2096 schlich sich der Geist der Emigration zwischen den wenigen Überlebenden ein, die, aus verschiedenen Teilen Englands kommend, sich in London trafen. Dieser Geist existierte als ein Atemzug, als ein Wunsch, als ein weit entfernter Gedanke, bis er Adrian mitgeteilt wurde, der ihn mit Begeisterung aufnahm und sich augenblicklich mit Plänen für seine Ausführung beschäftigte. Die Angst vor dem unmittelbaren Tod verschwand mit der Septemberhitze. Ein weiterer Winter lag vor uns, und wir könnten wählen, wie wir ihn zu unserem besten Vorteil nutzten. Vielleicht könnte im Rationalismus kein besserer Plan gewählt sein, als jener zur Auswanderung, der uns aus dem unmittelbaren Schauplatz unseres Leidens herausziehen, uns durch angenehme und malerische Länder führen und eine Zeitlang unsere Verzweiflung zerstreuen würde. Nachdem die Idee einmal aufgekommen war, waren alle ungeduldig, sie in Ausführung zu bringen.

Wir waren noch immer in Windsor; unsere erneuerten Hoffnungen linderten die Qual, die wir durch die kürzlichen Tragödien erlitten hatten. Der Tod vieler unserer Mitbewohner hatte uns von dem ge-

---

[124] Cleveland's Poems.

hegten Gedanken befreit, daß Windsor Castle ein zu geweihter Ort für die Pest sei; aber unsere Lebenspacht wurde für einige Monate verlängert, und sogar Idris hob ihren Kopf, wie eine Lilie nach einem Sturm, wenn ein letzter Sonnenstrahl ihre silberne Tasse wärmt. Gerade zu dieser Zeit kam Adrian zu uns herunter; sein eifriger Blick zeigte uns, daß er voller Pläne war. Er beeilte sich, mich beiseite zu ziehen, und offenbarte mir hastig seinen Plan, aus England auszuwandern.

England für immer verlassen! Sich von seinen verseuchten Feldern und Hainen abzuwenden und das Meer zwischen uns zu legen, es zu verlassen, wie ein Matrose den Felsen verläßt, auf dem er schiffbrüchig geworden ist, wenn das rettende Schiff vorbeifährt. So war sein Plan.

Das Land unserer Väter, das durch ihre Gräber geheiligt ist, verlassen! - Wir konnten uns nicht einmal als freiwillige Exilanten fühlen, wie jemand, der aus Vergnügen oder Bequemlichkeit seinen heimatlichen Boden verläßt; obwohl Tausende von Meilen ihn trennen würden, wäre England immer noch ein Teil von ihm, so wie er ein Teil Englands wäre. Er würde dortigen Tagesgeschehen hören; er wüßte, daß, wenn er zurückkehrte, und seinen Platz in der Gesellschaft wieder einnähme, ihm die Tür offenstünde, und es nur seinen Willen erforderte, um sich sogleich wieder mit den Personen und Gewohnheiten der Kindheit zu umgeben. Wie anders war es mit uns, dem Überrest. Wir ließen niemanden zurück, der uns repräsentieren könnte, niemanden, der das verwüstete Land wieder bevölkern könnte, und der Name Englands würde sterben, wenn wir es verließen,

Im umherstreichenden Streben nach schrecklicher Sicherheit.[125]

Doch laßt uns gehen! England ist in sein Leichentuch gehüllt - wir dürfen uns nicht an einen Leichnam ketten. Laßt uns gehen - die Welt ist jetzt unser Land, und wir werden für unseren Wohnsitz ihren fruchtbarsten Ort wählen. Sollen wir mit geschlossenen Augen und gefalteten Händen in diesen verlassenen Hallen unter diesem winterlichen Himmel sitzen und den Tod erwarten? Laßt uns lieber hinaus-

---

[125] John Ford, The Broken Heart.

gehen, und ihm galant begegnen; oder vielleicht - denn es ist nicht gewiß, daß diese ganze Erdkugel, dieses schöne Juwel im Himmelsdiadem, von der Pest ergriffen wurde - vielleicht können wir in irgendeinem abgelegenen Winkel, unter dem ewigen Frühling, den wogenden Bäumen, und plätschernden Strömen, Leben finden. Die Welt ist groß, und England, obwohl ihre vielen Felder und weitverbreiteten Wälder endlos scheinen, ist nur ein kleiner Teil von ihr. Am Ende eines Tagesmarsches über hohe Berge und durch verschneite Klippen können wir auf Gesundheit stoßen und unsere geliebten Menschen ihr überantworten, den entwurzelten Baum der Menschheit neu einpflanzen und der späteren Nachwelt die Geschichte der vorpestilenziellen Rasse überliefern, der Helden und Weisen der Vergangenheit.

Die Hoffnung winkt und der Kummer drängt uns, das Herz schlägt erwartungsvoll, und dieses eifrige Verlangen nach Veränderung muß ein gutes Omen sein. O kommt! Lebt wohl, ihr Toten! Lebt wohl, Gräber derer, die wir liebten - lebt wohl, riesenhaftes London und friedliche Themse, Fluß und Berg oder schöner Bezirk, Geburtsort der Weisen und Guten, Windsor Forest und sein altes Schloß, lebt wohl! Sie sind nur noch Gegenstände für die Geschichte, - wir müssen anderswo leben.

Dies waren zum Teil die Argumente Adrians, die mit Enthusiasmus und nicht zu unterbrechender Schnelligkeit ausgesprochen wurden. Ihm lag noch etwas auf dem Herzen, dem er keine Worte zu geben wagte. Er fühlte, daß das Ende der Zeit gekommen war; er wußte, daß wir uns einer nach dem andern in Nichts auflösen sollten. Es war nicht ratsam, diese traurige Vollendung in unserem Heimatland abzuwarten, sondern das Reisen würde uns für jeden Tag eine Aufgabe geben, die unsere Gedanken von dem schnell herannahenden Ende der Dinge ablenken würde. Wenn wir nach Italien, zum heiligen und ewigen Rom, gingen, würden wir uns mit größerer Geduld dem Dekret unterwerfen, das ihre mächtigen Türme niedergebeugt hatte. Wir könnten unseren selbstsüchtigen Kummer in dem erhabenen Anblick seiner Verwüstung verlieren. All dies hatte Adrian im Sinn; aber er dachte an meine Kinder, und anstatt mir diese Mittel der Verzweiflung mitzuteilen, rief er das Bild von Gesundheit und Leben auf, das gefunden werden sollte, wir wußten nicht wo - oder wann; daß aber, falls es nie gefunden werden sollte, immer und ewig weitergesucht werden sollte. Er gewann mich mit Herz und Seele für seinen Plan.

Es lag an mir, Idris unseren Plan zu offenbaren. Die Bilder von Gesundheit und Hoffnung, die ich ihr präsentierte, ließen sie mit einem Lächeln zustimmen. Mit einem Lächeln erklärte sie sich einverstanden, ihr Land, von dem sie nie abwesend gewesen war, und den Ort, den sie von Kindheit an bewohnt hatte, zu verlassen; den Wald und seine mächtigen Bäume, die Waldwege und grünen Nischen, wo sie in der Kindheit gespielt hatte und so glücklich die Jugend verlebt hatte; sie würde sie ohne Reue verlassen, denn sie hoffte, dadurch das Leben ihrer Kinder zu erkaufen. Sie waren ihr Leben, sie waren ihr teurer als ein Ort, der der Liebe geweiht war, teurer als alles, was die Erde enthielt. Die Jungen hörten mit kindlicher Freude von unserem Umzug. Clara fragte, ob wir nach Athen gehen würden. „Es ist möglich", antwortete ich. und ihr Angesicht strahlte vor Vergnügen. Dort würde sie das Grab ihrer Eltern und die Gegend sehen, die von Erinnerungen an die Herrlichkeit ihres Vaters erfüllt war. Schweigend, doch unaufhörlich, hatte sie über diese Szenen nachgedacht. Es war die Erinnerung an sie, die ihre kindliche Fröhlichkeit zur Ernsthaftigkeit gemacht hatte und sie zu erhabenen und ruhelosen Gedanken angeregt hatte.

Es gab viele liebe Freunde, die wir nicht zurücklassen durften, so gering sie auch waren. Da war das tapfere und gehorsame Roß, das Lord Raymond seiner Tochter gegeben hatte, da war Alfreds Hund und ein zahmer Adler, dessen Sicht durch das Alter getrübt war. Aber dieser Katalog von Lieblingen, der wir mit uns nehmen sollten, konnte nicht ohne Kummer erstellt werden, wenn wir an unsere schweren Verluste dachten, und ohne einen tiefen Seufzer für die vielen Dinge, die wir zurücklassen mußten. Die Tränen strömten in Idris' Augen, während Alfred und Evelyn mal einen Lieblingsrosenbaum brachten, mal eine Marmorvase, schön graviert, darauf beharrend, daß diese mit uns kommen müßten, und darüber jammerten, daß wir das Schloß und den Wald, die Rehe und Vögel und alle gewohnten und geschätzten Gegenstände, nicht mit uns nehmen konnten. „Was sind wir doch fürsorglich und töricht", sagte ich. „Wir haben für immer Schätze verloren, die viel wertvoller sind als diese; und wir verlassen sie, um Schätze zu bewahren, die im Vergleich dazu nichts sind. Laßt uns nicht für einen Augenblick unser Ziel und unsere Hoffnung vergessen, und sie werden einen unüberwindlichen Hügel formen, um das Überlaufen unseres Bedauerns von Kleinigkeiten zu verhindern."

Die Kinder wurden leicht abgelenkt und wieder zu ihrer Aussicht auf zukünftige Vergnügungen zurückgebracht. Idris war verschwunden. Sie war gegangen, um ihre Schwäche zu verbergen; als sie aus dem Schloß kam, war sie in den kleinen Park hinabgestiegen und hatte die Einsamkeit gesucht, damit sie dort ihren Tränen nachgeben könne. Ich fand sie, wie sie eine alte Eiche umfing, ihren rohen Stamm mit ihren rosigen Lippen küßte, während ihre Tränen reichlich flossen, und sie ihr Schluchzen und ihre gebrochenen Ausrufe nicht unterdrücken konnte; mit überwältigendem Kummer sah ich diese Geliebte meines Herzens so in Trauer verloren! Ich zog sie an mich, und als sie meine Küsse auf ihren Augenlidern fühlte, als sie spürte, wie meine Arme sie drückten, belebte sie das Wissen von dem, was ihr geblieben war. „Du bist sehr freundlich, mir keine Vorwürfe zu machen", sagte sie: „Ich weine, und ein bitterer Schmerz unerträglicher Trauer zerreißt mein Herz. Und doch bin ich glücklich. Mütter beklagen den Verlust ihre Kinder, Frauen verlieren ihre Ehemänner, während du und meine Kinder mir verblieben sind. Ja, ich bin glücklich, sehr glücklich, daß ich so wegen eingebildeter Sorgen weine, und daß der leichte Verlust meines geliebten Landes nicht in größerem Elend schwindet und untergeht. Nimm mich mit, wohin du willst, wo du und meine Kinder sind, dort wird Windsor sein, und jedes Land wird für mich England sein. Laß diese Tränen nicht für mich selbst fließen, glücklich und undankbar wie ich bin, sondern für die tote Welt - für unser verlorenes Land - für die ganze Liebe, das Leben und die Freude, die jetzt in den staubigen Kammern des Todes erstickt sind."

Sie sprach schnell, als ob sie sich selbst überzeugen wollte; sie wandte ihre Augen von den Bäumen und waldigen Pfaden ab, die sie liebte; sie verbarg ihr Gesicht an meiner Brust, und wir - ja, meine männliche Festigkeit löste sich auf - wir weinten zusammen tröstende Tränen, und dann kehrten wir ruhig - ja, beinahe fröhlich, zum Schloß zurück.

Das erste kalte Wetter eines englischen Oktobers ließ uns unsere Vorbereitungen beschleunigen. Ich überredete Idris, nach London zu gehen, wo sie sich besser um die notwendigen Vorbereitungen kümmern könnte. Ich sagte ihr nicht, daß ich, um ihr den Abschied von leblosen Objekten zu ersparen, die jetzt nur noch übrig waren, beschlossen hatte, daß niemand von uns nach Windsor zurückkehren sollte. Zum letzten Mal blickten wir auf die weite Ausdehnung des Landes, die von der Terrasse aus sichtbar war, und sahen, wie die letzten Sonnenstrahlen die dunklen, von herbstlichen Tönen gefärbten Wälder färbten; die unbebauten Felder und die Hütten, aus deren Kaminen kein Rauch aufstieg, lagen im Schatten darunter; die Themse wand sich durch die weite Ebene, und der ehrwürdige Bau des Eton College hob sich als hervorstechender Gegenstand wie ein dunkles Schattenbild ab; das Krächzen der unzähligen Krähen, die die Bäume des kleinen Parks bewohnten, wenn sie wie in einer Säule oder einem dicken Keil zu ihren Nestern eilten, störte die Stille des Abends. Die Natur war dieselbe wie damals, als sie die freundliche Mutter der menschlichen Rasse war; jetzt, kinderlos und verlassen, war ihre Fruchtbarkeit ein Hohn, ihre Lieblichkeit eine Maske für die Mißbildung. Warum sollte die Brise sanft die Bäume bewegen, wenn der Mensch ihre Frische nicht fühlte? Warum schmückte sich die dunkle Nacht mit Sternen, wenn der Mensch sie nicht zu sehen vermochte? Warum gab es Früchte oder Blumen oder fließende Gewässer, wenn der Mensch nicht hier war, um sie zu genießen?

Idris stand neben mir, ihre teure Hand lag in meiner. Ihr Gesicht leuchtete von einem strahlenden Lächeln. „Die Sonne ist allein", sagte sie, „aber wir sind es nicht. Ein seltsamer Stern, mein Lionel, regierte unsere Geburt; traurig und bestürzt sehen wir die Vernichtung des Menschen; aber wir bleiben füreinander erhalten. Habe ich jemals in der weiten Welt etwas anderes als dich gesucht? Und da du in der weiten Welt bleibst, warum sollte ich mich beschweren? Du und die Natur sind mir immer noch treu. Unter den Schatten der Nacht und durch den Tag, dessen grelles Licht unsere Einsamkeit zeigt, wirst du immer noch an meiner Seite sein, und ich werde selbst Windsor nicht vermissen."

Ich hatte die Nachtzeit für unsere Reise nach London gewählt, damit der Wandel und die Verwüstung des Landes weniger auffallen würden. Unser einziger überlebender Diener lenkte unsere Kutsche. Wir gingen den steilen Hügel hinunter und betraten die dunkle Allee des Langen Weges. In Zeiten wie diesen nehmen winzige Umstände riesige und majestätische Ausmaße an; das Aufschwingen des weißen Tores, das uns in den Wald einließ, fesselte meine Gedanken; es war ein alltäglicher Akt, der nie wieder geschehen sollte! Die untergehende Mondsichel glitzerte durch die Bäume zu unserer Rechten, und als wir den Park betraten, erschreckten wir eine Gruppe von Rehen, die hüpfend in den Schatten des Waldes verschwanden. Unsere beiden Jungen schliefen ruhig. Einmal, bevor unsere Straße von der Aussicht abschwenkte, blickte ich zurück auf das Schloß. Seine Fenster glänzten im Mondschein, und sein grober Umriß stach als eine dunklen Masse gegen den Himmel ab - die Bäume in unserer Nähe winkten dem Mitternachtswind ein feierliches Klagelied entgegen. Idris lehnte sich im Wagen zurück; ihre beiden Hände umklammerten meine, ihr Gesichtsausdruck war ruhig, sie schien in der Erinnerung an das, was sie noch besaß, zu vergessen, was sie jetzt verließ.

Meine Gedanken waren traurig und feierlich, aber nicht schmerzerfüllt. Das Übermaß unseres Elends trug eine Erleichterung mit sich und gab der Trauer Erhabenheit und Größe. Ich fühlte, daß ich diejenigen mit mir nahm, die ich am meisten liebte; ich war erfreut, mich nach einer langen Trennung wieder mit Adrian zu vereinen, um mich nie wieder zu trennen. Ich fühlte, daß ich etwas aufgab, das ich liebte, und nicht etwas, das mich liebte. Die Burgmauern und lange vertrauten Bäume hörten den Klang unserer sich entfernenden Wagenräder nicht mit Bedauern.

Und während ich Idris in der Nähe fühlte und das regelmäßige Atmen meiner Kinder hörte, konnte ich nicht unglücklich sein. Clara war sehr bewegt. Mit überfließenden Augen und unterdrücktem Schluchzen lehnte sie sich aus dem Fenster und erhaschte einen letzten Blick auf ihre Heimat Windsor.

Adrian begrüßte uns bei unserer Ankunft. Er war äußerst belebt; man konnte in seinem gesunden Aussehen keine Spur von Kränklichkeit mehr erkennen. Von seinem Lächeln und seinen lebhaften Worten konnte man nicht erraten, daß er den kleinen Überrest der englischen Nation aus ihrem Heimatland in die unbewohnten Reiche des Südens führen wollte, damit dort einer nach dem anderen sterben sollte, bis der

LETZTE MENSCH in einer verstummten, leeren Welt zurückbleiben würde.

Adrian konnte die Abreise kaum erwarten, und war in seinen Vorbereitungen bereits weit fortgeschritten. Seine Weisheit leitete alles. Seine Sorge war die Seele, um die glücklose Masse zu bewegen, die sich ganz auf ihn verließ. Es war nutzlos, viele Dinge mit uns zu nehmen, denn wir würden in jeder Stadt reichliche Vorräte finden. Es war Adrians Wunsch, alle Arbeit zu verhindern, um diesem Trauerzug einen festlichen Auftritt zu verleihen. Unsere Zahl belief sich auf nicht ganz zweitausend Personen. Diese waren nicht alle in London versammelt, aber jeden Tag kamen neue Zahlen, und diejenigen, die in den benachbarten Städten wohnten, hatten den Befehl erhalten, sich am zwanzigsten November an einem Ort zu versammeln. Wagen und Pferde wurden für alle bereitgestellt, Hauptmänner und Unteroffiziere gewählt, und die ganze Versammlung klug organisiert. Alle gehorchten dem Lordprotektor des sterbenden Englands, alle sahen zu ihm auf. Sein Rat wurde gewählt, er bestand aus ungefähr fünfzig Personen. Name und Stand waren nicht die Voraussetzung ihrer Wahl. Wir hatten keinen Stand unter uns, sondern das, was Wohlwollen und Klugheit gab; keinen Unterschied zwischen uns, außer zwischen den Lebenden und den Toten. Obwohl wir England vor dem tiefsten Winter verlassen wollten, wurden wir dennoch aufgehalten. Kleine Gruppen waren auf die Suche nach Nachzüglern in verschiedene Teile Englands geschickt worden; wir wollten nicht gehen, bis wir uns versichert hatten, daß wir mit aller menschlichen Wahrscheinlichkeit kein einziges menschliches Wesen zurückließen.

Bei unserer Ankunft in London erfuhren wir, daß die betagte Gräfin von Windsor mit ihrem Sohn im Protektoratspalast residierte; wir verfügten uns zu unserer alten Unterkunft in der Nähe des Hyde Parks. Idris sah jetzt zum ersten Mal seit vielen Jahren ihre Mutter wieder, und wollte sich überzeugen, daß die Kindlichkeit des Alters sich nicht mit unvergessenem Stolz vermischt hatte, um diese hochgeborene Dame so haßerfüllt wie je gegen mich zu machen. Alter und Sorge hatten ihre Wangen gerunzelt, und ihre Gestalt gebeugt; aber ihr Auge war noch klar, ihre Manieren befehlend und unverändert; sie empfing ihre

Tochter kalt, zeigte aber mehr Gefühl, als sie ihre Enkelkinder in ihre Arme schloß. Es liegt in unserer Natur, unsere Meinungen und Gedanken durch unsere eigenen Nachkommen der Nachwelt zu erhalten. Die Gräfin hatte in dieser Gestaltung hinsichtlich ihrer Kinder versagt - vielleicht hoffte sie, die Nächstgeborenen leichter beeinflussen zu können. Einmal erwähnte Idris mich beiläufig - ein Stirnrunzeln, eine krampfhafte Geste der Wut, schüttelte ihre Mutter, und sie sagte mit vor Haß zitternder Stimme: „Ich bin in dieser Welt wenig wert; die Jungen sind ungeduldig, die Alten aus der Welt zu stoßen; doch, Idris, wenn du nicht willst, daß deine Mutter zu deinen Füßen ihr Leben aushaucht, so nenne mir diese Person nie wieder. Alles andere kann ich ertragen, und ich finde mich mit der Zerstörung meiner geschätzten Hoffnungen ab, aber es ist zu viel von mir verlangt, daß ich das Instrument lieben sollte, das die Vorsehung mit mörderischen Eigenschaften für meinen Tod ausgestattet hat."

Dies war eine seltsame Rede, jetzt, da auf der leeren Bühne jeder seinen Teil ohne Hindernis für den anderen spielen könnte. Aber die hochmütige einstmalige Königin dachte wie Octavian und Marcus Antonius,

Es war nicht genug Raum für uns beide
In der ganzen Welt.[126]

Die Frist unserer Abreise wurde für den fünfundzwanzigsten November festgesetzt. Das Wetter war mild; in der Nacht fiel leichter Regen, und tagsüber schien die winterliche Sonne. Wir sollten in getrennten Gruppen vorankommen und auf verschiedenen Wegen reisen, um uns schließlich in Paris zu vereinigen. Adrian und seine Abteilung, die alles in allem aus fünfhundert Personen bestand, sollten die Richtung von Dover und Calais nehmen.

Am zwanzigsten November fuhren Adrian und ich zum letzten Mal durch die Straßen Londons. Sie waren grasbewachsen und verödet. Die offenen Türen der leeren Häuser knarrten in ihren Angeln, rankendes

---

[126] Shakespeare, Antonius und Cleopatra, 5, 2.

Gewächs und Unrat hatten sich rasch auf den Stufen der Häuser angesammelt, die stummen Kirchtürme durchstießen die rauchfreie Luft. Die Kirchen waren offen, doch an den Altären wurde kein Gebet abgehalten; Schimmel und Moder hatten ihre Ornamente bereits verunstaltet, Vögel und zahme Tiere, die jetzt obdachlos waren, hatten Nester und Höhlen in geweihten Flecken gebaut. Wir kamen an der St.-Pauls-Kathedrale vorbei. London, das sich in alle Richtungen bis in die Vororte ausgedehnt hatte, war in der Mitte etwas verlassen worden, und vieles von dem, was früher dieses gewaltige Gebäude verdunkelt hatte, war entfernt worden. Seine schwerfällige Masse, sein geschwärzter Stein und seine hohe Kuppel ließen es nicht wie ein Tempel, sondern wie ein Grab aussehen. Mich dünkte, daß über dem Portikus das *Hic Jacet*[127] von England eingraviert war. Wir gingen weiter nach Osten, in solch ernsten Reden vertieft, wie es die Zeiten inspirierten. Kein menschlicher Schritt wurde gehört, auch keine menschliche Gestalt gesehen. Hunderudel, von ihren Herren verlassen, kamen an uns vorbei; und dann und wann trottete ein Pferd, ungezügelt und ungesattelt, auf uns zu, und versuchte, die Aufmerksamkeit derer zu erregen, die wir ritten, als ob sie sie verlocken wollte, ähnliche Freiheit zu suchen. Ein schwerfälliger Ochse, der in einem verlassenen Getreidespeicher gefressen hatte, ließ sich plötzlich sinken und seine formlose Gestalt in einem schmalen Torweg sehen; alles war trostlos und verlassen, aber nichts lag in Trümmern. Und dieses Gemenge unbeschädigter Gebäude und luxuriöser Unterkünfte in gepflegter und frischer Jugend kontrastierte mit der einsamen Stille der menschenleeren Straßen.

Die Nacht brach herein und es begann zu regnen. Wir waren dabei, nach Hause zurückzukehren, als eine Stimme, eine menschliche Stimme, die jetzt seltsam zu hören war, unsere Aufmerksamkeit auf sich zog. Es war ein Kind, das ein fröhliches, helles Liedlein sang; es gab kein anderes Geräusch. Wir hatten London vom Hyde Park bis zu dem Ort, wo wir jetzt in den Minories[128] waren, durchquert und keinen Menschen

---

[127] Lat. „Hier ruht."
[128] Minories ist der Name einer früheren Gemeinde Londons, nahe beim Tower of London.

getroffen, weder Stimme noch Schritt gehört. Der Gesang wurde unterbrochen von Lachen und Reden; nie war ein fröhliches Liedchen so unzeitig, nie Lachen mehr wie Tränen gewesen. Die Tür des Hauses, von der diese Laute ausgingen, stand offen, die oberen Räume waren wie für ein Fest beleuchtet. Es war ein großes prächtiges Haus, in dem zweifellos ein reicher Kaufmann gelebt hatte. Der Gesang begann erneut und klang durch die hohen Räume, während wir leise die Treppe hinaufstiegen. Lichter schienen uns nun zu führen, und eine lange Reihe prächtig beleuchteter Räume ließ uns noch mehr staunen. Ihre einzige Bewohnerin, ein kleines Mädchen, tanzte, drehte und sang in ihnen umher, gefolgt von einem großen Neufundländer-Hund, der sie stürmisch ansprang und sie unterbrach, worauf sie mal schimpfte, mal lachte, und sich mal spielerisch mit ihm auf den Teppich warf. Sie war grotesk gekleidet, in glitzernden Roben und Stolen, die einer Frau gepaßt hätten - sie schien ungefähr zehn Jahre alt zu sein. Wir standen an der Tür und schauten auf diese seltsame Szene, bis der Hund uns bemerkte und laut bellte. Das Kind drehte sich um und sah uns. Ihr Gesicht, das ihre Fröhlichkeit verlor, nahm einen mürrischen Ausdruck an, sie wich zurück und schien über eine Flucht nachzusinnen. Ich sprang rasch zu ihr und ergriff ihre Hand. Sie wehrte sich nicht, sondern stand mit ernster Miene und auf den Boden gerichteten Augen still, ein seltsames Verhalten für ein Kind, und so anders als ihre frühere Heiterkeit. „Was machst du hier?", fragte ich sanft. „Wer bist du?" Sie schwieg, zitterte aber heftig. „Mein armes Kind", sagte Adrian, „bist du allein?" Es war eine gewinnende Sanftheit in seiner Stimme, die zum Herzen des kleinen Mädchens drang; sie sah ihn an, dann entriß sie mir ihre Hand, warf sich in seine Arme, klammerte sich um seinen Hals, und rief aus: „Beschütze mich! Beschütze mich!", während ihre unnatürliche Verdrossenheit in Tränen aufgelöst wurde.

„Ich werde dich beschützen", antwortete er, „wovor hast du Angst? Du brauchst meinen Freund nicht zu fürchten, er wird dir nichts tun. Bist du allein?"

„Nein, Lion ist bei mir."

„Und dein Vater und deine Mutter?"

„Ich hatte nie welche, ich bin ein Waisenmädchen. Alle sind weg, schon seit vielen, vielen Tagen; aber wenn sie zurückkommen und mich finden, werden sie mich so sehr schlagen!"

Ihre unglückliche Geschichte wurde in diesen wenigen Worten erzählt: eine Waise, unter vorgetäuschter Nächstenliebe aufgenommen, mißhandelt und beschimpft, ihre Unterdrücker waren gestorben. Ohne zu wissen, was um sie herum vorgegangen war, fand sie sich allein wieder; sie hatte es nicht gewagt, sich fortzubewegen, aber durch den Fortbestand ihrer Einsamkeit erneuerte sich ihr Mut, ihre kindliche Lebhaftigkeit ließ sie tausend Streiche spielen, und mit ihrem tierischen Gefährten verbrachte sie einen langen Erholungsurlaub, und fürchtete nichts als die Rückkehr der harten Stimmen und dem grausamen Gebaren ihrer Pflegeeltern. Sie stimmte bereitwillig zu, mit Adrian zu gehen.

In der Zwischenzeit, während wir uns von fremden Leiden abwandten, und von einer Einsamkeit, die unsere Augen und nicht unsere Herzen traf, während wir uns all die Veränderungen und Leiden vorstellten, die in diesen einst geschäftigen Straßen vorgefallen waren, bevor sie, ausgestorben und verlassen, zu bloßen Hundehütten und Viehställen wurden - während wir den Tod der Welt auf der dunklen Kirche lasen, und uns mit der Erinnerung trösteten, daß wir das besaßen, was uns alles in der Welt bedeutete - in der Zwischenzeit -

Wir waren Anfang Oktober aus Windsor angereist und waren jetzt etwa sechs Wochen in London gewesen. Während dieser Zeit verschlechterte sich die Gesundheit meiner Idris Tag für Tag. Ihr Herz war gebrochen, weder Schlaf noch Appetit, die auserwählten Diener der Gesundheit, unterstützten ihren verfallenen Körper. Ihre Kinder Stunde um Stunde zu beobachten, bei mir zu sitzen und die Sicherheit, die ich ihr bot, einzusaugen, war all ihr Zeitvertreib. Ihre Lebhaftigkeit, die sie so lange vorgegeben hatte, ihre zärtliche Zurschaustellung von Fröhlichkeit, ihr unbeschwerter Ton und ihre federnde Gangart waren verschwunden. Weder konnte ich ihren auszehrenden Kummer verkennen, noch konnte sie ihn verhehlen. Noch konnte ein Wechsel der Szene und wieder auflebende Hoffnungen sie wiederherstellen; ich fürchtete nur die Seuche, und von dieser war sie unberührt.

Ich hatte sie an diesem Abend verlassen, damit sie sich nach ihren Vorbereitungen ausruhen könnte. Clara saß neben ihr und erzählte den beiden Jungen eine Geschichte. Idris' Augen waren geschlossen, doch Clara bemerkte eine plötzliche Änderung im Äußeren unseres ältesten Lieblings; seine schweren Lider verschleierten seine Augen, eine unnatürliche Farbe brannte auf seinen Wangen, sein Atem wurde kurz. Clara sah die Mutter an; sie schlief, erwachte jedoch mit der Unterbrechung, die die Erzählerin gemacht hatte. Die Angst, sie zu erwecken und zu beunruhigen, veranlaßte Clara, auf den eifrigen Ruf Evelyns hin fortzufahren, der nicht wußte, was geschah. Ihre Augen wanderten abwechselnd von Alfred zu Idris. Mit zitternden Worten setzte sie ihre Geschichte fort, bis sie sah, daß das Kind niederfiel: sie sprang vor, um ihn aufzufangen, und ihr Aufschrei schreckte Idris auf. Sie schaute auf ihren Sohn. Sie sah den Tod sich über seine Züge stehlen; sie legte ihn auf ein Bett, sie hielt Wasser an seine ausgedörrten Lippen.

Trotzdem könnte er gerettet werden. Wenn ich dort wäre, könnte er gerettet werden; vielleicht war es nicht die Pest. Doch was konnte sie ohne einen Berater tun? Bei ihm bleiben und ihn sterben sehen! Warum war ich in diesem Augenblick fort? „Sieh nach ihm, Clara", rief sie aus, „ich werde sofort zurückkehren."

Sie erkundigte sich bei denen, die, als die Gefährten unserer Reise ausgewählt, ihren Wohnsitz in unserem Hause hatten; sie hörte von ihnen nur, daß ich mit Adrian ausgegangen war. Sie bat sie, mich zu suchen: Sie kehrte zu ihrem Kind zurück, es war in einen schrecklichen Zustand der Erstarrung versunken. Wieder eilte sie die Treppe hinunter; alles war dunkel, verlassen und still. Sie verlor alle Selbstbeherrschung, rannte auf die Straße und rief meinen Namen. Aber nur der prasselnde Regen und der heulende Wind antworteten ihr. Wilde Furcht gab ihren Füßen Flügel. Sie schoß vorwärts, um mich zu suchen, sie wußte nicht wo; doch sie legte all ihre Gedanken, all ihre Kraft, alles nur in Geschwindigkeit, eine äußerst fehlgeleitete Geschwindigkeit, sie fühlte weder, noch fürchtete sie, noch hielt sie inne, sondern rannte immerzu weiter, bis ihre Kraft sie so plötzlich verließ, daß sie nicht daran dachte, sich vor dem Fall zu schützen. Ihre Knie versagten ihr, und sie fiel schwer auf den Bürgersteig.

Sie lag eine Zeit lang betäubt; aber endlich erhob sich, und obwohl schmerzlich verletzt, ging sie noch weiter, eine Fontäne von Tränen vergießend, manchmal stolpernd, immer weiter, sie wußte nicht wohin, und sagte dabei nur ab und zu mit schwacher Stimme meinen Namen, mit den hinzugefügten herzzerreißenden Ausrufen, daß ich grausam und herzlos wäre. Es gab dort kein menschliches Wesen, das ihr hätte Antwort geben können; und die Unannehmlichkeit der Nacht hatte die umherwandernden Tiere in die Häuser getrieben, die sie besetzt hatten. Ihr dünnes Kleid war vom Regen durchtränkt, ihr nasses Haar hing um ihren Hals, sie taumelte durch die dunklen Straßen, bis sie ihren Fuß gegen ein unsichtbares Hindernis schlug, niederfiel, und nicht mehr aufzustehen vermochte. Sie versuchte es kaum, doch, indem sie ihre Glieder sammelte, ergab sie sich der Wut der Elemente und dem bitteren Kummer ihres Herzens. Sie hauchte ein ernstes Gebet, um schnell zu sterben, denn es gab keine Erleichterung außer dem Tod. Während sie hoffnungslos für sich selbst war, hörte sie auf, sich um ihr sterbendes Kind zu beklagen, sondern vergoß bittere Tränen wegen des Kummers, den ich erleben sollte, wenn ich sie verlor.

Während sie so dalag, das Leben beinahe ausgehaucht, fühlte sie eine warme, weiche Hand auf ihrer Stirn, und eine sanfte Frauenstimme fragte sie mit dem Ausdruck zarten Mitgefühls, ob sie nicht aufstehen könnte? Daß ein anderer Mensch, mitfühlend und freundlich, in der Nähe existieren sollte, erweckte sie. Halb sich erhebend, mit gefalteten Händen und neuerlichen Tränen bat sie ihre Gefährtin, nach mir zu suchen, mich eilends zu meinem sterbenden Kind zu bringen, ihn zu retten, ihn um der himmlischen Liebe willen zu retten!

Die Frau half ihr aufzustehen; sie führte sie unter ein Obdach, und bat sie, nach Hause zurückzukehren, wohin ich vielleicht schon zurückgekehrt sei. Idris gab leicht ihrer Überredung nach, sie lehnte sich auf den Arm ihrer Freundin, versuchte weiterzugehen, aber die drohende Ohnmacht ließ sie immer wieder innehalten.

Durch den zunehmenden Sturm angetrieben, hatten wir unsere Rückkehr beschleunigt, unsere kleine Ladung wurde vor Adrian auf sein Pferd gelegt. Unter dem Eingangsportal unseres Hauses befand sich eine Ansammlung von Personen, in deren Gesten ich instinktiv eine schwere Veränderung, ein neues Unglück las. Erschrocken, und voller Angst, auch nur eine einzige Frage zu stellen, sprang ich von meinem Pferd; die Zuschauer sahen mich, erkannten mich und teilten sich in schrecklicher Stille, um Platz für mich zu machen. Ich ergriff ein Licht und eilte die Treppe hinauf; als ich ein Stöhnen hörte, warf ich ohne Nachzudenken die Tür des erstbesten Raumes auf. Es war ziemlich dunkel, doch als ich hineinging, überkam ein übler Geruch meine Sinne und erzeugte übelkeitserregende Krämpfe, die ihren Weg zu meinem Herzen fanden, während ich fühlte, wie mein Bein umklammert wurde, und ein Stöhnen von der Person wiederholt wurde, die mich festhielt. Ich senkte meine Lampe und sah einen halb verhüllten Schwarzen, der sich unter der Qual der Seuche krümmte, während er mich krampfhaft festhielt. Halb erschrocken, halb ungeduldig versuchte ich, mich aus seinem Griff zu lösen, und fiel auf den Leidenden; er schlang seine nackten, schwärenden Arme um mich, sein Gesicht kam mir nahe, und seine tödlichen Ausdünstungen drangen in meine Lunge ein. Für einen Moment wurde ich überwältigt, mein Kopf beugte sich vor schmerzender Übelkeit. Als meine Fähigkeit zu denken zurückkehrte, sprang ich auf, warf den Elenden vor mir, rannte die Treppe hinauf, und betrat das Zimmer, das gewöhnlich von meiner Familie bewohnt wurde. Ein schwaches Licht zeigte mir Alfred auf einer Couch. Clara war bleicher als weißer Schnee und hatte ihn zitternd auf ihrem Arm erhoben, während sie einen Becher Wasser an seine Lippen hielt. Ich sah nur zu gut, daß dieser zerstörten Gestalt kein Lebensfunke mehr innewohnte, seine Gesichtszüge waren starr, seine Augen glasig, sein Kopf war zurückgefallen. Ich nahm ihn ihr ab, legte ihn sanft nieder, küßte seinen kalten kleinen Mund, und begann in einem sinnlosen Flüstern zu sprechen, wo doch der lauteste Kanonendonner ihn in seinem immateriellen Aufenthalt nicht hätte erreichen konnte.

Und wo war Idris? Daß sie hinausgegangen war, um mich zu suchen, und nicht zurückgekehrt war, waren furchteinflößende Nachrichten, während der Regen und der Wind gegen das Fenster prasselten und um das Haus tosten. Hinzu kam das abscheuliche Gefühl der erwachenden Krankheit, die mich überkam; es war keine Zeit zu verlieren, wenn ich sie jemals wiedersehen wollte. Ich stieg auf mein Pferd und ritt hinaus, um sie zu suchen, weil ich glaubte, daß ich ihre Stimme in jedem Windstoß hörte, unterdrückt von Fieber und quälender Pein.

Ich ritt im Dunkeln und im Regen durch die verworrenen Straßen des entvölkerten London. Mein Kind lag tot zu Hause, die Saat der tödlichen Krankheit hatte sich in meiner Brust festgesetzt. Ich ging, um Idris zu suchen, meine Angebetete, die jetzt allein umherirrte, während der Regen wie ein Wasserfall aus dem Himmel fiel, um ihren teuren Kopf in kalter Feuchtigkeit, ihre schönen Glieder in betäubender Kälte zu baden. Eine Frau stand in einer Türschwelle und rief mir etwas zu, als ich vorbeigaloppierte. Es war nicht Idris, daher ritt ich schnell weiter, bis eine Art zweites Gesicht, eine Rückbesinnung meiner Sinne auf etwas, was ich gesehen, aber nicht bemerkt hatte, mich sicher machte, daß eine andere Gestalt, schlank, anmutig und hochgewachsen, an der Person hing, die sie stützte. In einer Minute war ich neben der Frau, in einer Minute hielt ich die umsinkende Idris in meinen Armen. Ich hob sie hoch und legte sie auf das Pferd. sie hatte keine Kraft mehr, sich aufrecht zu halten. So stieg ich hinter ihr auf und hielt sie dicht an meine Brust gedrückt, wickelte meinen Reitmantel um sie, während ihre Begleiterin, deren wohlbekanntes, aber verändertes Gesicht (es war Juliet, die Tochter des Herzogs von L.), in diesem Augenblick des Schreckens von mir nicht mehr als einen flüchtigen Blick des Mitgefühls erhalten konnte. Sie nahm den verlassenen Zügel und führte unser gehorsames Pferd nach Hause. Sollte ich es mir eingestehen? Dies war der letzte Moment meines Glücks, doch ich war glücklich. Idris mußte sterben, denn ihr Herz war gebrochen; ich mußte sterben, denn ich hatte mich mit der Pest infiziert; die Erde war ein Schauplatz der Verwüstung; zu hoffen war Wahnsinn; das Leben hatte sich dem Tod vermählt; sie waren eins; doch indem ich solcherart meine ohnmächtige Liebe in den Armen hielt und fühlte, daß ich bald sterben müsse, schwelgte ich in der Freude, sie noch einmal zu besitzen; immer wieder küßte ich sie und drückte sie an mein Herz.

Wir kamen zu Hause an. Ich half ihr beim Absteigen, trug sie die Treppe hoch und gab sie Clara in die Obhut, damit sie ihre nassen Kleider wechseln könnte. Kurz versicherte ich Adrian von ihrer Sicherheit und bat darum, daß wir uns ausruhen könnten. Wie der Geizhals, der mit zitternder Vorsicht seinen Schatz aufsucht, um ihn wieder und wieder zu zählen, zählte ich jeden Augenblick und mißbilligte jeden, den ich nicht mit Idris verbrachte. Ich kehrte schnell in das Zimmer zurück, in der mein Leben ruhte. Bevor ich den Raum betrat, blieb ich für ein paar Sekunden stehen und versuchte, meinen Zustand zu untersuchen. Immer wieder kamen Schaudern und Zittern über mich; mein Kopf war schwer, meine Brust bedrückt, meine Beine gaben unter mir nach; aber ich warf entschlossen die sich rasch verschlimmernden Symptome meiner Krankheit ab und begegnete Idris mit ruhigen und sogar freudigen Blicken. Sie lag auf einem Sofa. Nachdem ich vorsichtig die Tür geschlossen hatte, um jegliches Eindringen zu verhindern, saß ich bei ihr, wir umarmten uns, und unsere Lippen trafen sich in einem Kuß, der lange anhielt und atemlos war - wäre nur dieser Moment mein letzter gewesen!

Das Muttergefühl erwachte nun im Busen meines armen Mädchens und sie fragte: „Und Alfred?"

„Idris", antwortete ich, „wir haben noch einander, wir sind zusammen, laß keinen anderen Gedanken eindringen. Ich bin glücklich; selbst in dieser verhängnisvollen Nacht erkläre ich mich für glücklich, jenseits aller Worte und aller Gedanken - was willst du mehr, meine Liebe?"

Idris verstand mich. Sie neigte den Kopf auf meine Schulter und weinte. „Warum?", fragte sie wieder, „zitterst du, Lionel, was schüttelt dich so?"

„Ich mag wohl erschüttert sein", antwortete ich, „glücklich, wie ich bin. Unser Kind ist tot, und die gegenwärtige Stunde ist dunkel und unheilvoll. Wohl mag ich zittern! Doch ich bin glücklich, meine Idris, zutiefst glücklich."

„Ich verstehe dich, mein Geliebter", sagte Idris, „so - bleich, wie du vor Trauer über unseren Verlust bist; zitternd und voller Furcht, so würdest du doch meinen Kummer durch deine guten Versicherungen zu lindern versuchen. Ich bin nicht glücklich" (und die Tränen blitzten und fielen unter ihren gesenkten Lidern hervor), „denn wir sind Insassen eines elenden Gefängnisses, und es gibt keine Freude für uns; aber die wahre Liebe, die ich für dich empfinde, wird diesen und jeden anderen Verlust erträglich machen."

„Zumindest waren wir glücklich zusammen", sagte ich. „Kein künftiges Elend kann uns der Vergangenheit berauben. Wir sind uns seit Jahren treu, seit meine süße Prinzessin der Liebe durch den Schnee zur niedrigen Hütte des armseligen Abkömmlings des ruinierten Verney kam. Sogar jetzt, da die Ewigkeit vor uns liegt, schöpfen wir nur durch die Gegenwart des andern Hoffnung. Idris, glaubst du, daß wir, wenn wir sterben, getrennt sein sollen?"

„Sterben! Wenn wir sterben! Was meinst du? Welches Geheimnis liegt in diesen schrecklichen Worten verborgen?"

„Müssen wir nicht alle sterben, Liebste?", fragte ich mit einem traurigen Lächeln.

„Gütiger Gott! Bist du krank, Lionel, daß du vom Tod sprichst? Mein einziger Freund, Herz meines Herzens[129], sprich!"

„Ich glaube nicht", antwortete ich, „daß irgend jemand von uns lange zu leben haben wird; und wenn der Vorhang dieser sterblichen Szene fällt, wo, denkst du, werden wir uns wiederfinden?" Idris wurde von meinem freimütigen Ton und Blick beruhigt; sie antwortete: „Du darfst mir glauben, daß ich während dieses langen Fortschreitens der Seuche viel über den Tod nachgedacht und mich selbst gefragt habe, jetzt, wo die ganze Menschheit für dieses Leben tot ist, zu welchem anderen Leben sie geboren wurden. Stunde um Stunde habe ich mir darüber den Kopf zerbrochen und mich bemüht, zu einer vernünftigen Schlußfolgerung über das Geheimnis eines zukünftigen Zustands zu gelangen. Was für eine Vogelscheuche der Tod wahrlich wäre, wenn wir nur den Schatten beiseite werfen könnten, in welchem wir jetzt wandeln, und, indem wir in den ungetrübten Sonnenschein der Erkenntnis und der Liebe träten, mit den gleichen Gefährten, den gleichen Zuneigungen, wieder auflebten, die Erfüllung unserer Hoffnungen erreichten und unsere Ängste mit unserem irdischen Gewand im Grab zurückließen. Ach! dasselbe starke Gefühl, daß mich versichert, daß ich nicht gänzlich sterben soll, verhindert mich zu glauben, daß ich gänzlich leben werde,

---

[129] Vgl. Fußnote 59.

wie ich es jetzt tue. Und doch, Lionel, kann ich niemals, niemals, irgendeinen anderen außer dir lieben; durch die Ewigkeit muß ich deine Gesellschaft begehren. Und, da ich unfähig bin, anderen zu schaden und so zuversichtlich und vertrauensvoll bin, wie meine sterbliche Natur erlaubt, vertraue ich darauf, daß der Herrscher der Welt uns niemals auseinanderreißen wird."

„Deine Bemerkungen sind wie du, Geliebte", antwortete ich, „sanft und gut. Laß uns solch einen Glauben hegen und Ängste aus unseren Gedanken verjagen. Aber, meine Liebe, wir sind so geformt (und es liegt keine Sünde darin, wenn Gott unsere Natur erschaffen hat, dem nachzugeben, was er befiehlt), wir sind so geformt, daß wir das Leben lieben und daran festhalten müssen; wir müssen das lebendige Lächeln, die mitfühlende Berührung und die vibrierende Stimme lieben, die unserem sterblichen Körper eigen ist. Laß uns nicht für die Sicherheit im Jenseits die Gegenwart vernachlässigen. Dieser gegenwärtige Moment, so kurz er ist, ist ein Teil der Ewigkeit und der wertvollste Teil, da er unveräußerlich uns gehört. Du, die Hoffnung meiner Zukunft, bist meine gegenwärtige Freude. Laß mich denn in deine lieben Augen blicken, und, Liebe darin lesend, berauschendes Vergnügen trinken."

Zögernd, denn meine Heftigkeit hatte sie etwas erschreckt, sah Idris mich an. Meine Augen waren blutunterlaufen und quollen mir beinahe aus den Höhlen; jeder Herzschlag schlug, wie mich dünkte, hörbar, jeder Muskel pochte, jeder einzelne Nerv fühlte. Ihr Blick voll wilder Angst sagte mir, daß ich mein Geheimnis nicht länger behalten konnte. - „So ist es, meine Geliebte", sagte ich, „die letzte Stunde von vielen glücklichen ist angebrochen, länger können wir das unvermeidliche Schicksal nicht vermeiden. Ich werde nicht mehr lange leben - aber ich sage es noch einmal, dieser Moment gehört uns!"

Blasser als Marmor, mit weißen Lippen und verkrampften Zügen, erfaßte Idris meine Situation. Mein Arm umfing ihre Taille. Sie fühlte, daß die Handfläche vor Fieber glühte, sogar auf das Herz drückte es. - „Einen Moment", murmelte sie, kaum hörbar, „nur einen Augenblick."

Sie kniete sich hin, barg ihr Gesicht in ihren Händen und stieß ein kurzes, aber inniges Gebet aus, daß sie ihre Pflicht erfüllen und bis zum Schluß über mich wachen möge. Während es Hoffnung gab, war die

Qual unerträglich gewesen – nun war alles vorüber, und sie wurde ernst und ruhig. Wie Epicharis[130], unbeirrt und fest, den Folterinstrumenten unterworfen, stellte sich Idris, jeden Seufzer und jedes Zeichen der Trauer unterdrückend, den Qualen der Marter, von denen die Streckbank und das Rad nur schwache und abstrakte Symbole sind.

Ich war verändert; die festgezurrte Schlinge wurde in dem Moment gelockert, als Idris unsere wahre Lage erkannte. Die unruhigen und leidenschaftlichen Gedankenwellen verebbten etwas und ließen nur die starke Dünung zurück, die ohne jedes äußerliche Anzeichen ihrer Störung weiterrollte, bis sie an der abgelegenen Küste, zu der ich rasch vorrückte, branden sollte: „Es ist wahr, daß ich krank bin", sagte ich, „und deine Gesellschaft, meine Idris, ist meine einzige Medizin; komm und setz dich neben mich."

Sie brachte mich dazu, mich auf das Sofa zu legen, setzte sich, indem sie einen niedrigen Sessel heranzog, dicht an mein Kissen und nahm meine brennenden Hände zwischen ihre kühlen. Sie gab meiner fiebrigen Unruhe nach, ließ mich sprechen und sprach mit mir über Dinge, die wahrlich seltsam für Menschen waren, die solcherart das letzte sahen und hörten, was sie allein in der Welt liebten. Wir sprachen von vergangenen Zeiten, von der glücklichen Zeit unserer frühen Liebe, von Raymond, Perdita und Evadne.

Wir sprachen darüber, was auf dieser wüsten Erde entstehen könnte, wenn zwei oder drei gerettet würden, und sie langsam wieder bevölkert würde. Wir sprachen darüber, was jenseits des Grabes lag; und da der Mensch in seiner menschlichen Gestalt fast ausgestorben war, fühlten wir mit der Gewißheit des Glaubens, daß andere Geister, andere Seelen, andere wahrnehmende Wesen, die für uns unsichtbar sind, dieses schöne und unvergängliche Universum mit Gedanken und Liebe bevölkern müßten.

Wir sprachen – ich weiß nicht, wie lange – aber am Morgen erwachte ich aus einem qualvollen schweren Schlummer; die bleiche Wange Idris'

---

[130] Epicharis († 65 n. Chr. in Rom) war eine Freigelassene, die in die fehlgeschlagene Pisonische Verschwörung gegen den römischen Kaiser Nero eingeweiht war und nach deren Entdeckung auch unter härtester Folter keine Namen ihrer Mitverschwörer preisgab, sondern Selbstmord verübte.

ruhte auf meinem Kissen; die großen Augen hoben halb die Lider an und zeigten die tiefblauen Lichter darunter; ihre Lippen waren geöffnet, und das leise Murmeln, das sie bildeten, zeigten, daß sie selbst im Schlaf litt. „Wenn sie tot wäre", dachte ich, „welchen Unterschied würde dies machen? Jetzt ist dieser Körper der Tempel einer lebenden Gottheit, diese Augen sind die Fenster ihrer Seele; alle Anmut, Liebe und Intelligenz thronen auf diesem lieblichen Busen - wäre sie tot, wo würde dieser Geist, meine bessere Hälfte, sein? Denn schnell wäre das schöne Aussehen dieses Körpers unkenntlicher als die mit Sand gefüllten Ruinen der verwüsteten Tempel von Palmyra[131]."

Kapitel 3.

Idris regte sich und erwachte, ach! sie erwachte zum Elend. Sie sah die Zeichen der Krankheit auf meinem Gesicht und fragte sich, wie sie die lange Nacht verbringen konnte, ohne zu versuchen, - nicht mich zu heilen, denn das war unmöglich -, sondern Erleichterung für meine Leiden zu finden. Sie rief Adrian. Meine Lagerstatt war schnell von Freunden und Gehilfen umgeben, und es wurden solche Arzneien verabreicht, wie sie für richtig befunden wurden. Es war der merkwürdige und schreckliche Unterschied unserer Heimsuchung, daß keiner, der von der Pest ergriffen worden war, sich erholt hatte. Das erste Symptom der Krankheit war zugleich das Todesurteil, auf das in keinem einzigen Fall einen Aufschub oder eine Begnadigung folgte. Meine Freunde hegten daher keinen Hoffnungsschimmer.

Während das Fieber eine Erstarrung erzeugte und starke Schmerzen wie Blei auf meinen Gliedern und meiner sich hebenden Brust lagen, blieb ich unempfindlich für alles andere als den Schmerz und am Ende auch für jenen. Am vierten Morgen erwachte ich wie aus einem traumlosen Schlaf. Ein drängendes Durstgefühl, und, als ich mich bemühte, zu

---

[131] Palmyra ist eine antike Oasenstadt in Syrien, die im Jahre 273 n. Chr. von römischen Truppen zerstört wurde.

sprechen oder mich zu bewegen, eine äußerste Schwäche und Unfähigkeit, war alles, was ich fühlte.

Drei Tage und Nächte hatte sich Idris nicht von meiner Seite bewegt. Sie besorgte alle meine Wünsche und schlief weder, noch ruhte sie sich aus. Sie hoffte nicht, und deshalb war sie weder bestrebt, im Gesicht des Arztes zu lesen, noch auf Symptome der Genesung zu achten. Ihr einziger Gedanke war, mich bis zum Ende zu begleiten und sich dann hinzulegen und neben mir zu sterben. In der dritten Nacht sah es aus, als sei ich gestorben; für das Auge und die Berührung aller war ich tot. Mit ernster Bitte, fast mit Gewalt, versuchte Adrian, Idris von mir fortzuziehen. Er erschöpfte jede Beschwörung, das Wohl ihres Kindes und sein eigenes. Sie schüttelte den Kopf und wischte sich eine sich hervorstehende Träne von ihrer eingefallenen Wange, wollte aber nicht nachgeben. Sie bat mit solcher Bedrängnis und sanfter Ernsthaftigkeit darum, nur eine einzige weitere Nacht über mich zu wachen, daß sie sich durchsetzte, und still und bewegungslos dasaß, außer wenn sie, von unerträglicher Erinnerung erfaßt, meine geschlossenen Augen und blassen Lippen küßte, und meine sich versteifenden Hände an ihr schlagendes Herz preßte.

Mitten in der Nacht, obgleich es mitten im Winter war, krähte der Hahn um drei Uhr, als Vorbote des Morgenwechsels, während sie über mich gebeugt in stillen, bitteren Gedanken den Verlust aller Liebe zu ihr betrauerte, die in meinem Herzen eingeschlossen worden war. Ihr zerzaustes Haar hing über ihr Gesicht, und die langen Locken fielen auf das Bett. Sie sah eine Strähne sich bewegen, und das zerstreute Haar rührte sich leicht, wie durch einen Atemzug. Es kann nicht sein, dachte sie, denn er wird nie mehr atmen. Mehrmals geschah das gleiche und sie beobachtete es immer wieder mit demselben Gedanken; bis die ganze Strähne zurückwehte, und sie glaubte, meine Brust sich heben zu sehen. Ihr erstes Gefühl war tödliche Angst, kalter Tau stand auf ihrer Stirn; meine Augen öffneten sich halb; und sie hätte gewiß ausgerufen: „Er lebt!", doch die Wörter wurden von einem Krampf erstickt, und sie fiel mit einem Stöhnen zu Boden.

Adrian war im Zimmer. Nach langem Wachen war er unbeabsichtigt in Schlaf gefallen. Er schrak auf und sah seine Schwester besinnungslos in einem wogenden Blutstrom, der aus ihrem Mund strömte, auf der Erde liegen. Zunehmende Lebenszeichen in mir erklärten ihren Zustand; die Überraschung, der Ausbruch der Freude, der Umschwung jedes Gefühls, waren zu viel für ihren Körper gewesen, der von langen Monaten der Sorge ausgelaugt war, und zuletzt von jedem erdenklichem Leid und Belastung zerstört wurde. Sie war jetzt in weit größerer Gefahr als ich, dessen Lebenstriebwerk, wieder in Bewegung gesetzt, durch seinen kurzen Halt an Kraft gewonnen hatte. Lange glaubte niemand, daß ich tatsächlich weiterleben sollte. Während der Pestepidemie auf der Erde hatte sich nicht eine Person, die von der grimmigen Krankheit angegriffen worden war, erholt. Meine Wiederherstellung wurde als eine Täuschung betrachtet. Jeden Augenblick wurde erwartet, daß die bösen Symptome mit doppelter Gewalt wiederkehren würden, bis die bestätigte Genesung, das Fehlen jeglichen Fiebers oder Schmerzes, und die zunehmende Kraft, langsam die Überzeugung brachten, daß ich mich von der Pest erholt hatte.

Idris' Genesung war problematischer. Als ich von der Krankheit niedergestreckt worden war, waren ihre Wangen eingefallen, ihr Körper abgemagert; doch jetzt heilte das Gefäß, das von den Auswirkungen der äußersten Aufregung zerbrochen war, nicht ganz, sondern war wie ein Kanal, der Tropfen für Tropfen den roten Strom abzog, der ihr Herz belebte. Ihre eingesunkenen Augen und ihr erschöpftes Gesicht hatten eine schreckliche Erscheinung; ihre Wangenknochen, ihre schöne Stirn, die Konturen ihrer Lippen, standen furchteinflößend hervor; man konnte unter der dünnen Haut jeden Knochen durchscheinen sehen. Ihre Hand hing kraftlos herab, jedes Gelenk lag frei, so daß das Licht hindurchdringen konnte. Es war seltsam, daß das Leben in jemandem existieren konnte, der derart abgemagert war und mehr tot als lebendig aussah.

Sie von diesen herzzerreißenden Szenen zu entfernen, sie dazu zu bringen, die Verwüstung der Welt in der Vielzahl an Gegenständen, die ihr beim Reisen begegnen würden, zu vergessen und ihre nachlassende Kraft in dem milden Klima, in das wir uns zu reisen entschlossen hatten, zu stärken, war meine letzte Hoffnung auf ihre Gesundung. Die Vorbereitungen für unsere Abreise, die während meiner Krankheit ausgesetzt worden waren, wurden wieder aufgenommen. Ich lebte nicht nur zweifelhaft genesen wieder auf, sondern die Gesundheit überschüttete mich mit ihren Schätzen; ebenso wie der Baum im Frühling sich fühlen mag, wenn aus seinen verwitterten Gliedern das frische Grün hervorbricht, und der Lebenssaft aufsteigt und zirkuliert, erweckte in mir die neue Kraft, die meinen Körper durchströmte, der fröhliche Fluß meines Blutes, die frische Spannkraft meiner Glieder, meinen Geist zu fröhlicher Ausdauer und angenehmen Gedanken. Mein Körper, vor kurzem noch das schwere Gewicht, das mich an das Grab kettete, strotzte vor Gesundheit; bloße gewöhnliche Übungen waren für meine wiedererwachte Kraft nicht ausreichend. Mich dünkte, ich könnte die Geschwindigkeit des Rennpferdes nachahmen, durch die Luft Gegenstände in einer blendenden Entfernung unterscheiden, die Tätigkeiten der Natur in ihren stummen Wohnstätten hören - so verfeinert und geschärft waren meine Sinne nach meiner Genesung von der tödlichen Krankheit geworden.

Zusätzlich zu meinen anderen Segnungen, wurde mir auch die Hoffnung nicht verweigert; und ich vertraute liebevoll darauf, daß meine unermüdlichen Aufmerksamkeiten mein geliebtes Mädchen wiederherstellen würden. Ich war daher sehr darauf bedacht, unsere Vorbereitungen voranzutreiben. Nach dem zuerst festgelegten Plan hätten wir London am fünfundzwanzigsten November verlassen sollen; und auf diesen Entwurf hin waren zwei Drittel unserer Leute - das Volk - alles, was von England geblieben war, vorausgegangen, und hielten sich bereits seit einigen Wochen in Paris auf. Zuerst hatte meine Krankheit, und später die von Idris, Adrian mit seiner aus dreihundert Personen bestehenden Abteilung festgehalten, so daß wir nun am ersten Januar 2098 abreisten. Ich wollte Idris so weit als möglich von der Hektik und dem Geschrei der Menge fernhalten, und jene Erscheinungen vor ihr verbergen, die sie am stärksten an unsere wahre Situation erinnern würden. Wir trennten uns zumeist von Adrian, der seine gesamte Zeit dem öffentlichen Geschäft widmen mußte. Die Gräfin von Windsor reiste mit ihrem Sohn. Clara, Evelyn und eine Frau, die als unsere Dienerin fungierte, waren die einzigen Personen, mit denen wir Kontakt hatten. Wir besetzten eine geräumige Kutsche, unser Diener diente als

Kutscher. Eine Gruppe von etwa zwanzig Personen ging uns in geringer Entfernung voraus. Sie hatten die Aufgabe, unsere Rastplätze und unsere nächtliche Unterkunft vorzubereiten. Sie waren für diesen Dienst aus einer großen Zahl Freiwilliger ausgewählt worden, die ihre Dienste wegen des überlegenen Scharfsinns des Mannes, der zu ihrem Führer ernannt worden war, angeboten hatten.

Gleich nach unserer Abreise war ich erfreut, eine Veränderung in Idris zu finden, von der ich hoffte, daß sie die glücklichsten Ergebnisse vorhersagte. Die ganze Fröhlichkeit und sanfte Heiterkeit, die ihr natürlich waren, waren wieder aufgelebt. Sie war schwach, und jene Veränderung wurde eher in Aussehen und Stimme als in Taten dargestellt; aber sie war dauerhaft und echt. Meine Genesung von der Pest und die bestätigte Gesundheit verliehen ihr einen festen Glauben, daß ich jetzt vor diesem schrecklichen Feind sicher war. Sie sagte mir, sie sei gewiß, daß sie sich erholen sollte. Daß sie eine Ahnung hätte, daß die Flutwelle, die unsere unglückliche Rasse überschwemmte, sich nun gedreht hatte. Daß der Überrest bewahrt würde, und unter ihnen die liebsten Objekte ihrer zärtlichen Zuneigung; und daß wir unser Leben an einem ausgewählten Ort in einer angenehmen Gesellschaft verbringen sollten. „Laß dich nicht von meinem geschwächten Zustand täuschen", sagte sie. „Ich fühle, daß es mir besser geht; es ist ein reges Leben in mir, und ein Geist der Erwartung, der mir versichert, daß ich lange weiterleben werde, um einen Teil dieser Welt auszumachen. Ich werde diese erniedrigende körperliche Gebrechlichkeit abwerfen, die selbst meinen Geist mit Schwäche infiziert, und werde wieder beginnen, meine Pflichten zu erfüllen. Ich war traurig, Windsor zu verlassen, aber jetzt bin ich von dieser Anhaftung an einen Ort entwöhnt, und bin zufrieden damit, in ein mildes Klima zu gehen, das meine Genesung vervollständigen wird. Vertraue mir, Liebster, ich werde weder dich verlassen, noch meinen Bruder, noch diese lieben Kinder. Ich bin fest entschlossen, bis zuletzt bei dir zu bleiben und weiterhin zu deinem Glück und Wohl beizutragen, und dies würde mich am Leben erhalten, selbst wenn der grimmige Tod näher wäre, als er wirklich ist."

Ich war nur halbwegs beruhigt durch diese Worte, ich konnte nicht glauben, daß der zu schnelle Fluß ihres Blutes ein Zeichen von Gesundheit war, oder daß ihre brennenden Wangen Erholung anzeigten. Aber ich hatte keine Angst vor einer unmittelbaren Katastrophe; ja, ich überredete mich selbst, daß sie sich letztendlich erholen würde. Und so herrschte in unserer kleinen Gesellschaft Fröhlichkeit. Idris unterhielt sich mit Lebhaftigkeit über tausend Themen. Ihr Hauptbegehren war, uns von schwermütigen Gedanken abzulenken; so zeichnete sie reizende Bilder einer stillen Einsamkeit, eines schönen Rückzugsortes, des einfachen Benehmens unseres kleinen Volkes und der patriarchalischen Bruderschaft der Liebe, die die Ruinen der bevölkerungsreichen Völker, die in letzter Zeit bestanden, überdauern würden. Wir schlossen die Gegenwart aus unseren Gedanken aus und wandten unsere Augen von der verödeten Landschaft ab, die wir durchquerten. Der Winter herrschte in seiner ganzen Finsternis. Die blattlosen Bäume standen regungslos vor dem dunklen Himmel; die Formen des Frosts, die das Laub des Sommers nachahmten, bestreuten den Boden; die Wege waren überwuchert; die ungepflügten Kornfelder wiesen Flecken von Gras und Unkraut auf; die Schafe versammelten sich an der Schwelle des Hauses, der gehörnte Ochse stieß seinen Kopf aus dem Fenster. Der Wind war rauh, und zu der melancholischen Erscheinung der winterlichen Natur gesellten sich häufige Schneeregen oder Schneestürme.

Wir kamen in Rochester an und ein Unfall führte dazu, daß wir dort eines Tages aufgehalten wurden. Während dieser Zeit geschah ein Umstand, der unsere Pläne änderte und ach! in seinem Ergebnis den ewigen Lauf der Ereignisse änderte und mich von der angenehmen neu entfachten Hoffnung, die ich genoß, in eine dunkle und düstere Wüste sandte. Doch ich muß eine kleine Erklärung geben, bevor ich mit der letzten Ursache unserer vorübergehenden Planänderung fortfahre, und wieder auf die Zeiten verweisen, in denen der Mensch furchtlos auf der Erde wandelte, bevor die Pest zur Königin der Welt geworden war.

Es lebte eine Familie in der Nähe von Windsor, die zwar von sehr bescheidenen Ansprüchen, aber dennoch ein Gegenstand unseres Interesses war, und dies wegen einer der Personen, aus denen sie sich zusammensetzte. Die Familie der Claytons hatte bessere Tage gekannt; aber nach einer Reihe von Rückschlägen starb der Vater ruiniert, und die Mutter zog sich mit gebrochenem Herzen und als eine bestätigte

Invalidin, mit ihren fünf Kindern in ein kleines Häuschen zwischen Eton und Salt Hill zurück. Das älteste dieser Kinder, das dreizehn Jahre alt war, schien sich sofort unter dem Einfluß der Widrigkeiten den Scharfsinn und die Grundsätze eines reiferen Alters anzueignen. Ihrer Mutter ging es immer schlechter und schlechter, aber Lucy kümmerte sich um sie, sie war eine zärtliche Ersatzmutter für ihre jüngeren Brüder und Schwestern, und zeigte sich in der Zwischenzeit so gut gelaunt, hilfsbereit und gütig, daß sie in ihrer kleinen Nachbarschaft ebenso geliebt wie geehrt wurde.

Lucy war außerdem sehr hübsch, weswegen sie, als sie sechzehn wurde, trotz ihrer Armut Bewunderer hatte. Einer von ihnen war der Sohn eines Landvikars; er war ein großmütiger, aufrichtiger Jüngling, mit einer glühenden Liebe zum Wissen und ohne böse Eigenschaften. Obwohl Lucy ungebildet war, gaben ihr die Unterhaltung und das Betragen ihrer Mutter einen Vorgeschmack auf Verfeinerungen, die ihrer gegenwärtigen Situation überlegen waren. Sie liebte den Jüngling, ohne es zu wissen, außer daß sie sich wie selbstverständlich in jeder Schwierigkeit hilfesuchend an ihn wandte und jeden Sonntag mit einem leichteren Herzen erwachte, weil sie wußte, daß sie ihm auf ihrem abendlichen Spaziergang mit ihren Schwestern begegnen und von ihm begleitet werden würde. Sie hatte noch einen anderen Bewunderer, einen der Oberkellner im Gasthaus in Salt Hill. Er war auch nicht ohne Ambitionen auf die städtische Überlegenheit, über die er von den Dienern der Herren und den Kammerzofen erfuhr, die ihn unterhalb der Treppe die Sprache der hohen Leute lehrten, was seine unverschämte Art zehnmal aufdringlicher machte. Lucy lehnte ihn nicht ab - sie war zu diesem Gefühl nicht fähig; aber sie bedauerte es, wenn sie ihn näherkommen sah, und widerstand gelassen all seinen Bemühungen, eine größere Nähe herzustellen. Der Kerl entdeckte bald, daß sein Rivale ihm vorgezogen wurde, und dies veränderte, was zunächst eine zufällige Bewunderung war, in eine Leidenschaft, deren Hauptquellen Neid und ein Grundbedürfnis waren, seinem Konkurrenten den Vorteil zu nehmen, den dieser gegenüber ihm selbst hatte.

Die traurige Geschichte der armen Lucy war eine ganz gewöhnliche. Der Vater ihres Geliebten starb; und er war mittellos. Er nahm das

Angebot eines Herrn an, mit ihm nach Indien zu gehen, wobei er sich sicher fühlte, daß er bald seine Unabhängigkeit erlangen und zurückkehren würde, um die Hand seiner Geliebten zu beanspruchen. Er wurde in den dort geführten Krieg verwickelt, wurde gefangen genommen und es vergingen Jahre, bis die Nachrichten von seinem Verbleib in seinem Heimatland anlangten. In der Zwischenzeit kam verhängnisvolle Armut über Lucy. Ihr kleines Häuschen, das hinter seinem mit Geißblatt und Jasmin bedeckten Gitter hervorlugte, brannte nieder, und ihr ganzes kleines Eigentum war ebenfalls zerstört. Wohin sollten sie gehen? Durch welches mögliche Kunststück konnte Lucy ihnen einen anderen Wohnsitz verschaffen? Ihre Mutter, die fast bettlägerig war, konnte keine bis zur Hungersnot reichende Armut überleben. Zu dieser Zeit trat ihr anderer Bewunderer vor und erneuerte sein Heiratsangebot. Er hatte Geld gespart und wollte in Datchet ein kleines Gasthaus eröffnen. An diesem Angebot war nichts verlockend für Lucy, außer dem Zuhause, das es ihrer Mutter sichern würde; und sie fühlte sich dessen um so gewisser, da sie von der offensichtlichen Großzügigkeit beeindruckt war, die das gegenwärtige Angebot veranlaßte. Sie nahm den Antrag an, und opfert sich solcherart für die Bequemlichkeit und das Wohlergehen ihrer Mutter.

Einige Jahre nach ihrer Heirat lernten wir sie kennen. Ein plötzlicher Sturm veranlaßte uns, in die Herberge zu flüchten, wo wir das brutale und streitsüchtige Verhalten ihres Mannes und ihre geduldige Ausdauer erlebten. Ihr Los war nicht glücklich. Ihr erster Geliebter war mit der Hoffnung zurückgekehrt, sie zur Seinen zu machen, und traf sie zufällig zum ersten Mal als die Wirtin seines Landgasthauses und die Frau eines anderen an. Er zog sich verzweifelt in fremde Gefilde zurück; nichts ging gut mit ihm; endlich schrieb er sich wieder ein und kam wieder verwundet und krank zurück, und doch war Lucy davon ausgeschlossen, ihn zu pflegen. Der brutale Charakter ihres Mannes wurde noch dadurch verschärft, daß er den vielen Versuchungen nachgab, die sich in seiner Situation ergaben, wodurch eine gewisse Unordnung in seinen Angelegenheiten entstand. Zum Glück hatte sie keine Kinder; aber ihr Herz war an ihre Brüder und Schwestern gebunden, und diese vertrieben sein Geiz und seine schlechte Laune bald aus dem Haus; sie waren über das Land verstreut und verdienten ihren Lebensunterhalt mit Mühe und Sorge. Er zeigte sogar eine Neigung, ihre Mutter loszuwerden - aber hierin blieb Lucy hart - sie hatte sich für sie geopfert - sie lebte für sie - sie würde sich nicht von ihr trennen - wenn die Mutter gehen müßte, so würde sie für sie betteln gehen, auch mit ihr sterben, aber niemals sie verlassen. Die Anwesenheit Lucys war zu sehr notwendig, um die Ordnung des Hauses aufrecht zu erhalten und zu verhindern, daß die ganze Einrichtung zugrunde ging, als daß er zulassen könnte, daß sie ihn verließ. Er gab in diesem Punkt nach; aber wann immer er wütend oder betrunken war, kehrte er zum alten Thema zurück, und peinigte das arme Herz Lucys durch an ihre Mutter gerichtete Schimpfwörter.

Eine Leidenschaft jedoch, wenn sie ganz rein, vollständig und wechselseitig ist, bringt ihren eigenen Trost mit sich. Lucy war wahrlich und aus tiefstem Herzen ihrer Mutter ergeben; das einzige Ziel, das sie im Leben hatte, war der Trost und die Erhaltung dieses Elternteils. Obwohl sie um das Ergebnis trauerte, bereute sie ihre Ehe nicht, selbst als ihr Geliebter zurückkehrte, um ihr die Ehre zu erweisen. Drei Jahre waren verstrichen, und wie hätte ihre Mutter während dieser Zeit in ihrem geldlich gänzlich entblößtem Zustand existieren können? Diese vorzügliche Frau war der Hingabe ihres Kindes würdig. Ein vollkommenes Vertrauen und eine Freundschaft bestand zwischen ihnen; außerdem war sie keineswegs ungebildet; und Lucy, deren Geist in gewissem Grade von ihrem früheren Liebhaber kultiviert worden war, fand nun in ihr die einzige Person, die sie verstehen und schätzen konnte. So war sie zwar leidend, aber keineswegs trostlos, und als sie während der schönen Sommertage ihre Mutter in die blumigen und schattigen Gassen in der Nähe ihrer Wohnstätte führte, erleuchtete ein Schimmer ungemeiner Freude ihr Antlitz; sie sah, daß ihre Mutter glücklich war, und sie wußte, daß dieses Glück allein ihr Werk war.

Inzwischen wurden die Angelegenheiten ihres Mannes immer verwickelter; der Ruin war nahe, und sie war dabei, die Früchte all ihrer Arbeit zu verlieren, als die Pest kam, um das Aussehen der Welt zu verändern. Ihr Ehemann zog Nutzen aus dem allgemeinen Elend; aber als das Unheil zunahm, ergriff ihn der Geist der Gesetzlosigkeit. Er verließ sein Haus, um den Luxus zu genießen, der ihm in London versprochen worden war, und fand dort ein Grab. Ihr ehemaliger Liebhaber war eines der ersten Opfer der Krankheit gewesen. Aber Lucy lebte weiterhin für und in ihrer Mutter. Ihr Mut wankte bloß, wenn sie Gefahr für ihre Mutter scheute, oder fürchtete, der Tod könnte sie davon abhalten, jene Pflichten zu erfüllen, denen sie unveränderlich ergeben war.

Als wir Windsor für London verlassen hatten, als den letzten Schritt unserer endgültigen Auswanderung, besuchten wir Lucy und besprachen mit ihr den Plan für ihren Fortzug. Lucy bedauerte die Notwendigkeit, die sie zwang, ihre heimatlichen Gassen und ihr Dorf zu verlassen und einen gebrechlichen Elternteil von ihren Bequemlichkeiten zu Hause zu der obdachlosen Ödnis der entvölkerten Erde zu ziehen; aber sie war durch Widrigkeiten zu gut diszipliniert und von zu freundlichem Wesen, um sich gegen etwas zur Wehr zu setzen, was unvermeidlich war.

Die folgenden Umstände, meine Krankheit und die von Idris, hatten sie aus unserer Erinnerung vertrieben; und als wir uns ihrer schließlich entsannen, dachten wir, daß sie eine der wenigen gewesen wäre, die von Windsor kamen, um sich den Emigranten anzuschließen, und daß sie bereits in Paris sei. Als wir in Rochester ankamen, waren wir überrascht, von einem Mann, der gerade aus Slough kam, einen Brief von dieser beispielhaften Leidenden zu erhalten. Sein Bericht war, daß er, als er von seinem Hause ausging und Datchet passierte, überrascht war, Rauch aus dem Schornstein des Gasthauses zu sehen, und da er annahm, daß er dort Kameraden für seine Reise finden würde, klopfte er an und wurde eingelassen. Es war niemand im Haus außer Lucy und ihrer Mutter; Letztere war durch Rheumatismus der Macht über ihre Gliedmaßen beraubt worden, und so zogen nacheinander alle übrigen Bewohner des Landes fort und ließen sie zurück. Lucy bat den Mann, bei ihr zu bleiben; in ein oder zwei Wochen würde es ihrer Mutter besser gehen, und sie würden dann aufbrechen; doch sie müßten zugrunde gehen, wenn sie so hilflos und allein zurückgelassen würden. Der Mann sagte, seine Frau und seine Kinder seien schon unter den Auswanderern, und es sei daher seiner Meinung nach unmöglich, zu bleiben. Lucy gab ihm als letztes Mittel einen Brief für Idris, der ihr zugestellt werden sollte, wo auch immer er uns begegnen sollte. Diese Bitte zumindest erfüllte er, und Idris las mit Gefühl folgenden Brief:

„VEREHRTE DAME,

Ich bin gewiß, daß Sie sich an mich erinnern und mich bedauern werden, und ich wage zu hoffen, daß Sie mir Hilfe zuteil werden lassen. Welche andere Hoffnung habe ich? Verzeihen Sie meine Art zu schreiben, ich bin so verwirrt. Vor einem Monat wurde meine liebe Mutter des Gebrauchs ihrer Gliedmaßen beraubt. Es geht ihr schon besser, und in einem weiteren Monat würde ich sicher auf jene Weise reisen können, wie Sie sie, wie Sie so gütig zu sagen waren, für uns arrangieren wollten. Doch nun sind alle fort - alle - als sie fortgingen, sagte jeder, vielleicht ginge es meiner Mutter besser, bevor wir ganz verlassen wären, aber vor drei Tagen ging ich zu Samuel Woods, der wegen seines neugeborenen Kindes bis zum Ende blieb; und da es eine große Familie ist, dachte ich, ich könnte sie überreden, noch ein wenig länger auf uns zu warten, doch ich fand das Haus verlassen. Seitdem habe ich keine Seele mehr gesehen, bis dieser gute Mann kam. - Was wird aus uns werden? Meine Mutter weiß nicht um unseren Zustand, sie ist so krank, daß ich es vor ihr verborgen habe.

Werden Sie jemanden zu uns schicken? Ich bin gewiß, daß wir kläglich zugrunde gehen müssen, elend wie wir sind. Wenn ich jetzt versuchen würde, meine Mutter zu bewegen, würde sie auf der Straße sterben; und wenn ich, wenn es ihr besser geht, gehen könnte, wüßte ich nicht, wie ich die Straßen finden und so viele Meilen zum Meer kommen sollte, und dann würden Sie alle in Frankreich sein, und der große Ozean würde zwischen uns liegen, was so schrecklich ist, selbst für Seeleute. Was wäre er erst für mich, eine Frau, die ihn nie gesehen hat? Wir würden in diesem Land eingesperrt werden, ganz allein, ohne Hilfe; dann würden wir besser da sterben, wo wir sind. Ich kann kaum schreiben - ich kann meinen Tränen nicht Einhalt gebieten - ich weine nicht um mich selbst; ich könnte auf Gott vertrauen und das Schlimmste geschehen lassen, ich denke, ich könnte es ertragen, wenn ich alleine wäre. Aber meine

Mutter, meine kranke, meine liebe, liebe Mutter, die niemals, seit ich geboren wurde, ein hartes Wort zu mir sprach, die in vielen Leiden geduldig war; erbarmen Sie sich ihrer, liebe Dame, sie muß einen erbärmlichen Tod sterben, wenn Sie sich ihrer nicht erbarmen. Die Leute sprechen achtlos von ihr, weil sie alt und gebrechlich ist, als ob wir nicht alle, falls wir verschont werden sollten, einmal alt werden müssen; und dann, wenn die Jungen selbst alt sind, werden sie denken, daß sich andere um sie kümmern sollten. Es ist sehr dumm von mir, auf diese Weise zu Ihnen zu schreiben; aber wenn ich höre, wie sie versucht, nicht zu seufzen, und sehe, wie sie lächelt, um mich zu trösten, wenn ich weiß, daß sie Schmerzen hat; und wenn ich denke, daß sie das Schlimmste nicht weiß, aber es bald erfahren muß; und dann wird sie sich nicht beklagen; aber ich werde dasitzen und an all das denken, woran sie leidet, an Hunger und Elend - dann habe ich das Gefühl, als müßte mein Herz brechen, und ich weiß nicht, was ich sage oder tue; meine Mutter - die Mutter, für die ich viel ertragen habe, Gott bewahre sie vor diesem Schicksal! Bewahren Sie sie, liebe Dame, und Er wird Sie segnen; und ich, armes elendes Geschöpf, das ich bin, werde Ihnen danken und für Sie beten, solange ich lebe.

Ihre unglückliche und ergebene Dienerin,

30. Dezember 2097,

LUCY MARTIN."

Dieser Brief bewegte Idris zutiefst, und sie schlug sogleich vor, daß wir nach Datchet zurückkehren sollten, um Lucy und ihrer Mutter zu helfen. Ich sagte, ich würde mich ohne Verzug dorthin begeben, bat sie aber, sich ihrem Bruder anzuschließen und dort mit den Kindern auf meine Rückkehr zu warten. Aber Idris war in guter Stimmung und voller Hoffnung. Sie erklärte, sie könne selbst einer vorübergehenden Trennung von mir nicht zustimmen, aber das sei auch gar nicht nötig, da die Bewegung des Wagens ihr gut getan habe, und die Entfernung zu gering sei, um von Bedeutung zu sein. Wir könnten Boten zu Adrian entsenden, um ihn über unsere Abweichung vom ursprünglichen Plan zu benachrichtigen. Sie sprach mit Lebhaftigkeit und zeichnete ein Bild nach ihrem eigenen Herzen, von der Freude, die wir Lucy bereiten sollten, und erklärte, daß sie mich begleiten müsse, wenn ich ginge, und daß sie sehr ungern andern die Aufgabe anvertrauen würde, sie zu retten, die diese Pflicht mit Kälte oder Herzlosigkeit erfüllen könnten. Lucys Leben war ein einziger Akt der Hingabe und Tugend; wir sollten sie jetzt die kleine Belohnung ernten lassen: zu sehen, daß ihre Vorzüglichkeit geschätzt und ihre Notwendigkeit von denen unterstützt wird, die sie respektierte und ehrte.

Diese und viele andere Argumente wurden mit sanfter Hartnäckigkeit und dem brennenden Wunsch, alles Gute zu tun, was in ihrer Macht steht, von ihr, deren bloße Äußerung eines Wunsches und deren geringfügigste Bitte stets ein Gesetz für mich gewesen waren, vorgebracht. Natürlich stimmte ich zu, sobald ich sah, daß ihr so viel an diesem Schritt lag. Wir schickten die Hälfte unserer Begleittruppe zu Adrian, und mit der anderen Hälfte schlug unsere Kutsche den Rückweg nach Windsor ein.

Ich frage mich jetzt, wie ich so blind und unvernünftig sein könnte, die Sicherheit von Idris solcherart zu riskieren, denn wenn ich Augen gehabt hätte, so hätte ich doch das sichere, wenn auch trügerische Vorrücken des Todes in ihrer brennenden Wange und zunehmenden Schwäche sehen müssen. Aber sie sagte, es ginge ihr besser, und ich habe ihr geglaubt. Der Tod konnte nicht in der Nähe eines Wesens sein, dessen Lebendigkeit und Verstandeskraft sich stündlich steigerte, und dessen Körper mit einem intensiven, und wie ich voll Zärtlichkeit dachte, einem starken und dauerhaften Lebenswillen ausgestattet war. Wer hat nach einer großen Katastrophe nicht im nachhinein über die unvorstellbare Beschränktheit seines Verstandes gestaunt, der die vielen winzigen Fäden, mit denen das Schicksal das unentwirrbare Netz unserer Schicksale verwebt, nicht wahrnimmt, bis er ganz darin verwoben ist?

Die Querstraßen, die wir jetzt befuhren, waren sogar in einem schlechteren Zustand als die lange vernachlässigten Landstraßen; und die Unbequemlichkeit schien Idris' angegriffene Gesundheit zu bedrohen. Wir passierten Dartford und kamen am zweiten Tag in Hampton an. Selbst in dieser kurzen Zeit verschlechterte sich die Gesundheit meiner geliebten Gefährtin zusehends, obwohl ihre Stimmung immer noch heiter war, und sie meine wachsende Besorgnis mit heiteren Liedchen zu verscheuchen suchte. Zuweilen durchbohrte der Gedanke mein Gehirn - stirbt sie? - wenn ich sah, wie ihre blasse, verhärmte Hand auf meiner ruhte, oder beobachtete, mit welcher Schwäche sie die gewöhnlichen Dinge des Lebens verrichtete. Ich verdrängte den Gedanken, als wäre er gänzlich abwegig; doch er fiel mir immer wieder ein, nur um durch ihre fortgesetzte Lebhaftigkeit vertrieben zu werden. Ungefähr am Mittag, nachdem wir Hampton verlassen hatten, brach unser Wagen zusammen: Der Schock ließ Idris in Ohnmacht fallen, aber bei ihrer Wiederbelebung gab es keine andere folgenschwere Konsequenz. Unsere Gesellschaft von Begleitern war wie gewöhnlich vor uns hergeritten, und unser Kutscher suchte ein anderes Fahrzeug, da unser bisheriges durch den Unfall unbrauchbar geworden war. Der einzige Ort in unserer Nähe war ein kleines Dorf, in dem er eine Art Transportwagen fand, der vier Leute fassen konnte, aber er war klobig und schlecht aufgehängt; außerdem fand er einen ganz vorzüglichen Einspänner. Unser Plan wurde bald arrangiert. Ich würde Idris in letzterem fahren, während die Kinder von dem Diener im ersteren befördert wurden. Aber diese Arrangements kosteten Zeit. Wir hatten uns darauf geeinigt, an diesem Abend Windsor zu erreichen, und dorthin waren unsere Begleiter bereits vorausgeritten. Wir sollten beträchtliche Schwierigkeiten haben, eine Unterkunft zu finden, bevor wir diesen Ort erreichten. Immerhin betrug die Entfernung nur zehn Meilen, mein Pferd war ein gutes, ich würde mit Idris in einem guten Schritt vorankommen und den Kindern erlauben, mit einer Geschwindigkeit zu folgen, die dem Gebrauch ihres umständlichen Gefährts mehr entsprach.

Der Abend kam schnell heran, viel schneller, als ich erwartet hatte. Beim Untergang der Sonne begann es stark zu schneien. Ich versuchte vergeblich, meine geliebte Gefährtin vor dem Sturm zu schützen; der Wind trieb den Schnee in unsere Gesichter, und er lag so hoch auf dem Boden, daß wir nur langsam vorankamen, während die Nacht so dunkel war, daß wir ohne die weiße Decke auf dem Boden keinen Meter vor uns hätten sehen können. Wir hatten unseren Begleitwagen weit hinter uns gelassen, und jetzt bemerkte ich, daß der Sturm mich unbewußt von meiner beabsichtigten Route hatte abweichen lassen. Ich war einige Meilen von meinem Weg abgekommen. Meine Kenntnis des Landes ermöglichte es mir, wieder den richtigen Weg zu finden. aber anstatt, wie zuerst vereinbart, durch eine Querstraße durch Stanwell nach Datchet zu fahren, war ich gezwungen, den Weg von Egham und Bishopgate zu nehmen. Es war daher gewiß, daß ich nicht mit dem anderen Fahrzeug wiedervereint werden sollte, daß ich kein einziges Mitgeschöpf mehr treffen sollte, bis wir in Windsor ankommen würden. Die Rückseite unserer Kutsche war hochgezogen, und ich hängte einen Umhang davor, um die geliebte Leidende vor dem Schneeregen zu schützen. Sie lehnte sich an meine Schulter und wurde jeden Augenblick träger und schwächer. Zuerst antwortete sie auf meine freundlichen Worte mit liebevollem Dank, doch nach und nach versank sie in Schweigen. Ihr Kopf lag schwer auf mir, ich merkte nur durch ihren unregelmäßigen Atem und häufiges Seufzen, daß sie noch lebte. Einen Augenblick lang überlegte ich, anzuhalten und, die Rückseite des Wagens der Kraft des Sturms entgegengesetzt, so gut wie möglich den Morgen zu erwarten. Aber der Wind war rauh und durchdringend, während das gelegentliche Zittern meiner armen Idris und die starke Kälte, die ich selbst fühlte, zeigten, daß dies ein gefährlicher Versuch sein würde. Endlich dünkte mich, daß sie schlief - ein tödlicher Schlaf, ausgelöst durch den Frost: in diesem Augenblick sah ich den Umriß eines Hauses, das sich in unserer Nähe vor dem dunklen Horizont abhob: „Meine Liebste", sagte ich, „warte doch einen Moment, gleich werden wir Unterkunft finden; laß uns hier anhalten, damit ich die Tür zu dieser gesegneten Wohnung öffnen kann."

Während ich sprach, schlug mein Herz höher, und meine Sinne wurden von unbändiger Freude und Dankbarkeit überschwemmt. Ich lehnte Idris' Kopf gegen die Kutsche und eilte, durch den Schnee springend, zu der Hütte, deren Tür offen war. Ich hatte Apparate bei mir, um Licht zu beschaffen, und dieses zeigte mir ein behagliches Zimmer mit einem Holzhaufen in einer Ecke und keiner Unordnung, außer daß die Tür teilweise offen stand, so daß der Schnee hereingebrochen war, und nun die Schwelle blockierte. Ich kehrte zum Wagen zurück, und der plötzliche Wechsel von Licht zu Dunkelheit machte mich zunächst blind. Als ich mein Sehvermögen wiedererlangte - ewiger Gott dieser ungerechten Welt! O höchster Tod, ich werde deine stumme Herrschaft nicht stören, oder meine Geschichte mit fruchtlosen Ausrufen des Entsetzens verderben! Ich sah Idris, die vom Sitz auf den Boden des Wagens gefallen war; ihr Kopf, von dem das lange Haar herabhing, war zusammen mit einem Arm herausgeglitten und hing über die Seite. - Von einem entsetzlichen Schrecken ergriffen hob ich sie hoch; ihr Herz war ohne Puls, ihre verblaßten Lippen wurden von keinem Atemzug bestrichen.

Ich trug sie in die Hütte und legte sie auf das Bett. Ich zündete ein Feuer an und rieb ihre versteifenden Glieder. Zwei lange Stunden lang versuchte ich das verlorene Leben wiederherzustellen, und als die Hoffnung so tot war wie meine Geliebte, schloß ich mit zitternden Händen ihre glasigen Augen. Ich zweifelte nicht daran, was ich jetzt tun sollte. In der Verwirrung, die meine Krankheit begleitete, war die Aufgabe, unseren Liebling Alfred zu bestatten, auf seine Großmutter, die einstmalige Königin, übergegangen, und sie hatte ihn, ganz ihrer herrschsüchtigen Art entsprechend, nach Windsor tragen und im Familiengewölbe begraben lassen, in der St.- Georgs-Kapelle. Ich mußte nach Windsor gehen, um Clara zu beruhigen, die ängstlich auf uns warten würde - doch ich wollte ihr das herzzerreißende Spektakel ersparen, daß ich Idris leblos von der Reise hereinbrächte. Zuerst wollte ich meine Geliebte neben ihrem Kind in die Gruft legen und dann die armen Kinder aufsuchen, die mich erwarten würden.

Ich zündete die Lampen meiner Kutsche an, wickelte sie in Pelze und legte sie auf den Sitz. Dann nahm ich die Zügel und ließ die Pferde vorwärts gehen. Wir fuhren durch den Schnee, der in Massen den Weg versperrte, während die absteigenden Flocken, die mit doppelter Wut gegen mich fielen, mich blendeten. Der Schmerz, der durch die wütenden Elemente verursacht wurde, und das kalte Eisen der frostigen Pfeile, die mich bedrängten und in mein schmerzendes Fleisch eindrangen, waren eine Erleichterung für mich, da sie mein seelisches

Leiden abstumpften. Die Pferde stolperten weiter, und die Zügel hingen lose in meinen Händen. Ich dachte oft daran, meinen Kopf nahe an das süße, kalte Gesicht meines verlorenen Engels zu legen und mich der verlockenden Starre zu ergeben. Aber ich durfte sie nicht als Beute der Lüfte zurücklassen; sondern mußte sie meinem Entschluß gemäß in das Grab ihrer Vorfahren bringen, wo ein barmherziger Gott mir auch gestatten würde, zu ruhen.

Die Straße, die wir durch Egham passierten, war mir vertraut; aber der Wind und der Schnee ließen die Pferde langsam und schwer ziehen. Plötzlich drehte der Wind von Südwesten nach Westen und dann wieder nach Nordwesten. Wie Samson die Säulen, die den Tempel der Philister trugen, unter Ziehen und Zerren von ihren Stützen schob, vertrieb der Sturm die dichten Dünste am Horizont, während die massige Wolkenkuppel nach Süden fiel, der klare Himmel sich durch das verstreute Gewebe offenbarte und die kleinen Sterne, die in den kristallinen Feldern in unermeßlicher Entfernung aufgestellt waren, ihre kleinen Strahlen auf den glitzernden Schnee blitzen ließen. Sogar die Pferde wurden aufgemuntert und zogen mit erneuerter Kraft weiter. Wir betraten den Wald bei Bishopgate, und am Ende des Langen Weges sah ich das Schloß, „das stolze Schloß von Windsor, das in majestätischer Größe aufstieg, und mit dem Doppelgürtel seiner gleichartigen und zeitgenössischen Türme umkleidet ist."[132] Ich sah mit Ehrfurcht auf eine Struktur, die beinahe so alt war wie der Felsen, auf dem sie stand, ein Sitz der Könige und ein Gegenstand der Bewunderung für die Weisen. Mit größerer Ehrfurcht und tränenvoller Zuneigung sah ich es als den Zufluchtsort für die lange Zeit der Liebe, die ich dort mit dem verderblichen, unnachahmlichen Schatz aus Staub genossen hatte, der jetzt kalt neben mir lag. Ich hätte nun in der Tat der ganzen Weichheit meiner Natur nachgeben und weinen, und wie eine Frau bittere Klagen aussprechen können; während die vertrauten Bäume, die Herden von Wild, die oft über den Rasen liefen, sich nacheinander mit traurigen Assoziationen einstellten. Das weiße Tor am Ende des Langen Weges war weit geöffnet, und ich ritt durch das erste Tor des feudalen Turms

---

[132] Edmund Burke, A Letter To a Noble Lord.

die leere Stadt hinauf; und jetzt stand die St.-Georgs-Kapelle mit ihrem dunklen Gittermuster direkt vor mir. Ich blieb an der Tür stehen, die offen war. Ich trat ein und stellte meine brennende Lampe auf den Altar, dann kehrte ich zurück, trug Idris mit zärtlicher Vorsicht den Gang in den Altarraum hinauf und legte sie sanft auf den Teppich, der die Treppe zum Abendmahlstisch bedeckte. Die Banner der Ritter des Hosenbandordens[133] und ihre halb gezogenen Schwerter hingen dort in eitlem Schmuck über dem Chorgestühl. Das Banner ihrer Familie hing dort, noch immer überragt von seiner königlichen Krone. Lebt wohl, ihr Wappen und die Herrlichkeit Englands! - Ich wandte mich von einer solchen Eitelkeit mit einem leichten Gefühl der Verwunderung ab, wie sich die Menschheit jemals für solche Dinge interessieren konnte. Ich beugte mich über den leblosen Körper meiner Geliebten; und während ich in ihr unbedecktes Gesicht sah, die Züge betrachtete, die bereits durch die Totenstarre verkrampft waren, fühlte ich mich, als ob das ganze sichtbare Universum so seelenlos, geistlos und trostlos geworden wäre wie das steinerne kühle Abbild unter mir. Ich empfand für einen Moment das unerträgliche Gefühl des Kampfes und der Ablehnung für die Gesetze, die die Welt regieren; bis die Ruhe, die immer noch auf dem Gesicht meiner toten Liebe zu sehen war, mich zu einer ruhigeren Stimmung zurückrief, und ich fortfuhr, das letzte Amt zu verrichten, das ihr jetzt zuteil werden konnte. Für sie konnte ich nicht klagen, so sehr neidete ich ihr den Genuß der „traurigen Unempfänglichkeit des Grabes."[134]

Das Gewölbe war kürzlich geöffnet worden, um unseren Alfred darin zu plazieren. Die gebräuchliche Zeremonie war in diesen letzten Tagen oberflächlich durchgeführt worden, und die Pflasterung der Kapelle, die der Eingang zum Gewölbe war, nicht zurückgesetzt worden. Ich stieg die Stufen hinab und ging durch die lange Passage zu dem großen Gewölbe, das den verwandten Staub meiner Idris enthielt. Ich machte den kleinen Sarg meines Kindes aus. Mit hastigen, zitternden Händen

---

[133] Der vom englischen König Edward III. 1348 gestiftete Hosenbandorden ist der höchste Ritterorden des Vereinigten Königreichs.
[134] Edmund Burke, A Letter to a Noble Lord.

baute ich eine Bahre daneben und bedeckte sie mit den Pelzen und dem indischen Tuch, die Idris auf ihrer Reise dorthin umhüllt hatten. Ich zündete die schimmernde Lampe an, die in dieser feuchten Wohnstätte der Toten flackerte; dann trug ich meine Verlorene zu ihrem letzten Bett, legte ihre Glieder zurecht und bedeckte sie mit einem Mantel, der alles außer ihrem Gesicht verhüllte, das anmutig und ruhig blieb. Sie schien wie eine übermüdete Person zu ruhen, ihre schönen Augen in süßem Schlaf geschlossen. Doch dem war nicht so - sie war tot! Wie sehr sehnte ich mich danach, mich neben sie zu legen, um zu erwarten, daß der Tod mich in die gleiche Ruhe versetzen würde.

Doch der Tod kommt nicht auf Bitten der Elenden. Ich hatte mich erst kürzlich von einer tödlichen Krankheit erholt, und mein Blut war noch nie mit einer so gleichmäßigen Strömung geflossen, noch waren meine Glieder jemals so gesund und voller Leben gewesen, wie jetzt. Ich fühlte, daß mein Tod selbstgewählt sein mußte. Doch andererseits - was wäre natürlicher als der Hungertod, den ich in dieser Kammer des Todes erleiden würde, in einer Welt der Toten neben der verlorenen Hoffnung meines Lebens? In der Zwischenzeit, indem ich auf sie schaute, brachten die Gesichtszüge, die eine schwesterliche Ähnlichkeit mit Adrian hatten, meine Gedanken wieder zu den Lebenden, zu jenem lieben Freund, zu Clara und zu Evelyn, die wahrscheinlich jetzt in Windsor waren und ängstlich unsere Ankunft erwarteten.

Mich dünkte, daß ich ein Geräusch hörte, einen Fußtritt in der gegenüberliegenden Kapelle, der durch das gewölbte Dach widerhallte und durch die hohlen Gänge zu mir getragen wurde. Hatte Clara meine Kutsche die Stadt hinauffahren sehen, und suchte sie mich hier? Ich mußte sie wenigstens vor der schrecklichen Szene bewahren, die das Gewölbe in sich barg. Ich sprang die Treppe hinauf und sah dann eine weibliche Gestalt, vom Alter gekrümmt und in lange Trauerroben gekleidet, durch die dunkle Kapelle voranschreiten, gestützt von einem schlanken Stock, die aber selbst mit dieser Unterstützung wankte. Sie hörte mich und sah auf. Die Lampe, die ich hielt, beleuchtete meine Gestalt, und die Mondstrahlen, die sich durch das bemalte Glas kämpften, fielen auf ihr Gesicht, runzlig und hager, doch mit einem durchdringenden Auge und einer beherrschenden Stirn - ich erkannte die Gräfin von Windsor. Mit hohler Stimme fragte sie: „Wo ist die Prinzessin?"

Ich deutete auf das aufgerissene Pflaster: Sie ging zu der Stelle und blickte in die greifbare Dunkelheit hinunter; denn das Gewölbe war zu weit von den Strahlen der kleinen Lampe entfernt, die ich dort gelassen hatte, als daß man etwas hätte erkennen können.

„Dein Licht", sagte sie. Ich gab es ihr; und sie betrachtete die jetzt sichtbaren, aber steilen Stufen, als ob sie ihre Fähigkeit, sie hinabzusteigen, abschätzen würde. Instinktiv machte ich ein leises Angebot meiner Unterstützung. Sie winkte mit einem höhnischen Blick ab und sagte mit harter Stimme, als sie nach unten zeigte: „Wenigstens dort kann ich sie ungestört haben."

Sie ging zielstrebig hinab, während ich, jenseits aller Worte, Tränen oder Seufzer unglücklich, mich überwältigt auf das Pflaster in der Nähe warf - die sich versteifende Gestalt Idris' war vor mir, das vom Tod überhauchte Gesicht, das nun in ewiger Ruhe verstummt war. Das war für mich das Ende von allem! Am Tag zuvor hatte ich mir verschiedene Abenteuer und die gemeinsame Zeit mit meinen Freunden vorgestellt - jetzt hatte ich dieses Intervall übersprungen und die äußerste Grenze des Lebens erreicht. Solcherart in Düsternis gehüllt, eingeschlossen, eingemauert, von der allmächtigen Gegenwart überwölbt, wurde ich durch das Geräusch von Füßen auf den Stufen des Grabes überrascht, und ich erinnerte mich an sie, die ich völlig vergessen hatte, meine verärgerte Besucherin. Ihre hochgewachsene Gestalt erhob sich langsam aus dem Gewölbe, eine lebende Statue, von Haß und menschlicher, leidenschaftlicher Zwietracht durchdrungen: sie schien mir das Pflaster des Ganges erreicht zu haben. Sie stand bewegungslos da und suchte mit bloßen Augen ein gewünschtes Objekt - bis sie, als sie mich in ihrer Nähe wahrnahm, ihre faltige Hand auf meinen Arm legte und mit zitternden Worten rief: „Lionel Verney, mein Sohn!" Dieser Name, der in einem solchen Moment von der Mutter meines Engels verwendet wurde, erfüllte mich mit mehr Respekt, als ich jemals für diese hochmütige Dame gefühlt hatte. Ich neigte den Kopf, küßte ihre runzelige Hand, und stützte sie, da ich bemerkte, daß sie heftig zitterte, bis zum Ende des Chorraums, wo sie sich auf die Stufen setzte, die zum königlichen

Chorgestühl führten. Sie ließ es zu, geführt zu werden, und sie lehnte, noch immer meine Hand haltend, ihren Kopf gegen das Chorgestühl zurück, während der Mond, dessen Strahlen durch das bunte Glas in verschiedenen Farben getönt war, auf ihre glitzernden Augen fiel. Sich ihrer Schwäche bewußt, und sich wieder an ihre lange geschätzte Würde erinnernd, wischte sie die Tränen weg; doch sie fielen schnell, als sie, wie zur Entschuldigung sagte, „Sie ist so schön und ruhig, selbst im Tod. Kein hartes Gefühl hat jemals ihre glatte Stirn getrübt; wie behandelte ich sie? Ich verwundete ihr sanftes Herz mit wütender Kälte und hatte kein Mitleid mit ihr in den vergangenen Jahren, verzeiht sie mir jetzt? Gar wenig tut es, zu den Toten von Buße und Verzeihung zu sprechen. Hätte ich mich in ihrem Leben einmal ihren freundlichen Wünschen gebeugt und meine rauhe Natur gezügelt, um ihr ein Vergnügen zu bereiten, sollte ich nicht so fühlen."

Idris und ihre Mutter sahen sich nicht ähnlich. Das dunkle Haar, die tiefliegenden schwarzen Augen und die hervorstechenden Züge der einstigen Königin standen in völligem Gegensatz zu den goldenen Locken, den runden blauen Augen und den weichen Linien und Konturen des Gesichts ihrer Tochter. Doch in letzter Zeit hatte die Krankheit meinem armen Mädchen die runde Form ihres Gesichts genommen und es auf die härteren Konturen des darunter liegenden Knochens reduziert. In der Form ihrer Stirn, in ihrem ovalen Kinn, war eine Ähnlichkeit mit ihrer Mutter zu finden; ja, in einigen Stimmungen waren ihre Gesten nicht unähnlich, doch war dies, da sie so lange zusammenlebten, nicht verwunderlich.

Es liegt eine magische Kraft in der Ähnlichkeit. Wenn jemand, den wir lieben, stirbt, hoffen wir, ihn in einem anderen Zustand zu sehen, und erwarten, daß der tätige Geist sich in ein neues Gewand ähnlich dem verfallenen irdischen Gewand transferieren wird. Aber das sind nur Hirngespinste. Wir wissen, daß das Instrument zertrümmert ist, das lebende Abbild liegt in elenden Fragmenten da, aufgelöst in staubiges Nichts; und ein Blick, eine Geste oder eine Bewegung der Glieder, die dem Toten in einer lebenden Person ähnlich sind, berührt einen aufregenden Akkord, dessen heilige Harmonie in der Tiefe des Herzens gefühlt wird. Seltsam bewegt, niedergeschlagen vor diesem geisterhaften Bild und gefesselt von der Kraft des Blutes, die sich in der Ähnlichkeit von Aussehen und Bewegung zeigte, verharrte ich zitternd vor der harten, stolzen und bis jetzt ungeliebten Mutter von Idris.

Die arme, fehlgeleitete Frau! Zuvor hatte sie in ihrer zärtlichsten Stimmung den Gedanken gehegt, daß ein Wort, ein Blick der Versöhnung von ihr, mit Freude empfangen und lange Jahre der Strenge zurückzahlen würde. Jetzt, wo die Zeit für die Ausübung solcher Macht vergangen war, fiel sie mit einemmale auf die dornige Wahrheit der Dinge, und fühlte, daß weder Lächeln noch Liebkosung in den unbewußten Zustand vordringen, oder das Glück jener beeinflussen konnten, die im Gewölbe unter ihr lag. Diese Gewißheit, zusammen mit der Erinnerung an sanfte Antworten auf bittere Worte, an sanfte Blicke, die wütende Blicke zurückzahlten; die Erkenntnis der Falschheit, Geringfügigkeit und Sinnlosigkeit ihrer gehegten Träume von Geburt und Macht; das überwältigende Wissen, daß die Liebe und das Leben die wahren Kaiser unseres sterblichen Staates waren; dies alles erhob sich wie eine Flut und erfüllte ihre Seele mit stürmischer und verwirrender Bestürzung. Es fiel mir zu, auf sie einzuwirken, um das heftige Hin und Her dieser turbulenten Wellen zu beschwichtigen. Ich sprach mit ihr. Ich brachte sie dazu, darüber nachzudenken, wie glücklich Idris wirklich gewesen war und wie ihre Tugenden und zahlreichen Vorzüge in ihrem vergangenen Leben Geltung und Wertschätzung gefunden hatten. Ich lobte sie als das verehrte Idol meines Herzens, das bewunderte Ideal weiblicher Vollkommenheit. Mit glühender und überfließender Beredsamkeit erleichterte ich mein Herz von seiner Bürde und erwachte zu dem Gefühl einer neuen Lebensfreude, als ich die Begräbnisrede ausgoß. Dann bezog ich mich auf Adrian, ihren geliebten Bruder und ihr überlebendes Kind. Ich erklärte, was ich vorher fast vergessen hatte, was meine Pflichten in Bezug auf diese wertvollen Teile von ihr waren, und bat die traurige reumütige Mutter, wie sie am besten die Unfreundlichkeit gegenüber der Toten, durch die doppelte Liebe am Überlebenden tilgen könnte. Indem ich sie tröstete, wurde auch mein eigener Schmerz erleichtert; mit meiner Aufrichtigkeit gelang es mir, sie zu überzeugen.

Sie wandte sich mir zu. Die harte, unbeugsame, grausame Frau wandte sich mit einem milden Gesichtsausdruck um und sagte: „Wenn unser geliebter Engel uns jetzt sieht, wird es sie erfreuen, zu sehen, daß ich dir zumindest verspätet Gerechtigkeit widerfahren lasse. Du warst ihr würdig; und ich freue mich von Herzen, daß du sie von mir gewonnen hast. Verzeih, mein Sohn, die vielen Ungerechtigkeiten, die ich dir angetan habe, vergiß meine bitteren Worte und die unfreundliche Behandlung - verfahre mit mir, wie du willst."

Ich ergriff diesen nachgiebigen Moment, um unseren Abschied von der Kirche vorzuschlagen.

„Zuerst", sagte sie, „laß uns das Pflaster über dem Gewölbe ersetzen."

Wir näherten uns der Stelle. „Sollen wir sie noch einmal betrachten?", fragte ich.

„Ich kann nicht", antwortete sie, „und ich bitte dich, es ebenfalls nicht zu tun. Wir sollten uns nicht quälen, indem wir auf den entseelten Körper starren, während ihr lebender Geist bereits fest in unseren Herzen verankert, und ihre überragende Anmut dort so tief eingeschnitten ist, daß sie uns im Schlafen oder Wachen immer gegenwärtig sein muß."

Für einige Augenblicke beugten wir uns in feierlicher Stille über das offene Gewölbe. Ich weihte mein zukünftiges Leben der Bewahrung ihrer teuren Erinnerung; ich schwor, ihrem Bruder und ihrem Kind bis zum Tod zu dienen. Das krampfhafte Schluchzen meiner Gefährtin ließ mich meine stummen Gebete abbrechen. Als nächstes schleppte ich die Steine über den Eingang des Grabes und schloß den Abgrund, der das Leben meines Lebens enthielt. Dann, indem ich meine hinfällige Mittrauernde stützte, verließen wir langsam die Kapelle. Als ich ins Freie trat, fühlte ich mich, als ob ich ein glückliches Nest der Ruhe für eine öde Wildnis, einen gewundenen Pfad, eine bittere, freudlose, hoffnungslose Pilgerfahrt verlassen hätte.

Kapitel 4.

Unsere Eskorte war angewiesen worden, unsere Unterkunft für die Nacht in der Herberge gegenüber dem Schloßhügel vorzubereiten.

Wir konnten die Hallen und die vertrauten Räume unseres Hauses nicht noch einmal besuchen, nicht für einen bloßen Besuch. Wir hatten die Lichtungen von Windsor und das Gehölz, die blühenden Hecken und den murmelnden Strom für immer verlassen, die der Liebe zu unserem Land Gestalt und Intensität gaben, und die fast abergläubische Zuneigung bewirkten, mit der wir das heimische England betrachteten. Es war unsere Absicht gewesen, Lucy in Datchet aufzusuchen und sie unserer Hilfe und unseres Schutzes zu versichern, bevor wir uns für die Nacht in unser Quartier zurückzogen. Jetzt, als die Gräfin von Windsor und ich den steilen Hügel abbogen, der vom Schloß herabführte, sahen wir die Kinder, die gerade in ihrer Kutsche angehalten hatten, an der Tür des Gasthauses. Sie waren durch Datchet gefahren, ohne anzuhalten. Ich fürchtete mich, sie zu treffen und meine tragische Geschichte zu überbringen, daher verließ ich sie, als sie in der Eile der Ankunft noch beschäftigt waren, und eilte durch den Schnee und die klare, mondhelle Luft den vertrauten Weg entlang nach Datchet.

Wahrlich wohlbekannt war er. Jedes Häuschen stand an seiner gewohnten Stelle, jeder Baum trug sein gewohntes Aussehen. Die Gewohnheit hatte jede Wendung und jeden Gegenstand auf dem Weg unauslöschlich in meiner Erinnerung eingegraben. In einer kurzen Entfernung hinter dem Kleinen Park stand eine vor ungefähr zehn Jahren halb von einem Sturm umgeworfene Ulme, und streckte sich noch immer, mit blattlosen schneeverhüllten Zweigen, über den Weg, der sich durch eine Wiese neben einem flachen Bach wand, dessen Gurgeln durch den Frost zum Schweigen gebracht worden war. Jener Zaun, jenes weiße Tor, jene hohle Eiche, die zweifellos einmal zum Wald gehört hatte, und jetzt im Mondlicht ihren klaffenden Riß zeigte; und der die Kinder wegen ihres phantastischen Aussehen, von der Abenddämmerung in eine Ähnlichkeit mit der menschlichen Gestalt getäuscht, den Namen Falstaff gegeben hatten - alle diese Gegenstände waren mir so bekannt wie der kalte Herd meines verlassenen Hauses, und jede moosbewachsene Mauer und Parzelle des Obstgartens, die einem fremden Blick wie Zwillingslämmer einander gleichen mochten, trugen doch für meinen gewohnten Blick Unterschiede und einen Namen. England blieb, obwohl England tot war - es war der Geist des fröhlichen Englands, den ich erblickte, unter den Schatten dieses belaubten Waldes waren vorhergehende Generationen in Sicherheit und Leichtigkeit umhergetollt. Zu diesem peinvollen Wiedererkennen vertrauter Orte kam ein Gefühl hinzu, das von allen erfahren, doch von keinem verstanden wurde - ein Gefühl, als ob ich in einem Zustand, der weniger unwirklich als ein Traum war, in einer vergangenen realen Existenz, alles gesehen hätte, was ich sah, mit genau den Gefühlen, wie ich sie jetzt erlebte - als ob alle meine Empfindungen ein doppelseitiger Spiegel einer früheren Offenbarung wären. Um diesen bedrückenden Eindruck abzuwerfen, versuchte ich mir Veränderungen in diesem stillen Ort vorzustellen - dies verstärkte meine Stimmung, indem es mich den Gegenständen mehr Aufmerksamkeit schenken ließ, die mir Pein verursachten.

Ich erreichte Datchet und Lucys bescheidene Behausung - einst lärmend von samstagabendlichen Nachtschwärmern, oder sauber und adrett am Sonntagmorgen, hatte sie von den Arbeiten und den ordentlichen Gewohnheiten der Hausfrau Zeugnis gegeben. Der Schnee lag hoch an der Tür, als ob sie viele Tage lang nicht geöffnet worden wäre.

„Welche Todesszenen will Roscius nun spielen?"[135],

murmelte ich vor mich hin, während ich auf die dunklen Fensterflügel blickte. Zuerst glaubte ich, in einem von ihnen ein Licht zu sehen, aber es war nur die Brechung der Mondstrahlen, während das einzige Geräusch das der knirschenden Äste war, als die Brise die Schneeflocken von ihnen herabfegte - der Mond segelte hoch und ungetrübt im endlosen Äther, während der Schatten der Hütte schwarz in den dahinterliegenden Garten fiel. Ich trat durch das offene Tor ein und musterte jedes Fenster gründlich. Endlich entdeckte ich einen Licht-

---

[135] Shakespeare, König Heinrich VI., 5, 6.

strahl, der sich durch einen geschlossenen Fensterladen eines der oberen Räume kämpfte - es war ein neues Gefühl, ach! ein Haus zu betrachten und zu sagen, daß dort sein üblicher Bewohner wohnt - die Tür des Hauses war nur angelehnt: also trat ich ein und bestieg die mondbeschienene Treppe. Die Tür des bewohnten Raumes war nur angelehnt. Als ich hineinschaute, sah ich Lucy wie zur Arbeit am Tisch sitzen, auf dem das Licht stand; die Werkzeuge der Handarbeit lagen um sie herum, doch ihre Hand war auf ihren Schoß gefallen, und ihre Augen, die auf den Boden gerichtet waren, zeigten durch ihre Leere, daß ihre Gedanken wanderten. Spuren der Sorge und des Wartens hatten ihre früheren Reize vermindert - aber ihr schlichtes Kleid und ihre Haube, ihre verzagte Haltung und die einsame Kerze, die sie beschien, spendeten dem Ganzen für einen Augenblick eine malerische Harmonie. Eine furchterregende Tatsache zog mich von diesen Gedanken ab - eine Gestalt lag ausgestreckt auf dem mit einem Laken bedeckten Bett - ihre Mutter war tot, und Lucy, getrennt von der ganzen Welt, verlassen und allein, hielt in der langen Nacht neben der Leiche die Totenwache. Ich betrat den Raum, und mein unerwartetes Erscheinen löste zuerst einen Schrei der einzigen Überlebenden einer toten Nation aus; doch sie erkannte mich und erholte sich, mit der schnellen Übung der Selbstbeherrschung, die ihr gewohnheitsmäßig war. „Haben Sie mich nicht erwartet?", fragte ich in jener gedämpften Stimme, die uns die Anwesenheit der Toten instinktiv annehmen läßt.

„Sie sind sehr gütig", antwortete sie, „daß Sie selbst gekommen sind. Ich kann Ihnen nie genug danken; doch es ist zu spät."

„Zu spät", rief ich, „was meinen Sie? Es ist nicht zu spät, Sie von diesem verlassenen Ort zu bringen, und Sie fortzuführen nach - "

Mein eigener Verlust, den ich vergessen hatte, als ich sprach, bewirkte, daß ich mich abwenden mußte, während der erstickende Kummer meine Rede verhinderte. Ich stieß das Fenster auf und sah auf den kalten, abnehmenden, geisterhaft blassen Halbkreis in der Höhe und die kalte weiße Erde darunter - segelte der Geist der süßen Idris durch die vom Mond gefrorene kristallene Luft? - Nein, nein, gewiß war ihr Aufenthalt ein angenehmer und schönerer Ort!

Ich gab mich für einen Augenblick diesem Gedanken hin und wandte mich dann wieder an die Trauernde, die mit jenem Ausdruck resignierter Verzweiflung, vollkommenen Elends und leidender Erduldung am Bett lehnte, der weit berührender ist als jeder wahnsinnige Ausbruch oder wilde Gesten ungezügelter Trauer. Ich wollte sie von diesem Ort entfernen; aber sie widersetzte sich meinem Wunsch. Jene Klasse von Personen, deren Einbildungskraft und Empfindsamkeit, so sie diese Eigenschaften in einem gewissen Maße besitzen, nie über das hinausgekommen ist, was in ihrem unmittelbaren Blickfeld liegt, ist geneigt, ihr Augenmerk auf jene Dinge zu richten, die sie zu zerstören scheinen, und an diesen mit doppelter Hartnäckigkeit festzuhalten, weil sie nichts darüber hinaus verstehen können. Solcherart wollte Lucy im verlassenen England, in einer toten Welt, die gewöhnlichen Begräbnisriten erfüllen, wie sie unter den englischen Landbewohnern üblich waren, damals, als der Tod ein seltener Besucher war, uns Zeit gab, seine gefürchtete Machtergreifung mit Prunk und Aufwand zu empfangen, und ihm in der Prozession entgegengehend die Schlüssel des Grabes in seine siegreiche Hand zu legen. Sie hatte bereits, allein, wie sie war, einige Handlungen vollbracht, und die Arbeit, an der ich sie beschäftigt gefunden hatte, war das Leichentuch ihrer Mutter. Mein Herz schmerzte beim Anblick solcher schmerzlichen Einzelheiten, die eine Frau ertragen kann, die aber für den männlichen Geist schmerzhafter sind als tödlicher Kampf oder unaussprechliche, aber vorübergehende Qualen.

Dies müsse nicht sein, sagte ich ihr; und dann, als einen weiteren Anreiz, teilte ich ihr meinen jüngsten Verlust mit und brachte sie auf den Gedanken, daß sie mit mir kommen müsse, um die Pflege der Waisenkinder zu übernehmen, die der Tod von Idris der Fürsorge einer Mutter beraubt hatte. Lucy widerstand nie dem Ruf einer Pflicht, also gab sie nach, schloß sorgfältig Fenster und Türen und begleitete mich zurück nach Windsor. Während wir gingen, berichtete sie mir vom Tod ihrer Mutter. Entweder hatte sie durch irgendein Mißgeschick Lucys Brief an Idris entdeckt, oder sie hatte ihre Unterhaltung mit dem Bauern gehört, der ihn uns überbracht hatte; dem sei wie ihm wolle, sie erlangte Kenntnis von der entsetzlichen Lage ihrer selbst und ihrer Tochter, ihr alter Körper konnte der Angst und dem Schrecken, die diese Entdeckung einflößten, nicht standhalten - sie verbarg ihr Wissen vor Lucy, brütete aber durch schlaflose Nächte darüber, bis Fieber und Delirium, als Vorläufer des Todes, das Geheimnis offenbarten. Ihr Leben, das seit langem vom Tod bedroht gewesen war, unterlag jetzt der vereinten Wirkung von Elend und Krankheit, und sie war am vorigen Morgen gestorben.

Nach den stürmischen Gefühlen des Tages war ich froh, bei meiner Ankunft in der Herberge festzustellen, daß meine Gefährten sich zur Ruhe zurückgezogen hatten. Ich übergab Lucy der Verantwortung der Dienerin der Gräfin, und suchte dann Erholung von meinen verschiedenen Anstrengungen und ruhelosem Bedauern. Für einige Augenblicke schwebten die Ereignisse des Tages in verhängnisvollem Zug durch meinen Verstand, bis der Schlaf ihn in Vergessenheit wiegte. Als der Morgen dämmerte und ich erwachte, schien es mir, als hätte mein Schlaf jahrelang gedauert.

Meine Begleiterinnen hatten meine Vergessenheit nicht geteilt. Claras geschwollene Augen zeigten, daß sie die Nacht mit Weinen verbracht hatte. Die Gräfin wirkte hager und erschöpft. Ihr standhafter Geist hatte keine Erleichterung in Tränen gefunden, und sie litt um so mehr unter all dem schmerzhaften Rückblick und qualvollen Bedauern, das sie jetzt beschäftigte. Wir reisten von Windsor ab, sobald die Begräbnisriten für Lucys Mutter vollzogen waren, und eilten, von einem ungeduldigen Drang getrieben, diese Szene zu verlassen, rasch in Richtung Dover. Unsere Eskorte war uns vorausgegangen, um Pferde zur Verfügung zu stellen, die sie entweder in den warmen Ställen, die sie instinktiv bei kaltem Wetter aufsuchten, oder zitternd in den öden Feldern fanden, wo sie bereitstanden, ihre Freiheit im Tausch für angebotenes Getreide aufzugeben.

Während unserer Fahrt erzählte die Gräfin mir die außerordentlichen Umstände, die sie vor dem Altar der St.-Georgs-Kapelle so seltsam auf meine Seite gebracht hatten. Als sie sich zum letzten Male von Idris verabschiedet hatte, als sie ängstlich auf ihre geschwundene Gestalt und in ihr blasses Gesicht blickte, war sie plötzlich von der Gewißheit überkommen worden, daß sie sie das letzte Mal sah. Es war schwer, sich von ihr zu trennen, während sie unter der Herrschaft dieses Gefühls stand, und zum letzten Mal bemühte sie sich, ihre Tochter dazu zu überreden, sich ihrer Pflege zu widmen und mir zu erlauben, mich Adrian anzuschließen. Idris beharrte sanft bei ihrer Weigerung, und so trennten sie sich. Die Vorstellung, daß sie sich nie wieder treffen sollten, wuchs in den Gedanken der Gräfin und verfolgte sie unaufhörlich; tausendmal hatte sie sich entschlossen, umzukehren und sich uns anzuschließen, und wurde immer wieder durch Stolz und Ärger, deren Sklavin sie war, zurückgehalten. Von stolzem Herzen, wie sie war, badete sie ihr Kissen mit nächtlichen Tränen, und wurde am Tage durch die nervöse Aufregung und die Erwartung des gefürchteten Ereignisses, das sie völlig unfähig war, zu zügeln, gedämpft. Sie gestand, daß ihr Haß gegen mich in dieser Zeit keine Grenzen kannte, da sie mich als das einzige Hindernis für die Erfüllung ihres größten Wunsches ansah, ihre Tochter in ihren letzten Augenblicken zu begleiten. Sie wünschte ihrem Sohn ihre Ängste zu gestehen und erhoffte sich Trost oder Mut von seiner Zustimmung oder Ablehnung ihrer Vorahnungen.

Am ersten Tage ihrer Ankunft in Dover ging sie mit ihm am Meeresstrand spazieren, und sie war gerade dabei, mit der Schüchternheit des leidenschaftlichen und aufgereizten Gefühls nach und nach das Gespräch an den gewünschten Punkt zu bringen, an welchem sie ihm ihre Ängste mitteilen wollte, als der Bote, der meinen Brief trug, der unsere vorübergehende Rückkehr nach Windsor ankündigte, auf sie zugeritten kam. Er erstattete ihr mündlich Bericht, wie er uns verlassen hätte, und fügte hinzu, daß er trotz der Heiterkeit und des guten Mutes von Lady Idris fürchtete, daß sie Windsor kaum lebend erreichen würde.

„Wohl wahr", sagte die Gräfin, „deine Ängste sind gerechtfertigt, sie steht kurz vor ihrem Ableben!"

Während sie sprach, waren ihre Augen auf eine grabähnliche Einbuchtung in der Klippe gerichtet, und sie sah, wie sie mir das feierlich vortrug. Idris langsam auf diese Höhle zugehen. Sie war von ihr abgewandt, ihr Kopf war gesenkt, ihr weißes Kleid war so, wie sie es gewöhnlich zu tragen pflegte, nur daß ein dünner trauerflorartiger Schleier ihre goldenen Locken bedeckte und sie wie durch einen trüben, durchscheinenden Nebel verbarg. Sie sah niedergeschlagen aus, als gebe sie folgsam einer kommandierenden Macht nach; sie trat unterwürfig ein und war in der dunklen Nische verschwunden.

„Würde ich zu träumerischen Gedanken neigen", sagte die ehrwürdige Dame, während sie ihre Erzählung fortsetzte, „könnte ich an meinen Augen zweifeln und meine Leichtgläubigkeit verurteilen; aber die Wirklichkeit ist die Welt, in der ich lebe, und was ich sah, war zweifelsohne eine jenseitige Existenz, daran habe ich keinen Zweifel. Von diesem Moment an konnte ich keine Ruhe mehr finden, es war mir mehr wert als mein Leben, sie noch einmal zu sehen, ehe sie starb; ich wußte, daß ich dies vielleicht nicht mehr erreichen sollte, doch ich mußte es versuchen. Ich reiste sofort nach Windsor und obwohl ich gewiß war, daß wir schnell reisten, schien es mir doch, daß unser Fortkommen schneckenhaft war, und daß zu meinen Ärger Verspätungen geschaffen wurden. Noch immer klagte ich dich an, und häufte die feurige Asche meiner brennenden Ungeduld auf deinen Kopf. Es war keine Enttäuschung, wenngleich ein qualvoller Schmerz, als du auf ihre letzte Bleibe hinwiesest, und Wörter würden den Abscheu widerspiegeln, den ich in diesem Moment dir gegenüber, als dem triumphierenden Hindernis zu meinen drängendsten Wünschen, fühlte. Ich sah sie, und Wut, Haß und Ungerechtigkeit starben an ihrer Bahre, und bewirkten bei ihrem Ableben eine Reue (Gebe Gott, daß ich sie fühlen soll!) die andauern muß, solange Erinnerung und Gefühl bestehen bleiben."

Um solche Reue zu behandeln, um zu verhindern, daß Liebe und neuerwachte Milde die gleiche bittere Frucht hervorbrachte, die Haß und Härte hervorgebracht hatten, widmete ich alle meine Bemühungen darauf, die ehrwürdige Büßerin zu beruhigen. Unsere Gesellschaft war eine traurige; jeder war besessen von einer unheilbaren Trauer; denn die Abwesenheit seiner Mutter beschattete sogar die kindliche Fröhlichkeit Evelyns. Hinzu kam die Aussicht auf die unsichere Zukunft. Vor der letzten Vollendung jedweder großen freiwilligen Veränderung schwankt der Geist, der sich mal durch sehnliche Erwartung beruhigt und mal vor Hindernissen zurückschreckt, die sich ihm niemals zuvor mit einer so furchtbaren Erscheinung gezeigt haben. Ein unwillkürliches Zittern durchfuhr mich, als ich daran dachte, daß wir in einem weiteren Tag vielleicht die Wasserbarriere überquert und uns auf jene hoffnungslose, endlose, traurige Wanderung begeben haben könnten, die ich bis vor kurzer Zeit für die einzige Erleichterung der Trauer gehalten hatte, derer unsere Lage bedürfte.

Unsere Annäherung an Dover wurde durch das laute Getöse der winterlichen See angekündigt. Es wurde durch den Schall meilenweit landeinwärts geschleudert und vermittelte durch den ungewohnten Aufruhr ein Gefühl der Unsicherheit und Gefahr für unsere sichere Überfahrt. Anfangs wagten wir kaum zu denken, daß ein ungewöhnlicher Naturausbruch diesen gewaltigen Krieg um Luft und Wasser verursacht hat, sondern glaubten, daß wir nur das vernahmen, was wir schon tausendmal gehört hatten, wenn wir die Scharen von schaumgekrönten Wellen gesehen hatten, die, von den Winden angetrieben, klagend und ersterbend auf den kargen Sand und die spitzen Felsen rollten. Aber wir fanden bald heraus, daß Dover überflutet war - viele Häuser waren durch die Fluten, die die Straßen füllten, eingestürzt, und andere zogen sich mit schrecklichem Gelärm zurück, den Bürgersteig der Stadt entblößend, bis sie wieder durch den Zustrom des Ozeans vorwärtsgedrängt mit donnerndem Getöse zu ihrem ursprünglichen Standort zurückkehrten.

Kaum geringer verstört als die stürmische Welt der Gewässer war die Versammlung von Menschen, die von der Klippe aus ängstlich ihre Raserei beobachtete. Am Ankunftsmorgen der Auswanderer unter der Führung Adrians war das Meer heiter und spiegelglatt gewesen, die leichten Wellen hatten die Sonnenstrahlen gebrochen, die ihre Strahlen in die klare, blaue, frostige Luft aussandten. Dieses gelassene Aussehen der Natur wurde als ein gutes Vorzeichen für die Reise gesehen, und der Anführer machte sich sofort zum Hafen auf, um zwei Dampfschiffe in Augenschein zu nehmen, die dort festgemacht waren. Zur darauffolgenden Mitternacht, als alle schliefen, wurden sie zunächst von einem fürchterlichen Sturm aus Wind und klirrendem Regen und Hagel beunruhigt, gefolgt von der Stimme eines auf der Straße Kreischenden, daß die Schlafenden erwachen sollten, wofern sie nicht ertrinken wollten; und als sie halb bekleidet hinausliefen, um herauszufinden, was es mit diesem Alarm auf sich hatte, stellten sie fest, daß die Flut, die sich über jede Flutmarke erhob, in die Stadt drängte. Sie stiegen die Klippe hinauf, aber die Dunkelheit ließ sie nur den weißen Kamm der Wellen sehen, während das Heulen des tosenden Windes sich mit dem Brausen der wilden Wellen vermischte. Die schreckliche Stunde der Nacht, die völlige Unerfahrenheit vieler, die noch nie zuvor das Meer gesehen hatten, das Jammern der Frauen und die Schreie der Kinder trugen zum Schrecken des Tumultes bei.

Den ganzen folgenden Tag ging die gleiche Szene weiter. Als die Flut zurückging, war die Stadt trocken; doch während der neuerlichen Strömung stieg sie sogar noch höher als in der vorangegangenen Nacht. Die gewaltigen Schiffe, die verrottend in den Straßen lagen, wurden von ihrem Ankerplatz gewirbelt und krachend gegen die Klippen getrieben. Die Schiffe im Hafen wurden wie Seetang an Land geschleudert und dort von den Brechern in Stücke gerissen. Die Wellen stürzten gegen die Klippe, die, wo immer sie zuvor gelockert gewesen war, nun nachgab, und die bestürzte Menge sah riesige Teile der nahen Erde unter Krachen und Brüllen in die Tiefe stürzen. Dieser Anblick wirkte auf verschiedene Personen unterschiedlich. Der größere Teil hielt es für ein Urteil Gottes, um unsere Auswanderung aus unserem Heimatland zu verhindern oder uns dafür zu bestrafen. Andere waren doppelt begierig darauf, aus einem Winkel der Erde auszubrechen, der jetzt zu ihrem Gefängnis geworden war, und unfähig schien, dem Eindringen der riesigen Wellen des Ozeans zu widerstehen.

Als wir nach einer anstrengenden Tagesreise in Dover ankamen, brauchten wir alle Ruhe und Schlaf; aber die Szene, die sich um uns herum abspielte, vertrieb solche Gedanken bald. Wir waren zusammen mit dem größten Teil unserer Gefährten an den Rand der Klippe gezogen, um dort tausend Vermutungen zu machen und uns gegenseitig anzuhören. Ein Nebel verengte unseren Horizont auf etwa eine Viertelmeile, und der neblige Schleier, kalt und dicht, hüllte Himmel und Meer in gleiche Dunkelheit. Was zu unserer Unruhe noch hinzukam, war der Umstand, daß zwei Drittel unserer ursprünglichen Zahl jetzt schmerzlich in Paris auf uns warteten; und daß unser trauriger Überrest nun durch den unbezwinglichen unpassierbaren Ozean von ihnen getrennt war, versetzte uns in großen Schrecken. Endlich, nachdem wir mehrere Stunden auf der Klippe gezögert hatten, zogen wir uns nach

Dover Castle zurück, dessen Dach alle beherbergte, die englische Luft atmeten, und suchten den nötigen Schlaf, um unseren erschöpften Körpern und müden Geistern Stärke und Mut zurückzugeben.

Früh am Morgen brachte Adrian mir die willkommene Nachricht, daß der Wind sich gedreht hatte. Es war ein Südwest-Wind gewesen; jetzt blies er nach Nordosten. Der Himmel wurde durch den aufkommenden Wind von Wolken befreit, während die Flut sich beim Eintritt der Ebbe vollständig aus der Stadt zurückzog. Der Wechsel der Windrichtung erhöhte die Wut des Meeres zwar, aber er änderte seinen vormals dunklen Farbton zu einem hellen Grün; und trotz seines ungemilderten Getöses verlieh seine fröhlichere Erscheinung Hoffnung und Vergnügen. Den ganzen Tag beobachteten wir das Auftürmen der Wellenberge, und gegen Sonnenuntergang verspürte jeder den Wunsch, das Wetter des kommenden Tages zu entschlüsseln, worauf wir uns alle am Rande der Klippe versammelten. Als der mächtige Himmelskörper sich innerhalb weniger Grade dem stürmischen Horizont näherte, geschah plötzlich ein Wunder! Drei andere Sonnen, gleichermaßen brennend und glänzend, stürzten von verschiedenen Vierteln des Himmels auf die große Kugel; sie wirbelten darum herum. Der Glanz des Lichts war zu hell für unsere geblendeten Augen; die Sonne selbst schien sich dem Tanz anzuschließen, während das Meer wie ein Schmelzofen brannte, als stünde der ganze Vesuv unter fließender Lava in Flammen. Die Pferde befreiten sich entsetzt aus ihren Ställen - eine Rinderherde raste in wilder Angst zum Rand der Klippe, und stürzte, vom Licht geblendet, unter schrecklichen Schreien in die Wellen hinab. Die Zeitdauer der Erscheinung dieser Meteore war vergleichsweise kurz; plötzlich vereinten sich die drei gespiegelten Sonnen zu einer einzigen und stürzten ins Meer. Ein paar Sekunden später erscholl von der Stelle, wo sie verschwunden waren, ein ohrenbetäubendes Geräusch mit schrecklichem Dröhnen aus dem Wasser.

Währenddessen wanderte die Sonne, befreit von seinen seltsamen Satelliten, mit ihrer gewohnten Majestät zu ihrer westlichen Heimat. Dann - wir wagten nicht, unseren eben erst verwirrten Augen zu trauen, aber es schien - als ob das Meer sich erhöbe, um ihr näher zu kommen - es stieg höher und höher, bis der feurige Globus verdunkelt war und die

Wasserwand immer noch den Horizont emporstieg; es schien, als ob uns plötzlich die Bewegung der Erde enthüllt worden wäre - als ob wir nicht länger von alten Gesetzen regiert würden, sondern in einer unbekannten Region des Universums treiben würden. Viele schrien laut, daß dies keine Meteore waren, sondern Kugeln aus brennender Materie, die die Erde in Brand gesetzt hatten und den riesigen Kessel zu unseren Füßen mit seinen maßlosen Wellen kochend aufsteigen ließen; der Tag des Jüngsten Gerichts sei gekommen, und in wenigen Augenblicken würden wir uns vor dem schrecklichen Antlitz des allmächtigen Richters wiederfinden; während jene, die weniger zu visionären Schrecken geneigt waren, erklärten, daß zwei widerstreitende Luftströmungen das letzte Phänomen verursacht hätten. Zur Untermauerung dieser Meinung wiesen sie darauf hin, daß der Ostwind verhallte, während das Rauschen des kommenden Westwinds sein wildes Geheul mit dem Rauschen der vordrängenden Wasser vermischte. Würde die Klippe diesem neuen Angriff widerstehen? War nicht die riesenhafte Welle viel höher als der Abgrund? Würde unsere kleine Insel nicht durch ihre Annäherung überflutet worden? Die Zuschauermenge floh. Sie zerstreuten sich über die Felder, blieben ab und zu stehen und blickten entsetzt zurück. Ein erhabenes Gefühl der Ehrfurcht beruhigte das schnelle Pulsieren meines Herzens - ich erwartete die Annäherung der drohenden Zerstörung mit der ruhigen Ergebung, die eine unvermeidliche Notwendigkeit hervorruft. Der Ozean nahm jeden Augenblick einen grandioseren Anblick an, während das Zwielicht durch das Gewölk gedämpft wurde, das der Westwind über den Himmel trieb. Langsam jedoch, als die Welle vorrückte, nahm es ein milderes Aussehen an; irgendeine Unterströmung der Luft oder ein Hindernis im Bett der Wasser hemmte ihren Fortschritt, und sie sank allmählich, während die Oberfläche des Meeres gleichmäßig höher wurde, als sie sich darin auflöste. Diese Veränderung nahm uns die Angst vor einer unmittelbaren Katastrophe, obwohl wir immer noch besorgt waren, was das Endergebnis betraf. Während der ganzen Nacht fuhren wir fort, die Wut des Meeres und die Schnelligkeit der treibenden Wolken zu beobachten, durch deren Öffnungen die wenigen Sterne hervorblitzten; das Donnern widerstreitender Elemente hatte den Schlaf gänzlich aus unseren Augen vertrieben.

Dies hielt unaufhörlich für drei Tage und Nächte an. Die mutigsten Herzen zitterten vor der wilden Feindseligkeit der Natur; die Versorgung begann uns zu versagen, obwohl jeden Tag Gruppen auf Nahrungssuche in die näheren Städte ausgesandt wurden. Umsonst versuchten wir uns in dem Glauben zu bestärken, daß in dem Streit, den wir bezeugten, nichts aus der gewöhnlichen Ordnung der Natur laufe; unser katastrophales und überwältigendes Schicksal hatte die Besten unter uns zu Feiglingen gemacht. Der Tod hatte uns über viele Monate hinweg gejagt, sogar bis zu dem schmalen Zeitstreifen, auf dem wir jetzt standen; in der Tat schmal und von Stürmen gepeitscht, war unser Pfad über das große Meer des Unglücks -

> *Wie eine ungeschützte nördliche Küste*
> *Von der winterlichen Welle erschüttert wird -*
> *Und häufige Stürme immerfort,*
> *(Während aus dem Westen die lauten Winde toben,*
> *Oder aus dem Osten oder von hohen Bergen)*
> *Die schwankende Sandbank umspülen.*[136]

Es bedurfte übermenschlicher Energie, um den Bedrohungen der Zerstörung standzuhalten, die uns überall umgaben.

Nach drei Tagen verebbte der Sturm, die Seemöwe segelte im ruhigen Schoß der windstillen Atmosphäre, und das letzte gelbe Blatt am obersten Ast der Eiche hing bewegungslos. Das Meer tobte nicht mehr vor Wut; ein Seegang, der stetig mit langen Wellen und trägem Aufprall an die Küste rollte, ersetzte das Gebrüll der Brecher. Doch wir schöpften aus der Veränderung Hoffnung, und wir zweifelten nicht daran, daß das Meer nach einigen Tagen wieder zur Ruhe kommen würde. Der Sonnenuntergang des vierten Tages befeuerte diesen Gedanken; er war klar und golden. Als wir auf das darunter leuchtende purpurne Meer blickten, wurden wir von einem neuen Spektakel angezogen; ein dunkler Fleck - wie es sich näherte, sichtbar ein Boot - ritt auf den Wellen, hin und wieder in den steilen Tälern dazwischen

---

[136] Chorus in Oedipus Coloneus.

verloren. Wir verfolgten seinen Kurs mit eifrigen Fragen; und als wir sahen, daß es offenbar an Land ging, stiegen wir zum einzigen praktikablen Landungsort ab und hißten ein Signal, um sie zu leiten. Mit Hilfe von Ferngläsern unterschieden wir ihre Mannschaft; sie bestand aus neun Männern, Engländern, die in Wahrheit zu den zwei Abteilungen unseres Volkes gehörten, die uns vorausgegangen waren, und seit einigen Wochen in Paris gewesen waren. Wie der Landsmann den Landsmann in fernen Ländern zu treffen pflegt, begrüßten wir unsere Besucher auf dem Treppenabsatz mit ausgestreckten Händen und herzlichem Willkommen. Sie erwiderten unsere Begrüßungen nicht gleich. Sie sahen wütend und gereizt aus; nicht weniger als das geschundene Meer, das sie mit unmittelbar drohender Gefahr durchquert hatten, obschon sie anscheinend miteinander unzufriedener waren als mit uns. Es war seltsam, diese menschlichen Wesen zu sehen, die wie seltene und unschätzbare Pflanzen voller aufsteigender Leidenschaft und dem Geist des wütenden Kampfes aus der Erde erschienen zu sein schienen. Ihre erste Forderung war, zum Lordprotektor von England geführt zu werden, so nannten sie Adrian, obwohl er den leeren Titel seit langem, als eine bittere Verspottung des Schattens, zu dem das Protektorat jetzt reduziert war, verworfen hatte. Sie wurden schnell nach Dover Castle geführt, von dessen Turm aus Adrian die Bewegungen des Bootes beobachtet hatte. Er empfing sie mit dem Interesse und der Verwunderung, die ein so ungewöhnlicher Besuch hervorrief. In der Verwirrung, die ihre zornigen Forderungen nach dem Vorrang unter ihnen ausgelöst hatten, dauerte es lange, bis wir die geheime Bedeutung dieser seltsamen Szene entschlüsseln konnten. Allmählich, anhand der wütenden Deklamationen des einen, den heftigen Unterbrechungen eines anderen, und dem bitteren Spotten eines dritten, fanden wir heraus, daß sie Abgeordnete von unserer Kolonie in Paris waren, und zwar von drei Parteien, die sich dort gebildet hatten, von denen jede mit wütender Rivalität versuchte, eine Überlegenheit gegenüber den anderen beiden zu erreichen. Diese Stellvertreter waren von ihnen zu Adrian entsandt worden, der als Schiedsrichter ausgewählt worden war; sie waren von Paris nach Calais durch die leeren Städte und das trostlose Land gereist, während sie sich dem heftigen Haß gegeneinander hingaben, und setzten sich jetzt mit uneingeschränktem Parteigeist für ihre verschiedenen Interessen ein.

Indem wir die Abgeordneten einzeln befragten, erfuhren wir nach eingehender Untersuchung den wahren Stand der Dinge in Paris. Seitdem das Parlament ihn zu Rylands Stellvertreter gewählt hatte, hatten sich alle überlebenden Engländer Adrian unterstellt. Er war unser Hauptmann, der uns von unserem heimatlichen Boden in unbekannte Länder führen sollte, unser Gesetzgeber und unser Erhalter. In der ersten Anordnung unseres Planes zur Auswanderung wurde keine längere Trennung unserer Mitglieder erwogen, und das Kommando des ganzen Körpers im allmählichen Anstieg der Macht hatte seine Spitze im Earl of Windsor. Unvorhergesehene Umstände hatten jedoch unsere Pläne geändert, so daß der größte Teil unserer Leute für den Zeitraum von fast zwei Monaten vom obersten Anführer getrennt wurde. Sie waren in zwei verschiedenen Gruppen hinübergegangen; und bei ihrer Ankunft in Paris kam Zwietracht zwischen ihnen auf.

Sie hatten Paris verwüstet vorgefunden. Als die Pest dort aufgetaucht war, informierten uns die rückkehrenden Reisenden und Kaufleute sowie brieflichen Mitteilungen regelmäßig über die Verheerungen, die die Krankheit auf dem Kontinent angerichtet hatte. Aber mit der erhöhten Sterblichkeit nahm dieser Verkehr ab und verebbte schließlich ganz. Selbst in England wurde die Kommunikation von einem Teil der Insel zum anderen langsam und selten. Kein Schiff durchquerte die Flut, die Calais von Dover trennte; und wenn ein einsamer Reisender, der sich des Lebens oder Todes seiner Verwandten versichern wollte, von der französischen Küste zurückkehrte, um zu uns zurückzukehren, verschlang oft der gierige Ozean sein kleines Fahrzeug, oder er wurde nach ein oder zwei Tagen von der Krankheit angesteckt und starb, bevor er jemandem von der Verheerung Frankreichs erzählen konnte. Wir waren daher in hohem Grade unwissend über den Zustand der Dinge auf dem Kontinent, und waren nicht ohne eine vage Hoffnung, zahlreiche Gefährten in dem ausgedehnten Land zu finden. Aber die gleichen Ursachen, die das englische Volk so schrecklich vermindert hatten, hatten im Schwesterland noch mehr Spielraum für Unheil gefunden. Frankreich war entvölkert; während dem ganzen langen Weg von Calais nach Paris wurde kein einziger Mensch gefunden. In Paris gab es ein paar, vielleicht hundert, die sich ihrem Schicksal widersetzten, durch die Straßen der Hauptstadt huschten und sich versammelten, um mit jener Lebendigkeit und sogar Fröhlichkeit, die die Individuen dieser Nation selten verlassen, von vergangenen Zeiten zu reden.

Die Engländer nahmen Paris unangefochten in Besitz. Seine hohen Häuser und engen Straßen waren ohne Leben. Einige bleiche Gestalten hielten sich in den Tuilerien auf; sie fragten sich, warum die Insulaner sich ihrer unglückseligen Stadt nähern wollten - denn im Übermaß des Elends stellen die Leidenden sich stets vor, daß ihr Teil des Unheils am bittersten ist, so wie wir, wenn wir intensiven Schmerz ertragen, jene Marter gegen jede andere, die einen anderen Teil des Körpers heimsucht, eintauschen würden. Sie lauschten dem Bericht, den die Emigranten von ihren Beweggründen gaben, ihr Heimatland zu verlassen, mit einem beinahe verächtlichen Achselzucken - „Kehrt zurück", sagten sie, „kehrt zu eurer Insel zurück, deren Meeresbrise und Teilung vom Kontinent eine gewisse Gesundheit versprechen: Wenn die Pest unter euch Hunderte getötet hat, so hat sie bei uns Tausende getötet. Seid ihr nicht selbst jetzt zahlreicher als wir? - Vor einem Jahr hättet ihr nur die Kranken gefunden, die die Toten begraben, jetzt sind wir glücklicher; denn die Qual des Kampfes ist vergangen, und die wenigen, die ihr hier findet, warten geduldig auf den letzten Schlag. Aber ihr, die ihr nicht bereit zu sterben seid, atmet nicht weiter die Luft Frankreichs, sonst werdet auch ihr bald ein Teil seiner Erde sein."

So hätten sie durch Drohungen mit dem Schwert jene zurückgewiesen, die dem Feuer entgangen waren. Aber die zurückliegende Gefahr wurde von meinen Landsleuten als eine unmittelbare bedrohliche angesehen, die vor ihnen als zweifelhaft und fern; und bald entstanden andere Gefühle, um die Angst auszulöschen oder sie durch Leidenschaften zu ersetzen, die unter einer Bruderschaft unglücklicher Überlebender der endenden Welt keinen Platz hätten haben sollen.

Die zahlreichere Gruppe von Auswanderern, die zuerst nach Paris gelangte, nahm eine Überlegenheit von Rang und Macht an; die zweite Gruppe behauptete ihre Unabhängigkeit. Eine dritte wurde von einem Sektierer gebildet, einem selbsternannten Propheten, der, während er alle Macht und Herrschaft Gott zuschrieb, sich bemühte, das wahre Kommando über seine Kameraden in seine eigenen Hände zu bekommen. Diese dritte Gruppe bestand aus wenigen Individuen, aber ihre Ziele waren einheitlicher, ihr Gehorsam gegenüber ihrem Anführer einmütiger, ihre Stärke und ihr Mut unnachgiebiger und aktiver.

Während des ganzen Verlaufs der Pest hatten die Religionslehrer große Macht; eine Macht des Guten, wenn sie richtig geleitet wird, oder des unberechenbaren Unheils, wenn Fanatismus oder Unduldsamkeit ihre Bemühungen leiten. Im vorliegenden Fall hat ein schlechteres Gefühl als jene beiden den Anführer angetrieben. Er war ein Hochstapler im entschiedensten Sinne des Wortes. Ein Mann, der in frühem Leben durch den Genuß von bösartigen Neigungen jedes Gefühl der Rechtschaffenheit oder Selbstachtung verloren hatte; und der, als der Ehrgeiz in ihm erweckt wurde, sich skrupellos seinem Einfluß hingab. Sein Vater war ein methodistischer Prediger gewesen, ein schwärmerischer Mann mit einfachen Absichten; dessen schädliche Lehren von Auserwähltsein und besonderer Gnade jedoch dazu beigetragen hatten, jedes Bewußtsein des Gewissens in seinem Sohn zu zerstören. Während des Fortschritts der Pest hatte er verschiedene Pläne verfolgt, um Anhänger und Macht zu gewinnen. Adrian hatte diese Versuche entdeckt und niedergeschlagen; aber Adrian war abwesend; der Wolf nahm die Tracht des Hirten an, und die Herde nahm ihm die Täuschung ab. Er hatte in den wenigen Wochen, die er in Paris gewesen war, eine Gruppe um sich geschart, die eifrig das Glaubensbekenntnis seiner göttlichen Sendung nachplapperte und glaubte, daß Sicherheit und Erlösung nur denen zuteil würde, die ihr Vertrauen in ihn setzten.

Als es zu ersten Meinungsverschiedenheiten gekommen war, gaben die kleinsten Ursachen Anlaß zu weiteren. Die erste Partei hatte, als sie in Paris angekommen war, die Tuilerien in Besitz genommen. Zufall und ein Gefühl der Verbundenheit hatten die zweite dazu gebracht, sich in ihrer Nähe einzuquartieren. Ein Streit über die Verteilung der geplünderten Vorräte entstand; die Anführer der ersten Abteilung forderten, daß ihnen alles zur Gänze zur Verfügung gestellt werden sollte, dieser Anmaßung weigerte sich die Gegenpartei zu entsprechen. Als die Letzteren das nächste Mal auf die Suche nach Vorräten ausgingen, waren die Tore von Paris für sie verschlossen. Nachdem sie diese Schwierigkeit überwunden hatten, marschierten sie alle gemeinsam zu den Tuilerien. Sie fanden heraus, daß ihre Feinde schon von den *Auserwählten* vertrieben worden waren, wie sich die fanatische Partei selbst bezeichnete, die sich weigerte, irgend jemanden in den Palast einzulassen, der nicht allen außer Gott und seinem Stellvertreter auf Erden, ihrem Anführer, den Gehorsam entsagte. Dies war der Anfang des Streites, der endlich so weit ging, daß die drei bewaffneten Abteilungen sich am Place Vendome trafen, jeder entschlossen, den Widerstand seiner Gegner mit Gewalt zu unterwerfen. Sie versammelten sich, ihre Musketen waren geladen und auf ihre sogenannten Feinde gerichtet. Ein Wort hätte genügt, und die letzten Menschen hätten ihren Seelen das Verbrechen des Mordes aufgebürdet und ihre Hände in Blut getaucht. Ein Gefühl der Scham, eine Erinnerung, daß nicht nur ihre Sache, sondern die Existenz der ganzen menschlichen Rasse auf dem Spiel stand, ergriff den Anführer der zahlenmäßig größeren Partei. Er war sich bewußt, daß, wenn die Reihen ausgedünnt wurden, keine anderen Rekruten sie füllen konnten; daß jeder Mann wie ein unbezahlbares Juwel in einer Königskrone war, die, wenn sie zerstört wurde, in den tiefen Eingeweiden der Erde kein Vorbild geben konnten. Er war ein junger Mann und war von Anmaßung und der Vorstellung seines hohen Ranges und seiner Überlegenheit gegenüber allen anderen Anwerbern angetrieben worden; jetzt bereute er seine Arbeit, er fühlte, daß all das Blut, das vergossen werden würde, auf ihm lasten würde; mit einem plötzlichen Impuls spornte er sein Pferd zwischen den Gruppen an, und verlangte, nachdem er ein weißes Taschentuch auf die Spitze seines erhobenen Schwertes gebunden hatte, ein Gespräch. Die gegnerischen Anführer folgten dem Signal. Er sprach voller Leidenschaft; er erinnerte sie an den Eid, den alle Anführer geschworen hatten, sich dem Lordprotektor zu unterwerfen; er erklärte ihr gegenwärtiges Treffen zu einem Akt des Verrats und der Meuterei; er gestand, daß er von Leidenschaft mitgerissen worden war, daß aber nun ein kühlerer Moment gekommen sei; und er schlug vor, daß jede Partei Abgeordnete an den Earl of Windsor senden sollte, damit jener sein Urteil über die Sache fällen sollte, und daß sie sich dessen Entscheidung unterwerfen sollten.

Sein Angebot wurde so weit akzeptiert, daß jeder Führer sich bereit erklärte, den Rückzug anzutreten, und außerdem zustimmte, daß sie nach der Zustimmung ihrer verschiedenen Parteien in dieser Nacht an einem neutralen Ort zusammenkommen sollten, um den Waffenstillstand zu bestätigen. Beim Treffen der Anführer wurde dieser Plan schließlich abgeschlossen. Der Führer der Fanatiker weigerte sich tatsächlich, das Schiedsgericht Adrians zuzulassen; er schickte Botschafter, um seine Behauptung geltend zu machen, anstatt Stellvertreter, um für eine Entscheidung zu bitten.

Der Waffenstillstand sollte bis zum ersten Februar fortgesetzt werden, zu welchem Zeitpunkt sich die Gegner wieder auf dem Place Vendome versammeln sollten. Es war deshalb von äußerster Wichtigkeit, daß Adrian bis zu diesem Tag in Paris ankommen sollte, weil ein Härchen die Waagschale bewegen könnte, und der durch interne Reibereien gestörte Frieden vielleicht nur zurückkehren würde, um die stillen Toten zu betrachten. Es war jetzt der achtundzwanzigste Januar. Jedes in der Nähe von Dover stationierte Schiff war von den wütenden Stürmen, die ich erwähnte, in Stücke gerissen und zerstört worden. Unsere Reise jedoch ließ keine Verzögerung zu. In derselben Nacht brachen Adrian, ich und zwölf andere, entweder Freunde oder Begleiter, in dem Boot, das die Stellvertreter hergetragen hatte, von der englischen Küste auf. Wir alle waren für das Ruder eingeteilt; und die unmittelbare Gelegenheit unserer Abreise, die uns reichlich Stoff für Mutmaßungen und Reden bot, verhinderte das Gefühl, daß wir unser Heimatland verlassen hatten, um England ein letztes Mal zu entvölkern, indem wir tief in die Gedanken des größten Teils unserer Zahl eindrangen. Es war eine sternklare Nacht, und die dunkle Linie der englischen Küste blieb für einige Zeit in Abständen sichtbar, wenn wir auf dem breiten Rücken der Wellen emporgehoben wurden. Ich bemühte mich mit meinem langen Ruder, unser Boot schnell anzutreiben; und während das Wasser mit einem schwermütigen Geräusch gegen seine Seiten spritzte, blickte ich mit trauriger Zuneigung auf diesen letzten flüchtigen Blick des meerumgürteten England, und strengte meine Augen nicht zu früh an, um die zinnenartige Klippe aus den Augen zu verlieren, die sich erhob, um das Land des Heldentums und der Schönheit vor den Einflüssen des Ozeans zu schützen, der, so aufgebracht ich ihn in letzter Zeit gesehen hatte, solche zyklopischen Mauern für seine Abwehr erforderte. Eine einsame Seemöwe flog über unseren Köpfen, um in einer Kluft der Klippe ihr Nest zu suchen. Ja, du wirst das Land deiner Geburt noch einmal besuchen, dachte ich, während ich ungeduldig auf den luftigen Reisenden hinschaute; aber wir werden es niemals mehr sehen! Grab Idris', leb wohl! Grab, in dem mein Herz gegraben liegt, lebe wohl für immer!

Wir waren zwölf Stunden auf See, und die starke Dünung zwang uns, unsere ganze Kraft einzusetzen. Endlich, nach vielem Rudern, erreichten wir die französische Küste. Die Sterne verblaßten, und der graue Morgen warf einen trüben Schleier über die silberne Sichel des abnehmenden Mondes - die Sonne stieg groß und rot vom Meer auf, als wir über den Strand nach Calais gingen.

Unsere erste Sorge war, Pferde zu beschaffen, und obwohl wir nach der langen und anstrengenden Nacht erschöpft waren, machten sich einige aus unserer Gruppe sogleich auf, um diese in den weiten Feldern der offenen und jetzt unfruchtbaren Ebene um Calais zu suchen. Wir teilten uns, wie Seeleute, in Wachen auf, und einige ruhten sich aus, während andere das Morgenmahl vorbereiteten.

Unsere Kameraden kamen mittags mit nur sechs Pferden zurück - auf diesen machten Adrian, ich und vier andere uns auf den Weg in die große Stadt, die die Bewohner liebevoll die Hauptstadt der zivilisierten Welt genannt hatten. Unsere Pferde waren durch ihre lange Freizeit fast wild geworden, und wir überquerten mit ungestümer Geschwindigkeit die Ebene um Calais. Von der Anhöhe in der Nähe von Boulogne drehte ich mich wieder um, um nach England zu schauen; die Natur hatte eine neblige Decke über es geworfen, ihre Klippe war verborgen - dort war die Wasserbarriere, die uns trennte, ausgebreitet, um sie nie wieder zu durchqueren; es lag auf der Ebene des Ozeans,

In einem großen Becken wie ein Schwanennest.[137]

---

[137] Shakespeare, Cymbeline, 3, 4.

Zerstört ist das Nest, ach! die Schwäne Albions waren für immer gestorben – über einen unbewohnten Felsen im weiten Pazifik, der seit der Schöpfung unbewohnt, namenlos, unbemerkt gewesen ist, würde in der zukünftigen Geschichte der Erde ebenso viel berichtet werden, wie über das verödete England.

Unsere Reise wurde durch tausend Hindernisse verzögert. Als unsere Pferde müde wurden, mußten wir nach anderen suchen; und es vergingen Stunden, während wir erst unsere Kunststücke ausschöpften, um einige dieser befreiten Sklaven des Mannes dazu anzureizen, das Joch wieder aufzunehmen; und später in den Städten von Stall zu Stall gingen, in der Hoffnung, einige zu finden, die den Schutz ihrer heimischen Ställe nicht vergessen hatten. Unser Mißerfolg, sie zu beschaffen, zwang uns, fortwährend irgendeinen unserer Begleiter zurückzulassen; und am ersten Februar betraten Adrian und ich gänzlich unbegleitet Paris. Der heitere Morgen war angebrochen, als wir in Saint-Denis ankamen, und die Sonne stand hoch, als das Getöse der Stimmen und das Klirren von Waffen, wie wir befürchtet hatten, uns dorthin führte, wo sich unsere Landsleute am Place Vendome versammelt hatten. Wir kamen an einer Gruppe von Franzosen vorbei, die sich mit ernster Miene über den Wahnsinn der Eindringlinge von der Insel unterhielten, und als wir dann plötzlich auf den Platz kamen, sahen wir die Sonne auf gezogenen Schwertern und Bajonetten glitzern, während Schreie und Gebrüll die Luft zerrissen. Es war eine Szene ungewohnter Verwirrung in diesen Tagen der Entvölkerung. Von eingebildeten Ungerechtigkeiten und beleidigendem Spott erregt, hatten sich die gegnerischen Parteien beeilt, einander anzugreifen; während die Auserwählten, die auseinandergezogen waren, eine Gelegenheit abzuwarten schienen, mit einem besseren Vorteil auf ihre Feinde einzufallen, wenn sie sich gegenseitig geschwächt haben sollten. Eine barmherzige Macht fiel dazwischen, und kein Blut wurde vergossen; denn während der wahnsinnige Pöbel mitten im Angriff begriffen war, eilten die Frauen, die Ehefrauen, Mütter und Töchter dazwischen; sie ergriffen die Zügel; sie umarmten die Knie der Reiter und hingen an den Hälsen oder entwaffneten Armen ihrer wütenden Verwandten; der schrille weibliche

Schrei mischte sich mit dem männlichen Ruf und bildete den wilden Lärm, der uns bei unserer Ankunft begrüßte.

Unsere Stimmen konnten in dem Tumult nicht gehört werden; Adrian fiel jedoch mit dem weißen Schlachtroß, das er ritt, auf; als er es anspornte, stürzte es mitten in die Menge. Er wurde erkannt und ein lauter Ruf nach England und dem Protektor wurde erhoben. Die ehemaligen Gegner, die bei seinem Anblick in Zuneigung ausbrachen, eilten gemeinsam zu ihm und umringten ihn; die Frauen küßten seine Hände und die Säume seiner Kleider; ja, selbst seinem Pferd wurde in Form von Umarmungen Tribut gezollt. Einige weinten bei der Begrüßung; er erschien wie ein Engel des Friedens, der unter ihnen herabstieg; und die einzige Gefahr war, daß seine sterbliche Natur demonstriert würde, indem er von der Freundlichkeit seiner Freunde erstickt würde. Seine Stimme wurde schließlich gehört, und man gehorchte ihm. Die Menge fiel zurück, allein die Anführer sammelten sich um ihn. Ich hatte Lord Raymond durch seine Linien reiten sehen; sein siegreiches Aussehen und seine majestätische Miene erhielten den Respekt und Gehorsam aller - solcherart war Adrians Aussehen oder Einfluß nicht. Seine zierliche Gestalt, sein inbrünstiger Blick, seine Gebärde, mehr Abbitte als Herrschaft, waren Beweise dafür, daß die Liebe, unvermischt mit Angst, ihm die Herrschaft über die Herzen einer Menge gab, die wußte, daß er niemals vor Gefahr zurückschreckte oder von anderen Motiven angetrieben wurde als der Sorge für das allgemeine Wohl. Keine Unterscheidung war jetzt zwischen den zwei Parteien sichtbar, die eben noch bereit waren, das Blut des anderen zu vergießen, denn, obwohl sich keiner dem anderen unterwerfen wollte, so waren doch beide dem Earl of Windsor zu bereitwilligem Gehorsam ergeben.

Eine Partei jedoch blieb, die abgeschnitten von der Ruhe war, die nicht mit der Freude sympathisierte, die sich bei Adrians Ankunft zeigte, oder den Geist des Friedens aufnahm, der wie Tau auf die erweichten Herzen ihrer Landsleute fiel. An der Spitze dieser Versammlung stand ein schwerfälliger, dunkel aussehender Mann, dessen boshaftes Auge mit hämischer Freude die ernsten Blicke seiner Anhänger beobachtete. Sie waren bisher untätig gewesen, aber jetzt, da sie sich im allgemeinen Jubel vergessen fühlten, rückten sie mit drohenden Gesten vor. Unsere Freunde hatten sich sozusagen in übermütigem Wettkampf gegenseitig angegriffen; sie wollten nur ihren Standpunkt gesagt haben. Ihre gegenseitige Wut war nur ein Strohfeuer gewesen, verglichen mit dem langsam brennenden Haß, den sie beide für diese Abtrünnigen empfanden, die einen Teil der künftigen Welt ergriffen, um sich dort zu verschanzen und niederzuwerfen, und um die bloß gewöhnlichen Kinder der Erde mit schrecklichen Liedchen und entsetzlichen Anklagen anzugehen. Der erste Vormarsch des kleinen Heeres der Auserwählten ließ ihre Wut wiedererwachen; sie packten ihre Waffen und warteten nur auf das Signal ihrer Anführer, den Angriff zu beginnen, als die klaren Töne von Adrians Stimme zu hören waren, die ihnen befahl, zurückzufallen. Mit verwirrtem Gemurmel und eiligem Rückzug, wie die Welle lärmend von dem Sand zurückebbt, den sie eben noch bedeckte, gehorchten unsere Freunde. Adrian ritt allein in den Raum zwischen den gegnerischen Gruppen; er wandte sich an den feindlichen Führer, als ob er ihn aufforderte, seinem Beispiel zu folgen, aber seinem Blick wurde nicht gehorcht, und der Anführer rückte vor, gefolgt von seiner ganzen Truppe. Unter ihnen waren viele Frauen, die eifriger und entschlossener schienen als ihre männlichen Gefährten. Sie drängten sich um ihren Anführer, als ob sie ihn beschützen wollten, während sie ihn lautstark mit jeder heiligen Bezeichnung und jedem anbetenden Beinamen belegten. Adrian traf sie auf halbem Weg, sie hielten an: „Was begehrt ihr?", fragte er. „Benötigt ihr etwas von uns, das wir nicht geben wollen und das ihr mit Waffen und Krieg erwerben müßt?"

Seine Fragen wurden durch einen allgemeinen Schrei beantwortet, in dem nur die Worte *Erwählt*, *Sünde* und *Blutiger rechter Arm Gottes* gehört werden konnten.

Adrian sah ihren Anführer ausdrucksvoll an und sagte: „Kannst du deine Anhänger nicht zum Schweigen bringen? Meine gehorchen mir, wie du vernehmen kannst."

Der Bursche antwortete mit einem finsteren Blick; und, vielleicht ängstlich, daß seine Leute Zuhörer der Debatte werden könnten, die er erwartete, befahl er ihnen, sich zurückzuziehen, und trat selbst vor.

„Ich frage noch einmal", sagte Adrian, „was verlangst du von uns?"

„Buße", antwortete der Mann, dessen düstere Stirn sich noch mehr umwölkte, während er sprach. „Gehorsam gegenüber dem Willen des Höchsten, der seinen Auserwählten offenbart wurde. Sterben wir nicht alle durch eure Sünden, oh Generation des Unglaubens, und haben wir nicht das Recht, von euch Reue und Gehorsam zu verlangen?"

„Und wenn wir sie verweigern, was dann?", fragte sein Gegner sanft.

„Hüte deine Zunge", rief der Mann, „Gott hört dich und wird dein steinernes Herz in seinem Zorn zerschmettern, seine vergifteten Pfeile werden fliegen, seine Hunde des Todes entfesselt werden! Wir werden nicht ungerächt untergehen - und der mächtige Wille wird unser Rächer sein, wenn er in sichtbarer Majestät herabsteigt und die Zerstörung unter euch bringt."

„Mein guter Kamerad", sagte Adrian mit ruhiger Verachtung, „Ich wünschte, du wärst nur unwissend, denn ich denke, es wäre dann keine schwierige Aufgabe, dir zu beweisen, daß du von etwas sprichst, was du nicht verstehst. Bei der gegenwärtigen Gelegenheit aber genügt es mir zu wissen, daß du nichts von uns begehrst; und, der Himmel ist unser Zeuge, wir begehren auch nichts von dir. Es sollte mir leid tun, die wenigen Tage, die wir hier zu leben haben, durch Streit zu verbittern. Wenn wir erst einmal dort sind", er deutete er nach unten, „werden wir nicht miteinander streiten können, während wir es hier nicht zu tun brauchen. Geh nach Hause, oder bleib; bete zu deinem Gott in deiner eigenen Weise; deine Freunde mögen dergleichen tun. Meine Gebete enthalten nur Frieden und Wohlwollen, Ergebung und Hoffnung. Leb wohl!"

Er verbeugte sich leicht vor dem wütenden Disputanten, der gerade antworten wollte; und, indem er sein Pferd die Rue Saint Honore hinab sandte, forderte er seine Freunde auf, ihm zu folgen. Er ritt langsam, um allen Zeit zu geben, sich ihm anzuschließen, und gab dann seinen Befehl, daß diejenigen, die sich ihm in Gehorsam ergeben, sich in Versailles treffen sollten. In der Zwischenzeit blieb er innerhalb der Mauern von Paris, bis er den sicheren Rückzug aller gesichert hatte. In ungefähr vierzehn Tagen kamen die restlichen Emigranten aus England, und sie alle machten sich nach Versailles auf. Die Unterkünfte für die Familie des Protektors wurden im Grand Trianon vorbereitet, und dort ruhten wir, nach der Aufregung dieser Ereignisse, inmitten des Luxus der verstorbenen Bourbonen.

Kapitel 5.

Nachdem wir einige Tage geruht hatten, beratschlagten wir uns, um über unsere zukünftigen Bewegungen zu entscheiden. Unser erster Plan war gewesen, unsere heimischen winterlichen Breitengrade zu verlassen, und für unsere verminderten Zahlen den Luxus und die Genüsse eines südlichen Klimas zu suchen. Wir hatten uns nicht auf irgendeinen genauen Ort als das Ziel unserer Wanderungen festgelegt, doch ein vages Bild von immerwährendem Frühling, duftenden Hainen und funkelnden Bächen schwebte verlockend in unserer Vorstellung. Eine Vielzahl von Gründen hatte uns in England festgehalten, und wir waren jetzt in der Mitte des Februars angekommen. Wenn wir unser ursprüngliches Projekt fortsetzten, würden wir uns in einer schlechteren Lage als zuvor befinden, wenn wir unser gemäßigtes Klima gegen die unerträgliche Sommerhitze in Ägypten oder Persien ausgetauscht hätten. Wir waren daher gezwungen, unseren Plan zu ändern, da die Jahreszeit weiterhin schlecht war; und es wurde beschlossen, daß wir die Ankunft des Frühlings in unserer jetzigen Bleibe erwarten, und unsere künftigen Bewegungen so anordnen sollten, daß wir die heißen Monate in den eisigen Tälern der Schweiz verbringen, und unseren Kurs nach Süden bis zum folgenden Herbst, wenn wir eine solche Jahreszeit noch einmal erleben sollten, aufschieben würden.

Das Schloß und die Stadt von Versailles boten unserer Gruppe reichlich Unterkunft, und die vorratssuchenden Abordnungen wechselten sich ab, um unsere Bedürfnisse zu versorgen. Es lag ein seltsames und entsetzliches Durcheinander in der Situation jener Letzten der Rasse. Zuerst verglich ich uns mit einer Kolonie, die über die fernen Meere gekommen war und nun zum ersten Mal in einem neuen Land Wurzeln schlug. Aber wo war die Geschäftigkeit und der Fleiß, die für solch eine Versammlung charakteristisch sind, die grob gebaute Wohnung, die ausreichen sollte, bis eine geräumigere Unterkunft gebaut werden konnte, das Abstecken von Feldern, der Versuch der Kultivierung, die eifrige Neugier, unbekannte Tiere und Kräuter zu entdecken, die Exkursionen, um das Land zu erkunden? Unsere Behausungen waren Paläste, unser Essen war bereits in Getreidespeichern gelagert - es gab keine Notwendigkeit für Arbeit, keine Neugier, keine unruhige Lust, voranzukommen. Wenn uns versichert worden wäre, daß wir die Leben unserer derzeitigen Zahlen sichern sollten, hätten unsere Beratschlagungen mehr Lebendigkeit und Hoffnung enthalten. Wir hätten über die Zeit gesprochen, in der die für die Ernährung der Menschen vorhandenen Vorräte nicht mehr ausreichen würden und welche Lebensweise wir dann annehmen sollten. Wir hätten unsere Zukunftspläne sorgfältiger geprüft und darüber diskutiert, wo wir in Zukunft wohnen sollen. Aber der Sommer und die Pest waren nahe, und wir wagten nicht, nach vorne zu schauen. Jedem Herz schauderte bei dem Gedanken an Vergnügungen. Wenn der jüngere Teil unserer Gemeinschaft jemals durch jugendliche und ungezügelte Heiterkeit dazu getrieben wurde, sich zu irgendeinem Tanz oder Lied zu gesellen, um die traurige Zeit aufzuheitern, brachen sie plötzlich ab, von einem traurigen Blick oder quälenden Seufzen von irgendeinem unter ihnen davon abgehalten, der durch Sorgen und Verluste daran gehindert wurde, sich in das Fest zu mischen. Wenn das Lachen unter unserem Dach widerhallte, war das Herz frei von Freude; und wenn es zufällig geschah, daß ich solche Versuche zum Zeitvertreib bezeugte, vergrößerten sie mein Gefühl des Kummers, anstatt es zu vermindern. Inmitten der Jagd nach Vergnügungen schloß ich die Augen und sah vor mir die dunkle Höhle, in der die sterblichen Überreste Idris' ruhten, und die Toten in erschöpfter Ruhe lagen. Als ich wieder der gegenwärtigen Stunde gewahr wurde, waren die leiseste Melodie der lydischen Flöte oder die harmonischen Schrittfolgen anmutiger Tänze nur der dämonische Chor in der Wolfsschlucht und die Häutung der Reptilien, die den magischen Kreis umgaben.

Meine schönste Zeit des Friedens trat ein, als ich, befreit von der Pflicht, mich unter die Menge zu mischen, im lieblichen Heim, wo meine Kinder wohnten, mich ausruhen konnte. Kinder, sage ich, denn ich hatte für Clara die zärtlichsten Gefühle eines Vaters entwickelt. Sie war jetzt vierzehn. Kummer und tiefes Verständnis der Szenen um sie herum hatten den ruhelosen Geist der Mädchenjahre besänftigt, während die Erinnerung an ihren Vater, den sie vergötterte, und Respekt für mich und Adrian, ein ausgeprägtes Pflichtbewußtsein in ihrem jungen Herzen bewirkte. Obwohl sie ernst war, war sie nicht traurig. Das eifrige Begehren, das uns alle, wenn wir jung sind, unsere Flügel ausbreiten und unsere Hälse recken läßt, damit wir auf Zehenspitzen gehend schneller auf die Höhe der Reife gelangen können, ward durch frühe Erfahrungen in ihr gedämpft. Alles, was sie an überfließender Liebe aus dem Gedächtnis ihrer Eltern und an Aufmerksamkeit für ihre lebenden Verwandten entbehren konnte, floß in die Religion. Dies war das verborgene Gesetz ihres Herzens, das sie mit kindlicher Zurückhaltung verhüllte und um so mehr schätzte, weil es geheim war. Welcher Glaube ist so vollständig, welche Nächstenliebe so rein, welche Hoffnung so innig wie die der frühen Jugend? Und sie, die so voller Liebe, Zärtlichkeit und Vertrauen war, die von Kindheit an auf das weite Meer der Leidenschaft und des Unglücks geworfen worden war, sah den Finger der offensichtlichen Göttlichkeit in allem, und ihre beste Hoffnung war, sich der Macht, die sie anbetete, würdig zu erweisen. Evelyn war erst fünf Jahre alt, sein fröhliches Herz war unfähig zur Sorge, und er belebte unser Haus mit der unschuldigen Fröhlichkeit, die seinen Jahren eigentümlich ist.

Die betagte Gräfin von Windsor war aus ihrem Traum von Größe, Macht und Rang gefallen; sie war plötzlich von der Überzeugung ergriffen worden, daß die Liebe das einzig Gute im Leben sei, die Tugend die einzige veredelnde Auszeichnung und bereichernder Wohlstand. Diese Lektion hatte sie durch die toten Lippen ihrer verstoßenen Tochter gelernt; und sie wandte die ganze feurige Gewalt ihres Charakters auf, um die Zuneigung der Überreste ihrer Familie zu gewinnen. In frühen Jahren hatte sich das Herz Adrians ihr gegenüber abgekühlt; und obwohl er ihr gebührenden Respekt zollte, verursachte ihre Kälte, vermischt mit der Erinnerung an Enttäuschung und Wut, ihm Pein in ihrer bloßen Gesellschaft. Sie sah dies und war dennoch entschlossen, seine Liebe zu gewinnen - das Hindernis diente eher dazu, ihren Ehrgeiz anzustacheln. Wie Heinrich, Kaiser von Deutschland, drei

Tage lang im Winter vor Papst Leos Tor im Schnee lag, so wartete sie in Demut vor den eisigen Barrieren seines verschlossenen Herzens, bis er, der Diener der Liebe und Prinz der zärtlichen Höflichkeit, es weit öffnete, um sie einzulassen und ihr Inbrunst und Dankbarkeit zuteil werden ließ, den Tribut der kindlichen Zuneigung, die sie verdiente. Ihr Verständnis, ihr Mut und ihre Geistesgegenwart wurden ihm mächtige Helfer in der schwierigen Aufgabe, die aufgebrachte Menge zu beherrschen, die seiner Kontrolle in Wahrheit nur haarscharf unterworfen war.

Die Hauptumstände, die unsere Ruhe in dieser Zeit störten, entsprangen aus dem Umkreis des angemaßten Propheten und seiner Anhänger. Sie wohnten weiterhin in Paris; aber ihre Missionare besuchten oft Versailles - und solcherart war die Macht, die ihre zwar falschen, aber doch vehement wiederholten Behauptungen auf die Leichtgläubigkeit der Unwissenden und Ängstlichen ausübte, daß es ihnen meist gelang, einige unserer Mitglieder auf ihre Seite zu ziehen. Ein Fall dieser Art, den wir sofort bemerkten, veranlaßte uns, den erbärmlichen Zustand zu betrachten, in dem wir unsere Landsleute zurücklassen sollten, wenn wir im Sommer in Richtung Schweiz vorrücken und eine verblendete Mannschaft hinter uns in den Händen ihres schurkischen Anführers zurücklassen sollten. Das Bewußtsein unserer geringen Anzahl und die Erwartung weiterer Verringerung drängte sich uns auf; und wenn wir uns auch selbst beglückwünschen würden, wenn wir unserer Partei einen hinzufügen würden, wäre es doppelt erfreulich, die Opfer vor dem verderblichen Einfluß des Aberglaubens und der unerbittlichen Tyrannei zu retten, die jetzt, obwohl sie sich freiwillig fesseln ließen, darunter stöhnten. Hätten wir geglaubt, daß der Prediger im Glauben an seine eigenen Anklagen aufrichtig war, oder sich nur durch ein Gefühl des Wohlwollens in der Ausübung seiner angenommenen Fähigkeiten betätigte, hätten wir uns sofort mit unseren besten Argumenten an ihn gewendet und uns bemüht, seine Ansichten zu besänftigen. Doch er wurde von Ehrgeiz angetrieben, er wollte über diese letzten Flüchtlinge vor dem Tode herrschen; seine Ziele gingen so weit, daß er berechnete, daß, wenn aus diesen zerschmetterten Überresten einige überlebten, so daß eine neue Rasse entstehen würde, ihm, indem er die Zügel des Glaubens festhielt, von der nachpestilenziellen Rasse als Patriarchen, Propheten, ja Gott gedacht werden könnte; wie es unter den alten Nach-Sintflutlern Jupiter der Eroberer, Serapis der Gesetzgeber und Vishnu der Bewahrer waren. Diese Gedanken machten ihn unbeugsam in seiner Herrschaft, und gewaltsam in seinem Haß auf jeden, der versuchte, sein usurpiertes Reich mit ihm zu teilen.

Es ist eine seltsame, aber unbestreitbare Tatsache, daß der Philanthrop, der in seinem feurigen Wunsch, Gutes zu tun, der geduldig, vernünftig und sanft ist, und dabei alle anderen Argumente als die Wahrheit verachtet, weniger Einfluß auf den Verstand der Menschen hat, als der Anmaßende und Selbstsüchtige, der sich nicht scheut, jedes Mittel zu ergreifen, jede Leidenschaft zu erwecken, und jede Falschheit zu verbreiten, nur um seine Sache voranzubringen. Wenngleich dies seit undenklichen Zeiten der Fall war, war doch der Kontrast unendlich größer, jetzt da der eine erschreckende Ängste und übersinnliche Hoffnungen ins Spiel bringen konnte; während der andere wenige Hoffnungen anzupreisen hatte, noch die Einbildungskraft beeinflussen konnte, um die Ängste zu vermindern, die er selbst am allermeisten hegte. Der Prediger hatte seine Anhänger überzeugt, daß ihre Flucht vor der Pest, das Heil ihrer Kinder und das Aufkommen einer neuen Menschenrasse aus ihrer Saat, von ihrem Glauben an und ihrer Unterwerfung unter ihn abhingen. Sie hatten diese Überzeugung gierig aufgesogen; und ihre übertriebene Leichtgläubigkeit machte sie sogar begierig, andere zum selben Glauben zu bringen.

Wie man irgend jemanden aus einer solch trügerischen Vereinigung herausführen könnte, war ein häufiger Gegenstand von Adrians Gedanken und Gesprächen. Er schmiedete viele Pläne zu diesem Zweck; aber seine eigene Truppe hielt ihn stets beschäftigt, um ihre Treue und Sicherheit zu sichern; außerdem war der Prediger ebenso umsichtig und klug, wie er grausam war. Seine Opfer lebten unter den strengsten Regeln und Gesetzen, die sie entweder vollständig in den Tuilerien verschlossen, oder sie in solchen Zahlen und unter solchen Führern hinausließen, daß die Möglichkeit einer Auseinandersetzung ausgeschlossen war. Es gab jedoch eine unter ihnen, die ich entschlossen war zu retten; sie war uns in glücklicheren Tagen bekannt gewesen; Idris hatte sie geliebt; und ihr vorzügliches Wesen machte es besonders beklagenswert, daß sie von diesem gnadenlosen Seelenverschlinger geopfert werden sollte.

Dieser Mann hatte etwa zwei- bis dreihundert Personen unter seinen Fahnen. Mehr als die Hälfte von ihnen waren Frauen; es gab ungefähr fünfzig Kinder jeden Alters; und nicht mehr als achtzig Männer. Sie stammten überwiegend aus dem, was, wenn solche Unterscheidungen bestanden, als der niedrigere Rang der Gesellschaft bezeichnet wurde. Die Ausnahmen bestanden aus ein paar hochgeborenen Frauen, die sich, von Schrecken geplagt und von Trauer geschwächt, zu ihm gesellt hatten. Unter diesen war eine, jung, lieblich und enthusiastisch, deren gute Eigenschaften sie gerade zu einem leichteren Opfer machten. Ich habe sie schon früher erwähnt: Juliet, die jüngste Tochter, und jetzt einzige Nachfahrin des herzoglichen Hauses von L. Es gibt einige Wesen, die das Schicksal auszuwählen scheint, auf die es in unermeßlichen Teilen ihren Zorn ausgießt und die es bis zu den Lippen im Elend badet. Solch ein Wesen war die unglückliche Juliet. Sie hatte ihre nachsichtigen Eltern, ihre Brüder und Schwestern, die Begleiter ihrer Jugend, verloren; mit einem Schlag waren sie alle von ihr fortgetragen worden. Doch sie hatte es wieder gewagt, sich glücklich zu nennen; vereint mit ihrem Verehrer, ihm, der ihr ganzes Herz besaß und erfüllte, gab sie sich den lethischen[138] Kräften der Liebe hin und kannte und empfand nur sein Leben und seine Gegenwart. Zu der Zeit, als sie mit großer Freude die Zeichen der Mutterschaft begrüßte, fiel diese einzige Stütze ihres Lebens, ihr Mann starb an der Pest. Eine Zeitlang war sie im Wahnsinn versunken; die Geburt ihres Kindes brachte sie in die grausame Wirklichkeit der Dinge zurück, gab ihr aber gleichzeitig einen Gegenstand, der es wert war, Leben und Vernunft zugleich zu erhalten. Jeder Freund und Verwandte war gestorben, und sie war in Einsamkeit und Armut geraten; tiefe Trauer und zornige Ungeduld verzerrten ihr Urteil, so daß sie sich nicht dazu bringen konnte, uns ihre Not zu enthüllen. Als sie von dem Plan der allgemeinen Auswanderung erfuhr, entschloß sie sich, mit ihrem Kind allein zu bleiben und allein im weiten

---

[138] D. i. „vergessen machenden".

England neben dem Grab ihres Geliebten zu leben oder zu sterben, wie es das Schicksal bestimmen könnte. Sie hatte sich in einem der vielen leeren Häuser von London versteckt; sie war es, die meine Idris am fatalen zwanzigsten November rettete, obwohl meine unmittelbare Gefahr und die darauffolgende Krankheit Idris' uns dazu brachten, unsere glücklose Freundin zu vergessen. Dieser Umstand hatte sie jedoch wieder in Kontakt mit ihren Mitgeschöpfen gebracht. Eine leichte Krankheit ihres Kindes bewies ihr, daß sie noch immer durch eine unzerstörbare Verbindung an die Menschheit gebunden war. Das Leben dieser kleinen Kreatur zu bewahren, wurde zum Gegenstand ihres Seins, und sie schloß sich der ersten Abteilung von Auswanderern an, die nach Paris gingen.

Sie wurde eine leichte Beute für den Frömmler; ihre Empfindsamkeit und ihre äußersten Ängste machten sie für jede Idee zugänglich; ihre Liebe zu ihrem Kind ließ sie eifrig an dem kleinsten Strohhalm festhalten, der ihm zur Rettung gereicht hätte. Ihr Verstand, einst verstimmt und jetzt von rohen unharmonischen Händen gestimmt, ließ sie leichtgläubig werden; wunderschön wie eine sagenumwobene Göttin, mit einer Stimme von unvergleichlicher Süße, mit neuentzündeter Begeisterung brennend, wurde sie eine standhafte Bekehrte und äußerst fähige Gehilfin für den Anführer der Auserwählten. Ich hatte sie an dem Tag, als wir uns auf der Place Vendome trafen, in der Menge bemerkt; und als mich plötzlich an ihre schicksalhafte Rettung meiner Verlorenen in der Nacht des zwanzigsten Novembers erinnerte, tadelte ich mich für meine Vernachlässigung und Undankbarkeit und fühlte mich gedrängt, keine Mittel unversucht zu lassen, um sie an ihr besseres Selbst zu erinnern und sie aus den Fängen des heuchlerischen Zerstörers zu retten.

Ich werde zu diesem Zeitpunkt meiner Geschichte nicht die Mittel beschreiben, die ich anwandte, um in das Refugium der Tuilerien einzudringen, oder eine nurmehr langweilige Darstellung meiner Pläne, Enttäuschungen und meiner Beharrlichkeit auflisten. Es gelang mir schließlich, diese Mauern zu betreten, und ich durchstreifte seine Hallen und Korridore in der eifrigen Hoffnung, meine gewählte Bekehrte zu finden. Am Abend gelang es mir, mich unbeobachtet mit der Versammlung zu vermischen, die sich in der Kapelle scharte, um der kunstreichen und wortgewandten Rede ihres Propheten zu lauschen. Ich sah Juliet in seiner Nähe. Ihre dunklen Augen, aus denen auf schreckliche Weise der rastlose Blick des Wahnsinns sprach, waren auf ihn gerichtet. Sie hielt ihren Säugling, der noch kein Jahr alt war, in ihren Armen, und allein die Sorge um ihn hätte ihre Aufmerksamkeit von den Worten ablenken können, denen sie begierig lauschte. Nachdem die Predigt geendigt hatte, zerstreute sich die Versammlung; alle verließen die Kapelle, außer sie, die ich suchte. Ihr Säugling war eingeschlafen, also legte sie ihn auf ein Kissen, setzte sich neben ihn auf den Boden und beobachtete seinen ruhigen Schlaf.

Ich zeigte mich ihr. Für einen Moment erzeugte die natürliche Empfindung ein Gefühl der Freude, die wieder verschwand, als ich sie mit glühender und liebevoller Ermahnung bat, mich auf der Flucht von dieser Höhle des Aberglaubens und des Elends zu begleiten. In einem Moment fiel sie in das Delirium des Fanatismus zurück, und würde mich gewiß, hätte ihre sanfte Natur dies nicht verhindert, mit Verwünschungen beladen haben. Sie beschwor mich, sie befahl mir, sie zu verlassen. - „Wehe, o wehe", rief sie, „flieh, so lange du noch kannst. Jetzt bist du in Sicherheit, doch zuweilen kommen seltsame Laute und Eingebungen über mich und wenn der Ewige in furchtbarem Flüstern mir seinen Willen enthüllen sollte, daß, um mein Kind zu retten, du geopfert werden mußt, würde ich die Helfershelfer dessen rufen, den du den Tyrannen nennst; sie würden dich Glied für Glied zerreißen, und ich würde den Tod dessen, den Idris liebte, mit keiner einzigen Träne beweinen."

Sie sprach hastig, mit tonloser Stimme und wildem Blick; ihr Kind erwachte und fing erschrocken an zu weinen. Jedes Schluchzen fand sogleich Eingang zum Herzen der unglückseligen Mutter, und sie vermischte die zärtlichen Worte, die sie an ihr Kind richtete, mit verärgerten Aufforderungen, daß ich sie verlassen sollte. Hätte ich die Mittel gehabt, hätte ich alles riskiert, hätte sie gewaltsam aus der Mörderhöhle gerissen und auf den heilkräftigen Balsam von Vernunft und Zuneigung vertraut. Aber ich hatte keine Wahl, nicht einmal die Macht für einen längeren Kampf; Schritte ertönten entlang der Galerie, und die Stimme des Predigers näherte sich. Juliet, die ihr Kind in einer festen Umarmung trug, flüchtete durch eine andere Passage. Selbst dann wäre ich ihr noch gefolgt; aber mein Feind und seine Helfershelfer traten ein. Ich wurde umzingelt und gefangen genommen.

Ich erinnerte mich an die Drohung der unglücklichen Juliet und erwartete, daß der ganze Sturm der Rache des Mannes und der erwachte Zorn seiner Anhänger sofort auf mich fallen würden. Ich wurde befragt. Meine Antworten waren einfach und aufrichtig. „Sein eigener Mund verurteilt ihn", rief der Betrüger; „er bekennt, daß es seine Absicht war, unsere geliebte Schwester in Gott von dem Wege der Errettung abzukehren. Fort mit ihm in den Kerker, morgen soll er sterben. Wir sind offenbar berufen, ein gewaltiges und entsetzliches Beispiel zu geben, um die Kinder der Sünde von unserem Zufluchtsort der Erretteten fernzuhalten."

Mein Herz rebellierte bei seiner heuchlerischen Rede. Doch es wäre mir unwürdig gewesen, in Worten mit dem Rohling zu kämpfen; und meine Antwort war kühl. Weit davon entfernt, von Angst überkommen zu werden, dünkte mich, daß selbst im schlimmsten Fall ein Mann, der sich selbst treu, und außerdem mutig und entschlossen war, sich seinen Weg durch die Herde dieser fehlgeleiteten Verrückten freikämpfen könnte, selbst von den Brettern des Schafottes aus. „Denke daran", sagte ich, „wer ich bin, und sei wohl versichert, daß ich nicht ungerächt sterben werde. Dein gesetzmäßiger Richter, der Lordprotektor, kannte meinem Plan und weiß, daß ich hier bin, der Schrei des Blutes wird ihn erreichen, und du und deine elenden Opfer werden lange die Tragödie bejammern, die du zu spielen planst."

Mein Widerpart ließ sich nicht zu einer Antwort herab, er würdigte mich nicht einmal eines Blickes. - „Ihr kennt eure Pflicht", sagte er zu seinen Kameraden, „gehorcht."

Im Nu wurde ich auf die Erde geworfen, gefesselt, bekam die Augen verbunden und wurde rasch fortgebracht - die Freiheit von Gliedmaßen und Sehkraft wurde mir erst wieder zurückgegeben, als ich mich, umgeben von dunklen und undurchdringlichen Kerkermauern, als Gefangener und allein wiederfand.

Dies war das Ergebnis meines Versuches, die Bekehrte dieses verbrecherischen Mannes für mich zu gewinnen. Ich konnte mir nicht vorstellen, daß er es wagen würde, mich zu töten. - Doch ich war in seinen Händen, der Weg seines Ehrgeizes war stets dunkel und grausam gewesen, und seine Macht war auf Angst gegründet. Das eine Wort, das mich ungehört und ungesehen in der Dunkelheit meines Verlieses sterben ließe, könnte leichter auszusprechen sein als die Tat der Barmherzigkeit. Er würde wahrscheinlich keine öffentliche Hinrichtung riskieren; aber eine Ermordung würde sofort jeden meiner Gefährten davon abbringen, ein ähnliches Kunststück zu versuchen, während eine umsichtige Verhaltensweise es zur gleichen Zeit ermöglichen würde, den Nachforschungen und der Rache Adrians zu entgehen.

Zwei Monate zuvor hatte ich in einem Gewölbe, das dunkler war als das, das ich jetzt bewohnte, mit dem Gedanken gespielt, mich still hinzulegen, um zu sterben. Jetzt schauderte ich vor diesem Schicksal zurück. Meine Einbildungskraft war damit beschäftigt, die Art des Todes zu erraten, den er mir zugedacht hatte. Würde er mir erlauben, mein Leben verhungernd auszuhauchen? Oder war das Essen, das man mir verabreichte, mit dem Tod gewürzt? Würde er mich im Schlaf überwinden? Oder sollte ich bis zuletzt mit meinen Mördern kämpfen, obgleich ich die ganze Zeit wissen würde, daß ich überwältigt werden mußte? Ich lebte auf einer Erde, deren verminderte Bevölkerung jemand mit den mathematischen Kenntnissen eines Kindes zählen könnte; ich hatte lange Monate durchlebt, in denen mir der Tod dicht auf den Fersen war, während der Schatten seiner Skelettgestalt immer wieder meinen Weg verdunkelte. Ich hatte geglaubt, daß ich das grimmige Phantom überlistet hätte und hatte über seine verächtliche Macht gelacht.

Jedem anderen Schicksal wäre ich mit Mut begegnet, ja, hätte mich ihm mutig entgegengestellt. Aber zur Mitternachtsstunde von kaltblütigen Mördern ermordet zu werden, ohne eine freundliche Hand, um meine Augen zu schließen oder meinen Abschiedssegen zu empfangen - im Kampf zu sterben, voller Haß und Verwünschung - ach, warum, meine engelsgleiche Liebe, hast du mich gesund gepflegt, als ich bereits in die Portale des Grabes getreten war, wo ich doch schon bald wieder als eine verstümmelte Leiche zurückgeschleudert werden soll!

Stunden vergingen - Jahrhunderte. Könnte ich den vielen Gedanken Worte geben, die mich während dieses Zeitraums in endloser Folge beschäftigten, würde ich Bände füllen. Die Luft war klamm, der Kerkerboden modrig und eiskalt. Ich wurde hungrig, und kein Geräusch erreichte mich von draußen. Morgen, hatte der Rohling erklärt, sollte ich sterben. Wann würde morgen sein? War es nicht schon soweit?

Meine Tür wurde geöffnet. Ich hörte, wie der Schlüssel sich drehte, und die Riegel und Schrauben sich langsam lösten. Die Öffnung der dazwischenliegenden Passagen ließ Töne aus dem Inneren des Palastes zu mir dringen; und ich hörte die Uhr Eins schlagen. Sie kommen, um mich umzubringen, dachte ich; diese Stunde paßt nicht zu einer öffentlichen Hinrichtung. Ich stellte mich an die Wand gegenüber dem Eingang, sammelte meine Kräfte und meinen Mut. Ich würde keine zahme Beute sein. Langsam wich die Tür in ihren Angeln - ich war bereit, vorwärts zu springen, um mich auf den Eindringling zu stürzen und mit ihm zu ringen, bis der Anblick dessen, der es war, die Stimmung meines Geistes sofort änderte. Es war Juliet. Bleich und zitternd stand sie, eine Lampe in der Hand, auf der Schwelle des Kerkers, und sah mich mit wehmütigem Gesicht an. Aber in einem Moment nahm sie ihre Selbstbeherrschung wieder an; und ihre niedergeschlagenen Augen glänzten wieder. Sie sagte: „Ich bin gekommen, um dich zu retten, Verney."

„Und dich auch", rief ich: „Liebste Freundin, können wir wirklich gerettet werden?"

„Kein Wort", antwortete sie, „folge mir nach!"

Ich gehorchte sofort. Wir gingen mit leisen Schritten durch viele Korridore, stiegen mehrere Treppen hinauf und durchquerten lange Gänge. Am Ende einer jener Gänge öffnete sie ein niedriges Portal; ein Windstoß löschte unsere Lampe; aber stattdessen hatten wir die gesegneten Mondstrahlen und das offene Gesicht des Himmels. Dann sprach Juliet zuerst: „Du bist in Sicherheit", sagte sie, „Gott segne dich! - Leb wohl!"

Ich ergriff ihre widerstrebende Hand - „Liebe Freundin", rief ich, „fehlgeleitetes Opfer, willst du nicht mit mir fliehen? Hast du nicht alles riskiert, um meine Flucht zu erleichtern? Und denkst du, daß ich dir erlauben werde zurückzukehren, und allein die Auswirkungen der Wut dieses Schurken zu erleiden? Niemals!"

„Fürchte nicht für mich", antwortete das liebliche Mädchen traurig, „und stell dir nicht vor, daß du ohne die Zustimmung unseres Anführers außerhalb dieser Mauern sein könntest. Er ist es, der dich gerettet hat. Er hat mich damit beauftragt, dich hierher zu führen, weil ich deine Beweggründe, hierher zu kommen, am besten kenne, und seine Barmherzigkeit am besten schätzen kann, wenn er dir gestattet, zu gehen."

„Und bist du", rief ich, „das Werkzeug dieses Mannes? Er fürchtet mich als Feind, wenn ich lebe, und meine Rächer, wenn ich tot bin. Indem er diese heimliche Flucht begünstigt, bewahrt er seinen Anhängern ein Zeichen der Konsequenz, aber Gnade liegt seinem Herzen fern. Vergißt du seine Kunstgriffe, seine Grausamkeit und seinen Betrug? So frei ich bin, bist auch du es. Komm, Juliet, die Mutter unserer verstorbenen Idris wird dich willkommen heißen, der edle Adrian wird sich freuen, dich zu empfangen, du wirst Frieden und Liebe finden, und bessere Hoffnungen, als der Fanatismus bieten kann. Komm, und fürchte dich nicht, lange vor Tagesanbruch werden wir in Versailles sein. Schließe die Tür zu dieser Wohnstätte des Verbrechens - komm, süße Juliet, von Heuchelei und Schuld in die Gesellschaft des Liebevollen und Guten."

Ich sprach hastig, aber mit Inbrunst, und während ich sie mit sanfter Gewalt aus dem Portal zog, ließ ein Gedanke, eine Erinnerung an vergangene Szenen von Jugend und Glück, sie zuhören und mir nachgeben. Plötzlich riß sie sich mit einem durchdringenden Schrei los: - „Mein Kind, mein Kind! Er hat mein Kind, mein süßes Mädchen ist seine Geisel."

Sie stürzte von mir fort in den Gang; das Tor schloß sich zwischen uns - sie war in den Fängen dieses verbrecherischen Mannes, eine Gefangene, die noch immer die verpestete Luft atmen mußte, die seiner dämonischen Natur anhaftete. Die ungehinderte Brise spielte auf meiner Wange, der Mond schien gütig auf mich herab, mein Weg war frei. Froh, entkommen zu sein, doch schwermütig trotz meiner Freude, lenkte ich meine Schritte nach Versailles zurück.

Kapitel 6.

Der ereignisreiche Winter verging; der Winter, die Erholung von unseren Übeln. Nach und nach verlängerte die Sonne, die mit schrägen Strahlen die längere Herrschaft der Nacht hervorgebracht hatte, ihre tägliche Reise und bestieg ihren höchsten Thron, zugleich Bewahrerin der neuen Schönheit der Erde und ihre Geliebte. Wir, die wir wie Fliegen, die sich bei Ebbe auf einem trockenen Felsen versammelt haben, mutwillig mit der Zeit gespielt, und unseren Leidenschaften, Hoffnungen und wütenden Begierden erlaubt hatten, uns zu beherrschen, hörten nun das herannahende Brüllen des zerstörerischen Ozeans, und wären am liebsten in einen schützenden Spalt geflohen, ehe die erste Welle über uns hereinbrach. Wir entschlossen uns, unverzüglich unsere Reise in die Schweiz fortzusetzen. Wir waren begierig darauf, Frankreich zu verlassen. Unter den eisigen Gewölben der Gletscher, unter dem Schatten der Kiefern, deren Wippen seiner mächtigen Äste durch eine Ladung Schnee verhindert wurde; neben den Bächen, deren äußerste Kälte ihren Ursprung in den langsam schmelzenden Häufchen gefrorenen Wassers hatte, inmitten häufiger Stürme, die die Luft reinigen könnten, sollten wir Gesundheit finden, wenn in Wahrheit die Gesundheit selbst nicht verseucht war.

Wir begannen unsere Vorbereitungen zuerst mit Bereitwilligkeit. Wir verabschiedeten uns jetzt nicht von unserem Vaterland, von den Gräbern derer, die wir liebten, von den Blumen und Bächen und Bäumen, die von Kindheit an neben uns bestanden hatten. Wir würden es nur wenig bedauern, wenn wir Paris verließen. Einen Schauplatz der Schande, wenn wir uns an unsere kürzlichen Auseinandersetzungen erinnerten und daran dachten, daß wir eine Herde elender, verblendeter Opfer zurückließen, die sich unter der Tyrannei eines selbstsüchtigen Betrügers beugten. Wenig würde es uns schmerzen, wenn wir die Gärten, Wälder und Hallen der Paläste der Bourbonen in Versailles verließen, von denen wir befürchteten, daß sie bald von den Toten befleckt würden, wenn wir uns auf Täler freuen konnten, die schöner wären als jeder Garten, auf mächtige Wälder und Hallen, die nicht für die sterbliche Majestät gebaut, sondern Paläste der Natur waren, mit den marmorweißen Alpen als ihren Mauern und dem Himmel als ihrem Dach.

Doch unser Mut wankte, als der Tag nahte, den wir für unsere Abreise festgelegt hatten. Schreckliche Visionen und böse Vorahnungen, wenn es denn solche Dinge gab, verdichteten sich um uns herum, so daß der Mensch vergebens sagen könnte -

Das sind ihre Gründe, sie sind natürlich,[139]

wir fühlten sie unheilvoll und fürchteten das zukünftige Ereignis, das sie voraussagten. Daß die Nachteule vor der Mittagssonne kreischen, daß die Fledermaus um das Bett der Schönheit kreisen, daß der murmelnde Donner im zeitigen Frühjahr die wolkenlose Luft erschrecken, daß plötzliche und vernichtende Fäule auf Baum und Strauch fallen sollte, waren ungewohnte, aber physische Ereignisse, weniger schrecklich als die geistigen Schöpfungen der übermächtigen Furcht. Einige sahen Leichenprozessionen, und tränennasse Gesichter, die durch die langen Alleen der Gärten huschten und die Vorhänge der Schlafenden mitten in der Nacht zur Seite zogen. Einige hörten Heulen und Schreie in der Luft, und vernahmen einen traurigen Gesang, der durch die dunkle Atmosphäre strömte, als ob die Geister das Requiem der Menschheit sangen. Was lag in all dem anderes, als daß Furcht andere Sinne in unseren Körpern erzeugte, uns sehen, hören und fühlen ließ, was nicht war? Was war es anderes, als die Wirkung kranker Einbildungskraft und kindlicher Leichtgläubigkeit? So mag es sein; aber was überaus real war, war die Existenz jener Ängste; die schreckensvollen Blicke, die geisterhaft blassen Gesichter, die Stimmen, die vor entsetzlicher Furcht stumm waren, derer unter uns, die diese Dinge sahen und hörten. Einer von jenen war Adrian, der die Wahnhaftigkeit kannte, aber den anhaftenden Schrecken nicht ablegen konnte. Selbst die unwissenden

---

[139] Shakespeare, Julius Caesar, 1, 3.

Kinder schienen mit ängstlichen Schreien und Krämpfen die Anwesenheit unsichtbarer Kräfte anzuerkennen. Wir mußten gehen - in der Veränderung des Ortes, der Beschäftigung und in der Sicherheit, die wir noch zu finden hofften, sollten wir ein Heilmittel für diese sich versammelnden Schrecken finden.

Als wir unsere Kompanie zählten, fanden wir heraus, daß sie aus vierzehnhundert Seelen, Männern, Frauen und Kindern, bestanden. Bis jetzt waren wir in der Anzahl unvermindert, außer durch die Desertion derer, die sich dem Schwindler-Propheten angeschlossen hatten und in Paris zurückblieben. Ungefähr fünfzig Franzosen schlossen sich uns an. Unsere Marschordnung war leicht zu arrangieren; der Mißerfolg, der unsere Abteilung begleitet hatte, bestimmte Adrian, alle zusammenzuhalten. Ich ging mit hundert Mann als Vorhut voraus und nahm die Straße der Côte d'Or, durch Auxerre, Dijon, Dole, über den Jura nach Genf. Ich sollte alle zehn Meilen Vorkehrungen für die Unterbringung von solchen Zahlen treffen, wie die Stadt oder das Dorf meiner Meinung nach aufnehmen könnte, und einen Boten mit einem schriftlichen Befehl zurücklassen, der anzeigte, wie viele dort einquartiert werden sollten. Der Rest unserer Leute würde dann in Gruppen von je fünfzig geteilt, jede Abteilung enthielte achtzehn Männer, und der Rest bestünde aus Frauen und Kindern. Jede von ihnen sollte von einem Offizier angeführt werden, der die Namensrolle trug, mit der sie jeden Tag gezählt werden sollten. Wenn die Gruppen nachts geteilt würden, sollten die Vorderen am Morgen auf die Nachzügler warten. In jeder der erwähnten großen Städte sollten wir uns versammeln; und eine Abordnung der obersten Offiziere würde sich über das allgemeine Wohlergehen beratschlagen. Wie ich bereits sagte, sollte ich zuerst gehen, Adrian als letzter. Seine Mutter sollte, mit Clara und Evelyn unter ihrem Schutz, ebenfalls bei ihm bleiben. So wurde unsere Ordnung bestimmt, ich reiste ab. Mein Plan war, zunächst nur bis nach Fontainebleau zu gehen, wo in einigen Tagen Adrian zu mir stoßen sollte, ehe ich wieder weiter ostwärts gehen würde.

Mein Freund begleitete mich bis einige Meilen vor Versailles. Er war traurig, und murmelte in einem Ton von ungewohnter Niedergeschlagenheit ein Gebet für unsere schnelle Ankunft in den Alpen, begleitet von einem Ausdruck des Bedauerns, daß wir nicht bereits dort wären. „In diesem Fall", bemerkte ich, „können wir unseren Marsch beschleunigen; warum sich an einen Kurs halten, dessen langsames Fortkommen du bereits mißbilligst?"

„Nein", antwortete er, „es ist jetzt zu spät. Vor einem Monat waren wir noch Meister unserer selbst; jetzt, - " er wandte sein Gesicht von mir ab. Obwohl die beginnende Dämmerung bereits seinen Ausdruck verschleiert hatte, wandte er sich noch mehr ab, als er hinzufügte: „Ein Mann ist letzte Nacht an der Pest gestorben!"

Er sprach mit erstickter Stimme, dann rang er plötzlich seine Hände und rief: „Schnell, überaus schnell kommt die letzte Stunde für uns alle heran; wie die Sterne vor der Sonne verschwinden, so wird uns ihre baldige Ankunft töten. Ich habe mein Bestes getan. Mit anklammernden Händen und ohnmächtiger Kraft zerrte ich am Wagenrad des Pestkarrens, aber er schleppt mich mit sich, während er als eine unaufhaltsame Gewalt jedes Wesen, das den Weg des Lebens kreuzt, ausmerzt. Wäre es nur schon vorbei - hätte er nur schon sein Ziel erreicht, dann hätten wir alle gemeinsam das Grab betreten!"

Tränen strömten aus seinen Augen. „Immer und immer wieder", fuhr er fort, „wird die Tragödie gespielt werden, wieder muß ich das Stöhnen der Sterbenden hören, das Jammern der Überlebenden, wieder Zeuge der Schmerzen sein, die, alles vollendend, eine Ewigkeit in ihr vergängliches Dasein einhüllen. Warum bin ich dafür vorbehalten? Warum bin ich das schwarze Schaf der Herde, warum wurde ich nicht als einer der ersten niedergestreckt? Schwer ist es, sehr schwer für einen von einem Weib Geborenen, alles das zu ertragen, was ich ertrage!"

Bis jetzt hatte Adrian mit einem unerschrockenen Geist und einem hohen Gefühl von Pflicht und seinem Wert seine selbst auferlegte Aufgabe erfüllt. Ich hatte ihn mit Ehrfurcht und fruchtlosem Verlangen nach Nachahmung betrachtet. Ich bot nun ein paar Worte der Ermutigung und des Mitgefühls an. Er barg sein Gesicht in seinen Händen, und stieß, während er versuchte, sich zu fassen, hervor: „Wenige Monate, wenige Monate noch, laß, o Gott, mein Herz oder meinen Mut nicht versagen, laß nicht den Anblick unerträglichen Elends diesen halb verrückten Verstand versagen oder dieses schwache Herz gegen seine

Fesseln schlagen, daß es zerbricht. Ich habe geglaubt, daß es meine Bestimmung ist, die Letzten der Menschenrasse zu führen und zu regieren, bis der Tod meine Regierung auslöschen wird, und diesem Schicksal unterwerfe ich mich.

Verzeih mir, Verney, daß ich dir Pein bereitete, doch ich werde mich nicht länger beklagen. Jetzt bin ich wieder ich selbst, oder eher noch besser als ich selbst. Du hast gewußt, wie seit meiner Kindheit aufstrebende Gedanken und hohe Ziele mit angeborener Schwäche und Überforderung in Konflikt gerieten, bis die letzteren siegten. Du weißt, wie ich diese nutzlose, schwache Hand auf das verlassene Ruder der menschlichen Regierung legte. Ich wurde gelegentlich von schwankenden Intervallen heimgesucht, doch bis jetzt fühlte ich mich, als ob ein höherer und unermüdlicher Geist sich in mir niedergelassen oder sich vielmehr in mein schwächeres Wesen eingenistet hatte. Der heilige Besucher hat eine Zeitlang geschlafen, vielleicht um mir zu zeigen, wie ohnmächtig ich ohne seine Inspiration bin. Doch bleib noch eine Weile, o Kraft des Guten und Stärke, verachte noch nicht diesen Schrein der fleischlichen Sterblichkeit, o unsterbliche Fähigkeit! Solange noch ein Mitgeschöpf übrigbleibt, dem Hilfe gewährt werden kann, bleib bei mir und stütze deinen zerschmetterten, versagenden Antrieb!"

Seine Heftigkeit und die Stimme, die von unbändigen Seufzern brach, drangen in mein Herz; seine Augen glänzten in der Dunkelheit der Nacht wie zwei irdische Sterne; und mit seiner anwachsenden Gestalt und seinem strahlendem Antlitz schien es wirklich beinahe so, als ob bei seiner beredten Bitte ein übernatürlicher Geist in seine Gestalt eindränge und ihn über die Menschheit erhöbe.

Er wandte sich schnell zu mir um und streckte seine Hand aus. „Leb wohl, Verney", rief er, „mein geliebter Bruder, leb wohl, kein anderer schwacher Ausdruck darf diese Lippen verlassen, ich bin wieder lebendig. Auf zu unseren Aufgaben, zu unseren Kämpfen mit unserem unbesiegbaren Feind, denn bis zuletzt werde ich gegen ihn kämpfen."

Er ergriff meine Hand und sah mich an, mit einem Blick, der feuriger und lebhafter als jedes Lächeln war; dann zog er den Zügel seines Pferdes herum, berührte das Tier mit den Sporen und war in einem Augenblick außer Sichtweite.

Ein Mann war letzte Nacht an der Pest gestorben. Der Köcher war noch nicht geleert, der Bogen nicht entspannt. Wir standen als Zielscheiben, während die Pest, ungehindert durch die Haufen der Erschlagenen, auf uns zielte und schoß. Eine Krankheit der Seele, die sogar für meinen physischen Mechanismus ansteckend war, überkam mich. Meine Knie schlugen aneinander, meine Zähne klapperten, der Strom meines Blutes, der durch plötzliche Kälte geronnen war, drängte sich schmerzhaft aus meinem schweren Herzen. Ich empfand keine Furcht für mich selbst, aber es war zutiefst jammervoll, daran zu denken, daß wir nicht einmal diesen Überrest retten könnten. Daß diejenigen, die ich liebte, in ein paar Tagen so kalt wie Idris in ihrem ehrwürdigen Grab sein könnten; auch konnten weder die Stärke des Körpers noch die Spannkraft des Geistes den Schlag abwehren. Ein Gefühl der Erniedrigung überkam mich. Hatte Gott den Menschen erschaffen, damit er am Ende zu toter Erde inmitten einer gesunden sprießenden Natur wurde? War er seinem Erschaffer nicht von größerem Wert, als ein Kornfeld, dessen Ähren brandig waren? Sollten unsere stolzen Träume solcherart verblassen? Wir wurden „ein wenig niedriger als die Engel"[140] geschaffen; und, siehe! wir waren nicht besser als Eintagsfliegen. Wir hatten uns das „Vorbild der Lebendigen"[141] genannt, und, siehe! wir waren eine „Quintessenz aus Staub"[142]. Wir stellten fest, daß die Pyramiden den einbalsamierten Körper ihres Erbauers überdauert hatten. Ach! die bloße Strohhütte des Hirten, die wir auf der Straße passierten, enthält in ihrer Struktur das Prinzip der größeren Langlebigkeit als die ganze menschliche Rasse. Wie soll man diese traurige Veränderung mit unseren früheren Bestrebungen, unseren scheinbaren Kräften, in Einklang bringen!

Plötzlich schien eine innere Stimme klar und deutlich zu sagen: - So wurde es von Ewigkeit her beschlossen: Die Rosse, die die Zeit vorwärts tragen, hatten diese Stunde und diese Erfüllung an sie gefesselt, als die

---

[140] Hebräer, 2, 7.
[141] Shakespeare, Hamlet 2, 2.
[142] Shakespeare, Hamlet 2, 2.

Leere ihre Last hervorbrachte. Könnte man die unveränderlichen Gesetze der Unvermeidlichkeit rückwärts lesen?

Mutter der Welt! Diener des Allmächtigen! Ewige, unwandelbare Unvermeidlichkeit, die mit geschäftigen Fingern unaufhörlich die unauflösliche Kette von Ereignissen webt! - Ich werde nicht über deine Taten murren. Wenn mein menschlicher Geist nicht anerkennen kann, daß alles, was ist, richtig ist; da doch das, was ist, sein muß, werde ich inmitten der Ruinen sitzen und lächeln. Wahrlich wurden wir nicht dazu geboren zu genießen, sondern uns zu unterwerfen und zu hoffen.

Würde der Leser nicht ermüden, wenn ich unsere lange Reise von Paris nach Genf minutiös beschriebe? Wenn ich Tag für Tag die quälende Not unseres Schicksals in Form eines Tagebuchs aufzeichnen sollte, könnte meine Hand die Vielfalt unserer Leidens beschreiben, oder die Sprache Worte zur Verfügung stellen, die das hektische Aufeinanderfolgen eines bedauerlichen Ereignisses auf ein anderes auszudrücken vermöchten? Hab Geduld, oh Leser! Wer immer du bist, wo auch immer du wohnst, ob du ein geistiges Wesen oder aus einem überlebenden Paar entsprungen bist, deine Natur wird menschlich sein, deine Behausung die Erde; du wirst hier von den Taten der ausgestorbenen Rasse lesen und dich verwundert fragen, ob sie, die litten, was du berichtet findest, aus Fleisch und Blut wie du waren. Wahrhaftig, sie waren es - vergieße also Tränen. Denn gewiß, einsames Wesen, wirst du von sanfter Veranlagung sein; vergieße mitfühlende Tränen; aber währenddessen lenke deine Aufmerksamkeit auf die Geschichte und erfahre von den Taten und Leiden deiner Vorgänger.

Doch die letzten Ereignisse, die unseren Fortschritt durch Frankreich bezeichneten, waren so voller sonderbarem Schrecken und düsterem Elend, daß ich nicht wage, in der Erzählung zu lange innezuhalten. Wenn ich jeden Vorfall zergliedern würde, würde jedes kleine Bruchstück einer Sekunde eine erschütternde Geschichte beinhalten, deren kleinste Worte das Blut in deinen jungen Adern gerinnen lassen würde. Es ist richtig, daß ich dieses Denkmal der vergangenen Rasse zu deiner Lehre aufrichten werde; aber nicht, daß ich dich durch die Abteilungen eines Krankenhauses, noch durch die geheimen Kammern des Beinhauses zerren sollte. Diese Geschichte soll daher schnell entfaltet werden. Eindrücke der Zerstörung, Bilder der Verzweiflung, die Prozession des letzten Triumphes des Todes, sollen vor dir so schnell vorüberziehen, wie das vom Nordwind getriebene Gewölk entlang der verdunkelten Pracht des Himmels.

Von Unkraut überwucherte Felder, verödete Städte, die wilde Annäherung reiterloser Pferde war für meine Augen zur Gewohnheit geworden; ja, noch viel schlimmere Anblicke von unbegrabenen Toten, und von menschlichen Gestalten, die am Straßenrand und auf den Stufen einstmals bewohnter Häuser lagen, wo

Ihr Gebein, wenn die Haut ihm verweste ringsum,
Liegt in dörrender Sonn' im dunklen Staub vermodernd.[143]

Ansichten wie diese waren - ach, wehe! so vertraut geworden, daß wir nicht länger erschauderten, oder unsere erschrockenen Pferde zu plötzlicher Geschwindigkeit antrieben, wenn wir an ihnen vorbeikamen. Frankreich in seinen besten Tagen, wenigstens jener Teil von Frankreich, durch welchen wir reisten, war eine kultivierte Wüste gewesen, und das Fehlen von Umzäunungen, von Häuschen und sogar von Bauern, war für einen Reisenden aus dem sonnigen Italien oder dem geschäftigen England sehr betrüblich. Aber die Städte waren häufig und belebt, und die herzliche Höflichkeit und das bereitwillige Lächeln des mit Holzschuhen angetanen Bauern stellten die gute Laune des sich Grämenden wieder her. Jetzt saß die alte Frau nicht mehr mit ihrem Spinnrocken an der Tür - der Bettler bat nicht mehr mit einer dahingemurmelten Floskel um Nächstenliebe; noch befolgte an den Feiertagen die Bauernschaft mit sanfter Anmut die Schrittfolge des Tanzes. Die Stille, die schwermütige Braut des Todes, ging in einer Prozession mit ihm von Stadt zu Stadt durch die weitläufige Region.

Wir kamen in Fontainebleau an und bereiteten uns schnell auf den Empfang unserer Freunde vor. Als wir abends unsere Gruppe durchzählten, wurden drei vermißt. Als ich nach ihnen fragte, stieß der Mann, zu dem ich sprach, das Wort „Pest" aus, und fiel in Krämpfen zu meinen

---

[143] Eltons Übersetzung von Hesiods „Shield of Hercules".

Füßen nieder; er war auch infiziert. Es gab harte Gesichter um mich herum; denn unter meiner Truppe waren Seeleute, die unzählige Male den Ozean überquert hatten, Soldaten, die in Rußland und im fernen Amerika Hungersnot, Kälte und Gefahr erlitten hatten, und Männer mit noch härteren Gesichtern, die einst nächtliche Verheerer in unserer übergroßen Metropole waren; Männer, die von ihrer Wiege an gesehen hatten, wie der ganze Mechanismus der Gesellschaft daran arbeitete, sie zu zerstören. Ich sah mich um und sah auf den Gesichtern aller in grellen Buchstaben Entsetzen und Verzweiflung geschrieben.

Wir verbrachten vier Tage in Fontainebleau. Einige erkrankten und starben, und in der Zwischenzeit erschienen weder Adrian noch irgendein anderer unserer Freunde. Meine eigene Truppe war in Aufruhr; die Schweiz zu erreichen, in Schneeflächen einzutauchen und in Eishöhlen zu wohnen, wurde zum wahnsinnigen Begehren aller. Doch wir hatten versprochen, auf den Earl zu warten; und er kam nicht. Meine Leute verlangten, vorwärts geführt zu werden - Rebellion, wenn man das, was das bloße Wegwerfen von strohgeformten Fesseln war, so nennen wollte, begann offensichtlich unter ihnen zu entstehen. Sie wollten unverzüglich fort, und dabei auf einen Anführer verzichten. Die einzige Aussicht auf Sicherheit, die einzige Hoffnung auf Bewahrung von jeder Form von unbeschreiblichem Leid, war unser Zusammenhalt. Ich sagte ihnen dies, während die entschlossensten unter ihnen verdrossen antworteten, daß sie auf sich selbst aufpassen könnten, und auf meine Bitten mit Spott und Drohungen antworteten.

Endlich, am fünften Tage, kam ein Bote von Adrian, der Briefe trug, die anordneten, daß wir nach Auxerre weiterreisen sollten, um dort seine Ankunft zu erwarten, die nur für einige Tage zurückgestellt werden würde. So war der Tenor seiner öffentlichen Briefe. Diejenigen, die mir persönlich zugestellt wurden, legten die Schwierigkeiten seiner Situation ausführlich dar und überließen die Anordnung meiner weiteren Pläne meinem eigenen Ermessen. Sein Bericht über den Stand der Dinge in Versailles war kurz, doch die mündlichen Mitteilungen seines Boten füllten die Auslassungen und zeigten mir, daß sich Gefahren von der schrecklichsten Natur um ihn sammelten. Anfangs wurde das Wiedererwachen der Pest verheimlicht; doch die Zahl der Toten nahm zu, das Geheimnis wurde preisgegeben, und die bereits erreichte Zerstörung wurde durch die Furcht der Überlebenden übertrieben. Einige Kundschafter des Feindes der Menschheit, des verfluchten Betrügers, waren unter ihnen, die den Menschen ihre Lehre einflößten, daß Sicherheit und Leben nur durch die Unterordnung unter ihren Anführer sichergestellt werden konnten. Und es gelang ihnen so gut, daß bald, statt in die Schweiz ziehen zu wollen, der größte Teil der Menge, schwache Frauen und feige Männer, nach Paris zurückzukehren, und sich unter den Bannern des sogenannten Propheten einzureihen wünschte, um sich durch eine feige Anbetung des Obersten des Bösen, wie sie hofften, vom drohenden Tod freizukaufen. Die Zwietracht und der Tumult, die durch diese widerstreitenden Ängste und Leidenschaften hervorgerufen wurden, hielten Adrian fest. Es erforderte seinen ganzen Eifer bei der Verfolgung eines Gegenstands, und seine Geduld in Schwierigkeiten, um eine solche Anzahl seiner Anhänger zu beruhigen und zu beleben, als könnte er die Panik der übrigen ausgleichen und sie zu den Mitteln zurückführen, von denen allein Sicherheit abgeleitet werden könnte. Er hatte gehofft, mir sofort zu folgen; aber in dieser Absicht vereitelt, sandte er seinen Boten, um mich zu drängen, meine eigene Truppe in eine solche Entfernung von Versailles zu bringen, daß die Ansteckung der Rebellion sie nicht erreichen konnte. Zugleich versprach er mir, sogleich zu mir zu stoßen, sobald eine günstige Gelegenheit eintreten sollte, durch die er den Hauptteil der Auswanderer aus dem schlechten Einfluß, der gegenwärtig über sie ausgeübt wurde, zurückziehen konnte.

Ich wurde durch diese Nachrichten in einen äußerst qualvollen Zustand der Ungewißheit versetzt. Mein erster Impuls war, daß wir alle nach Versailles zurückkehren sollten, um dort unseren Anführer aus seinen Gefahren zu befreien. Ich versammelte daher meine Truppe und schlug ihnen diese rückläufige Bewegung, anstatt der Fortsetzung unserer Reise nach Auxerre, vor. Sie weigerten sich einstimmig. Die Vorstellung, die unter ihnen verbreitet wurde, war, daß allein die Verheerungen der Pest den Protektor festhielten. Sie widersetzten sich seinem Befehl, mir zu gehorchen, und kamen zu dem Entschluß, ohne mich fortzufahren, sollte ich mich weigern, sie zu begleiten. Vernunftgründe und Beschwörungen waren bei diesen Feiglingen vergeudet. Die fortwährende Verminderung ihrer eigenen Zahl, verursacht durch die Pest, fügte ihrer Abneigung gegen Verspätung weitere Nahrung hinzu; und meine Opposition diente nur dazu, ihren Entschluß reifen zu lassen. Am selben Abend machten sie sich nach Auxerre auf. Ihnen waren Eide, wie von Soldaten ihrem General gegenüber, abgenommen worden - diese brachen sie. Ich hatte mich auch verpflichtet, sie nicht zu verlassen; es erschien mir unmenschlich, ihnen jeden Verstoß gegen mein Wort gleichermaßen zu vergelten. Derselbe Geist, der sie dazu brachte, sich gegen mich aufzulehnen, würde sie dazu bringen, sich gegenseitig im Stich zu lassen; und die schrecklichsten Leiden würden die Folge ihrer Reise in ihren gegenwärtigen ungeordneten und führerlosen Reihen sein. Diese Gefühle waren für eine Zeit vorrangig, und aus Verpflichtung ihnen gegenüber begleitete ich den Rest nach Auxerre.

Wir kamen in der gleichen Nacht in Villeneuve-la-Guiard an, einer vier Meilen von Fontainebleau entfernten Stadt. Als meine Gefährten sich zur Ruhe zurückgezogen hatten und ich allein gelassen wurde, um über die Nachricht, die ich von Adrians Lage erhalten hatte, nachzusinnen, bot sich mir eine andere Sicht auf den Gegenstand. Was machte ich und was war das Ziel meiner gegenwärtigen Bewegungen? Offensichtlich war ich dabei, diese Truppe selbstsüchtiger und gesetzloser Männer in die Schweiz zu führen und meine Familie und meinen auserkorenen Freund zurücklassen, die ich, da sie stündlich dem Tod näher kamen, der allen drohte, vielleicht nie wieder sehen würde. War es nicht meine erste Pflicht, dem Protektor zu helfen und ein Beispiel für Zuneigung und Pflichterfüllung zu geben? In einer Krise wie jener, die ich erreicht hatte, ist es sehr schwierig, gegensätzliche Interessen gut auszugleichen; und dasjenige, zu welchem unsere Neigungen uns führen, nimmt hartnäckig den Anschein von Selbstsucht an, selbst wenn wir ein Opfer erwägen. Wir sind in solchen Zeiten leicht dahin zu bringen, einen Kompromiß einzugehen; und das war mein gegenwärtiger Plan. Ich entschloß mich, in derselben Nacht nach Versailles zu fahren. Wenn ich die Lage weniger verzweifelt vorfand, als sie mir jetzt schien, würde ich unverzüglich zu meiner Truppe zurückkehren. Ich hatte eine vage Vorstellung, daß meine Ankunft in dieser Stadt eine mehr oder weniger starke Sensation hervorrufen würde, von der wir profitieren könnten, um die schwankende Menge vorwärts zu führen - zumindest sollte keine Zeit verloren werden. - Ich suchte die Ställe auf, sattelte mein Lieblingspferd, und schwang mich auf seinen Rücken, und verließ, ohne mir Zeit für weitere Überlegungen oder Zögern zu geben, Villeneuve-la-Guiard, um nach Versailles zurückzukehren.

Ich war froh, meiner aufrührerischen Truppe zu entkommen und eine Zeit lang den Streit des Bösen mit dem Guten aus den Augen zu verlieren, bei dem das erstere stets triumphierend blieb. Meine Unsicherheit über das Schicksal Adrians hatte mich fast in den Wahnsinn getrieben, und mir war alles gleich, außer was meinen unnachahmlichen Freund zerstören oder bewahren könnte. Mit schwerem Herzen, das Erleichterung in der Schnelligkeit meines Kurses suchte, ritt ich durch die Nacht nach Versailles. Ich spornte mein Pferd an, dessen Beine weit ausgriffen, und das seinen eleganten Kopf stolz hochwarf. Die Landschaft taumelte schnell vorüber, schnell flog jeder Baum, Stein und Meilenstein in meinem weiteren Lauf vorbei. Ich reckte mein entblößtes Haupt in den rauschenden Wind, der meine Stirn in wunderbarer Kühle badete. Als ich Villeneuve-la-Guiard aus den Augen verlor, vergaß ich das traurige Drama menschlichen Elends; mich dünkte, es sei Glück genug, zu leben, und indessen die Schönheit der grünen Erde, den Sternenhimmel und den unbezwinglichen Wind, der das Ganze belebte, zu empfinden. Mein Pferd wurde müde - und ich, der ich seine Müdigkeit selbst dann noch vergaß, als es lahmte, feuerte es mit meiner Stimme an und drängte es mit den Sporen. Es war ein elegantes Tier, und ich wollte es nicht gegen irgendein anderes eintauschen, auf das ich zufällig stoßen könnte, so daß es nie wieder gefunden würde. Die ganze Nacht gingen wir vorwärts. Am Morgen wurde es gewahr, daß wir uns Versailles näherten, und um sein Zuhause zu erreichen, sammelte es seine letzten Kräfte. Die Entfernung, die wir zurückgelegt hatten, betrug nicht weniger als fünfzig Meilen, aber es schoß die langen Straßenzüge pfeilschnell hinab. Der arme Kerl, als ich am Tor des Schlosses abstieg, sank er auf die Knie, seine Augen waren verschleiert, er fiel auf seine Seite, ein paarmal füllte sich keuchend seine edle Brust, und er starb. Ich sah ihn mit einer Qual sterben, die selbst mir selbst unerklärlich war, der Krampf war wie das Reißen eines Gliedes in quälender Folter, aber es war ebenso kurz, wie es unerträglich war. Ich hatte ihn vergessen, als ich schnell durch das offene Portal und die majestätische Treppe dieses Siegesschlosses rannte - ich hörte Adrians Stimme - O Narr! O von einem Weib genährtes, verweichlichtes und verächtliches Wesen - ich hörte seine Stimme und antwortete mit krampfhaften Schreien. Ich eilte in den Herkulessalon, wo er von einer Menschenmenge umgeben war, deren Augen, verwundert auf mich gerichtet, mich daran erinnerten, daß auf der Weltbühne ein Mann solche mädchenhaften Auswüchse unterdrücken muß. Ich hätte Welten gegeben, um ihn umarmen zu können, ich wagte es nicht. Halb erschöpft, halb mutwillig, warf ich mich auf den Boden - wage ich, den freundlichen Nachkommen der Einsamkeit die Wahrheit zu offenbaren? Ich tat es, damit ich die teure und heilige Erde, die er betrat, küssen konnte.

Ich fand alles in Aufruhr. Ein Abgesandter des Anführers der Auserwählten war von seinem Obersten und seinem eigenen fanatischen Glaubensbekenntnis so aufgehetzt worden, daß er einen Anschlag auf das Leben des Protektors und Bewahrers der verlorenen Menschheit verüben wollte. Er wurde in dem Moment verhaftet, als er den Earl erdolchen wollte. Dieser Umstand hatte den Lärm verursacht, den ich bei meiner Ankunft auf dem Schloß hörte, und die aufgebrachte Versammlung von Personen, die ich im Herkulessalon vorfand. Obwohl Aberglaube und besessene Wut sich unter den Emigranten eingeschlichen hatten, blieben einige ihrem edlen Anführer treu; und viele, deren Glaube und Liebe nicht von der Furcht vertrieben worden waren, fühlten all ihre schlummernde Zuneigung durch diesen abscheulichen Anschlag neu entfacht. Eine Phalanx aus Getreuen schloß sich um ihn; der Bösewicht, der, obwohl ein Gefangener und in Fesseln, seinen Entwurf rühmte und wütend die Krone des Märtyrertums verlangte, wäre in Stücke gerissen worden, wäre nicht sein beabsichtigtes Opfer dazwischen gegangen. Adrian, der vorwärts sprang, schützte ihn mit seiner eigenen Person, und erteilte seinen unterwürfigen Freunden energisch Befehle - in diesem Moment war ich eingetreten.

Schließlich wurden Disziplin und Frieden im Schloß wiederhergestellt; und dann ging Adrian von Haus zu Haus, von Truppe zu Truppe, um die verstörten Geister seiner Anhänger zu beruhigen und sie an ihren früheren Gehorsam zu erinnern. Aber die Angst vor dem unmittelbaren Tod war immer noch weit verbreitet unter diesen Überlebenden einer Zerstörung der Welt; der Schrecken, der durch das Attentat verursacht wurde, verblaßte. Jedes Auge wandte sich Paris zu. Die Menschen lieben es so sehr, gestützt zu werden, daß sie sich auf einen angespitzten vergifteten Speer lehnen; und ein solcher war er, der Betrüger, der, mit der Angst vor der Hölle für seine Geißel, als der gefräßigste Wolf den Anführer einer gutgläubigen Herde spielte.

Es war ein Moment der Spannung, der sogar die Entschlossenheit des unerschütterlichen Menschenfreundes erschütterte. Einen Augenblick lang war Adrian bereit, nachzugeben, den Kampf zu beenden, mit ein paar Anhängern von der verblendeten Menge fortzugehen, und jene als eine erbärmliche Beute ihrer Leidenschaften bei dem scheußlichen Tyrannen zurückzulassen, der sie aufgebracht hatte. Aber dann, nach einem kurzen Schwanken, faßte er wieder Mut und Entschlossenheit, gestützt durch die Zielstrebigkeit und den beispiellosen Geist der Güte, der ihn belebte. In diesem Moment, als ein Omen von ausgezeichneter Bedeutung, lenkte sein elender Feind Zerstörung auf seinen Kopf und zerstörte mit seinen eigenen Händen die Herrschaft, die er errichtet hatte.

Sein großer Einfluß auf die Gedanken der Menschen nahm seinen Anfang mit der von ihm eingeschärften Lehre, daß diejenigen, die an ihn glaubten und ihm folgten, die Überlebenden seien, der gerettet würde, während der ganze Rest der Menschheit dem Tod geweiht wäre. Jetzt, zur Zeit der Sintflut, bereue der Allmächtige, daß er den Menschen erschaffen habe, und wie damals mit Wasser, wolle er jetzt mit den Pfeilen der Pest alle vernichten, außer denen, die seinen Dekreten folgten, welche er durch den Propheten, wie er sich selbst nannte, verkünden ließe. Es ist unmöglich zu sagen, auf welchen Grundlagen dieser Mann seine Hoffnungen baute, einen solchen Betrug durchführen zu können. Es ist wahrscheinlich, daß er sich der Lüge bewußt war, welche seinen Behauptungen eine mörderische Natur geben könnte, und glaubte, daß es reine Glückssache sei, ob er in künftigen Zeitaltern als ein prophetischer Abgesandter vom Himmel verehrt oder von der gegenwärtigen sterbenden Generation als ein Betrüger erkannt werden sollte. Jedenfalls beschloß er, das Drama bis zum letzten Akt aufrechtzuerhalten. Als die tödliche Krankheit bei den ersten Anzeichen des Sommers wieder unter den Anhängern Adrians verheerende Folgen hatte, verkündete der Betrüger freudig die Verschonung seiner eigenen Gemeinde von der allgemeinen Katastrophe. Ihm wurde geglaubt; seine Anhänger, bis dahin in Paris eingeschlossen, kamen jetzt nach Versailles. Sie mischten sich unter die Feiglinge, die dort versammelt waren, schmähten ihren bewundernswerten Führer und behaupteten ihre eigene Überlegenheit und Verschonung.

Endlich zerstörte die Pest langsam, aber sicher in ihrem geräuschlosen Vormarsch die Illusion, drang in die Gemeinde der Auserwählten ein und überschüttete sie mit dem unterschiedslosen Tod. Ihr Anführer war bestrebt, dieses Ereignis zu verbergen; er hatte ein paar Anhänger, die, in die Geheimnisse seiner Bosheit eingeweiht, ihm bei der Ausführung seiner schändlichen Entwürfe helfen konnten. Diejenigen, die krank waren, wurden von ihnen sogleich geräuschlos entfernt, und mithilfe eines Stricks und eines mitternächtlichen Begräbnisses für immer beseitigt, während man eine plausible Entschuldigung für ihre Abwesenheit gab. Endlich wurde eine Frau, deren mütterliche Wachsamkeit sogar die Wirkung der ihr verabreichten Betäubungsmittel auslöschte, Zeugin ihrer mörderischen Entwürfe an ihrem einzigen Kind. Wahnsinnig vor Entsetzen sei sie unter ihre getäuschten Mitopfer geplatzt und habe wild kreischend das dumpfe Ohr der Nacht mit der Geschichte des teuflischen Verbrechens aufgeweckt; als der Betrüger in seinem letzten Akt der Wut und Verzweiflung einen Dolch in ihren Busen stürzte. Solcherart tödlich verwundet, ihre Kleider von ihrem eigenen Blut triefend, trug Juliet (denn sie war es) ihr erwürgtes Kind in ihren Armen, schön und jung, wie sie war, und offenbarte der Schar betrogener Gläubiger die Verderbtheit ihres Anführers. Er sah die bestürzten Blicke ihrer Zuhörerschaft, die von Schrecken zu Wut wechselten – die Namen derer, die bereits geopfert worden waren, wurden von ihren Verwandten wiederholt, die jetzt ihres Verlustes versichert waren. Der Elende erkannte seine Gefahr mit jener Scharfsinnigkeit, die ihn bis jetzt in seiner verbrecherischen Laufbahn getragen hatte, und beschloß, die schlimmsten Auswüchse davon zu umgehen - er stürzte sich auf einen der Vordersten, riß eine Pistole von dessen Gürtel, und sein lautes spöttisches Lachen vermischte sich mit dem Knall der Waffe, mit der er sich selbst richtete.

Sie ließen seine erbärmlichen Überreste einfach liegen, wo sie lagen; sie legten den Leichnam der armen Juliet und ihres Kindleins auf eine Bahre, und alle gingen voller Bedauern mit kummervollen Herzen in langer Prozession nach Versailles. Sie trafen unterwegs auf Truppen von jenen, die den freundlichen Schutz Adrians verlassen hatten, und sich aufgemacht hatten, um sich den Fanatikern anzuschließen. Die schrekkensvolle Geschichte wurde erzählt - alle wandten sich zurück; und so erschienen sie endlich, begleitet von der unverminderten Anzahl der überlebenden Menschheit und unter dem reuevollen Banner ihrer wiedergewonnenen Vernunft, vor Adrian, und gelobten erneut, und diesmal für immer, ihm treu zu dienen und künftighin seinen Befehlen zu gehorchen.

Kapitel 7.

Diese Ereignisse nahmen so viel Zeit in Anspruch, daß der Juni mehr als zur Hälfte verstrichen war, ehe wir wieder unsere lang verzögerte Reise aufnahmen. Am Tag nach meiner Rückkehr nach Versailles kamen sechs Männer von denen, die ich in Villeneuve-la-Guiard zurückgelassen hatte, mit der Nachricht an, daß der Rest der Truppe schon in Richtung Schweiz vorgedrungen sei. Wir folgten ihnen auf demselben Wege.

Es ist merkwürdig, nach einer gewissen Zeit auf eine Periode zurückzublicken, die, wenn sie auch an sich kurz war, sich im wirklichen Fortschritte unendlich hinzog. Ende Juli gelangten wir in Dijon an; bis dahin hatten sich diese Stunden, Tage und Wochen mit dem Ozean der vergessenen Zeit vermischt, die während ihres Verlaufs von tödlichen Ereignissen und quälendem Leid erfüllt war. Bis Ende Juli war kaum mehr als ein Monat vergangen, wenn das Leben des Menschen am Aufgang und am Untergang der Sonne gemessen wurde: aber ach! in dieser Zwischenzeit war die blühende Jugend ergraut; tief und unauslöschlich hatten sich tiefe Furchen in die vormals glatte Wange der jungen Mutter eingegraben; die elastischen Glieder der jugendlichen Männlichkeit, gelähmt wie durch die Bürde von vielen Jahren, nahmen die Gebrechlichkeit des Alters an. Nächte vergingen, in deren tödlicher Schwärze die Sonne alterte, noch ehe sie aufging; und brennende Tage, für welche der milde Abend, der sich weit in östlichen Gefilden aufhielt, zu verzögert und unwirksam kam, um ihre unheilvolle Hitze abzukühlen; Tage, in denen das in seiner Mittagsstunde strahlende Blatt der Sonnenuhr seinen Schatten nicht eine Stunde lang bewegte, bis ein ganzes Leben voller Trauer den Leidenden in ein vorzeitiges Grab gebracht hatte.

Wir verließen Versailles mit fünfzehnhundert Seelen. Wir machten uns am achtzehnten Juni auf den Weg. Wir bildeten eine lange Prozession, in der jede erdenkliche enge Beziehung enthalten war, die in der menschlichen Gesellschaft existierte. Väter und Ehemänner sammelten ihre lieben Verwandten behütend um sich; Frauen und Mütter suchten in der männlichen Gestalt neben ihnen nach Unterstützung und senkten dann mit ängstlicher Sorge ihre Augen auf die Kinderschar. Sie waren traurig, aber nicht hoffnungslos. Jeder dachte, daß jemand gerettet werden würde; jeder vertraute mit diesem hartnäckigen Optimismus, der bis zuletzt unsere menschliche Natur charakterisierte, darauf, daß seine geliebte Familie die eine sein würde, die bewahrt würde.

Wir durchquerten Frankreich und fanden es menschenleer. Ein oder zwei Eingeborene überlebten in den größeren Städten, durch die sie wie Geister streiften; wir erhielten daher eine geringe Zunahme unserer Zahlen und eine solche Abnahme durch den Tod, daß es schließlich leichter wurde, die spärliche Liste der Überlebenden zu zählen. Da wir keinen der Kranken je zurückließen, bis ihr Tod uns erlaubte, ihre Überreste in ein Grab zu legen, war unsere Reise lang, während jeden Tag eine schreckliche Lücke in unserer Truppe geschlagen wurde - sie starben zu Zehnen, zu Fünfzigen, zu Hunderten. Der Tod zeigte keine Gnade, wir hörten auf, ihn zu erwarten, und begrüßten die Sonne jeden

Tag mit dem Gefühl, daß wir sie vielleicht nie wieder aufsteigen sehen würden.

Die nervösen Schrecken und ängstlichen Visionen, die uns im Frühling erschreckt hatten, suchten unsere verzagte Truppe während dieser traurigen Reise weiterhin heim. Jeder Abend brachte neue Gespenster hervor; Geister und Erscheinungen wurden in jedem brandigen Baum und in jedem zerzausten Busch gesehen. Nach und nach langweilten uns diese gewöhnlichen Wunder, und dann wurden andere Wunder ins Leben gerufen. Sobald es mit Gewißheit bestätigt wurde, daß die Sonne eine Stunde später aufging als für die Jahreszeit üblich; wurde wieder entdeckt, daß sie blasser und blasser wurde; diese Schatten nahmen eine ungewöhnliche Erscheinung an. Es war unmöglich, sich während der gewöhnlichen ruhigen Lebensroutine, die die Menschen vorher erfahren hatten, die schrecklichen Wirkungen vorzustellen, die diese außergewöhnlichen Wahnvorstellungen hervorriefen. In Wahrheit sind unsere Sinne, wenn sie nicht durch übereinstimmendes Zeugnis unterstützt werden, von äußerst geringem Wert, so daß ich den Glauben an übernatürliche Ereignisse mit der äußersten Schwierigkeit von mir weisen konnte, dem der größte Teil unseres Volkes bereitwillig Glauben schenkte. Da ich der einzige geistig Gesunde inmitten einer Menge von Verrückten war, wagte ich mir kaum selbst einzugestehen, daß der große Himmelskörper sich nicht verändert hatte - daß die Schatten der Nacht nicht von zahllosen Formen der Furcht und des Schreckens verdunkelt wurden; oder daß der Wind, wie er in den Bäumen sang oder um ein leeres Gebäude pfiff, nicht die Klänge des Jammers und der Verzweiflung mit sich trug. Zuweilen nahmen Wirklichkeiten gespenstische Formen an; und es war unmöglich, daß jemandes Blut bei der Wahrnehmung einer offensichtlichen Mischung dessen, was wir als wahr kannten, mit dem eingebildeten Anschein von allem, was wir fürchteten, nicht gerinnen würde.

Einmal, in der Abenddämmerung, sahen wir eine Gestalt ganz in weiß, offenbar von mehr als menschlicher Größe, in der Straße herumwinken, mal die Arme hochwerfen, mal eine erstaunliche Höhe in der Luft springen, dann sich mehrere Male nacheinander umdrehend, dann sich auf ihre volle Höhe erheben und heftig gestikulieren. Unsere

Truppe, die bereit war, das Übernatürliche zu entdecken und daran zu glauben, hielt in einiger Entfernung von dieser Gestalt inne; und als es dunkler wurde, war selbst dem Ungläubigen dieses einsame Gespenst entsetzlich, dessen Herumtollereien, wenn sie auch kaum mit geistiger Würde übereinstimmten, doch jenseits menschlicher Kräfte lagen. Mal sprang es hoch in die Luft, mal jäh über eine hohe Hecke, und war im nächsten Augenblick wieder auf der Straße vor uns. Als ich auftauchte, begann sich der Schrecken, den die Zuschauer durch diese geisterhafte Darstellung erfuhren, in der Flucht einiger zu manifestieren, und in dem engen Zusammenrücken der anderen. Unser Kobold nahm uns jetzt wahr; er näherte sich uns, und als wir uns ehrerbietig zurückzogen, machte er eine tiefe Verbeugung. Der Anblick war selbst für unsere glücklose Gruppe unwiderstehlich lächerlich, und seine Artigkeit wurde durch schallendes Gelächter gefeiert; – dann, nachdem es in einer letzten Anstrengung wieder emporgesprungen war, sank es zu Boden, und wurde durch die dunkle Nacht fast unsichtbar. Dieser Umstand verbreitete wieder Stille und Furcht in der Truppe; die mutigeren gingen schließlich voran und entdeckten, als sie den sterbenden Elenden anhoben, die tragische Erklärung dieser wilden Szene. Es war ein Operntänzer, und er war einer aus der Truppe gewesen, die aus Villeneuve-la-Guiard geflohen war. Als er krank wurde, war er von seinen Begleitern verlassen worden; in einem Anfall des Deliriums hatte er sich vorgestellt, daß er auf der Bühne stünde, und, der arme Kerl, sein sterbender Verstand nahm eifrig den letzten menschlichen Applaus entgegen, mit dem seine Anmut und Beweglichkeit ausgezeichnet werden konnten.

Zu einer anderen Zeit wurden wir mehrere Tage lang von einer Erscheinung heimgesucht, der unsere Leute die Bezeichnung Schwarzes Phantom gaben. Wir sahen es ausschließlich abends, wenn sein kohlschwarzes Roß, sein Trauerkleid, und sein Federschmuck aus schwarzen Federn, eine majestätische und furchteinflößende Erscheinung hatten. Sein Gesicht, sagte einer, der es einen Augenblick lang gesehen hatte, sei aschfahl; er war weit hinter dem Rest seiner Truppe zurückgeblieben, und sah plötzlich an einer Biegung der Straße, das Schwarze Phantom auf ihn zu kommen. Er verbarg sich vor Angst, und das Pferd und sein Reiter gingen langsam an ihm vorüber, während die Mondstrahlen auf das Gesicht des Letzteren fielen und seine unirdische Farbe zeigten. Manchmal, mitten in der Nacht, wenn wir über die Kranken wachten, hörten wir jemanden durch die Stadt galoppieren; es war das Schwarze Phantom, das als Zeichen des unvermeidlichen Todes erschien. Er wurde riesenhaft groß für gewöhnliche Augen; eine eisige Atmosphäre, sagten sie, umgab ihn. Wenn sie ihn kommen hörten, erschauerten alle Tiere, und die Sterbenden wußten, daß ihre letzte Stunde gekommen war. Es war der Tod selbst, erklärten sie, der sichtbar geworden sei, um die Erde zu unterwerfen und unsere abnehmenden Zahlen, die einzigen Aufständischen seines Gesetzes, niederzuschlagen. Eines Tages gegen Mittag sahen wir eine dunkle Masse auf der Straße vor uns, und als wir näher hinzukamen, sahen wir, daß es das Schwarze Phantom war, das, von seinem Pferd gefallen, in den Qualen der Krankheit auf dem Boden lag. Er hat nicht viele Stunden überlebt, und seine letzten Worte enthüllten das Geheimnis seines rätselhaften Betragens. Er war ein französischer Adliger von Rang, der wegen der Folgen der Pest in seinem Bezirk allein zurückgelassen worden war. Während vieler Monate war er von Stadt zu Stadt gewandert, von Provinz zu Provinz, auf der Suche nach einem Überlebenden als einen Gefährten, und die Einsamkeit verabscheuend, zu der er verdammt war. Als er unsere Truppe entdeckte, überwand seine Liebe zur Gesellschaft die Angst vor Ansteckung. Er wagte nicht, sich uns anzuschließen, aber er konnte sich auch nicht dazu bringen, uns aus den Augen zu verlieren, da wir die einzigen Menschen waren, die außer ihm im weiten und fruchtbaren Frankreich existierten. So begleitete er uns in der von mir beschriebenen geisterhaften Gestalt, bis die Pest ihn zu einer größeren Gemeinschaft rief, größer noch als die der toten Menschheit.

Es wäre gut gewesen, wenn solche eitlen Schrecken unsere Gedanken von greifbaren Übeln abgelenkt hätten. Diese waren jedoch zu schrecklich und zu zahlreich, um sich nicht in jeden Gedanken, jeden Augenblick unseres Lebens zu drängen. Wir mußten zu verschiedenen Zeiten für mehrere Tage Halt machen, während ein anderer und wieder ein anderer der großen Lehmscholle, die einst unsere Mutter Erde war, übergeben wurde. So reisten wir in der heißesten Jahreszeit weiter; und es war nicht eher als der erste August, daß wir, die Auswanderer, - Leser, es waren nur achtzig von uns - die Tore von Dijon betraten.

Wir hatten diesen Moment sehnsüchtig erwartet, denn jetzt hatten wir den schlimmsten Teil unserer trostlosen Reise erreicht, und die Schweiz war nahe. Doch wie konnten wir uns zu einem Ereignis beglückwünschen, das so unvollkommen erfüllt war? Waren diese jämmerlichen Wesen, die in trauriger Prozession, ausgelaugt und elend, entlangliefen, die einzigen Überreste der Menschenrasse, die sich einst wie eine Flut über die ganze Erde ausgebreitet und sie besessen hatte? Sie war klar und ungehindert von ihrer ursprünglichen Quelle auf dem Ararat herabgekommen und von einem kümmerlichen Bächlein zu einem gewaltigen, immerwährenden Fluß angeschwollen, der von Generation zu Generation unaufhörlich weiterfloß. Und dann wuchs sie angereichert weiter an und strömte weiter in Richtung des absorbierenden Ozeans, dessen dunkle Ufer wir jetzt erreichten. Sie war ein bloßes Spielzeug der Natur gewesen, als sie zuerst aus unkreativer Leere ins Licht schlich; doch der Gedanke brachte Macht und Wissen hervor; und mit diesen gekleidet nahm die Menschenrasse Würde und Autorität an. Sie war dann nicht mehr die bloße Gärtnerin der Erde oder die Hirtin ihrer Herden, „sie hatte eine imposante und majestätische Seite, sie hatte einen Stammbaum und illustre Vorfahren; sie hatte ihre Galerie von Porträts, ihre monumentalen Inschriften, ihre Auszeichnungen und Titel."[144]

Dies alles war vorbei, jetzt, da der Ozean des Todes die nachlassende Flut aufgesaugt hatte und ihre Quelle ausgetrocknet war. Wir hatten zuerst Abschied von dem Zustand der Dinge geboten, die viele tausend Jahre bestanden hatten und ewig schienen; eines solchen Zustands der Regierung, des Gehorsams, des Verkehrs und des häuslichen Umgangs, wie er unsere Herzen und Fähigkeiten geformt hatte, soweit die Erinnerung zurückreicht. Dann hatten wir Abschied vom patriotischen Eifer, den Künsten, dem Ansehen, dem dauerhaften Ruhm und dem Begriff Land genommen. Wir sahen alle Hoffnung schwinden, unseren früheren Zustand wiederzuerlangen - alle Erwartung, außer der schwa-

---

[144] Burkes Betrachtungen über die Französische Revolution.

chen, unsere eigenen Leben vor dem Untergang der Vergangenheit zu retten. Um diese zu bewahren, hatten wir England - das nicht mehr England ist - verlassen; denn welchen Namen könnte diese karge Insel ohne ihre Kinder haben? Mit zähem Griff klammerten wir uns an solche Regeln und Gesetze, die uns am besten retten konnten; darauf vertrauend, daß, wenn eine kleine Kolonie bewahrt werden könnte, dies in einer fernen Zukunft ausreichen würde, um die verlorene Gemeinschaft der Menschheit wiederherzustellen.

Doch das Spiel ist aus! Wir müssen alle sterben; weder Überlebende noch Nachfahren werden auf der ausgedehnten Erde zurückbleiben. Wir müssen alle sterben! Die Spezies des Menschen muß zugrunde gehen; sein Leib von exquisiter Kunstfertigkeit; der wundersame Mechanismus seiner Sinne; das edle Verhältnis seiner gottähnlichen Glieder; sein Verstand, der gekrönte König von diesen; muß zugrunde gehen. Wird die Erde ihren Platz zwischen den Planeten behalten? wird sie noch mit unerklärter Regelmäßigkeit um die Sonne kreisen; werden sich die Jahreszeiten ändern, die Bäume sich selbst mit Blättern schmücken, und Blumen ihren Duft in Einsamkeit verströmen? Werden die Berge unbewegt bleiben, und die Wasserströme immer noch einen abwärts gerichteten Kurs in Richtung des großen Abgrunds halten; werden die Gezeiten steigen und fallen und die Winde die gesamte Natur erfrischen? Wird Vieh weiden, werden Vögel fliegen und Fische schwimmen, wenn der Mensch, der Herr, Besitzer, Wahrnehmende und Beschreiber all dieser Dinge, vergangen ist, als ob er niemals existiert hätte? Oh, welch ein Spott ist dies! Gewiß ist der Tod nicht der Tod, und die Menschheit ist nicht ausgestorben; sondern nur in andere Formen übergegangen, die unseren Wahrnehmungen nicht unterworfen ist. Der Tod ist ein riesiges Portal, ein hoher Weg zum Leben: beeilen wir uns, dort hinzugelangen; laßt uns nicht mehr in diesem lebendigen Tod existieren, sondern sterben, damit wir leben können!

Wir hatten uns mit unaussprechlichem Eifer nach Dijon gesehnt, seit wir uns darauf, als eine Station auf unserer Reise, festgelegt hatten. Aber jetzt betraten wir es in einer Art Erstarrung, die schmerzhafter war als akutes Leiden. Wir waren langsam, aber unwiderruflich zu der Meinung gelangt, daß selbst unsere äußersten Anstrengungen keinen Menschen am Leben erhalten würden. Wir nahmen unsere Hände daher von dem lange ergriffenen Ruder weg; und das zerbrechliche Schiff, auf dem wir dahintrieben, schien führerlos sich in den dunklen Abgrund der Wellen zu stürzen. Ein Schwall von Trauer, eine überreiche Fülle von Tränen, eitlen Klagen, überfließender Zärtlichkeit und leidenschaftlicher, aber fruchtloser Anhaftung an die unbezahlbaren wenigen, die blieben, wurde von Mattigkeit und Achtlosigkeit gefolgt.

Während dieser katastrophalen Reise verloren wir all jene, die nicht zu unserer eigenen Familie gehörten, zu welchen wir aber unter den Überlebenden besondere Zuneigung gefaßt hatten. Es wäre nicht gut, diese Seiten mit einer bloßen Auflistung von Verlusten zu füllen; aber ich kann nicht von dieser letzten Erwähnung jener, die uns besonders lieb waren, absehen. Das kleine Mädchen, das Adrian während unserer Fahrt durch London am zwanzigsten November vor der völligen Verlassenheit gerettet hatte, starb in Auxerre. Das arme Kind hatte sich sehr an uns gebunden; und die Plötzlichkeit ihres Todes trug zu unserem Kummer bei. Am Morgen hatten wir sie scheinbar gesund gesehen – am Abend suchte uns Lucy, bevor wir uns zur Ruhe legten, in unserem Quartier auf, um uns zu sagen, daß sie tot sei. Die arme Lucy selbst hat nur überlebt, bis wir in Dijon angekommen sind. Sie hatte sich ganz der Pflege der Kranken verschrieben und die Einsamen getröstet. Ihre übermäßigen Anstrengungen verursachten ein langsames Fieber, das in der schrecklichen Krankheit endete, deren Fortschreiten sie bald von ihren Leiden erlöste. Sie wurde von uns wegen ihrer guten Eigenschaften, ihrer bereitwilligen und fröhlichen Ausübung jeder Pflicht, und ihrer sanften Ergebung in jede Wendung der Widrigkeiten sehr geliebt. Als wir sie dem Grab übergaben, schienen wir zugleich von jenen ausnehmend weiblichen Tugenden, die in ihr hervorstachen, einen letzten Abschied zu nehmen; ungebildet und anspruchslos, wie sie war, zeichnete sie sich durch Geduld, Nachsicht und Lieblichkeit aus. Dies, zusammen mit all ihren Engländern eigentümlichen Reizen, würde nie wieder für uns belebt werden. Dieser Typus all dessen, was in ihrer Klasse unter meinen Landsmänninnen Bewunderung verdient hätte, wurde unter die Grasnarbe des verödeten Frankreichs gelegt; und es war wie eine zweite Trennung von unserem Land, sie für immer aus den Augen verloren zu haben.

Die Gräfin von Windsor starb während unseres Aufenthaltes in Dijon. Eines Morgens wurde mir mitgeteilt, daß sie mich sehen wolle. Ihre Aufforderung erinnerte mich daran, daß seit unserer letzten Begegnung mehrere Tage verstrichen waren. Ein solcher Umstand war oft während unserer Reise eingetreten, wenn ich zurückgeblieben war, um die letzten Augenblicke eines unserer glücklosen Kameraden bis zum Ende zu begleiten, und der Rest der Truppe vor mir vorübergegangen war. Aber es lag etwas in der Art ihres Boten, das mich vermuten ließ, daß etwas nicht stimmte. Eine Laune der Einbildungskraft veranlaßte mich zu der Vermutung, daß Clara oder Evelyn und nicht dieser alten Dame ein Unglück widerfahren war. Unsere stets angespannten Ängste verlangten Nahrung für den Schrecken; und es schien ein zu natürliches Vorkommnis, zu sehr wie in vergangenen Zeiten zu sein, daß die Alten vor den Jungen starben.

Ich fand die ehrwürdige Mutter meiner Idris auf einem Sofa liegen, ihre hochgewachsene ausgemergelte Gestalt ausgestreckt; ihr Gesicht, aus dem die Nase in scharfem Profil hervortrat, war eingefallen, und ihre großen dunklen Augen, hohl und tief, glänzten mit einem solchen Licht, wie es bei Sonnenuntergang eine Gewitterwolke säumen konnte. Alles war verschrumpelt und vertrocknet, außer diesem Leuchten. Auch ihre Stimme war schrecklich verändert, als sie stockend zu mir sprach. „Ich habe Angst", sagte sie, „daß es selbstsüchtig von mir ist, dich gebeten zu haben, die alte Frau wieder zu besuchen, bevor sie stirbt: doch wäre es vielleicht ein größerer Schreck gewesen, plötzlich zu hören, daß ich tot war, als mich zuerst so zu sehen."

Ich umfing ihre faltige Hand: „Bist du wirklich so krank?", fragte ich. „Siehst du nicht den Tod in meinem Gesicht?", erwiderte sie. „Es ist seltsam, ich hätte dies erwarten sollen, und doch gestehe ich, daß es mich überrascht hat. Ich habe mich nie an das Leben geklammert oder es genossen, bis zu diesen letzten Monaten, während ich unter denen war, die ich zuvor so sinnloserweise verlassen hatte, und es ist hart, nun so plötzlich fortgerissen zu werden. Ich bin dennoch froh, daß ich kein Opfer der Pest bin, wahrscheinlich hätte ich um diese Zeit sterben sollen, auch wenn die Welt so weiterbestanden hätte, wie in meiner Jugend."

Sie sprach mit Mühe, und ich bemerkte, daß sie die Notwendigkeit des Todes bedauerte, sogar mehr, als sie zugeben wollte. Sie durfte sich jedoch nicht über eine unangemessene Verkürzung der Existenz beklagen; ihre geschwundene Gestalt zeigte, daß das Leben sich auf natürliche Weise selbst verbraucht hatte. Wir waren zuerst allein gewesen, jetzt trat Clara ein. Die Gräfin wandte sich mit einem Lächeln zu ihr und nahm die Hand dieses schönen Kindes; ihre rosige Handfläche und ihre schneeweißen Finger, kontrastierten mit den erschlafften Fasern und der gelben Farbe jener ihrer alten Freundin. Sie beugte sich vor, um sie zu küssen, und berührte ihren verwitterten Mund mit den warmen, vollen Lippen der Jugend. „Verney", sagte die Gräfin, „ich brauche dir dieses teure Mädchen nicht anzuempfehlen, um deiner selbst willen wirst du sie bewahren. Wenn die Welt so wäre, wie sie einst war, hätte ich tausend weise Vorkehrungen getroffen, damit ein so einfühlsames, gutes und schönes Wesen den Gefahren entkommen könnte, die stets auf die Zerstörung der Schönen und Vorzüglichen aus waren. Dies ist jetzt alles nichtig.

„Ich empfehle dich, meine freundliche Pflegerin, der Sorge deines Onkels; deiner Sorge vertraue ich das teuerste Überbleibsel meines besseren Selbst an. Sei für Adrian, Liebes, was du für mich gewesen bist, heitere seine Traurigkeit mit deinen lebhaften Liedchen auf, besänftige seine Furcht durch deine nüchterne und kluge Unterhaltung. Wenn er stirbt, pflege ihn, wie du es für mich getan hast."

Clara brach in Tränen aus.

„Liebes Mädchen", sagte die Gräfin, „weine nicht um mich. Du hast noch viele liebe Freunde."

„Und doch", rief Clara, „reden Sie auch von ihrem Tod. Das ist wahrlich grausam - wie könnte ich leben, wenn sie fort wären? Wenn es möglich wäre, daß mein geliebter Beschützer vor mir sterben würde, könnte ich ihn nicht pflegen; ich könnte nur ebenfalls sterben."

Die ehrwürdige Dame überlebte diese Szene nur um vierundzwanzig Stunden. Sie war die letzte Bindung, die uns mit der Vergangenheit verknüpfte. Es war unmöglich, sie anzusehen und sich nicht an Ereignisse und Personen in ihren gewohnten Gestalten zu erinnern, die unserer gegenwärtigen Situation so fremd waren wie die Streitigkeiten von Themistokles und Aristides[145], oder die Kriege der beiden Rosen[146] in unserem Heimatland. Die Krone von England hatte ihre Stirn geschmückt; die Erinnerung an meinen Vater und seine Mißgeschicke, die vergeblichen Kämpfe des einstigen Königs, die Bilder Raymonds, Evadnes und Perditas, die an der Spitze der Gesellschaft gelebt hatten, wurden uns lebhaft vor Augen geführt. Wir übergaben sie widerwillig in das vergessen machende Grab; und als ich mich von ihrem Grab abwandte, verschleierte Janus[147] sein rückblickendes Gesicht; jenes, das auf zukünftige Generationen blickte, hatte seine Fähigkeit längst verloren.

Nachdem wir eine Woche in Dijon geblieben waren, bis dreißig von uns die leeren Reihen des Lebens verlassen hatten, machten wir uns auf den Weg nach Genf. Am Mittag des zweiten Tages kamen wir am Fuß des Jura an. Hier machten wir während der Hitze des Tages Halt. Hier waren fünfzig Menschen - fünfzig, die einzigen Menschen, die auf der nahrungsreichen Erde überlebt hatten, versammelt, um in den Blicken der anderen gräßliche Seuche zu lesen, oder auszehrende Trauer, Verzweiflung oder noch schlimmer, Sorglosigkeit bezüglich künftiger oder gegenwärtiger Übel. Hier versammelten wir uns am Fuße dieser mächtigen Bergwand unter einem schattenspendenden Walnußbaum; ein gurgelnder Strom erfrischte den grünen Rasen durch seine Berieselung, und die Heuschrecke zirpte geschäftig unter dem Thymian. Wir scharten eine Gruppe elender Leidender zusammen. Eine Mutter wiegte in ihren geschwächten Armen das letzte Kind von vielen, dessen glasiges Auge sich für immer schließen sollte. Hier kniete sich die Geliebte, vor nicht langer Zeit in jugendlichem Glanz und Bewußtsein

---

[145] Nach seinem Biographen Plutarch standen die beiden athenischen Staatsmänner Aristeides und Themistokles von Jugend an in einer scharfen Konkurrenz zueinander.
[146] Als Rosenkriege werden die mit Unterbrechungen von 1455 bis 1485 geführten Kämpfe zwischen den beiden rivalisierenden englischen Adelshäusern York und Lancaster bezeichnet.
[147] Janus war der römische Gott des Anfangs und des Endes. Er wurde in der Kunst als zweigesichtig dargestellt.

erstrahlend, jetzt fahl und verwahrlost, mit unsicherer Bewegung ihm Kühlung zuwedelnd, nieder, im Bemühen, auf seine durch Krankheit verzerrten Züge ein dankbares Lächeln zu malen. Dort saß ein wettergegerbter Veteran mit harten Gesichtszügen, der sein Essen zubereitet hatte, sein Kopf sank auf seine Brust, das nutzlose Messer fiel aus seinem Griff, seine Glieder waren völlig entspannt, als Gedanken an Frau und Kind und teure Verwandte, alle verloren, vor seiner Erinnerung vorüberzogen. Da saß ein Mann, der vierzig Jahre lang im ruhigen Sonnenschein des Glücks gesessen hatte; er hielt die Hand seiner letzten Hoffnung, seiner geliebten Tochter, die gerade die Weiblichkeit erreicht hatte; und er sah sie mit ängstlichen Augen an, während sie versuchte, ihre versagende Kraft zu sammeln, um ihn zu trösten. Hier wartete ein Diener, der bis zum Ende treu war, obwohl er starb, einem auf, der, obwohl er immer noch gesund war, mit sprachloser Angst auf die Vielfalt des Leids um ihn her blickte.

Adrian stand an einen Baum gelehnt; er hielt ein Buch in der Hand, aber sein Auge wanderte von den Seiten und suchte das meine, unsere Blicke vermischten sich mitfühlend. Seine Blicke gestanden, daß seine Gedanken den leblosen Abdruck aufgegeben hatten, denn Seiten, die bedeutungsvoller und fesselnder waren, breiteten sich vor ihm aus. Am Ufer des Baches, von allen getrennt, in einem stillen Winkel, wo der Bach sanft die grüne Wiese küßte, spielten Clara und Evelyn, mal mit großen Zweigen ins Wasser schlagend und mal die Sommerfliegen beobachtend, die auf der Wasserfläche tanzten. Evelyn jagte mal einen Schmetterling - mal pflückte er eine Blume für seine Cousine; und sein lachendes Cherubgesicht und die klare Stirn verrieten das fröhliche Herz, das in seiner Brust schlug. Clara, obwohl sie sich seiner Belustigung hingeben wollte, vergaß ihn oft, als sie sich umwandte, um Adrian und mich zu beobachten. Sie war jetzt vierzehn und hatte noch ihr kindliches Aussehen behalten, obgleich sie bereits zur Höhe einer Frau herangewachsen war. Sie spielte die Rolle der zärtlichsten Mutter für meinen kleinen Waisenjungen; wenn man sah, wie sie mit ihm spielte oder sich still und ergeben unseren Wünschen fügte, dachte man nur an ihre bewundernswürdige Fügsamkeit und Geduld; aber in ihren sanften Augen und den geäderten Vorhängen, die sie verschleierten, in der

Klarheit ihrer marmornen Stirn und dem zarten Ausdruck ihrer Lippen, lag eine Intelligenz und eine Schönheit, die sofort Bewunderung und Liebe erregte.

Als die Sonne in Richtung Westen gesunken war und die abendlichen Schatten sich in die Länge zogen, bereiteten wir uns darauf vor, den Berg zu erklimmen. Die Aufmerksamkeit, die wir den Kranken widmen mußten, ließ uns nur langsam vorankommen. Der gewundene Weg, obwohl steil, stellte einen eingeschränkten Blick auf felsigen Felder und Hügel zur Schau, von denen jeder den anderen verbarg, bis unser weiterer Aufstieg sie nacheinander offenbarte. Wir wurden selten von der untergehenden Sonne beschattet, deren schräge Strahlen eine erschöpfende Hitze ausstrahlten. Es gibt Zeiten, in denen kleine Schwierigkeiten riesenhaft werden - Zeiten, in denen, wie der hebräische Dichter es ausdrucksvoll nennt, „die Heuschrecke eine Last ist"[148]. So war es an jenem Abend mit unserer unglückseligen Gesellschaft. Adrian, gewöhnlich der erste, der Mut faßte, und der letzte, der sich der Erschöpfung und Not ergab, überließ mit erschlafften Gliedern und gesenktem Kopf, die Zügel locker in seinem Griff, die Wahl des Weges dem Instinkt seines Pferdes, sich hin und wieder unter größter Pein selbst erweckend, wenn die Steilheit des Aufstiegs es erforderte, daß er seinen Sitz mit größerer Sorgfalt einhielt. Furcht und Schrecken ergriffen mich. Bezeugte seine Müdigkeit, daß auch er von der Ansteckung betroffen war? Wie lange, wenn ich auf dieses unvergleichliche Exemplar der Sterblichkeit blicke, darf ich noch wahrnehmen, daß sein Gedanke auf meinen antwortet? Wie lange werden diese Glieder dem freundlichen inneren Geist gehorchen? Wie lange wird Licht und Leben in den Augen dieses meines einzigen übriggebliebenen Freundes wohnen? So schritten wir langsam jeden Hügel hinauf, und nach jedem stellte sich nur ein anderer dar, der erstiegen werden mußte; hinter jedem Felsvorsprung wartete ein weiterer, immer wieder, endlos. Zuweilen führte die Qual der Krankheit in einem unter uns dazu, daß der ganze Zug anhielt; der Ruf nach Wasser, der eifrig geäußerte Wunsch, sich auszuruhen; der Schmerzensschrei und das unterdrückte

---

[148] Prediger 12, 5.

Schluchzen des Trauernden - dies waren die traurigen Begleiter unserer Reise über das Jura.

Adrian war vorausgegangen. Ich sah ihn, während ich durch die Lockerung eines Sattelgurts aufgehalten wurde, wie er mit dem aufwärts gerichteten Pfad kämpfte, scheinbar schwieriger als alles, was wir bisher passiert hatten. Er erreichte die Spitze, und der dunkle Umriß seiner Gestalt stand vor dem Himmel. Er schien etwas Unerwartetes und Wunderbares zu sehen, denn er hielt inne, reckte den Kopf, breitete die Arme für einen Augenblick aus und schien einen neuen Anblick zu begrüßen. Von Neugier getrieben, eilte ich zu ihm. Nachdem ich viele langwierige Minuten mit dem Abgrund gekämpft hatte, stellte sich mir dieselbe Szene dar, die ihn in verzücktes Staunen versetzt hatte.

Die Natur, oder der Liebling der Natur, diese schöne Erde, präsentierte ihre unvergleichlichsten Schönheiten in einer prächtigen und unerwarteten Ausstellung. Unten, weit, weit unten, gleichsam im gähnenden Abgrund des schwerfälligen Globus, lag die friedliche und azurblaue Weite des Genfersees; von Weinbergen bewachsene Hügel umsäumten ihn, und dahinter dienten dunkle Berge in kegelförmiger Gestalt oder als unregelmäßige Zyklopenmauer der weiteren Verteidigung. Doch darüber hinaus, und hoch über allem, als hätten die Geister der Luft plötzlich ihre hellen Aufenthaltsorte enthüllt, die sich in unermeßlicher Höhe im wolkenlosen Himmel befanden, erhoben sich, den Himmel küssend, die Gefährten des unerreichbaren Äthers, die glorreichen Alpen, die durch die untergehende Sonne in schillernde Gewänder von Licht gekleidet wurden. Und als ob die Wunder der Welt nie erschöpft sein sollten, erschienen ihre gewaltigen Ausmaße, ihre zerklüfteten Felsen und ihre rosige Tönung wieder im See unten und tauchten ihre stolzen Höhen unter die unbewegten Wellen - als Paläste für die Najaden[149] des friedlichen Wassers. Städtchen und Dörfer lagen verstreut am Fuße des Jura, das mit dunklen Schluchten und schwarzen Felsvorsprüngen seine Wurzeln in die darunterliegende Wasserfläche ausdehnte. Von Bewunderung ergriffen, vergaß ich den Tod des

---

[149] Die Najaden sind Nymphen in der griechischen Mythologie, die über Quellen, Bäche, Flüsse, Sümpfe, Teiche und Seen wachen.

Menschen und den lebenden und geliebten Freund neben mir. Als ich mich umdrehte, sah ich Tränen aus seinen Augen strömen; seine dünnen Hände preßten sich gegeneinander, sein lebhaftes Gesicht strahlte vor Bewunderung. „Warum?", rief er schließlich. „Warum, oh Herz, flüsterst du mir vom Leid? Nimm die Schönheit dieser Szene in dir auf und laß dich zu größerer Freude erwecken, als ein sagenhaftes Paradies dir bieten könnte."

Allmählich gesellte sich unsere ganze Gruppe, die den Steilhang erklommen hatte, zu uns; jeder unter ihnen äußerte seine Bewunderung und daß der Anblick jeden zuvor Erblickten überträfe. Einer rief: „Gott offenbart uns seinen Himmel; wir können gesegnet sterben." Einer nach dem andern bemühte sich mit Ausrufen der Bewunderung, die berauschende Wirkung dieses Wunders der Natur in Worte zu fassen. So blieben wir eine Weile, von der drängenden Last des Schicksals erleichtert, den Tod vergessend, in dessen Nacht wir bald stürzen sollten; nicht mehr darüber nachdenkend, daß unsere Augen jetzt und für immer die einzigen sein würden, welche die göttliche Herrlichkeit dieser irdischen Aussicht wahrnehmen könnten. Ein Gefühl der Begeisterung, dem Glück ähnlich, brach wie ein plötzlicher Sonnenstrahl auf unser verdunkeltes Leben. Welch eine wertvolle Eigenschaft der leidgeprüften Menschheit, die sogar unter jener Egge, die rücksichtslos jede Hoffnung umpflügt und bloßlegt, Gefühle der Verzückung erhaschen kann!

Jener Abend war von einem weiteren Ereignis geprägt. Während wir durch Ferney auf dem Weg nach Genf fuhren, erhoben sich ungewohnte Klänge von Musik aus der ländlichen Kirche, die von Bäumen umsäumt, inmitten von rauchlosen, leer stehenden Hütten stand. Die stille Luft wurde vom sanft anschwellenden Klang einer Orgel erweckt, die wogend weitergetragen wurde und sich mit der intensiven Schönheit vermengte, die die Felsen und Wälder ausstrahlten.

Musik - die Sprache der Unsterblichen, uns als Zeugnis ihrer Existenz offenbart - Musik, „Silberschlüssel der Quelle der Tränen"[150], Kind der Liebe, Trösterin in der Not, Anregerin zu Heldentum und strahlenden

---

[150] Percy Bysshe Shelly, Fragments to Music.

Gedanken, o Musik, in dieser unseren Verwüstung hatten wir dich vergessen! Weder erheiterte uns am Abend eine Flöte, noch die Harmonie der Stimme oder des Saitenspiels; du ernährtest uns jetzt wie die Offenbarung anderer Daseinsformen; und wie verzückt wir auch von der Lieblichkeit der Natur gewesen waren und uns vorstellten, daß wir die Wohnstatt von Geistern erblickten, konnten wir uns nun gut vorstellen, daß wir ihre wohlklingenden Mitteilungen hörten. Wir hielten in einer solchen Ehrfurcht inne, wie sie eine bleiche Nonne ergreifen würde, die um Mitternacht einen heiligen Schrein besucht, und dort belebt und lächelnd das Bild sähe, das sie anbetete. Wir standen alle stumm; viele knieten nieder. Nach ein paar Minuten wurden wir jedoch von einer vertrauten Melodie zu menschlichem Staunen und Mitgefühl zurückgerufen. Es war Haydns „Schöpfung", und alt und schlaff wie die Menschheit geworden war, mochte die Welt, die noch ebenso frisch war wie am Schöpfungstag, durch einen solchen Lobgesang immer noch würdig gefeiert werden. Adrian und ich betraten die Kirche; das Kirchenschiff war leer, doch der Duft des Weihrauchs stieg vom Altar auf und brachte die Erinnerung an große Gemeinden in einst vollgedrängten Kathedralen mit sich. Wir stiegen zur Chorempore hinauf. Ein blinder alter Mann saß am Blasebalg; seine ganze Seele war Ohr; und wie er in der Haltung des aufmerksamen Zuhörens saß, erstrahlte sein Gesicht vor Vergnügen; denn obwohl sein mattes Auge den Strahl nicht widerspiegeln konnte, sprach doch aus seinen geteilten Lippen, und aus jeder Linie seines Gesichtes und seiner ehrwürdigen Stirn, das Entzücken. Eine junge Frau saß an den Tasten, sie war vielleicht zwanzig Jahre alt. Ihr kastanienbraunes Haar umspielte lose ihren Hals, und ihre schöne Stirn schimmerte in ihrer eigenen Schönheit; aber aus ihren traurigen Augen fielen schnelle Tränen herab, während die Beherrschung, die es sie kostete, ihr Schluchzen zu unterdrücken, und ihr Zittern, ihre ansonsten bleiche Wange rötete. Sie war dünn; Mattigkeit und ach! Krankheit, krümmten ihre Gestalt.

Wir standen da und sahen auf das Paar, und vergaßen bei dem fesselnden Anblick, was wir hörten, bis der letzte Akkord geschlagen war und der Klang in schwächerem Nachhall verebbte. Die mächtige Stimme, unirdisch könnte man sie nennen, denn wir konnten sie in keiner Weise mit dem Mechanismus der Pfeife oder des Schlüssels verbinden, ließ ihren sonoren Ton verstummen, und das Mädchen, das sich umwandte, um ihrem alten Begleiter Hilfe zu leisten, nahm uns endlich wahr.

Es war ihr Vater; und sie war seit der Kindheit die Führerin seiner verdunkelten Schritte gewesen. Sie waren Deutsche aus Sachsen und hatten, nachdem sie wenige Jahre zuvor dorthin ausgewandert waren, neue Beziehungen zu den sie umgebenden Dorfbewohnern geknüpft. Ungefähr zu der Zeit, als die Pest ausgebrochen war, hatte sich ein junger deutscher Student ihnen angeschlossen. Ihre einfache Geschichte war leicht zu erraten. Er, ein Adliger, liebte die schöne Tochter des armen Musikers und folgte ihnen auf der Flucht vor den Verfolgungen seiner Freunde; aber bald kam der mächtige Einebner mit scharfer Sense, um zusammen mit dem Gras die hohen Blumen des Feldes zu mähen. Der Jüngling war ein frühes Opfer. Sie bewahrte sich selbst um ihres Vaters Willen. Seine Blindheit erlaubte ihr, eine Täuschung fortzusetzen, zunächst das Kind des Zufalls - und jetzt als Einzelwesen, die einzigen Überlebenden im Land, er wurde die Veränderung nicht gewahr, noch war ihm bewußt, daß, wenn er der Musik seines Kindes lauschte, die stummen Berge, der unempfindliche See und die unbewußten Bäume außer ihm ihre einzigen Zuhörer waren.

An jenem Tag, an dem wir ankamen, war sie von den Anzeichen der Krankheit befallen worden. Sie war vor Schrecken bei der Vorstellung, ihren alten, blicklosen Vater allein auf der leeren Erde zu lassen, wie gelähmt; aber sie hatte nicht den Mut, die Wahrheit zu enthüllen, und das Übermaß ihrer Verzweiflung animierte sie zu überragenden Anstrengungen. In der gewohnten Vesperstunde führte sie ihn zur Kapelle; und obwohl sie um ihn zitterte und weinte, spielte sie, ohne aus dem Takt zu kommen oder eine falsche Note zu spielen, die Hymne, die geschrieben wurde, um die Schaffung jener geschmückten Erde zu feiern, die bald ihr Grab sein würde.

Wir kamen zu ihr wie Besucher vom Himmel selbst; ihr entschlossener Mut und ihre kaum aufrecht gehaltene Festigkeit flohen mit dem Erscheinen von Erleichterung. Mit einem Schrei eilte sie auf uns zu, umarmte Adrians Knie und, nachdem sie nur die Worte: „O rettet meinen Vater!" ausgestoßen hatte, öffneten sich mit Schluchzern und hysterischen Schreien die lang geschlossenen Schleusen ihres Leids.

Das arme Mädchen! - Sie und ihr Vater liegen jetzt Seite an Seite, unter dem hohen Walnußbaum, wo ihr Geliebter ruht, und auf den sie uns in ihren letzten Momenten hingewiesen hatte. Ihr Vater, sich der Gefahr seiner Tochter bewußt, und unfähig, die Veränderungen ihres lieben Antlitzes zu sehen, hielt hartnäckig ihre Hand, bis sie durch den Tod kalt und steif war. Er bewegte sich auch nicht und sprach nicht, bis der freundliche Tod ihn zwölf Stunden später zu seiner ungestörten Ruhe brachte.

Sie ruhen unter dem Rasen, der Baum ist ihr Grabmal, - der geweihte Fleck ist in meiner Erinnerung deutlich zu erkennen, eingefriedet vom zerklüfteten Jura und den fernen, unermeßlichen Alpen; die Spitze der Kirche, die sie besuchten, ragt noch immer aus den hoch aufragenden Bäumen; und obwohl ihre Hand kalt sein mag, dünken mir noch immer die Klänge göttlicher Musik, die sie liebten, umherzuschweben, um ihre sanften Geister in Ruhe zu wiegen.

Kapitel 8.

Wir waren jetzt in der Schweiz angekommen, die so lange die letzte Etappe und das Ziel unserer Bemühungen war. Wir hatten, ich weiß nicht, weswegen, mit Hoffnung und freudiger Erwartung auf ihre Hügel und verschneiten Bergkuppe geschaut, und mit neuem Mut dem eisigen Wind entgegengeblickt, der schon im Hochsommer mit Kälte beladen vom nördlichen Gletscher herkam. Doch wie konnten wir die Erwartung auf Erleichterung nähren? Wie unser Heimatland England und die weite Ausdehnung des fruchtbaren Frankreichs war auch dieses von Bergen umringte Land entvölkert. Weder die düstere Bergspitze, noch das vom Schnee genährte Rinnsal; weder der eisbefrachtete Wind, noch Donner, die Bezwinger der Ansteckung, hatten sie bewahrt - warum also sollten wir auf Verschonung hoffen?

Wer war denn tatsächlich da, um zu bewahren? Welche Truppe hatten wir dazu gebracht, bereit zu stehen und mit dem Eroberer zu kämpfen?

Wir waren ein versagender Überrest, bereit, uns unter dem kommenden Schlag zu ergeben. Ein Zug, der vor Angst beinahe tot umsank - eine hoffnungslose, widerstandslose, beinahe gleichgültige Mannschaft, die in der windgepeitschten Lebensbarke alle Lotsendienste aufgegeben hatte und sich der zerstörerischen Kraft der zügellosen Winde hingab. Wie ein paar Furchen von ungeerntetem Korn, das, nachdem es auf einem ausgedehnten Feld stehen gelassen wurde, wenn der Rest in den Getreidespeicher gesammelt wurde, vom Wintersturm schnell niedergeschlagen wird. Wie ein paar umherstreifende Schwalben, die, nachdem ihre Gefährten bei dem ersten unfreundlichen Hauch des vorüberziehenden Herbstes in warme Gefilde eingewandert waren, zurückgeblieben waren, und vom ersten Novemberfrost niedergestreckt wurden. Wie ein streunendes Schaf, das über den schneegepeitschten Berghang wandert, während die Herde im Stall ist, und das vor dem Morgengrauen stirbt. Wie eine Wolke, wie eine von vielen, die sich in undurchdringlichem Gewebe über den Himmel ausbreiten, die, wenn der Hirte im Norden ihre Gefährten vertrieben hat, um „den antipodischen Mittag zu trinken"[151], verblaßt und sich im klaren Äther auflöst - so waren wir!

Wir verließen die anmutigen Ufer des schönen Genfersees und betraten die alpinen Schluchten; stießen auf die rauschende Zirbelkiefer, und reisten durch das felsige Tal von Servoz, neben den mächtigen Wasserfällen, und unter dem Schatten der unzugänglichen Berge weiter; während der üppige Walnußbaum der dunklen Kiefer Platz machte, deren Zweige melodisch im Wind schwankten und deren aufrechte Gestalten tausend Stürme durchgestanden hatten - bis der grüne Rasen, das blumige Tal, und der mit Gestrüpp bewachsene Hügel ausgetauscht wurde gegen den hoch in den Himmel ragenden, pfadlosen, kahlen Fels, „die Gebeine der Welt, darauf wartend, mit allem, was notwendig ist, um Leben und Schönheit hervorzubringen, bekleidet zu werden."[152] Seltsam, daß wir hier Schutz suchen sollten! Wenn wir in den Ländern, in denen die Erde wie eine zärtliche Mutter ihre Kinder ernährte, sie als

---

[151] Thomas Lovell Beddoes, The Bride's Tragedy 1, 1.
[152] Mary Wollstonecrafts Letters from Norway.

eine Zerstörerin gefunden hatten, brauchten wir sie gewiß nicht hier zu suchen, wo sie durch äußersten Mangel in ihren felsigen Venen zu zittern schien. Wir täuschten uns auch nicht in unserer Vermutung. Vergeblich suchten wir die gewaltigen und sich immer bewegenden Gletscher von Chamonix auf, Spalten von hängendem Eis, Meere von gefrorenen Wassern, die blattlosen Haine windgepeitschter Fichten, Täler, bloße Pfade für die laute Lawine, und Bergspitzen, die Heimat des Donners. Selbst hier herrschte die Pest. Zu der Zeit schlossen bei Tag und Nacht, wie Zwillingsschwestern von gleichem Wachstum, die gleichmäßig ihre Herrschaft über die Stunden geteilt hatten, unter den Eishöhlen, neben dem Wasser, das dem aufgetauten Schnee von tausend Wintern entsprang, einer nach dem anderen, noch einer und noch einer vom Überrest der Menschheit, ihre Augen für immer.

Doch ganz falsch taten wir nicht daran, eine solche Szene zu suchen, um das Drama zu beenden. Die Natur, getreu bis zuletzt, tröstete uns inmitten des Elends. Die erhabene Größe äußerer Gegenstände besänftigte unsere glücklosen Herzen und stand im Einklang mit unserer Verlassenheit. Viel Leid hat den Menschen während seines wechselvollen Kurses befallen; und mancher leidende Trauernde hat sich als einziger Überlebender unter vielen gefunden. Unser Elend erhielt seine majestätische Form und Färbung von dem großen Verderben, das mit ihm einherging und eins mit ihm wurde. So findet sich auf der lieblichen Erde so manche dunkle Schlucht, die von romantischen Felsen beschattet und von moosigen Pfaden durchzogen ist - doch alle, außer dieser, entbehrten dieses mächtigen Hintergrunds, der hoch aufragenden Alpen, deren Schneedecken oder entblößte Kämme uns von unserer tristen sterblichen Bleibe zu den Palästen der Natur erhoben.

Diese feierliche Harmonie von Ereignis und Situation beruhigte unsere Empfindungen und gab unserem letzten Akt sozusagen die passende Bühne. Majestätische Düsterkeit und tragischer Prunk begleiteten das Hinscheiden der elenden Menschheit. Die Begräbniszüge einstiger Monarchen wurden von unseren großartigen Ansichten übertroffen. In der Nähe der Quellen des Arveiron führten wir die Riten für, nur vier ausgenommen, die Letzten unserer Spezies durch. Adrian und ich ließen Clara und Evelyn in friedlichem, unbeobachtendem Schlaf zurück, trugen die Leiche zu dieser verlassenen Stelle und legten sie in jene Eishöhlen unterhalb des Gletschers, die sich mit dem leisesten Geräusch zerspalten und zerspringen und denjenigen, die im Innern der Spalten sind, Zerstörung bringen - kein Vogel oder Raubtier könnte hier den gefrorenen Körper entweihen. Mit leisen Schritten und in Stille legten wir den Toten also auf eine Bahre aus Eis, verließen ihn und stellten uns auf die felsige Plattform neben den Flußquellen. So leise wir uns auch bewegt hatten, hatte schon die bloße Aufrührung der Luft genügt, um die Ruhe dieses niemals tauenden Gebiets zu stören; und wir hatten kaum die Höhle verlassen, als gewaltige Eisblöcke sich von der Decke lösten, herabfielen und die menschliche Hülle bedeckten, die wir darin abgelegt hatten. Wir hatten eine schöne Mondscheinnacht gewählt, aber unsere Reise dorthin war lang gewesen, und der Halbmond sank eben, als wir unser Vorhaben erfüllt hatten. Die schneebedeckten Berge und die blauen Gletscher leuchteten in ihrem eigenen Licht. Die rauhe und steile Schlucht, die eine Seite des Mont Anvert bildete, war uns gegenüber, der Gletscher auf unserer Seite; zu unseren Füßen stürzte sich weiß und schäumend der Arveiron über die spitzen Felsen, die in ihn hineinragten, und störte mit rauschender Gischt und unaufhörlichem Gebrüll die stille Nacht. Gelbe Blitze spielten um die gewaltige Kuppel des Mont Blanc, still wie der schneebedeckte Felsen, den sie beleuchteten; alles war kahl, wild und erhaben, während das Singen der Kiefern in melodischen Gemurmel der rauhen Pracht einen sanften Reiz hinzufügte. Mal drang das Geräusch der brechenden und fallenden eisigen Felsen durch die Luft; mal dröhnte der Donner der Lawine in unseren Ohren. In Ländern, deren Merkmale weniger herausragend sind, verrät die Natur ihre lebendigen Kräfte im Laub der Bäume, im Wachstum der Kräuter, im sanften Rauschen der gewundenen Ströme; hier zeigen der Wildbach, der Gewittersturm und die Strömung gewaltiger Wasser ihre mit riesenhaften Eigenschaften versehene Aktivität. Ein solcher Kirchhof, ein solches Requiem, eine solche ewige Versammlung, begleiteten das Begräbnis unseres Begleiters!

Es war nicht der menschliche Körper allein, den wir in dieses ewige Grab gelegt hatten, und dessen Begräbnisriten wir jetzt feierten. Mit diesem letzten Opfer verschwand die Seuche von der Erde. Dem Tod hatte es niemals an Waffen gemangelt, um das Leben zu zerstören, und wir, wenige und schwach, wie wir geworden waren, waren noch immer jedem anderen Pfeil ausgesetzt, mit dem sein ganzer Köcher wogte. Aber die Pest war unter ihnen nicht vorhanden. Sieben Jahre lang hatte sie auf die Erde eingewirkt; sie hatte jeden Winkel unseres geräumigen Globus betreten; sie hatte sich mit der Atmosphäre vermischt, die wie ein Mantel alle unsere Mitgeschöpfe umgibt - die Einwohner des heimischen Europas - die schwelgerischen Asiaten - die dunkelhäutigen afrikanischen und freien Amerikaner wurden alle von ihr besiegt und getötet. Ihre barbarische Tyrannei kam hier im felsigen Tal von Chamonix zu einem Ende.

Noch immer wiederkehrende Szenen von Elend und Leid, die Früchte dieser Störung, machten keinen Teil unseres Lebens mehr aus - das Wort Pest klingelte nicht mehr in unseren Ohren - das Aussehen der Pest, das sich im menschlichem Antlitz zeigte, erschien nicht mehr vor unseren Augen. Von diesem Moment an sah ich keine Pest mehr. Sie entsagte ihrem Thron und beraubte sich zwischen den eisigen Felsen, die uns umgaben, ihres kaiserlichen Zepters. Sie ließ Einsamkeit und Stille als gleichberechtigte Erben ihres Königreiches zurück.

Meine gegenwärtigen Gefühle sind so sehr mit der Vergangenheit vermischt, daß ich nicht sagen kann, ob die Erkenntnis über diese Veränderung zu uns gelangte, als wir an diesem unfruchtbaren Ort standen. Es scheint mir, daß sie es tat; daß eine Wolke über uns fortzuziehen schien, daß ein Gewicht aus der Luft genommen wurde; daß wir von nun an freier atmeten und unsere Köpfe mit einem Teil der früheren Freiheit erhoben. Doch wir hofften nicht. Wir waren beeindruckt von der Empfindung, daß unsere Rasse zwar aussterben würde, aber jene Seuche nicht unser Zerstörer wäre. Die kommende Zeit war wie ein mächtiger Fluß, auf welchem ein verzaubertes Boot gefahren wird, dessen sterblicher Steuermann weiß, daß die offensichtliche Gefahr nicht diejenige ist, die er fürchten muß, aber doch Gefahr nah ist; der ehrfürchtig durch dunkle und trübe Wasser unter den vorstehenden Felsvorsprüngen schwebt - und in der Ferne noch seltsamere und wüstere Formen sieht, zu denen er unwiderstehlich gedrängt wird. Was würde aus uns werden? O gäbe es nur ein delphisches Orakel oder eine pythische Maid[153], um die Geheimnisse der Zukunft zu enthüllen! O gäbe es nur einen Ödipus, um das Rätsel der grausamen Sphinx[154] zu lösen! Ein solcher Ödipus sollte ich sein - nicht um einen Wortschwindel zu weissagen, sondern einer, dessen quälender Kummer und leidbeflecktes Leben die Triebwerke sein sollten, um damit die Geheimnisse des Schicksals und die Bedeutung des Rätsels zu enthüllen, deren Erklärung die Geschichte der menschlichen Rasse beenden würde.

Düstere Phantasien, ähnlich wie diese, suchten unsere Gedanken heim und flößten uns Gefühle ein, die nicht gänzlich frei von Vergnügen waren, als wir neben diesem stillen Grab der Natur, von diesen leblosen Bergen erhoben, über ihren lebendigen Adern standen. „So sind wir übrig", sagte Adrian, „zwei traurig versprengte Bäume, wo einst ein Wald wehte. Wir müssen trauern und dahinwelken und sterben. Doch schon jetzt haben wir unsere Pflichten, zu deren Erfüllung wir uns aufmuntern müssen: die Pflicht, dort, wo wir können, Vergnügen zu schenken, und mit der Kraft der Liebe den Sturm der Trauer mit Regenbogenfarben zu erleuchten. Ich werde auch nicht klagen, wenn wir in diesem gänzlichen Ende bewahren, was wir jetzt besitzen. Etwas sagt mir, Verney, daß wir nicht länger unseren grausamen Feind fürchten müssen, und ich halte mich an dieser orakelhaften Stimme voller Verzücken fest. Obwohl es seltsam ist, wird es schön sein, das Wachstum deines kleinen Jungen und die Entwicklung von Claras jungem Herzen zu erleben. Inmitten einer verwüsteten Welt sind wir alles für sie, und, solange wir leben, muß es unsere Aufgabe sein, ihnen diese neue Lebensweise glücklich zu machen. Im Augenblick ist das leicht, denn ihre kindlichen Gedanken wandern nicht in die Zukunft und die brennende Sehnsucht nach Zuneigung und aller Liebe, für die unsere Natur empfänglich ist, ist noch nicht in ihnen erwacht: wir können nicht erraten, was dann geschehen wird, wenn die Natur ihre

---

[153] Prophetin des Delphischen Orakels.
[154] In der Ödipus-Sage der griechischen Mythologie belagerte die Sphinx die Stadt Theben und gab den vorüberkommenden Thebanern Rätsel auf. Wer falsch antwortete, wurde gefressen. Einzig Ödipus konnte ihr entkommen.

unaussprechlichen und heiligen Kräfte geltend macht; aber lange vor dieser Zeit mögen wir alle kalt sein wie jener, der in diesem eisigen Grab liegt. Wir müssen nur für die Gegenwart sorgen und versuchen, die unerfahrene Phantasie deiner lieben Nichte mit angenehmen Bildern zu füllen. Die Szenen, die uns jetzt umgeben, so groß und erhaben wie sie sind, sind keine, die am besten zu dieser Arbeit beitragen können. Die Natur ist hier wie unser Glück, großartig, aber zu zerstörerisch, kahl und roh, um ihrer jungen Phantasie Vergnügen zu bereiten. Laß uns in die sonnigen Ebenen Italiens hinabsteigen. Der Winter wird bald hier sein, um diese Wildnis in doppelte Trostlosigkeit zu kleiden; aber wir werden die kahlen Hügelkuppen überqueren und sie zu Szenen der Fruchtbarkeit und Schönheit führen, wo ihr Weg mit Blumen geschmückt sein, und die heitere Atmosphäre zu Freude und Hoffnung anregen wird."

In Verfolgung dieses Plans verließen wir Chamonix am folgenden Tag. Wir hatten keinen Grund, unsere Schritte zu beschleunigen. Kein Ereignis geschah außerhalb unseres Wirkungsbereichs, das unsere Beschlüsse hätte verhindern können, also gaben wir uns jeder müßigen Laune hin und hielten unsere Zeit für gut angelegt, wenn wir den Lauf der Stunden ohne Bestürzung verfolgen konnten. Wir wandelten durch das liebliche Tal von Servoz, und verbrachten lange Stunden auf der Brücke, welche die Arve-Schlucht überquert, und die eine Aussicht auf ihre mit Kiefern bekleideten Tiefen und die schneebedeckten Berge bietet, die sie umgeben. Langsam wanderten wir durch die romantische Schweiz, bis die Furcht vor dem kommenden Winter uns zur Eile antrieb. In den ersten Oktobertagen fanden wir uns im Tal von La Maurienne, das zum Cenis führt. Ich kann nicht erklären, welchen Widerwillen wir empfanden, dieses Land der Berge zu verlassen. Vielleicht betrachteten wir die Alpen als Grenzen zwischen unserem früheren und unserem zukünftigen Dasein und hingen so zärtlich an dem Alten, das wir geliebt hatten. Vielleicht, weil wir jetzt so wenig Impulse hatten, um uns zwischen zwei Handlungsweisen zu entscheiden, waren wir froh, nur eine zu erhalten, und bevorzugten die Aussicht auf das, was wir tun sollten, vor der Erinnerung dessen, was getan worden war. Wir fühlten, daß für dieses Jahr die Gefahr vorüber war; und wir glaubten, daß wir einander für einige Monate gesichert waren. Es lag eine aufregende, quälende Freude in dem Gedanken - er füllte die Augen mit heißen Tränen, er zerriß das Herz mit ungestümen Schlägen; zerbrechlicher als der „Schneefall im Fluß"[155], waren wir alle - aber wir bemühten uns, dem kometenhaften Verlauf unserer verschiedenen Existenzen Leben und Individualität zu geben, und zu fühlen, daß uns kein vergnügter Augenblick entging. So am schwindelerregenden Rand schwankend waren wir glücklich. Ja, als wir unter den wackligen Felsen neben den Wasserfällen saßen, nahe

- Wäldern, uralt wie die Hügel,
Und sonnigen grünen Flecken,[156]

wo die Gemsen grasten und das schüchterne Eichhörnchen seine Schatzkammer anlegte - uns über den Zauber der Natur ausließen und dabei ihre unveräußerlichen Schönheiten genossen - waren wir, in einer leeren Welt, glücklich.

Doch, o Tage der Freude - Tage, an denen das Auge mit dem Auge sprach, und Stimmen, süßer als die Musik der schwingenden Kieferäste oder das sanfte Murmeln des Baches, meiner antworteten - doch, o Tage voller Seligkeit, Tage in geliebter Gesellschaft - verlorene Tage, die mir unaussprechlich teuer sind - vergeht, o vergeht vor mir, laßt mich in eurem Gedächtnis vergessen, was ich bin. Seht, wie meine strömenden Augen dieses fühllose Papier blenden - seht, wie sich meine Züge durch quälende Pein verzerren, bei der bloßen Erinnerung an euch, jetzt, da allein meine Tränen fließen, meine Lippen beben, meine Schreie die Luft erfüllen, ungesehen, unbemerkt, ungehört! Doch, o doch, Tage der Freude! Laßt mich in euren ausgedehnten Stunden schwelgen!

Als die Kälte zunahm, ließen wir die Alpen hinter uns und stiegen nach Italien hinab. Beim Aufgang des Morgens saßen wir bei unserer Mahlzeit und lenkten uns durch heitere Liedchen oder erlernte Abhandlungen von unserer Trauer ab. Den lieben langen Tag schlenderten

---

[155] Robert Burns, Tam O'Shanter.
[156] Samuel Coleridge, Kubla Khan.

wir weiter, behielten dabei stets das Ende unserer Reise im Blick, achteten jedoch nicht auf die Stunde ihrer Vollendung. Als der Abendstern zu leuchten begann und der glühende Sonnenuntergang weit im Westen die Lage des teuren Landes anzeigte, das wir für immer verlassen hatten, ließen Gespräche und fesselnde Gedanken die Stunden verfliegen – O, daß wir nur für immer so gelebt hätten! Welche Wirkung hatte es auf unsere vier Herzen, daß sie allein die Quellen des Lebens in der weiten Welt waren? Was uns anbetraf, so wären wir lieber solcherart vereint zurückgeblieben, als wenn jeder für sich allein in einer bevölkerten Wüste unbekannter Menschen bis an sein Lebensende wahrlich freundlos umhergewandert wäre. Auf diese Weise versuchten wir, einander zu trösten; auf diese Weise lehrte uns die wahre Philosophie, vernünftig zu sein.

Es war Adrian und mir eine Freude, Clara aufzuwarten, sie die kleine Königin der Welt zu nennen, und uns selbst ihre demütigsten Diener. Als wir in einer Stadt ankamen, war unsere erste Sorge, für sie die erlesenste Unterkunft zu wählen; sicherzustellen, daß von ihren früheren Bewohnern keine erschütternden Überreste übrig geblieben waren; Nahrung für sie zu suchen, und ihr mit eifriger Zärtlichkeit zu dienen. Clara trat mit kindlicher Fröhlichkeit in unseren Plan ein. Ihr Hauptgeschäft war, Evelyn Gesellschaft zu leisten; aber es bereitete ihr Vergnügen, sich in prächtige Roben zu kleiden, sich mit funkelnden Edelsteinen zu schmücken und einen fürstlichen Staat nachzuäffen. Ihr tiefer und reiner Glaube lehrte sie nicht, den scharfen Stachel des Bedauerns solcherart zu unterdrücken; ihre jugendliche Lebhaftigkeit ließ sie mit Herz und Seele in diese seltsamen Maskeraden schlüpfen.

Wir hatten uns entschlossen, den folgenden Winter in Mailand zu verbringen, das uns als große und luxuriöse Stadt die Wahl der Häuser ermöglichen würde. Wir waren die Alpen hinabgestiegen und hatten ihre weiten Wälder und mächtigen Felsen weit hinter uns gelassen. Lächelnd betraten wir Italien. In seinen Ebenen wuchsen Gras und Getreide, die unbeschnittenen Reben schlangen ihre üppigen Zweige um die Ulmen. Die überreifen Trauben waren auf den Boden gefallen oder hingen purpurn oder bräunlich-grün zwischen den roten und gelben Blättern. Die Ähren des auf den Feldern stehenden Getreides wurden von den verschwenderischen Winden leergeschüttelt; das herabgefallene Laub der Bäume, die von Unkraut gesäumten Bäche, die dunkle Olive, jetzt mit ihrer geschwärzten Frucht gefleckt; die Kastanien, die jetzt allein das Eichhörnchen noch aberntete; alle Fülle, und doch, ach! alle Armut, malte in wunderbaren Farben und phantastischen Gruppierungen dieses Land der Schönheit. In den Städten, in den stimmlosen Städten, besuchten wir die Kirchen, die mit Bildern, Kunstwerken oder Galerien von Statuen geschmückt waren - während die Tiere in dieser warmen Umgebung in neu entdeckter Freiheit durch die prächtigen Paläste wanderten und kaum unseren vergessenen Anblick fürchteten. Die taubengrauen Ochsen wandten ihre runden Augen auf uns und gingen langsam an uns vorüber; eine aufgescheuchte Schafherde fuhr mit klappernden Füßen aus einer Kammer heraus, die früher der Ruhe der Schönheit geweiht war, und hastete an uns vorbei, die Marmortreppe hinunter auf die Straße und wieder hinein in die erste offene Tür, ungestraft den heiligen Zufluchtsort oder die königliche Ratskammer in Besitz nehmend. Wir erschraken weder bei diesen Gelegenheiten, noch bei schlimmeren Veränderungen - wenn der Palast zu einem bloßen Grab geworden war, von übelriechendem Gestank erfüllt, übersät mit den Toten; und wenn wir wahrnehmen konnten, wie Pest und Furcht seltsame Streiche gespielt hatten, indem sie die luxuriöse Dame in die feuchten Felder und das bloße Häuschen jagten, und den rohen Bauern oder die entstellte halbmenschliche Gestalt des elenden Bettlers zwischen indischen Teppichen und Betten aus Seide versammelten.

Wir kamen in Mailand an und quartierten uns im Palast des Vizekönigs ein. Hier stellten wir Gesetze für uns selbst auf, indem wir unseren Tag aufteilten und bestimmte Beschäftigungen für jede Stunde festlegten. Am Morgen ritten wir in das umliegende Land oder wanderten durch die Paläste, auf der Suche nach Bildern oder Altertümern. Am Abend versammelten wir uns, um zu lesen oder uns zu unterhalten. Es gab wenige Bücher, die wir zu lesen wagten; wenige, die das Gemälde, das wir unserer Einsamkeit verliehen hatten, nicht grausam verunstalteten, indem sie uns an Ereignisse und Empfindungen erinnerten, die wir nie mehr erfahren wollten. Metaphysische Abhandlungen, erfundene Themen, die von jeder Wirklichkeit abwanderten, sich in selbstgeschaffenen Fehlern verloren; Dichter aus Zeiten, die so weit entfernt waren, daß, wenn man sie las, es so war, als würde man von Atlantis und Utopia lesen; oder solche, die sich nur auf die Natur bezogen, und die Funktionsweise einer bestimmten Sache; vor allem aber betörte das Gespräch, abwechslungsreich und immer wieder neu, unsere Stunden.

Während wir so in unserer weiteren Laufbahn in Richtung Tod innehielten, nahm die Zeit ihren gewohnten Lauf. Immer und ewig rollte die Erde weiter, in ihrem luftigen Wagen thronend, von der Gewalt der unsichtbaren Zugpferde niemals irrender Notwendigkeit beschleunigt. Und jetzt trat dieser Tautropfen am Himmel, diese Kugel, schwerfällig von Bergen, von Wellen durchflutet, von der kurzen Tyrannei der wäßrigen Fische und dem eisigen Widder kommend, in das strahlende Reich des Stiers und der Zwillinge ein. Dort, von frühlingshaften Liedern angefacht, entsprang der Geist der Schönheit aus seiner kalten Ruhe, und legte mit wehenden Flügeln und sanft schreitenden Füßen einen Gürtel von Grün um die Erde, unter den Veilchen spielend, sich innerhalb des sprießenden Laubes der Bäume versteckend, leichthin die gleißenden Ströme ins sonnige Meer fließen lassend. „Denn siehe, der Winter ist vergangen, der Regen ist weg und dahin; die Blumen sind hervorgekommen im Lande, der Lenz ist herbeigekommen, und die Turteltaube läßt sich hören in unserm Lande; der Feigenbaum hat Knoten gewonnen, die Weinstöcke haben Blüten gewonnen und geben ihren Geruch."[157] So war es in der Zeit des alten königlichen Dichters. So war es jetzt.

Doch wie könnten wir die Annäherung dieser entzückenden Jahreszeit unglücklich begrüßen? Wir hofften in der Tat, daß der Tod nicht wie bisher in ihrem Schatten wandelte; doch allein wie wir waren, sahen wir einander mit fragenden Augen ins Gesicht, wagten nicht, unseren Vorahnungen zu trauen, und versuchten zu erraten, wer der glücklose Überlebende der anderen drei sein würde. Wir wollten den Sommer am Comer See verbringen, und dorthin zogen wir, sobald der Frühling zu

---

[157] Hohelied 2, 11-13.

seiner Reife wuchs, und der Schnee von den Bergkuppen verschwand. Zehn Meilen von Como entfernt, unter den steilen Höhen der östlichen Berge, am Rande des Sees, befand sich eine Villa, die Pliniana genannt wurde, da sie an der Stelle eines Brunnens erbaut worden war, dessen periodische Ebbe und Flut von Plinius dem Jüngeren in seinen Briefen beschrieben wird. Das Haus war fast in Verfall geraten, bis im Jahre 2090 ein englischer Adliger es gekauft und mit jedem Luxus ausgestattet hatte. Zwei große Säle, mit prächtigen Wandbehängen verziert und mit Marmor gepflastert, auf jeder Seite auf einen Hof geöffnet, von dessen zwei anderen Seiten man den tiefen, dunklen See überblickte, und die andere von einem Berg begrenzt wurde, aus dessen steinerner Flanke brausend und sprudelnd der berühmte Brunnen hervorquoll. Oben krönten Unterholz aus Myrte und Büschel duftender Pflanzen den Felsen, während sich in der blauen Luft die auf die Sterne deutenden Riesenzypressen erhoben und die Ausläufer der Hügel mit dem üppigen Bewuchs von Kastanienbäumen geschmückt wurden. Hier richteten wir unsere Sommerresidenz ein. Wir hatten ein schönes Boot, in dem wir segelten, uns mal gegen mittlere Wellen stemmten, mal an den emporragenden und schroffen Ufern entlangfuhren, welche dicht mit immergrünen Pflanzen überwachsen waren, die ihre glänzenden Blätter ins Wasser tauchten und sich in so mancher kleinen Bucht in Wassern von durchscheinender Dunkelheit widerspiegelten. Hier blühten Orangenbäume, hier gossen Vögel ihre melodischen Hymnen aus; und hier, im Frühling, tauchte die kalte Schlange aus den Spalten auf und wärmte sich auf den sonnigen Felsterrassen.

Waren wir nicht glücklich in diesem paradiesischen Rückzugsort? Wenn irgendein freundlicher Geist uns Vergessenheit zugeflüstert hätte, hätten wir, wie mich dünkt, hier glücklich sein müssen, wo die steilen, beinahe unwegsamen Berge die weiten Felder der verwüsteten Erde vor unserem Blick verbargen. Und mit einer kleinen Anstrengung der Einbildungskraft hätten wir uns vorstellen können, daß die Städte immer noch von lärmendem Volk erfüllt wären, der Bauer immer noch seinen Pflug durch die Furche führte, und wir, die freien Bewohner der Welt, ein freiwilliges Exil genossen und nicht eine unheilbare Trennung von unserer ausgestorbenen Art.

Niemand unter uns genoß die Schönheit dieser Landschaft so sehr wie Clara. Ehe wir Mailand verließen, hatte sich in ihren Gewohnheiten und Beschäftigungen eine Veränderung vollzogen. Sie verlor ihre Fröhlichkeit, sie legte ihre Zeitvertreibe beiseite und nahm eine beinahe vestalische[158] Einfachheit der Kleidung an. Sie mied uns und zog sich mit Evelyn in eine entfernte Kammer oder stille Ecke zurück; auch trat sie nicht mit derselben Lust in seine Spiele ein, wie es ihr gewöhnlich war, sondern saß und beobachtete ihn mit einem traurigen, zärtlichen Lächeln und Augen voller Tränen, aber ohne ein Wort der Beschwerde. Sie ging zaghaft auf uns zu, wich unseren Zärtlichkeiten aus und schüttelte ihre Verlegenheit nicht ab, bis eine ernsthafte Diskussion oder ein erhabenes Thema sie für eine Weile aus sich herauslockte. Ihre Schönheit wuchs wie eine Rose, die, dem Sommerwind zugewandt, Blatt um Blatt enthüllt, bis der Sinn von ihrem Übermaß an Lieblichkeit schmerzt. Eine leichte Röte färbte ihre Wangen, und ihre Bewegungen schienen durch eine verborgene Harmonie von äußerster Anmut abgestimmt zu sein. Wir verdoppelten unsere Zärtlichkeit und unsere aufrichtigen Aufmerksamkeiten. Sie empfing sie mit einem dankbaren Lächeln, das wie ein sonniger Strahl an einem Apriltag aus einer glitzernden Welle floh.

Unser einziger anerkannter Punkt der Übereinstimmung mit ihr schien Evelyn zu sein. Dieser liebe kleine Kerl war uns allen eine Quelle des Trostes und eine Freude, die man nicht in Wort fassen kann. Sein lebhafter Geist und seine unschuldige Unwissenheit über unser großes Unglück waren Balsam für uns, deren Gedanken und Gefühle in der Unendlichkeit der grüblerischen Trauer gefangen waren. Ihn zu hegen, zu kosen und zu erheitern war die gemeinsame Aufgabe von allen. Clara, die sich in gewisser Weise wie eine junge Mutter ihm gegenüber fühlte, erkannte dankbar unsere Freundlichkeit ihm gegenüber an. Mir, o mir, der die klare Stirn und sanften Augen der Geliebten meines Herzens sah, meiner verlorenen und für immer geliebten Idris, wiedergeboren in seinem sanften Gesicht, mir war er schmerzlich teuer. Wenn ich ihn an

---

[158] Als Vestalin bezeichnet man eine römische Priesterin der Göttin Vesta, Vestalinnen stehen für Keuschheit, Demut und Reinheit.

mein Herz drückte, dünkte es mir, ich hätte einen echten und lebendigen Teil von ihr ergriffen, der über lange Jahre jugendlicher Glückseligkeit dort verblieben war.

Es war Adrians und meine Gewohnheit, jeden Tag mit unserem Boot auf Vorratssuche in die angrenzende Umgebung auszufahren. Auf diesen Expeditionen wurden wir selten von Clara oder ihrem kleinen Schützling begleitet, unsere Rückkehr jedoch war eine Stunde des Glücks. Evelyn plünderte unsere Schätze mit kindlichem Eifer, und wir brachten stets ein neues gefundenes Geschenk für unsere liebliche Begleiterin mit. Dann entdeckten wir auch schöne Szenen oder heitere Paläste, wohin wir am Abend alle zusammen gingen. Unsere Segelexpeditionen waren überaus himmlisch, und bei leichtem Wind fuhren oder kreuzten wir die flüssigen Wellen; und wenn das Gespräch unter dem Druck der Sorgen scheiterte, hatte ich meine Klarinette dabei, die den Widerhall erweckte, und brachte unsere besorgten Gemüter auf andere Gedanken. Clara kehrte zu solchen Zeiten oft zu ihren früheren Gewohnheiten der unbekümmerten Unterhaltung und der fröhlichen Liedchen zurück; und obwohl unsere vier Herzen allein in der Welt schlugen, so waren diese vier Herzen doch glücklich.

Eines Tages, nach unserer Rückkehr von der Stadt Como, mit einem beladenen Boot, erwarteten wir, wie üblich, im Hafen von Clara und Evelyn begrüßt zu werden, und waren etwas überrascht, den Strand frei zu sehen. Ich wollte, wie es meine Natur mir vorgab, kein Unheil vorhersagen, sondern es als einen zufälligen Zwischenfall erklären. Nicht so Adrian. Er wurde von plötzlichem Zittern und Besorgnis ergriffen, und er rief mir drängend zu, schnell an Land zu steuern, und als wir nahe am Ufer waren, sprang er, halb vom Boot ins Wasser fallend, heraus, eilte das steile Ufer hinauf, und entlang dem schmalen Streifen des Gartens, dem einzigen ebenen Raum zwischen dem See und dem Berg. Ich folgte ihm auf dem Fuße; der Garten und der Innenhof waren leer, ebenso das Haus, dessen jedes Zimmer wir besuchten. Adrian rief laut Claras Namen und wollte gerade den nahen Bergpfad hinaufeilen, als sich langsam die Tür eines Gartenhauses am Ende des Gartens öffnete, und Clara erschien, sich uns aber nicht näherte, sondern sich mit bleichen Wangen, in einer Haltung der völligen Verzweiflung, an eine

Säule des Gebäudes lehnte. Adrian sprang mit einem Freudenschrei auf sie zu und nahm sie entzückt in seine Arme. Sie zog sich aus seiner Umarmung zurück und trat wortlos wieder in das Sommerhaus. Ihre zitternden Lippen, ihr verzweifeltes Herz wollten ihrer Stimme nicht gestatten, unser Unglück auszusprechen. Der arme kleine Evelyn war, während er mit ihr spielte, von plötzlichem Fieber befallen worden und lag jetzt benommen und sprachlos auf einem kleinen Sofa im Sommerhaus.

Ganze vierzehn Tage lang wachten wir unaufhörlich neben dem armen Kind, während sein Zustand sich unter den Verwüstungen eines heftigen Typhus stetig verschlechterte. Sein kleiner Körper und seine zarten Konturen umschlossen den Embryo des weltumspannenden Geistes des Menschen. Die Natur des Menschen, voller Leidenschaften und Zuneigungen, hätte in diesem kleinen Herzen eine Heimat gehabt, dessen schnelle Schläge sich dem Ende näherten. Der feine Mechanismus seiner kleinen Hand, jetzt schlaff und ungebeugt, hätte mit herangereiften Sehnen und Muskeln Werke von Schönheit oder Kraft geschaffen. Seine kleinen rosigen Füße hätten in fester Männlichkeit die Lauben und Lichtungen der Erde getreten - diese Überlegungen waren jetzt von wenig Nutzen: Er lag ohne Gedanken und Kraft da und wartete widerstandslos auf den letzten Schlag.

Wir wachten an seiner Seite, und während er vom Fieber ergriffen war, sprachen wir weder, noch sahen wir uns nur an, achteten nur auf seinen stockenden Atem, die unheilvolle Röte, die seine eingefallene Wange färbte und den schweren Tod, der auf seinen Lidern lastete. Es ist eine trügerische Ausflucht, zu sagen, daß Worte unsere langgezogene Qual nicht ausdrücken könnten. Wie aber können Worte Empfindungen beschreiben, deren quälende Schärfe uns gleichsam auf die tiefen Wurzeln und verborgenen Grundlagen unserer Natur zurückwirft, die unser Sein mit durchbebender Agonie erschüttern, so daß wir uns den gewohnten Gefühlen hingeben, mit denen Mutter Erde uns unterstützt, und uns an eine eitle Vorstellung oder trügerische Hoffnung klammern, die bald in den Trümmern begraben sein wird, die durch den letzten Schock verursacht wurden. Ich habe diesen Zeitraum vierzehn Tage genannt, in welcher wir die Veränderungen der Krankheit des süßen Kindes beobachteten - und so mag es auch gewesen sein -, nachts wunderten wir uns, daß ein weiterer Tag vergangen war, während jede einzelne Stunde endlos schien. Tag und Nacht wurden ungezählt gegeneinander ausgetauscht; wir schliefen kaum, und wir verließen auch nicht sein Zimmer, außer wenn ein plötzlicher Anfall von Trauer uns ergriff, und wir uns für eine kurze Zeit voneinander zurückzogen, um unser Schluchzen und unsere Tränen zu verbergen. Vergeblich versuchten wir, Clara von dieser beklagenswerten Szene abzuziehen. Sie saß Stunde um Stunde und betrachtete ihn, arrangierte sein Kissen sanft neu und flößte ihm sein Getränk ein, als er noch die Macht hatte zu schlucken. Schließlich kam der Augenblick seines Todes: Das Blut stockte in seiner Strömung - seine Augen öffneten sich und schlossen sich wieder: Ohne Krämpfe oder Seufzen hatte der geistige Bewohner die zerbrechliche Wohnstatt verlassen.

Ich habe gehört, daß der Anblick von Toten Materialisten in ihrem Glauben bestätigt hat. Ich habe stets anders gefühlt. War dies mein Kind - diese bewegungslose verfallende Unbelebtheit? Mein Kind war entzückt von meinen Liebkosungen; seine liebe Stimme bekleidete seine Gedanken, die sonst unverständlich gewesen wären, mit bedeutungsvollen Ausdrücken; sein Lächeln war ein Strahl der Seele, und dieselbe Seele saß auf ihrem Thron in seinen Augen. Ich wende mich von dieser Hülle dessen ab, was er war. Nimm, o Erde, was dir gebührt! Gern überlasse ich dir für immer das Gewand, das du bereitgestellt hast. Aber du, süßes Kind, liebenswerter und geliebter Junge, entweder hat dein Geist eine geeignetere Wohnung gefunden, oder du lebst, in meinem Herzen geborgen, solange es lebt.

Wir legten seine Überreste unter eine Zypresse, der aufrechte Berg wurde aufgegraben, um sie zu empfangen. Und dann sagte Clara: „Wenn ihr wollt, daß ich lebe, so bringt mich von hier fort. Es ist etwas überirdisch Schönes in dieser Szene, in diesen Bäumen und Hügeln und Wellen, die mir immer wieder zuflüstern, verlasse dein schwerfälliges Fleisch, und werde ein Teil von uns. Ich bitte euch dringend, mich von hier fortzubringen."

So verabschiedeten wir uns am fünfzehnten August von unserer Villa und den lieblichen Schatten dieser Residenz der Schönheit; von der ruhigen Bucht und dem lauten Wasserfall; auch von Evelyns kleinem Grab verabschiedeten wir uns! Und dann machten wir uns mit schweren Herzen zu unserer Pilgerfahrt nach Rom auf.

Kapitel 9.

Nun - halte einen Augenblick inne - bin ich so nahe am Ende angekommen? Ja! Es ist jetzt alles vorbei - noch ein oder zwei Schritte über diese neu gemachten Gräber, und der ermüdende Weg ist getan. Kann ich meine Aufgabe erfüllen? Kann ich mein Papier mit Worten durchziehen, welche die große Schlußfolgerung zu fassen vermögen? Erhebe dich, düstere Schwermut! Beende deine kimmerische[159] Einsamkeit! Bring mit dir düstere Nebel aus der Hölle, die den Tag verschlingen können; bring Fäulnis und giftigen Pesthauch, die, indem sie in die Hohlräume und Atmungsstätten der Erde eintreten, ihre steinigen Adern mit Verderbnis füllen mögen, so daß nicht nur das Kraut nicht mehr gedeihen kann, die Bäume verrotten und in den Flüssen Galle fließt - sondern daß die immerwährenden Berge zersetzt werden, und der mächtige Ozean verpufft, und die heitere Atmosphäre, die den Globus umgürtet, alle Kräfte der Erzeugung und der Versorgung verliert. Tue dies, trauergesichtige Macht, während ich schreibe, während die Augen diese Seiten lesen.

Und wer wird sie lesen? Hüte dich, zarter Nachkomme der wiedergeborenen Welt - hüte dich, schönes Wesen, mit menschlichem Herzen, noch unbeeindruckt von Sorge, mit deiner menschlichen Stirn, noch unzerfurcht durch die Zeit - hüte dich, damit der fröhliche Strom deines Blutes nicht stockt, deine goldenen Locken nicht ergrauen, dein süßes Grübchenlächeln nicht in bleibende, strenge Falten verwandelt wird! Laß nicht den Tag auf diese Zeilen schauen, damit nicht der Tag

---

[159] In der Odyssee beschreibt Homer das Land und die Stadt der Kimmerer, die im äußersten Rand des tiefen Ozeans, nahe am Eingang des Hades, lägen. In ihrem Gebiet herrschten stete Nacht und Nebel - „kimmerische Finsternis" - Helios würde hier nicht leuchten.

verschwendet wird, blaß werde und sterbe. Suche einen Zypressenhain, dessen seufzende Zweige damit harmonieren werden; suche eine Höhle, die tief in den dunklen Eingeweiden der Erde eingebettet ist, wo kein Licht eindringt, außer jenem, das rot und flackernd sich durch eine kleine Spalte kämpft und deine Seite mit grimmiger Todesfarbe befleckt.

Es gibt eine schmerzhafte Verwirrung in meinem Geist, die sich weigert, aufeinanderfolgende Ereignisse deutlich abzugrenzen. Zuweilen sehe ich das freundlich strahlende Lächeln meines Freundes vor mir; und mich dünkt, sein Licht dehnt sich und füllt die Ewigkeit aus - dann fühle ich wieder die qualvolle Agonie -

Wir verließen Como, und in Übereinstimmung mit Adrians ernsthaftem Verlangen reisten wir auf dem Weg nach Rom durch Venedig. Es lag etwas für die Engländer besonders Reizvolles in dieser von den Wellen umgebenen, auf einer Insel thronenden Stadt. Adrian hatte sie noch nie gesehen. Wir fuhren den Po und den Brenta mit einem Boot hinunter; und da die Tage unerträglich heiß waren, ruhten wir tagsüber in den in der Nähe gelegenen Palästen und reisten des Nachts, wenn die Dunkelheit die angrenzenden Ufer undeutlich machte, und unsere Einsamkeit weniger auffallend; wenn der wandernde Mond die Wellen erhellte, die sich vor unserem Bug teilten, der Nachtwind unsere Segel füllte, und der murmelnde Strom, die wogenden Bäume und das anschwellende Segel ihren Klang harmonisch miteinander vermischten. Clara, die lange von übermäßiger Trauer überwältigt war, hatte ihre schüchterne, kühle Zurückhaltung zu einem großen Teil abgelegt und empfing unsere Aufmerksamkeiten mit dankbarer Zärtlichkeit. Während Adrian mit poetischer Inbrunst über die glorreichen Nationen der Toten, über die schöne Erde und das Schicksal des Menschen sprach, kroch sie zu ihm und nahm seine Rede mit stiller Freude in sich auf. Wir verbannten das Wissen um unsere Trostlosigkeit aus unserem Gespräch, und so weit wie möglich aus unseren Gedanken. Und es wäre unglaublich für einen Bewohner von Städten, für einen in einer geschäftigen Menschenmenge, in welchem Ausmaß wir Erfolg hatten. Es war wie bei einem in einem Kerker eingesperrten Mann, dessen kleiner gefeilter Spalt das zwielichtige Licht zuerst undeutlicher macht, bis das Auge, im

Strahl gesättigt, sich seiner Dürftigkeit anpaßte, und er findet, daß klarer Mittag seine Zelle bewohnt. So wurden wir, eine einfache Triade auf der leeren Erde, miteinander multipliziert, bis wir alles in allem wurden. Wir standen wie Bäume, deren Wurzeln vom Wind gelockert werden, die sich gegenseitig stützen, sich aneinander anlehnen und sich mit erhöhtem Eifer anklammern, während die winterlichen Stürme heulen.

So ließen wir uns den sich ausdehnenden Fluß Po hinabtreiben, schliefen, wenn die Zikade sang, und wachten mit den Sternen. Wir erreichten das engere Flußbett des Brenta und erreichten am sechsten September bei Sonnenaufgang die Küste der Lagune. Die helle Kugel erhob sich langsam hinter ihren Kuppeln und Türmen und warf ihr durchdringendes Licht auf die glasklaren Wasser. Wracks von Gondeln, und einige wenige unbeschädigte, lagen am Strand von Fusina verstreut. Wir begaben uns in einer von ihnen zur verwitweten Tochter des Ozeans, die verlassen und gefallen, verloren auf ihren vorgelagerten Inseln saß und auf die fernen Hügel Griechenlands blickte. Wir ruderten leichthin über die Lagune und erreichten den Canale Grande. Die Flut löste sich mürrisch aus den zerbrochenen Portalen und bedrängten Eingangshallen von Venedig: Seegras und Meereskreaturen wurden auf dem geschwärzten Marmor hinterlassen, während der salzige Schlamm die unvergleichlichen Kunstwerke verunstaltete, die ihre Wände schmückten, und die Möwe aus dem zerbrochenen Fenster flog. Inmitten dieser entsetzlichen Zerstörung der Monumente menschlicher Macht behauptete die Natur ihre Überlegenheit, und glänzte noch schöner im Kontrast. Die strahlenden Wasser zitterten kaum, während die plätschernden Wellen die Sonne vielfach spiegelten; die blaue Unendlichkeit, jenseits von Lido gesehen, erstreckte sich weit, ungesprenkelt von Booten, so ruhig, so lieblich, daß sie uns dazu einzuladen schien, das mit Ruinen übersäte Land zu verlassen und in seiner ruhigen Weite Zuflucht vor Kummer und Furcht zu suchen.

Wir sahen die Ruinen dieser unglückseligen Stadt von der Höhe des Turmes von San Marco, unmittelbar unter uns, und wandten uns mit traurigen Herzen zum Meer, das, obwohl es ein Grab ist, kein Denkmal erhebt, keine Trümmer offenbart. Der Abend war angebrochen. Die

Sonne stand in stiller Majestät hinter den nebligen Gipfeln der Apenninen, und ihre goldenen und rosafarbenen Tönungen färbten die Berge des gegenüberliegenden Ufers. „Dieses Land", sagte Adrian, „das mit den letzten Farben des Tages getönt ist, ist Griechenland." Griechenland! Der Klang erzeugte einen ansprechenden Widerhall im Herzen Claras. Sie erinnerte uns vehement daran, daß wir ihr versprochen hatten, sie noch einmal nach Griechenland zu bringen, zum Grab ihrer Eltern. Warum nach Rom gehen? Was sollten wir in Rom tun? Wir könnten eines der vielen Schiffe nehmen, die wir hier fänden, und direkt nach Albanien steuern.

Ich wandte die Gefahren des Ozeans ein, und die weite Distanz der Berge von Athen, die wir sahen; eine Distanz, die wegen der wilden Natur des Landes beinahe unpassierbar war. Adrian, der von Claras Vorschlag begeistert war, widersprach diesen Einwänden. Die Jahreszeit sei günstig; der wehende Nordwestwind würde uns quer über den Golf führen; und dann könnten wir in einem verlassenen Hafen ein leichtes griechisches Boot finden, das für eine solche Navigation geeignet ist, die peloponnesische Küste hinunterfahren, und, ohne viel Landreisen oder Ermüdung über den Isthmus von Korinth[160] vorübergehend, uns in Athen wiederfinden. Dies erschien mir wie wirres Gerede; doch das Meer, das in tausend Purpurtönen glühte, sah so klar und sicher aus; meine geliebten Gefährten waren so ernst, so entschlossen, daß, als Adrian sagte: „Nun, obwohl es nicht ganz das ist, was du wünschst, so stimme doch mir zuliebe zu" -ich mich nicht länger weigern konnte. An diesem Abend wählten wir ein Schiff, dessen Größe für unser Unternehmen gerade passend schien. Wir schlugen die Segel an, richteten die Takelage aus, und waren uns einig, nachdem wir uns in dieser Nacht in einem der tausend Paläste der Stadt ausruhen wollten, am nächsten Morgen bei Sonnenaufgang einzuschiffen.

---

[160] Der Isthmus von Korinth ist eine Landenge bei Korinth in Griechenland. Sie bildet die einzige Landverbindung zwischen der Halbinsel Peloponnes und dem übrigen griechischen Festland.

Wenn die Winde, die seine ruhige Oberfläche nicht bewegen,
Das azurblaue Meer aufpeitschen, liebe ich das Land nicht mehr;
Das Lächeln des heiteren und ruhigen Meeres
Führt meinen unruhigen Geist in Versuchung - [161]

Solcherart sprach Adrian, eine Übersetzung von Moschus' Gedicht zitierend, als wir im klaren Morgenlicht über die Lagune, vorbei an Lido, ins offene Meer hinausruderten - ich hätte in der Fortsetzung hinzugefügt,

Außer wenn das Tosen
Des graue Abgrunds des Ozeans hallt, und Schaum
Sich auf dem Meer sammelt, und gewaltige Wellen zerbersten -

Aber meine Freunde erklärten, daß solche Verse böse Vorahnungen seien; so verließen wir in fröhlicher Stimmung die seichten Gewässer und entfalteten, als wir auf See waren, unsere Segel, um die günstige Brise aufzufangen. Die lachende Morgenluft erfüllte sie, während das Sonnenlicht die Erde, den Himmel und den Ozean badete - die ruhigen Wellen teilten sich, um unseren Kiel zu empfangen, küßten spielerisch die dunklen Seiten unseres kleinen Bootes und murmelten ein Willkommen. Als das Land zurückwich, gewährte die überaus wellenlose blaue Weite, die Zwillingsschwester des azurblauen Himmels, unserer Barke noch immer eine ruhige Fahrt. Da die Luft und das Wasser ruhig und mild waren, waren unsere Gedanken in Stille versunken. Im Vergleich mit dem klaren Meer erschien die düstere Erde wie ein Grab, ihre hohen Felsen und stattlichen Berge waren nur Denkmäler, ihre Bäume der Schmuck eines Leichenkarrens, die Bäche und Flüsse salzig von Tränen für den verstorbenen Menschen. Lebt wohl, trostlose Städte - Felder mit ihrer wilden Mischung aus Getreide und Unkraut -, lebt wohl, euch stets vermehrende Relikte unserer verlorenen Spezies. Ozean, wir überantworten uns dir - so wie der Patriarch der Alten über

---

[161] Percy Bysshe Shelley, Sonnets From the Greek of Moschus.

die ertrunkene Welt schwamm, so lasse auch uns gerettet werden, wenn wir uns solchermaßen in deine ewige Flut begeben.

Adrian saß am Steuer; ich kümmerte mich um die Takelage, die Brise rechts achtern füllte unser schwellendes Segeltuch, und wir liefen davor über die ungetrübte See. Gegen Mittag flaute der Wind ab; sein müßiger Atem erlaubte uns lediglich, unseren Kurs zu halten. Als bequeme Schönwettersegler, unbesorgt über die kommende Stunde, sprachen wir fröhlich von unserer Küstenfahrt, von unserer Ankunft in Athen. Wir würden eine der Kykladen[162] zu unserer Heimat machen, und dort in Myrtenhainen, inmitten des ewigen Frühlings, angefacht von der gesunden Meeresbrise - würden wir lange Jahre in glückseliger Vereinigung leben - Gab es so etwas wie den Tod in der Welt? -

Die Sonne überschritt ihren Zenit und begab sich auf ihren Abwärtspfad am fleckenlosen Boden des Himmels. Ich lag im Boot, mein Gesicht hob sich zum Himmel, ich glaubte auf ihm blauweiße, marmorne Streifen zu sehen, so leicht, so substanzlos, daß ich mal sagte: Sie sind da - und mal, Es ist eine bloße Einbildung. Eine plötzliche Angst erfaßte mich, als ich hinsah, und, aufrichtend, und zum Bug rennend, - wie ich stand, wurde mein Haar sanft auf meiner Stirn bewegt - erschien eine dunkle Linie von Kräuselungen im Osten, und kam schnell auf uns zu - meine atemlose Bemerkung zu Adrian, wurde gefolgt vom Flattern der Leinwand, als der widrige Wind sie traf, und dem Taumeln unseres Bootes - rasend schnell verdichtete sich das Netz des Sturms über uns, die Sonne ging rot unter, das dunkle Meer begann zu schäumen, und unser Boot stieg und fiel im zunehmenden Wellengang.

Sieh uns jetzt in unserem zerbrechlichen Gefäß, eingekreist von hungrigen, tosenden, windgepeitschten Wellen. Im tintenschwarzen Osten begegneten sich zwei große Wolken, die in gegensätzliche Richtungen trieben; der Blitz sprang hervor, und der heisere Donner murmelte. Wieder im Süden antworteten die Wolken, und der gabelförmige Feuerstrahl, der am schwarzen Himmel entlangglitt, zeigte uns die entsetzlichen Wolkenhaufen, die sich trafen und dann von den wogenden Wellen verdeckt wurden. Großer Gott! Und wir allein - wir

---

[162] Eine Inselgruppe vor Griechenland.

drei - allein - wir alleinigen Bewohner auf dem Meer und auf der Erde, wir drei müssen zugrunde gehen! Das gewaltige Universum, seine unzähligen Welten und die Ebenen grenzenloser Erde, die wir zurückgelassen hatten - das ausgedehnte endlose Meer um uns herum - zogen sich in meiner Ansicht zusammen - sie und alles, was sie enthielten, schrumpfte bis zu einem Punkt, bis zu unserer umhergeschleuderten Barke, die mit der Menschheit befrachtet war.

Wilde Verzweiflung durchfuhr das liebevolle Gesicht Adrians, während er mit zusammengebissenen Zähnen murmelte: „Und doch sollen sie gerettet werden!" Clara, bleich und zitternd, von einem menschlichen Schmerz befallen, kroch neben ihn - er sah sie mit einem ermutigenden Lächeln an - „Hast du Angst, liebes Mädchen? O, fürchte dich nicht, wir werden bald an Land sein!"

Die Dunkelheit verhinderte mich, die Veränderungen ihres Antlitzes zu sehen; aber ihre Stimme war klar und süß, als sie antwortete: „Warum sollte ich mich fürchten? Weder Meer noch Sturm können uns Schaden zufügen, wenn das mächtige Schicksal oder der Meister des Schicksals es nicht erlaubt. Und dann ist die peinigende Angst, einen von euch zu überleben nicht hier - der Tod wird uns ungeteilt ereilen."

In der Zwischenzeit holten wir alle unsere Segel ein, außer einem Ballonsegel; und sobald wir uns außer Gefahr wähnten, änderten wir unseren Kurs und fuhren mit dem Wind auf die italienische Küste zu. Die dunkle Nacht vermengte alles; kaum bemerkten wir die weißen Wellenkämme der mörderischen Wogen, außer wenn der Blitz kurz alles erhellte und die Dunkelheit verdrängte, uns unsere Gefahr zeigte und uns dann wieder in verdoppelter Nacht zurückließ. Wir waren alle still, außer wenn Adrian als Steuermann eine ermutigende Beobachtung machte. Unser kleines Boot gehorchte wunderbarerweise dem Ruder und eilte auf den Wellen dahin, als sei es ein Sprößling der See, und als würde die zornige Mutter ihr gefährdetes Kind schützen.

Ich saß am Bug und beobachtete unseren Kurs. als ich plötzlich hörte, wie die Wasser sich mit verdoppelter Wut aufbäumten. Wir waren sicher in der Nähe der Küste - zur selben Zeit rief ich, „Dort drüben!", und ein heller Blitz, der den Himmel erleuchtete, zeigte uns für einen Moment den ebenen Strand voraus, enthüllte sogar den Sand, und verkrüppelte, schlammbespritzte Schilfbetten, die an der Hochwassermarke wuchsen. Wiederum war es dunkel, und wir atmeten so sehr auf, wie es nur einer kann, der, während Fragmente von emporgeschleuderten Vulkangestein die Luft verdunkeln, eine riesige Masse unmittelbar vor seinen Füßen in den Boden einschlagen sieht. Wir wußten nicht, was wir tun sollten - die Brecher hier, dort, überall, umgaben uns - sie tosten, stürzten herab und schleuderten ihre haßerfüllte Gischt in unsere Gesichter. Unter beträchtlicher Schwierigkeit und Gefahr gelang es uns endlich, unseren Kurs zu ändern und uns vom Ufer fortzulenken. Ich drängte meine Begleiter, sich auf den Schiffbruch unseres kleinen Boots vorzubereiten, und sich an ein Ruder oder eine Spiere zu binden, die ausreichen könnten, sie über Wasser zu halten. Ich selbst war ein ausgezeichneter Schwimmer - der bloße Anblick des Meeres war in der Lage, in mir solche Empfindungen zu erregen, wie ein Jäger sie erlebt, wenn er ein Rudel Jagdhunde Laut geben hört. Ich liebte es zu fühlen, wie mich die Wellen umhüllten und danach strebten, mich zu überwältigen. während ich, Herr meiner selbst, mich trotz ihrer zornigen Angriffe in diese oder jene Richtung bewegte. Adrian konnte ebenfalls schwimmen - doch die Schwäche seines Körpers hinderte ihn daran, Vergnügen in der Übung zu finden oder die Kunst zu vervollkommnen. Aber welche Macht könnte der stärkste Schwimmer der übermächtigen Gewalt des aufgebrachten Ozeans entgegensetzen? Meine Bemühungen, meine Gefährten vorzubereiten, wurden beinahe zunichte gemacht - denn die tosenden Brecher verhinderten, daß wir uns gegenseitig hörten, und die Wellen, die fortwährend über unser Boot brachen, zwangen mich, meine ganze Kraft darauf auszuüben, das Wasser so schnell wieder aus dem Boot herauszubringen, wie es hineinkam. Indessen umhüllte uns die Dunkelheit, fühlbar und dunkel, nur durch den Blitz zerstreut; manchmal sahen wir Blitze feurig rot ins Meer fallen, und in regelmäßigen Abständen ergossen sich starke Regengüsse aus den Wolken, den wilden Ozean aufwühlend, der sich zu ihnen emporhob; während der wilde Sturm das Gewölk weiter trug, bis es sich in der chaotischen Vermischung von Himmel und Meer verlor. Unsere Reling war weggerissen worden, unser einziges Segel war in Stücke gerissen und im Wind davongetragen worden. Wir hatten unseren Mast abgesägt und das Boot von allem, was es enthielt, erleichtert. Clara versuchte mir zu helfen, das Wasser aus dem Laderaum zu heben, und als sie ihre Augen auf den Blitz richtete, konnte ich in diesem kurzen Schimmer erkennen, daß Ergebung jede Angst überwunden hatte. Wir haben eine Macht, die uns in der äußersten Gefahr gegeben wird, die den sonst schwachen Verstand des Menschen unterstützt und uns ermöglicht, die grausamsten Qualen mit einer Seelenruhe zu erdulden, die wir uns in Stunden des Glücks nicht hätten vorstellen können. Eine Ruhe, in Wahrheit schrecklicher als der Sturm, beruhigte die wilden Schläge meines Herzens - eine Ruhe wie die des Spielers, des Selbstmörders und des Mörders, wenn der letzte Würfel im Begriff ist, zu fallen - während der vergiftete Becher an den Lippen ist, - wenn der Todesstoß gegeben werden wird.

So vergingen Stunden - Stunden, die dem bartlosen Jüngling Alter ins Gesicht schreiben und das seidige Haar des Kindes ergrauen lassen konnten - Stunden, während welcher der chaotische Aufruhr weiterging, während jede fürchterliche Bö die vorige an Wut überstieg. Unser Boot hing mal auf der brechenden Woge, und eilte dann ins Tal hinunter, und zitterte und drehte sich zwischen den Wellen, die dort am aufgewühltesten schienen. Für einen Moment hielt der Sturm inne, und der Ozean versank in vergleichbarer Stille - es war ein atemloses Intervall; der Wind, der sich als ein geübter Angreifer gesammelt hatte, bevor er lossprang, wütete jetzt mit schrecklichem Brüllen über dem Meer, und die Wellen schlugen auf unser Heck. Adrian rief aus, daß das Steuer fort sei, - „Wir sind verloren", rief Clara, „rettet euch - o rettet euch!" Der Blitz zeigte mir das arme Mädchen, das halb im Wasser auf dem Grund des Bootes begraben war; als sie darin versank, zog Adrian sie heraus und hielt sie in seinen Armen fest. Wir waren ohne Ruder - wir stürzten mit dem Bug voran in die gewaltigen Wogen, die sich hoch auftürmten - sie brachen über uns und füllten das kleine Boot. Einen Schrei hörte ich - einen Schrei, daß wir verloren waren, stieß ich hervor. Ich befand mich im Wasser, um mich herum war Dunkelheit. Als das Licht des Sturms aufblitzte, sah ich den Kiel unseres umgestürzten Bootes nahe bei mir. Ich klammerte mich daran und packte es mit geballter Hand und Nägeln, während ich mich bei jedem Blitz bemühte, irgendeinen Anschein meiner Gefährten zu entdecken. Ich glaubte, Adrian nicht weit von mir entfernt sich an ein Ruder klammern zu sehen; ich löste meinem Griff, und schoß mit einer Energie jenseits meiner menschlichen Kraft durch das Wasser, als ich mich bemühte, ihn zu ergreifen. Als diese Hoffnung fehlschlug, belebten mich die instinktive Liebe zum Leben, und Streitlust, als ob ein feindseliger Wille gegen meinem kämpfte. Ich stürzte mich auf die Wellen und schleuderte sie von mir, als wären sie die gegnerische Front und die geschärften Klauen eines Löwen, die kurz davor waren, in meine Brust geschlagen zu werden. Wenn ich von einer Welle niedergeschlagen wurde, stieg ich auf eine andere auf, während ich spürte, wie bitterer Stolz meine Lippen kräuselte.

Seit der Sturm uns in Küstennähe getragen hatte, hatten wir nie eine größere Entfernung davon erreicht. Mit jedem Blitz sah ich die nahe Küste; dennoch war der Fortschritt, den ich machte, gering, während jede Welle, wenn sie zurückströmte, mich in die weiten Abgründe des Ozeans zog. In einem Moment spürte ich, wie mein Fuß den Sand berührte, und dann war ich wieder in tiefem Wasser; meine Arme begannen ihre Bewegungskraft zu verlieren; mein Atem stockte unter dem Einfluß der erstickenden Wasser - tausend wilde und phantasierende Gedanken überfielen mich. Soweit ich mich jetzt an sie erinnern kann, war mein vorherrschendes Gefühl, wie süß es wäre, meinen Kopf auf die stille Erde zu legen, wo die Wellen meinen geschwächten Körper nicht mehr peitschen würden, noch das Geräusch von Wasser in meinen Ohren dröhnte - um diese Ruhe zu erreichen, nicht um mein Leben zu retten, sammelte ich meine Kraft zu einem letzten Versuch - das abfallende Ufer stellte plötzlich einen Halt für meinen Fuß bereit. Ich erhob mich und wurde wieder von den Brechern hinabgeworfen - eine Felsspitze, an die ich mich klammern konnte, gewährte mir einen Augenblick Ruhe; und dann, unter Ausnutzung des Abebbens der Wellen, rannte ich vorwärts - erreichte trockenen Sand und fiel besinnungslos auf die schlammigen Schilfrohre, die ihn bedeckten.

Ich muß lange des Bewußtseins beraubt gewesen sein; denn als ich das erste Mal mit einem Übelkeit erregenden Gefühl meine Augen öffnete, begegnete ihnen das Morgenlicht. Inzwischen hatte sich eine große Veränderung vollzogen. Die graue Morgendämmerung hatte die fliegenden Wolken gesprenkelt, die weiter voranrasten und in Abständen große Seen aus reinem Äther sichtbar machten. Eine Fontäne aus Licht erhob sich in einem zunehmenden Strom von Osten, hinter den Wellen des adriatischen Meers, verwandelte das Grau in eine rosige Farbe und überflutete dann Himmel und Meer mit luftigem Gold.

Eine Art Benommenheit folgte meiner Ohnmacht; meine Sinne waren lebendig, aber die Erinnerung war ausgelöscht. Die gesegnete Ruhepause war kurz - eine Schlange lauerte neben mir, um mich ins Leben zu stechen - beim ersten Gefühl der Erinnerung wäre ich aufgefahren, doch meine Glieder weigerten sich, mir zu gehorchen; meine Knie zitterten, die Muskeln hatten alle Kraft verloren. Ich glaubte immer noch, daß ich einen meiner geliebten Gefährten, gestrandet wie ich, halb am Leben, am Strand finden würde; und ich bemühte mich in jeder Hinsicht, meinen Körper für den Gebrauch seiner Funktionen wiederherzustellen. Ich wrang das Salzwasser aus meinen Haaren, und die Strahlen der auferstandenen Sonne besuchten mich bald mit freundlicher Wärme. Mit der Wiederherstellung meiner körperlichen Kräfte wurde mein Bewußtsein sich in gewissem Maße des Universums des Elends bewußt, das es fortan beherbergen sollte. Ich rannte zum Wasser und rief die geliebten Namen. Der Ozean verschluckte meine schwache Stimme und antwortete mit unbarmherzigem Gebrüll. Ich kletterte auf einen nahen Baum: Der von einem Kiefernwald begrenzte Sand, und das Meer, das bis zum Horizont reichte, waren alles, was ich erkennen konnte. Vergeblich dehnte ich meine Forschungen am Strand aus; der Mast, den wir mit verschlungenen Kordeln und Segelresten über Bord geworfen hatten, war der einzige Überrest unseres Wracks, der Land erreicht hatte. Zuweilen stand ich still und rang meine Hände. Ich beschuldigte die Erde und den Himmel - die universale Maschinerie und die allmächtige Kraft, die sie fehlgeleitet hatte. Wieder warf ich mich auf den Sand, und dann weckte der seufzende Wind, einen menschlichen Schrei nachahmend, mich zu bitterer, falscher Hoffnung. Gewiß hätte ich, wenn irgendeine kleine Barke oder das kleinste Kanu in der Nähe gewesen wäre, die wilden Ebenen des Ozeans absuchen, die lieben Überreste meiner Verlorenen finden, und, mich an sie klammernd, ihr Grab teilen sollen.

Solcherart verging der Tag; jeder Moment enthielt die Ewigkeit; obwohl Stunde um Stunde verging, wunderte ich mich über den schnellen Flug der Zeit. Doch selbst jetzt hatte ich den bitteren Trank nicht bis zum Bodensatz getrunken; ich war noch nicht von meinem Verlust überzeugt. Ich fühlte noch nicht in jedem Herzschlag, in jedem Nerv, in jedem Gedanken, daß ich allein von meiner Rasse geblieben war, - daß ich der LETZTE MENSCH war.

Der Tag war eingetrübt, und bei Sonnenuntergang setzte ein Nieselregen ein. Sogar der ewige Himmel weint, dachte ich; ist es dann eine Schande, daß der sterbliche Mensch sich in Tränen ergießt? Ich erinnerte mich an die antiken Fabeln, in denen Menschen beschrieben werden, die sich durch das Weinen in immer sprudelnde Fontänen auflösen. Ach, wäre es nur so! Dann würde mein Schicksal in irgendeiner Weise dem wäßrigen Tod von Adrian und Clara gleichen. Oh, die Trauer ist phantastisch! Sie webt ein Netz, auf dem man die Geschichte seines Leids von jeder Form und Veränderung her verfolgen kann, sie integriert sich in alle lebende Natur, sie findet Nahrung in jedem Gegenstand; wie das Licht erfüllt sie alle Dinge und gibt wie das Licht jedem seine eigene Farbe.

Ich war bei meiner Suche einige Entfernung von der Stelle gewandert, an der ich an Land geworfen worden war, und kam zu einem jener Wachtürme, die in bestimmten Abständen das italienische Ufer säumen. Ich war froh, einen Zufluchtsort zu haben, froh, ein Werk von menschlichen Händen zu finden, nachdem ich so lange auf die trostlose Ödnis der Natur geblickt hatte. So trat ich ein und stieg die rauhe Wendeltreppe hinauf in die Wachstube. Soweit war mir das Schicksal freundlich gesonnen, daß von seinen früheren Bewohnern keine schreckliche Spur mehr übriggeblieben war; ein paar Bretter, die über zwei Eisenfässer gelegt und mit getrockneten Maisblättern bestreut waren, waren das Bett, das mir präsentiert wurde; und eine offene Truhe, die einen halbverschimmelten Keks enthielt, erweckte einen Appetit, den es vielleicht schon einmal gegeben hatte, von dessen Existenz ich bis jetzt aber nicht wußte. Auch Durst, gewaltsam und ausdörrend, Ergebnis des Meerwassers, das ich getrunken hatte, und die Erschöpfung meines Körpers, quälten mich. Die liebenswürdige Natur hatte das Stillen dieser Bedürfnisse mit angenehmen Empfindungen begabt, so daß ich - selbst ich! - erfrischt und beruhigt war, als ich von dieser elenden Kost aß und ein wenig von dem sauren Wein trank, der eine Flasche zur Hälfte füllte, die in dieser herrenlosen Behausung zurückgelassen wurde. Dann streckte ich mich auf dem Bett aus, das von einem Schiffbrüchigen nicht verschmäht werden sollte. Der erdige Geruch der getrockneten Blätter war nach dem verhaßten Geruch von Seegras Balsam für meine Sinne. Ich vergaß meinen Zustand der Einsamkeit. Ich sah weder nach hinten noch nach vorne; meine Sinne wurden beruhigt, um sich auszuruhen. Ich schlief ein und träumte von allen lieben heimatlichen Szenen, von Heumachern, von dem Pfeifen des Hirten nach seinem Hund, wenn er seine Hilfe verlangte, die Herde in den Pferch zu treiben; von Anblicken und Geräuschen, die dem Leben in den Bergen meiner Kindheit eigen sind, das ich lange vergessen hatte.

Ich erwachte in qualvoller Agonie - denn ich hatte geträumt, daß der Ozean seine Grenzen sprengte, den festen Kontinent und die tief verwurzelten Berge wegtrug, zusammen mit den Bächen, die ich liebte, den Wäldern und den Herden - daß er herumtobte, mit dem fortgesetzten und schrecklichen Gebrüll, das den letzten Schiffbruch der überlebenden Menschheit begleitet hatte. Als mein erwachender Sinn zurückkehrte, schlossen sich die kahlen Wände des Wachzimmers um mich herum, und der Regen prasselte gegen das einzige Fenster. Wie furchtbar es ist, aus der Vergessenheit des Schlummers hervorzutreten und als guten Morgen das stumme Klagen des eigenen unglückseligen Herzens zu empfangen - vom Land der trügerischen Träume zurückzukehren, zum schweren Wissen des unveränderten Unglücks! - So war es bei mir, jetzt und für immer! Das Stechen anderen Leides könnte durch die Zeit abgestumpft werden; und sogar ich gab manchmal während des Tages dem Vergnügen nach, das durch die Einbildungskraft oder die Sinne inspiriert ist; aber ich erblicke nie das Morgenlicht, ohne daß meine Finger zuerst auf mein berstendes Herz gepreßt sind, und meine Seele mit der endlosen Flut des hoffnungslosen Elends überflutet wird. Jetzt erwachte ich zum ersten Mal in der toten Welt - ich erwachte allein - und das dumpfe Klagelied des Meeres, das sogar im

Regen zu hören war, erinnerte mich an das Abbild des Elenden, der ich geworden war. Der Klang tönte wie ein Vorwurf, ein Spott - wie der Stich der Reue in der Seele - ich keuchte - die Adern und Muskeln meiner Kehle schwollen an und erstickten mich. Ich legte meine Finger an meine Ohren, ich vergrub meinen Kopf in den Blättern meiner Lagerstatt, ich wäre bis zum Boden getaucht, um das schreckliche Stöhnen nicht mehr zu hören.

Doch ich mußte eine andere Aufgabe erfüllen - wieder besuchte ich den verhaßten Strand - wieder hielt ich vergeblich weit und breit Ausschau - wieder erhob ich meinen unbeantworteten Schrei, erhob die einzige Stimme, die die stumme Luft je wieder zum Aussprechen des menschlichen Gedankens zwingen konnte.

Was für ein bedauernswertes, verlassenes, trostloses Wesen ich war! Mein ganzes Aussehen und Gewand erzählte die Geschichte meiner Verzweiflung. Meine Haare waren verfilzt und wild - meine Glieder waren mit salzigem Schlamm verschmutzt. Während ich auf See war, hatte ich jene meiner Gewänder abgeworfen, die mich bedrängten, und der Regen hatte die dünne Sommerkleidung durchnäßt, die ich anbehalten hatte. Meine Füße waren nackt, und die kurzen Schilfrohre und die zerbrochenen Muscheln ließen sie bluten - indessen eilte ich hin und her, mal gebannt auf einen fernen Felsen blickend, der im Sande liegend für einen Augenblick einen täuschenden Schein annahm - mal mit blitzenden Augen dem mörderischen Ozean seine unaussprechliche Grausamkeit vorwerfend.

Für einen Moment verglich ich mich mit dem Herrscher über die Ödnis - Robinson Crusoe. Wir waren beide ohne Gefährten an den Strand geworfen worden - er an den einer einsamen Insel - ich an jenen einer trostlosen Welt. Ich war reich an den sogenannten Lebensgütern. Wenn ich meine Schritte von der nahen, öden Szene entfernte und irgendeine der Millionenstädte der Erde betrat, würde ich ihren Reichtum für meine Unterbringung bevorratet finden - Kleidung, Essen, Bücher und eine gewählte Unterkunft, die früher dem Befehl von Fürsten unterstand. Unter jedem Klima konnte ich wählen, während er für die Beschaffung alles Notwendigen schuften mußte und der Bewohner einer tropischen Insel war, gegen deren Hitze und Stürme er nur einen unzureichenden Unterschlupf finden konnte. - Wenn man die Frage so betrachtete, wer würde da nicht die sybaritischen Genüsse, über die ich herrschen konnte, die philosophische Muße und die reichlich vorhandenen geistigen Mittel seinem Leben der Arbeit und der Gefahr vorziehen? Doch er war viel glücklicher als ich; denn er konnte hoffen, noch nicht einmal hoffnungslos hoffen - das ersehnte Schiff kam endlich an, um ihn zu seinen Landsleuten und seiner Verwandtschaft zu tragen, wo die Ereignisse seiner Einsamkeit zu einer Kaminfeuergeschichte wurden. Ich würde niemandem jemals die Geschichte meiner Not erzählen, ich hatte keine Hoffnung. Er wußte, daß jenseits des Ozeans, der seine einsame Insel umgab, Tausende lebten, die von der Sonne erleuchtet wurden, wenn sie auch auf ihn schien - unter der Mittagssonne und dem besuchenden Mond trug ich allein menschliche Züge. Ich allein konnte dem Denken Artikulation geben, und wenn ich schlief, gab es niemanden, der wahrgenommen hätte, ob es Tag oder Nacht war. Er war vor seinen Kameraden geflohen und wurde von Gefühlen des Schreckens überkommen, als er des Abdrucks eines menschlichen Fußes ansichtig wurde. Ich wäre niedergekniet und hätte ihn angebetet. Der wilde und grausame Karibe, der unbarmherzige Kannibale - oder schlimmer als dieser, der rohe, grausame und unerbittliche Veteran in den Lastern der Zivilisation, wäre für mich ein geliebter Gefährte gewesen, ein Schatz, der teuer geschätzt würde - seine Natur würde mit meiner verwandt sein; seine Gestalt in der gleichen Form gegossen; menschliches Blut würde in seinen Adern fließen; eine menschliche Zuneigung müßte uns für immer verbinden. Es kann nicht sein, daß ich niemals wieder ein anderes menschliches Wesen mehr sehen werde! - Niemals! - Nie! - Nicht im Verlauf von Jahren! - Soll ich wachen und mit niemandem sprechen, die endlosen Stunden verstreichen lassen, meine Seele ein einsamer Punkt sein, gestrandet in der Welt, umgeben vom Nichts? Wird so endlos Tag auf Tag folgen? - Nein! Nein! Ein Gott regiert die Welt - die Vorsehung hat ihr goldenes Zepter nicht gegen einen Vipernbiß ausgetauscht. Fort! Laßt mich von dem Meeresgrab fliehen, laßt mich von diesem öden Winkel fortgehen, der durch seine eigene Verwüstung unzugänglich ist; laßt mich noch einmal die gepflasterten Städte betreten; über die

Schwelle der Behausungen des Menschen treten, und gewiß werde ich diesen Gedanken als ein schreckliches Trugbild empfinden - einen wahnsinnigen, aber vergänglichen Traum.

Ich betrat Ravenna (die Stadt, die der Stelle am nächsten lag, an der ich an Land gespült worden war), bevor die Sonne das zweite Mal auf die leere Welt aufging. Ich sah viele Lebewesen, Ochsen, Pferde und Hunde, aber unter ihnen war kein Mensch. Ich betrat eine Hütte, sie war leer. Ich stieg die Marmortreppe eines Palastes hinauf, die Fledermäuse und die Eulen hatten sich in den Wandteppichen eingenistet. Ich ging leise, um die schlafende Stadt nicht zu erwecken: Ich wies einen Hund zurecht, der durch das Jaulen die heilige Stille störte. Ich wollte nicht glauben, daß alles so war, wie es schien - Die Welt war nicht tot, sondern ich war verrückt. Ich war des Sehens, Hörens und des Tastsinnes beraubt. Ich arbeitete unter der Kraft eines Zauberspruchs, der es mir erlaubte, alle Sehenswürdigkeiten der Erde zu sehen, außer seinen menschlichen Bewohnern. Sie verfolgten ihre gewöhnlichen Arbeiten. Jedes Haus hatte seinen Bewohner, nur konnte ich sie nicht wahrnehmen. Wenn ich mich in einen solchen Glauben hätte täuschen können, wäre ich viel zufriedener gewesen. Aber mein Gehirn behauptete hartnäckig seinen Verstand und weigerte sich, sich solche Einbildungen zu gestatten - und obgleich ich mich bemühte, das Spielchen vor mir selbst zu spielen, wußte ich, daß ich, der Nachkomme des Menschen, während langer Jahre einer von vielen - nun als alleiniger Überlebender meiner Spezies verblieb.

Die Sonne sank hinter die westlichen Hügel. Ich hatte seit dem vorhergehenden Abend gefastet, aber, obwohl ich geschwächt und müde war, verabscheute ich Essen, noch hörte ich auf, während noch ein Lichtstrahl blieb, durch die einsamen Straßen zu schreiten. Die Nacht kam und sandte jede lebende Kreatur außer mir zu ihrem Gefährten. Es war mein Trost, meine seelische Qual durch körperliche Not abzustumpfen - von den tausend Betten um mich wollte ich nicht den Luxus eines einzigen suchen. Ich legte mich auf den Bürgersteig, - eine kalte Marmorstufe diente mir als Kissen - Mitternacht kam; und erst dann verbargen meine ermüdeten Lider den Anblick der funkelnden Sterne, und ihre Widerspiegelung auf dem Pflaster in der Nähe. So verbrachte ich die zweite Nacht meiner Verlassenheit.

Kapitel 10.

Ich erwachte am Morgen, als die ersten Strahlen der aufgehenden Sonne auf die oberen Fenster der hohen Häuser fielen. Die Vögel zwitscherten und ließen sich auf den Fensterbänken und verlassenen Schwellen der Türen nieder. Ich erwachte, und mein erster Gedanke war, daß Adrian und Clara tot sind. Ich werde nicht mehr von ihrem Guten Morgen begrüßt werden - oder den langen Tag in ihrer Gesellschaft verbringen. Ich werde sie nie mehr sehen. Der Ozean hat mich ihrer beraubt - ihnen das Herz der Liebe aus der Brust gestohlen, und der Verderbnis übergeben, was mir lieber war als Licht, Leben oder Hoffnung.

Ich war ein ungebildeter Hirtenjunge, als Adrian sich herabließ, mir seine Freundschaft zu schenken. Die besten Jahre meines Lebens waren mit ihm gegangen. Alles, was ich von den Gütern dieser Welt besaß, an Glück, Wissen oder Tugend - verdankte ich ihm. Er hatte mit seiner Person seinem Intellekt und seinen außerordentlichen Eigenschaften, meinem Leben einen Reichtum verliehen, den es ohne ihn nie gekannt hätte. Mehr als alle anderen Wesen hatte er mir beigebracht, daß reine und einzigartige Güte ein Attribut des Menschen sein kann. Es war ein himmlischer Anblick zu sehen, wie er in den letzten Tagen der menschlichen Rasse anführte, regierte und tröstete.

Auch meine liebliche Clara war mir verloren - sie, die letzte der menschlichen Töchter, hatte all jene weiblichen und jungfräulichen Tugenden gezeigt, die Dichter, Maler und Bildhauer in ihren verschiedenen Sprachen auszudrücken bestrebt waren. Doch konnte ich, was sie betraf, klagen, daß sie in der frühen Jugend vor der sicheren Ankunft des Elends bewahrt wurde? Von reiner Seele war sie, und alle ihre Absichten waren heilig. In ihrem Herz jedoch wohnte die Liebe, und die Empfindsamkeit, die ihr schönes Antlitz ausdrückte, sagte viele Leiden voraus, nicht weniger tief und trostlos, weil sie sie für immer verborgen hätte.

Diese beiden wundersam begabten Wesen waren von dem allgemeinen Untergang verschont geblieben, um während des letzten einsamen Jahres meine Gefährten zu sein. Ich hatte, während sie bei mir waren, ihren ganzen Wert gefühlt. Ich war mir bewußt, daß jedes andere Gefühl, jedes Bedauern oder jede Leidenschaft sich allmählich zu einer sehnlichen, brennenden Zuneigung gewandelt hatte. Ich hatte die süße Gefährtin meiner Jugend, die Mutter meiner Kinder, meine angebetete Idris nicht vergessen; doch ich sah zumindest einen Teil ihres Geistes in ihrem Bruder wieder aufleben; und danach, als ich durch den Tod Evelyns verloren hatte, was sie mir so sehr in Erinnerung rief, fand ich Ähnlichkeiten an sie in Adrians Äußeren und bemühte mich, die beiden guten Gedanken zu verbinden. Ich erforsche die Tiefen meines Herzens und versuche vergeblich, daraus die Ausdrücke zu ziehen, die meine Liebe zu diesen Letzten meiner Rasse ausdrücken können. Wenn Bedauern und Kummer mich überkamen, wie es in unserem einsamen und unsicheren Zustand vorkam, zerstreuten der klare Klang von Adrians Stimme und sein glühender Blick die Finsternis; oder ich wurde durch die sanfte Zufriedenheit und die süße Ergebung, die Claras wolkenlose Stirn und ihre tiefblauen Augen ausdrückten, unwillkürlich aufgeheitert. Sie waren alles für mich - die Sonnen meiner im dunkeln liegenden Seele - Erholung in meiner Müdigkeit - Schlummer in meinem schlaflosen Leid. Krank, ernstlich krank, mit unzusammenhängenden Worten, nackt und schwach, habe ich das Gefühl ausgedrückt, mit dem ich an ihnen hing. Ich hätte mich wie Efeu untrennbar um sie gewickelt, damit der gleiche Schlag uns zerstören könnte. Ich wäre in sie eingetreten und ein Teil von ihnen gewesen - so daß

Wär' dieses Leibs schwerfällige Substanz Gedanke,[163]

ich sie schon jetzt in ihre neue und sprachlose Wohnung begleitet hätte. Niemals werde ich sie wieder sehen. Ich bin ihres lieben Gespräches beraubt - ihres Anblicks beraubt. Ich bin ein Baum, der vom Blitz zerrissen wurde. Niemals wird die Rinde sich über den entblößten

---

[163] Shakespeare, Sonett 44.

Fasern schließen - niemals wird ihr zitterndes Leben, von den Winden zerrissen, auch nur für einen Augenblick Linderung erfahren. Ich bin allein in der Welt - doch jener Ausdruck enthielt immer noch weniger Elend, als der, daß Adrian und Clara tot sind.

Die Flut des Denkens und Fühlens behält stets ihren gleichen Fluß, obwohl die Ufer und Formen, die ihren Lauf bestimmen, und das Spiegelbild in der Welle sich verändern. So verflog das Gefühl des unmittelbaren Verlusts in gewisser Weise, während das der äußersten, unheilbaren Einsamkeit mit der Zeit in mir stärker wurde. Drei Tage wanderte ich durch Ravenna - mal nur an die geliebten Wesen denkend, die in den schlammigen Höhlen des Ozeans schliefen - und mal auf die schreckliche Leere vor mir blickend. Mir schauderte, einen Schritt nach vorn zu tun - innerlich krümmte ich mich vor jeder Veränderung, die das Fortschreiten der Stunden anzeigte.

Drei Tage lang wanderte ich in dieser trübsinnigen Stadt hin und her. Ich verbrachte ganze Stunden damit, von Haus zu Haus zu gehen und zu hören, ob ich irgendein leises Anzeichen menschlicher Existenz entdecken könnte. Manchmal zog ich an einer Glocke; es tönte durch die hohen Räume, und dem Klang folgte Stille. Ich nannte mich hoffnungslos, doch noch hoffte ich; und noch schlich sich Enttäuschung in die Stunden ein, drängte den kalten, scharfen Stahl, der mich zuerst durchbohrte, tiefer in die schmerzende schwärende Wunde. Ich ernährte mich wie ein wildes Tier, das sein Essen nur dann ergreift, wenn es von unerträglichem Hunger dazu getrieben wird. Weder wechselte ich während all dieser Tage meine Kleidung, noch suchte ich den Schutz eines Daches. In mir brennende Hitze, nervöse Gereiztheit, ein unaufhörlicher, aber verwirrter Gedankenfluß, schlaflose Nächte und von wütender Tätigkeit durchdrungene Tage, beherrschten mich während dieser Zeit.

Als das Fieber meines Blutes zunahm, überkam mich ein Verlangen zu Wandern. Ich erinnere mich, daß die Sonne am fünften Tag nach meinem Schiffbruch untergegangen war, als ich ohne Absicht oder Ziel die Stadt Ravenna verließ. Ich muß sehr krank gewesen sein. Hätte ich mich mehr oder weniger im Delirium befunden, so wäre diese Nacht sicherlich meine letzte gewesen. Denn als ich weiter an den Ufern des

Mantone ging, dessen Lauf ich verfolgte, blickte ich wehmütig auf den Strom und gestand mir ein, daß seine ungetrübten Wellen meine Leiden für immer heilen konnten, und vermochte nicht, mir meine Trägheit zu erklären, in ihnen vor den vergifteten Gedankenpfeilen Schutz zu suchen, die mich durch und durch durchbohrten. Ich wanderte einen beträchtlichen Teil der Nacht hindurch, und übermäßige Erschöpfung überwand schließlich meinen Widerwillen gegen den Gebrauch der verlassenen Behausungen meiner Spezies. Der abnehmende Mond, der gerade aufgegangen war, zeigte mir eine Hütte, deren gepflegter Eingang und ordentlicher Garten mich an mein heimisches England erinnerten. Ich hob den Riegel der Tür und trat ein. Zuerst präsentierte sich mir eine Küche, wo ich, geführt von den Mondstrahlen, Materialien fand, um ein Licht anzuzünden. Dahinter war ein Schlafzimmer. Das Bett, das mit schneeweißen Tüchern ausgestattet war, das Holz, das auf dem Herd lag, und eine Ordnung wie für eine vorbereitete Mahlzeit, hätte mich fast in den guten Glauben getäuscht, daß ich hier gefunden hätte, was ich so lange gesucht hatte - einen Überlebenden, einen Begleiter in meiner Einsamkeit, einen Trost in meiner Verzweiflung. Ich stählte mich gegen die Täuschung. Die Unterkunft war leer, es war nur klug, wiederholte ich mir, den Rest des Hauses zu untersuchen. Ich hatte gedacht, ich sei vor jeder Hoffnung gefeit, doch mein Herz schlug hörbar, als ich meine Hand auf das Schloß jeder Tür legte, und mein Mut sank wieder, als ich in jedem Raum dieselbe Leere wahrnahm. Sie waren dunkel und still wie Grabgewölbe. Also kehrte ich in die erste Kammer zurück und fragte mich, welcher unwissende Wirt meine Mahlzeit und mein Bett vorbereitet hatte. Ich zog einen Stuhl an den Tisch und untersuchte, woraus die Nahrung bestand. In Wahrheit war es ein Mahl des Todes! Das Brot war blau und schimmelig, der Käse zerfiel in einen Haufen Staub. Ich wagte nicht, die anderen Speisen zu untersuchen. Ein Trupp Ameisen ging in einer doppelten Linie über die Tischdecke. Jedes Gerät war mit Staub bedeckt, mit Spinnweben und Myriaden von toten Fliegen. Diese Gegenstände bezeugten alle und jedes die Irrigkeit meiner Erwartungen. Tränen schossen in meine Augen, dies war gewiß eine mutwillige Demonstration der Macht des Zerstörers. Was hatte ich getan, daß jeder empfindliche Nerv solcherart bloßgelegt wurde? Andererseits - warum sollte ich mich jetzt mehr beschweren als zuvor? Dieses leere Häuschen enthüllte keinen neuen Kummer - die Welt war leer, die Menschheit war tot - ich wußte es nur zu gut - warum also mit einer bereits bekannten und schalen Wahrheit hadern? Doch, wie ich sagte, hatte ich trotz meiner Verzweiflung noch gehofft, so daß jeder neue Eindruck der harten Realität einen frischen Schmerz in meiner Seele mit sich brachte, der mir die noch unerforschte Lektion gab, daß weder der Wechsel des Orts noch die Zeit meinem Elend Erleichterung bringen könnten, sondern daß ich so weiterleben mußte, wie ich es jetzt tat, Tag für Tag, Monat für Monat, Jahr für Jahr, bis an mein Lebensende. Ich wagte kaum darüber nachzudenken, welchen Zeitraum dieser Ausdruck implizierte. Es ist wahr, ich stand nicht mehr in der ersten Blüte der Männlichkeit, doch ich war auch noch nicht weit ins Tal des Alters gegangen - man nennt die meine die Blütezeit des Lebens: Ich war gerade in mein siebenunddreißigstes Jahr eingetreten; jede Gliedmaße war ebenso gesund, jede Bewegung so fließend, als sei ich ein Hirte auf den Hügeln von Cumberland; und mit diesen Vorteilen sollte ich mein einsames Lebens beginnen. Solcherart waren die Gedanken, mit denen ich in dieser Nacht in meinen Schlummer fiel.

Der Unterschlupf jedoch, und die weniger gestörte Ruhe, die ich genoß, sorgten dafür, daß ich mich am folgenden Morgen wieder gesünder und stärker fühlte, als je seit meinem folgenschweren Schiffsbruch. Unter den Vorräten, die ich bei der Suche in der Hütte in der vergangenen Nacht entdeckt hatte, befand sich eine Menge getrockneter Trauben; diese erquickten mich am Morgen, als ich meine Wohnung verließ und in eine Stadt weiterging, die ich in großer Entfernung erkannte. Soweit ich es erahnen konnte, muß es Forli gewesen sein. Ich betrat seine breiten und grasbewachsenen Straßen voller Vergnügen. Natürlich zeichnete sich in allem das Übermaß an Verlassenheit; dennoch liebte ich es, mich an jenen Stellen zu finden, wo meine Mitgeschöpfe gelebt hatten. Ich durchquerte mit Entzücken eine Straße nach der anderen, sah zu den hohen Häusern auf und wiederholte zu mir selbst, daß sie einst Wesen enthielten, die mir ähnlich waren - ich war nicht immer der Elende, der ich jetzt bin. Der breite Marktplatz von

Forli, die Arkade um ihn herum, sein helles und angenehmes Aussehen munterten mich auf. Mir gefiel der Gedanke, daß, wenn die Erde wieder bevölkert sein sollte, wir, die verlorene Rasse, in den zurückgelassenen Reliquien den Neuankömmlingen keine verächtliche Darstellung unserer Kräfte präsentieren würden.

Ich betrat eines der Paläste und öffnete die Tür zu einem prunkvollen Salon. Ich erschrak - ich sah wieder mit neuer Verwunderung hin. Welcher wild aussehende, ungepflegte, halbnackte Wilde war das vor mir? Die Verwunderung war kurz.

Ich sah, daß ich selbst es war, den ich in einem großen Spiegel am Ende der Halle sah. Kein Wunder, daß der Liebende der fürstlichen Idris sich in dem elenden Abbild, das sich dort darstellte, nicht wiedererkennen sollte. Mein zerrissenes Kleid war dasselbe, in dem ich halb lebendig aus dem stürmischen Meer gekrochen war. Mein langes, wirres Haar hing in verfilzten Strähnen auf meiner Stirn - meine dunklen Augen, jetzt hohl und wild, blitzten unter ihnen hervor - meine Wangen waren verfärbt von der Gelbsucht, die (das Ergebnis von Elend und Verwahrlosung) meine Haut durchtränkte und sich halb unter einem über viele Tage gewachsenen Bart verbarg.

Doch warum sollte ich nicht so bleiben, dachte ich; die Welt ist tot, und diese armselige Kleidung ist ein passenderes Trauerkleid als ein geckenhafter schwarzer Anzug. Und so, dünkt mich, hätte ich bleiben sollen, hätte nicht die Hoffnung, ohne die, wie ich glaube, der Mensch nicht existieren könnte, mir zugeflüstert, daß ich in einem solchen elenden Zustand furchteinflößend und abstoßend für das Wesen sein würde, das, ich wußte nicht wo, existieren müßte, und, wie ich zuversichtlich glaubte, schließlich von mir gefunden werden sollte. Werden meine Leser die Eitelkeit verachten, die mich dazu brachte, mich um eines visionären Wesens willen sorgfältiger zu kleiden? Oder werden sie die Launen einer halb verrückten Phantasie verzeihen? Ich kann mir leicht verzeihen - denn die Hoffnung, wie vage auch immer, war mir so teuer, und ein Gefühl des Vergnügens so selten, daß ich bereitwillig jedem Gedanken nachgab, der die eine schürte, oder meinem kummerschweren Herzen eine Wiederholung des letzteren versprach.

Nach dieser Beschäftigung besuchte ich jede Straße, jede Gasse und jeden Winkel von Forli. Diese italienischen Städte zeigten eine noch größere Trostlosigkeit als jene in England oder Frankreich. Die Pest war hier früher aufgetaucht - sie hatte ihren Lauf eher beendet und ihr Ziel viel früher erreicht als bei uns. Wahrscheinlich hatte der letzte Sommer nirgendwo zwischen den Küsten Kalabriens und den nördlichen Alpen noch einen Menschen gefunden. Meine Suche war vollkommen vergebens, doch ich verzagte nicht.

Mich dünkte, die Vernunft wäre auf meiner Seite, und die Aussichten keineswegs verachtenswert, daß es einen Überlebenden wie mich selbst in irgendeinem Teil Italiens geben sollte - einem verödeten, entvölkerten Lande. Als ich also durch die leere Stadt wandelte, schmiedete ich einen Plan für meine zukünftigen Handlungen. Ich würde weiter in Richtung Rom gehen. Nachdem ich mich durch eine gründliche Suche vergewissert haben würde, daß ich in den Städten, durch die ich ging, kein menschliches Wesen zurückließ, würde ich in drei Sprachen jeweils an auffällige Stellen mit weißer Farbe schreiben, „Verney, der Letzte der Rasse der Engländer, hat seinen Wohnsitz in Rom genommen."

In Ausführung dieses Entwurfs betrat ich ein Malergeschäft und beschaffte mir die Farbe. Es ist seltsam, daß eine so triviale Beschäftigung mich getröstet und sogar belebt haben sollte. Doch der Kummer läßt einen kindlich werden, und die Verzweiflung phantastisch. Zu dieser einfachen Inschrift fügte ich nur die Aussage hinzu: „Freund, komm! Ich warte auf dich! - *Deh, vieni! Ti aspetto!*"

Am nächsten Morgen, mit etwas Hoffnung auf meinen Begleiter, verließ ich Forli auf dem Weg nach Rom. Bis jetzt hatten quälender Rückblick und trostlose Aussichten für die Zukunft mich im Wachzustand aufgereizt und mich in meinen Schlaf begleitet. Viele Male hatte ich mich der Tyrannei der Qual ausgeliefert - viele Male beschloß ich ein schnelles Ende meiner Sorgen; und der Tod durch meine eigene Hand war ein Heilmittel, dessen Durchführbarkeit mich sogar erheiterte. Was könnte ich in der anderen Welt fürchten? Wenn es eine Hölle gäbe und ich dazu verdammt wäre, würde ich ein Meister im Erdulden seiner Folter werden - die Tat wäre einfach, das schnelle und sichere Ende meiner beklagenswerten Tragödie. Doch jetzt verblaßten diese

Gedanken vor der neu entstandenen Erwartung. Ich verfolgte meinen Weg weiter, und empfand dabei nicht, wie zuvor, jede Stunde, jede Minute als ein Zeitalter voller unermeßlicher Pein.

Als ich über die Ebene, am Fuße der Apenninen - durch ihre Täler und über ihre düsteren Gipfel wanderte, führte mich mein Weg durch ein Land, das von Helden betreten, von Tausenden besucht und bewundert wurde. Sie waren wie eine Flut zurückgegangen und ließen mich nackt und bloß in der Mitte zurück. Aber warum beschweren? Hoffte ich nicht? - dies schärfte ich mir ein, selbst nachdem der belebende Mut mich wirklich verlassen hatte, und so mußte ich die ganze Stärke aufrufen, die ich aufbringen konnte, und das war nicht viel, um eine Wiederholung jener chaotischen und unerträglichen Verzweiflung zu vermeiden, die dem elenden Schiffbruch gefolgt war - die jede Angst übertroffen und jede Freude zerschlagen hatte.

Ich stand jeden Tag mit der Morgensonne auf und verließ mein trostloses Gasthaus. Während meine Füße durch das unbewohnte Land streiften, wanderten meine Gedanken durch das Universum, und ich war am wenigsten elend, wenn ich, in Träumereien vertieft, den Lauf der Stunden vergessen konnte. Jeden Abend widerstrebte es mir trotz meiner Müdigkeit, mich in irgendeine Wohnung zu begeben, um dort meinen nächtlichen Aufenthaltsort zu beziehen - Stunde um Stunde saß ich an der Tür des Hauses, das ich ausgewählt hatte, und war unfähig, den Riegel anzuheben und der Verlassenheit drinnen ansichtig zu werden. Viele Nächte, obwohl Herbstnebel verbreitet waren, verbrachte ich unter einer Stechpalme - viele Male habe ich die Früchte des Erdbeerbaums und der Kastanien gegessen, ein Feuer, zigeunerähnlich, auf dem Boden gemacht - weil die wilde Szene der Natur mich weniger schmerzlich an meinen hoffnungslosen Zustand der Einsamkeit erinnerte. Ich zählte die Tage und trug einen geschälten Weidenstab mit mir, an dem ich, so gut ich mich erinnern konnte, die Tage seit meinem Schiffbruch eingekerbt hatte; und jede Nacht fügte ich der traurigen Anzahl eine weitere Kerbe hinzu.

Ich hatte einen Hügel erklommen, der nach Spoleto führte. Ringsum lag eine Ebene, umkreist von den mit Kastanienbäumen bedeckten Apenninen. Auf der einen Seite befand sich eine dunkle Schlucht, überspannt von einem Aquädukt, dessen hohe Bögen im darunter liegenden Tal wurzelten, und bezeugte, daß der Mensch hier einmal geruht hatte, Arbeit und Gedanken aufzuwenden, um die Natur zu schmücken und zu nutzen. Die wilde, undankbare Natur, die in ausgelassenem Treiben seine Überreste verunstaltete, breitete ihren leichthin erneuerten und zerbrechlichen Wuchs von wilden Blumen und Unkräutern über seine ewigen Mauern aus. Ich saß auf einem Felsbrocken und blickte umher. Die Sonne hatte den westlichen Himmel in Gold getaucht, und im Osten fingen die Wolken die Strahlen ein und erblühten in vorübergehender Lieblichkeit. Die Sonne ging über einer Welt unter, die mich allein als ihren Bewohner enthielt. Ich nahm meinen Stab heraus - ich zählte die Linien. Fünfundzwanzig waren bereits eingekerbt - fünfundzwanzig Tage waren bereits verstrichen, seitdem die menschliche Stimme meine Ohren erfreut, oder ein menschliches Antlitz meinen Blick getroffen hatte. Fünfundzwanzig lange, beschwerliche Tage, gefolgt von dunklen und einsamen Nächten, hatten sich mit vergangenen Jahren vermischt und waren ein Teil der Vergangenheit geworden - die nie wieder zurückgerufen werden konnte - ein echter, unleugbarer Teil meines Lebens - fünfundzwanzig lange, lange Tage.

Warum sollte dies nicht ein Monat sein! - Warum von Tagen reden - oder Wochen - oder Monaten - ich muß Jahre in meiner Vorstellung fassen, wenn ich mir wirklich die Zukunft vorstellen wollte - drei, fünf, zehn, zwanzig, fünfzig Jahrestage von dieser tödlichen Epoche könnten vergehen - jedes Jahr zwölf Monate enthaltend, von denen jeder länger ist als die fünfundzwanzig Tage, die vergangen sind - Kann es so sein? Wird es so sein? - Wir waren es gewöhnt, zitternd auf den Tod zu sehen - warum, außer deswegen, weil sein Ort unbestimmt war? Aber schrecklicher und weit unbestimmter war der entschleierte Lauf meiner einsamen Zukunft. Ich zerbrach meinen Stab; ich warf ihn von mir. Ich brauchte keine Aufzeichnungen über das Fortschreiten meines Lebens, während meine unruhigen Gedanken andere Bereiche schufen als jene, die von den Planeten regiert wurden - und wenn ich auf die Zeit zurückblickte, die vergangen war, seit ich allein war, verachtete ich es, die Qualen der Agonie, die sie in Wahrheit eingeteilt hatten, als Tage und Stunden zu bezeichnen.

Ich verbarg mein Gesicht in meinen Händen. Das Zwitschern der jungen Vögel, die zur Ruhe kamen, und ihr Rascheln unter den Bäumen, störte die stille Abendluft - die Grillen zirpten - ab und zu gurrte die Eule. Ich hatte an den Tod gedacht - diese Geräusche sprachen zu mir vom Leben. Ich hob die Augen - eine Fledermaus wirbelte herum - die Sonne war hinter die gezackte Bergkette gesunken, und der fahle Halbmond war silberweiß, inmitten des orangefarbenen Sonnenuntergangs und begleitet von einem hellen Stern, der das Zwielicht verlängerte. Eine Viehherde ging unten im Tal unbewacht auf ihre Wasserstelle zu - das Gras raschelte, von einer leichten Brise bewegt, und die Olivenbäume, die im Mondlicht zu sanften Formen geschmolzen waren, kontrastierten ihr Meeresgrün mit dem dunklen Laub der Kastanie. Ja, so ist die Erde, es gibt keine Veränderung - keinen Zerfall - keinen Bruch in ihrer üppigen grünen Weite. Sie fährt fort, abwechselnd mit Tag und Nacht durch den Himmel zu kreisen, auch wenn der Mensch nicht mehr ihr Verzierer oder Bewohner ist. Warum konnte ich mich nicht wie eines dieser Tiere vergessen und nicht länger unter dem wilden Aufruhr des Elends leiden, das ich ertrage? Aber, ach! Was für ein tödlicher Bruch gähnt zwischen ihrem Zustand und meinem! Haben sie nicht Begleiter? Haben sie nicht alle ihre Gefährten - ihre geliebten Jungen, ihr Heim, das sie zweifellos, obwohl es uns nicht geäußert wird, wegen der Gesellschaft schätzen, die die liebenswürdige Natur für sie geschaffen hat? Nur ich bin es, der allein ist - ich, auf diesem kleinen Berggipfel, auf Ebene und Berge schauend - auf den Himmel und sein Sternenvolk, auf jedes Geräusch von Erde und Luft, und der murmelnden Welle lauschend. Nur ich kann meine vielen Gedanken mit niemandem teilen, nur ich kann meinen pochenden Kopf nicht an die Brust irgendeines geliebten Menschen legen, nur ich kann nicht aus dem begegnenden Blick einen berauschenden Tau trinken, der den sagenhaften Nektar der Götter übertrifft. Soll ich mich da nicht beschweren? Soll ich nicht die mörderische Maschine verfluchen, die die Kinder der Menschen niedergemäht hat, meine Brüder? Soll ich nicht jeden anderen Nachkommen der Natur, der es wagt, zu leben und zu genießen, verwünschen, während ich lebe und leide?

Ach nein! Ich werde mein trauerndes Herz zu Mitgefühl für eure Freuden erziehen. Ich werde glücklich sein, weil ihr es seid. Lebt weiter, ihr Unschuldigen, ihr auserwählten Lieblinge der Natur, ich bin nicht viel anders als ihr. Nerven, Puls, Gehirn, Gelenk und Fleisch, aus solchen bin ich komponiert, und ihr seid durch die gleichen Gesetze organisiert. Ich habe etwas darüber hinaus, aber ich will es einen Mangel nennen, keine Begabung, wenn es mich zum Elend führt, während ihr glücklich seid. In diesem Moment kamen zwei Ziegen und ein kleines Zicklein neben der Mutter aus einem nahe gelegenen Wäldchen. Sie begannen, das Kraut des Hügels zu grasen. Ich näherte mich ihnen, ohne daß sie mich wahrnahmen. Ich sammelte eine Handvoll frisches Gras und hielt es vor mich hin; das Kleine schmiegte sich dicht an seine Mutter, während sie sich ängstlich zurückzog. Das Männchen trat vor und richtete seine Augen auf mich. Ich näherte mich, hielt immer noch meinen Köder aus, während er, den Kopf niedersenkend, mit seinen Hörnern auf mich losstürzte. Ich war ein großer Dummkopf, das wußte ich, doch gab ich meiner Wut nach. Ich griff ein großes Felsfragment, es hätte meinen nach vorn stürzenden Feind zerquetscht. Ich verharrte - zielte auf ihn - dann verließ mich der Mut. Ich schleuderte den Fels weit weg, er rollte zwischen den Büschen in die Tiefe. Meine kleinen Besucher, alle entsetzt, galoppierten zurück ins Unterholz des Waldes, während ich erschüttert und mit blutendem Herzen den Berg hinabeilte, und durch die körperliche Anstrengung meinem elenden Selbst zu entrinnen suchte.

Nein, nein, ich werde nicht inmitten der wilden Szenen der Natur leben, als Feind von allem, was lebt. Ich werde die Städte aufsuchen - Rom, die Hauptstadt der Welt, die Krone der Errungenschaften des Menschen. In seinen historischen Straßen, heiligen Ruinen und gewaltigen Überresten menschlichen Strebens werde ich nicht, wie hier, alles menschenvergessen finden; sein Gedenken zertrampelnd, seine Werke verunstaltend, von Hügel zu Hügel und von Tal zu Tal verkündend, - von den Wildbächen, die nicht mehr in den von ihnen aufgezwungenen Grenzen fließen - vom Pflanzenbewuchs, der von seinen Gesetzen befreit ist, - von seiner dem Schimmel und Unkraut preisgegebenen Wohnung, - daß seine Macht verloren ist, seine Rasse für immer ausgelöscht.

Ich begrüßte den Tiber, denn das war sozusagen ein unveräußerlicher Besitz der Menschheit. Ich begrüßte die wilde Campagna, weil jeder Bereich vom Menschen betreten worden war; und ihre wilde Unkultivierung, von keinem neueren Datum, nur deutlicher ihre Macht verkündend, da sie einen ehrenwerten Namen und heiligen Titel für etwas erhalten hatte, was sonst eine wertlose, unfruchtbare Gegend gewesen wäre. Ich betrat das Ewige Rom an der Porta del Popolo und begrüßte ehrfürchtig seinen altehrwürdigen Platz. Der weite Platz mit den nahen Kirchen, die lange Ausdehnung des Corso, die nahe Eminenz der Trinita dei Monti erschienen wie ein Werk von Feen, sie waren so still, so friedlich und so überaus schön. Es war Abend; und die Bevölkerung von Tieren, die noch in dieser mächtigen Stadt existierten, war zur Ruhe gekommen; es gab kein Geräusch, außer dem Murmeln seiner vielen Brunnen, deren sanfte Monotonie Harmonie für meine Seele war. Das Wissen, daß ich in Rom war, beruhigte mich; in jener wundersamen Stadt, kaum berühmter für ihre Helden und Weisen, als für die Macht, die sie über die Einbildungskraft von Menschen ausgeübt hat. In dieser Nacht legte ich mich zur Ruhe; das ewige Brennen meines Herzens war erloschen - meine Sinne hatten sich beruhigt.

Am nächsten Morgen begann ich auf der Suche nach Zerstreuung eifrig meine Wanderungen. Ich erklomm die vielen Terrassen des Gartens des Palazzo Colonna, unter dessen Dach ich geschlafen hatte. Als ich den Garten auf dem Gipfel verließ, befand ich mich auf dem Monte Cavallo. Der Brunnen funkelte in der Sonne; der Obelisk darüber stach in die klare, dunkelblaue Luft.

Die Statuen auf jeder Seite, die Werke von Phidias und Praxiteles, wie in ihnen eingraviert ist, standen in unverminderter Größe und repräsentierten Castor und Pollux, die mit majestätischer Kraft das sich aufbäumende Tier an ihrer Seite zähmten.[164] Wenn jene berühmten

---

[164] Der Brunnen wird rechts und links mit den Statuen der namensgebenden Dioskuren Castor und Pollux flankiert, die zwei aufstrebende Rösser in Zaum halten.

Künstler diese Formen tatsächlich gemeißelt hatten, wie viele vorübergehende Generationen hatten ihre riesigen Proportionen überlebt! Und jetzt wurden sie von dem letzten der Spezies betrachtet, die sie bildhauerisch darstellen und vergöttern sollten. Ich war in meinen eigenen Augen zur Bedeutungslosigkeit geschrumpft, als ich über die unzähligen Wesen nachdachte, die von jenen steinernen Halbgöttern überlebt worden waren, aber dieser Nachgedanke gab mir meine Würde zurück. Der Anblick der Dichtung, die in diesen Statuen verewigt war, nahm dem Gedanken den Stich und kleidete ihn in poetische Idealität.

Ich wiederholte zu mir selbst: Ich bin in Rom! Ich sehe und unterhalte mich sozusagen vertraulich mit dem Wunder der Welt, dem Herrscher über die Phantasie, dem majestätischen und ewigen Überlebenden von Millionen von Generationen verstorbener Menschen. Ich versuchte, den Kummer meines wehen Herzens zu stillen, indem ich mich bemühte, mich dafür zu interessieren, was ich in meiner Jugend so leidenschaftlich zu sehen gewünscht hatte. Jeder Teil von Rom ist reich an Relikten aus der Antike. Die schäbigsten Straßen sind mit abgeschnittenen Säulen, zerbrochenen Kapitellen – korinthisch und ionisch – und funkelnden Granit- oder Porphyrfragmenten übersät. Die Mauern der übelsten Behausungen umschließen eine gerillte Säule oder einen gewichtigen Stein, der einst zum Palast der Cäsaren gehörte; und die Stimme der Vergangenheit wird in stillen Schwingungen von diesen stummen Dingen ausgeströmt, beseelt und verherrlicht, wie sie dies vom Menschen wurden.

Ich umfing die großen Säulen vor dem Tempel des Jupiter Stator, die in dem offenen Raum, der das Forum war, überdauert hatten. Und indem ich meine brennende Wange gegen ihre kalte Dauerhaftigkeit lehnte, versuchte ich, das Bewußtsein des gegenwärtigen Elends und der Verödung zu verlieren, indem ich lebendige Geschichten aus vergangenen Zeiten aus meiner Erinnerung hervorkramte. Ich freute mich über meinen Erfolg, als ich mir Camillus, die Gracchen, Cato und zuletzt die Helden des Tacitus vorstellte, die während der düsteren Nacht des Reiches wie Meteore von überragender Helligkeit erstrahlten; – als die Verse von Horaz und Vergil oder die glühenden Zeiten von Cicero sich in die geöffneten Tore meines Geistes drängten, fühlte ich mich von längst vergessener Begeisterung ergriffen. Ich war erfreut, zu wissen, daß ich die Szene sah, die sie gesehen hatten - die Szene, die ihre Frauen und Mütter und Massen von Ungenannten bezeugten, während sie diese unvergleichlichen Exemplare der Menschheit gleichzeitig verehrten, ihnen applaudierten oder sie beweinten. Endlich hatte ich einen Trost gefunden. Ich hatte die historischen Viertel Roms nicht vergeblich aufgesucht - ich hatte ein Heilmittel für meine vielen und gefährlichen Wunden entdeckt.

Ich saß am Fuß dieser riesigen Säulen. Das Kolosseum, dessen nackte Ruine von der Natur in einen grünen und leuchtenden Schleier gehüllt ist, lag im Sonnenlicht zu meiner Rechten. Nicht weit entfernt, auf der linken Seite, war der Turm des Kapitols. Triumphbögen, die zerfallenden Mauern vieler Tempel, bestreuten den Boden zu meinen Füßen. Ich bemühte mich, ich beschloß, mich zu zwingen, die plebejische Menge und die erhabenen Gestalten der Patrizier zu sehen, die sich um sie versammelt hatten; und als das Diorama[165] der Zeitalter über meine gedämpfte Phantasie hinwegging, wurden sie durch den modernen Römer ersetzt; der Papst, in seiner weißen Stola, Segen an die knienden Anbetern verteilend; der Mönch in seiner Kutte; das dunkeläugige Mädchen, verschleiert von ihrer Mezzera; der laute, sonnenverbrannte Bauer, der seine Herde von Büffeln und Ochsen zum Campo Vaccino führte. Die Romantik, mit der wir, indem wir unsere Stifte in die Regenbogenfarben des Himmels und der überragenden Natur tauchten, die Italiener in gewissem Grade beschenkten, ersetzte die feierliche Erhabenheit der Antike. Ich erinnerte mich an den dunklen Mönch und die schwebenden Figuren von „Der Italiener"[166], und wie mein knabenhaftes Blut von der Beschreibung begeistert gewesen war. Ich rief mir in Erinnerung, wie Corinna[167] das Kapitol erklommen hatte, um gekrönt zu werden, und dachte, von der Heldin zum Autor übergehend, darüber nach, wie der Zaubergeist Roms

---

[165] Als Dioramen bezeichnet man Schaukästen, in denen Szenen mit Modellhaften Figuren und Landschaften vor einem oft halbkreisförmigen, bemalten Hintergrund dargestellt werden.
[166] Ann Radcliffe, Der Italiener.
[167] Germaine de Staël: Corinna oder Italien.

souverän über die Gedanken des Phantasiebegabten herrschte, bis er bei mir innehielt - dem einzig verbliebenen Zuschauer seiner Wunder.

Ich war lange in solchen Gedanken gefangen; aber die Seele ermüdet durch einen unaufhörlichen Flug; und als sie in ihren wirbelnden Kreisen um diesen Ort herum innehielt, fiel sie plötzlich zehntausend Faden tief in den Abgrund der Gegenwart - in Selbsterkenntnis - in zehnfache Traurigkeit. Ich erweckte mich selbst - ich schüttelte meine Wachträume ab; und ich, der ich eben noch die Schreie der römischen Menge hören konnte und in Menschenmassen verloren gewesen war, sah jetzt die verlassenen Ruinen von Rom, die unter seinem blauen Himmel ruhen; die Schatten lagen still auf dem Boden; Schafe weideten ungehütet auf dem Palatin, und ein Büffel stapfte den Heiligen Weg hinunter, der zum Kapitol führt. Ich war alleine im Forum, allein in Rom, alleine in der Welt. Wäre nicht ein lebender Mensch - ein Gefährte in meiner beschwerlichen Einsamkeit - all die Herrlichkeit und die Erinnerung an die Macht dieser altehrwürdigen Stadt wert? Verdoppelter Kummer - eine Schwermut, gezüchtet in den Höhlen der Kimmerer, kleideten meine Seele in Trauerkleidung. Die Generationen, die ich meiner Phantasie heraufbeschworen hatte, kontrastierten stärker mit dem Ende von allem - dem einen Punkt, an welchem, wie auf einer Pyramide, das mächtige Gewebe der Gesellschaft endete, während ich auf der schwindelerregenden Höhe um mich her nur freien Raum sah.

Von solchen unbestimmten Klagen wandte ich mich der Betrachtung der Einzelheiten meiner Situation zu. Bislang war es mir nicht gelungen, das einzige Ziel meiner Wünsche, einen Begleiter in meiner Einsamkeit, zu finden. Dennoch verzweifelte ich nicht. Es ist wahr, daß meine Inschriften größtenteils in unbedeutenden Städten und Dörfern angebracht wurden. Aber auch ohne diese Denkmäler war es möglich, daß die Person, die sich wie ich allein in einem entvölkerten Land finden sollte, wie ich nach Rom kommen sollte. Je geringer meine Erwartung war, desto mehr beschloß ich, darauf aufzubauen und meine Handlungen dieser vagen Möglichkeit anzupassen.

Es wurde daher notwendig, daß ich mich eine Zeitlang in Rom häuslich niederließ. Es wurde notwendig, daß ich meiner Katastrophe ins Gesicht sehen sollte - ich sollte nicht den Teil des Schuljungen spielen, gehorsam sein, ohne mich zu unterwerfen; das Leben aushalten, und doch gegen die Gesetze rebellieren, mit denen ich lebte.

Doch wie könnte ich mich zurückhalten? Ohne Liebe, ohne Zuneigung, ohne Gemeinschaft mit irgend jemandem, wie könnte ich der Morgensonne begegnen und mit ihr ihre oft wiederholte Reise zu den abendlichen Schatten verfolgen? Warum lebte ich weiter - warum warf ich nicht das beschwerliche Gewicht der Zeit ab und entließ mit meiner eigenen Hand den flatternden Gefangenen aus meiner gequälten Brust? - Es war keine Feigheit, die mich zurückhielt; denn die wahre Stärke war zu ertragen; und der Tod hatte einen ihn begleitenden beruhigenden Klang, der mich dazu verleiten wollte, in sein Reich einzutreten. Aber ich wollte es nicht tun. Ich hatte, von dem Augenblick an, als ich über den Gegenstand nachdachte, mich dem Schicksal und dem Dienst der Notwendigkeit unterworfen, den sichtbaren Gesetzen des unsichtbaren Gottes. Ich glaubte, mein Gehorsam sei das Ergebnis vernünftigen Denkens, reinen Gefühls und eines erhabenen Sinnes für die wahre Größe und den Adel meiner Natur. Hätte ich in dieser leeren Erde, in den Jahreszeiten und ihrem Wechsel, nur die Hand einer blinden Macht gesehen, nur zu gern hätte ich meinen Kopf auf den Rasen gelegt und meine Augen für immer für seine Lieblichkeit geschlossen. Aber das Schicksal hatte mir Leben eingeflößt, als die Pest schon ihre Beute ergriffen hatte - sie hatte mich an den Haaren aus den erstickenden Wellen gezogen - durch solche Wunder hatte sie mich für sich gewonnen. Ich gestand ihr ihre Autorität zu und verneigte mich vor ihren Entschlüssen. Wenn dies nach reiflicher Überlegung mein Entschluß war, so war es doppelt notwendig, daß ich mein Leben weiterführen, meine Fähigkeiten verbessern und ihren Fluß nicht durch endloses Murren vergiften sollte. Doch wie zu murren aufhören, wenn es keine Hand mehr gab, um den mit Widerhaken versehenen Pfeil herauszuziehen, der mein Herz der Herzen[168] durchbohrt hatte? Ich streckte meine Hand aus, und sie berührte niemanden, dessen Empfindungen auf meine reagierten. Ich war umgürtet, eingemauert, überwölbt von siebenfachen Barrieren der Einsamkeit. Allein Beschäftigung, so ich

---

[168] Vgl. Fußnote 59.

mich ihr ergeben könnte, würde in meinem schlaflosen Jammer ein beruhigendes Mittel sein. Nachdem ich beschlossen hatte, Rom wenigstens für einige Monate zu meiner Bleibe zu machen, traf ich Vorbereitungen für meine Unterkunft - ich wählte mein Zuhause aus. Der Palazzo Colonna war gut für meine Zwecke geeignet. Seine Pracht - die wertvollen Gemälde, die prächtigen Hallen waren beruhigende und sogar berauschende Objekte.

Ich fand die Getreidespeicher von Rom gut mit Getreide gefüllt, und besonders mit Mais; dieses Produkt, das weniger Kunst in seiner Vorbereitung zum Essen erfordert, wählte ich als meine Hauptnahrung aus. Ich stellte jetzt fest, daß die Strapazen und die Gesetzlosigkeit meiner Jugend sich als nützlich erwiesen. Ein Mann kann die Gewohnheiten von sechzehn Jahren nicht abwerfen. Seit diesem Alter habe ich zwar luxuriös oder zumindest von allen Annehmlichkeiten der Zivilisation umgeben gelebt. Aber vor dieser Zeit war ich „ein solch ungehobelter Wilder, wie der von Wölfen gesäugte Gründer des alten Roms" - und jetzt, in Rom selbst, gereichte die Neigung zum Räuber und Schäfer, die denen seines Gründers ähnlich waren, seinem einzigen Einwohner zum Vorteil. Ich verbrachte den Morgen damit, in der Campagna zu reiten und zu schießen. Ich verbrachte lange Stunden in den verschiedenen Galerien. Ich betrachtete jede Statue und verlor mich in Träumereien vor so mancher schönen Madonna oder schönen Nymphe. Ich suchte den Vatikan auf und stand umgeben von marmornen Formen göttlicher Schönheit. Jede steinerne Gottheit war von heiliger Freude und der ewigen Erfüllung der Liebe besessen. Sie sahen mich mit ungnädiger Selbstgefälligkeit an, und oft tadelte ich sie in heftigen Worten für ihre äußerste Gleichgültigkeit - denn sie waren menschliche Gestalten, die menschliche, göttliche Form war in jeder der schönen Gliedmaßen und Linien sichtbar. Die perfekte Formgebung brachte die Idee von Farbe und Bewegung mit sich; oft, halb in bitterem Spott, halb in Selbsttäuschung, umklammerte ich ihre eisigen Konturen und preßte, mich zwischen Cupid und seine Psyche drängend, die Lippen auf den unempfänglichen Marmor.

Ich bemühte mich zu lesen. Ich besuchte die Bibliotheken von Rom. Ich wählte einen Band aus und wählte einen abgelegenen, schattigen

Winkel am Ufer des Tibers oder gegenüber dem schönen Tempel in den Borghese-Gärten oder unter der alten Pyramide von Cestius. Ich versuchte, mich vor mir selbst zu verbergen und in den Inhalt auf den Seiten vor mir einzutauchen. Wenn man auf dem gleichen Boden ein Nachtschattengewächs und einen Myrtenbaum anpflanzt, werden sie sich beide die Erde, Feuchtigkeit und Luft aneignen, die ihre verschiedenen Eigenschaften fördern – so fand mein Kummer Nahrung, Kraft und Wachstum in etwas, das ansonsten göttliches Manna gewesen wäre, um strahlende Gedanken zu erzeugen. Ach! während ich dieses Papier mit der Erzählung dessen fülle, was meine sogenannten Beschäftigungen waren, während ich das Gerippe meiner Tage ausforme – zittert meine Hand – jagt mein Herz, und mein Gehirn weigert sich, mir Ausdruck zu verleihen, oder Sprache, oder Gedanken, mit welchen ich den Schleier des unaussprechlichen Wehs, der diese nackten Wirklichkeiten bekleidete, fortziehen könnte. O, erschöpftes und schlagendes Herz, darf ich deine Fasern zergliedern und erzählen, wie in einer jeden unstillbares Elend, entsetzliche Traurigkeit, Murren und Verzweiflung innewohnten? Darf ich meine vielen Rasereien aufzeichnen – die wilden Flüche, die ich auf die quälende Natur schleuderte – und wie ich Tage abgeschnitten von Licht und Nahrung verbrachte – abgeschnitten von allem außer der brennenden Hölle, die meiner eigenen Brust innewohnte?

Mir bot sich in der Zwischenzeit eine andere Beschäftigung an, diejenige, die am besten geeignet war, meine schwermütigen Gedanken zu zügeln, die sich nach rückwärts verirrten, über manche Ruine und durch manche blumige Lichtung bis in den bergigen Winkel, aus dem ich in früher Jugendzeit zuerst entsprungen war.

Während einer meiner Wanderungen durch die Häuser Roms fand ich Schreibmaterial auf einem Tisch im Arbeitszimmer eines Schriftstellers. Teile eines Manuskripts lagen verstreut herum. Es enthielt eine gelehrte Abhandlung über die italienische Sprache; eine Seite enthielt eine unvollendete Widmung an die Nachwelt, zu deren Vorteil der Schriftsteller die Feinheiten dieser harmonischen Sprache gesichtet und ausgewählt hatte – deren ewigem Nutzen er seine Arbeit vermachte.

Ich werde auch ein Buch schreiben, rief ich - doch wer soll es lesen? - wem soll ich es widmen? Und dann mit albernen Schnörkeln (was ist so launenhaft und kindisch wie Verzweiflung?) schrieb ich,

GEWIDMET
DEN BERÜHMTEN TOTEN.
SCHATTEN, ERHEBT EUCH, UND LEST VON EUREM FALL!
SEHT HIER DIE GESCHICHTE DES
LETZTEN MENSCHEN.

Doch wird diese Welt nicht wiederbevölkert werden, und werden nicht die Kinder eines geretteten Paares von Liebenden, in einer mir unbekannten und unerreichbaren Abgeschiedenheit, zu diesen erstaunlichen Relikten der vorpestilenziellen Rasse wandern, begierig zu erfahren, warum Wesen, so wundersam in ihren Errungenschaften, mit unendlicher Vorstellungskraft und gottähnlichen Kräften begabt, von ihrer Heimat in ein unbekanntes Land gegangen waren?

Ich werde schreiben und in dieser ältesten Stadt, diesem „einzigen Denkmal der Welt"[169], eine Aufzeichnung dieser Dinge hinterlassen. Ich werde ein Denkmal der Existenz von Verney, dem Letzten Menschen hinterlassen. Zuerst dachte ich daran, nur von der Pest zu schreiben, vom Tod, und von der letztlichen Verwüstung; aber ich verweilte zärtlich in meinen frühen Jahren und berichtete mit heiligem Eifer von den Tugenden meiner Gefährten. Sie waren bei der Erfüllung meiner Aufgabe bei mir. Ich habe es zu Ende gebracht - ich hebe meine Augen von meinem Papier - wieder sind sie für mich verloren. Wieder fühle ich, daß ich alleine bin.

Ein Jahr ist vergangen, seit ich solcherart beschäftigt bin. Die Jahreszeiten haben ihren gewohnten Lauf vollendet und schmückten diese ewige Stadt mit einer wechselnden Robe von überragender Schönheit. Ein Jahr ist vergangen; und ich denke nicht mehr über meinen Zustand oder meine Aussichten nach - die Einsamkeit ist mir

---

[169] Edmund Spenser, Ruins of Rome.

vertraut, die Trauer meine untrennbare Begleiterin. Ich habe mich bemüht, dem Sturm zu trotzen - ich habe mich bemüht, mich selbst zur Stärke zu erziehen - ich habe versucht, mir die Lehren der Weisheit einzuverleiben. Es will mir nicht glücken. Meine Haare sind beinahe grau geworden - meine Stimme, die jetzt nicht mehr gewohnt ist, sich zu äußern, klingt seltsam in meinen Ohren. Meine Person, mit ihren menschlichen Kräften und Eigenschaften, scheint mir ein monströser Auswuchs der Natur zu sein. Wie in der menschlichen Sprache ein Leid ausdrücken, das der Mensch bis zu dieser Stunde niemals kannte! Wie einem Schmerz einen verständlichen Ausdruck geben, den niemand als ich je verstehen könnte! - Niemand hat Rom betreten. Niemand wird jemals kommen. Ich lächle bitter über den Wahn, den ich so lange genährt habe, und noch mehr, wenn ich darüber nachdenke, daß ich ihn gegen einen anderen, ebenso trügerischen, falschen eingetauscht habe, an den ich mich jetzt aber mit derselben zärtlichen Zuversicht klammere. Der Winter ist wieder angebrochen; und die Gärten von Rom haben ihre Blätter verloren - ein scharfer Wind kommt über die Campagna, und hat ihre tierischen Einwohner dazu getrieben, ihren Wohnsitz in den vielen Behausungen der verlassenen Stadt aufzunehmen - der Frost hat die sprudelnden Brunnen innehalten lassen - die ewige Musik des Trevi ist verstummt. Mit Hilfe der Sterne, mit denen ich den ersten Tag des neuen Jahres feststellen wollte, hatte ich eine grobe Rechnung erstellt. In der alten überlebten Zeit war der Papst für gewöhnlich in feierlichem Pomp losgegangen und hatte die Erneuerung des Jahres gekennzeichnet, indem er einen Nagel in das Tor des Janustempels trieb. An diesem Tag bestieg ich den Petersdom und schnitzte in seinen obersten Stein die Ära 2100, das letzte Jahr der Welt!

Mein einziger Gefährte war ein Hund, ein zotteliger Bursche, halb Wasser- und halb Schäferhund, den ich in der Campagna als Hüter einer Schafherde fand. Sein Meister war tot, aber er erfüllte nichtsdestotrotz in Erwartung seiner Rückkehr seine Pflicht. Wenn ein Schaf vom Rest abirrte, zwang er es, zur Herde zurückzukehren, und hielt gewissenhaft jeden Eindringling fern. Während ich in der Campagna ritt, war ich auf seine Schafweide gestoßen und hatte eine Zeitlang beobachtet, wie er die vom Menschen gelernten Lehren wiederholte, die er nicht vergessen hatte, wenn sie auch jetzt nutzlos waren. Er war vor Freude außer sich, als er mich sah. Er sprang an meinen Beinen hoch; er tollte herum und wedelte mit dem Schwanz, mit dem kurzen, schnellen Bellen des Vergnügens. Er verließ seine Herde, um mir zu folgen, und hat es von diesem Tag an nie versäumt, über mich zu wachen und mich zu begleiten, und lärmende Dankbarkeit zu zeigen, wenn ich ihn streichelte oder zu ihm redete. Seine Schritte und meine allein waren zu hören, als wir die prächtige Weite des Kirchenschiffs des Petersdoms betraten. Wir erklommen die unzähligen Schritte gemeinsam, als ich am höchsten Punkt mein Ziel erreichte und in groben Zahlen das Datum des letzten Jahres notierte. Ich wandte mich dann dem Land zu und verabschiedete mich von Rom. Ich war schon lange entschlossen, es zu verlassen, und faßte jetzt den Plan, den ich in meinem zukünftigen Lauf verfolgen würde, nachdem ich diesen großartigen Wohnsitz verlassen hätte.

Ein einsames Wesen ist instinktiv ein Wanderer, und ein solcher würde ich werden. Eine Hoffnung auf Besserung geht immer mit einem Ortswechsel einher, der mir die Last meines Lebens erleichtern würde. Ich war ein Narr gewesen, die ganze Zeit in Rom zu bleiben. Rom war für Malaria, die berühmte Zulieferin für den Tod, bekannt. Aber es war noch immer möglich, daß ich, wenn ich die ganze Weite der Erde besuchen könnte, in einem Teil der weiten Ausdehnung einen Überlebenden finden sollte. Ich hielt die Küste für den wahrscheinlichsten Rückzug, der von einem solchen ausgewählt werden könnte. Wenn sie in einem Binnenland allein gelassen würden, könnten sie nicht dort weitermachen, wo ihre letzten Hoffnungen erloschen waren; sie würden weiterreisen, wie ich, auf der Suche nach einem Kameraden für ihre Einsamkeit, bis die Wasserbarriere ihren weiteren Fortschritt stoppte.

In diese Gewässer - Ursache meiner Leiden, vielleicht jetzt ihre Heilung, wollte ich mich begeben. Leb wohl, Italien! - Leb wohl, du Zierde der Welt, unvergleichliches Rom, der Rückzug des Einsamen während langer Monate! - Leb wohl, zivilisiertes Leben - festes Heim und die Abfolge monotoner Tage, lebt wohl! Die Gefahr wird mich jetzt begleiten; und ich grüße sie als eine Freundin - der Tod wird fortwährend meinen Weg kreuzen, und ich werde ihm als einem Wohltäter begegnen; Härte, schlechtes Wetter und gefährliche Stürme werden meine geschworenen Freunde sein. Ihr Geister des Sturms, empfangt mich! Ihr Mächte der Zerstörung, öffnet eure Arme und umfangt mich auf ewig, wofern eine freundlichere Macht kein anderes Ende beschlossen hat, so daß ich nach langer Ausdauer meine Belohnung ernten und wieder fühlen kann, wie mein Herz nahe dem Herzen eines anderen wie mir schlägt!

Der Tiber, jene Straße, die, von der Hand der Natur ausgebreitet, ihren Kontinent durchschneidet, lag zu meinen Füßen, und so manches Boot war an den Ufern befestigt. Ich würde mich mit ein paar Büchern, Proviant und meinem Hund in eines von diesen begeben und mich mit der Strömung des Flusses ins Meer treiben lassen; und dann, in Landnähe bleibend, würde ich an den schönen Küsten und sonnigen Vorgebirgen des blauen Mittelmeeres entlangfahren, an Neapel vorbei, längs Kalabrien, und würde der Zwillingsgefahr von Scylla und Charybdis[170] trotzen; dann, mit furchtlosem Ziel, (denn was hätte ich zu verlieren?) über die Wasserfläche in Richtung Malta und der fernen Kykladen gleiten. Ich würde Konstantinopel meiden, dessen Anblick wohlbekannter Türme und Einlässe zu einem anderen Zustande der Existenz gehörte als mein gegenwärtiger; ich würde an Kleinasien und Syrien entlangfahren und, indem ich den siebenarmigen Nil passierte, wieder nordwärts steuern, bis ich, wenn ich das vergessene Karthago und das menschenleere Libyen aus den Augen verlöre, die Säulen des Herkules[171] erreichen sollte. Und dann mögen - gleichwo - die schlammigen Höhlen und geräuschlosen Tiefen des Ozeans meine Wohnung sein, bevor ich diese langgezogene Reise beende oder der Pfeil der Krankheit mein Herz findet, wenn ich einsam auf dem wogenden Mittelmeer schwimme; oder ich an einem Ort, den ich anlaufe, finden kann, was ich suche - einen Begleiter. Wenn dies nicht sein soll, wird - alternd und grauhäuptig, denn die Jugend ist bereits mit denjenigen

---

[170] Zwei Meeresungeheuer aus der griechischen Mythologie, die an einer Meerenge gelebt haben sollen.
[171] Als Säulen des Herakles bezeichnete man im Altertum zwei Felsenberge, die die Straße von Gibraltar einfassen: den Felsen von Gibraltar im Süden der Iberischen Halbinsel und den Berg Dschebel Musa in Marokko, westlich der spanischen Exklave Ceuta.

begraben, die ich liebe – der einsame Wanderer noch für endlose Zeit sein Segel entfalten und die Steuerpinne umfassen – und noch den Winden des Himmels gehorchend, auf ewig ein Vorgebirge nach dem andern umrunden, in einem Seebusen nach dem andern Anker setzen, immer weiter den unfruchtbaren Ozean durchpflügen, das fruchtbare Land des heimischen Europa verlassen, zur ockerfarbenen Küste Afrikas hinabfahren; und, nachdem ich die wilden Meere des Kaps bewältigt hätte, könnte ich mein abgenutztes Boot in einem Bach festmachen, im Schatten würziger Haine der wohlriechenden Inseln des fernen Indischen Ozeans.

Dies sind wilde Träume. Aber seitdem sie mir vor einer Woche einfielen, als ich auf der Spitze des Petersdoms stand, haben sie meine Vorstellungskraft beherrscht. Ich habe mein Boot ausgesucht und meine spärlichen Vorräte hineingelegt. Ich habe ein paar Bücher ausgewählt, hauptsächlich Homer und Shakespeare. Aber die Bibliotheken der Welt stehen mir offen – und in jedem Hafen kann ich meine Bestände erneuern. Ich erwarte keine Veränderung zum Besseren; aber die gleichförmige Gegenwart ist mir unerträglich. Weder Hoffnung noch Freude leitet mich – es sind unruhige Verzweiflung und heftiges Verlangen nach Veränderung, die mich vorantreiben. Ich sehne mich danach, mich mit der Gefahr auseinanderzusetzen, von der Angst erregt zu werden, eine Aufgabe für jeden Tag zu haben, wie leicht oder freiwillig sie auch sein mag. Ich werde Zeuge der vielfältigen Erscheinungsformen sein, die die Elemente annehmen können – ich werde das gute Omen im Regenbogen lesen – die Bedrohung in der Wolke – in allem eine Lektion oder ein Zeugnis, das meinem Herzen teuer ist. So werden, wenn die Sonne hoch steht, und der Mond zunimmt oder schwindet, Engel, die Geister der Toten und das allsehende Auge des Höchsten, vor den Ufern der verlassenen Erde die winzige Barke erblicken, an deren Bord sich Verney befindet – der LETZTE MENSCH.

ENDE.